更好的阅读

乔道夫

Sigrid Undset

[挪] 西格丽德·温塞特 / 著

刘漪 / 译

江苏凤凰文艺出版社

图书在版编目（CIP）数据

乔道夫 /（挪）西格丽德·温塞特著；刘漪译. ——南京：江苏凤凰文艺出版社，2023.5
（企鹅女性经典. 第一辑）
ISBN 978-7-5594-7356-1

Ⅰ. ①乔… Ⅱ. ①西… ②刘… Ⅲ. ①文学－作品综合集－挪威－现代 Ⅳ. ① I533.15

中国版本图书馆 CIP 数据核字（2022）第 231760 号

本书仅限中国大陆地区发行销售

 "企鹅"及其相关标识是企鹅兰登已经注册或尚未注册的商标。未经允许，不得擅用。
凡无企鹅防伪标识者均属未经授权之非法版本。

乔道夫

[挪] 西格丽德·温塞特 著　刘漪 译

责任编辑	周颖若
特约编辑	孙佳怡
装帧设计	索　迪
出版发行	江苏凤凰文艺出版社
	南京市中央路 165 号，邮编：210009
网　　址	http://www.jswenyi.com
印　　刷	三河市中晟雅豪印务有限公司
开　　本	700mm×980mm　1/32
印　　张	4.125
字　　数	67 千字
版　　次	2023 年 5 月第 1 版 2023 年 5 月第 1 次印刷
书　　号	ISBN 978-7-5594-7356-1
定　　价	238.00 元（全 8 册）

江苏凤凰文艺版图书凡印刷、装订错误可随时向承印厂调换

目录

关于西格丽德·温塞特   I

小说
乔道夫   3

信件
1901 年 11 月 6 日   *91*
1902 年 3 月 8 日   *106*
1908 年 9 月 4 日   *115*
1909 年 6 月 3 日   *119*
1912 年 1 月 18 日   *121*

关于西格丽德·温塞特
About Sigrid Undset

1898   温塞特从杂志上看到"瑞典笔友俱乐部"的广告后成为其中一员。几个月后,温塞特收到了笔友迪亚的来信,随后两人开始了长达 40 年的信件往来。

1901   11 月 6 日,在给迪亚的信中,温塞特分享其当时正在阅读的书籍以及写作背后的构思等。

致迪亚信——11 月   *91*

1902   3 月 8 日,在信中向迪亚抱怨写作的纠结与痛苦,以及和母亲在生活中的小摩擦。

致迪亚信——3 月   *106*

1903   温塞特与迪亚首次见面,两人的友情进一步加深。

I

1907	加入"挪威作家协会"。
1908	9月4日,寄出致迪亚信。
	致迪亚信——9月 *115*
1909	6月3日,寄出致迪亚信。
	致迪亚信——6月 *119*
1912	1月18日,在信中,向迪亚坦白自己与斯瓦斯塔的秘密关系。同年,与斯瓦斯塔结婚,并在伦敦居住6个月。
	致迪亚信——1月 *121*
1928	获得诺贝尔文学奖,随后将奖金全部捐献给社会福利机构。
1936	担任"挪威作家协会"主席职务。
1940	因反对纳粹德国,温塞特流亡美国。
1945	"二战"结束后,返回挪威。

| 1959 | 短篇小说集《四个故事》英文版首次于美国出版,《乔道夫》为其中之一。 |

《乔道夫》 3

小说

Short stories

乔道夫
Thjodolf

1

"健康、结实的6周男孩,父母教养良好。征求家境富裕的无子女夫妇收养,望能视若己出。一次性付清款项。有意者请联系以下地址:信箱……诚实无欺。"

"很难再继续把他养在我身边了,您看。"埃达尔小姐一边说着,一边用两根粗糙、瘦骨嶙峋的手指抚过自己苍老的黄色小脸。她低头看了看那孩子,他躺在用两把扶手椅临时搭成的婴儿床上,已经睡着了。

来访者没有接茬,只长长地吐出一口气,仿佛屋里的热力让她有些呼吸困难似的。

室内的确热得令人窒息,而且灯光相当昏暗。屋外的庭院里雾气浓重,从房子后面的建筑物朝这边望过来,窗子的地方只是几块模糊的黑影。屋子很小,到处都堆着针线活儿——从窗边的缝纫机旁到吊灯正下方那张有纺锤形桌腿的圆桌上,再到靠墙放的那张破旧的沙发床上。

"日子太难了,"埃达尔小姐叹口气说,"那些店家就给这么点工钱——而我整天都得烧火取暖,还得填饱肚子、打扫房间之类的。我以前从来都不接这种拿回家做的裁缝活计,你知道的,最多也就是在晚上闲下来,或者雇主夏天去乡下小住的时候,偶尔给附近公寓里的人做那么两件。我有几个'老主顾',比方说安格豪格斯维恩大街上的汉森一家,我给他们家做针线活儿已经25年了——到上个4月正好满25年。可照顾这个小崽子真是太费事了,那么多奶瓶要刷、衣服要洗,一堆事。

"要不然,我真不想送养这孩子。我已经跟他挺亲的了。

"跟您讲,我做了这么多,可一点儿好都没落着!约翰森太太,您敢信吗?我一次又一次提溜着我那个不成器的兄弟和他那几个儿女,出钱出力,范妮——就是这孩子的妈——上职业学校的学费都是我掏的,最后可倒好,就落得这么个结果。

"范妮这姑娘,小时候别提多漂亮,多招人疼了——竟会做出这种事来。您自己看吧。"埃达尔小姐从柜桌里拿出一张照片递给来访者。

约翰森太太略瞥了一眼,不置一词,把照片还给了埃达尔小姐。"孩子的父亲呢?"她问道,她的声音低沉,有些粗哑,"他能为这孩子出些钱吗?"

"谁?就凭他?"埃达尔小姐鄙夷地哼了一声,"那人有老婆,还有五个孩子!一开始他跟范妮说他已经离婚了,然后又改口说快要离了——其实他压根就没打算离婚,这是明摆着的事。他老婆在赫斯莱布斯加滕那边有桩肥皂小买卖,所以实际上是她在养着他和那五个孩子。要是离婚,他就得出抚养费了,那可没门儿。范妮对他一无所知,怎么就能跟他做出那种事呢——真是让人搞不懂。当然啦,他家里倒是体面人家,他本人也是高中毕业什么的。我知道他家境的确不错,因为我经常给斯滕德家干活儿嘛,他们听说过这个人,他父亲在斯滕德夫人的老家当医生,她以前就听说那家有个不学好的儿子,在这边镇子上跟那些广告商勾勾搭搭。全是真事,斯滕德夫人跟我讲的。"

"钱是我丈夫坚持要的,"约翰森太太说道,声音仍然低低的,"我乐意收养这个孩子,就算不给钱也没关系,可我丈夫说等他再长大些,花钱的地方就多了——而且外面有挺多人为了让孩子去个好人家,我是说,去个体面人家,情愿出好几千克朗呢。所以他说了,最少五百,少于这个数免谈。"

"沃勒那边有个女的,她只要三百克朗就愿意领走他,"埃达尔小姐说,"但不知怎么,我不喜欢她那副长相……"

埃达尔小姐瞥了来访者一眼,拿不准对方是个什么样的人。约翰森太太不丑,甚至算得上漂亮,但她那张窄长脸极为苍白,颧骨高高突出。铁灰色的大眼睛,眼窝很深,没有血色的薄嘴唇在嘴角处略向下弯。她的头发是深棕色的,在洁白的额头正中分开,平平整整地编成麻花辫梳到脑后,打一个整洁的大圆髻。仔细打量的话,会发现里面已经夹杂了缕缕灰白。如果忽略这一点,人们甚至可能把她当成一个年轻女孩——从来没有真正年轻过的那种。

无论如何,她是个有条有理的规矩人,埃达尔小姐能看出来。她的衣服款式过时了,但料子是好料子,保养得也很用心。她穿一件窄身长大衣,皮手筒和围脖都很老气,但显然是上等毛皮,这点女裁缝一眼就注意到了。蓝色小帽上的鸵鸟羽毛又新又浓密,她脱掉外套之后，颈部就露出了一条细细的白线，还戴着一个老式别针。

看上去来自朴素、敬神的人家，家境宽裕。约翰森太太提到过，他们有自己的房子。要是这个可怜的小东西——乔道夫能去他们家，真挺不错的。埃达尔小姐跟这孩子很亲，但她也盼着赶紧把他脱手，彻底远离范妮和她的那些麻烦。

而海伦妮·约翰森还在踌躇。还有一件事是尤利乌斯吩咐过她务必弄明白的：孩子是不是健康，可别把不干净的病带到家里。但她怎么都开不了口。

最后她只问出一句："这孩子总爱出汗，是吗？"他的被单摸上去湿乎乎的。

"您知道的，这些小宝宝呀，总得让他们暖暖和和的才行。"埃达尔小姐说着，弯腰看那孩子。

这时婴孩睁开了又大又黑的圆眼睛，小脸开始扭曲发红，大哭起来。

"乖，乖——阿姨去给宝宝拿瓶瓶——乖，乖，嘘——嘘——"

海伦妮又坐下，看着号啕大哭的婴儿。接着，她迟疑着，小心翼翼地取下手筒、拎包和围脖，放在桌子上，用生疏的手法把他抱了起来。他的身子是湿的。

她用盖在婴儿身上的大披巾裹住他，把他脸朝上放在自己膝头，轻轻摇晃着。婴儿的哭声停了。

"这样感觉好些了，是不是？"她轻声说道，"舒服点了吗，小男子汉？"

轻轻地，她将婴儿的小脸捧在自己常年劳作的粗糙的手里。

"你就要做海伦妮的小宝宝了——你高兴吗？"

2

海伦妮快步沿着沃格特加滕街向北走去。穿着大衣在埃达尔小姐那闷热的房间里坐了好一会儿之后，冷风吹得她直打寒战。

她沉浸在自己的思绪中，没注意到周围的街道和此刻弥漫着的灰白雾气，是她似曾相识的那种。她母亲的一个姨妈家就在索尔思豪格加滕街上，而海伦妮以前在克里斯蒂安尼亚[1]做工的时候，唯一能落脚的地方就是她家。

冰冷的雾气激得她的脸生疼，腿也走累了，因为

---

[1] 挪威首都奥斯陆的旧称。

人行道又滑又不平整。车道上的雪已经被碾成了棕色的细粉。天光暗淡，迎面拖着步子走来的人像是些黑色的包裹卷儿。一座座房屋直插进浓雾，看上去比实际上更破败，灰扑扑、脏兮兮的。结着一层厚霜的店铺橱窗里隐约透出油腻的黄光，因为虽然还是中午，铺子里却已经点上了灯。街道上的所有嘈杂都悄悄钻进了海伦妮的耳朵，她自己却浑然不觉：电车吱吱呀呀呻吟着往山上走的声音，马儿挣扎着在打滑的路面上试图上坡时辔头的铃铛声，冰镐砸在路面冰层上的冷而坚硬的敲击声，还有成群结队从她身边跑过的学童的抱怨。

她走进一家食杂店，买了两个装饰着五颜六色假花的杉树花环。来到墓地时已近黄昏，夹在两行被雾凇涂成灰白色的桦树中间的那条小径在浓雾中几乎看不见了，上面覆了一层洁白的积雪，还没有人涉足。她向前走的时候，雾气像高墙似的包围着她。她要去拜访的墓就在前面，从那只盖住了纪念索吕姆家孩子的悼词的大黄木箱再往前数三个就是了。海伦妮把花环放在小小的白色坟堆上，在墓前站了许久——在雾中，她的身影犹如一条窄窄的黑线。

当时，她似乎并没有为图拉的死感到多悲伤。那是10年前的事了。妇产医院的一切都太陌生、太奇怪了，还让人难堪。她非常讨厌那个地方。而当她回到德勒巴克的家之后，之前的经历似乎全都变得不真实了——好像自己从来都没有过一个孩子似的。德勒巴克没人见过她，除了尤利乌斯。孩子出生的第二天，他第一次去看她们，那时海伦妮的身体还太虚弱，完全不知道发生了什么。而他第二次来的时候，图拉已经死了。

然而，又过了这么多年，她再没怀上过孩子……生活变得越来越安静，越来越凄凉。这几年来，尤利乌斯一直在峡湾的货船上做轮机手，每星期只回家一天。这让海伦妮格外想念她4年前离世的婆婆，对此她自己也始料未及。她婆婆并没有什么坏心眼，生前跟海伦妮相处得也算和睦，但她着实矫揉造作又愚蠢。怎么会有这样的老太太?! 阿曼达说她自己年轻的时候可不是什么好姑娘——似乎干过不少荒唐事。但她心肠很好，可怜的老姐妹。但现在阿曼达也走了，和丈夫搬去了奥达。海伦妮当初也没多喜欢阿曼达，她嫌她言语太粗俗，还曾在尤利乌斯面前愚蠢地卖弄风情。但现在海伦妮想念这个朋友了。现在她经常一连几个星期都不需要开口说话，除了去购物的时候。

她想收养小乔道夫。她不想要某个父母出身更好，为了摆脱他情愿掏两千克朗送养的小孩，她只想要这个孩子，这个被家里人当成累赘的婴儿。可怜的小东西——她一抱就不哭了，多么好啊。乔道夫——多神气的名字！海伦妮从墓地转身往回走的路上，不由得自言自语地把这个名字念了一两次。

她要是能借到几百克朗就好了。尤利乌斯永远不需要知道。过去这些年里，她靠给德勒巴克的人们做织补和刺绣的零活儿赚了些钱，要想再多赚些也不难。或许她可以去克里斯蒂安尼亚的店铺里找点活儿干——给新娘的嫁衣上绣名字，钩针编织什么的——时下正流行这些。她女红做得又好又快。要不要去隆德夫人那里，问问她的建议？或许隆德家的儿子——他现在做了律师——能告诉她该怎么申请贷款。

然而，坐上回城的电车之后，她就感觉自己没法去跟隆德家的人商量这些事了。她这辈子从来没向他们要过什么东西——实际上，她从未向任何人开口要过东西。隆德夫人心地善良，一向待海伦妮很好，但奇怪的是：虽然对仆人来说，他们算得上是无可挑剔的厚道雇主，但他们从来没有真正考虑过她过着什么样的生活，或者她会有什么感情和看法。的确，隆德夫人有时会问她:"海伦妮,出了什么事吗?你看起来闷闷不乐的。"但她的语气里总有某种东西,让海伦妮感到无法真正对她敞开心扉谈论自己的感受,尤其是,这感受连她自己也搞不清楚。不,她不能去找隆德夫人商量孩子的事。何况,解释起来也太麻烦了……

因为她实在没什么可抱怨的。她和尤利乌斯过得相当不错:他们有自己的房子,海伦妮知道,别人家的房子很少能像他们家的那么干净漂亮,井井有条。她所有的夏季租客都这么说。他们想要跟她同款的窗帘、垫子和所有东西;他们赞美她的房子和花园,还有她的持家有方,感叹她的家是多么可爱又舒适。至于她的丈夫——这方面她也实在没什么好抱怨的。尤利乌斯是个和气的人,在家里的时候通常也表现得比较规矩。他花钱有点大手大脚,但从来没短过她的家用,有时还会给她买些贵重礼物——特别是他们新婚那会儿。如果说,他自从不常回家之后,总跟小伙子们一起出去喝酒胡闹什么的——可一个像他这样的男人,肯定要面临很多诱惑呀。另外,也许阿曼达的确有她的道理:她说海伦妮总这么文静严肃的可太傻了。尤利乌斯喜欢热闹快活,而且他那种人呢,总能给自己找到乐子。

海伦妮突然感到泪水盈满了眼眶。她猛地站起身，走到平台上，下一站刚到就下了车，继续步行往城里走去。

没错，都怪她自己太傻了。她向来不擅长跟人打交道，总是独来独往。她的老家在遥远的斯莫尔内内——她18岁就离开了，现在几乎已经忘记了那个地方。如今父母都已不在人世，房子里住的是陌生人。她所有的兄弟姐妹都去了美国。当初她来到克里斯蒂安尼亚是因为一段失败的恋情，就是那种经常会发生在自尊自爱、放不下架子的女孩身上的事：她的男孩转身就找了个什么都愿意做，一点架子也没有的女孩……她最开始找的那两份工作辛苦得要命，要从清早一刻不停地干到深夜，即使这样雇主也不给她好脸色，动辄粗俗无理地辱骂她。所以，当她遇到孀居的隆德夫人之后，就在她家里做了10年工。隆德夫人和气又公平，实际上，他们家所有人对她都很好。可怜的洛维萨小姐不能算，她身上出过那么大的意外，性情古怪多疑些也是难免的，而埃尔娜小姐那会儿还是个小娃娃呢。隆德夫人发现海伦妮在克里斯蒂安尼亚城里一个人都不认识，也没交上任何朋友，就提出她可以额外付一笔钱，请海伦妮在闲下来的时候为家里的小姑娘们做坚振礼穿的礼服。海伦妮很高兴能多赚些钱，也很高兴听到隆德夫人说："哦，海伦妮，做得真漂亮！你的手多么巧啊！"当她晚上一个人坐在女佣房里，看着身边那一件件自己亲手做出来的、洁白精美的活计时，就感到一种深深的、平静的喜悦。她常常工作到很晚，总想赶紧把手头的一条蕾丝带，或是一片刺绣做完，因为她迫不及待想看它们完工后的样子。

深夜里工作是多么寂静啊，太安静了，她只听见闹钟的嘀嗒声，煤油灯轻柔的低语和自己的呼吸。她每做一会儿就得停下，挺直背脊，长长地呼出一口气，听起来像在叹息。她自己也不知道这无来由的深深悲伤是怎么回事，仿佛有什么未被满足的渴求似的。绝不是因为那些别的女孩子整天琢磨的事情，她不想跟她们一起玩，因为她们会取笑逗弄她，说她又傻又孤僻。偶尔她也会跟她们一起去见她们的情郎，但这无法让她快乐起来。她也试着去听过讲座，参加过集会，可悲伤依然如故。她还去索尔思豪格加滕街的老人们家里做过义工，回来后却感觉糟糕透顶，简直想扑在床上大哭一场。

然后，就到了那个夏天。隆德一家去了德勒巴克，因为洛维萨小姐需要泡温泉。他们租下了渔夫赫尔曼森的房子,就在她现在住的地方往北一点点。海伦妮先是结识了那位老妇人——开始她总是坐在自家门廊里,海伦妮经过的时候,老妇人就跟她搭话,打听她的事情。然后那老妇人就干脆讨来他们这边,站在外面,隔着厨房的窗子和海伦妮聊天,甚至能聊上好几个小时。某天晚上,海伦妮遇见了尤利乌斯。后来的事情是怎么发生的,其实她自己也不知道。她在取牛奶,或是在打水的路上遇见了他。他走到她面前,对她微笑,开口说话时,黝黑英俊的脸上就出现两排白牙。"出来散步吗,小姐?"似乎有什么在她的心尖上轻轻挠了一下似的,她脸上不由自主地泛起微笑。她听见一阵欢快的笑声,竟是她自己的声音——她听见自己在笑,千真万确,她已经不记得自己上一次这样笑是什么时候了,但现在她一看着尤利乌斯就止不住地笑,好多次因为笑得太用力,肚子都开始痛了。某个星期天下午她跟他坐船出海,本来还有其他人一起去的,但他们最后都没出现。船离岸之后,水面上刮起了强风,这把她吓坏了,但她又觉得这次出游是她此生经历过的最美妙的事。晚上她会和尤利乌斯站在高高的菩提树下,夏夜的峡湾闪烁着白色波光,空气里弥漫着一股混杂了树叶、尘灰和水汽的好闻味道。当她回到自己那间位于碗碟储藏间楼上的小房间睡觉的时候，才发现自己不知不觉间竟和他在外面待到了这么晚。她被自己吓了一跳，但是，要离开他从来都不容易。

然后，就到了那一夜，他跟着她回到了她的房间。她记得他是如何央求她的，紧紧抱着她，将她的身体向后扳，俯下身子吻她。她请他放开手，离开这里，但有那么一秒钟，他环着她的手臂真的松开了一点——只是刚能察觉的一点点——她的心却突然像铅块般直沉下去，被他可能会离开自己的恐惧充满，于是再也不敢抵抗了。

第二天早上她一直低着头走路，心里怕得要死。她感觉所有人只要看见她这副样子，就能猜到昨晚发生了什么。她感觉自己做的丑事肯定一览无遗地写在脸上。然而，当她端着咖啡走进埃尔娜小姐房间的时候——埃尔娜总是赖床，来不及下楼吃早餐——这个还没完全成年的小姑娘突然盯着她的脸叫道："哇，海伦妮，今天这是怎么了？你整个人看起来简直光彩四射！你是突然发大财了吗？还是其他什么？"海伦妮一回到厨房就哭了出来，但她心里知道，埃尔娜说的是真的。

她现在已经无法理解当时的那个人竟会是自己,一整个夏天和秋天,她的眼里除了尤利乌斯什么都看不见。回到克里斯蒂安尼亚之后,他们还是常常见面,每次他来找她,她的良心都要经历一番煎熬,但与此同时,她也感到无比骄傲和光荣。后来,她发现自己有了孩子。羞耻和恐惧几乎要把她折磨疯了,她把这事告诉尤利乌斯时,说了很多格外难听的狠话,但这并不是她真正的意思。实际上,她这么做毋宁是要激他说出某些话来——她也不知道自己想听到的究竟是什么,反正不是他后来说的那些,尽管他马上就提出娶她,平心而论,他是个正派人,从没打算逃避责任。(谅他也不会——怎么可能呢?!她很清楚自己的条件不错,一个漂亮、聪明又体面的年轻姑娘,在银行里还有笔存款。)没错,可怜的尤利乌斯,他煞有介事地做出无限欢喜的样子,说自己能娶到这样的妻子真是捡到宝了。但她心里隐隐期待着的那个东西——她自己也不知道那是什么——却始终没有到来。

她好像也在等着隆德夫人说某些话。她心里一直在盘算,要是隆德夫人抱怨她这时候离职带来多少麻烦,质问她怎么能做出这样的事来,她该如何回答。

海伦妮打定了主意,要是被问起,她就回答说"我也是个人啊,我只是犯了所有人都会犯的错误",或者类似的话。然而,对于她突然要在一个不凑巧的时间离开这件事,隆德夫人什么都没说。她只是简单地说道,约翰森是个帅小伙子,他的房子看起来也挺漂亮的,唯愿他能懂得珍惜海伦妮的好。隆德一家还送给她半打银茶匙做结婚礼物。没错,隆德夫人自始至终都待她慷慨大方——但海伦妮几乎有些气恼,为着自己没能受到的想象中的那番申斥和没机会说出的准备好的反驳。

就这样,在临近圣诞节的时候,海伦妮出嫁了。她搬到德勒巴克,住进了属于自己的房子。她不停告诉自己,她为发生的一切感到愧疚和羞耻。但无论如何,在隆德家做了那么久女仆之后,她不禁觉得这座小房子里需要她做的家事简直少得可怜。现在她可以一连几个小时坐在自己婚后添置的缝纫机前做小孩子的衣服。孕期最后几个月她的睡眠很差,经常夜深才上床休息,或是在冬天清晨,窗外还一片漆黑的时候早早起来。这些时候她不用缝纫机,怕声音吵到其他人,而是坐在火炉旁用钩针编织,或是往小衬衫和小外套上缝蕾丝边。在周遭的寂静中她听见熟悉的闹钟嘀嗒声，煤油灯的低语声，炉子里木头燃烧的噼啪作响声。还有一种新鲜的声音，是在床上熟睡着的尤利乌斯发出来的，有时她还会听到阁楼里老妇人的鼾声。夜里，从屋外的黑暗中会传来峡湾的隆隆轰响和浪头撞碎在海岸上的声音。在她的头脑中，所有这些新的事物与她对自己身体变化的感觉，以及随之而来的芜杂情绪全部搅和在一起。她试图去想接下来的事情——她拿在手里的婴儿衣服，不久后就要穿在一个真正的、活生生的小宝宝身上了——但总是想不下去。她对未来既无恐惧，也无期盼，她的灵魂静如止水。她非常平静，她是一个健康的女人，正平静地等待着一件事前无法想象，事后也无法描述的事情发生——那事情与日常生活中所有陌生的、复杂的事件都迥然相异，也与所有无论是稀松平常的、不安的，还是迷惑的感情都毫不相干。它简单、直接，一如上帝的神迹。

然后，她的孩子来了——又走了，她走得太快，还没来得及让新妈妈领会这个奇迹，还没来得及进入她的生命，借由生命的千万种忧虑和关切成为与她血肉相连的一部分。她两手空空地回到了家。

这是 10 年前的事了。关于中间这 10 年，她所记得的只是她始终在拼命用劳作把这双空空的手塞满。

她擦抹家具和地板、洗衣服、缝纫、刺绣、编织——总是忙忙碌碌的，却也没给任何人带来什么好处。她独自在一尘不染、锃光瓦亮的厨房里忙个不停；起居室里的各种装饰都是她亲手做的，但只有每年夏天来度假的游客会在里面短住几个月，其他时候那间房都在空置。

曾几何时，她还盼着能用自己的辛勤劳作把尤利乌斯绑在身边，但现在她干活的时候已经很少想到他了。那个念头莫名消失了，她也想不明白为什么。

她曾经觉得尤利乌斯是全天下最好的人。她心里清楚自己无权对他心怀抱怨。他给了她相当富裕的生活，她不该再有什么不满足了。只是她以前对他，和对他们的婚后生活有太多不切实际的愚蠢想象。她努力让自己不去想这些，因为她一想，就会陷入某种奇特的心境，仿佛在为曾经的自己感到羞愧——仿佛她既怜悯，又羡慕那个年轻的自己。

她站在哈格德海于根城郊那座小别墅的花园围栏外面。雾气散了些，她看见房间里带灯罩的台灯发出的绿色灯光透过窗子，照在房前光秃秃的丁香树丛上。这让她隐约想起了她老家起居室的窗子，像一只只漆黑的盲眼，空洞地盯着她院子里同样光秃秃的丁香树丛。

现在拜访隆德一家显得格外奇怪,特别是他们还搬进了这么气派的一座房子,多么安静,多么宽敞。海伦妮在她家做工的时候,小孩子们没有足够的地方住,只能睡在各屋的沙发和儿童床上;但现在这么大的一座宅邸,却只住了隆德夫人和洛维萨小姐两个。窗口挂着精致的新窗帘,家具上覆着的绿色锦缎也是簇新的,之前那些旧家具盖布被换掉了,她记忆里隆德夫人总是在缝补和浆洗它们。孩子们长大结婚之后,给了他们的母亲这么多好东西。

海伦妮突然想起,隆德夫人曾到医院来看过她。她记得那双蓝眼睛里满含泪水,她记得一只干瘪的饱经风霜的母亲的手轻轻放在自己的手上,她听见老夫人的声音:"哦,海伦妮,听到这个消息时我是多么,多么难过啊!你失去了你的小女儿,这真是太悲伤、太不幸了!"

海伦妮心里突然涌起一股暖流,突然间,她模糊却又强烈地意识到,面前的房子里坐着的是一位母亲,她数年如一日,毫无怨言地为她的孩子操劳过,将生活所赋予她的所有青春和力量都奉献给了他们。此刻她坐在房间里,因所受的馈赠而富足,她的孩子们围在身旁，用感激和无数的礼物将她环绕；现在她的劳作已经结束，她安然休息，等待黑夜降临。而站在门外的海伦妮，终日操劳只是因为她无法不如此，她的愿望如此卑微——她只希望可以为一个自己真正心爱的人操劳，仅此而已。想到自己无止境地忙碌劳作，却无人因此感到温暖或快乐，这个念头让她全身冰凉。她和房子里的那位夫人，明明是上帝按照同一个形象所造的，但一个如此富有，一个却如此贫穷，而且这富有和贫穷无关地位或家境。

她感觉自己的心快要碎了。她有抱怨的权利！这些年来，她一直在反复告诉自己她是富足的——对于他们这种身份的人来说，她和她的丈夫日子过得够宽裕了。她的境况和隆德夫人是一样的，但她是多么贫穷，贫穷，贫穷啊……

海伦妮听见门厅里传来跛行的脚步声，是洛维萨小姐来开门了。

"哎呀，晚上好！很高兴见到你。妈妈，海伦妮来了——海伦妮·厄斯特伦，我没记错的话？"洛维萨小姐一瘸一拐地带她进了起居室。

"海伦妮！你能回来看我们真是太好了。快脱了外套，留下跟我们一起吃晚饭吧。"

海伦妮喃喃地说她住在维卡那边的一个嫂子家里，她们家晚上很早就要熄灯，所以"谢谢您的好意，不过——"，但她还是脱下了外套。

她又感到没法开口跟隆德夫人讲乔道夫的事了。隔壁房间里还有位陌生绅士，是埃尔娜小姐的丈夫——这让海伦妮很难为情。埃尔娜小姐本人身上也有种让海伦妮隐隐感到不舒服的东西，尽管她没意识到，这其实是因为她知道埃尔娜小姐的地位比隆德家其他人"低了一等"——她那种居高临下的优越姿态稍显过火了，算不得有教养的淑女，她的穿着打扮也太时髦了点，显得不上档次。

但埃尔娜只匆匆说了句"晚上好"，就回到隔壁房间去了。哈丽雅特，现在已经是罗尔斯塔医生夫人了，正忙前忙后地布置位于窗边母亲椅子附近的那张喝咖啡的小桌，因为今天刚好是女仆的休息日。

"这蛋糕恐怕要比当初你在的时候差得多了，海伦妮。希望你别太介意，我现在已经干不动烘焙活了，况且，再没人能做出像你做的那么好吃的法迪曼饼干了。"

隆德夫人一边手上织着小孩的袜子，一边和海伦妮闲聊——聊家务事和她家里发生的事情，也问海伦妮的家事和丈夫。海伦妮不禁有了这样一种印象：她们觉得她能说得上话的事就只有那么几件，所以才刻意将谈话的主题局限在这个范围。就连海伦妮当年最喜欢的哈丽雅特也是如此——她小时候多么甜美可爱啊……不，他们永远猜不到她此刻在想什么，她也无法开口讲她面临的困惑，即便哈丽雅特已经在给她看自己孩子的照片了。

直到告辞的时候，当时隆德夫人唯一的儿子，那个当了律师的小伙子正在帮她穿上外套……埃尔娜小姐突然从她房间的窗帘缝里探出头来："哦，对了，海伦妮——你家夏天有几个房间可以出租来着？"

"我们一般会出租楼下两间屋子，还有我婆婆之前住的那个阁楼。"

"实际上，我正在考虑今年夏天租你们的房子，地方虽然小了点——但保姆和孩子们可以住阁楼，这样就没问题了，因为我只打算带一个女仆去，你们提供早餐和午餐对吧？晚上我们可以去饭店吃。你觉得怎么样？"

海伦妮犹豫了片刻。"那个，"她低声说道，"其实我不知道我们今年还能不能接待租客了。我们正在考虑收养一个小孩——实际上，我进城来就是为了这个。"

"不是吧！你们想收养小孩？"哈丽雅特说。

"亲戚家的孩子，还是……"洛维萨小姐问。

"海伦妮，可别干这种傻事！"埃尔娜叫道，"你都不知道这意味着什么——你自己都没生养过。你不晓得养个小孩有多么麻烦！而且他们只给收养人那么一点钱。我是为你好，海伦妮，千万别犯傻。"

"这个，你看，我自己一个人也怪孤单的。而且他是个很漂亮的男孩儿，我是说，我们考虑收养的那个孩子，"海伦妮说，"多好的一个小宝宝啊——"

隆德夫人拉过一把椅子。"坐下再待一会儿，海伦妮。晚些回去也没什么大不了的。"

于是，海伦妮还没回过神来，就发现自己已经把乔道夫的事情一五一十地给他们讲了。隆德夫人和哈丽雅特听得很认真，她能看出来，她们两个是理解她的。就连钱的事情也似乎没那么难以启齿了，她甚至都没提到尤利乌斯。她会需要一点现金来负担婴儿刚到家时的初始花费，还得给他存点钱以备不时之需，这都是明摆着的。

"哎，海伦妮。我跟你讲，"埃尔娜说道，"我可以把那辆旧婴儿车给你，如果你真的一定要领养这个孩子的话。它跟新的没什么两样，只需要再上上漆就好了，可以让你的丈夫来干。"

"啊，您真是太慷慨了——谢谢您的好意——但我可不能收。"

"说什么呢！它放在我这儿也是白占地方。"

"但您将来可能还会用到它——"

"哎哟，老天爷啊，你可别咒我！这事我自己说了算。对我来说，两个就够够的了。"

让海伦妮恼火的是，她意识到自己脸红了。她为埃尔娜竟会这么说话而感到尴尬，血色泛上了她的双颊。

而隆德律师在纳闷，为什么自己之前从没发现海伦妮这么美。她的美是在外国人里更常见的那种，他在法国和意大利都遇到过有这种面容的修女：苍白、纯洁、坚毅，同时敏锐且多愁善感。

他陪她一起走进了城。

"没问题，当然，你知道我可以帮你从银行申请贷款。但我很好奇，为什么你不想让你丈夫知道呢？"

"哎呀——那个，"海伦妮迟疑地说道，"不知怎的，我总觉得我应该自己出钱来收养这个孩子才对，毕竟，从他身上得到最多快乐的也是我嘛。"

"听着,海伦妮,我有个更好的主意,我和我的妻子每年会捐几百克朗给孤儿院之类的机构——为了纪念我们死去的小姑娘。但如果你能允许我们来出你需要的这笔钱——不,不,你知道我懂你的意思,只是这笔钱用在这里再合适不过了,我们想不到它还有什么更好的用处。不,请你千万不要拒绝——也不用谢我。等乔道夫长大,他可以自己来道谢,当然,我是说,在他感谢过你之后……"

海伦妮带乔道夫回家那晚突然刮起了西南风,汽船晚点了。

她寻思着,尤利乌斯可能会来码头接他们,因为这天通常是他在家的日子。但他没出现。她不得不把婴儿床暂时寄存在码头,因为它已经被收起来了。在闷热又颠簸的船舱里待了很久之后,海伦妮又疲劳又晕眩——她从没习惯过坐船。她用大披巾包裹住的婴孩放在篮子里抱着往家走。潮湿结冰的地面让她脚下直打滑,狂风从她身后吹过来,把街灯吹得忽明忽暗,她有些看不清前面的路。峡湾的咆哮声、风吹过路旁庭院树间的呼啸声灌满了她的耳朵,将化未化的雪纷纷落在她身上,她把孩子身上的披巾裹得更紧了点,开始小跑着穿过严酷的暗夜。

房子里一片漆黑。她家正对街道的两扇窗子总是窗帘紧闭、从不开灯的，因为那两间屋子他们从来不用，但如果家里有人的话，靠山墙那侧的厨房的灯便会亮起，照亮窗外的小树丛。他们的房子是座漂亮的白色小楼，建在一段斜坡上面，被高高的石墙围住的院子一直延伸到路旁。

现在，水沿着门前的坡道倾泻而下，她脚下的路像玻璃一样滑。海伦妮从石墙凹进去的一个小坑里拿了钥匙，是她自己出门前放在那里的。她走进门，迎接她的是从厨房那边吹来的凛冽冷风。她离家之后，尤利乌斯很可能一次都没回来过。

可不能把婴儿放在这么冷的屋子里。她得带他去汉森夫人的铺子，拜托她照看他一会儿。

开在地下室的小铺子里正站着三四个女人，当海伦妮抱着一个大包裹卷走进来，告诉她们里面是她刚刚收养的小孩的时候，女人们自然都围了上来。她们一起回到店铺后面的房间里，解开披巾，把小婴儿放到汉森夫人的床上。然后她们开始七嘴八舌地问问题，这让海伦妮有些不快，因为她向来独来独往，不习惯和人讲自己的事情。"嗯，他是个很棒的小伙子呢。"她微笑着说道，笑容里半是不安，半是骄傲。

但另外几个女人叫了起来:"上帝保佑——你说他多大了?八周大?看起来不像啊,长得也太瘦小了。可怜的小崽子——感觉可能得了软骨病呢。他们就付你一次钱,再往后就不管了吗?哎呀,这孩子肯定活不久——先天不足,从他的眼睛就能看出来,记住这是我说的。"

海伦妮涨红了脸,嘴唇紧抿着,回到自己家的厨房里。她使劲捅了捅灶上的取暖炉子,烧上了火,然后把床上的所有被褥都掀了起来,驱走里面的寒意,又用力捶打羽绒被,使它蓬松。今晚先让乔道夫跟她一起睡,因为他的婴儿车还在码头没带回来。她拿出埃达尔小姐给她装在篮子里带回来的小孩衣服,天哪,全都脏兮兮的没洗干净,也没好好熨过!她把它们跟他在路上尿湿了的那些东西一股脑儿丢进一个桶里,然后把桶拎到门外,放到门廊上。

她自己做的婴儿衣服,都装在阁楼走廊上她婆婆的那个抽屉柜里。海伦妮提起灯,上楼去取它们,装了满满一围裙下来。渐渐地,她回到了平日里做家事的状态:轻手轻脚、安静、麻利而不急躁。她开始整理自己床脚的小橱柜,清空最下层的抽屉,然后把婴儿衣服装进去。她不时停下来欣赏某件缝制得特别精致的、缀有蕾丝和绲边的小衣服。没错,她做衣服的确有一套,当时医院的人也这么说。她跟个傻子似的,把所有衣服全带去了医院,谁知那里根本不让你用你自己的东西。所以,这些小衣服一次都没被穿过。

啊,还有专为施洗仪式准备的袍子,真遗憾,乔道夫已经受过洗礼了。

她手上忙个不停,刚挂起一件小衬衫,转念一想又把它从衣架上取下来,跟其他衣服一起放到炉旁烘暖。应该让孩子穿他最好的衣服,到家第一天呢!

她从埃达尔小姐的篮子里拿出奶瓶,放在一小锅水里温着,然后便裹上披巾,出门去接乔道夫了。

当她再一次关上厨房门,站在自己家中,手里抱着那孩子的时候,突然产生了一种陌生的感觉,几乎像是难为情似的。

"嘘——嘘!"她把他举起来,迎着灯光。"今后就是我们家的小宝宝了,对不对?他喜欢这里,对不对?嘘——嘘。"他盯着灯看的时候,那张小脸多严肃啊!他现在已经完全平静了,可汉森夫人说,他待在她家铺子里那会儿一直哭。"嘘——嘘!"海伦妮轻声说道。

给小婴儿换尿布竟然这么难!海伦妮手忙脚乱。

这时乔道夫突然大哭起来,她完全不知道是为什么。是擦洗身体的水太凉或者太热了吗?她不放心,一次次伸手进去试着水温。"你究竟是怎么了呢?"她用她惯常的温柔而羞涩的声音轻声问道,手里忙着摆弄衣带和安全别针。终于给他洗完澡的时候,她的衣服,从围裙到半裙已经全部湿透了。

她坐在炉子前面的小马扎上没动,把婴儿抱在膝头喂奶。他还没吃完就睡着了。海伦妮把他轻轻放在床上,盖好被子。

然后她为自己切了块面包,倒了些咖啡出来,一边吃,一边盯着台灯陷入了深思。尤利乌斯不在家也好,他在也只会添乱,让她心烦。

吃完饭、洗过餐具,她按照埃达尔小姐教她的方式为婴儿煮开牛奶和水。然后便安静地脱下衣服,准备休息了。

今晚她最好留一盏灯,因为她不习惯跟一个婴儿同床睡,万一翻身把他压坏了怎么办!海伦妮从起居室拿了盏有浅蓝色灯罩的小灯进来,加满油,放进一盆水里,再把盆搁在厨房的一把椅子上。不能放得离床太近,以免她半夜不小心把它打翻。随后她熄灭了厨房的灯,爬上床躺在那婴儿身边。

小夜灯让整个房间笼罩在一种温柔的、幽蓝色的光晕里，并在天花板上投下一块大大的金色圆形光圈。海伦妮躺在床上，盯着那个光圈看。

没过多久，她伸出一只手臂，悄悄地环在婴儿身上，把他往身边抱了抱。婴儿的小身子结实温暖，睡得很香。

她听着窗外海浪拍岸的咆哮声和狂风吹过树间的呼啸声。今夜，这些声音一点儿都不可怕了。躺在床上静静听着它们，甚至让她感到安稳，它们似乎让她想起某种很久很久以前发生过的美好事情。

这一夜，她不得不起来两次——给他换尿布和喂奶。但这两次，她都产生了那种奇异的感觉，仿佛醒来之后等待着她的是很美好的事，而再次伴着小夜灯微蓝的光晕躺回床上，听着房子外面西南风的呼啸和海浪拍打海岸的喧嚣，都让她快乐。

乔道夫适应得不错。最开始他有些蔫蔫的，海伦妮带他去看医生。医生说他的体质有点弱，但如果得到良好照料的话……而海伦妮的确对他悉心照料，特别是到了春天之后，她经常把他带到户外，呼吸新鲜空气。他的身体渐渐结实了起来，也长大了不少，让人一看见就感到高兴。他是个多么漂亮的小孩儿啊！

额头上浅棕色的头发蓬松卷曲；天哪，他的眼睛多么美……"啊呀，真是个好孩子，这小伙子可真不错。"海伦妮会对他这么讲，但只在周围没人听见的时候。即便如此，因为这个小伙子的事，尤利乌斯也已经取笑过她很多次了。

不过，尤利乌斯其实挺喜欢这个孩子的。他把婴儿车彻底刷洗了一遍，又上了漆，现在它看起来跟新的没什么两样。礼拜日他回家的时候，会主动提出要跟海伦妮一起带乔道夫去散步。平时，海伦妮会把乔道夫的婴儿车放在屋外阳面外墙的拐角处，这样她就可以从厨房窗子那里看见他了，但礼拜天下午她就总想带他到城里转悠，因为她为这个整洁可爱、一看就得到了精心照顾的小宝宝感到自豪。就连那些更显赫的人家，也没谁家的婴儿车比她的更漂亮了——孩子的枕套缝了褶边，小褥子缀了蕾丝，身上还盖着一条用钩针编织的美丽花毯，以蓝色缎子绲边。婴儿的外衣和帽子上都装饰着天鹅的羽毛。

收养了这个孩子之后，尤利乌斯和海伦妮的夫妻关系事实上更亲密。丈夫搂抱她的时候，海伦妮可能还会稍微挣扎一下推开他，嘴里说着"自己一边玩去"，但并不像之前几年那样不耐烦了。尤利乌斯心里清楚，不用把她的拒绝太当真，实际上，她是很享受他突然的拥抱和爱抚的。现在她作势要挣脱他时，就好像在跟一个小伙子勾勾搭搭地调情似的——又羞涩又娇美，尤利乌斯说。想到他们最初相识相恋的那些日子，她内心深处就会涌起一种挥之不去的、奇特的、心痛的感觉——他们再也回不去了。现在她已经看透了尤利乌斯：可怜的家伙，虽然已经44岁了，但本质上仍然只是个无可救药的、愚蠢的大男孩。但不管怎样，老尤利乌斯的心毕竟还是好的，这就比大多数女人的丈夫要强得多了。唉，要是他们有自己的孩子就好了！他们可能就不会变成现在这样，家对他们来说，就会显得更有人气、有乐趣，让他们愿意回来。说到底，她还是很喜欢可怜的老尤利乌斯的。

乔道夫的存折被他拿走了。这是没有办法的事，所以海伦妮觉得最好不要多想。只要她还不想让隆德律师知道，就只能接受这种安排。海伦妮私下为这个小男孩开了一本新存折，把自己做针线活赚的钱都存进去了。她手上一边织着东西——这会儿她正在为驻军地的妇女们做一个床罩——一边开始想象，等到乔道夫受坚振礼的那天，自己要如何把这本存折拿给他看，单是想象那情景就让她快乐。他从教堂回来之后，先吃午饭——那天她打算做烤小牛肉配奶油酱汁和各种果酱，然后再来一块夹心蛋糕做饭后甜点，跟埃尔娜小姐受坚振礼的时候隆德家吃的那块一样。等尤利乌斯去午睡了，她就把乔道夫叫到起居室里，拿存折给他看。"好孩子，这是妈妈给你准备的。"她会这么说。然后她会告诉他，从他还是个躺在婴儿床里的小宝宝时起，自己便开始辛苦操劳、节衣缩食，就是为了给他攒下这笔钱。然后她会和他一起静静地坐一会儿，低声地——以免吵醒尤利乌斯——商量这钱要怎么花。海伦妮觉得应该送他去读特雷德职业学校。她想象着乔道夫身穿坚振礼服装的样子，他会长成一个踏实、靠谱、有上进心的年轻人——就像萨尔奎斯特太太家的马丁那样，但肯定比马丁帅气，因为那孩子的相貌实在不怎么样。不过他是那种只靠聪明和办事可靠就能发达的小伙子。马丁都已经当上部门主管了，怎么说，我们乔道夫也不会比他差吧？

"没错，小伙子。"她抱起孩子，轻轻摇晃着。"那么，你是不是我的小男孩呀？你是不是妈咪的掌上明珠呀？"她把他又抱紧了点，拿起他的小手摸自己的脸颊。"可怜的妈妈——可怜的老妈妈呀——"

但尤利乌斯在家的时候，她从来不跟孩子这么说话——从来不把自己叫作"妈咪"。有一次，尤利乌斯把乔道夫抱在膝头，用脑袋拱他，说："你怕不怕你爸爸呀，啊？要不要顶他呀，小淘气鬼？"这时海伦妮一把抢过小男孩，凶巴巴地说道："你是不是傻？你知道他还太小，没到跟你瞎胡闹的年纪，可怜的小东西！"

她心里从来都不觉得尤利乌斯是乔道夫的爸爸，而且她也不知道，为什么自己会如此反感他以"爸爸"自称。

然后，就到了6月底的那个礼拜天。

海伦妮坐在窗边的桌子旁，晒着太阳，读一本内特·平克顿系列的平装本侦探小说，是尤利乌斯某次回家的时候带回来的。

她正在心满意足地休息。这星期的衣物都已经洗完了；床罩和窗帘白得发光；她今天穿了自己特别喜欢的那条蓝底白花的旧连衣裙；饭已经做好放在炉子上，等着尤利乌斯回来一起吃——他和几个朋友出去了。空气里飘着令人食指大动的诱人香气，混合着炖菜和咖啡的香味、院子里的花香，还有桌上花瓶里黄玫瑰的香味。那是海伦妮早些时候把婴儿车推到室外，在房子后面的灌木丛里发现的，今年最早开放的玫瑰花。

她从书中抬起头望向窗外,想看看尤利乌斯有没有回来。她看见,屋前那条小路的拐弯处出现了一把鲜亮的红色丝质阳伞。在阳光下白亮的海水,和蒙了一层灰尘,又被日光照得发白的大片绿植的映衬下,那一抹红显得格外鲜明耀眼。阳伞拐上了她家门口的坡道,伞下是个穿一身白色衣服的女子。

可能是某个城里的客人,想来租夏季度假屋的,海伦妮想道。然后,她便听到了鞋子踏上门廊的脚步声,接着是敲门声。

海伦妮打开门。

"上午好。请问是约翰森工程师家吗?"

"没错。"海伦妮说。

那女子年轻标致,一头浅金色的秀发,身材丰满。阳伞给她的脸和上半身笼上了一层玫瑰色的光晕。她穿一身白色的亚麻套装,裙子相当短,脚上穿了白色的长袜和鞋子。

她站在原地愣神了片刻,没有说话。海伦妮刚要告诉她这个夏天的房间都已经租出去了,这时她开了口:"你们是不是收养了一个孩子——一个叫乔道夫·埃达尔的小男孩?是这样的——我是他母亲。"

海伦妮没有说话。女子收起阳伞,把伞尖杵在门廊地板上,两只手扭来扭去地搓着伞柄,继续说道:"我就是觉得我非得过来看看他不可——我太想他了。我就是觉得我得来你们家一趟,看看他怎么样了。"

"哦,对,快进来吧,"海伦妮说,"这屋里乱糟糟的,让您见笑了……"她连忙把桌子上的几本书拾掇起来,除此之外,房间整洁得无懈可击。

那女子四下张望。

"我把他放到屋外院子里了,"海伦妮说道,"我也不清楚——他很可能睡着了。这个时候他通常都在睡觉。"她走出门,她的访客跟在身后。

她就偏得挑个孩子身上穿着脏衬衫,被子、垫子都没换的时候上门,海伦妮想道。她本来打算吃完饭再给他换套干净的衣服和被褥,然后夫妻俩带他一起去公园听乐队表演的。要换的衣服她早些时候已经熨烫平整,正放在起居室的桌子上。

"哎呀,你们的花园真漂亮。"女子说道。她们两个来到婴儿车旁,它就停在花园里的石子小路上,路旁旧花圃里,芍药和长茎的黄色百合开得繁盛,已经溢了出来。

"哎呀,他都长这么大了!"孩子的母亲说。她俯下身,盯着车篷下沉睡的婴儿看了许久。"我的小乔道夫长得这么大了,还这么俊了!"

她们往屋里走着,孩子的母亲掏出一块小手帕,抹了抹眼睛。到了厨房里,她坐在了摇椅上,先用手帕擦了擦脸,然后将其拿在手里扯来扯去。海伦妮坐回原来的椅子上。

说实话,她也没多漂亮。脸上涂了粉——她一哭就全看出来了。她坐着的时候,膝盖下面的小腿全露在外面——而且她那双脚,都快把白色帆布鞋撑破了。亚麻外衣里面,她穿了一件又薄又皱的白衬衫,透过它,里面内衣的红色绑带清晰可辨。看起来,之前的经历并没能让她学会自重。

"见到他,感觉好陌生啊。"她抬头看向海伦妮说道。

"嗯。我相信你肯定会注意到,他跟你上次见到的时候很不一样了。"

"可不是嘛!天可怜见,刚出生的时候他是个多瘦弱的小东西啊。当时他们,你知道的,我是说医院里的人都觉得他活不下来。而且我生他的时候也遭了很大的罪,好久都下不了床——只能让洛维斯姑妈带他——我可怜的老姑妈,她根本不知道该怎么带小孩。

每次我去她那儿看他,我都在想,这可能是我最后一次见着活着的他了。可现在——"

"他长得和他爹地多么像呀!"孩子的母亲声音微颤地说。没有自己孩子的海伦妮感到心口一阵刺痛。她仍旧一言不发。

"啊,没错——没错——没错。"那个母亲叹息道。

海伦妮低下头,一边把手掌按在桌子边缘来回滑动,一边说道:"是啊,你姑妈一个人带这孩子肯定不容易——她根本不知道该拿一个小婴儿怎么办,我觉得。"

"哦,没错,她的确挺不容易的。"

两人相对无言地坐了一会儿。

"你们没有自己的孩子,是不是?我记得姑妈说过——"

"我有过一个小女儿,"海伦妮飞快地说道,"不过她死了,后来我就没再有过孩子。"

这时门开了,是尤利乌斯回来了。他看见家里的陌生人,吃了一惊。

"这位是乔道夫的生母。"海伦妮告诉他。

"哇,原来是这样!上午好啊。"尤利乌斯说着,握了握来访者伸出来的手。

她已经从躺椅上站了起来,说道:"您一定是乔道夫的养父了。"

"没错,就是这样。"尤利乌斯有点不自然地笑道。其实他不笑的时候更好看。他是个敦实的大骨架男人,棕黑色的眼睛神采奕奕,额头上的棕色鬈发依然浓密,但门牙已经缺了几颗。

"特地来这边看你的小娃娃,是不是?"

"是的,我就觉着——看见今天天气这么好——"她直直看着他的眼睛说道,"你就忍不住会想念他,你知道的。但是看到他来了一个这么好的家庭,这么善良的人们——"说到这里,她又拿起手帕开始抹眼泪。

"啊,这个嘛,"看到她哭,尤利乌斯有些慌乱,"那个,乔道夫是个好小伙子,一点毛病都没有。"他语无伦次地急忙说着,"我跟你说,关于这事,我也不是说我知道多少吧——但你可想不到,当初她对这事是有多上心。我只是听说,你知道的,我老婆——"他转头看向海伦妮,"她可是忙得不得了哪!所以我这当男人的,就只能老婆告诉我做啥,我就做啥呗——是不是呀,海伦妮?"他大笑几声,朝两个女人俏皮地眨眨眼。

"哎,你正常点行吗?"他妻子说道,她正在把盘子从碗架上拿下来,"我们要吃中饭了,您可愿意赏光?"

"哇,谢谢你,"来访者说,"事实上,我正要问你们,附近有什么馆子之类的呢——你知道的,我在这边一个认识的人都没有,所以——"

"很荣幸招待您,小姐,我们非常荣幸。坐下来一起随便吃点吧。海伦妮,我去汉森夫人那儿取瓶啤酒,马上回来——"尤利乌斯话音未落,已经奔出门去了。

"多留一会儿吧,他也快睡醒了。"海伦妮一边说,一边把刀叉摆到桌子上。

饭桌上,尤利乌斯一直兴致高昂。而乔道夫的母亲——她的名字是范妮·埃达尔——也渐渐活泼了点。她絮絮叨叨地谈论起她自己来——她在斯托尔加滕那家造纸厂的办公室里做文员的时候,其他女同事待她如何恶毒刻薄,也就是在那里,她遇见了乔道夫的生父。现在她在格伦兰路那边的一个大型肉店里当收银员。她的处境似乎在这里也没好到哪儿去,其他员工还是跟她不对付。讲到肉店老板那个肥胖而自高自大的老婆,她是怎么跟范妮讲话的,而范妮哪儿受得了这样的侮辱,于是当场反击的时候,尤利乌斯的腰都快笑弯了。

他们吃过饭，正喝着咖啡，海伦妮听见婴儿的哭声，于是两个女人一起出去找他。

看着自己的小孩，范妮·埃达尔高兴得一会儿哭，一会儿又笑，她觉得他简直可爱极了。她把孩子抱在膝头喂他吃粥，因为他现在已经能吃勺子里的粥了。她放声大笑，笑孩子吃得急，而她自己的手法又笨拙，把粥洒得桌子上和孩子的围嘴上都是。然后，她突然把孩子高高举起，盯着自己白色套装膝盖处沾上的一块污渍看——她讶异地看看海伦妮，又看看尤利乌斯，然后目光又回到那块污渍上。海伦妮不禁微笑起来，而尤利乌斯则拍着自己的大腿哈哈大笑。

"小孩儿都是这个德行！咱们可永远不能相信他们，是不？嘿——嘿——嘿！"

只好由海伦妮来喂乔道夫了。然后她给他换了尿布，穿上白色的新衣服，戴上亚麻帽子。孩子的母亲在旁边无限欢喜地赞叹着，他多俊俏啊！

埃达尔小姐跟他们一起去了公园听音乐。海伦妮已经把乔道夫弄脏的东西都清洗干净，衬衫也熨干了；尤利乌斯因为自己身边走着一个窈窕迷人的姑娘而倍感骄傲，因为在下午的阳光里，她打着红色阳伞的样子实称得上迷人。她的脸和上半身是娇艳的玫红色。

尤利乌斯和她并肩而行，边走边聊，而海伦妮一言不发地推着婴儿车，走在他们身后一两步远的地方。

之后，海伦妮和尤利乌斯推着婴儿车里的乔道夫，把范妮送到了码头。她语无伦次地一遍遍感谢他们让她度过了这么愉快的一天。

那一整个晚上，尤利乌斯都止不住嘿嘿地发笑。"这姑娘真是不含糊，"他来回说了好几遍，"她眼里可揉不进沙子！"

"哼，我觉得她就是个爱卖弄的。"海伦妮说。

"她？爱卖弄，你是说？"尤利乌斯笑得更欢了，他正坐在床沿上脱袜子，然后一把搂住刚要上床的海伦妮，"你得知道，可不是每个人都能像你这么矜持又规矩的呀！"

"你就喜欢她那种女的——我能看出来。"海伦妮一边酸溜溜地说着，一边挣脱了他的手臂，躺到床上时又补了一句，"我猜啊，你更想娶个像她那样的人当老婆吧？"

"当老婆？别闹，就那种女人还是算了吧。我又不是昨天才出生的小娃娃。你这样的才适合娶回家。"

海伦妮没拒绝他的爱抚，尽管她心里还有一点儿恼他。而就在她马上要睡着的时候，又听见尤利乌斯自顾自地嘿嘿笑起来:"哎哟,那个埃达尔小姐,她可真是一点儿都不含糊!"

海伦妮在这个夏天过得平静又安宁。她把楼上的房间租给了从克里斯蒂安尼亚来的两个年长的单身女士,她们自己用酒精炉做饭吃,也不需要她的其他服务,因此她有了很多空闲时间,可以坐在门廊,给埃尔娜小姐做她定制的门帘。她找了个借口拒绝了埃尔娜小姐租住她房间的提议——不知怎的,她不大乐意让认识的人住在自己头顶上——于是埃尔娜租了一间更远处、靠近胡斯维克的房子。她家的保姆带着两个小姑娘出来散步的时候,偶尔会顺道过来看看海伦妮。那保姆是个文雅和气的人,已经上了年纪,两个孩子都很乖巧。其中的姐姐喜欢在门廊前把婴儿车里的乔道夫推来推去。她们的教养很好,海伦妮给她们每人拿来一碟从花园里摘的浆果时,两个女孩都甜甜地对她说了"谢谢"。礼拜天的时候哈丽雅特也来了,她要在她姐姐那里小住几日。她来海伦妮家喝了咖啡,而且非常友善,她说乔道夫是个格外漂亮的小孩儿,而且头发要比别的同龄男孩子浓密得多。她自己的两个儿子在这个岁数,发量可远远不如他。

尤利乌斯换到了一艘航程更短的船上工作,所以这个夏天他在家的时间更多了。但这也不意味着他不用出海的时候就会待在家里，他总是跟几个哥们儿一起出去寻欢作乐，回家的时候经常醉醺醺的，有点迷瞪。他给海伦妮钱也给得不像以前那么痛快了，有那么一两次，海伦妮甚至不得不疾言厉色地向他索要家用。

但总体上，她已经不太在意她丈夫的这些缺点了。尤利乌斯本性上是个善良的人，而且即使已经喝得烂醉，他回到家里也尽量表现得规规矩矩。总的来说，他们两个相处得还算融洽，尤利乌斯也乐意主动帮她做家务活。他会从码头带新鲜的鱼回来，然后海伦妮就会用欧芹调味的黄油煎鱼，把面包烤得脆脆的，再涂上厚厚一层农场黄油，跟自家园子里种的新马铃薯一起端上桌，配半瓶啤酒，再给尤利乌斯倒一大口烧酒。除了她自己买的那瓶阿夸维特烧酒，海伦妮不允许房子里出现任何烈酒。她平时把瓶子锁在碗橱里，每天吃正餐的时候倒出满满一小盅给他，再多就没有了。他顺从地接受安排，从不试图在家里喝更多。她要他戒掉酗酒这个恶习。

规矩只坏过一次。那是9月初的一个礼拜天，那个女人，范妮·埃达尔又来看望乔道夫了。那天早上海伦妮本来是充满期待的，前一夜尤利乌斯出去了，带了条很棒的鳕鱼回来，此前的那个星期他还帮她采了树莓。她用这些树莓做果酱，没用完的部分则拿来做了道极特别的甜品——她难得做一次的树莓奶油布丁，打算正餐的时候吃。结果那个范妮一大早就来了，尤利乌斯甚至还没起床。海伦妮只好陪她在院子里待了一会儿，等尤利乌斯起来。然后不知怎的，情况就变成了尤利乌斯要带着范妮到塞尔斯滕那边转转，把海伦妮一个人留在家里收拾屋子和做中饭。

他们坐下来吃饭的时候，尤利乌斯用调笑的语气问客人要不要喝一杯，她一口答应了。于是海伦妮不得不把瓶子留在桌上。尤利乌斯充分利用了这个良机，而范妮也完全没客气。海伦妮着实搞不懂她。最开始，她以为范妮以文雅淑女自居，觉得自己的身份比他们两个高贵。虽然被一个有妇之夫搞大肚子实在称不上淑女所为，但范妮的父亲生前是个小学教师，因此她肯定受过还算体面的教育。但看着她现在的样子，坐在那里一杯又一杯地往下灌烧酒，嚷嚷着"干了"，冲着尤利乌斯傻笑，卖弄风情——唉，她肯定天生就是那种水性杨花的风流女人，见了男人不勾引就浑身难受。

饭后,那两个人又冒出了新念头,他们想趁着天气晴好出去划船。海伦妮又没法跟他们一起去——她不敢带乔道夫上船,特别是他最近感冒了,又恰逢出牙期,本来就有些不舒服。埃达尔小姐的确提议说海伦妮可以找个人帮忙看一小会儿孩子,但从那两个人的语气里,她能听出他们并不太想带上她。于是他们自己走了,海伦妮在家里陪着一个哼哼唧唧、抽抽搭搭地流鼻涕的小男孩儿,他的皮肤粗糙干燥,甚至有了皲裂。海伦妮把他抱在膝头摇晃着安抚他,在厨房里走来走去,给他哼歌。每隔一会儿,她就把男孩儿的小脸贴到自己脸上,口中说着:"乔道夫他是我的小孩儿,对不对?他是我的,是我自己的小男孩儿。"

为什么那个女人总是跑来她家,海伦妮摸不着头脑。说到底,她已经把她的儿子送人了呀。而且她来的时候,就没正经看过那孩子几眼,她想去游泳——散步——摘野花。但毫无疑问,她挺高兴礼拜天有个地方可以待的。

有一次,范妮提到她姑妈也很想过来看看乔道夫。海伦妮说没问题,当然,如果老埃达尔小姐能来再好不过了。她们说好要来的那天,海伦妮特地准备了一大份烤肉。她想好好招待一下那位可怜的老妇人,她平时多半难得有机会出门做客。然后范妮来了，身边却不是她姑妈，而是她的一个年轻的女友，她希望约翰森太太别太介意，毕竟她打过招呼了，自己今天可能带个客人来嘛。那个女友跟她完完全全是一路人。

太糟糕了。可怜的乔道夫，等他长大后，肯定会为自己的生母感到羞耻的。因为范妮迟早会变成一个堕落的女人——她能变好就怪了！

"但你完全用不着为此苦恼，托迪（乔道夫），"她对婴儿车里的孩子说道，"你是我的小孩儿。你看，海伦妮才是你妈妈——是不是呀，我的小宝贝？"

不过，范妮上一次来看孩子的时候，海伦妮不由得可怜起她了。当时是 11 月末，天气差到了极点，范妮穿一身灰色的格子外套，面料非常薄，几乎一点羊毛都没有，可能是件旧春装，款式过时了，脏兮兮的，还缺了好几粒扣子。外套里面她穿了件破破烂烂的小钩针毛衣，和污渍斑斑的鲜红色缎面衬衫，料子轻薄滑溜。她全身湿透了，于是海伦妮不得不把自己的衣服借给她换上。把范妮的东西挂出去晾干的时候，海伦妮发现她的靴子已经开裂，长筒袜上全是破洞。

那天尤利乌斯不在家，海伦妮本来没打算做正餐。但她煮了浓咖啡和白煮蛋，又在饼干上涂了些山羊奶酪端给她。范妮吃东西的样子就好像饿了好几天似的。她一直在流泪,但最开始她并没有说是为什么。她问能不能让她来喂乔道夫吃鸡蛋,但那孩子已经开始怕生了,亲生母亲一伸手要抱他,他便开始哭闹。于是海伦妮只好把他抱到自己膝头。他在海伦妮怀里非常平静满足,大口吃着饼干,奶酪沾了一脸。他的生母坐在一旁目不转睛地盯着他,眼泪止不住地往下掉。海伦妮不禁为她感到难过,说道:"小孩儿到了某个年龄段总是这样的,你知道——怕生人。等他再长大些,能记住你这个人之后,就像……"

孩子的母亲爆发出一阵大声抽泣。"可我不知道下次什么时候才能见到他了!"

"我丢了工作,"她终于开了口,"而就我现在这个样子,也很难找到新工作了。我甚至不敢出门见人——连件像样的衣服都没有。"

一点一点地,范妮开始讲述自己的遭遇。她丢了肉店的工作,因为账目对不上,而且老板的老婆还放了狠话,说今后无论范妮再去哪儿上班,她的下任雇主都会被告知她是个什么东西。那女人气疯了,因为她丈夫喜欢范妮——就好像范妮想让他喜欢似的!那老板是个令人作呕的老色坯,禽兽不如的东西,经常对范妮动手动脚，恶心极了！但她不敢拒绝得太不留情面，怕他恼羞成怒解雇她。然后那老泼妇还去洛维斯姑妈那里编派她，结果姑妈大发雷霆，说范妮从此别想踏进她家门一步。现在范妮暂住在另一个女孩儿家里——她的一个女朋友，叫塞尔玛，在纽伯格加滕租了一间女佣房——但也没法住太久，因为塞尔玛自己的生活也不大宽裕，可怜的姑娘。要是范妮能找到点织补东西的活计做就好了，塞尔玛有台缝纫机。

海伦妮想安慰这个可怜的女人，却不知道说什么好。于是她又煮了些咖啡，拿起针线活儿做了一会儿，默默地听着对方倾诉，直到她平静下来。渐渐地，范妮的情绪快活了些。乔道夫也习惯了这张陌生人的脸孔，不再害怕她了。海伦妮抱起他，让他表演那个拿手的小把戏——拍饼饼、头碰头顶牛牛、手指在面前一张一合地躲猫猫。现在他已经十一个月多了，长出了六颗牙，海伦妮把他放到地上，他就会满地爬来爬去。他是个甜蜜俏皮的小孩儿，时常会做些滑稽的小动作，让你笑得喘不上气。

此时，屋外冷雨夹着雪花瓢泼般落下，而他们继续待在温暖的房间里。范妮抱起乔道夫放在膝头，孩子很乖巧地摆弄她的衬衫纽扣，张嘴想咬它们。她挠

51

他的下巴,说"痒痒不?",他便咯咯地笑个不停,几乎要呛到自己。

海伦妮提议范妮在自己家留宿一晚,因为她现在出发的话,也要到夜里才能回到城中的住处——让她大晚上一个人顶着暴雨,浑身湿透地回到她位于纽伯格加滕的朋友的那间出租屋里,也太可怜了。于是海伦妮做了晚饭,又给乔道夫洗了个澡——虽然他前一天晚上刚刚洗过,但她想给这孩子的母亲看看他在澡盆里扑腾的可爱样子。然后,范妮抱起这个清爽、干净、甜蜜的宝宝,把他放到婴儿车里,轻轻摇晃着摇篮,直到他睡着。

"哦,天哪,天哪!"她又忍不住哭了起来,"要是我能把他留在身边就好了!就连你这样一个毫无血缘关系的外人都这么喜欢他,你一定能想得到我的心有多痛——我可是他的亲生母亲啊!"

之后的一整个冬天,乔道夫的母亲再无音讯——甚至连男孩儿的生日和圣诞节,范妮都没出现,海伦妮也不知道她现在的住址。

3月,尤利乌斯接受了一份新工作,在克里斯蒂安尼亚的某家工厂担任工程师。他曾起意卖掉德勒巴克的房子,今后在城里定居。但目前城中房源紧缺,尤利乌斯不得不暂时跟厂里的一个工人同住,而海伦妮自己留在德勒巴克。他礼拜天有时会回来,有时也不回。

海伦妮对此并无怨言。她只希望这种安排可以长久下去,尽管这意味着她见到丈夫的时间比之前更少了,但她非常不情愿搬去城里。其中一个原因是,她怕他们搬到城里之后,范妮·埃达尔会频繁上门。除此之外,她也早已对她的房子和庭院产生了依恋,她深深惊异于尤利乌斯竟会想到要搬家。

那孩子给了她无尽的乐趣和陪伴,除此之外她已别无所求了。可怜的宝宝,他的确还是有点病恹恹的,有轻微的佝偻迹象,还很容易感冒,因此她很怕他得上支气管炎,为此带他去看过两次医生。不过谢天谢地,这两次他都只是受了些风寒而已。

"他身子骨有点弱,"医生是这么说的,"但既然有您把他照顾得这么周到,约翰森太太,他将来肯定能长成个健康结实的小伙子,没什么好担心的。"

等到春天来了,乔道夫一生中第二次喊出了"妈咪",而且海伦妮把面包和奶酪摆到餐桌上时,他就会学着讲"面嗷"和"奶闹"。海伦妮把他抱在怀里出门购物的时候,他会指着路上遇见的所有动物说"猫猫"。到了商店里,她就把他放到地上,因为他已经能拽着她的裙角站住了。海伦妮为她的小男孩儿感到非常骄傲。他不如很多小孩儿胖,但医生说了,小娃娃长得太胖不是什么好事——而且整个镇上,也没有谁家的孩子有小乔道夫这么美的棕色鬈发了。

庭院里的灌木丛长出了硕大的黄色花骨朵,绣线菊树篱变成了温柔而透亮的绿色。燕子们轻巧地在屋子周围掠过,叽叽喳喳地叫着,在房檐下的巢里飞进飞出。

海伦妮走过屋前的花圃,看着报春花圆滚滚的花蕾和含苞待放的旱水仙。她把手里抱着的孩子放在被太阳晒暖的砾石小径上,然后跑开几步蹲下来。那孩子在原地呆站了片刻,脸上露出一个要哭了的表情,两腿晃了一晃,向海伦妮伸出双手。接着,他突然鼓起勇气,口中发出有点像燕子的啼叫的声音,蹒跚着向前迈出几步,扑进海伦妮张开的双臂。

海伦妮无限欢喜地紧紧抱住他,小男孩也很欢喜,为自己新取得的成就而兴奋。他们又重复了这个游戏许多次,乔道夫怎么玩都玩不腻。

这之后又过了6个星期,到了黄玫瑰盛放的时候,海伦妮就可以在草地上做着针线活,时不时地抬起头看乔道夫玩耍了。这时他已经能相当利落地走来走去，玩尤利乌斯从城里给他带回来的一匹大木马。海伦妮给木马起名叫雅可布，那是她小时候家里养的一匹马的名字，但乔道夫叫它拉克尔。

7月里一个平常的工作日，海伦妮正熨着衣服，厨房的门突然在她身后被推开，范妮·埃达尔走了进来。

范妮整张脸容光焕发，跟上次出现时比简直像换了个人，明艳又快活，打扮也靓丽入时——量身定制的华达呢套装，棕色高筒靴子的搭扣一直扣到小腿肚，金黄色的头发上戴一顶浅蓝色带网纱的时装帽。

"你还是老样子啊，这么忙！"她高声打着招呼。海伦妮注意到她的语气也跟以前很不一样了，显得矜持而刻意——几乎可以用"高高在上"来形容。

"哎呀，看看这又是谁，原来是小托迪呀！我的亲亲小宝贝儿，都长成大小伙子了——快过来让妈妈好好看看你，乖，给妈妈亲亲。"

乔道夫现在已经不怕生了，于是高高兴兴地走了过来，但他的母亲紧紧抱住他亲个不停，这让他有些烦躁，开始哼唧着抱怨，试图用小手把她的脸推开。但这时他看见她带来的巧克力和大只泰迪熊玩偶，便又停止了挣扎，心满意足地躺在她怀里了。

海伦妮折起熨烫用的垫布，把熨斗放回炉子后面，又把熨好的衣服收了起来。然后她点着了炉子开始煮咖啡。

"哇，咖啡！"范妮·埃达尔叫道，"真是太棒了。啊，能再次坐在这里我好高兴——我多么想念这一切啊！"她直勾勾地看向海伦妮，眼中闪着喜悦的光。

"你肯定想不到我这次带来了什么好消息。"当海伦妮倒出咖啡，又把酥皮点心拿出来放到桌上时，范妮开口说道。她停顿了片刻，又说："我快要——我已经结婚了！"一边说着，一边朝着乔道夫弯下腰去，这时小男孩正在把面包卷伸进她的杯子里蘸咖啡。

"哦，真的吗？"海伦妮坐下来，惊道，"是最近结的婚吗？恭喜恭喜！"她连忙补上这最后一句。

"谢谢，两个月前结的。"范妮飞快地应道，"约翰森太太，你可想不到我找了多好的一个丈夫！你敢信吗？他是个外国人，奥地利人——哦，不，其实是匈牙利人，我记得。他姓布尔格，所以我现在是布尔格太太了。"

"事实上，"她神神秘秘地小声说道，"这不是他的全名——但我暂时不能透露更多了。不过等战争结束后就——哦,我的鲁道夫(布尔格)可经历了好多事,你知道的,好刺激的事,但是也好可怕——而且多有意思!他上过战场,你知道的,还负了伤之类的。但战争实在太残酷,他再也忍受不下去了——所以他现在不敢回德国,哦,不对,不敢回奥地利去了,至少战争结束前肯定不敢。因此他现在来了挪威,正在干跟买鱼有关的事情,我记得是这样——他还给报纸写东西……"她就这样滔滔不绝地说了好久。

我的老天啊,海伦妮心想。我早就知道她肯定会给自己找上麻烦。

"那个,事情是这样的,"范妮说着,把那孩子往自己怀里抱得更紧些,"我今天过来是为了告诉你——鲁道夫,就是我的丈夫,他特别喜欢小孩。他想让我把乔道夫领回家跟我们一起生活,你怎么说——"她开始狂热地吻那孩子的头发。

海伦妮霎时呆住了,大脑一片空白。

"我想,一开始你可能会有点想他,"范妮用安慰的语气说,"但一定要常来我们家看他呀!你知道的——是不是呀,托迪?让海伦妮阿姨多进城来找咱们玩。"

"我们的公寓要到下周才能收拾好,"她继续说,

"所以我现在还不能带他走。但我们想一周以后过来接他——我是说,鲁道夫和我一起。"

"但你们当初是说永久送养的。让我们把他当作自己的孩子养大。"海伦妮轻声说,"所以你当然得理解——你不可能就这么把他要回去。"她说着,不由自主地向孩子伸出手。

乔道夫安静而心满意足地坐在他生母的怀里,玩着她的手袋。

"哎,没错,但此一时彼一时了嘛。"范妮用轻飘飘的语气说道,"唉,当时我是彻底没法子了,不知道该怎么办,也没人能帮得上忙。但现在情况不一样了嘛。"

海伦妮愣愣地坐在原地,嘴都忘了合上。"但我们收养他是要当作自己的孩子养大的。"她语气平板呆滞地一遍遍重复这句话。

"但是,约翰森太太,我当然知道——当时我们的确么说过。但你肯定能意识到,你总不能拒绝让孩子回到他亲生母亲的怀抱吧——既然现在她的境况变了,有能力亲自抚养他了。你说,是不是这个理?"

海伦妮一言不发。

"我当然知道,你最开始会难过一阵子,"范妮说道,"但归根结底,你只是他的养母嘛。又不是说他真的是你的亲生儿子。而且,既然你这么爱他,那你一定也能理解我,作为他亲生的母亲,会对他怀着怎样的感情!"

海伦妮依然不说话。

"我真的很理解你的心情,"孩子的母亲继续说道,"但他是我的孩子——而且你知道的,"她又轻快地补上一句,"你很容易就能找到别的孩子来收养——某个没了妈妈的孤儿什么的。我很乐意帮你联系负责儿童领养的政府部门。"

海伦妮抬起眼睛,将目光从乔道夫身上移开,看向他的母亲。

"我倒要看看,你这么做究竟合不合法。"她几乎是用威吓的语气说出这句话的。

乔道夫的母亲乘中午的那班渡船回城里了。她走后,海伦妮仍然无法相信她们真的说出了那些话——无论是她自己,还是另外那个女人。她整个人像僵住了一样。

那小男孩手里拿着玩具,在屋里蹒跚着到处走动。海伦妮甚至不敢伸手去触碰他,生怕自己每抱他一次,对他的爱就会更增一分。

那天晚上，乔道夫睡下之后，她上楼敲响了起居室的门。今年租住在她这里的，还是之前那两位老小姐。她们中有一个在政府办公室工作。海伦妮把情况告诉了二人，想问问她们，她是不是非得交出孩子不可。

法律是否会强制要求她归还孩子，桑德小姐也有些说不准。但她相信，根据挪威的法律，海伦妮是不能拒绝的，因为她并没有办理正式的收养手续。而且从道德上讲，她无论如何都不该硬生生把一个孩子从他的母亲身边夺走，这是毋庸置疑的。

海伦妮嗫嚅着说了几句，还有另一方面——那个生母的行径荒唐堕落，不配为人母。

"但这恰恰就是要这样做的原因！"另一位女士——她是个小学教师——插进来说，"就是这样，之前有过许许多多的、奇迹般的例子：一个不负责任的年轻女人——是真的不可救药的那种——会因为被允许亲自抚养她的孩子而回到正路上来，再没有什么，能比有机会做自己孩子的母亲，更有利于让一个女人获得救赎了。

"而且，世界上还有那么多被抛弃的、无助的小东西，可以供你倾注母性情感的嘛，约翰森太太。你收养的每一个孩子，身后都有另外二十个孩子同样需要关怀。"

那天晚上，海伦妮写信给尤利乌斯，吩咐他这个礼拜天必须回来，她有重要的事情要跟他说。

但尤利乌斯的态度跟起居室里那两位老小姐一样。要是孩子的母亲想要回她的亲骨肉，她没有任何立场拒绝。但他谈得更多的是范妮的婚姻，他似乎觉得这件事非常有趣。哎哟喂，她可把自己嫁得不错呀！不过当然，这个叫布尔格的家伙听起来甚是可疑——他肯定是个间谍什么的。

他们两个在院子里，因为尤利乌斯感觉他既然回来一趟，就顺手再漆一遍旗杆好了。他把旗杆放倒在地，一边刷着漆，一边滔滔不绝地说着范妮和布尔格。海伦妮怀里抱着乔道夫站在他身旁，沉默寡言、面无表情。楼上那两位老小姐探出头来，重复了一遍她们的意见，然后又强调说，海伦妮多么容易就能找到另一个需要她照顾的小宝宝。海伦妮只是把怀里的孩子抱得更紧了，直到他哭了起来，而她的面容却越发严峻了。

但尤利乌斯觉得这是个好主意。这次他们可得仔细挑选一个好人家父母生的孩子，然后就不会有这些麻烦事了。他们得从那种真正嫁不掉的老小姐手里收养，这种人不可能还想把孩子要回去的。

海伦妮把乔道夫的所有衣服都洗干净，仔细检查过一遍，该缝的地方都缝好，然后把它们整整齐齐装进两只大纸板箱子。一天又一天过去，每天早上海伦妮起床时都悬着心，深深沉浸在自己的思虑中，以至于她几乎看不见，也听不见那小男孩的动静了，他叽叽喳喳地对她讲话，她却没什么反应。

一星期过去了，海伦妮开始想着，可能他们又决定不来了。也许这中间发生了什么事情，那丈夫又改变主意了，谁知道呢。但可能他们还是要来的。她现在还是不敢奔向乔道夫，不敢跟他说话，不敢再像之前她以为他属于她自己时那样和他玩耍。然而，到了晚上他睡着之后，海伦妮便会坐在厨房的桌旁，双目空洞地望向窗外的夏夜，但什么都看不见，几乎紧张到屏气凝神。要是，那件事永远不会发生——

过了将近三个星期，他们终于还是来了——范妮和她的丈夫。他是个肥胖的小个子男人，棕色鬈发，胡子和眼睛也是棕色的，一排小白牙齿上能看见发蓝的补牙材料。他看起来挺和蔼的，总是笑眯眯的，朝乔道夫打着响指:"小宝宝!小宝宝!好可爱的宝宝!"[1]范妮显得兴高采烈,整个人喜悦又兴奋,简直一刻都安静不下来。

海伦妮把乔道夫的最后一些东西收拾好,又拿来了他那件缝着狮子形纽扣的蓝大衣和水手帽,由范妮来给他穿戴好了。

"现在,该跟海伦妮妈妈好好说声'再见'啦,托迪。快,去亲海伦妮妈妈一下,乖宝宝!"[2]

小男孩感到茫然,他还不知道他就要离开这个家了。

"再见,再见啦!"范妮·布尔格说道,"再一次衷心地感谢你——记得要来城里看望我们啊!再见,再见啦!"

那德国人殷勤地鞠了一躬,仍然是满脸笑容。然后他抱起那个裹在蓝大衣里的小小身影,范妮抱着他的箱子。然后他们就转身走了。

窗子开着。海伦妮听见男孩的哭声,这时那三个人已经走到了坡道的尽头。"妈妈!"乔道夫哭喊道。海伦妮站在房间一角,把身体死死地压在墙上,没有

---

[1] 原文为德语。(若无特殊说明,本书注释均为译者注)
[2] 原文为德语。

看窗外。

有两次,海伦妮去了克里斯蒂安尼亚,本来是想看看乔道夫过得怎么样,却怎么都做不到。她在斯瓦德拉普加滕街上徘徊,从布尔格夫妇住处门前经过,盼着或许能在路旁看见乔道夫跟其他孩子一起玩耍。但他并不在那里。

当然,要是范妮不让孩子自己出来玩,倒也是件好事。街上太危险了,万一被车撞到怎么办?但海伦妮每次走到门前,都没法让自己走进门去见范妮,她会感觉自己像个乞丐。

于是海伦妮做了些必须做的事,就回家了。她往墓地的方向走,但没走几步就转身回来了。她想着要不要去趟隆德家,随后又决定还是不去为好。她有几件事想问隆德律师,但又怕对方提起钱的问题。尤利乌斯已经把他们收养乔道夫所得的报酬全挥霍掉了,其中也包括律师资助的那一百克朗。

最后,在第三次进城的时候,她终于去拜访了布尔格太太。最近她连着梦见了乔道夫好几次,虽然醒来后记不清梦里发生了什么,但总感觉有什么不对劲,让她每次都从梦中惊醒,心里充满恐惧。

那是8月底的一天,烈日炎炎,街道上的空气里充满了浮尘。布尔格家住的那间公寓的楼梯间充满了一种暖乎乎的难闻气味。门口挂着一枚小小的黄铜门牌，上面写着个外国名字。海伦妮按响门牌下方的铃，等了好久都没有动静。她又按了一两次，刚想转身离开时，那扇门终于开了一道缝——门的内侧还挂着防盗链。

"哦，是你呀！"范妮欢快地叫道，她用力关上门，解下防盗链，再把门整个打开，"约翰森太太，你能来做客真是太好了！快进来，我还以为你已经把我和小托迪给忘了呢——不好意思，屋子挺乱的——我没想到今天会有客人，你看得出来吧？"

她身上穿的是衬裙、紧身胸衣，外面潦草地套了件肮脏的直筒睡裙，而她身上的那种卧室味道似乎充满了她正带着海伦妮进入的整个房间。沿墙架着一张日间眠床，床上的被子没叠，床单也只是刚被匆匆地抚平了一下。

除了这张床，房间里几乎是空的，不过仅有的几件家具看上去倒像是好东西。窗边放着张非常雅致的书桌——是那种美国式样，带个滚轴，可以拉下来锁上的，海伦妮在商店里看到过。窗台上有一枝凋零了的温室玫瑰花，花瓶外面还包着装饰用的手揉纸，用丝带绑着。另一个窗台上放了一个敞口的纸板箱，里面满满当当地装着做针线活的东西。

卧室的门开着，里面也是乱糟糟的，明显没收拾过。范妮跑进卧室，出来的时候一手抱着乔道夫，另一只手里拿了件粉红色的居家服上衣。小男孩一看就是刚从睡梦中被叫醒，正哼哼唧唧地揉着眼睛。他的头发被汗水浸透了。

孩子的母亲让他坐在地板上，自己套上粉红色居家服，然后理了理头发，将其塞进一顶蕾丝小帽里。

"看看这是谁呀，乔道夫？认不认识海伦妮了呀？哎呀，他好像真的没认出你！可怜的小东西，他太困了。宝贝——"[1]

"我这屋子现在一团糟。一天天兵荒马乱的，可是给我累得够呛。前几天有别人来家里借住——是我丈夫的朋友——但现在他们去卑尔根了，我是说我丈夫和他这个朋友，前天刚走。然后我就给自己放了两天假……"

"没错，可怜的小家伙，他今天看着不太精神——没错，你说得对，他好像有点不舒服。哦，没什么

---

[1] 原文为德语。

大事,你知道的——就是肚子有点难受。天气太热了——然后他又得了重感冒。他跟我们一起去了比格顿,跟我和我丈夫,还有他的那个朋友一起,他白天在那儿热着了,晚上风又有点凉。"

她突然跑出去,到楼梯间里拿了件雨衣套在居家服和衬裙外面,又到架子上的杂物后面翻找现金。海伦妮说了些"不用特意费心啦"之类的话。

"哦,反正我们自己也需要买点吃的。我们还没吃午饭呢。"

海伦妮留在公寓里陪那孩子。

"乔道夫,"她唤男孩的名字,"乔道夫,我的心肝宝贝,你认不认识我了啊?你把妈妈都忘了吗?"她低声呢喃着,弯下腰靠近那男孩,而他直往后缩。

似乎他的确把她忘了。男孩沉默地站在原地,一根手指塞在嘴里,看着她。而且,上帝啊,他现在也太瘦了!他的脸色蜡黄,鬈发浸满了汗水,黏糊糊的又湿又凉。

"哦,我最亲爱的心肝宝贝!"

范妮回来了,拿出三小瓶啤酒,一壶牛奶和一袋油酥点心放在桌上。

"家里没有咖啡了,"她解释说,"我又不想换上出门衣服去那么远的杂货店买新的,那样就太慢了。你只能凑合着有啥吃啥了。"

乔道夫用一种奇怪的姿势沿着墙根摇摇晃晃地走着,时不时地走到他母亲那里,喝她杯里的牛奶。海伦妮想到,以前他在自己家里的时候,她甚至很难坐下来自己好好吃一口东西,因为乔道夫总是不停地跑向她,喊着:"托迪妈妈抱——托迪吃妈妈饭饭!"

"天哪,你竟然给他喝生牛奶——你明知道他肚子已经不好了!"海伦妮惊叫道。

但范妮解释说,就是因为他肚子不舒服才要喝生牛奶。她在什么地方读到过,新鲜牛奶比煮过的牛奶好消化得多,也更有营养。她说这话的时候显得煞有介事,虽然海伦妮前几次见到她的时候她身上那种趾高气扬的优越感已经不见了。她此刻的状态更接近她最落魄的时候。可怜的人儿,一定是有什么不对劲。不管怎样,见到海伦妮时她的高兴确是发自内心的。

"我认为你应该带他去看医生。"海伦妮说道,她的目光一直没离开过乔道夫。

范妮说她想过这么做,但家里总是有事情绊住她,让她走不开。去诊所?可以,但诊所只在早上开门,也太早了。还有就是钱的问题。钱总是不够用。鲁道夫说，他不知道欧洲还有哪个城市的物价像克里斯蒂安尼亚这么高的。他的收入太不规律了，有时候他们手头非常充裕，但有时候就捉襟见肘。范妮狂热地絮絮不停地说着她的丈夫和他的各种事情，向海伦妮夸耀，然后又一次暗示他的名字不是真名，背后暗藏玄机：他其实是个大人物，我们做梦都想不到的那种。他的态度多么友善，举止又是多么高贵不凡。但是海伦妮能看出来这个可怜的人儿之所以说这些话，不是因为她感到多么骄傲或者幸福，实际上恰恰相反。

最后范妮终于说出了她真正想说的话。她需要给那男孩儿买些东西——她用德语叫他"宝贝"——但她没法开口朝鲁道夫要这个钱——哦，她可不是说他不喜欢这孩子，他觉得孩子可爱极了，海伦妮千万不要多心——但，话说回来，都懂的。长话短说，就是海伦妮以前给她看过一本存折，是用乔道夫的名义开的——请问海伦妮可否借一些里面的钱给她？

海伦妮看着那个苍白瘦弱的男孩儿——他是她的宝宝，不管这个世界怎么说，就算另一个女人亲自把他生出来五十遍，也是一样。他还穿着他那件漂亮的蓝色礼拜天盛装，但前襟已经脏到缠结变形了。一条空荡荡的裤腿垂下来有靴子尖那么长，快拖到地上了。

他脖颈上系着一块旧了的丝质手帕，鼻涕一直流，眼睛因为感冒而红肿着。

海伦妮说，好的，钱她明天就寄，只要范妮能现在、立刻带乔道夫去看医生。她出门的时候抱起乔道夫，给他仔仔细细地擦了鼻子——仔仔细细地擦了一整张漂亮的小脸——然后充满柔情地亲了他三四次。

几个星期后，她又去克里斯蒂安尼亚看望乔道夫。这次她拉了尤利乌斯一起，不知怎的，她觉得他在场会让自己更有底气一些。

那男孩儿的感冒还没痊愈，但看起来比上次好些了。范妮说她带他给医生看过，医生让她放心，孩子没什么大毛病。这次房间收拾得更整洁，范妮穿得也像样多了。她兴高采烈地欢迎他们来访，并邀请两人跟她一起用午餐。她用香肠和啤酒招待他们，饭后还端上了咖啡。在某种意义上，一切都挺让人愉快的——要是乔道夫不这么害羞该多好！他肯定已经忘记他的养父母了。

这次布尔格还是不在家。他总是在各地东奔西跑，这次去的是斯德哥尔摩，范妮记得他说过。

然而，当9月底海伦妮再次按响斯瓦德拉普加滕街上的那只门铃时，没有人来应门。布尔格的名牌还挂在原处，但海伦妮问了他们对面公寓的邻居，那女人告诉她说，布尔格夫妇已经走了，现在里面住着的是另一帮外国人——三四个男的，这里的人对他们一无所知。她也不知道布尔格夫妇去了哪里，只隐约听说他们好像搬到了阿斯克，但具体地址似乎不想让别人知道。是的，他们总是按时交房租——这间公寓对他们来说可是很方便的，无论他们想在里面干什么都可以，只有天知道，那些人背地里做了多少鬼鬼祟祟的勾当。但他们在这附近的每家店铺里都赊了账没还。至于他俩究竟结婚了没有——这个嘛，反正这位邻居家里没人真的相信那两个人是合法夫妻。

11月的一个下午，开铺子的汉森太太拉了海伦妮和她一起去某位信仰复兴运动的成员家里参加集会，听一位从克里斯蒂安尼亚来的传道人讲演。他们喝了咖啡，然后那位传道人便开始讲——海伦妮觉得他讲得很好，非常美。总体上，她对信仰复兴运动者们折腾的那些事没什么好感，但这个叫洛维斯托的人讲的话是如此沉静而有智慧，海伦妮往回走的路上心里还一直琢磨着。

海伦妮匆匆辞别汉森太太，回到自己家门口那段坡道脚下时，可能已经十点半了。天气很糟，黑得伸手不见五指，让人丝毫没有在外耽搁的兴致。海伦妮加快脚步走上坡道，刚迈上门廊的台阶，她突然看到面前有个黑影，紧紧贴在她家房子的外墙上。她吃了一惊。

"别怕，是我，约翰森太太。"一个嘶哑的声音带着哭腔说道。海伦妮认出面前的人是范妮·埃达尔。

"我的上帝！"

那人站了起来。海伦妮不需要看见，就知道对方臂弯里正抱着那孩子。

"我的上帝啊！"海伦妮重复了一遍，跑过去打开了门。范妮像条被淋透了的丧家之犬般溜进了门，然后就一动不动地站在门边，看着海伦妮点上灯。她怀里抱着乔道夫，将他紧紧裹在她那件雨衣里。

"我活了这么多年，从来没……"海伦妮说到一半停住了，不知道该怎么往下接好。于是她走到范妮面前，接过被裹得严严实实的孩子，雨衣的外面全是水。

"他睡着了，"他的母亲说，"他已经睡了很久。"她又哭了起来，"我们从六点就等在这里了。我还去了汉森家的店，但那里也没人。"

海伦妮轻手轻脚地解下乔道夫身上裹着的雨衣和其他外衣，没有把他弄醒。她把他放到床上，给他脱掉湿了的鞋子。天哪,他的腿这么细了。

"把衣服脱下来吧,"她轻声对范妮说道,"我去拿些……"

她给炉子点上火,煮了些咖啡和牛奶,又在炉火旁挂起两条毯子烘干。然后她走进起居室,把里面的炉子也点上,铺好床。直到她做完了所有这些,开始做食物的时候,才开口对范妮说:"今晚你肯定得先住我这里了。"

"谢谢你。"范妮温顺地说道。她此时坐在摇椅上,就像她之前许多次来的时候一样。海伦妮不由得想到了一只在外面受了很多苦之后,终于找回家的流浪猫。

"我在想——我想问问你愿不愿意再收留乔道夫——照顾他一段时间就好。我现在没法养活他了——"她又猛地抽泣起来。

海伦妮倒出咖啡,静静地把盛了食物的盘子推到范妮面前。"吃点东西吧。"她温柔地说道,轻轻拍着对方的手臂。

渐渐地,范妮镇定了些,便开始讲她的故事,一边讲一边抹眼泪。布尔格9月去了斯德哥尔摩,自那以后她再也没见过他。一开始他给她寄过一两次钱和几封信,但她不懂德语。他会说一点挪威语,而她会说一点德语，但他的信她就看不懂了。然后，另一些德国（或是芬兰）男人来了，要住进她的公寓，他们让她搬去阿斯克，和一个德国女人同住，那女人是其中一个男人的妻子。但在那里她根本过不下去，她们住的地方很差，而且那个德国太太是个凶巴巴的老女人。最后，几天前她听说鲁道夫已经回德国去了，而那个德国太太也恶语相向，把她赶了出来。

她终于承认了自己没跟鲁道夫正式结婚。他告诉她，因为证件上的麻烦，他直到战争结束之后才能结婚。但他那么诚恳地向她发过誓，待她那么殷勤周到，而且最开始的时候那么疯狂地爱着她——实际上，他一直都疯狂地爱着她呀。

范妮哭了好久，没完没了地讲布尔格以前对她多好。中间还间或提过几次乔道夫的生父，以及她和他在一起时的经历。海伦妮从来没见过像她这样的人。范妮似乎就是无法理解，男人都是些不负责任、没心没肺的动物。她似乎指望着，所有跟她说过话的男人都会自动感到有义务照顾她，就因为她自己没法照顾好自己。世上怎么能有这样的人？！但她吃的苦已经够多了，可怜的姑娘。

最后，海伦妮把她安顿在起居室里睡下了。乔道夫睡在厨房里的双人床上,海伦妮进来躺在他旁边,把他惊醒了。她喂他牛奶和面包,他吃得很香,身子也已经暖和过来了,因为她刚才把他裹进了烤过火的暖毯子里。但他不愿意在她身边安静地躺着,不停喊着要妈妈,海伦妮只好带他去找范妮。

范妮在海伦妮家住了三天。或许她还想待得更久些,海伦妮始终是一副希望她马上就走的样子。范妮对未来毫无打算。海伦妮想她能在德勒巴克找到份工作吗?海伦妮肯定地说不能,并建议她去求姑妈跟她和好,然后埃达尔小姐或许能给她介绍些做针线的活,毕竟范妮以前学过裁缝。

范妮走后又过了两天,海伦妮正在院子里晾晒乔道夫的内衣,她把他的衣服都修补好并且洗干净了。他离开时带走的那些衣物多数都不知所终,仅剩的那几件也脏乱得不成样子。

男孩在房子周围四处转悠,因为就一年的这个时候来说,今天的天气算很好了:空气温和而湿润,时不时会有一缕阳光穿透厚重的云层射到草地上,给草叶镀上一道金边,屋后山脊上橄榄绿的松树衬着呈暗淡的灰蓝色、遍布浓密雨云的天空。

突然,乔道夫跑过来,扯了扯海伦妮的裙角,把手里拿着的东西高高地举给海伦妮看,整张小脸都被笑容点亮了。

"妈妈,妈妈,看——拉克尔!"他说。

那是他以前玩过的小木马,他在灌木丛里找到的。木马的颜料已经掉光了,满身是土,还沾着几片枯萎的落叶。

男孩朝海伦妮张开双臂,说:"来呀,妈妈——来呀!"

海伦妮双膝跪地,把小男孩揽进怀中。她把他紧紧抱在胸口不放,泪水夺眶而出,于是她感觉自己体内深处的某种东西轰然碎裂开来,潮水涌起,瞬间决堤。她当时没意识到自己这辈子还从来没有这么哭过,所有未曾流下的泪,此刻终于全都流了出来。

她当时也没意识到,在接下来的那个冬天里,她变得和之前不一样了,她的整个生活也变得和之前截然不同。日子一天天过去,每个日子都满溢着深深的喜悦,也潜藏着一种痛彻心扉的焦灼。

小乔道夫开始渐渐记起其他的一些从前跟她一起生活时的事情了。有一天,他站在那里盯着缝纫机看了许久,然后伸手去摸亮闪闪的轮子,随即就用另一只手打了那只手一下,说:"不能摸!"之前他打扰海伦妮做活的时候,海伦妮偶尔会这么做。他走到炉子旁边,伸出手,但没碰到炉火,就赶紧说:"啊,啊,这可不能摸!"要吃饭的时候,他还会说"来呀,妈妈"和"妈妈抱"。

他总是在学习新东西。几乎每一天,他身上都会起些变化,而且他那么可爱、甜蜜、逗趣,海伦妮简直一看见她的孩子就心花怒放,快乐到要眩晕过去。

他就是她的孩子。她再也不会让他走了。她一想到范妮·埃达尔可能哪天还会回来朝她要孩子,脸上就出现冷酷凶狠的表情。她已经想好了到那时自己要怎么说,那些话可不怎么好听。她会提起她跟两个男人同居的事,还有她在格伦兰路工作时对账目搞的鬼,她倒要问问范妮,一个连自己都照顾不好的女人有什么资格照顾幼童。哦,不,那个女人休想再碰他一根手指头。她给这男孩儿造成的伤害已经够多了,乔道夫被她带走的那段时间里,健康状况倒退了不少。

这个词是医生的原话——倒退,他说。男孩的胃被折腾得很脆弱,还得了支气管炎。但医生又说,如果得到悉心护理的话,他肯定能康复如初的,没有问题。

海伦妮的确在很用心地护理他,以至于照顾他和通常的家务就占用了她的大部分时间，没空做别的活计了。到 2 月时，那本新存折里只有 4 克朗进账。她用胡萝卜和羽衣甘蓝做浓汤，用水和黑麦煮粥给他吃，现在医生禁止他喝牛奶，但他太喜欢牛奶了，缠着她一直要，海伦妮不得不狠心拒绝他，难过得眼泪都快掉下来了。她用热乎的油擦他的胸口和后背，他咳嗽得厉害时，她就得躺到床上陪着他，否则他就拒绝老实躺着。她脱掉外衣躺在他身边，跟他玩耍，给他唱歌，直到他睡着才悄悄溜去做家务。现在她不能拿零食来安抚他，巧克力和一切甜食都在绝对禁止之列。所以，他一旦开始哼哼唧唧或是烦躁不安，海伦妮就不得不一连几个小时跟他玩耍，给他唱歌。

他不断地折腾她，让她终日辛劳，但与此同时他对她的依恋也与日俱增。

然后，春天就来了。海伦妮感到欣喜，因为只要乔道夫能每天出门透气，身子骨就肯定能变结实些。她一边哼着歌，一边给他做新衣服，他回到他母亲那里时身上穿的那件蓝外套已经脏得不成样子了，于是她决定拆掉自己的一件旧冬衣，给他改件新的。那件外套的料子还跟新买的一样好，但样式已经过时很久了。等到秋天再给自己做件新外套也不错。她琢磨着要做件什么样的。海军蓝色怎么样……或许她可以拆了那只旧了的毛皮手筒,用来给新外套镶边。

可这些日子,乔道夫又开始咳嗽了。某天晚上,他又猛咳了一阵之后,海伦妮听见他胸腔里发出"呼呼"的声音。

和暖温煦的5月来了,草地开始变绿,院子里种的大黄长出了粗粗的亮红色茎秆,芍药花也从去年的那些枯黄萎缩的残梗中间,长出卷曲的棕色新叶来。起居室窗子下面的花圃里,繁盛的黄水仙茎正纷纷冒出头来,像一大片翠绿而锋利的小刀。海伦妮透过窗子看到了这一切,她为乔道夫哭泣,天气这么好,他本来应该在室外享受这一切的,可如今却只能缠绵病榻,苍白而痛苦。

这可怜的小伙子病得很重,总是不停地咳嗽、发出呼呼声,经常咳到喘不过气来。他也吃不下东西了,吃什么吐什么。在医生的建议下,他们两个一起搬到了大起居室去住。她整日整夜陪在他身边,托着他的额头,在他剧烈咳嗽的时候稳住他的身子,喂他吃蛋奶酱和肉汤,盼着他可以多少吃下些东西,不至于全吐出来。

5月15日傍晚,他发了高烧。海伦妮去汉森太大家打电话叫来了医生。医生告诉她,乔道夫患上了肺炎。

"您觉得他能挺过来吗?"海伦妮问道,她惊恐的目光直盯着医生年轻的脸。

"希望总是有的。"医生轻声说道。但海伦妮听到他的语气,看到他脸上的表情,五内俱焚。

海伦妮与死神奋力争夺她的孩子的性命。一夜过去了,接着一天过去了,又是一夜接着一天,到第三天夜里他还活着,而她穿戴整齐地跟他一起躺在床上。她用温热的毛巾敷他发着高烧的小身体,用冷毛巾敷他的额头。或许她不该躺在他身边的,这会把他弄得太热了,但似乎她在身边让乔道夫感到安心。他已经说不出话了,但只要他神志还清醒,就会紧紧抓住她的手、胳膊和衣服不放。

他在海伦妮的怀抱里最后挣扎了一番。但是到了早上,窗外阳光明媚,欧椋鸟在院子里鸣叫的时候,乔道夫已经死了。

那天晚上,海伦妮把那具漂亮的、精心打扮过的遗体留在起居室里,当她想在厨房躺下休息一会儿的时候,她看见自己的手臂上遍布蓝色和绿色的瘀青,那是乔道夫的小手在垂死挣扎中留下的。

尤利乌斯回来参加葬礼时,是跟范妮·埃达尔一道来的。孩子的母亲戴着黑纱,面纱下的那张脸看上去泪水涟涟,凄惨极了。她给人一种悲痛欲绝的印象,尽管身上穿着的崭新黑色丧服看着漂亮又体面。她似乎在格林纳洛肯的一位女裁缝那里找到了份不错的工作。而海伦妮看着她,又想到了一只流浪猫。她意识到,在乔道夫死掉之前,范妮就已经有了很重的心事。海伦妮尽可能地照料她,把阁楼的房间收拾出来给她住,因为不想让她睡在乔道夫死去的那间起居室里。但海伦妮跟她没什么话好说。

葬礼那天下了雨。教堂里墓地的样子惨淡至极。一小群哀悼者撑着伞站在墓穴周围。当牧师一铲一铲把土盖到棺材和放在棺材上面的花环上的时候,海伦妮不得不在旁扶住孩子母亲的胳膊,范妮看上去就像随时都可能昏倒一样,她的哀叫声就像一只挨痛的兽。

海伦妮自己没有眼泪可流。过去的几天里,她的灵魂像是被硬生生从身体里扯了出去。哀悼者们回到她家里之后,海伦妮端上预先准备好的正餐——烤小牛肉和夹心蛋糕,蛋糕是前一天烤的。这本来是她打算为庆祝乔道夫的坚振礼准备的菜单,海伦妮也不知道自己为什么要用它来招待参加葬礼的客人——也许是为了让自己再新鲜地疼痛一次,为了感觉到她的心还没有彻底死掉,还能记起她曾为她的孩子设想过的那些未来,做过的那些白日梦,然后就能痛快地哭上一场。她做着菜、削着土豆皮、调制酱汁的时候,心里一直回忆着那些事,但眼泪并没有出来。

傍晚,雨停了。海伦妮站在门廊上向她的客人们道别时,空气里飘浮着白桦花蕾美妙的芳香和稠李树的新芽散发出的浓重味道。范妮主动提出帮她洗碗,但海伦妮说不用了,谢谢你。所以范妮就和尤利乌斯一道出门送了客人们一段路。参加葬礼的人里有尤利乌斯的亲属,从比胡斯维克还要远的地方来的。

海伦妮洗完了碗碟,又打扫完了屋子,正坐在窗边,心神恍惚地望向窗外的春夜。多云的夜空下,峡湾荡漾着温柔的波光,树顶上的叶子还颇稀疏,但已经开始变繁密了,各处的花儿都含苞欲放。院子里飘来泥土的芳香和万物生长的新鲜气味,零星几只未眠的鸟儿还在歌唱。

她想给报春花分盆——本来今年春天无论如何都该分了——然后在乔道夫墓前密密地种上一圈。她的喉咙发紧,眼睛也突然模糊了一下,但那种感觉转瞬即逝。她试图让自己去想乔道夫的坟墓,但还是哭不出来。

她无精打采地起身，穿过门廊走到屋外。她在门口站了片刻，感受着夜间凉爽、湿润的空气，然后信步走了走。她走到房子一角，朝山下的道路和峡湾看去。

两个人影，靠得很近，正朝着坡道的方向走过来。又走了几步，他们停住脚步，张开双臂紧紧抱在了一起。

海伦妮快速地撤回到房子投下的影子里。随后她蹑手蹑脚地跑进门，其间两条腿不停地打战。她瘫倒在厨房窗边自己常坐的那把椅子上，满身冷汗，衣裙都黏在了身上。

又过了一小会儿，范妮和尤利乌斯进来了。

"你真该跟我们一起出去转转的，"她的丈夫说道，"今晚夜色太美了。"

海伦妮一个字都说不出来。她在脑海里搜寻着足够难听、足够刻薄和粗鲁的词语。她拼命回忆着自己遥远的少女时代在家乡小镇里学到的那些鄙俗下流的脏话——当年她总是目不斜视地从说这些话的人旁边走过，头昂得高高的，假装自己什么都没听见。现在这些话已经到了嘴边，但她还是咽回去了。

尤利乌斯走到炉子边，拿起咖啡壶，摇了摇。

"一点咖啡都没有了吗？"

海伦妮不由自主想起身去煮咖啡——尽主妇持家的责任，于她已成了本能。但她的整个身体都在颤抖，她不敢让自己走到那两个人面前，她不知道自己会做出什么事来。

"我已经把今晚的东西都洗刷干净了。"海伦妮用粗哑的声音说。

"没事，亲爱的，就两个杯子，等会儿我用完自己洗一下就好——"范妮刚说到一半，突然她的目光与海伦妮的相遇了。她向后跌坐进摇椅里，因哭泣而发红肿胀的脸瞬间变得煞白。海伦妮看她的样子特别奇怪。

"我感觉我得去睡了，"过了片刻，范妮声音微弱地说道，"我太疲倦了——我实在是一点儿力气都没有了。"她的声音越说越哽咽，又哭了出来。她断断续续地抽泣着溜出门时，感觉身后海伦妮的目光像两柄刀子，刺进她的后背。

"唉，唉，可怜的小东西，"尤利乌斯说着，给自己倒了一杯没煮开的浑浊咖啡，在桌旁坐下，"她真是太不容易了，要经历这些。"

海伦妮整个人一动不动。她没有抬头，强压怒火，用平静呆板的声音说道:"我猜,刚才在外面的时候,你安慰她完全是出于善意咯。"

尤利乌斯张开了嘴,却没有出声。

"你们走上坡道的时候,我看见了。"海伦妮接着说道,语气没变。

"哦,那个呀。"尤利乌斯有些坐立不安,脸涨得通红。"那个——"他飞快地说道,"你知道的,那其实没什么的。她当时情绪特别激动——我不得不哄着她,让她好受点——没什么好让你担心的。"

海伦妮内心的风暴突然平息了。当然,事情就这么简单。她不知道自己刚才为什么要大惊小怪。那其实没什么的,她又不是第一天知道——尤利乌斯就是那种偶尔会跟女孩子调调情、搞搞暧昧的人。她为什么还把这当回事?但此刻她的心疲倦而冰冷,她听见自己的声音,尖刻、激愤地炸裂开来:"尤利乌斯,我真不知道你中了什么邪——你看上了那个女人哪一点——那就是个不知给多少男人睡过的破鞋!呸!"

"哎呀,你看你,说什么呢。"尤利乌斯用受了伤害的语气说道,"又不是我多稀罕抱她,你知道的——关键是,可怜的姑娘,她难过得都快疯了。"

"我一点儿都不惊讶。她可有的好哭呢,的确不假。她又怀上了。"

尤利乌斯的脸又涨红了。

"你怎么看出来的？"

海伦妮嘲弄地瞪了他一眼。尤利乌斯理解错了这个眼神的意思，站了起来。

"海伦妮，哎，这个，你听我说——我这个事呢，干的是不太地道，没错，我对不起你，我心里知道。但你也得理解，像我这样一个血气方刚的大男人，长期跟老婆两地分居可有些寂寞——就感觉自己跟无忧无虑的单身汉没什么两样。再加上她总是在我面前晃来晃去，围着我转，朝我撒娇，软萌得像个小猫似的。而我们已经很多年没有这么温存过了——至少我很久没感觉到了。公道地讲，你还能记得……"

海伦妮倏然站起，身子直挺挺的，仿佛变成了石像。她的脸色煞白，几乎像是发着白光。

"……那个，我知道我犯了错误，我对不起你。但你也经常对我凶巴巴的，你知道吧？而且对我来说，你太好了，太高尚了，我经常感觉自己配不上你，这就让人挺受不了的。我心里一直清楚，其他所有人跟你一比都是垃圾，但是……"

海伦妮发出一声尖叫——长长的、尖锐的、野兽般的尖叫。

"基督啊!"尤利乌斯惊呼,朝她走过去。

她暴怒地转身,面对着他。

"你给我滚——你——你——给我滚出去,听到了吗?上楼找她去吧,去找那腌臜东西,跟她天长地久去吧!耶稣基督啊,我一秒钟都不想再看见你——我——"

她奔过他身旁,一把拉开起居室的门冲了进去,把门在身后摔上,然后转动钥匙反锁。她手里捏着钥匙在门旁站了片刻,整个身体止不住地打战。然后她踉跄着两三步来到床边,扯开毯子和羽绒被,双膝跪地,把头和肩膀整个埋到床单里,终于哭了出来,泪水辛酸而灼热。她死死抱住乔道夫临死时睡过的枕头,像要把它塞进自己身体里似的。她的心里有无尽的悲苦,她为耶稣,也为她的孩子而哭。

信件
letters

89
―
124

克里斯蒂安尼亚

1901年11月6日

最亲爱的迪亚：

　　终于，我能好好坐下来给你写信了——距我上次写信已经过了那么久，而我又有那么多的话要对你说，恐怕这封信要写得像恋人的情书一样长了呢。天知道我要怎么把它们全写下来——你又怎么能有时间读完。首先，我想办法弄了间自己的屋子——你看，是我有生以来头一遭呢。要是你打小就习惯了有自己的一间屋住，你就想象不到这会让人多快乐。虽然我不打算睡在里面，妈妈不会答应的，但屋子已经倍加舒适了——因为里面没有床。我按着自己的心意把房间涂成了血红色，因为墙是用木板镶的，家具都是最简单的那种——我把家具涂成了明亮的绿色——而且因为两面墙之间的空间很宽裕，整个屋子看起来可爱极了。房间里有一个"转角沙发"，上面盖了块意大利老毯子；有父亲用旧了的弯曲书架；炉子那边还放了一条"农民长椅"，我好希望你正叼着烟坐在那条长椅上面，这样我们就可以好好地面对面聊聊天了，省得还要费劲把我想对你说的每一个字都写下来。这里还有我的书和花儿，还有摆满陶瓷和瓦罐的架子，还有许多幅画——要么是我自己买的，要么是从妈妈那个巨大的藏品库里拿的，妈妈收藏了好多文艺复兴时期绘画的照片——所以你看，屋子里的每件东西都是对我有私人意义，且符合我品位的。要是我不得不在屋子里摆满那些年轻女孩爱拿来装饰闺房的各种小物件——"有艺术气息"的刺绣啦，瓷制的小猫和有风景画浮雕的花瓶啦，上面画着穿帝国风格或是洛可可风格服装、正在谈情说爱的情侣的碗啦——那可得要了我的命。感谢上帝，我看着我面前这尊波提切利风格的圣母像想道。她的手中抱了个婴儿，那可爱、沉重、曲线优美的眼睛微微闭着，同时娇柔如孩童般的双唇满含哀戚地颤抖着。

哦，要是你此刻坐在炉子旁的长椅上该有多好！

那样我们就可以痛痛快快地说说话了,然后我们可以喝茶、抽烟,接下来一起去剧院看比约恩森那部绝妙的戏——《保罗·朗与托拉·帕尔斯贝里》[1]了——它精彩又迷人,这在 B.B.(比约恩谢内·比约恩森名字的缩写)的剧作中可是不多见的。还有我一直以来的偶像迪贝瓦德夫人,她还和她全盛时期时一样——迷人!

我是昨天过来的。现在已经是晚上了。我吃过午饭就进了屋子,本来打算继续写这封信,但我先是喝了些咖啡,又翻开了桌上放着的那本书。然后我便开始读起莎士比亚的《维纳斯与阿多尼斯》来,把整首长诗一口气读完了,一直读到了现在,马上就到晚饭的时候了。你知道这首诗吗?它写得精彩纷呈,充满了各种感官的光彩,比提香的油画还要华丽炫目。至于书嘛,我读过《因格拉·海涅》和《希洛的贡沃尔·托斯达特》[2]了,但我不像你那样为之着迷。两本

---

[1] 挪威作家、剧作家比约恩谢内·比约恩森(1832—1910)在 19 世纪斯堪的纳维亚半岛的文化生活中扮演着核心角色,并于 1903 年获颁诺贝尔文学奖。他的戏剧《保罗·朗与托拉·帕尔斯贝里》写于 1898 年。
[2] 丹麦作家燕妮·布利克-克劳森(1865—1907)写作的小说《因格拉·海涅》出版于 1898 年。1896 年出版的小说《希洛的贡沃尔·托斯达特》则由挪威作家、女权主义者阿尔维尔德·普利茨(1846—1922)所写,在当时广受好评。

书都极为真诚和内容纯良。而且它们在一点上很相似：它们处理的都不是具象的、被实际感知的，或是有血有肉的活人，而是一些理念中的人物——男英雄和女英雄。我对那无与伦比的人物，希洛的贡沃尔·托斯达特也提不起一丁点儿兴趣。挪威乡下没有任何一个小店主的女儿会起这样一个名字，另外，这个女人的身上也没有任何一种属于我辈凡人的品质——特别是，没有任何一种属于女性的品质——至少没有那种每个女性身上或多或少都有的、小家子气的、狡猾的羞怯。男人们会用嘲弄的不屑语气点出这种羞怯来，但其实这只是一种母性动物用来抵抗男性、保护其幼崽的自卫武器而已——随着女性的生活处境在数千年里的不断变化，从赤身裸体的史前人类直到今时今日——这种品质逐渐分出了不同的形态，并显露出了种种倾向，有好的也有坏的。但所有这一切，普利茨小姐都视而不见。不过，难道不是所有的女性作家都在背叛自己的性别吗？如果她们要道德说教，她们就会站在男性的立场，强行让理想的女人变得与理想的男人一样。但她们笔下的人物也会随之变化。女人的勇气、骄傲、忠贞和诚实与男人的这些品质是完全不同的，它们更私人化——至少，比方说，只要人们还仍然认为女人的"荣誉"意味着某种纯粹私人的、关乎身体的东西，某种对她们自己的身体，或对拥有她们身体的那个人的忠诚；而男人的荣誉则几乎是某种外在的、惯例性的东西，事情就一直会是如此。总之，许多男人会为着概念上的荣誉而牺牲他们自己的私人荣誉、"他们心灵的荣誉"；而最好的那些女人则相反，她们会为了保护自己心灵的荣誉，而将成俗认定的荣誉概念弃之不顾。但如果你将女人身上的"荡妇性"完全去除，并试图将母性爱、柔情和宜室宜家这些品质和很大一部分男性的理想特质拧到一起的话，你得到的只会是个杂糅的假人，而在我看来，那位光芒四射的女性楷模贡沃尔，跟作者选择赋予她的那些特质一点都不搭调。总而言之，我觉得普利茨小姐笔下的诺尔兰郡，说它是月球上的什么地方也可以。《因格拉·海涅》稍微好一些。但因格拉也是个凭空建构的，而非具象地想象出来的人物。克劳森夫人显然太倾慕她所写的这些人物了，以至于他们的情感都是她未曾真正体验过的。现实中没有任何一个少年会像她书中的少年那样讲话，这不重要；他们所有人或多或少算是艺术家；书中的祖母也爱着一个艺术家，这些都是我们在阅读女作家的作品时所必须接受的——甚至我们还要接受贡沃尔会爱上一个男人，只因为他搞艺术。除此之外，那个没种的懦夫福克身上没有任何一点儿吸引人之处——但女作家都喜欢栽培艺术家和医生们。她们书里的医生就非得是医生不可——那个，丹麦的医生的确不少，但这不重要啦。哎呀呀，可是她们写的都是些什么爱情呀，迪亚！他没见到她之前就在脑海中幻想过她，一见到她就马上坠入爱河——而且，要是他不曾觉得，自打宪法制定那会儿起她就是他命中注定的爱人，那就不会有什么故事了。所有那些无稽之谈，那些狂热的、关于某种深刻而绝对的心灵共鸣的扯淡啊。一个男人和一个女人要是能彻彻底底、全无保留地理解对方，上帝保佑，那可太吓人了。要是两人对彼此的了解，能足够让他们尊重对方身上他们所不理解的那部分，并接受这部分构成了他们所爱的那些特质的前提条件的话，这就已经是很少人有幸达到的理想状态了，任何超出这个程度的了解都不可取。我认为大多数婚姻之所以失败，都是因为两个人试图过多地了解彼此，并且试图让婚姻中只有幸福快乐，别无其他——而一旦他们完完全全地了解了对方的衬衫、内衣、紧身胸衣、吊袜带和所有那一大堆没劲透了的东西——所有那些一旦变得乏味无趣，爱情就死了，然而很不幸，我们通常将那些东西称作"现实"。而且我想知道,我的迪亚,要是你在此之前没读过《因格拉·海涅》,你还会像之前那样看待你那个夏天里结识的人吗?如果我错了还请原谅,毕竟我只有你信中的几句话作为证据,但我的确觉得你受了这本书的很大影响。

也请你原谅我用这种过度自信的口气谈论你喜爱和赞美的书。你可能会感到奇怪,我竟会如此大胆地评价艺术。我习惯了这样做。我可以热切地谈论某项事业,斩钉截铁地宣告我的判断。上次有两个小女孩儿充满优越感地笑着对我说:"亲爱的,你真的如此确信你知道艺术究竟是什么吗?""你可的确很把自己当回事啊。"要是我曾让路德基金会给我出版过任何东西,哪怕是最烂、最不起眼的一篇小故事或是一首诗,这两个女孩儿很可能就不会质疑我了,哦,不,那样的话,我就会成为一个权威。但她们无法理解,一个人有可能爱艺术爱得如此强烈,对艺术的本质有如此深刻的理解,以至于她每天早上都要烧掉自己前一天晚上满怀激情地写出来的东西,这只因为她没能将生命的气息吹到她笔下那些时时侵扰着她的心灵的人那里。只是因为这个,我才感到疲倦而悲伤;也只是因为这个,我才不厌其烦地向你和其他人絮叨我的悲伤，哀叹我孤独的生活。这也是我为什么渴望真正的生活，因为我需要创造艺术，但我对生活了解得还不够——无论是从探测自己的内心世界中，还是从书本中，我得到的了解都远远不够。我不想写那种书，里面的人物全都是凭空想象出来的，并且总是飘进漫无边际的蓝色理想之中。用理想来换生活——用面包来换石头……多么可悲！有这么多像织羊毛袜子那样写书，凭空生造出些形象来试图模仿男性之形象的女性。但是，也确实存在一些女性，是可以成为艺术家的。你自己那位绝妙的塞尔玛·拉格勒夫[1]——她透过一个女性的灵魂来看待生活，因此它卓然闪耀，而不屑于模仿男性。还有阿马莉·斯克拉姆[2]。在这座城市里还有可怜的、体弱多病的安娜·蒙克小姐[3]——在这个女

---

[1] 伟大的瑞典作家塞尔玛·拉格勒夫（1858—1940）是1909年的诺贝尔文学奖得主。她在英语世界最著名的作品是最初于1891年在瑞典出版的《约斯塔·贝林传奇》。

[2] 挪威作家阿马莉·斯克拉姆（1846—1905）是个重要且备受争议的文学人物。今天她被誉为女性主义文学经典中的一个重要人物。她的作品包括《康斯坦斯·林格》（1885年，英文版于1988年问世），以及令人感到恐惧的自传性小说《希罗尼穆斯教授》和《在圣·约根斯家》（写于1895年，1992年被译成英文并合成一卷本出版，题为《在监视之下》）。

[3] 安娜·蒙克（1856—1932）是一位挪威作家，1889年以短篇小说《女人们》初登文坛。

权运动高歌猛进的时代里,她试图做一个女人,因此遭到了男人们和女权主义者们两方的讥笑。还有昂内斯·斯洛特－默勒[1]和明卡·格伦沃德的那些形象啊!哦,要是女人们都能做女人该有多好——试着去找到她们自己,并以此为指引去生活,不要总想着与男人争个高下,也不要由他们去决定什么才是永恒的女性特质,或者女人该怎么做才是对的。另外,最重要的是,不要害怕承认我们属于哺乳动物一类——亲爱的上帝啊,至少我们可以安慰自己说,我们是哺乳动物中最高级的。

现在是11月9日了。我不知道这封信我究竟要写上多久!我写得越多,就觉得自己还有越多的东西非写不可。我本来想着,我手头的这个写作项目用几句话简单跟你说一下就好,但现在我想用单独的一页纸把它仔细写下来,你什么时候有空拿起来读就好,但我真的非常想听听你的意见,所以你恐怕终究难逃被

---

[1] 丹麦画家、雕塑家昂内斯·斯洛特－默勒(1862—1937)的作品致力于刻画斯堪的纳维亚民间歌谣中的人物。她和她的丈夫,画家哈拉尔德·斯洛特－默勒1923年在比耶克维克拜访了西格丽德·温塞特。那次哈拉尔德还为温塞特画了她那幅著名的肖像,现在该肖像挂在奥斯陆的阿舍豪格出版社门厅里。

我骚扰的命运了。

但我尽可能写短一点。你看,我正在"努力写作";实际上,我在写的是本大部头的长篇小说。这正是多年来一直在心里缠着我不放的那个大冤家。当我翻看家里的旧书,或是文件册时,常会发现里面夹着一页我童年时写下的故事,是关于斯文和阿格妮特的种种胡作非为的。不过,那些故事早已被遗忘,我记得的只有这两个名字,哦,当然还有他们外在境况的大致轮廓。倒霉的是,我借用了历史人物的名字和生平来做故事的框架。我第一次读到英厄曼[1]的时候——你知道英厄曼是谁吧?——我就被年轻快活的斯文·特罗斯特深深吸引了,他赢得了高贵的马斯克·斯蒂格之女阿格妮特的芳心——赢得了公主,连同半个王国。他们两人名字的音韵迷住了我,我为他们的婚后生活写了一个续篇。我把我所看到的、想到的无论什么事情都一股脑塞到了他们的故事里。这得是8年到10年前的事了。在我逐渐和故事的主人公变得熟识,开始以教名称呼他们之后,我对"男主角"和"女

---

[1] 丹麦作家贝恩哈尔·塞韦林。

主角"[1]的倾慕和尊敬就逐渐退去了。现在我不知道该将他们看作好人还是坏人。他们无疑不是可敬的人。但我想，我了解他们两个。斯文赢得了公主，但他没有赢得那半个王国。她带进婚姻的嫁妆是一个孩子。他们的爱情曾让他们将其他所有考虑都置之度外，却不能让他们适应婚后的生活。她自己几乎还是个孩子，她疲倦得要死了，渴望哪个男人可以为她遮风挡雨，护她安稳。她也看清了她的丈夫，他爱她，为了她的幸福愿意做任何事情，但他也只是个不知所措的小男孩儿，无法理解两个人为什么会变得这么不快乐。共同生活变成了一种折磨，每一天都比之前的一天更痛苦——直到最后他们意识到，对于两个人来说，生活中都只存在一种东西——爱情。这爱情毁灭了他们，但两人却都无法放手。他们最后找到了某种幸福，但它来得太晚了。漫长的挣扎让她精疲力竭，然后她死了，而他也已经被生活消磨掉了所有力量。被抛下，被耗尽，虚弱而绝望的他也越来越深地沉沦下去，几年后他也死了。

我一遍又一遍地写这个故事，改动又推翻重写，

---

[1] 在西方语言里这两个词同时也是"男英雄"和"女英雄"的意思，这里作者强调的是他们身上的"主角"或"英雄"光环。

但这次我打算最后再认真地努力一次。因为我确信自己已经能清楚地看见他们两个了。所以现在的问题是，他们究竟是双脚都坚实地踏在大地上的人呢，还是我的想象力虚构出来的人物，飘浮在空中的影子？要是你能看见我写作得多么投入就好了，迪亚！我已经完成了几个满意的短章节，它们正正好好就是我设想中的样子。这是我两年来辛苦工作的结晶。它还有许多毛病，是我自己也看得出来的。首先，人物都是历史上的人。如果他们是两个现代人，比方说，是格拉中尉和席维德小姐，或者某位办公室经理或工程师和批发商的女儿，或者其他的什么人就好了——致命的尼尔斯·埃贝森之类的。我害怕的是我会把他们写得浮夸自大，只会高谈阔论，而不会真正交谈。我还怕我把他们写得太现代了，让他们像现代人那样想问题，神经质地反思来反思去，而不是像1340年的人们那样，他们神经的敏感是暗藏在混沌晦暗的"直觉"场域里运作的。更不要说我还要给故事加上历史感了。为我祈祷吧！啊，但我现在得抓紧时间了！

但是，还有一大堆其他的计划、想法、名字和主题让我分心。它们长长地排成一列，就像传说中蛇的毒牙一样——拔掉一个，下一个马上就在原处冒出来。

真是见了鬼,即使我最后能摆脱纠缠了我好久的这两位冤家,无疑另一位新的小姐或先生就会挤到眼前来。而且,没准他们全都一文不值,连条酸鲱鱼都不如。

我妹妹朗希尔德[1]问你好。她是过来"照顾我"的。她是个多么可爱的小东西啊!我说朗希尔德,娇小、丰满,像丝绸一样柔软,小猫一样整洁,鸟儿一样优雅又活泼健谈,一双大眼睛亮闪闪的,玫瑰花蕾似的嘴唇永远只会吐出最满含爱意的话语,但她小小的,看上去纯洁无辜的小手却像男孩子的手一样有力,只有上帝知道事情会是这样——每个人都殷勤地听从她的差遣。当别人能让她喜悦时,她有一种绝妙的、让对方感到快乐的方式。而且她还多才多艺。她在今年春天以年级第一名的成绩毕业,找她做私人教师的学生她想要多少就有多少。她只有 17 岁,但已经在给一个年纪更大的老师教数学,给一个银行职员辅导法语;还有 6 个白痴一样的青春期小孩儿在她带了 8 小时之后学会了礼貌;一个被学校开除的 12 岁顽劣男生在她手底下像只小绵羊一样,自觉交期末作文,还送花和亲手绘制的地图给她。她所有的朋友,无论男女,都

---

[1] 西格丽德的妹妹朗希尔德出生于 1884 年。

很爱她。爸爸的老朋友们也来参加她的入学典礼，欢迎她进入大学；布勒格教授逢人就讲如果她想在毕业后继续深造，将是学界的一大幸事。除此之外，她跳舞像精灵一样轻盈，会制作特大幅的蕾丝刺绣，还为妈妈分担家务。"她是你们几个孩子中唯一一个真正能帮上忙的。"妈妈这么说。她以一种极令人愉快的方式住在我的房间里，我在她附近可以大声读书，而她泡茶、买蛋糕、卷烟草。我无法拒绝朗希尔德可能提出的任何要求，迪亚，这就跟我现在无法吻到坐在遥远南方德国的诊所里的你一样，是同样确凿无疑的事情。我会顶着狂风暴雨跑到大学里去，站在走廊里等她。学生们都对我侧目，但是终于，朗希尔德出现了！她的帽子、鬈发和面纱永远都是整理得一丝不苟的——"和你一起出去的时候，我可得漂漂亮亮的才行"。如果她身上冷，我乐意双手奉上一杯热可可；如果她需要扇子、缎带、手套、舞鞋，那么能把这些东西递到她手上，简直是无上的光荣。尽管我深知自己资质平平，绝对配不上这样的幸运——但当朗希尔德感谢我陪她一起走回家，并在穿过公园的一条小径上轻轻吻我的时候；或是当我们坐在房间里，她对我点头微笑，我感觉"我们两个在彼此心里的分量多么重啊，这真是太好了!"的时候——这真是太好了!

我觉得朗希尔德如此迷人的秘密,是她真心实意地欣赏每一个人。

星期天,11月11日。现在我可得给这封信收尾了,好在去办公室的路上把它封好并扔进邮筒里。这肯定是我给你写过的信里最长的一封了——其实也是我这些年写过的所有信最长的,无论给谁。但我为我们联系得太少,逐渐疏远彼此感到好难过啊,尽管这很大程度上要怪我自己——我差不多有半年没有好好给你写一封信了,所以我现在决定弥补这个疏失。我猜你不会有太多时间写信,但是我亲爱的,你若是得空就尽快给我回信吧,写得越多越好。我想知道你在诊所那边过得怎么样——给你许多的问候和一个吻,我亲爱的迪亚,来自

真心实意地深爱着你的

西格丽德·温塞特

附言:我的地址是皮尔斯大街49号(和以前一样)

克里斯蒂安尼亚

1902年3月8日

我亲亲爱爱的迪亚!

Es ist die alte Geschichte – die wird doch immer neu.（还是那个老故事，但里面却总有些东西是新的。）就算世界上除我之外的所有人都不再怀有良好的意愿，单是我一个人的良好意愿也就足够用来铺设通向地狱的道路了[1]——无论铺多宽都没问题。今天下午，就像之前的许多个下午一样，我坐下来，打算给你写信，却直到现在，也就是晚上8:30才起了个头。我收到你的上一封信已经是快两个月前的事了，我每个星期都至少有一个下午是这样度过的。但这些都是借口——我总是没法调动起足够的精力来把意愿付诸实践。

这真是很奇怪呢。每次我拿起你的信读上一遍，我都清楚地知道我要在回信里对你说哪些话，但一提起笔，那些话就溜走了。

星期一，3月10日。哦，不……我所有的计划都在落空。我告诉过你我想当个作家，我无法接受我可

---

[1] 这里温塞特是在化用一句西方俗谚"通向地狱的道路是由好意铺成的"。

能成不了作家这件事。因为我知道我想写什么，也知道我想如何去写，但如果我哪天花四小时设法写了一段出来，第二天就会觉得它一无是处，只配烧掉。就像我试图给你写信时一样——我知道我想写什么，但它们一旦被写到纸上，就莫名地显得苍白乏味，而且恐怕我最后所写出来的，跟我的本意还是相差甚远。你肯定会觉得我是有点发疯了，因为我的信总是那么夸夸其谈、矫揉造作，简直让人受不了，而如果说有什么让我害怕的话，那就是做作的、不真诚的书。大多数女作家都在矫揉造作这块岩石上触礁搁浅了，但我仍然想试一试。因为这是我所知的唯一一条，能在我的生命中做出点什么的道路。去办公室上班，在家里扮演好女孩，读书，每天脑子里幻想着、盼望着、梦寐以求着离开这里，接触不到任何一个和我属于同类，或是和我共有哪怕只是一种情感的人——概括来说就是，无法在这世上成就任何一点点东西——我可不想这样。除此之外，我总是听到别人讲"一切其实都很好啊"……妈妈很确信我现在过的生活就是最适合我的。上帝保佑，我想她是真心实意地相信，我生来就应该过这种修道院一样的生活，和三个我打出生就认识的女人住在一起，然后每半个月在星期天去其他女人家串串门。你知道的,我长得相当漂亮——我可不介意大方承认这一点。你寄给我的那张照片并没把我拍得太好看,反而比本人要丑。我喜欢它是因为它捕捉到了我的一种颇具代表性的神情,也是我在给你写信的时候因最常想着你而浮现出的神情,但我本人可比照片上好看多了。我身体高大结实,有一双美丽的手、一头闪闪发光的浅棕色秀发、相当可爱的眼睛,而我的嘴美到什么程度呢,告诉你,就连我自己现在照镜子的时候,还时时惊异于它的美丽。我对我容貌的不足之处也一清二楚。我的脸太圆了,头发太厚,很难服服帖帖地固定住。我走路有点内八字。我可以举止优雅,如果我动作慢下来的话。我微笑的时候很好看,但放声大笑不适合我,而且我完全没法跳舞,也没法和人调情,忽闪着大眼睛看人或者做其他类似的事情,这些跟我的气质太不搭了,只会显得荒唐可笑。而因为我讨厌所有不美的、荒唐可笑的事物,妈妈就觉得我天生反感跳舞、玩乐和青春。另外,我穿常见的那些当代服装都不好看。量身定做的黑色连衣裙,老式的那种,带蕾丝镶边的亚麻假领和宽宽的装饰袖口,头上戴根银质的发簪,上身别一朵玫瑰花——这才是适合我的打扮。但妈妈总是要我多穿些"年轻人的色彩"！她真的无法理解"不得已而为之"这件事。我不满足于追逐在电影里、书里和展览上看到的时尚，当然我也会觉得红色的外出服之类挺好看的——没错，我甚至会对穿这种衣服的女人心怀感激，因为当许多姑娘一起这么穿的时候，比方说在春日的阳光下，绿树前，她们看起来迷人极了。但如果它们不适合我……舞曲响起会让我心潮澎湃——但我现在开始学跳舞年龄已经太大，而既然没法跳得好，我就索性不跳了。还有，就因为我说，我的一生挚爱是画廊里的某座佛罗伦萨人的胸像，妈妈就真的相信我对年轻男子的爱慕和追求毫无兴趣。我亲爱的上帝啊，就因为迄今为止我所遇到的所有学生，或候补军官，或工程师，或簿记员，或白痴都没能激起我的兴致，让我想再见他一面，或是跟他待在一起超过五分钟，妈妈就真的相信我注定要浪掷我的才情，终日对着画廊里的一个石膏脑袋，或是诗里写的人物做梦！而我所想要的，不过是一个思想里能有哪怕一点点的智性、才情和魅力的男人而已，就算他丑得像鬼我都不介意——我爱的"月亮"[1]也很丑啊。亲爱的上帝啊，你一定要告诉我，迪亚，你觉得这世上存在真正的

---

[1] 原文为意大利语。

男人吗？还是说他们充其量都只能算是些"男的"而已？我感到好厌倦啊。对于许多人来说，生活就只意味着每天的面包，再加上一点"乐子"，而艺术只是种"兴趣爱好"；对于另一些人，一切都是无意义的，要到死后才开始的生活，才是真正的生活。我觉得这太可悲了。人们有的成了上帝的奴隶，而这上帝是他们按着自己的形象造出来的，为了能在死后的生命里获得回报和擢升，他们简直什么都愿意做——而一旦上帝不再一手拿鞭子，一手拿糖果在他们头顶上盘旋监视着，他们就会立刻停止考虑善与恶的问题。我觉得他们都太可怜、太可悲了，简直让人一想到就要哭出来！我从很小的时候就开始相信人、相信生命，我的上帝就是生命本身。对我来说，上帝是这样一个神圣的形象，在他面前我们可以献上用来礼赞生命的花朵。所有那些成熟的、善思考的民族，像古希腊人和中国人曾经都是这么做的——而不是像野蛮人拜他们的石头偶像那样，匍匐在地，浑身颤抖。生命，那永恒的生命，存在于世间万物之中，"在太阳里，也在紫罗兰花里"。我从未相信过别的什么永恒。但我认为，生命是如此广阔，如此伟大，如此美丽，以至于我们也应该将自己塑造成一件艺术品，纯粹、辉煌，仿佛是为了永恒存在而造的一样。那令花朵绽放的伟力,并不在意它们终有一天会凋零。古希腊的大师们从来不问他们所造的雕像将来是否可能被摧毁。没有任何艺术家问卜他的创造物的命运,他只是去创造他所能创造的最美的作品——而一个人的生命,是所有作品中最伟大的。我的生命,总有一天我要把它交到死亡的手上,那时无论完美与否,它都应该是一件我可以为之自豪的作品,无论死亡会把它留存下去,还是让它灰飞烟灭。这就是我一直以来的信仰。但我知道,要是死亡今天降临的话,我将没有什么可以拿出来给他,我就只能说:"看,这是我的生命,我的作品。"我对生命和死亡两者都有很多的爱和尊敬,要是我没什么东西可以拿给死亡的话,我会很难过的。

哦,迪亚,迪亚……我必须得做出点成就来,我非工作不可。我的内心嘶喊着渴望工作。或许我应该满足于在家里帮妈妈操持家务——这是我应该为她做的,但世间万物无不天然渴望着活出自己的生命,而不仅仅是作为其他生命的附属物而活,一如花凋谢之后种子还会继续存活,不然植物就会死掉。完全有这种可能——即使我所有的梦想都实现了,我也不会从中获得多少快乐、荣誉或是好处,但这些梦想确凿无疑地就在那里，因此我肯定是多少有些才能的。我想要的，并不是成为人们谈论的焦点，或是被某个更"有趣"或"令人愉快"的小团体接纳，或是成为艺术家并因此被评论、被批判、被攻讦、被八卦，或是享受可以穿奇装异服的特权，或是无视那些中产阶级的规矩——它们要是让我不爽，我也没打算把它们当回事。我想要的，也不是离开家四处旅行，认识和自己相像的人，也不是逃离一份乏味无趣的工作——那吸引我的，甚至也不是这些。我身上已经有太多属于艺术家的缺陷了——厚颜无耻；多疑；总忍不住想去拆解"喜悦"，暴露出它最细微的，我们还是不要过多深究为好的纤维纹理；总想去揭示、去探索人的直觉中那些最隐秘的，我们为了健康起见最好不要打扰的角落——因此我一点都不想在许多艺术家中间生活。但我想要创造艺术。我想做的只有这个。我想成为的，是一位艺术家，一位女艺术家，而不是什么"笔耕不辍的才女"。我宁可在办公室职员的位置上枯坐一辈子，也不想沦落到当个勤恳的图书量产工，每年都风雨无阻地固定码出能填满若干书页的字来——不过，幸运的是，我并没有变成这样的风险。我太讨厌把我构思出来的东西一个字一个字地写到纸上这项纯粹的体力活了，因此想让我乐意提笔写作，那要写的内容非得先深刻地触动了我不可。在我下定决心，将脑海里的形象付诸笔墨之前，他们必定早已在噩梦中反复侵扰过我，用他们的命运或烦恼折磨我好一阵子了。

我写这封信本来是想安慰你的悲伤，结果却长篇大论地谈起我关于艺术的梦想来了——可能你看到这里要笑了，觉得这不过是一个从未真正亲身经历过悲伤的人的空想罢了。哦，迪亚，如果我能体验一次真真正正的悲伤，体验那种我的心能去体会它，而我的头脑不会立刻开始分析它的悲伤的感觉，我将感激不尽。另外，不要结婚，除非你确信自己宁愿和恋人一起下地狱，也不愿独自去天堂。即使在幸福的婚姻里——我猜，的确存在称得上幸福的婚姻，尽管我在现实中还没遇见过——这幸福也必定是以人最宝贵的东西为代价换来的；甚至更糟，是以对方最宝贵的东西换来的。而且要记住，绝大多数人都会在他们生命中的某个时刻希望自己从未出生。另外，婚姻会让大部分女人变得愚蠢，或者渐渐消解她们对生活、对她们的丈夫，以及对她们自己的要求，直到最后她们几乎不能算是人了，或者让她们变得缺乏理解力、俗气、粗鲁，或不快乐。

没错，我亲爱的迪亚，我当然希望你能从这封富有教育意义的信中得到极大的愉悦和慰藉。我最后的这句鼓励是给我自己的：我能做到！

我能高高地仰起头来，我不会认输。

我不会自杀——那样我的才华就浪费了。如果我有任何才华，我就一定要找到并使用它们。我要成为我能成为的一切。

如果我不能做我想做的人，无论什么人，那我就做我所能做的。

如果生活出了任何问题，该责怪、该惩罚的只有我自己。我不会将其归咎于上帝、魔鬼、生命或死亡、我的父亲、我的母亲、祖父母、曾祖父母，或其他任何活着的或死去的人。

一个孩子应该像他自己希望被对待的那样对待别人。但他也应该为自己的行为负责，这既是为了他自己，也是为了所有懂他的人。

因为有两件事是确定的：我活着和我将会死。如果你连一点儿快乐都没有的话，活着就没什么意思了。

阿门。

你应该每天早晚定时在你所掌握的所有语言里给下面这几个动词变位：需要、能够、将要、应该和必须。这是项极有益的练习。

吻你许许多多次,亲爱的迪亚,要早些给你胡言乱语的傻瓜回信呀。

西格丽德·温塞特

⁂

克里斯蒂安尼亚
1908年9月4日

亲爱的迪亚!

谢谢你的来信——它是我在哈弗林根的时候转寄过来的。不,我想我今年不会到南边去了。我太疲倦,神经也太紧张,完全不在长途旅行或访友的状态中。这段时间我住在居德布兰河谷的一个高山农庄里,大部分时间只和农庄的姑娘们待在一起,她们教我挤牛奶、搅拌黄油……我经常在山间的高原上游荡,一逛就是几个小时,晚上要么和姑娘们,还有她们从山下村子里过来的情郎打牌,要么独自坐在火炉边抽着烟打盹。我现在很累,一直在过劳状态,而且除非我辞去办公室的工作,否则这个情况就不可能改观。但那至少要等到明年4月或者5月——我指望着那时能得到一些钱，然后就可以好好出国转转了。我打算先去丹麦住几个月，然后我想着去意大利，或者德国南部。然后我就去你那里，如果你愿意，并且到那时方便见客的话——我时常无比强烈地渴望见到你，渴望了解更多关于你的事情——看看你的家和你的小女儿——代我问她好。小伊丽莎白现在肯定是个活泼的大女孩儿了。我当然愿意让你把M.O.（《玛尔塔·欧利夫人》[1]）翻译成瑞典语——毕竟它写出来就是为了给人读的嘛，而且把这件事告诉我那个宝贝出版商[2]一定会很有趣——尽管我必须承认，他跟我打交道时的表现几乎是无可挑剔的，但我还是很想让他惊讶那么一下子。到现在为止，他一共卖出了531本我的书，所以他从我身上赚到了钱，而且毫无疑问比我自己赚到的要多。这就是为什么今天我去找他谈我的新书时，会感到相对有自信。而他也很通情理，欣然承认M.O.作为新人的首作来说算格外成功了，等等。我的新书《幸福年代：关于孩子和女人们的故事》篇幅将近是它的两倍。我期

---

[1] 西格丽德·温塞特的首部长篇小说，出版于1907年10月。
[2] 西格丽德·温塞特与出版商威廉·奈尔高最后发展出了亲密的友谊，她后来会亲切地称呼他"威廉骑士"。

待着出版后寄给你一本，我觉得你会喜欢的。在我看来，它比《玛尔塔·欧利夫人》要好得多，就算写作上并没有更出色，至少它探讨的主题有趣得多，不过其中的一个故事不幸在我们的通常标准里会被认为"过于大胆"。想得到收益，怎么能不冒风险呢？如果这个故事像我认为的那样好的话，它能带给我的收益可不小呢。书里一共收录了两个短篇小说和两个更长些的。

我好期待看到你写的东西，特别是期待你好好地给我写一封长信，你的上一封信太短了。无论如何，你近来过得好吗？你一定要尽快抽时间给你的西格丽德写信呀！

现在我该休息一下了，但我没有时间——我脑子里还另外构思了至少三本书，它们都等着我去写呢。有时候，我感觉我得抓紧时间了。医生说我的心脏很弱，而且我只有戒掉运动和烈性烟草，它才可能好起来。但这两样我哪个都戒不掉……

你让我写一个对丈夫忠诚的妻子的故事——我已经有这样一个故事了，但在此之前我先要写两个以中世纪为背景的短篇和一个长篇。《婚外》——这次换个题材，是关于一个已婚男子的，他的妻子不理解他，于是他便到别的女人那里寻求安慰，最后结局是他开枪杀死了情人,然后自杀了。至于故事里的妻子,这次呢,是以我现实中认识的一个人为原型的,我非常享受尽情揭露她的丑陋之处。她是那种"有头有脸的体面女人",她没有心,没有感情,没有一点儿人情味,除了自私和虚荣。

我希望这封信不会让你厌烦,我光顾着絮叨我自己在文学创作上的事情了。可你一定要原谅我,因为,我刚才说过的,我今天刚从出版商那里回来,听到好消息的兴奋劲儿还没消呢。一笔大约600克朗的版税,而且威廉·奈尔高先生还对我这么友好!我告诉你,在我们的标准里,这算很不坏的待遇了!

现在我希望能很快收到你的信——并且请写得比平时更长一点!顺便说一句,我不得不承认,我们这段笔友式的关系,它的基础可能并不是那么牢固,但是,自打我们还是小姑娘的时候起,直到现在都成了成年女人,这期间我们一直都是通过书信来往的——我好期待能再和你见面呀,我最亲爱的迪亚!

你忠诚的朋友,

西格丽德·温塞特

克里斯蒂安尼亚

1909年6月3日

亲爱的迪亚!

距离上次我收到你的信已经好久了——你和你的家人都好吗?你是待在家里,还是正考虑着出门旅行度夏?

下星期二——我想那是6月8日——我就要出发去丹麦了。现在我要把你的话当真,马上去拜访你家了,前提是你的确愿意并且能够接待我。如果要在下周二早上之后给我写信的话,请寄下面这个地址:哥本哈根市斯特兰德大道60号,批发商莱奥帕·格斯。

我终于重获自由了——在别人手下工作了10年之后。突然间,好运气似乎纷至沓来。我已经准备好去游历广大的世界,口袋里有1000克朗,还让我的出版商大伤脑筋,因为我威胁他说要把下部小说的背景设定在公元1000年——但他现在似乎已经对我所有的计划都欣然接受了。我还被提名了挪威最大的一笔政府资助,如果我能拿到这笔钱,并且省着点用的话,可以靠它生活一年多呢,而他们说我肯定能拿到,完全没有问题。所以你能理解,在这种情况下,我觉得一切都很美妙也是很自然的啦。

告别 A.E.G 的那天，我又感动又伤感。他们给了我各种各样的表彰和赠礼，我在 10 年前毫无亮点地初入这家公司时，怎会料到有这天！一大束玫瑰，用水晶花瓶装着，放在我的打字机旁——来自我同事们的礼物；经理送了我告别信和一件首饰；我和女士们单独共进了晚餐；还有无数人专门来和我道别。现在我是个自由人了，我每天上午都在城内四处转，为行程做准备。

懒散地生活一段时间对人很有好处——但我已经开始期待在某个平静的地方安顿下来，好完成我的新书[1]了。应该会是丹麦，不过我也考虑过法尔斯特布（很多年前，你还在马尔默的时候向我说起过这个地方）。我是说，在我继续南下之前。

现在我盼着见到你和你的小女儿——我希望是在不久以后，或者是秋天。多保重！

你的老朋友，

西格丽德

---

1 温塞特当时正在写一本题为《青春》的诗集，该书于 1910 年在挪威出版。

克里斯蒂安尼亚

1912 年 1 月 18 日

亲爱的迪亚:

　　谢谢你的来信。过了这么久之后,终于收到你的消息真让我高兴。没错,我经常为我们现在给对方回信如此之慢感到难过——但这也是没办法的事,以前我们还是小女孩儿的时候,有足够的时间和精力,来用我们天真幼稚的倾诉和小小的情绪填满一页接一页的信笺。但现在我们都是成年女人了,并且各自都有了需要全身心投入的生活——你有你的房子、家务、孩子和工作要忙,而我也有我的工作和生活——因此我们用来写信的时间比以前少,也在情理之中,而且如果我们真要坐下来好好写一封信细说自己的事情,无疑就会写得太长了。但我的老朋友迪亚啊,我们都知道我们不会忘了彼此,我们都想念对方,并且会时不时给对方捎去一句问候、一声招呼,以表示我们过得还不错,对不对? 新年快乐呀,感谢你过去一年里,以及之前所有这些年里的陪伴。也感谢你送我的那块桌上装饰垫布。能收到这样一件你亲手为我的新家制作的东西,我真是又感动又开心。我不大会收到别人赠送的这类东西了,因为我们的关系目前还是严格保密的[1],直到我们在国外的什么地方结了婚之后,才会公开——可能会在 5 月。我私下里做了不少女红活儿,我的姐妹们也给我做了几件小东西,但加在一起还是没多少。我的姐妹们都挺忙的,所以我嫁妆里的每一件东西都得自己做了。我极其渴望能搞到个旧式"嫁妆箱子",就跟我第一次去你以前在马尔默的家里做客的时候,你的姐妹玛姬拿给我看的那个箱子一样的那种——但怎么找都找不到。所以我只好买了个帝国风格的旧桦木小梳妆台。我的爱人和我一有机会就从古董商人那里买漂亮的老家具,现在已经攒下不少了,我还设法收了一些可爱的老玻璃杯和瓷器,但所有这些东西现在都必须被寄存在一个储藏室里。我们要去国外结婚,然后可能在那里住上几年,所以没法知道我们未来住进的房子会是什么样的。说到这里,我猜到我回国的时候,身边就会有一个小宝宝了。我常会迫不及待地想和我亲爱的、受祝福的男孩生个孩子,要是我们结了婚,我就一天都不想再等了。你能理解的,对不对?

---

[1] 这里的"我们"指的是西格丽德·温塞特与挪威画家安德斯·卡斯特·斯瓦斯塔,两人于 1909 年在罗马相爱了。斯瓦斯塔比她大 13 岁,已婚,在挪威的家中有三个孩子。他们的恋情一直处于地下状态,直到斯瓦斯塔决定与妻子离婚。

我和安德斯都非常幸福，而且彼此相爱。过去这两年里，我们对彼此的依赖与日俱增，现在已经无法忍受长时间的分离了。今年秋天他在斯德哥尔摩，本来计划是待3个月的，但他刚过5个星期就回来了，并坦承这主要是因为他太想念我了。"除了你，我连一个有脑子的，能跟我交谈的人都找不到。"他说，"你可千万不要以为我只是想念亲吻你什么的，事实上，你是我唯一的密友。"说到这里，我想起来他4月还要再去斯德哥尔摩做个展览，我好想跟他一起去，但不知道自己敢不敢。妈妈在这方面非常严格而且老派。天哪，我在过去一年里被迫对她说的谎，比这辈子其他所有时候加起来都多。哪怕我只是在他在斯德哥尔摩办事期间去那里，她都会有意见，特别是如果这会引发一些风言风语的话。除了这个之外，她还是相当喜欢安德斯的，因为他也很倾慕她，并且以各种方式讨她的欢心。"因为她毕竟是你的母亲嘛，"他是这么跟我说的，"而且你身上有她的影子。"

无论如何，我4月都要去哥本哈根，然后可能会从那儿前往伦敦。如果方便安排的话，我们想在伦敦结婚，然后在英格兰住上一段时间。我又得到了另外一笔政府资助，而且《燕妮》也给我赚了很多钱，让我万分惊讶的是，它成了今年市面上最成功的小说之一，已经加印两次了。如果你想翻译它的话，我当然会很高兴——应该很容易找到愿意接收这本书的出版商，因为它不但在挪威广受好评，丹麦的报纸上也发表过对它的评论，就连《评论杂志》也刊载了一篇相当长的书评呢。我把我的其他作品也寄给了克莱默夫人，但迄今为止还没收到她的回复。

听说你母亲病得这么重，真让我难过。代我问她好，如果她还记得我。我这里一切都好，只是我们两个都有很多的活儿要干。

我期待着不久后能在哥本哈根见到你。我想看看你和你的孩子们，和他们好好交谈一番。我希望你能见见我的未婚夫。你可能会觉得他丑得要命，因为大多数人都这么觉得——但在我眼里，他是世界上最英俊的男人，他那张怪异而不规则的面孔上会现出无穷无尽的、多变而光芒闪耀的生动表情来。

嗯，就写到这里吧，我亲爱的迪亚，期待我们今年的重逢。如果你在那之前能找到时间给我写信的话，你知道那会让我多开心的。

深深祝福你，
你忠诚的西格丽德

更好的阅读

磨铁图书旗下子品牌

特约监制　潘　良　于　北
产品经理　胡马丽花
特约编辑　孙佳怡
营销支持　金　颖　黄筱萌　黑　皮

关注我们

官方微博：@ 文治图书
官方豆瓣：文治图书
联系我们：wenzhibooks@xiron.net.cn

更好的阅读

萧红 弃儿

萧红 / 著

江苏凤凰文艺出版社

图书在版编目（CIP）数据

弃儿 / 萧红著. -- 南京：江苏凤凰文艺出版社，2023.5
（企鹅女性经典. 第一辑）
ISBN 978-7-5594-7356-1

Ⅰ. ①弃… Ⅱ. ①萧… Ⅲ. ①中国文学－现代文学－作品综合集 Ⅳ. ① I216.2

中国版本图书馆CIP数据核字（2022）第230893号

本书仅限中国大陆地区发行销售

"企鹅"及其相关标识是企鹅兰登已经注册或尚未注册的商标。
未经允许，不得擅用。
凡无企鹅防伪标识者均属未经授权之非法版本。

弃儿

萧红 著

责任编辑	周颖若
特约编辑	郑晓娟
装帧设计	索 迪
出版发行	江苏凤凰文艺出版社
	南京市中央路165号，邮编：210009
网　　址	http://www.jswenyi.com
印　　刷	三河市中晟雅豪印务有限公司
开　　本	700mm×980mm　1/32
印　　张	6.75
字　　数	110千字
版　　次	2023年5月第1版 2023年5月第1次印刷
书　　号	ISBN 978-7-5594-7356-1
定　　价	238.00元（全8册）

江苏凤凰文艺版图书凡印刷、装订错误可随时向承印厂调换

目录

关于萧红　　　　　　　　　　　　*1*

小说
弃儿　　　　　　　　　　　　　　3
哑老人　　　　　　　　　　　　　28
小城三月　　　　　　　　　　　　37
呼兰河的四季　　　　　　　　　　72
我的祖父　　　　　　　　　　　　79
小团圆媳妇之死　　　　　　　　　84

杂文
祖父死了的时候　　　　　　　　　*143*

永远的憧憬和追求	*149*
感情的碎片	*151*
饿	*153*
广告员的梦想	*160*
春意挂上了树梢	*168*
公园	*172*
女子装饰的心理	*176*

诗歌

春曲	*183*
苦杯	*186*
拜墓	*191*

信件

1936 年 7 月 18 日	*195*
1936 年 10 月 24 日	*196*
1936 年 11 月 19 日	*197*
1936 年 11 月 24 日	*202*
1936 年 12 月 31 日	*204*
1937 年 5 月 4 日	*205*

关于萧红
About Xiao Hong

1932	萧红创作组诗《春曲》。	
	《春曲》	183

1933	在萧军的鼓励下,萧红开始文学创作。5月6日至17日,处女作《弃儿》连载于《大同报》副刊《大同俱乐部》。8月,萧红与萧军、白朗等人在长春《大同报》上创办《夜哨》周刊。8月27日、9月3日,小说《哑老人》发表在《大同报》周刊《夜哨》第三、四期。	
	《弃儿》	3
	《哑老人》	28

1934	11月1日,萧红和萧军离开青岛,前往上海。11月30日,两个人首次见到鲁迅。在鲁迅的帮助下,两个人开始结识新的朋友,在上海的出版物上发表作品。

1935　6月1日，在《文学》上发表散文《饿》。7月28日，在《大同报》副刊《大同俱乐部》上发表散文《祖父死了的时候》。

《饿》　　153

《祖父死了的时候》　　143

1936　春天，萧军同陈涓产生情感纠葛。萧红因此十分痛苦，受到头痛、神经衰弱等旧疾折磨。而后，她创作组诗《苦杯》。3月1日，在《中学生》上发表散文《广告员的梦想》。5月，在《中学生》上发表散文《春意挂上了树梢》《公园》。7月中旬，为专心写作，缓和与萧军的关系，萧红决定东渡日本，并准备与在日本留学的弟弟相聚。但在萧红抵达东京之前，弟弟就返回中国，未能见面。7月18日，致萧军信由船上寄往上海。7月21日抵达东京，在黄源夫人的帮助下，开始在日本的生活。10月19日，鲁迅病逝。萧红三日后得知消息，十分哀伤。11月5日，《中流》以《海外的悲悼》为题发表致萧军信（10月24日）。散文《女子装饰的心理》于10月29、30日发表在上海《大沪联报》上。于11月19日、11月24日、12月31日由东京寄出致萧军信。

《苦杯》	*186*
《广告员的梦想》	*160*
《春意挂上了树梢》	*168*
《公园》	*172*
致萧军信—7月	*195*
致萧军信—10月（《海外的悲悼》）	*196*
《女子装饰的心理》	*176*
致萧军信—11月	*197*

1937　　1月9日，萧红由日本返回上海。1月10日，散文《永远的憧憬和追求》发表于《报告》。4月，与萧军的关系持续恶化，10日散文《感情的碎片》发表于《好文章》。4月23日，独自一人离开上海，前往北京，同日组诗《拜墓》发表于上海《大公报》副刊《文艺》。5月4日，由北京寄出致萧军信。8月13日，淞沪会战爆发。9月下旬，萧红和萧军离开上海，前往汉口。10月下旬，在武汉一切安排妥当

之后，萧红开始小说《呼兰河传》的创作。

《永远的憧憬和追求》   *149*

《感情的碎片》   *151*

《拜墓》   *191*

致萧军信—5月   *205*

1940

1月17日，离开重庆，前往香港。9月1日至12月27日，《呼兰河传》连载于香港《星岛日报》副刊《星座》。

《呼兰河的四季》

（《呼兰河传》第一章）   *72*

《我的祖父》

（《呼兰河传》第三章）   *79*

《小团圆媳妇之死》

（《呼兰河传》第五章）   *84*

1941

萧红的健康每况愈下，7月1日，小说《小城三月》发表于香港《时代文学》。

《小城三月》   *37*

1942

1月22日，逝世于香港，年仅31岁。

小说
Short stories

弃儿[1]
Abandoned Infant

一

水就像远天一样,没有边际的[2]漂漾着。一片片的日光,在水面上浮动着。大人、小孩和包裹青绿颜色,安静的不慌忙的小船朝向同一的方向走去,一个接着一个……

一个肚子圆得馒头般的女人,独自的在窗口望着。她的眼睛就如块黑炭,不能发光,又暗淡,又无光,嘴张着,胳膊横在窗沿上,没有目的地望着。

---

[1] 署名悄吟,于1933年5月6日至17日在长春《大同报》副刊《大同俱乐部》连载。(如无特殊说明,书中脚注均为编者注。)
[2] 选文中出现的一些名词、量词等与现代汉语规范不一致,但为保持作品的原貌,选择保留原文未修改。比如,"的""那""年青""卷缩""大卯星""有条办法",没有修改为"地""哪""年轻""蜷缩""大昴星""有个办法"。

有人打门，什么人将走进来呢？那脸色苍苍，好像盛满面粉的布袋一样，被人掷了进来的一个面影。这个人开始谈话了："你倒是怎么样呢？才几个钟头水就涨得这样高，你不看见么？一定得有条办法，太不成事了？七个月了，共欠了四百块钱。王先生是不能回来的。男人不在，当然要向女人算账……现在一定不能再没有办法了。"正一正帽头，抖一抖衣袖，他的衣裳又像一条被倒空了的布袋，平板地，没有皱纹，只是眼眉往高处抬了抬。

女人带着她的肚子，同样的脸上没有表情，嘴唇动了动："明天就有办法。"她望着店主脚在衣襟下迈着八字形的步子，鸭子样的走出屋门去。

她的肚子不像馒头，简直是小盆被扣在她肚皮上，虽是长衫怎样宽大，小盆还是分明的显露着。

倒在床上，她的肚子也被带到床上，望着棚顶，由马路间小河流水反照的水光，不定形的乱摇，又夹着从窗口不时冲进来噪杂的声音。什么包袱落水啦！孩子掉下阴沟啦！接续的，连绵的这种声音不断起来。这种声音对她似两堵南北不同方向立着的墙壁一样，中间没有连锁。

"我怎么办呢？没有家，没有朋友，我走向那里去呢？只有一个新认识的人，他也是没有家呵！外面的水又这样大，那个狗东西又来要房费，我没有。"她似乎非想下去不可，像外边的大水一样，不可抑止的想："初来这里还是飞着雪的时候，现在是落雨的时候了。刚来这里肚子是平平的，现在却变得这样了。"她于续摸着肚子，仰望天棚的水影，被褥间汗油的气味，在发散着。

二

天黑了，旅馆的主人和客人都纷扰的提着箱子，拉着小孩走了。就是昨天早晨楼下为了避水而搬到楼上的人们，也都走了。骚扰的声音也跟随的走了。这里只是空空的楼房，一间挨紧一间，关着门，门里的帘子默默的静静的长长的垂着，从嵌着玻璃的地方透出来。只有楼下的一家小贩，一个旅馆的杂役和一个病了的妇人男人伴着留在这里。满楼的窗子散乱乱的开张和关闭，地板上的尘土地毯似的摊着。这里荒凉得就如兵已开走的营垒，什么全是散散乱乱得可怜。

水的稀薄的气味在空中流荡，沉静的黄昏在空中流荡，不知谁家的小猪被丢在这里，在水中哭喊着绝望的来往的尖叫。水在它的身边一个连环跟着一个连环的转,猪被围在水的连环里,就如一头苍蝇或是一头蚊虫被缠入蜘蛛的网罗似的,越挣扎,越感觉网罗是无边际的大。小猪横卧在板排上,它只当遇了救,安静的,眼睛在放希望的光。猪眼睛流出希望的光和人们想吃猪肉的希望绞缠在一起,形成了一条不可知的绳。

猪被运到那边的一家屋子里去。

黄昏慢慢的耗,耗向黑沉沉的像山谷,像壑沟一样的夜里去。两侧楼房高大空洞就是峭壁,这里的水就是山涧。

依着窗口的女人,每日她烦得像数着发丝一般的心,现在都躲开她了,被这里的深山给吓跑了。方才眼望着小猪被运走的事,现在也不伤着她的心了,只觉得背上有些阴冷。当她踏着地板的尘土走进单身房的时候,她的腿便是用两条木做的假腿,不然就是别的腿强接在自己的身上,没有感觉,不方便。

整夜她都是听到街上的水流唱着胜利的歌。

三

每天在马路上乘着车的人们现在是改乘船了。马路变成小河，空气变成蓝色，而脆弱的洋车夫们往日是拖着车，现在是拖船。他们流下的汗水不是同往日一样吗？带有咸和酸笨重的气味。

松花江决堤三天了，满街行走大船和小船，用箱子当船的也有，用板子当船的也有，许多救济船在嚷，手中摇摆黄色旗子。

住在二层楼上那个女人，被只船载着经过几条窄狭的用楼房砌成河岸的小河，开始向无际限闪着金色光波的大海奔去。她呼吸着这无际限的空气，她第一次与室窗以外的太阳接触。江堤沉落到水底去了，沿路的小房将睡在水底，人们在房顶蹲着。小汽船江鹰般的飞来了，又飞过去了，留下排成蛇阵的弯弯曲曲的波浪在翻卷。那个女人的小船行近波浪，船沿和浪相接触着摩擦着。船在浪中打转，全船的人脸上没有颜色的惊恐。她尖叫了一声，跳起来，想要离开这个漂荡的船，走上陆地去。但是陆地在那里？

满船都坐着人，都坐着生疏的人。什么不生疏呢？她用两个惊恐、忧郁，手指四张的手摸抚着突出来的自己的肚子。天空生疏，太阳生疏，水面吹来的风夹带水的气味也生疏。只有自己的肚子接近，不辽远，但对自己又有什么用处呢？

那个波浪是过去了,她的手指还是四处张着,不能合拢。"今夜将住在非家,为什么蓓力不来接我,走岔路了吗?假设方才翻倒过去不是什么全完了吗?也不用想这些了。"

六七个月不到街面,她的眼睛缭乱,耳中的受音器也不服支配了,什么都不清楚。在她心里只感觉热闹。同时她也分明的考察对面驶来的每个船只,有没有来接她的蓓力,虽然她的眼睛是怎样缭乱。

她嘴张着,眼睛瞪着,远天和太阳辽阔的照耀。

四

一家楼梯间站着一个女人,屋里抱小孩的老婆婆猜问着:你是芹吗?

芹开始同主妇谈着话,坐在圈椅间,她冬天的棉鞋,显然被那个主妇看得清楚呢!主妇开始说:"蓓力去伴你来,不看见吗?那一定是走了岔路。"一条视线直迫着芹的全身而泻流过来,芹的全身每个细胞都在发汗,紧张、急躁,她愤恨自己为什么不迟来些,那就免得蓓力到那里连个影儿都不见,空虚的转了来。

芹到窗口吸些凉爽的空气,她破旧褴衫的襟角在缠着她的膝盖跳舞。当蓓力同芹登上细碎的月影在水池边绕着的时候,那已是当日的夜,公园里只有蚊虫嗡嗡的飞。他们相依着,前路似乎给蚊虫遮断了,冲穿蚊虫的阵,冲穿大树的林,经过两道桥梁,他们在亭子里坐下,影子相依在栏杆上。

高高的大树,树梢相结,像一个用纱制成的大伞,在遮着月亮。风吹来大伞摇摆,下面洒着细碎的月光,春天出游少女一般的疯狂呵!蓓力的心里和芹的心里都有一个同样的激动,并且这个激动又是同样的秘密。

五

芹住在旅馆,孤独的心境不知都被赶到什么地方了。就是蓓力昨夜整夜不睡的痛苦,也不知被赶到什么地方了?

他为了新识的爱人芹,痛苦了一夜,本想在决堤第二天就去接芹到非家来,他像一个破大摇篮一样,什么也盛不住,衣袋里连一毛钱也没有。去当掉自己流着棉花的破被吗?那里肯要呢?他开始把他最好的一件制服从床板底下拿出来,拍打着尘土。他想这回一定能当一元钱的,五角钱给她买吃的送去,剩下的五角伴她乘船出来用作船费,自己尽可不必坐船去,不是在太阳岛也学了几招游泳吗?现在真的有用了。他腋夹着这件友人送给的旧制服,就如夹着珍珠似的,脸色兴奋。一家当铺的金字招牌,混杂着商店的招牌,饭馆的招牌。在这招牌的林里,他是认清那一家是当铺了,他欢笑着,他的脸欢笑着。当铺门关了,人们嚷着正阳河开口了。回来倒在板床上,床板硬得和一张石片。他恨自己了,昨天到芹那里去,为什么把裤带子丢了。就是游泳着去,也不必把裤带子解下抛在路旁,为什么那样兴奋呢?蓓力心如此想,手就在腰间摸着新买的这条皮带。他把皮带抽下来,鞭打着自己。为什么要用去五角钱呢!只要有五角钱,用手提着裤子,不也是可以把自己的爱人伴出来吗?整夜他都是在这块石片的床板上煎熬着。

六

他住在一家饭馆的后房,他看着棚顶在飞的蝇群,壁间跋走的潮虫,他听着烧菜铁勺的声音,刀砍着肉的声音,前房食堂间酒杯声,舞女们伴着舞衣摩擦声,门外叫化子乞讨声,像箭一般的,像天空繁星一般的,穿过嵌着玻璃的窗子，一棵棵的刺进蓓力的心去。他眼睛放射红光，半点不躲避。安静的蓓力不声响的接受着。他懦弱吗？他不知痛苦吗？天空在闪烁的繁星，都晓得蓓力是在怎么存心。

就像两个从前线退回来的兵士，一离开前线，前线的炮火也跟着离开了，蓓力和芹只顾坐在大伞下，听风声和树叶们的叹息。

蓓力的眼睛实在不能睁开了。为了躲避芹的觉察，还几次的给自己作着掩护："今晨起得早一点，眼睛有些发干。"芹像明白蓓力的用意一样，芹又给蓓力作着掩护的掩护："那么我们回去睡觉吧。"

公园门前横着小水沟，跳过水沟来，斜对的那条街就是非家了，他们向非家走去。

地面上旅行着的两条长长的影子，在浸渐的消泯。就像两条刚被主人收留下的野狗一样，只是吃饭和睡觉才回到主人家里，其余尽是在街头跑着蹲着。

蓓力同他新识的爱人芹，在友人家中已是一个星期了。这一个星期无声无味的飞过去。街口覆放着一只小船，他们整天坐在船板上。公园也被水淹没了，实在无处可去，左右的街巷也被水淹没了，他们两颗相爱的心也像有水在追赶着似的。一天比一天接近感到拥挤了。两颗心膨胀着,也正和松花江一样,想寻个决堤的出口冲出去。这不是想,只是需要。

一天跟着一天寻找,可是左右布的密阵也一天天的高,一天天的厚,两颗不得散步的心,只得在他们两个相合的手掌中狂跳着。

七

蓓力也不住在饭馆的后房了,同样是住在非家,他和芹也是同样的离着。每天早起,不是蓓力到内房去推醒芹,就是芹早些起来,偷偷的用手指接触着蓓力的脚趾。他的脚每天都是抬到藤椅的扶手上面,弯弯的伸着。蓓力是专为芹来接触而预备着这个姿势吗?还是藤椅短放不开他的腿呢?他的脚被捏得作痛,醒转来。身子就是一条弯着腰的长虾,从藤椅间钻了出来,藤椅就像一只虾笼似的被蓓力丢在那里了。他用手揉擦着眼睛,什么都不清楚,两只鸭子形的小脚,伏在地板上,也像被惊醒的鸭子般的不知方向。鱼白的天色,从玻璃窗透进来,朦胧的在窗帘上惺忪着睡眼。

芹的肚子越胀越大了!由一个小盆变成一个大盆,

由一个不活动的物件，变成一个活动的物件。她在床上睡不着，蚊虫在她的腿上走着玩，肚子里的物件在肚皮里走着玩，她简直变成个大马戏场了，什么全在这个场面上耍起来。

下床去拖着那双瘦猫般的棉鞋，她到外房去，蓓力又照样的变作一条弯着腰的长虾，钻进虾笼去了。芹唤醒他，把腿给他看，芹腿上的小包都连成排了。若不是蚊虫咬的，一定会错认石阶上的苔藓生在她的腿上了。蓓力用手抚摸着，眉头皱着，他又向她笑了笑，他的心是怎样的刺痛呵！芹全然不晓得这一个，以为蓓力是带着某种笑意向她煽动一样。她手指投过去，生在自己肚皮里的小物件也给忘掉了，只是示意一般的捏紧蓓力的脚趾，她心尽力的跳着。

内房里的英夫人提着小荣到厨房去，小荣先看着这两个虾来了，大嚷着推给她妈妈看。英夫人的眼睛不知放出什么样的光，故意的问："你们两个用手握住脚，这是东洋式的握手礼还是西洋式的？"

四岁的小荣姑娘也学起妈妈的腔调，就像嘲笑而不当嘲笑的唱着："这是东洋式的还是西洋式的呢？"

芹和蓓力的眼睛，都像老虎的眼睛在照耀着。

蓓力的眼睛不知为了什么变成金刚石的了！又发

光，又坚硬。芹近几天尽看到这样的眼睛，他们整天的跑着，一直跑了十多天了！有时就连蓓力出办一点事，她要像一条尾巴似的跟着蓓力。只是最近才算是有了个半职业——替非做一点事。

中央大街的水退去，撑船的人也不见了。蓓力挽着芹的手，芹的棉鞋在褪了色蓝衫下浮动。又加上肚子特别发育，中央大街的人们，都看得清楚。蓓力白色篮球鞋子，一对小灰猪似的在马路上走。

非从那边来了！大概是下班回来，眼睛镶着眼镜向他们打了个招呼。走过去，一个短小的影子消失了。

晚间当芹和英夫人坐在屋里的时候，英夫人摇着头，脸上表演着不统一的笑，尽量的把声音委婉，向芹不知说了些什么。大概是白天被非看到芹和蓓力在中央大街走的事情。

芹和蓓力照样在街上绕了一周，蓓力还是和每天一样要挽着她跑。芹不知为了什么，两条腿不愿意活动，心又不耐烦！两星期前住在旅馆的心情又将萌动起来，她心上的烟雾刚退去，不久又像给罩上了。她手玩弄着蓓力的衣扣，眼睛垂着，头低下去："我真不知这是什么意思，我们衣裳褴褛，就连在街上走的资格也没有了！"

蓓力不明白这话是对谁发的，他迟钝而又灵巧的问："怎么？"

芹在学话说："英说：'你们不要在街上走去，在家里可以随便，街上的人太多，很不好看呢！人家讲究着很不好听！你们不知道吗？在这街上我们认识许多朋友，谁都知道你们是住在我家的，假设你们若是不住在我家，好看与不好看，我都不管的。'"芹在玩弄着衣扣。

蓓力的眼睛又在放射金刚石般的光，他的心就像被玩弄着的衣扣一样，在焦烦着。他把拳头握得紧紧的，向着自己的头部打去。芹给他拦住了："我们不是分明的晓得这是怎样一种友情？穷人不许有爱。"

他把拳头仍是握得紧紧的，他说的话就像从唇间撕下来的一样："穷人恋爱，富人是常常笑话的。穷人也会学着富人笑话穷人么？"他的拳头向着一切人打去，他的眼睛冒火。当时蓓力挽起芹的胳膊来，真像一只被提的手杖，经过大街，穿过活动着的人林，芹被提上楼去。

在过道间，蚊虫的群扰嚷着。芹一看到蚊虫，她腿上的苔藓立地会发着刺心的痒。窗口间的天色水般的清，风也像芹般的凉，凉水般的风像浇在她的心里一样,她在发抖。蓓力看到她在发抖,也只有看着而已!就连蓓力自己也没件夹衣可穿呀!

八

关于英夫人的讲话,蓓力向非提问的时候,非并不知道英为什么要说这些。非只是惊奇,与非简直是不发生关系,蓓力的脸红了,他的心忏悔。

"富人穷人,穷人不许恋爱?"

方才他们心中的焦烦退了去,坐在街头的木凳上。她若感到凉,只有一个方法,她把头埋在蓓力上衣的前襟里。

公园被水淹没以后,只有一个红电灯在那个无人的地方自己燃烧。秋天的夜里,红灯在密结的树梢上面,树梢沉沉的,好像在静止的海上面发现了萤火虫似的,他们笑着,跳着,拍着手,每夜都是来向着这萤火虫在叫跳一回⋯⋯

她现在不拍手了,只是按着肚子,蓓力把她扶回去。当上楼梯的时候,她的眼泪被抛落在黑暗里。

九

非对芹和蓓力有点两样,上次英夫人的讲话,可以证明是非说的。

非搬走了,这里的房子留给他岳母住,被褥全拿走了。芹在土炕上,枕着包袱睡。在土炕上睡了仅仅是两夜,她肚子疼得厉害。她卧在土炕上,蓓力也不出街了,他蹲在地板上,下颚枕炕沿,守着她。这是两个雏鸽,两个被折了巢窠的雏鸽。只有这两个鸽子才会互相了解,真的帮助,因为饥寒迫在他们身上是同样的份量。

芹肚子疼得更厉害了,在土炕上滚成个泥人了。蓓力没有戴帽子,跑下楼去,外边是落着阴冷的秋雨。两点钟过了蓓力不见回来,芹在土炕上继续自己滚的工作。外面的雨落得大了!三点钟也过了,蓓力还是不回来,芹只想撕破自己的肚子,外面的雨声她听不到了!

十

蓓力在小树下跑,雨在天空跑,铺着石头的路,雨的线在上面翻飞，雨就像要把石头压碎似的，石头又非反抗到底不可。穿过一条街，又一条街，穿过一片雨又一片雨，他衣袋里仍然是空着，被雨淋得他就和水鹅同样。

走进大门了，他的心飞上楼去，在抚慰着芹，这是谁也看不见的事。芹野兽疯狂般的尖叫声，从窗口射下来，经过成排的雨线，压倒雨的响声，却实实在在，牢牢固固，箭般的插在蓓力的心上了。

蓓力带着这只箭追上楼去，他以为芹是完了，是在发着最后的嘶叫。芹肚子疼得半昏了，她无知觉的拉住蓓力的手，她在土炕抓的泥土和蓓力带的雨水相合。

蓓力的脸色惨白，他又把方才向非借的一元车钱送芹入医院的影子想了一遍："慢慢有办法。过几天，不忙。"他又想，"这是朋友应该说的话吗？我明白了，我和非经济不平等，不能算是朋友。"

任是芹怎样嚎叫，他最终离开她下楼去了，雨是淘天的落下来。

十一

芹肚子痛得不知人事，在土炕上滚得不成人样了，脸和白纸一个样。痛得稍轻些，她爬下地来，想喝一杯水。茶杯刚拿在手里，又痛得不能耐了，杯子摔到地板上，杯子碎了。那个黄脸大眼睛非的岳母跟着声响走进来，嘴里罗嗦起："也太不成样子了，我们这里倒不是开的旅馆，随便谁都住在这里。"

芹听不清谁在说话，把肚子压在炕上，要把小物件从肚皮挤出来，这种痛法简直是绞着肠子，肠子像被抽断一样。她流着汗，也流着眼泪。

十二

芹像鬼一个样，在马车上囚着，经过公园，经过公园的马戏场，走黑暗的途径。蓓力紧抱住她。现在她对蓓力只有厌烦，对于街上的每个行人都只有厌烦。她扯着头发，在蓓力的怀中挣扎。她恨不能一步飞到医院，但是，马却不愿意前进，在水中一劲打旋转。蓓力开始惊惶，他说话的声音和平时两种："这里的水特别深呵！走下阴沟去，危险。"他跳下水去，拉着马勒，在水里前进着。

芹十分无能的卧在车里，好像一个龃龉的包袱或是一个垃圾箱。

这一幅沉痛的悲壮的受压迫的人物映画，在明月下，在秋光里，渲染得更加悲壮，更加沉痛了。

铁栏栅的门关闭着，门口没有电灯，黑森森的，大概医院是关了门了。

蓓力前去打门，芹的心希望和失望在绞跳着。

十三

马车又把她载回来了，又经过公园，又经过马戏场，芹肚子痛得像轻了一点。她看到马戏场的大象，笨重的在玩着自己的鼻子，分明清晰的她又有心思向蓓力寻话说："你看见大象笨得真巧。"

蓓力一天没得吃饭，现在他看芹像小孩子似的开着心，他心里又是笑又是气。

车回到原处了，蓓力尽他所有借到的五角钱给了车夫。蓓力就像疾风暴雨里的白菜一样，风雨过了，他又扶着芹，踏上楼梯。他心里想着："医生方才看过了，不是还得一月后才到日子吗？那时候一定能想法借到十五元住院费。"

蓓力才想起来，给芹把破被子铺在炕上。她倒在被上，手指在整着蓬乱的头发。蓓力要脱下湿透的鞋子,吻了她一下,到外房去了。

又有一阵呻吟声蓓力听到了,赶到内房去,蓓力第一条视线射到芹的身上,芹的脸已是惨白得和铅锅一样。他明白她的肚子不痛是心理作用,尽力相信方才医生谈再过一个月那是不准,是错误。

十四

他不借,也不打算,他明白现代的一切事情惟有蛮横,用不到讲道理。所以第二次他把芹送到医院的时候,虽然他是没有住院费,芹结果是强住到医院里。

在三等产妇室,芹迷沉的睡了两天了,总是梦着马车在水里打转的事情。半夜醒来的时候,急得汗水染透了衾枕。她身体过于疲乏,精神也随之疲乏,对于什么事情都不大关心。对于蓓力,对于全世界的一切,全是一样。蓓力来时,坐在小凳上谈几句不关紧要的话。他一走,芹又合拢起眼睛来。

三天了,芹夜间不能睡着,奶子胀得硬,里面像盛满了什么似的,只听她嚷着奶子痛,但没听她询问过关于孩子的话。

产妇室里摆着五张大床,睡着三个产妇,邻边空着五张小床。看护妇给推过一个来，靠近挨着窗口的那个产妇，又一个挨近别一个产妇。她们听到推小床的声音，把头露出被子外面，脸上都带着不可抑止、新奇的笑容，就好像看到自己的小娃娃在床里睡着的小脸一样。她们并不向看护妇问一句话，怕羞似的脸红着，只是默默的在预备热情，期待她们亲手造成的小动物与自己第一次见面。

第三个床看护妇推向芹的方向走来，芹的心开始跳动，就像个意外的消息传了来。手在摇动："不要！不……不要……我不要呀！"她的声音里，母子之情就像一条不能折断的钢丝被她折断了，她满身在抖颤。

十五

满墙泻着秋夜的月光。夜深，人静，只是隔壁小孩子在那边哭着。

孩子生下来哭了五天了，躺在冰凉的板床上。涨水后的蚊虫成群片的从气窗挤进来，在小孩的脸上身上爬行。她全身冰冰，她整天整夜的哭。冷吗？饿吗？生下来就没有妈妈的孩子，谁去管她呢？

月光照了满墙，墙上闪着一个影子，影子抖颤着。

芹挨下床去，脸伏在有月光的墙上："小宝宝，不要哭了，妈妈不是来抱你吗？冻得这样冰呵，我可怜的孩子！"

孩子咳嗽的声音，把芹伏在壁上的脸移动了，她跳上床去，她扯着自己的头发，用拳头痛打自己的头盖。真个自私的东西，成千成万的小孩在哭，怎么就听不见呢？成千成万的小孩饿死了，怎么看不见呢？比小孩更有用的大人也都饿死了，自己也快饿死了，这都看不见！真是个自私的东西！

睡熟的芹在梦里又活动着，芹梦着蓓力到床边抱起她就跑了，跳过墙壁，院费也没交，孩子也不要了。听说后来小孩给院长做了丫环，被院长打死了。

孩子在隔壁还是哭着，哭得时间太长了，那孩子作呕，芹被惊醒，慌张的迷惑的赶下床去。她以为院长在杀害她的孩子，只见影子在壁上一闪，她昏倒了。

秋天的夜在寂寞的流，每个房间泻着雪白的月光，墙壁这边地板上倒着妈妈的身体，那边的孩子在哭着妈妈。只隔一道墙壁，母子之情就永久相隔了。

十六

身穿白长衫三十多岁的女人，她黄脸上涂着白粉，粉下隐现黄黑的斑点。坐在芹的床沿,女人烦絮的向芹问些琐碎的话,别的产妇凄然的在静听。

芹一看见她们这种脸,就像针一样在突刺着自己的心。"请抱去吧,不要再说别的话了。"她把头用被蒙起,她再不能抑止,这是什么眼泪呢?在被里横流。

那两个产妇受了感动似的,也用手抹着眼睛,坐在床沿的女人说:"谁的孩子,谁也舍不得,我不能做这母子两离的事。"女人的身子扭了一扭。

芹像被什么人要挟似的,把头上的被掀开,面上笑着,眼泪和笑容凝结的笑着:"我舍得,小孩子没有用处,你把她抱去吧!"

小孩子在隔壁睡,一点都不知道,亲生她的妈妈把她给别人了。

那个女人站起来到隔壁去了,看护妇向那个女人在讲,一面流泪:"小孩子生下来六天了,连妈妈的面都没见,整天整夜的哭,喂她牛奶她不吃,她妈妈的奶胀得痛都挤扔了。唉,不知为什么!听说孩子的爸爸还很有钱呢!这个女人真怪,连有钱的丈夫都不愿嫁。"

那个女人同情着。看护妇说:"这小脸多么冷清,真是个生下来就招人可怜的孩子。"小孩子被她们摸索醒了,她的面贴到别人的手掌,以为是妈妈的手掌,她撒怨地哭了起来。

过了半个钟头,小孩将来的妈妈,夹着红包袱满脸欢喜的踏上医院的石阶。

包袱里的小被褥给孩子包好,经过穿道,经过产妇室的门前,经过产妇室的妈妈,小孩跟着生人走了,走下石阶了。

产妇室里的妈妈什么也没看见,只听一阵嘈杂的声音呵!

十七

当芹告诉蓓力孩子给人家抱去了的时候,她刚强的沉毅的眼睛把蓓力给瞪住了,他只是安定的听着:"这回我们没有挂碍了。丢掉一个小孩,是有多数小孩要获救的目的,现在当前的问题就是住院费。"

蓓力握紧芹的手,他想:"芹是个时代的女人,真想得开。一定是我将来忠实的伙伴!"他的血在沸腾。

每天当蓓力走出医院时,庶务都是向他问院费,蓓力早就放下没有院费的决心了,所以他第二次又夹着那件制服到当铺去,预备芹出院的车钱。

他的制服早就被老鼠在床下给咬破了，现在就连这件可希望的制服，也没有希望了。

蓓力为了五角钱，开始奔波。

十八

芹住在医院快是三个星期了！同室的产妇，来一个住一个星期抱着小孩走了，现在仅留她一个人在产妇室里。院长不向她要院费了，只希望她出院好了。但是她出院没有车钱，没有夹衣，最要紧的她没有钱租房子。

芹一个人住在产妇室里，整夜的幽静，只有她一个人享受窗上大树招摇细碎的月影，满墙走着，满地走着。她想起来母亲死去的时候，自己还是小孩子，睡在祖父的身旁，不也是在夜里，看着窗口的树影么？现在祖父走进坟墓去了，自己离家乡已三年了，时间一过什么事情都消灭了。

窗外的树风唱着幽静的曲子，芹听到隔院的鸡鸣声了。

十九

产妇们都是抱着小孩坐着汽车或是马车一个个出院了,现在芹也出院了。她没有小孩也没有汽车,只有眼前的一条大街要她走,就像一片荒田要她开拔一样。

蓓力好像个助手似的在眼前引导着。

他们这一双影子,一双刚强的影子,又开始向人林里去迈进。

哑老人[1]

The Old Beggar

孙女——小岚大概是回来了吧,门响了下。秋晨的风洁静得有些空凉,老人没有在意,他的烟管燃着,可是烟纹不再作环形了,他知道这又是风刮开了门。他面向外转,从门口看到了荒凉的街道。

他睡在地板的草帘上,也许麻袋就是他的被褥吧,堆在他的左边,他是前月才患着半身肢体不能运动的病,他更可怜了。满窗碎纸都在鸣叫,老人好像睡在坟墓里似的,任意野甸上是春光也好,秋光也好,但他并不在意,抽着他的烟管。

秋凉毁灭着一切,老人的烟管转走出来的烟纹也被秋凉毁灭着。

这就是小岚吧,她沿着破落的街走,一边扭着她

---

[1] 署名悄吟,于1933年8月27日、9月3日在长春《大同报》周刊《夜哨》上发表。

的肩头，走到门口，她想为什么门开着，——可是她进来了，没有惊疑。

老人的烟管没烟纹走出，也像老人一样的睡了。小岚站在老人的背后，沉思了一刻，好像是在打主意——唤醒祖父呢——还是让他睡着。

地上两张草帘是别的两个老乞丐的铺位，可是空闲着。小岚在空虚的地板上绕走，她想着工厂的事吧。

非常沉重的老人的鼾声停住了，他衰老的灵魂震动了一下。那是门声，门又被风刮开了，老人真的以为是孙女回来给他送饭。他歪起头来望一望，孙女跟着他的眼睛走过来了。

小岚看着爷爷震颤的胡须，她美丽、凄凉的眼笑了，说："好了些吧？右半身活动得更自由了些吗？"

这话是用眼睛问的，并没有声音。只有她的祖父，别人不会明白或懂得这无声的话，因为哑老人的耳朵也随着他的喉咙有些哑了，小岚把手递过去，抬动老人的右臂。

老人哑着——咔……咔……哇……

老人的右臂仍是不大自由，有些痛，他开始寻望小岚的周身。小岚自愧的火热般的心跳了，她只为思索工厂要裁她的事，从街上带回来的包子被忘弃着，冰凉了。

包子交给爷爷:"爷爷,饿了吧!"

其实,她的心一看到包子早已惭愧着,恼恨着,可是不会意想到的,老人就拿着这冰冷的包子已经在笑了。

可爱的包子倒惹他生气,老人关于他自己吃包子,感觉十分有些不必需。他开始作手势:扁扁的,长圆的,大树叶样的;他头摇着,他的手不意的,困难而费力的在比作。

小岚在习惯上她是明白。这是一定要她给买大饼子(玉米饼)。小岚也作手势,她的手向着天,比作月亮大小的圆环,又把手指张开作一个西瓜形,送到嘴边去假吃。她说:

"爷爷,今天是过八月节啦,所以爷爷要吃包子的。"

这时老人的胡须荡动着,包子已经是吞掉了两个。

也许是为着过节,小岚要到街上去倒壶开水来。她知道自家是没有水壶,老人有病,罐子也摆在窗沿,好像是休息,小岚提着罐子去倒水。

窗纸在自然的鸣叫,老人点起他的烟管了。

这是十分难能的事,五个包子却留下一个。小岚把水罐放在老人的身边，老人用烟管指给她，……咔……哇……

小岚看着白白的小小的包子，用她凄怆的眼睛，快乐的笑了，又悯然的哭了，她为这个包子伟大的爱，唤起了她内心脆弱得差不多彻底的悲哀。

小岚的哭惊慌的停止。这时老人哑着的嗓子更哑了，头伏在枕上摇摇，或者他的眼泪没有流下来，胡须震荡着，窗纸鸣得更响了。

"岚姐，我来找你。"一个女孩子，小岚工厂的同伴，进门来，她接着说，"你不知道工厂要裁你吗？我抢着跑来找你。"

小岚回转头向门口作手势，怕祖父听了这话，平常她知道祖父是听不清的，可是现在她神经质了，她过于神经质了。

可是那个女孩子还在说：

"岚姐，女工头说你夜工做得不好，并且每天要回家两次。女工头说，小岚不是没有父母吗？她到工厂来，不说她是个孤儿么？所以才留下了她。——也许不会裁了你！你快走吧。"

老人的眼睛看着什么似的那样揣着，他只当又是邻家姑娘来同小岚上工去。

使老人生疑的是小岚临行时对他的摇手，为什么她今天不作手势，也不说一句话呢？老人又在自解——也许是工厂太忙。

老人的烟管是点起来的，幽闲的他望着烟纹，也望着空虚的天花板。凉澹的秋的气味像侵袭似的，老人把麻袋盖了盖，他一天的工作只有等孙女。孙女走了，再就是他的烟管。现在他又像是睡了，又像等候他孙女晚上回来似的睡了。

当别的两个老乞丐在草帘上吃着饭类东西的时候，不管他们的铁罐搬得怎样响，老人仍是睡着，直到别的老乞丐去取那个盛热水的罐时，他算是醒了。可是打了个招呼，他又睡了。

"他是有福气的，他有孙女来养活他，假若是我患着半身不遂的病，老早就该死在阴沟了。"

"我也是一样。"

两个老乞丐说着，也要点着他们的烟管，可是没有烟了，要去取哑老人的。

忽然一个包子被发现了，拿过来，说给另一个听：

"三哥，给你吃吧，这一定是他剩下来的。"

回答着："我不要，你吃吧。"

可是另一个在说"我不要"这三个字以前，包子已经落进他的嘴里,好像他让三哥吃的话是含着包子说的。

他们谈着关于哑老人的话:

"在一月以前,那时你还不是没住在这里吗,他讨要过活,和我们一样。那时孙女缝穷,后来孙女入了工厂,工厂为了做夜工是不许女工回家的,记得老人一夜没有回来。第二天早晨,我到街头看他,已睡在墙根,差不多和死尸一样了。我把他拖回房里,可是他已经不省人事了。后来他的孙女每天回来看护他,从那时起,他是患着病了。"

"他没有家人么?"

"他的儿子死啦,媳妇嫁了人。"

两个老乞丐也睡在草帘上,止住了他们的讲话,直到哑老人睡得够了,他们凑到一起讲说着,哑老人虽然不能说话,但也笑着。

这是怎么样呢?天快黑了,小岚该到回来的时候了。老人觉到饿,可是只得等着。那两个又出去寻食,他们临出去的时候,罐子撞到门框发响,可是哑老人只得等着。

一夜在思量,第二个早晨,哑老人的烟管不间断的燃着,望望门口,听听风声,都好像他孙女回来的声音。秋风竟忍心欺骗哑老人,不把孙女带给他。

又燃着了烟管,望着天花板,他咳嗽着。这咳嗽声经过空冷的地板,就像一块铜掷到冰山上一样,响出透亮而凌寒的声来。当老人一想到孙女为了工厂忙,虽然他是怎样的饿,也就耐心的望着烟纹在等。

窗纸也像同情老人似的,耐心的鸣着。

小岚死了,遭了女工头的毒打而死,老人却不知道他的希望已经断了路。他后来自己扶着自己颤颤的身子,把经日讨饭的家伙,从窗沿取来,挂了满身,那些会活动的罐子,配着他直挺的身体,在作出痛心的可笑的模样。他又向门口走了两步,架了长杖,他年老而踝躞的身子上有几只罐子在凑趣般的摇动着,那更可笑了,可笑得会更痛心。

蓦然地,他的两个老伙伴开门了,这是一个奇异的表情,似一朵鲜红的花突然飞到落了叶的枯枝上去。走进来的两个老乞丐正是这样,他们悲惨而酸心的脸上,突然作笑。他们说:

"老哥,不要到街上去,小岚是为了工厂忙,你的病还没好,你是七十多岁的人了,这里有我们三个人的饭呢,坐下来先吃吧,小岚会回来的。"

讲这些话的声音,有些特别,并且嘴唇是不自然的起落，哑老人听不清他们究竟说的是什么，就坐下来吃。

哑老人算是吃饱了，其余的两个，是假装着吃，知道饭是不够的。他不能走路，他颤颤着腿，像爬似的走回他的铺位。

"女工头太狠了。"

"那样的被打死，太可怜，太惨。"

哑老人还没睡着的时候，他们的议论好像在提醒他。他支住腰身坐起来，皱着眉想——死……谁死了呢？

哑老人的动作呆得笑人，仿佛是个笨拙的侦探，在侦查一个难解的案件。眉皱着，眼瞪着，心却糊涂着。

那两个老乞丐，蹑着脚，拿着烟管想走。

依旧是破落的家屋，地板有洞，三张草帘仍在地板上，可是都空着，窗户用麻袋或是破衣塞堵着，有阴风在屋里飘走。终年没有阳光，终年黑灰着，哑老人就在这洞中过他残老的生活。

现在冬天，孙女死了，冬天比较更寒冷起来。

门开处，老人幽灵般的出现在门口了。他是爬着，手脚一起落地的在爬着，正像个大爬虫一样。他的手插进雪地去,而且大雪仍然是飘飘落着,这是怎样一个悲惨的夜呀,天空挂着寒月。

并没有什么吃的,他的罐子空着,什么也没讨到。

别的两个老乞丐,同样是这洞里爬虫的一分子,回来了说:"不要出去呀,我们讨回来的东西只管吃,这么大的年纪。"

哑老人没有回答,用呵气来温暖他的手,肿得萝卜似的手。饭是给哑老人吃了,别人只得又出去。

屋子和从前一样破落,阴沉的老人也和从前一样吸着他的烟管。可是老人他只剩烟管了,他更孤独了。

从草帘下取出一张照片来,不敢看似的他哭了,他绝望的哭,把躯体偎作个绝望的一团。

当窗纸不作鸣的时候,他又在抽烟。

只要抡动一次胳臂,在他全像搬转一支铁钟似的,要费几分钟。

在他漠忽中,烟火坠到草帘上,火烧到胡须时,他还没有觉察。

他的孙女死了,伙伴没在身边,他又哑,又聋,又患病,无处不是充满给火烧死的条件。就这样子,窗纸不作鸣声,老人滚着,他的胡须在烟里飞着,白白的。

小城三月[1]

Spring in a Small Town

一

三月的原野已经绿了,像地衣那样绿,透出在这里,那里。郊原上的草,是必须转折了好几个弯儿才能钻出地面的,草儿头上还顶着那胀破了种粒的壳,发出一寸多高的芽子,欣幸的钻出了土皮。放牛的孩子在掀起了墙脚下面的瓦时,找到了一片草芽了,孩子们回到家里告诉妈妈,说:"今天草芽出土了!"妈妈惊喜的说:"那一定是向阳的地方!"抢根菜的白色的圆石似的籽儿在地上滚着,野孩子一升一斗的在拾着。蒲公英发芽了,羊咩咩的叫,乌鸦绕着杨树林子飞。天气一天暖似一天,日子一寸一寸的都有意思。

---

[1] 署名萧红,于1941年7月1日发表在香港《时代文学》第一卷第二期。

杨花满天照的飞,像棉花似的。人们出门都是用手捉着,杨花挂着他了。草和牛粪都横在道上,放散着强烈的气味。远远的有用石子打船的声音。"空空……"的大声传来。

河冰发了,冰块顶着冰块,苦闷的又奔放的向下流。乌鸦站在冰块上寻觅小鱼吃,或者是还在冬眠的青蛙。

天气突然的热起来,说是"二八月,小阳春",自然冷天气要来的,但是这几天可热了。春带着强烈的呼唤从这头走到那头……

小城里被杨花给装满了,在榆钱还没变黄之前,大街小巷到处飞着,像纷纷落下的雪块……

春来了。人人像久久等待着一个大暴动,今天夜里就要举行,人人带着犯罪的心情,想参加到解放的尝试……春吹到每个人的心坎,带着呼唤,带着蛊惑……

我有一个姨,和我的堂哥哥大概是恋爱了。

姨母本来是很近的亲属,就是母亲的姊妹。但是我这个姨,她不是我的亲姨,她是我的继母的继母的女儿。那么她可算与我的继母有点血统的关系了,其实也是没有的。因为我这个外祖母是在已经做了寡妇之后才来到我外祖父家，翠姨就是这个外祖母原来在另外一家所生的女儿。

翠姨还有一个妹妹，她的妹妹小她两岁，大概是十七八岁，那么翠姨也就是十八九岁了。

翠姨生得并不是十分漂亮，但是她长得窈窕，走起路来沉静而且漂亮，讲起话来清楚的带着一种平静的感情。她伸手拿樱桃吃的时候，好像她的手指尖对那樱桃十分可怜的样子，她怕把它触坏了似的轻轻的捏着。

假若有人在她的背后唤她一声，她若是正在走路，她就会停下了；若是正在吃饭，就要把饭碗放下，而后把头向着自己的肩膀转过去，而全身并不大转，于是她自觉的闭合着嘴唇，像是有什么要说而一时说不出来似的……

而翠姨的妹妹，忘记了她叫什么名字，反正是一个大说大笑的，不十分修边幅，和她的姐姐全不同。花的绿的，红的紫的，只要是市上流行的，她就不大加以选择，做起一件衣服来赶快就穿在身上。穿上了而后，到亲戚家去串门，人家恭维她的衣料怎样漂亮的时候，她总是说，和这完全一样的，还有一件，她给了她的姐姐了。

我到外祖父家去，外祖父家里没有像我一般大的女孩子陪着我玩，所以每当我去，外祖母总是把翠姨喊来陪我。

翠姨就住在外祖父的后院，隔着一道板墙，一招呼，听见就来了。

外祖父住的院子和翠姨住的院子，虽然只隔一道板墙，但是却没有门可通，所以还得绕到大街上去从正门进来。

因此有时翠姨先来到板墙这里，从板墙缝中和我打了招呼，而后回到屋去装饰一番，才从大街上绕了个圈来她母亲的家里。

翠姨很喜欢我。因为我在学堂里念书，而她没有，她想什么事我都比她明白。所以，她总是有许多事务同我商量，看看我的意见如何。

到夜里，我住在外祖父家里了，她就陪着我也住下。

每每睡下就谈，谈过了半夜，不知为什么总是谈不完……

开初谈的是衣服怎么穿，穿什么样的颜色，穿什么样的料子。比如走路应该快或是应该慢。有时，白天里她买了一个别针，到夜里她拿出来看看，问我这别针到底是好看或是不好看。那时候，大概是十五年前的时候，我们不知城外如何装扮一个女子，而在这个城里，几乎个个都有一条宽大的绒绳结的披肩，蓝的紫的，各色的都有，但最多多不过枣红色的。几乎在街上所见的都是枣红色的人披肩了。

那怕红的绿的那么多，但总没有枣红色的最流行。

翠姨的妹妹有一张，翠姨有一张，我的所有的同学，几乎每人都有一张。就连素不考究的外祖母的肩上也披着一张，只不过披的是蓝色的，没有敢用最流行的枣红色的就是了。因为她总算年纪大了一点，对年青人让了一步。

还有那时候都流行穿绒绳鞋，翠姨的妹妹就赶快的买了穿上，因为她那个人很粗心大意，好坏她不管，只是人家有她也有，别人是人穿衣裳，而翠姨的妹妹就好像被衣服所穿了似的，芜芜杂杂。但永远合乎着应有尽有的原则。

翠姨的妹妹的那绒绳鞋，买来了，穿上了。在地板上跑着，不大一会工夫，那每只鞋脸上系着的一只毛球，竟有一个毛球已经离开了鞋子，向上跳着，只还有一根绳连着，不然就要掉下来了。很好玩的，好像一颗大红枣被系到脚上去了。因为她的鞋子也是枣红色的。大家都在嘲笑她的鞋子一买回来就坏了。

翠姨她没有买，也许她心里边早已经喜欢了，但是看上去她都像反对似的，好像她都不接受。

她必得等到许多人都开始采办了，这时候，看样子她才稍稍有些动心。

好比买绒绳鞋，夜里她和我谈话问过我的意见，我也说是好看的，我有很多的同学她们也都买了绒绳鞋。

第二天，翠姨就要求我陪着她上街，先不告诉我去买什么，进了铺子选了半天别的，才问到我绒绳鞋。

走了几家铺子，都没有，都说是已经卖完了。我晓得店铺的人是这样瞎说的，表示他家这店铺平常总是最丰富的，只恰巧你要的这件东西，他就没有了。我劝翠姨说，咱们慢慢的走，别家一定会有的。

我们坐马车从街梢上的外祖父家来到街中心的。

见了第一家铺子，我们就下了马车。不用说，马车我们已经是付过了价钱的。等我们买好了东西回来的时候，会另外叫一辆的，因为我们不知道要等多久。

大概看见什么好，虽然不需要也要买点；或是东西已经买全了，不必要再多留连，也要留连一会；或是买东西的目的，本来只在一双鞋，而结果鞋子没有买到，反而罗里罗嗦的买回来许多用不着的东西。

这一天，我们辞退了马车，进了第一家店铺。

在别的大城市里没有这种情形，而在我家乡里往往是这样，坐了马车，虽然是付过了钱，让他自由去兜揽生意，但他常常还仍旧等候在铺子的门外。等一出来，他仍旧请你坐他的车。

我们走进第一个铺子，一问没有。于是就看了些别的东西，从绸缎看到呢绒，从呢绒再看到绸缎，布匹根本不看的，并不像母亲们进了店铺那样子。这个买去做被单，那个买去做棉袄的，因为我们管不了被单棉袄的事。母亲们一月不进店铺，一进店铺又是这个便宜应该买，那个不贵，也应该买。比方一块在夏天才用得着的花洋布，母亲们冬天里就买起来了，说是趁着便宜多买点，总是用得着的。而我们就不然了，我们是天天进店铺的，天天搜寻些个是好看的，是贵的值钱的，平常时候绝对的用不到想不到的。

那一天，我们就买了许多花边回来，钉着光片的，带着琉璃的。说不上要做什么样的衣服才配得着这种花边。也许根本没有想到做衣服，就贸然的把花边买下了。一边买着，一边说好，翠姨说好，我也说好。到了后来，回到家里，当众打开了让大家批判，这个一言，那个一语，让大家说得也有点没有主意了，心里已经五六分空虚了。于是赶快的收拾了起来，或者从别人的手中夺过来，把它包起来，说她们不识货，不让她们看了。

勉强说着：

"我们要做一件红金丝绒的袍子，把这个黑琉璃边镶上。"

或是：

"这红的我们送人去……"

说虽仍旧如此说，心里已经八九分空虚了，大概是这些所心爱的，从此就不会再出头露面的了。

在这小城里，商店究竟没有多少，到后来又加上看不到绒绳鞋，心里着急，也许跑得更快些。不一会工夫，只剩了三两家了。而那三两家，又偏偏是不常去的，铺子小，货物少。想来它那里也是一定不会有的了。

我们走进一个小铺子里去，果然有三四双，非小即大，而且颜色都不好看。

翠姨有意要买，我就觉得奇怪，原来就不十分喜欢，既然没有好的，又为什么要买呢？让我说着，没有买成，回家去了。

过了两天，我把买鞋子这件事情早就忘了。

翠姨忽然又提议要去买。

从此我知道了她的秘密，她早就爱上了那绒绳鞋了，不过她没有说出来就是了。她的恋爱的秘密就是这样子的。她似乎要把它带到坟墓里去，一直不要说出口，好像天底下没有一个人值得听她的告诉……

在外边飞着满天大雪，我和翠姨坐着马车去买绒绳鞋。我们身上围着皮褥子，赶车的车夫高高的坐在车夫台上，摇晃着身子，唱着沙哑的山歌："喝咧咧……"耳边风呜呜的啸着，从天上倾下来的大雪，迷乱了我们的眼睛，远远的天隐在云雾里，我默默的祝福翠姨快快买到可爱的绒绳鞋，我从心里愿意她得救……

市中心远远的朦朦胧胧的站着，行人很少，全街静悄无声。我们一家挨一家的问着，我比她更急切，我想赶快买到吧，我小心的盘问着那些店员们，我从来不放弃一个细微的机会，我鼓励翠姨，没有忘记一家。使她都有点儿诧异，我为什么忽然这样热心起来。但是我完全不管她的猜疑，我不顾一切的想在这小城里面，找出一双绒绳鞋来。

只有我们的马车，因为载着翠姨的愿望，在街上奔驰得特别的清醒，又特别的快。雪下的更大了，街上什么人都没有了，只有我们两个人，催着车夫，跑来跑去。一直到天都很晚了，鞋子没有买到。翠姨深深的看着我的眼睛说："我的命，不会好的。"我很想装出大人的样子，来安慰她，但是没有等到找出什么适当的话来，泪便流出来了。

二

翠姨以后也常来我家住着，是我的继母把她接来的。

因为她的妹妹订婚了，怕是她一旦的结了婚，忽然会剩下她一个人来，使她难过。因为她的家里并没有多少人，只有她的一个六十多岁的老祖父，再就是一个也是寡妇的伯母，带一个女儿。

堂姊妹本该在一起玩耍解闷的，但是因性格的相差太远，一向是水火不同炉的过着日子。

她的堂妹妹，我见过，永久是穿着深色的衣裳，黑黑的脸。一天到晚陪着母亲坐在屋子里。母亲洗衣裳，她也洗衣裳；母亲哭，她也哭。也许她帮着母亲哭她死去的父亲，也许哭的是她们的家穷。那别人就不晓得了。

本来是一家的女儿，翠姨她们两姊妹却像有钱的人家的小姐，而那个堂妹妹，看上去却像个乡下丫头。这一点，使她得到常常到我们家里来住的权利。

她的亲妹妹订婚了，再过一年就出嫁了。在这一年中，妹妹大大的阔气了起来，因为婆家那方面一订了婚就送来了聘礼。这个城里，从前不用大洋票，而用的是广信公司出的帖子，一百吊一千吊的论。

她妹妹的聘礼大概是几万吊，所以她忽然不得了起来，今天买这样，明天买那样，花别针一个又一个的，丝头绳一团一团的，带穗的耳坠子，洋手表，样样都有了。每逢上街的时候，她和她姐姐一道，现在总是她付车钱了。她的姐姐要付，她却百般的不肯，有时当着人面，姐姐一定要付，妹妹一定不肯，结果闹得很窘，姐姐无形中觉得一种权利被人剥夺了。

但是关于妹妹的订婚，翠姨一点也没有羡慕的心理。妹妹未来的丈夫，她是看过的，没有什么好看，很高，穿着蓝袍子黑马褂，好像商人，又像一个小土绅士。又加上翠姨太年青了，想不到什么丈夫，什么结婚。

因此，虽然妹妹在她的旁边一天比一天丰富起来，妹妹是有钱了,但是妹妹为什么有钱的,她没有考查过。

所以当妹妹尚未离开她之前,她绝对的没有重视"订婚"的事。

不过她常常的感到寂寞。她和妹妹出来进去的,因家庭环境孤寂,竟好像一对双生子似的,而今去了一个。不但翠姨自己觉得单调,就是她的祖父也觉得她可怜。

所以自从她的妹妹嫁了人,她就不大回家,总是住在她的母亲的家里。有时我的继母也把她接到我们家里。

翠姨非常聪明,她会弹大正琴,就是前些年所流行在中国的一种日本琴。她还会吹箫或是会吹笛子。不过弹那琴的时候却很多。住在我家里的时候,我家的伯父,每在晚饭之后必同我们玩这些乐器的。笛子,箫,日本琴,风琴,月琴,还有什么打琴。真正的西洋的乐器,可一样也没有。

在这种正玩得热闹的时候,翠姨也来参加了。翠姨弹了一个曲子,和我们大家立刻就配合上了。于是大家都觉得在我们那已经天天闹熟了的老调子之中,又多了一个新的花样。于是立刻我们就加倍的努力,正在吹笛的把笛子吹得特别响,把笛膜震抖得似乎就要爆炸了似的,滋滋的叫着。十岁的弟弟在吹口琴,他摇着头,好像要把那口琴吞下去似的,至于他吹的是什么调子,已经是没有人留意了。在大家忽然来了勇气的时候,似乎只需要这种胡闹。

而那按风琴的人,因为越按越快,到后来也许是已经找不到琴键了,只是那踏脚板越踏越快,踏得呜呜的响,好像有意要毁坏了那风琴,而想把风琴撕裂了一般的。

大概所奏的曲子是《梅花三弄》,也不知道接连的弹过了多少圈,看大家的意思都不想要停下来。不过到了后来,实在是气力没有了,找不着拍子的找不着拍子,跟不上调的跟不上调,于是在大笑之中,大家停下来了。

不知为什么,在这么快乐的调子里边,大家都有点伤心,也许是乐极生悲了,把我们都笑得流着眼泪,一边还笑。

正在这时候,我们往门窗处一看,我的最小的小弟弟,刚会走路,他也背着一个很大的破手风琴来参加了。

谁都知道,那手风琴从来也不会响的。把大家笑死了。在这回得到了快乐。

我的哥哥(伯父的儿子,钢琴弹得很好)吹箫吹得最好,这时候他放下了箫,对翠姨说:"你来吹吧!"翠姨却没有言语,站起身来,跑到自己的屋子去了,我的哥哥好久好久的看住那帘子。

三

翠姨在我家,和我住一个屋子。月明之夜,屋子照得通亮。翠姨和我谈话,往往谈到鸡叫,觉得也不过刚刚才半夜。

鸡叫了,才说:"快睡吧,天亮了。"

有的时候,一转身,她又问我:

"是不是一个人结婚太早不好,或许是女孩子结婚太早是不好的!"

我们以前谈了很多话,但没有谈到这些。

总是谈什么衣服怎样穿,鞋子怎样买,颜色怎样配;买了毛线来,这毛线应该打个什么样的花纹;买了帽子来,应该批判这帽子还微微有缺点,这缺点究竟在什么地方,虽然说是不要紧,或者是一点关系也没有,但批评总是要批评的。

有时再谈得远一点,就表姊表妹之类订了婆家,或什么亲戚的女儿出嫁了,或是什么耳闻的,听说的,新娘子和新姑爷闹别扭之类。

那个时候,我们的县里早就有了洋学堂了。小学好几个,大学没有。只有一个男子中学,往往成为谈论的目标。谈论这个,不单是翠姨,外祖母、姑姑、姐姐之类,都愿意讲究这当地中学的学生。因为他们一切洋化,穿着裤子,把裤腿卷起来一寸,一张口,"格得毛宁"外国语,他们彼此一说话就"答答答",听说这是什么俄国话。而更奇怪的是他们见了女人不怕羞。这一点,大家都批评说是不如从前了。从前的书生,一见了女人脸就红。

我家算是最开通的了。叔叔和哥哥他们都到北京和哈尔滨那些大地方去读书了,他们开了不少的眼界。回到家里来,大讲他们那里都是男孩子和女孩子同学。

这一题目,非常的新奇,开初都认为这是造了反。后来因为叔叔也常和女同学通信,因为叔叔在家庭里是有点地位的人,并且父亲从前也加入过国民党,革过命,所以这个家庭都"咸与维新"起来。

因此在我家里,一切都是很随便的,逛公园,正月十五看花灯,都是不分男女,一齐去。

而且我家里设了网球场，一天到晚打网球，亲戚家的男孩子来了，我们也一齐的打。

这都不谈，仍旧来谈翠姨。

翠姨听了很多的故事。关于男学生结婚的事情，就是我们本县里，已经有几件事情不幸的了。有的结婚了，从此就不回家了；有的娶来了太太，把太太放在另一间屋子里住着，而且自己却永久住在书房里。

每逢讲到这些故事时，多半别人都是站在女的一边，说那男子都是念书念坏了，一看了那不识字的又不是女学生之类就生气，觉得处处都不如他。天天总说婚姻不自由。可是自古至今，都是爹许娘配的，偏偏到了今天，都要自由。看吧，这还没有自由呢，就先来了花头故事了，娶了太太的不回家，或是把太太放在另一个屋子里。这些都是念书念坏了的。

翠姨听了许多别人家的评论。大概她心里边也有些不平，她就问我不读书是不是很坏的，我自然说是很坏的。而且她看了我们家里男孩子、女孩子通通到学堂去念书的。而且我们亲戚家的孩子也都是读书的。

因此她对我很佩服，因为我是读书的。

但是不久，翠姨就订婚了。就是她妹妹出嫁不久的事情。

她的未来的丈夫,我见过,在外祖父的家里。人长得又矮又小,穿一身蓝布棉袍子,黑马褂,头上戴一顶赶大车的人所戴的四耳帽子。

当时翠姨也在的,但她不知道那是她的什么人,她只当是那里来了这样一位乡下的客人。外祖母偷着把我叫过去,特别告诉了我一番,这就是翠姨将来的丈夫。

不久翠姨就很有钱。她的丈夫的家里,比她妹妹丈夫的家里还更有钱得多。婆婆也是个寡妇,守着个独生的儿子。儿子才十七岁,是在乡下的私学馆里读书。

翠姨的母亲常常替翠姨解说,人小点不要紧,岁数还小呢,再长上两三年两个人就一般高了。劝翠姨不要难过,婆家有钱就好的。聘礼的钱十多万都交过来了,而且就由外祖母的手亲自交给了翠姨;而且还有别的条件保障着,那就是说,三年之内绝对不准娶亲,借着男的一方面年纪太小为辞,翠姨更愿意远远的推着。

翠姨自从订婚之后,是很有钱的了,什么新样子的东西一到,虽说不是一定抢先去买了来,总是过不了多久,箱子里就要有的了。那时候夏天最流行银灰色市布大衫，而翠姨穿起来最好，因为她有好几件，穿过两次不新鲜就不要了，就只在家里穿，而出门就又去做一件新的。

那时候正流行着一种长穗的耳坠子，翠姨就有两对：一对红宝石的，一对绿的。而我的母亲才能有两对，而我才有一对。可见翠姨是顶阔气的了。

还有那时候就已经开始流行高跟鞋了。可是在我们本街上却不大有人穿，只有我的继母早就开始穿，其余就算是翠姨。并不是一定因为我的母亲有钱，也不是因高跟鞋一定贵，只是女人们没有那么摩登的行为，或者说她们不很容易接受新的思想。

翠姨第一天穿起高跟鞋来，走路还很不安定，但到第二天就比较的习惯了。到了第三天，就说以后，她就是跑起来也是很平稳的，而且走路的姿态更加可爱了。

我们有时也去打网球玩玩，球撞到她脸上的时候，她才用球拍遮了一下，否则她半天也打不到一个球。因为她一上了场站在白线上就是白线上，站在格子里就是格子里，她根本不动。有的时候她竟拿网球拍子站着一边去看风景去了。尤其是大家打完了网球，吃东西的吃东西去了，洗脸的洗脸去了。惟有她一个人站在短篱前面，向着远远的哈尔滨市影痴望着。

有一次我同翠姨一同去做客。我继母的族中娶媳妇。她们是八旗人，也就是满人。满人才讲究场面呢，所有的族中的年青的媳妇都必得到场，而且个个打扮得如花似玉。似乎咱们中国的社会，是没这么繁华的社交的场面的，也许那时候，我是小孩子，把什么都看得特别繁华。就只说女人们的衣服吧，就个个都穿得和现在西洋女人在夜总会里边那么庄严，一律都穿着绣花大袄。而她们是八旗人，大袄的襟下一律的没有开口，而且很长。大袄的颜色枣红的居多，绛色的也有，玫瑰紫色的也有。而那上边绣的花色，有的荷花，有的玫瑰，有的松竹梅，一句话，特别的繁华。

她们的脸上，都擦着白粉，她们的嘴上都染得桃红。

每逢一个客人到了门前，她们是要列着队出来迎接的，她们都是我的舅母，一个一个的上前来问候了我和翠姨。

翠姨早就熟识她们的，有的叫表嫂子，有的叫四嫂子。而在我，她们就都是一样的，好像小孩子的时候，所玩的用花纸剪的纸人，这个和那个都是一样，完全没有分别。都是花缎袍子，都是白白的脸，都是很红的嘴唇。

就是这一次,翠姨出了风头了。她进到屋里,靠着一张大镜子旁坐下了。女人们就忽然都上前来看她,也许她从来没有这么漂亮过,今天把别人都惊住了。

依我看,翠姨还没有她从前漂亮呢,不过她们说翠姨漂亮得像棵新开的腊梅。翠姨从来不搽胭脂的,而那天又穿了一件为着将来做新娘子而准备的蓝色缎子满是金花的夹袍。

翠姨让她们围起看着,难为情了起来,站起来想要逃掉似的,迈着很勇敢的步子,茫然的往里边的房间里闪开了。

谁知那里边就是新房呢,于是许多的嫂嫂就哗然的叫着,说:

"翠姐姐不要急,明年就是个漂亮的新娘子,现在先试试去。"

当天吃饭饮酒的时候,许多客人从别的屋子来呆呆的望着翠姨。翠姨举着筷子,似乎是在思量着,保持着镇静的态度,用温和的眼光看着她们。仿佛她不晓得人们专门在看着她似的。但是别的女人们羡慕了翠姨半天了,脸上又都突然的冷落起来,觉得有什么话要说,又都没有说,然后彼此对望,笑了一下,吃菜了。

四

有一年冬天，刚过了年，翠姨就来到了我家。

伯父的儿子——我的哥哥，就正在我家里。

我的哥哥，人很漂亮，很直的鼻子，很黑的眼睛，嘴也好看，头发也梳得好看，人很长，走路很爽快。大概在我们所有的家族中，没有这么漂亮的人物。

冬天，学校放了寒假，所以来我们家里休息。大概不久，学校开学就要上学去了。哥哥是在哈尔滨读书。

我们的音乐会，自然要为这新来的角色而开了。翠姨也参加的。

于是非常的热闹，比方我的母亲，她一点也不懂这行，但是她也列了席，她坐在旁边观看。连家里的厨子，女工，都停下了工作来望着我们，似乎他们不是听什么乐器，而是在看人。我们聚满了一客厅。这些乐器的声音，大概很远的邻居都可以听到。

第二天邻居来串门的，就说：

"昨天晚上，你们家又是给谁祝寿？"

我们就说，是欢迎我们的刚到的哥哥。因此，我们家是很好玩的，很有趣的。不久，就来到了正月十五看花灯的时节了。

我们家里自从父亲维新革命,总之在我们家里,兄弟姊妹,一律相待,有好玩的就一齐玩,有好看的就一齐去看。

伯父带着我们,哥哥,弟弟,姨……共八九个人,在大月亮地里往大街里跑去了。那路之滑,滑得不能站脚,而且高低不平。他们男孩子们跑在前面,而我们因为跑得慢就落了后。

于是那在前边的他们回头来嘲笑我们,说我们是小姐,说我们是娘娘,说我们走不动。

我们和翠姨早就连成一排向前冲去,但是,不是我倒,就是她倒,到后来还是哥哥他们一个一个的来扶着我们。说是扶着,未免的太示弱了,也不过就是和他们连成一排向前进着。

不一会到了市里,满路花灯,人山人海。又加上狮子、旱船、龙灯、秧歌,闹得眼也花起来,一时也数不清多少玩艺,那里会来得及看,似乎只是在眼前一晃就过去了。而一会别的又来了,又过去了。其实也不见得繁华得多么不得了,不过觉得世界上是不会比这个再繁华的了。

商店的门前,点着那么大的火把,好像热带的大椰子树似的，一个比一个亮。

我们进了一家商店，那是父亲的朋友开的。他们很好的招待我们，茶，点心，橘子，元宵。我们那里吃得下去，听到门外一打鼓，就心慌了。而外边鼓和喇叭又那么多，一阵来了，一阵还没有去远，一阵又来了。

因为城本来是不大的，有许多熟人也都是来看灯的，都遇到了。其中我们本城里的在哈尔滨念书的几个男学生，他们也来看灯了。哥哥都认识他们。我也认识他们，因为这时候我到哈尔滨念书去了，所以一遇到了我们，他们就和我们在一起。他们出去看灯，看了一会，又回到我们的地方，和伯父谈话，和哥哥谈话。我晓得他们，因我们家比较有势力，他们是很愿和我们讲话的。

所以回家的一路上，又多了两个男孩子。

不管人讨厌不讨厌，他们穿的衣服总算都市化了。个个都穿着西装，戴着呢帽，外套都是到膝盖的地方，脚下很利落清爽。比起我们城里的那种怪样子的外套，好像大棉袍子似的，好看得多了。而且颈间又都束着一条围巾，那围巾自然也是全丝全棉的花纹，似乎一束起那围巾来，人就更显得庄严，漂亮。

翠姨觉得他们个个都很好看。

哥哥也穿的西装,自然哥哥也很好看。因此在路上她直在看哥哥。

翠姨梳头梳得是很慢的,必定梳得一丝不乱,搽粉也要搽了洗掉,洗掉再搽,一直搽到认为满意为止。花灯节的第二天早晨,她就梳得更慢,一边梳头一边在思量。本来按规矩每天吃早饭必得三请两请才能出席,今天必得请到四次,她才来了。

我的伯父当年也是一位英雄,骑马、打枪绝对的好。后来虽然已经五十岁了,但是风采犹存。我们都爱伯父的,伯父从小也就爱我们。诗,词,文章,都是伯父教我们的。翠姨住在我们家里,伯父也很喜欢翠姨。今天早饭已经开好了。催了翠姨几次,翠姨总是不出来。

伯父说了一句:"林黛玉……"

于是我们全家的人都笑了起来。

翠姨出来了,看见我们这样的笑,就问我们笑什么。我们没有人肯告诉她。翠姨知道一定是笑的她,她就说:

"你们赶快的告诉我,若不告诉我,今天我就不吃饭了。你们读书识字,我不懂,你们欺侮我……"

闹嚷了很久，是我的哥哥讲给她听了。伯父当着自己的儿子面前到底有些难为情，喝了好些酒，总算是躲过去了。

翠姨从此想到了念书的问题，但是她已经二十岁了，那里去念书？上小学，没有她这样大的学生，上中学，她是一字不识。怎么可以？所以仍旧住在我们家里。

弹琴，吹箫，看纸牌，我们一天到晚的玩着。我们玩的时候全体参加，我的伯父，我的哥哥，我的母亲。

翠姨对我的哥哥没有什么特别的好，我的哥哥对翠姨就像对我们，也是完全的一样。

不过哥哥讲故事的时候，翠姨总比我们留心听些，那是因为她的年龄稍稍比我们大些，当然在理解力上比我们更接近一些哥哥的了。哥哥对翠姨比对我们稍稍的客气一点。他和翠姨说话的时候，总是"是的""是的"的，而和我们说话则"对啦""对啦"。这显然因为翠姨是客人的关系，而且在名分上比他大。

不过有一天晚饭之后，翠姨和哥哥都没有了。每天饭后大概总要开个音乐会的。这一天，也许因为伯父不在家，没有人领导的缘故，大家吃过也就散了，客厅里一个人也没有。我想找弟弟和我下一盘棋,弟弟也不见了。于是我就一个人在客厅里按起风琴来,玩了一下,也觉得没有趣。客厅是静得很的,在我关上了风琴盖子之后,我就听见了在后屋里,或者在我的房子里是有人的。

我想一定是翠姨在屋里。快去看看她,叫她出来张罗着看纸牌。

我跑进去一看,不单是翠姨,还有哥哥陪着她。

看见了我,翠姨就赶快的站起来说:

"我们去玩吧。"

哥哥也说:

"我们下棋去,下棋去。"

他们出来陪我来玩棋,这次哥哥总是输,从前是他回回赢我。我觉得奇怪,但是心里高兴极了。

不久寒假终了,我就回到哈尔滨的学校念书去了。可是哥哥没有同来,因为他上半年生了点病,曾在医院里休养了一些时候,这次伯父主张他再请两个月的假,留在家里。

以后家里的事情,我就不大知道了。都是由哥哥或母亲讲给我听的。我走了以后,翠姨还住在我家里。

后来母亲告诉过,就是在翠姨还没有订婚之前,有过这样一件事情。我的族中有一个小叔叔,和哥哥一般大的年纪,说话口吃,没有风采,也是和哥哥在一个学校里读书。虽然他也到我们家里来过,但怕翠姨没有见过。那时外祖母就主张给翠姨提婚。那族中的祖母一听就拒绝了,说是寡妇的孩子,命不好,也怕没有家教,何况父亲死了,母亲又出嫁了,好女不嫁二夫郎,这种人家的女儿,祖母不要。但是我母亲说,辈分合,他家还有钱,翠姨过门是一品当朝的日子,不会受气的。

这件事情翠姨是晓得的,而今天又见了我的哥哥,她不能不想哥哥大概是那样看她的。她自觉的觉得自己的命运不会好的。现在翠姨自己已经订了婚,是一个人的未婚妻。二则她是出了嫁的寡妇的女儿,她自己一天把这背了不知有多少遍,她记得清清楚楚。

五

翠姨订婚,转眼三年了。正这时,翠姨的婆家,通了消息来,张罗要娶。她的母亲来接她回去整理嫁妆。

翠姨一听就得病了。

但没有几天,她的母亲就带着她到哈尔滨办嫁妆去了。

偏偏那带着她采办嫁妆的向导,又是哥哥介绍来的他的同学。他们住在哈尔滨的秦家岗上,风景绝佳,是洋人最多的地方。那男学生们的宿舍里边,有暖气、洋床。翠姨带着哥哥的介绍信,像一个女同学似的被他们招待着。又加上已经学了俄国人的规矩,处处尊重女子。所以翠姨当然受了他们不少的尊敬,请她吃大菜,请她看电影。坐马车的时候,上车让她先上;下车的时候,人家扶她下来。她每一动别人都为她服务。外套一脱,就接过去了;她刚一表示要穿外套,就给她穿上了。

不用说,买嫁妆她是不痛快的,但那几天,她总算一生中最开心的时候。

她觉得到底是读大学的人好,不野蛮,不会对女人不客气,绝不能像她的妹夫常常打她的妹妹。

经这到哈尔滨去一买嫁妆,翠姨就不愿意出嫁了。她一想那个又丑又小的男人,她就恐怖。

她回来的时候,母亲又接她到我们家来住着,说她的家里又黑又冷,说她太孤单可怜。我们家是一团暖气的。

到了后来,她的母亲发现她对于出嫁太不热心,该剪裁的衣裳,她不去剪裁。有一些零碎还要去买的,她也不去买。做母亲的总是常常要加以督促,后来就要接她回去,接到她的身边,好随时提醒她。她的母亲以为年青的人必定要随时提醒的,不然总是贪玩。而况出嫁的日子又不远了,或者就是二三月。

想不到外祖母来接她的时候,她从心里不肯回去,她竟很勇敢的提出来她要读书的要求。她说她要念书,她想不到出嫁。

开初外祖母不肯,到后来,她说若是不让她读书,她是不出嫁的。外祖母知道她的心情,而且想起了很多可怕的事情……

外祖母没有办法,依了她。给她在家里请了一位老先生,就在自己家院子的空房子里边摆上了书桌,还有几个邻居家的姑娘,一齐念书。

翠姨白天念书,晚上回到外祖母家。

念了书,不多日子,人就开始咳嗽,而且整天的闷闷不乐。她的母亲问她,有什么不如意?陪嫁的东西买得不顺心吗?或者是想到我们家去玩吗?什么事都问到了。

翠姨摇着头不说什么。

过了一些日子,我的母亲去看翠姨,带着我的哥哥。他们一看见她,第一个印象,就觉得她苍白了不少。而且母亲断言的说,她活不久了。

大家都说是念书累的,外祖母也说是念书累的,没有什么要紧的。要出嫁的女儿们,总是先前瘦的,嫁过去就要胖了。

而翠姨自己则点点头,笑笑,不承认,也不加以否认。还是念书,也不到我们家来了,母亲接了几次,也不来,回说没有工夫。

翠姨越来越瘦了,哥哥去到外祖母家看了她两次,也不过是吃饭、喝酒,应酬了一番,而且说是去看外祖母的。在这里,年青的男子去拜访年青的女子,是不可以的。哥哥回来也并不带回什么欢喜或是什么新奇的忧郁,还是照样和我们打牌下棋。

翠姨后来支持不了啦,躺下了。她的婆婆听说她病了,就要娶她,因为花了钱,死了不是可惜了吗?这一种消息,翠姨听了病就更加严重。婆家一听她病重,立刻要娶她。因为在迷信中有这样一章:病新娘娶过来一冲,就冲好了。翠姨听了,就只盼望赶快死,拼命的糟蹋自己的身体,想死得越快一点儿越好。

母亲记起了翠姨,叫哥哥去看翠姨。是我的母亲派哥哥去的。母亲拿了一些钱让哥哥给翠姨送去，说是母亲送她在病中随便买点什么吃的。母亲晓得他们年青人是很拘泥的，或者不好意思去看翠姨，也或者翠姨是很想看他的，他们好久不能看见了。同时翠姨不愿意出嫁，母亲很久的就在心里猜疑着他们了。

男子是不好先去专访一位小姐的，这城里没有这样的风俗。母亲给了哥哥一件礼物，哥哥就可去了。

哥哥去的那天，她家里正没人，只是她家的堂妹妹迎接着这从未见过的生疏的年青的客人。那堂妹妹还没问清客人的来由，就往外跑，说是去找她们的祖父去，请他等一等。大概她想凡是男客就是来会祖父的。

客人只说了自己的名字，那女孩子连听也没有听就跑出了。

哥哥正想，翠姨在什么地方？或者在里屋吗？翠姨大概听出什么人来了，她就在里边说：

"请进来。"

哥哥进去了，坐在翠姨的枕边，他要去摸一摸翠姨的前额是否发热，他说：

"好了点吗？"

他刚一伸出手去，翠姨就突然的拉住他的手，而且大声的哭起来了,好像一颗心也哭出来了似的。哥哥没有准备,就很害怕,不知道说什么,做什么。他不知道现在该是保护翠姨的地位,还是保护自己的地位。同时听得见外边已经有人来了,就要开门进来了。一定是翠姨的祖父。

翠姨平静的向他笑着,说:

"你来得很好,一定是姐姐,你的婶母(我的母亲)告诉你来的,我心里永远记念着她。她爱我一场,可惜我不能去看她了……我不能报答她了……不过我总会记起在她家里的日子的……她待我也许没有什么,但是我觉得已经太好了……我永远不会忘记的……我现在也不知道为什么,心里只想死得快一点就好,多活一天也是多余的……人家也许以为我是任性……其实是不对的。不知为什么,那家对我也会是很好的,但是我不愿意。我小时候,就不好,我的脾气总是,不从心的事,我不愿意……这个脾气把我折磨到今天了……可是我怎能从心呢……真是笑话……谢谢姐姐她还惦着我……请你告诉她,我并不像她想的那么苦呢,我也很快乐……"翠姨苦笑了一笑,"我的心里安静,而且我求的我都得到了……"

哥哥茫然的不知道说什么。这时祖父进来了。看了翠姨的热度,又感谢了我的母亲,对我哥哥的降临,感到荣幸。他说请我母亲放心吧,翠姨的病马上就会好的,好了就嫁过去。

哥哥看了看翠姨就退出去了,从此再没有看见她。

哥哥后来提起翠姨常常落泪,他不知翠姨为什么死,大家也都心中纳闷。

尾声

等我到春假回来,母亲还当我说:

"要是翠姨一定不愿意出嫁,那也是可以的,假如他们当我说。"

…………

翠姨坟头的草籽已经发芽了,一掀一掀的和土粘成了一片,坟头显出淡淡的青色,常常会有白色的山羊跑过。

这时城里的街巷,又装满了春天。

暖和的太阳,又转回来了。

街上有提着筐子卖蒲公英的了,也有卖小根蒜的了。更有些孩子们,他们按着时节去折了那刚发芽的柳条,正好可以拧成哨子,就含在嘴里满街的吹。声音有高有低，因为哨子有粗有细。

大街小巷，到处的呜呜呜，呜呜呜。好像春天是从他们的手里招呼回来了似的。但是这为期甚短。一转眼，吹哨子的不见了。

接着杨花飞起来了，榆钱飘满了一地。

在我的家乡那里，春天是快的。五天不出屋，树发芽了，再过五天不看树，树长叶了，再过五天，这树就像绿得使人不认识它了。使人想，这棵树，就是前天的那棵树吗？自己回答自己：当然是的。春天就像跑着似的那么快。好像人能够看见似的，春天从老远的地方跑来了，跑到这个地方，只向人的耳朵吹一句小小的声音"我来了呵"，而后很快的就跑过去了。

春，好像它不知道多么忙迫，好像无论什么地方都在招呼它。假若它晚到一刻，太阳会变色的，大地会干成石头，尤其是树木，那真是好像再多一刻工夫也不能忍耐。假若春天稍稍在什么地方留连了一下，就会误了不少的生命。

春天为什么它不早一点来，来到我们这城里多住一些日子，而后再慢慢的到另外的一个城里去，在另外一个城里也多住一些日子。

但那是不能的了，春天的命运就是这么短。

年青的姑娘们,她们三两成双,坐着马车,去选择衣料去了,因为就要换春装了。她们热心的弄着剪刀,打着衣样,想装成自己心中想得出的那么好。她们白天黑夜的忙着,不久春装换起来了,只是不见载着翠姨的马车来。

呼兰河的四季[1]

Four Seasons of Hulan River

卖豆腐的一收了市,一天的事情都完了。

家家户户都把晚饭吃过了。吃过了晚饭,看晚霞的看晚霞,不看晚霞的躺到炕上去睡觉的也有。

这地方的晚霞是很好看的,有一个土名,叫火烧云。说"晚霞"人们不懂,若一说"火烧云"就连三岁的孩子也会呀呀的往西天空里指给你看。

晚饭一过,火烧云就上来了。照得小孩子的脸是红的。把大白狗变成红色的狗了。红公鸡就变成金的了。黑母鸡变成紫檀色的了。喂猪的老头子,往墙根上靠,他笑盈盈的看着他的两匹小白猪,变成小金猪了,他刚想说:

"他妈的,你们也变了……"

---

[1] 选自《呼兰河传》第一章,题目为编者所加。《呼兰河传》署名萧红,于1940年9月1日至12月27日在香港《星岛日报》副刊《星座》上连载。

他的旁边走来了一个乘凉的人，那人说：

"你老人家必要高寿，你老是金胡子了。"

天空的云，从西边一直烧到东边，红堂堂的，好像是天着了火。

这地方的火烧云变化极多，一会红堂堂的了，一会金洞洞的了，一会半紫半黄的，一会半灰半百合色。葡萄灰，大黄梨，紫茄子，这些颜色天空上边都有。还有些说也说不出来的，见也未曾见过的，诸多种的颜色。

五秒钟之内，天空里有一匹马，马头向南，马尾向西，那马是跪着的，像是在等着有人骑到它的背上，它才站起来。再过一秒钟，没有什么变化。再过两三秒钟，那匹马加大了，马腿也伸开了，马脖子也长了，但是一条马尾巴却不见了。

看的人，正在寻找马尾巴的时候，那马就变糜了。

忽然又来了一条大狗，这条狗十分凶猛，它在前边跑着，它的后面似乎还跟了好几条小狗仔。跑着跑着，小狗就不知跑到那里去了，大狗也不见了。

又找到了一个大狮子，和娘娘庙门前的大石头狮子一模一样的，也是那么大，也是那样的蹲着，很威武的，很镇静的蹲着，它表示着蔑视一切的样子，似乎眼睛连什么也不眨，看着看着的，一不谨慎，同时又看到了别一个什么。这时候，可就麻烦了，人的眼睛不能同时又看东，又看西。这样子会活活把那个大狮子糟蹋了。一转眼，一低头，那天空的东西就变了。若是再找，怕是看瞎了眼睛也找不到了。

大狮子既然找不到，另外的那什么，比方就是一个猴子吧，猴子虽不如大狮子，可同时也没有了。

一时恍恍惚惚的，满天空里又像这个，又像那个，其实是什么也不像，什么也没有了。

必须是低下头去，把眼睛揉一揉，或者是沉静一会再来看。

可是天空偏偏又不常常等待着那些爱好它的孩子。一会工夫火烧云下去了。

于是孩子们困倦了，回屋去睡觉了。竟有还没能来得及进屋的，就靠在姐姐的腿上，或者是依在祖母的怀里就睡着了。

祖母的手里，拿着白马鬃的蝇甩子，就用蝇甩子给他驱逐着蚊虫。

祖母还不知道这孩子是已经睡了，还以为他在那里玩着呢！

"下去玩一会去吧！把奶奶的腿压麻了。"

用手一推，那孩子已经睡得摇摇幌幌的了。

这时候，火烧云已经完全下去了。

于是家家户户都进屋去睡觉，关起窗门来。

呼兰河这地方，就是在六月里也是不十分热的，夜里总要盖着薄棉被睡觉。

等黄昏之后的乌鸦飞过时，只能够隔着窗子听到那很少的尚未睡的孩子在嚷叫：

"乌鸦，乌鸦你打场，

给你二斗粮……"

那铺天盖地的一群黑乌鸦，啊啊的大叫在整个的县城的头顶上飞过去了。

据说飞过了呼兰河的南岸，就在一个大树林子里边住下了。明天早晨起来再飞。

夏秋之间每夜要过乌鸦，究竟这些成百成千的乌鸦过到那里去，孩子们是不大晓得的，大人们也不大讲给他们听。

只晓得念这套歌，"乌鸦乌鸦你打场，给你二斗粮。"

究竟给乌鸦二斗粮做什么，似乎不大有道理。

＊

乌鸦一飞过,这一天才真正的过去了。

因为大卯星升起来了,大卯星好像铜球似的亮咚咚的了。

天河和月亮也都上来了。

蝙蝠也飞起来了。

是凡跟着太阳一起来的,现在都回去了。人睡了,猪、马、牛、羊也都睡了,燕子和蝴蝶也都不飞了。就连房根底下的牵牛花,也一朵没有开的。含苞的含苞,卷缩的卷缩。含苞的准备着欢迎那早晨又要来的太阳,那卷缩的,因为它已经在昨天欢迎过了,它要落去了。

随着月亮上来的星夜,大卯星也不过是月亮的一个马前卒,让它先跑到一步就是了。

夜一来蛤蟆就叫,在河沟里叫,在洼地里叫。虫子也叫,在院心草棵子里,在城外的大田上。有的叫在人家的花盆里,有的叫在人家的坟头上。

夏夜若无风无雨就这样的过去了。一夜又一夜。

很快的夏天就过完了,秋天就来了。秋天和夏天的分别不太大,也不过天凉了,夜里非盖着被子睡觉不可。种田的人白天忙着收割,夜里多做几个割高粱的梦就是了。

女人一到了八月也不过就是浆衣裳，拆被子，捶棒槌，捶得街街巷巷早晚的叮叮当当的乱响。

"棒槌"一捶完，做起被子来，就是冬天。

冬天下雪了。

人们四季里，风、霜、雨、雪的过着，霜打了，雨淋了。大风来时是飞沙走石。似乎是很了不起的样子。冬天，大地被冻裂了，江河被冻住了。再冷起来，江河也被冻得咯咯的响着裂开了纹。冬天，冻掉了人的耳朵……破了人的鼻子……裂了人的手和脚。

但这是大自然的威风，与小民们无关。

呼兰河的人们就是这样，冬天来了就穿棉衣裳，夏天来了就穿单衣裳。就好像太阳出来了就起来，太阳落了就睡觉似的。

被冬天冻裂了手指的，到了夏天也自然就好了。好不了的，"李永春"药铺，去买二两红花，泡一点红花酒来擦一擦，擦得手指通红也不见消，也许就越来越肿起来。那么再到"李永春"药铺去，这回可不买红花了，是买了一贴膏药来。回到家里，用火一烤，黏黏糊糊的就贴在冻疮上了。这膏药是真好，贴上了一点也不碍事。该赶车的去赶车，该切菜的去切菜。

黏黏糊糊的是真好，见了水也不掉，该洗衣裳的去洗衣裳去好了。就是掉了，拿在火上再一烤，就还贴得上的。一贴，贴了半个月。

呼兰河这地方的人，什么都讲结实，耐用，这膏药这样的耐用，实在是合乎这地方的人情。虽然是贴了半个月，手也还没有见好，但这膏药总算是耐用，没有白花钱。

于是再买一贴去，贴来贴去，这手可就越肿越大了。还有些买不起膏药的，就检人家贴乏了的来贴。

到后来，那结果，谁晓得是怎样呢，反正一塌糊涂去了吧。

春夏秋冬，一年四季来回循环的走，那是自古也就这样的了。风霜雨雪，受得住的就过去了，受不住的，就寻求着自然的结果。那自然的结果不大好，把一个人默默的一声不响的就拉着离开了这人间的世界了。

至于那还没有被拉去的，就风霜雨雪，仍旧在人间被吹打着。

我的祖父[1]

My Grandfather

呼兰河这小城里边住着我的祖父。

我生的时候,祖父已经六十多岁了,我长到四五岁,祖父就快七十了。

我家有一个大花园,这花园里蜂子,蝴蝶,蜻蜓,蚂蚱,样样都有。蝴蝶有白蝴蝶,黄蝴蝶。这种蝴蝶极小,不太好看。好看的是大红蝴蝶,满身带着金粉。

蜻蜓是金的,蚂蚱是绿的,蜂子则嗡嗡的飞着,满身绒毛,落到一朵花上,胖圆圆的就和一个小毛球似的不动了。

花园里边明皇皇的,红的红,绿的绿,新鲜漂亮。

据说这花园,从前是一个果园。祖母喜欢吃果子就种了果园。祖母又喜欢养羊,羊就把果树给啃了。

---

[1] 选自《呼兰河传》第三章,题目为编者所加。

果树于是都死了。到我有记忆的时候,园子里就只有一棵樱桃树,一棵李子树,因为樱桃和李子都不大结果子,所以觉得它们是并不存在的。小的时候,只觉得园子里边就有一棵大榆树。

这榆树,在园子的西北角上,来了风,这榆树先啸,来了雨,大榆树先就冒烟了。太阳一出来,大榆树的叶子就发光了,它们闪烁得和沙滩上的蚌壳一样了。

祖父一天都在后园里边,我也跟着祖父在后园里边。祖父带一个大草帽,我戴一个小草帽,祖父栽花,我就栽花,祖父拔草,我就拔草。当祖父下种种小白菜的时候,我就跟在后边,把那下了种的土窝,用脚一个一个的溜平,那里会溜得准,东一脚的,西一脚的瞎闹。有的把菜种不单没被土盖上,反而把菜子踢飞了。

小白菜长得非常之快,没有几天就冒了芽了,一转眼就可以拔下来吃了。

祖父铲地,我也铲地,因为我太小,拿不动那锄头杆,祖父就把锄头杆拔下来,让我单拿着那个锄头的"头"来铲。其实那里是铲,也不过爬在地上,用锄头乱勾一阵就是了。也认不得那个是苗,那个是草。

往往把韭菜当做野草一起的割掉，把狗尾草当做谷穗留着。

等祖父发现我铲的那块满留着狗尾草的一片，他就问我：

"这是什么？"

我说：

"谷子。"

祖父大笑起来，笑得够了，把草摘下来问我：

"你每天吃的就是这个吗？"

我说：

"是的。"

我看着祖父还在笑，我就说：

"你不信，我到屋里拿来你看。"

我跑到屋里拿了鸟笼上的一头谷穗，远远的就抛给祖父了。说：

"这不是一样的吗？"

祖父慢慢的把我叫过去，讲给我听，说谷子是有芒针的。狗尾草则没有，只是毛嘟嘟的真像狗尾巴。

祖父虽然教我，我看了也并不细看，也不过马马虎虎承认下来就是了。一抬头看见了一个黄瓜长大了，跑过去摘下来，我又去吃黄瓜去了。

黄瓜也许没有吃完,又看见了一个大蜻蜓从旁飞过,于是丢了黄瓜又去追蜻蜓去了。蜻蜓飞得多么快,那里会追得上。好则一开初也没有存心一定追上,所以站起来,跟了蜻蜓跑了几步就又去做别的去了。

采一个矮瓜花心,捉一个大绿豆青蚂蚱,把蚂蚱腿用线绑上,绑了一会,也许把蚂蚱腿就绑掉,线头上只拴了一只腿,而不见蚂蚱了。

玩腻了,又跑到祖父那里去乱闹一阵,祖父浇菜,我也抢过来浇,奇怪的就是并不往菜上浇,而是拿着水瓢,拼尽了力气,把水往天空里一扬,大喊着:

"下雨了,下雨了。"

太阳在园子里是特大的,天空是特别高的,太阳的光芒四射,亮得使人睁不开眼睛,亮得蚯蚓不敢钻出地面来,蝙蝠不敢从什么黑暗的地方飞出来。是凡在太阳下的,都是健康的,漂亮的,拍一拍连大树都会发响的,叫一叫就是站在对面的土墙都会回答似的。

花开了,就像花睡醒了似的。鸟飞了,就像鸟上天了似的。虫子叫了,就像虫子在说话似的。一切都活了。都有无限的本领,要做什么,就做什么。要怎么样,就怎么样。都是自由的。矮瓜愿意爬上架就爬上架,愿意爬上房就爬上房。黄瓜愿意开一个谎花,就开一个谎花,愿意结一个黄瓜就结一个黄瓜。若都不愿意,就是一个黄瓜也不结,一朵花也不开,也没有人问它似的。玉米愿意长多高就长多高,他若愿意长上天去,也没有人管。蝴蝶随意的飞,一会从墙头上飞来一对黄蝴蝶,一会又从墙头上飞走了一个白蝴蝶。它们是从谁家来的,又飞到谁家去?太阳也不知道这个。

只是天空蓝悠悠的,又高又远。

可是白云一来了的时候,那大团的白云,好像翻了花的白银似的,从祖父的头上经过,好像要压到了祖父的草帽那么低。

我玩累了,就在房檐底下找个阴凉的地方睡着了。不用枕头,不用席子,就把草帽扣在脸上就睡了。

小团圆媳妇之死[1]

The Death of Child Bride

一

我玩的时候，除了在后花园里，有祖父陪着，其余的玩法，就只有我自己了。

我自己在房檐下搭了个小布棚，玩着玩着就睡在那布棚里了。

我家的窗子是可以摘下来的，摘下来直立着是立不住的，就靠着墙斜立着，正好立出一个小斜坡来，我称这小斜坡叫"小屋"，我也常常睡到这小屋里边去了。

我家满院子是蒿草，蒿草上飞着许多蜻蜓，那蜻蜓是为着红蓼花而来的。可是我偏偏喜欢捉它，捉累

---

[1] 选自《呼兰河传》第五章，题目为编者所加。

了就躺在蒿草里边睡着了。

蒿草里边长着一丛一丛的天星星,好像山葡萄似的,是很好吃的。

我在蒿草里边搜索着吃,吃困了,就睡在天星星秧子的旁边了。

蒿草是很厚的,我躺在上边好像是我的褥子,蒿草是很高的,它给我遮着荫凉。

有一天,我就正在蒿草里边做着梦,那是下午晚饭之前,太阳偏西的时候。大概我睡得不太着实,我似乎是听到了什么地方有不少的人讲着话,说说笑笑,似乎是很热闹。但到底发生了什么事情,却听不清,只觉得在西南角上,或者是院里,或者是院外。到底是院里院外,那就不太清楚了。反正是有几个人在一起嚷嚷着。

我似睡非睡的听了一会就又听不见了。大概我已经睡着了。

等我睡醒了,回到屋里去,老厨子第一个就告诉我:

"老胡家的团圆媳妇来啦,你还不知道,快吃了饭去看吧!"

老厨子今天特别忙,手里端着一盘黄瓜菜往屋里走,因为跟我指手划脚的一讲话,差一点没把菜碟子掉在地上,只把黄瓜丝打翻了。

我一走进祖父的屋去,只有祖父一个人坐在饭桌前面,桌子上边的饭菜都摆好了,却没有人吃,母亲和父亲都没有来吃饭,有二伯也没有来吃饭。祖父一看见我,祖父就问我:

"那团圆媳妇好不好?"

大概祖父以为我是去看团圆媳妇回来的。我说我不知道,我在草棵里边吃天星星来的。

祖父说:

"你妈他们都去看团圆媳妇去了,就是那个跳大神的老胡家。"

祖父说着就招呼老厨子,让他把黄瓜菜快点拿来。

醋拌黄瓜丝,上边浇着辣椒油,红的红,绿的绿,一定是那老厨子又重切了一盘的,那盘我眼看着撒在地上了。

祖父一看黄瓜菜也来了,祖父说:

"快吃吧,吃了饭好看团圆媳妇去。"

老厨子站在旁边,用围裙在擦着他满脸的汗珠,他每一说话就乍巴眼睛,从嘴里往外喷着唾沫星。他说:

"那看团圆媳妇的人才多呢!粮米铺的二老婆,带着孩子也去了。后院的小麻子也去了,西院老杨家也来了不少的人,都是从墙头上跳过来的。"

他说他在井沿上打水看见的。

经他这一煽惑,我说:

"爷爷,我不吃饭了,我要看团圆媳妇去。"

祖父一定让我吃饭,他说吃了饭他带我去。我急得一顿饭也没有吃好。我从来没有看过团圆媳妇,我以为团圆媳妇不知道多么好看呢!越想越觉得一定是很好看的,越着急也越觉得非是特别好看不可。不然,为什么大家都去看呢。不然,为什么母亲也不回来吃饭呢。

越想越着急,一定是很好看的节目都看过。若现在就去,还多少看得见一点,若再去晚了,怕是就来不及了。我就催促着祖父。

"快吃,快吃,爷爷快吃吧。"

那老厨子还在旁边乱讲乱说,祖父间或问他一两句。

我看那老厨子打搅祖父吃饭,我就不让那老厨子说话。那老厨子不听,还是笑嬉嬉的说。我就下地把老厨子硬推出去了。

祖父还没有吃完，老周家的周三奶又来了，是她说她的公鸡总是往我这边跑，她是来捉公鸡的。公鸡已经捉到了，她还不走，她还扒着玻璃窗子跟祖父讲话。她说：

"老胡家那小团圆媳妇来啦，你老爷子还没去看看吗？那看的人才多呢，我还没去呢，吃了饭就去。"

祖父也说吃了饭就去，可是祖父的饭总也吃不完。一会要点辣椒油，一会要点咸盐面的。我看不但我着急，就是那老厨子也急得不得了了。头上直冒汗，眼睛直乍巴。

祖父一放下饭碗，连点一袋烟我也不让他点，拉着他就往西南墙角那边走。

一边走，一边心里后悔，眼看着一些看热闹的人都回来了。为什么一定要等祖父呢？不会一个人早就跑着来吗？何况又觉得我躺在草棵子里就已经听见这边有了动静。真是越想越后悔，这事情都闹了一个下半天了，一定是好看的都过去了。一定是来晚了。白来了，什么也看不见了，在草棵子听到了这边说笑，为什么不就立刻跑来看呢？越想越后悔。自己和自己生气，等到了老胡家的窗前，一听，果然连一点声音也没有了。差一点没有气哭了。

等真的进屋一看,全然不是那么一回事,母亲,周三奶奶,还有些个不认识的人,都在那里,与我想像的完全不一样,没有什么好看的,团圆媳妇在那儿?我也看不见,经人家指指点点的,我才看见了。不是什么媳妇,而是一个小姑娘。

我一看就没有兴趣了,拉着爷爷就往外边走,说:

"爷爷回家吧。"

等第二天早晨她出来倒洗脸水的时候,我看见她了。

她的头发又黑又长,梳着很大的辫子,普通姑娘们的辫子都是到腰间那么长,而她的辫子竟快到膝间了。她脸长得黑忽忽的,笑呵呵的。

院子里的人,看过老胡家的团圆媳妇之后,没有什么不满意的地方。不过都说太大方了,不像个团圆媳妇了。

周三奶奶说:

"见人一点也不知道羞。"

隔院的杨老太太说:

"那才不怕羞呢!头一天来到婆家,吃饭就吃三碗。"

周三奶奶又说:

"哟哟！我可没见过，别说还是一个团圆媳妇，就说一进门就姓了人家的姓，也得头两天看看人家的脸色。哟哟！那么大的姑娘。她今年十几岁啦？"

"听说十四岁么！"

"十四岁会长得那么高，一定是瞒岁数。"

"可别说呀！也有早长的。"

"可是他们家可怎么睡呢？"

"可不是，老少三辈，就三铺小炕……"

这是杨老太太扒在墙头上和周三奶奶讲的。

至于我家里，母亲也说那团圆媳妇不像个团圆媳妇。

老厨子说：

"没见过，大模大样的，两个眼睛骨碌骨碌的转。"

有二伯说：

"介（这）年头是啥年头呢，团圆媳妇也不像个团圆媳妇了。"

只是祖父什么也不说，我问祖父：

"那团圆媳妇好不好？"

祖父说：

"怪好的。"

于是我也觉得怪好的。

她天天牵马到井边上去饮水,我看见她好几回。中间没有什么人介绍,她看看我就笑了,我看看她也笑了。我问她十几岁?她说:

"十二岁。"

我说不对。

"你十四岁的,人家都说你十四岁。"

她说:

"他们看我长得高,说十二岁怕人家笑话,让我说十四岁的。"

我不知道,为什么长得高还让人家笑话。我问她:

"你到我们草棵子里去玩好吧!"

她说:

"我不去,他们不让。"

二

过了没有几天,那家就打起团圆媳妇来了,打得特别厉害,那叫声无管多远都可以听得见的。

这全院子都是没有小孩子的人家,从没听到过谁家在哭叫。

邻居左右因此又都议论起来,说早就该打的,那有那样的团圆媳妇一点也不害羞,坐到那儿坐得笔直,走起路来,走得风快。

她的婆婆在井边上饮马,和周三奶奶说:

"给她一个下马威。你听着吧,我回去我还得打她呢,这小团圆媳妇才厉害呢!没见过,你拧她大腿,她咬你,再不然,她就说她回家。"

从此以后,我家的院子里,天天有哭声,哭声很大,一边哭,一边叫。

祖父到老胡家去说了几回,让他们不要打她了。说小孩子,知道什么,有点差错教条教条也就行了。

后来越打越厉害了,不分昼夜,我睡到半夜醒来和祖父念诗的时候,念着念着就听西南角上哭叫起来了。

我问祖父:

"是不是那小团圆媳妇哭?"

祖父怕我害怕,说:

"不是,是院外的人家。"

我问祖父:

"半夜哭什么?"

祖父说:

"别管那个,念诗吧。"

清早醒了,正在念"春眠不觉晓"的时候,那西南角上的哭声又来了。

一直哭了很久,到了冬天,这哭声才算没有了。

三

虽然不哭了,那西南角上又夜夜跳起大神来,打着鼓,叮当叮当的响,大神唱一句,二神唱一句,因为是夜里,听得特别清晰,一句半句的我都记住了。

什么"小灵花呀",什么"胡家让她去出马"。

差不多每天大神都唱些个这个。

早晨起来,我就模拟着唱:

"小灵花呀,胡家让她去出马呀……"

而且叮叮当,叮叮当的,用声音模拟着打鼓。

"小灵花"就是小姑娘。"胡家"就是胡仙。"胡仙"就是狐狸精。"出马"就是当跳大神的。

大神差不多跳了一个冬天,把那小团圆媳妇就跳出毛病来了。

那小团圆媳妇,有点黄。没有夏天她刚一来的时候,那么黑了。不过还是笑呵呵的。

祖父带着我到那家去串门,那小团圆媳妇还过来给祖父装了一袋烟。

她看见我,也还偷着笑,大概她怕她婆婆看见,所以没和我说话。

她的辫子还是很大的。她的婆婆说她有病了,跳神给她赶鬼。

等祖父临出来的时候,她的婆婆跟出来了,小声跟祖父说:

"这团圆媳妇,怕是要不好,是个胡仙旁边的,胡仙要她去出马……"

祖父很想让他们搬家。但呼兰这地方有个规矩,春天是二月搬家,秋天是八月搬家。一过了二八月就不是搬家的时候了。

我们每当半夜让跳神惊醒的时候,祖父就说:

"明年二月就让他们搬了。"

我听祖父说了好几次这样的话。

当我模拟着大神喝喝呼呼的唱着"小灵花"的时候,祖父也说那同样的话,明年二月让他们搬家。

四

可是在这期间,院子的西南角上就越闹越厉害。请一个大神,请好几个二神,鼓声连天的响。

说那小团圆媳妇若再去让她出马,她的命就难保了。所以请了不少的二神来,设法从大神那里把她要回来。

(于是有许多人给他家出了主意,人那能够见死不救呢?于是凡有善心的人都帮起忙来。他说他有一个偏方,她说她有一个邪令。

(有的主张给她扎一个谷草人,到南大坑去烧了。

(有的主张到扎彩铺去扎一个纸人,叫做"替身",把它烧了或者可以替了她。

(有的主张给她画上花脸,把大神请到家里,让那大神看了,嫌她太丑,也许就不捉她当弟子了,就可以不必出马了。

(周三奶奶则主张给她吃一个全毛的鸡,连毛带腿的吃下去,选一个星星出全的夜,吃了用被子把人蒙起来,让她出一身大汗。蒙到第二天早晨鸡叫,再把她从被子放出来。她吃了鸡,她又出了汗,她的魂灵里边因此就永远有一个鸡存在着,神鬼和胡仙黄仙就都不敢上她的身了。传说鬼是怕鸡的。

(据周三奶奶说,她的曾祖母就是被胡仙抓住过的,闹了整整三年,差一点没死,最后就是用这个方法治好的。因此一生不再闹别的病了。她半夜里正做一个恶梦,她正吓得要命,她魂灵里边的那个鸡,就帮了她的忙,只叫了一声,恶梦就醒了。她一辈子没生过病。说也奇怪,就是到死,也死得不凡,她死那年已经是八十二岁了。八十二岁还能够拿着花线绣花,正给她小孙子绣花兜肚嘴。绣着绣着,就有点困了,她坐在木樽上,背靠着门扇就打一个盹。这一打盹就死了。

(别人就问周三奶奶:

"你看见了吗?"

(她说:

"可不是……你听我说呀,死了三天三夜按都按不倒。后来没有办法,给她打着一口棺材也是坐着的,把她放在棺材里,那脸色是红扑扑的,还和活着的一样……"

(别人问她:

"你看见了吗?"

(她说:

"哟哟!你这问的可怪,传话传话,一辈子谁能看见多少,不都是传话传的吗!"

(她有点不大高兴了。

(再说西院的杨老太太,她也有个偏方,她说黄连二两,猪肉半斤,把黄连和猪肉都切碎了,用瓦片来焙,焙好了,压成面,用红纸包分成五包包起来。每次吃一包,专治惊风,掉魂。

(这个方法,倒也简单。虽然团圆媳妇害的病可不是惊风,掉魂,似乎有点药不对症。但也无妨试一试,好在只是二两黄连,半斤猪肉。何况呼兰河这个地方,又常有卖便宜猪肉的。虽说那猪肉怕是瘟猪,有点靠不住。但那是治病,也不是吃,又有什么关系。

"去,买上半斤来,给她治一治。"

(旁边有着赞成的说:

"反正治不好也治不坏。"

(她的婆婆也说:

"反正死马当活马治吧!"

(于是团圆媳妇先吃了半斤猪肉加二两黄连。

(这药是婆婆亲手给她焙的。可是切猪肉是他家的大孙子媳妇给切的。那猪肉虽然是连紫带青的,但中间毕竟有一块是很红的,大孙子媳妇就偷着把这块给留下来了,因为她想,奶奶婆婆不是四五个月没有尝到一点荤腥了吗?于是她就给奶奶婆婆偷着下了一碗面疙瘩汤吃了。

(奶奶婆婆问:

"可那儿来的肉?"

(大孙子媳妇说:

"你老人家吃就吃吧,反正是孙子媳妇给你做的。"

(那团圆媳妇的婆婆是在灶坑里边搭起瓦来给她焙药。一边焙着,一边说:

"这可是半斤猪肉,一边,一条不缺……"

(越焙,那猪肉的味越香,有一匹小猫嗅到了香味而来了,想要在那已经焙好了的肉干上攫一爪,它刚一伸爪,团圆媳妇的婆婆一边用手打着那猫,一边说:

"这也是你动得爪的吗!你这馋嘴巴,人家这是治病呵,是半斤猪肉,你也想要吃一口?你若吃了这口,人家的病可治不好了。一个人活活的要死在你身上,你这不知好歹的。这是整整半斤肉,不多不少。"

(药焙好了,压碎了就冲着水给团圆媳妇吃了。

(一天吃两包,才吃了一天。第二天早晨,药还没有再吃,还有三包压在灶王爷板上,那些传偏方的人就又来了。

(有的说,黄连可怎么能够吃得?黄连是大凉药,出虚汗像她这样的人,一吃黄连就要泄了元气,一个人要泄了元气那还得了吗?

(又一个人说:

"那可吃不得呀!吃了过不去两天就要一命归阴的。"

(团圆媳妇的婆婆说:

"那可怎么办呢?"

(那个人就慌忙的问:

"吃了没有呢?"

(团圆媳妇的婆婆刚一开口,就被他家的聪明的大孙子媳妇给遮过去了,说:

"没吃,没吃,还没吃。"

(那个人说,既然没吃就不要紧,真是你老胡家有天福,吉星高照,你家差点没摊了人命。

(于是他又给出了个偏方,这偏方,据他说已经不算是偏方了,就是东二道街上"李永春"药铺的先生也常常用这个方单,是一用就好的,百试,百灵。无管男、女、老、幼,一吃一个好。也无管什么病,头痛,脚痛,肚子痛,五脏六腑痛,跌、打、刀、伤,生疮,生疔,生疖子……

(无管什么病,药到病除。

(这究竟是什么药呢?人们越听这药的效力大,就越想知道究竟是怎样的一种药。

(他说:

"年老的人吃了,眼花缭乱,又恢复到了青春。"

"年青的人吃了,力气之大,可以搬动泰山。"

"妇女吃了,不用胭脂粉,就可以面如桃花。"

"小孩子吃了,八岁可以拉弓,九岁可以射箭,十二岁可以考状元。"

(开初,老胡家的全家,都为之惊动,到后来怎么越听越远了。本来老胡家一向是赶车拴马的人家,一向没有考状元。

(大孙子媳妇,就让一些围观的闪开一点,她到梳头匣子里拿出一根画眉的柳条炭来。她说:

"快请把药方开给我们吧,好到药铺去赶早去抓药。"

(这个出药方的人,本是"李永春"药铺的厨子。三年前就离开了"李永春"那里了。三年前他和一个妇人吊膀子,那妇人背弃了他,还带走了他半生所积下的那点钱财,因此一气而成了个半疯。虽然是个半疯了,但他在"李永春"那里所记住的药名字还没有全然忘记。

(他是不会写字的,他就用嘴说:

"车前子二钱,当归二钱,生地二钱,藏红花二钱,川贝母二钱,白术二钱,远志二钱,紫河车二钱……"

（他说着说着似乎就想不起来了，急得头顶一冒汗，张口就说红糖二斤，就算完了。

（说完了，他就和人家讨酒喝。

"有酒没有，给两盅喝喝。"

（这半疯，全呼兰河的人都晓得，只有老胡家不知道。因为老胡家是外来的户，所以受了他的骗了。家里没有酒，就给了他两吊钱的酒钱。那个药方是根本不能够用的，是他随意胡说了一阵的结果。）

团圆媳妇的病，一天比一天严重，据他家里的人说，夜里睡觉，她要忽然坐起来的。看了人她会害怕的。她的眼睛里边老是充满了眼泪。这团圆媳妇大概非出马不可了。若不让她出马，大概人要好不了的。

（这种传说，一传出来，东邻西舍的，又都去建了议，都说那能够见死不救呢？

（有的说，让她出马就算了。有的说，还是不出马的好。年轻轻的就出马，这一辈子可得什么才能够到个头。

（她的婆婆则是绝对不赞成出马的，她说：

"大家可不要错猜了，以为我订这媳妇的时候花了几个钱，我不让她出马，好像我舍不得这几个钱似的。

我也是那么想,一个小小的人出了马,这一辈子可什么时候才到个头。"

(于是大家就都主张不出马的好,想偏方的,请大神的,各种人才齐聚。东说东的好,西说西的灵。于是来了一个"抽帖儿的"。

(他说他不远千里而来,他是从乡下赶到的。他听城里的老胡家有一个团圆媳妇新接来不久就病了。经过多少名医,经过多少仙家也治不好,他特地赶来看看,万一要用得着,救一个人命也是好的。

(这样一说,十分使人感激。于是让到屋里,坐在奶奶婆婆的炕沿上。给他倒一杯水,给他装一袋烟。

(大孙子媳妇先过来说:

"我家的弟妹,年本十二岁,因为她长得太高,就说她十四岁。又说又笑,百病皆无。自接到我们家里就一天一天的黄瘦。到近来就水不想喝,饭不想吃,睡觉的时候睁着眼睛,一惊一乍的。什么偏方都吃过了,什么香火也都烧过了。就是百般的不好……"

(大孙子媳妇还没有说完,大娘婆婆就接着说:

"她来到我家,我没给她气受,那家的团圆媳妇不受气,一天打八顿,骂三场。可是我也打过她,那是我要给她一个下马威。我只打了她一个多月,虽然说我打得狠了一点，可是不狠那能够规矩出一个好人来。我也是不愿意狠打她的，打得连喊带叫的，我是为她着想，不打得狠一点，她是不能够中用的。有几回，我是把她吊在大梁上，让她叔公公用皮鞭子狠狠的抽了她几回，打得是着点狠了，打昏过去了。叮是只昏了一袋烟的工夫，就用冷水把她浇过来了。是打狠了一点，全身也都打青了，也还出了点血。可是立刻就打了鸡蛋青子给她擦上了。也没有肿得怎样高，也就是十天半月的就好了。这孩子，嘴也是特别硬，我一打她，她就说她要回家。我就问她：'那儿是你的家？这儿不就是你的家吗？'她可就偏不这样说。她说回她的家。我一听就更生气。人在气头上还管得了这个那个，因此我也用烧红过的烙铁烙过她的脚心。谁知道来，也许是我把她打掉了魂啦？也许是我把她吓掉了魂啦，她一说她要回家，我不用打她，我就说看你回家，我用索练子把你锁起来。她就吓得直叫。大仙家也看过了，说是她要出马。一个团圆媳妇的花费也不少呢，你看她八岁我订下她的，一订就是八两银子，年年又是头绳钱，鞋面钱的，到如今又用火车把她从辽阳接来，这一路的盘费。到了这儿，就是今天请神，明天看香火，后天吃偏方。若是越吃越好，那还罢了。

103

可是百般的不见好,将来谁知道来……到结果……"

(不远千里而来的这位抽帖儿的,端庄严肃,风尘仆仆,穿的是蓝袍大衫,罩着棉袄。头上戴的是皮耳四喜帽。使人一见了就要尊之为师。

(所以奶奶婆婆也说:

"快给我二孙子媳妇抽一个帖吧,看看她命理如何。"

(那抽帖儿的一看,这家人家真是诚心诚意,于是他就把皮耳帽子从头上摘下来了。

(一摘下帽子来,别人都看得见,这人头顶上梳着发卷,戴着道帽。一看就知道他可不是市井上一般的平凡的人。别人正想要问,还不等开口,他就说他是某山上的道人,他下山来是为的奔向山东的泰山去,谁知路出波折,缺少盘程,就流落在这呼兰河的左右,已经不下半年之久了。

(人家问他,既是道人,为什么不穿道士的衣裳。他回答说:

"你们那里晓得,世间三百六十行,各有各的苦。这地方的警察特别厉害,他一看穿了道人的衣裳,他就说三问四,他们那些叛道的人,无理可讲,说抓就抓,说拿就拿。"

（他还有一个别号，叫云游真人，他说一提云游真人，远近皆知。无管什么病痛或是吉凶，若一抽了他的帖儿，则生死存亡就算定了。他说他的帖法，是张天师所传。

（他的帖儿并不多，只有四个，他从衣裳的口袋里一个一个的往外摸，摸出一帖来是用红纸包着，再一帖还是红纸包着，摸到第四帖也都是红纸包着。

（他说帖下也没有字，也没有影。里边只包着一包药面，一包红，一包绿，一包蓝，一包黄。抽着黄的就是黄金富贵，抽着红的就是红颜不老。抽到绿的就不大好了，绿色的是鬼火。抽到蓝的也不大好，蓝的就是铁脸蓝青，张天师说过，铁脸蓝青，不死也得见阎王。

（那抽帖的人念完了一套，就让病人的亲人伸出手来抽。

（团圆媳妇的婆婆想，这倒也简单，容易，她想赶快抽一帖出来看看，命定是死是活，多半也可以看出来个大概。不曾想，刚一伸出手去，那云游真人就说：

"每帖十吊钱，抽着蓝的，若嫌不好，还可以再抽，每帖十吊……"

（团圆媳妇的婆婆一听，这才恍然大悟，原来这可不是白抽的，十吊钱一张可不是玩的，一吊钱检豆腐可以检二十块。三天检一块豆腐，二十块，二三得六，六十天都有豆腐吃。若是隔十天检一块，一个月检三块，那就半年都不缺豆腐吃了。她又想，三天一块豆腐，那有这么浪费的人家。依着她一个月检一块大家尝尝也就是了，那么办，二十块豆腐，每月一块，可以吃二十个月，这二十个月，就是一年半还多两个月。

（若不是买豆腐，若养一口小肥猪，经心的喂着它，喂得胖胖的，喂到五六个月，那就是多少钱哪！喂到一年，那就是千八百吊了……

（再说就是不买猪，买鸡也好，十吊钱的鸡，就是十来个，一年的鸡，第二年就可以下蛋，一个蛋，多少钱！就说不卖鸡蛋，就说拿鸡蛋换青菜吧，一个鸡蛋换来的青菜，够老少三辈吃一天的了……何况鸡会生蛋，蛋还会生鸡，永远这样循环的生下去，岂不有无数的鸡，无数的蛋了吗？岂不发了财吗？

（但她可并不是这么想，她想够吃也就算了，够穿也就算了。一辈子俭俭朴朴，多多少少积储了一点也就够了。她虽然是爱钱，若说让她发财，她可绝对的不敢。

（那是多么多呀！数也数不过来了。记也记不住了。假若是鸡生了蛋，蛋生了鸡，来回的不断的生，这将成个什么局面，鸡岂不和蚂蚁一样多了吗？看了就要眼花，眼花就要头痛。

（这团圆媳妇的婆婆，从前也养过鸡，就是养了十吊钱的。她也不多养，她也不少养。十吊钱的就是她最理想的。十吊钱买了十二个小鸡子，她想：这就正好了，再多怕丢了，再少又不够十吊钱的。

（在她一买这刚出蛋壳的小鸡子的时候，她就挨着个看，这样的不要那样的不要。黑爪的不要，花膀的不要，脑门上带点的又不要。她说她亲娘就是会看鸡，那真是养了一辈子鸡呀！年年养，可也不多养。可是一辈子针啦，线啦，没有缺过，一年到头没花过钱，都是拿鸡蛋换的。人家那眼睛真是认货，什么样的鸡短命，什么样的鸡长寿，一看就跑不了她老人家的眼睛的。就说这样的鸡下蛋大，那样的鸡下蛋小，她都一看就在心里了。

（她一边买着鸡，她就一边怨恨着自己没有用，想当年为什么不跟母亲好好学学呢！唉！年青的人那里会虑后事。她一边买着，就一边感叹。她虽然对这小鸡子的选择上边，也下了万分的心思，可以说是选无可选了。那卖鸡子的人一共有二百多小鸡，她通通的选过了,但究竟她所选了的,是否都是顶优秀的,这一点,她自己也始终把握不定。

(她养鸡,是养得很经心的,怕猫吃了,怕耗子咬了。她一看那小鸡子,白天一打盹,她就给驱着苍蝇,怕苍蝇把小鸡咬醒了,她让它多睡一会,她怕小鸡睡眠不足。小鸡的腿上,若让蚊子咬了一块疤,她一发现了,她就立刻泡了艾蒿水来给小鸡来擦。她说若不及早的擦呀,那将来是公鸡,就要长不大,是母鸡就要下小蛋。小鸡蛋一个换两块豆腐,大鸡蛋换三块豆腐。

(这是母鸡。再说公鸡,公鸡是一刀菜,谁家杀鸡不想杀胖的。小公鸡是不好卖的。

(等她的小鸡,略微长大了一点,能够出了屋了,能够在院子里自己去找食吃去的时候,她就把它们给染了六匹红的,六匹绿的。都是在脑门上。

(至于把颜色染在什么地方,那就先得看邻居家的都染在什么地方,而后才能够决定。邻居家的小鸡把色染在膀梢上,那她就染在脑门上。邻居家的若染在了脑门上,那她就要染在肚囊上。大家切不要都染在一个地方,染在一个地方可怎么能够识别呢?你家的跑到我家来,我家的跑到你家去,那么岂不又要混乱了吗?

(小鸡子染了颜色是十分好看的,红脑门的,绿脑门的,好像它们都戴了花帽子。好像不是养的小鸡,好像养的是小孩似的。

(这团圆媳妇的婆婆从前她养鸡的时候就说过:

"养鸡可比养小孩更娇贵,谁家的孩子还不就是扔在旁边他自己长大的,蚊子咬咬,臭虫咬咬,那怕什么的,那家的孩子的身上没有个疤拉疖子的。没有疤拉疖子的孩子都不好养活。都要短命的。"

(据她说,她一辈子的孩子并不多,就是这一个儿子,虽然说是稀少,可是也没有娇养过。到如今那身上的疤也有二十多块。

(她说:

"不信,脱了衣裳给大家伙看看……那孩子那身上的疤拉,真是多大的都有,碗口大的也有一块。真不是说,我对孩子真没有娇养过。除了他自个儿跌的摔的不说,就说我用劈柴桦子打的也落了好几个疤。养活孩子可不是养活鸡鸭的呀!养活小鸡,你不好好养它,它不下蛋。一个蛋,大的换三块豆腐,小的换两块豆腐,是闹着玩的吗?可不是闹着玩的。"

(有一次,她的儿子踏死了一个小鸡子,她打了她儿子三天三夜，她说：

"我为什么不打他呢？一个鸡仔就是三块豆腐，鸡仔是鸡蛋变的呀！要想变一个鸡仔，就非一个鸡蛋不行，半个鸡蛋能行吗？不但半个鸡蛋不行，就是差一点也不行，坏鸡蛋不行，陈鸡蛋不行。一个鸡要一个鸡蛋，那么一个鸡不就是三块豆腐是什么呢？眼睁睁的把三块豆腐放在脚底踩了，这该多大的罪，不打他，那儿能够不打呢？我越想越生气，我想起来就打，无管黑夜白日，我打了他三天。后来打出一场病来，半夜三更的，睡得好好的说哭就哭。可是我也没有当他是一回子事，我就拿饭勺子敲着门框，给他叫了叫魂。没理他也就好了。"

（她这有多少年没养鸡了，自从订了这团圆媳妇，把积存下的那点针头线脑的钱都花上了。这还不说，还得每年头绳钱啦，腿带钱的托人捎去，一年一个空，这几年来就紧得不得了。想养几个鸡，都狠心没有养。

（现在这抽帖的云游真人坐在她的眼前，一帖又是十吊钱。若是先不提钱，先让她把帖抽了，那管抽完了再要钱呢，那也总算是没有花钱就抽了帖的。可是偏偏不先，那抽帖的人，帖还没让抽，就先提到了十吊钱。

(所以那团圆媳妇的婆婆觉得,一伸手,十吊钱。一张口,十吊钱。这不是眼看着钱往外飞吗?

　　(这不是飞,这是干什么,一点声响也没有,一点影子也看不见。还不比过河,往河里扔钱,往河里扔钱,还听一个响呢,还打起一个水泡呢。这是什么代价也没有的,好比自己发了昏,把钱丢了,好比遇了强盗,活活的把钱抢去了。

　　(团圆媳妇的婆婆,差一点没因为心内的激愤而流了眼泪。她一想十吊钱一帖,这那里是抽帖,这是抽钱。

　　(于是她把伸出去的手缩回来了。她赶快跑到脸盆那里去,把手洗了,这可不是闹笑话的,这是十吊钱哪!她洗完了手又跪在灶王爷那里祷告了一翻。祷告完了才能够抽帖的。

　　(她第一帖就抽了个绿的,绿的不大好,绿的就是鬼火。她再抽一帖,这一帖就更坏了,原来就是那最坏的不死也得见阎王的里边包着蓝色药粉的那张帖。

　　(团圆媳妇的婆婆一见两帖都坏,本该抱头大哭。但是她没有那么的。自从团圆媳妇病重了,说长的,道短的,说死的,说活的,样样都有。又加上已经左次右番的请胡仙,跳大神,闹神闹鬼,已经使她见过不少的世面了。说活虽然高兴,说去见阎王也不怎样悲哀,似乎一时也总像见不了的样子。

(于是她就问那云游真人,两帖抽的都不好。是否可以想一个方法可以破一破?云游真人就说了:

"拿笔拿墨来。"

(她家本也没有笔,大孙子媳妇就跑到大门洞子旁边那粮米铺去借去了。

(粮米铺的山东女老板,就用山东腔问她:

"你家做啥?"

(大孙子媳妇说:

"给弟妹画病。"

(女老板又说:

"你家的弟妹,这一病就可不浅,到如今好了点没?"

(大孙子媳妇本想端着砚台拿着笔就跑,可是人家关心,怎好不答,于是去了好几袋烟的工夫,还不见回来。

(等她抱了砚台回来的时候,那云游真人,已经把红纸都撕好了。于是拿起笔来,在他撕好的四块红纸上,一块上边写了一个大字,那红纸条也不过半寸宽,一寸长。他写的那字大得都要从红纸的四边飞出来了。

（这四个字，他家本没有识字的人，灶王爷上的对联还是求人写的。一模一样，好像一母所生，也许写的就是一个字。大孙子媳妇看看不认识，奶奶婆婆看看也不认识。虽然不认识，大概这个字一定也坏不了，不然就用这个字怎么能破开一个人不见阎王呢？于是都一齐点头称好。

（那云游真人又命拿浆糊来。她们家终年不用浆糊，浆糊多么贵，白面十多吊钱一斤。都是用黄米饭粒来黏鞋面的。

（大孙子媳妇到锅里去铲了一块黄黏米饭来。云游真人，就用饭粒贴在红纸上了。于是掀开团圆媳妇蒙在头上的破棉袄，让她拿出手来，一个手心上给她贴一张。又让她脱了袜子，一只脚心上给她贴上一张。

（云游真人一见，脚心上有一大片白色的疤痕，他一想就是方才她婆婆所说的用烙铁给她烙的。可是他假装不知，问说：

"这脚心可是生过什么病症吗？"

（团圆媳妇的婆婆连忙就接过来说：

"我方才不是说过吗，是我用烙铁给她烙的，那里会见过的呢？走道像飞似的，打她，她记不住，我就给她烙一烙。好在也没什么，小孩子肉皮活，也就是十天半月的下不来地，过后也就好了。"

（那云游真人想了一想，好像要吓唬她一下，就说这脚心的疤，虽说是贴了红帖，也怕贴不住，阎王爷是什么都看得见的，这疤怕是就给了阎王爷以特殊的记号，有点不大好办。

（云游真人说完了，看一看她们怕不怕，好像是不怎样怕。于是他就说得严重一些：

"这疤不掉，阎王爷在三天之内就能够找到她，一找到她，就要把她活捉了去的。刚才抽的那帖是再准也没有的了，这红帖也绝没有用处。"

（他如此的吓唬着她们，似乎她们从奶奶婆婆到孙子媳妇都不大怕。那云游真人，连想也没有想，于是开口就说：

"阎王爷不但要捉了团圆媳妇去，还要捉了团圆媳妇的婆婆去，现世现报，拿烙铁烙脚心，这不是虐待，这是什么，婆婆虐待媳妇，做婆婆的死了下油锅，老胡家的婆婆虐待媳妇……"

（他就越说越声大，似乎要喊了起来，好像他是专打抱不平的好汉，而变了他原来的态度了。

（一说到这里，老胡家的老少三辈都害怕了，毛骨悚然，以为她家里又是撞进来了什么恶魔。而最害怕的是团圆媳妇的婆婆，吓得乱哆嗦，这是多么骇人听闻的事情，虐待媳妇世界上能有这样的事情吗？

（于是团圆媳妇的婆婆赶快跪下了，面向着那云游真人，眼泪一对一双的往下落：

"这都是我一辈子没有积德，有孽遭到儿女的身上，我哀告真人，请真人诚心的给我化散化散，借了真人的灵法，让我的媳妇死里逃生吧。"

（那云游真人立刻就不说见阎王了，说她的媳妇一定见不了阎王，因为他还有一个办法一办就好的。说来这法子也简单得很，就是让团圆媳妇把袜子再脱下来，用笔在那疤痕上一画，阎王爷就看不见了。当场就脱下袜子来在脚心上画了。一边画着还嘴里嘟嘟的念着咒语。这一画不知费了多大力气，旁边看着的人倒觉十分的容易，可是那云游真人却冒了满头的汗，他故意的咬牙切齿，皱眉瞪眼。这一画也并不是容易的事情，好像他在上刀山似的。

（画完了，把钱一算，抽了两帖二十吊。写了四个红纸贴在脚心手心上，每帖五吊是半价出售的，一共是四五等于二十吊。外加这一画，这一画本来是十吊钱，现在就给打个对折吧，就算五吊钱一只脚心，一共画了两只脚心，又是十吊。

（二十吊加二十吊，再加十吊。一共是五十吊。

（云游真人拿了这五十吊钱乐乐呵呵的走了。

（团圆媳妇的婆婆，在她刚要抽帖的时候，一听每帖十吊钱，她就心痛得了不得，又要想用这钱养鸡，又要想用这钱养猪。等到现在五十吊钱拿出去了，她反而也不想养鸡了，也不想养猪了。因为她想，事到临头，不给也是不行了。帖也抽了，字也写了，要想不给人家钱也是不可能的了。事到临头，还有什么办法呢？别说五十吊，就是一百吊钱也得算着吗？不给还行吗？

（于是她心安理得的把五十吊钱给了人家了。这五十吊钱，是她秋天出城去在豆田里拾黄豆粒，一共拾了二升豆子卖了几十吊钱。在田上黄豆粒也不容易，一片大田，经过主人家的收割，还能够剩下多少豆粒呢？而况穷人聚了那么大的一群，孩子，女人，老太太……你抢我夺的，你争我打的。为了二升豆子就得在田上爬了半月二十天的，爬得腰酸腿疼。唉，为着这点豆子，那团圆媳妇的婆婆还到"李永春"药铺，去买过二两红花的。那就是因为在土上爬豆子的时候，有一棵豆秧刺了她的手指甲一下。她也没有在乎，把刺拔出来也就去他的了。该拾豆子还是拾豆子。

就因此那指甲可就不知怎么样，睡了一夜那指甲就肿起来了，肿得和茄子似的。

（这肿一肿又算什么呢？又不是皇上娘娘，说起来可真娇惯了，那有一个人吃天靠天，而不生点天灾的？

（闹了好几天，夜里痛得火喇喇的不能睡觉了。这才去买了二两红花来。

（说起买红花来，是早就该买的，奶奶婆婆劝她买，她不买。大孙子媳妇劝她买，她也不买。她的儿子想用孝顺来征服他的母亲，他强硬的要去给她买，因此还挨了他妈的一烟袋锅子。这一烟袋锅子就把儿子的脑袋给打了鸡蛋大的一个包。

"你这小子，你不是败家吗？你妈还没死，你就作了主了。小兔仔子，我看着你再说买红花的！大兔仔子我看着你的。"

（就这一边骂着，一边烟袋锅子就打下来了。

（后来也到底还是买了，大概是惊动了东邻西舍，这家说说，那家讲讲的，若再不买点红花来，也太不好看了，让人家说老胡家的大儿媳妇，一年到头，就能够寻寻觅觅的积钱，钱一到她的手里，就好像掉了地缝了，一个豆也再不用想从她的手里拿出来。假若这样的说开去,也是不太好听,何况这捡来的豆子能卖好几十吊呢,花个三吊两吊的就花了吧。一咬牙,去买上二两红花来擦擦。

(想虽然是这样想过了,但到底还没有决定,延持了好几天还没有"一咬牙"。

(最后也毕竟是买了,她选择了一个顶严重的日子,就是她的手,不但一个指头,而是整个的手都肿起来了。那原来肿得像茄子的指头,现在更大了,已经和一个小冬瓜似的了。而且连手掌也无限度的胖了起来,胖得和张小簸箕似的。她多少年来,就嫌自己太瘦,她总说,太瘦的人没有福分。尤其是瘦手瘦脚的,一看就不带福相。尤其是精瘦的两只手,一伸出来和鸡爪似的,真是轻薄的样子。

(现在她的手是胖了,但这样胖法,是不大舒服的。同时她也发了点热,她觉得眼睛和嘴都干,脸也发烧,身上也时冷时热。她就说:

"这手是要闹点事吗?这手……"

(一清早起,她就这样的念了好几遍。那胖得和小簸箕似的手,是一动也不能动了,好像一匹大猫或者一个小孩的头似的,她把它放在枕头上和她一齐的躺着。

"这手是要闹点事的吧!"

(当她的儿子来到她旁边的时候,她就这样说。

她的儿子一听她母亲的口气,就有些了解了。大概这回她是要买红花的了。

(于是她的儿子跑到奶奶的面前,去商量着要给他母亲去买红花,她们家住的是南北对面的炕,那商量的话声,虽然不甚大,但是他的母亲是听到的了。听到了,也假装没有听到,好表示这买红花可到底不是她的意思,可并不是她的主使,她可没有让他们去买红花。

(在北炕上,祖孙二人商量了一会,孙子说向他妈去要钱去。祖母说:

"拿你奶奶的钱先去买吧,你妈好了再还我。"

(祖母故意把这句话说得声音大一点,似乎故意让她的大儿媳妇听见。

(大儿媳妇是不但这句话,就是全部的话也都了然在心了,不过装着不动就是了。

(红花买回来了,儿子坐到母亲的旁边,儿子说:

"妈,你把红花酒擦上吧。"

(母亲从枕头上转过脸儿来,似乎买红花这件事情,事先一点也不晓得,说:

"哟!这小鬼羔子,到底买了红花来……"

(这回可并没有用烟袋锅子打,倒是安安静静的把手伸出来,让那浸了红花的酒,把一只胖手完全染上了。

(这红花到底是二吊钱的,还是三吊钱的,若是二吊钱的倒给的不算少,若是三吊钱的,那可贵了一点。若是让她自己去买,她可绝对的不能买这么多,也不就是红花吗!红花就是红的就是了,治病不治病,谁晓得?也不过就是解解心疑就是了。

(她想着想着,因为手上涂了酒觉得凉爽,就要睡一觉,又加上烧酒的气味香扑扑的,红花的气味药忽忽的。她觉得实在是舒服了不少。于是她一闭眼睛就做了一个梦。

(这梦做的是她买了两块豆腐,这豆腐又白又大。是用什么钱买的呢?就是用买红花剩来的钱买的。因为在梦里边她梦见是她自己去买的红花。她自己也不买三吊钱的。也不买两吊钱的,是买了一吊钱的。在梦里边她还算着,不但今天有两块豆腐吃,那天一高兴还有两块吃!三吊钱才买了一吊钱的红花呀!

(现在她一遭就拿了五十吊钱给了云游真人。若照她的想法来想,这五十吊钱可该买多少豆腐了呢?

(但是她没有想,一方面因为团圆媳妇的病也实在病得缠绵,在她身上花钱也花得大手大脚的了。另一方面就是那云游真人的来势也过于猛了点,竟打起抱不平来,说她虐待团圆媳妇。还是赶快的给了他钱,让他滚蛋吧。

　　(真是家里有病人是什么气都受得呵。团圆媳妇的婆婆左思右想,越想越是自己遭了无枉之灾,满心的冤曲,想骂又没有对象,想哭又哭不出来,想打也无处下手了。

　　(那小团圆媳妇再打也就受不住了。

　　(若是那小团圆媳妇刚来的时候,那就非先抓过她来打一顿再说。做婆婆的打了一只饭碗,也抓过来把小团圆媳妇打一顿。她丢了一根针也抓过来把小团圆媳妇打一顿。她跌了一个筋斗,把单裤膝盖的地方跌了一个洞,她也抓过来把小团圆媳妇打一顿。总之,她一不顺心,她就觉得她的手就想要打人。她打谁呢?谁能够让她打呢?于是就轮到小团圆媳妇了。

　　(有娘的,她不能够打。她自己的儿子也舍不得打。打猫,她怕把猫打丢了。打狗,她怕把狗打跑了。打猪,怕猪掉了斤两。打鸡,怕鸡不下蛋。

　　(惟独打这小团圆媳妇是一点毛病没有,她又不能跑掉,她又不能丢了。她又不会下蛋,反正也不是猪,打掉了一些斤两也不要紧,反正也不过秤。

(可是这小团圆媳妇,一打也就吃不下饭去。吃不下饭去不要紧,多喝一点饭米汤好啦,反正饭米汤剩下也是要喂猪的。

(可是这都成了已往的她的光荣的日子了,那种自由的日子恐怕一时不会再来了。现在她不用说打,就连骂也不大骂她了。

(现在她别的都不怕,她就怕她死,她心里总有一个阴影,她的小团圆媳妇可不要死了呵。

(于是她碰到了多少的困难,她都克服了下去,她咬着牙根,她忍住眼泪,她要骂不能骂,她要打不能打。她要哭,她又止住了。无限的伤心,无限的悲哀,常常一齐会来到她的心中的。她想,也许是前生没有做了好事,此生找到她了。不然为什么连一个团圆媳妇的命都没有。她想一想,她一生没有做过恶事,面软,心慈,凡事都是自己吃亏,让着别人。虽然没有吃斋念佛。但是初一十五的素口也自幼就吃着。虽然不怎样拜庙烧香。但四月十八的庙会,也没有拉下过。娘娘庙前一把香,老爷庙前三个头。那一年也都是烧香磕头的没有拉过"过场"。虽然是自小没有读过诗文，不认识字。但是《金刚经》《灶王经》也会念上两套。虽然说不曾做过舍善的事情，没有补过路，没有修过桥。但是逢年过节，对那些讨饭的人，也常常给过他们剩汤剩饭的。虽然过日子不怎样俭省，但也没有多吃过一块豆腐。拍拍良心对天对得起，对地也对得住。那为什么老天爷明明白白的却把祸根种在她身上？

（她越想，她越心烦意乱。

"都是前生没有做了好事，今生才找到了。"

（她一想到这里，她也就不再想了，反正事到临头，瞎想一阵又能怎样呢？于是她自己劝着自己就又忍着眼泪，咬着牙根，把她那兢兢业业的，养猪喂狗所积下来的那点钱，又一吊一吊的，一五一十的，往外拿着。

（东家说，看个香火，西家说吃个偏方。偏方、野药、大神、赶鬼、看香、扶乩。样样都已经试过。钱也不知花了多少，但是都不怎样见效。

（那小团圆媳妇夜里说梦话，白天发烧。一说起梦话来，总是说她要回家。

（"回家"这两个字，她的婆婆觉得最不祥，就怕她是阴间的花姐，阎王奶奶要把她叫了回去。于是就请了一个圆梦的。那圆梦的一圆，果然不错，"回家"就是回阴间地狱的意思。

123

（所以那小团圆媳妇，做梦的时候，一梦到她的婆婆打她，或者是用梢子绳把她吊在房梁上了，或是梦见婆婆用烙铁烙她的脚心，或是梦见婆婆用针刺她的手指尖。一梦到这些，她就大哭大叫，而且嚷着她要"回家"。

（婆婆一听她嚷回家，就伸出手去在大腿上拧着她。日子久了，拧来，拧去，那小团圆媳妇的大腿被拧得像一个梅花鹿似的青一块，紫一块的了。

（她是一份善心，怕是真的她回了阴间地狱，赶快的把她叫醒来。

（可是小团圆媳妇睡得朦里朦胧的，她以为她的婆婆可又真的在打她了，于是她大叫着，从炕上翻身起来，就跳下地去，拉也拉不住她，按也按不住她。

（她的力气大得惊人，她的声音喊得怕人。她的婆婆于是觉得更是见鬼了，着魔了。

（不但她的婆婆，全家的人也都相信这孩子的身上一定有鬼。

（谁听了能够不相信呢？半夜三更的喊着回家，一招呼醒了，她就跳下地去，瞪着眼睛，张着嘴，连哭带叫的，那力气比牛还大，那声音好像杀猪似的。

（谁能够不相信呢？又加上她婆婆的渲染，说她眼珠子是绿的,好像两团鬼火似的,说她的喊声,是直声拉气的,不是人声。

(所以一传出去,东邻西舍的,没有不相信的。

(于是一些善人们,就觉得这小女孩子也实在让鬼给捉弄得可怜了。那个孩儿是没有娘的,那个人不是肉生肉长的。谁家不都是养老育小,……于是大动恻忍之心。东家二姨,西家三姑,她说她有奇方,她说她有妙法。

(于是就又跳神赶鬼,看香,扶乩,老胡家闹得非常热闹。传为一时之盛。若有不去看跳神赶鬼的,竟被指为落伍。

(因为老胡家跳神跳得花样翻新,是自古也没有这样跳的,打破了跳神的纪录,给跳神开了一个新纪元。若不去看看,耳目因此是会闭塞了的。

(当地没有报纸,不能记录这桩盛事。若是患了半身不随的人,患了瘫病的人,或是大病卧床不起的人,那真是一生的不幸,大家也都为他惋惜,怕是他此生也要孤陋寡闻,因为这样的隆重的盛举,他究竟不能够参加。

(呼兰河这地方,到底是太闭塞,文化是不大有的。虽然当地的官、绅,认为已经满意了,而且请了

一位满清的翰林,作了一首歌,歌曰:

溯呼兰天然森林,自古多奇材。

5 5 5 3 | 5 5 i i | 2 i 2̇ 3̇ 2̇

(这首歌还配上了从东洋流来的乐谱,使当地的小学都唱着。这歌不止这两句这么短,不过只唱这两句就已经够好的了。所好的是使人听了能够引起一种自负的感情来,犹其当清明植树节的时候,几个小学堂的学生都排起队来在大街上游行,并唱着这首歌。使老百姓听了,也觉得呼兰河是个了不起的地方,一开口说话就"我们呼兰河",那在街道上检粪蛋的孩子,手里提着粪耙子,他还说"我们呼兰河"!可不知道呼兰河给了他什么好处。也许那粪耙子就是呼兰河给了他的。

(呼兰河这地方,尽管奇才很多,但到底太闭塞,竟不会办一张报纸。以至于把当地的奇闻妙事都没有记载,任其风散了。

(老胡家跳大神,就实在跳得出奇。用大缸给团圆媳妇洗澡,而且是当众就洗的。

(这种奇闻盛举一经传了出来,大家都想去开开眼界,就是那些患了半身不随的,患了瘫病的人,人们觉得他们瘫了倒没有什么,只是不能够前来看老胡家团圆媳妇大规模的洗澡,真是一生的不幸。)

五

天一黄昏，老胡家就打起鼓来了。大缸，开水，公鸡，都预备好了。

公鸡抓来了，开水烧滚了，大缸摆好了。

看热闹的人，络绎不绝的来看。我和祖父也来了。

小团圆媳妇躺在炕上，黑忽忽的，笑呵呵的。我给她一个玻璃球，又给她一片碗碟，她说这碗碟很好看，她拿在眼睛前照一照。她说这玻璃球也很好玩，她用手指甲弹着。她看一看她的婆婆不在旁边，她就起来了，她想要坐起来在炕上弹这玻璃球。

还没有弹，她的婆婆就来了，就说：

"小不知好歹的，你又起来风什么？"

说着走近来，就用破棉把她蒙起来了，蒙得没头没脑的，连脸也露不出来。

我问祖父她为什么不让她玩？

祖父说：

"她有病。"

我说：

"她没有病，她好好的。"

于是我上去把棉袄给她掀开了。

掀开一看,她的眼睛早就睁着。她问我,她的婆婆走了没有,我说走了,于是她又起来了。

她一起来,她的婆婆又来了。又把她给蒙了起来说:

"也不怕人家笑话,病得跳神赶鬼的,那有的事情,说起来,就起来。"

这是她婆婆向她小声说的,等婆婆回过头去向着众人,就又那么说:

"她是一点也着不得凉的,一着凉就犯病。"

屋里屋外,越张罗越热闹了,小团圆媳妇跟我说:

"等一会你看吧,就要洗澡了。"

她说着的时候,好像说着别人的一样。

果然,不一会工夫就洗起澡来了,洗得吱哇乱叫。

大神打着鼓,命令她当众脱了衣裳。衣裳她是不肯脱的。她的婆婆抱住了她,还请了几个帮忙的人,就一齐上来,把她的衣裳撕掉了。

她本来是十二岁,却长得十五六岁那么高,所以一时看热闹的姑娘媳妇们,看了她,都难为情起来。

很快的小团圆媳妇就被抬进大缸里去。大缸里满是热水。是滚热的热水。

她在大缸里边,叫着,跳着,好像她要逃命似的狂喊。她的旁边站着三四个人从缸里搅起热水来往她的头上浇。不一会,浇得满脸通红,她再也不能够挣扎了,她安稳的在大缸里边站着,她再不往外边跳了,大概她觉得跳也跳不出来了。那大缸是很大的,她站在里边仅仅的露着一个头。

我看了半天,到后来她连动也不动,哭也不哭,笑也不笑。满脸的汗珠,满脸通红,红得像一张红纸。

我跟祖父说:

"小团圆媳妇不叫了。"

我再往大缸里一看,小团圆媳妇没有了。她昏倒在大缸里了。

这时候,看热闹的人们,一声狂喊,都以为小团圆媳妇是死了,大家都跑过去拯救她,竟有心慈的人,流下眼泪来。

(小团圆媳妇还活着的时候,她像要逃命似的前一刻她还求救于人的时候,并没有一个人上前去帮忙她,把她从热水里解救出来。)

(现在她是什么也不知道了,什么也不要求了。可是一些人,偏要去救她。)

(把她从大缸里抬出来,给她浇一点冷水。这小团圆媳妇一昏过去,可把那些看热闹的人可怜得不得了,就是前一刻她还主张着用热水浇哇!"用热水浇哇"的人。现在也心痛起来。怎能够不心痛呢,活蹦乱跳的孩子,一会工夫就死了。)

小团圆媳妇摆在炕上,浑身像火炭那般热,东家的婶子,伸出一只手来,到她身上去摸一摸,西家大娘也伸出手来到她身上去摸一摸。

都说:

"哟哟,热得和火炭似的。"

有的说,水太热了一点,有的说,不应该往头上浇,大热的水,一浇那有不昏的。

大家正在谈说之间,她的婆婆过来,赶快拉了一张破棉袄给她盖上了,说:

"赤身裸体的羞不羞!"

(小团圆媳妇怕羞不肯脱下衣裳来,她婆婆喊着号令给她撕下来了。现在她什么也不知道了,她没有感觉了,婆婆反而替她着想了。)

(大神打了几阵鼓,二神向大神对了几阵话。看热闹的人,你望望他,他望望你。虽然不知道下文如何,这小团圆媳妇到底是死是活。但却没有白看一场热闹,到底是开了眼界,见了世面,总算是不无所得的。)

有的竟觉得困了,问着别人,三道是否打了横锣,说他要回家睡觉去了。

（大神一看这场面不大好，怕是看热闹的人都要走了，就卖一点力气叫一叫座，于是痛打了一阵鼓，喷了几口酒在团圆媳妇的脸上。从腰里拿出银针来，刺着小团圆媳妇的手指尖。）

不一会，小团圆媳妇就活转来了。

大神说，洗澡必得连洗三次，还有两次要洗的。

（于是人心大为振奋，困的也不困了，要回家睡觉的也精神了。这来看热闹的，不下三十人，个个眼睛发亮，人人精神百倍。看吧，洗一次就昏过去了，洗两次又该怎样呢？洗上三次，那可就不堪想像了。所以看热闹的人的心里，都满着秘密。）

（果然的，小团圆媳妇一被抬到大缸里去，被热水一烫，就又大声的怪叫了起来，一边叫着一边还伸出手来把着缸沿想要跳出来。这时候，浇水的浇水，按头的按头，总算让大家压服又把她昏倒在缸底里了。）

这次她被抬出来的时候，她的嘴里还往外吐着水。

（于是一些善心的人，是没有不可怜这小女孩子的。）东家的二姨，西家的三婶，就都一齐围拢过去，都去设法施救去了。

她们围拢过去，看看有气没有？（若还有气，那就不用救。若是死了,那就赶快浇凉水。)

(若是有气,她自己就会活转来的。若是断了气,那就赶快施救,不然怕她真的死了。)

六

小团圆媳妇当晚被热水烫了三次,烫一次昏一次。

(闹到三更天才散了场。大神回家去睡觉去了。看热闹的人也都回家去睡觉去了。

(星星月亮,出满了一天,冰天雪地正是个冬天。雪扫着墙根,风刮着窗棂。鸡在架里边睡觉,狗在窝里边睡觉,猪在栏里边睡觉,全呼兰河都睡着了。

(只有远远的狗叫,那或许是从白旗屯传来的,或者是从呼兰河的南岸那柳条林子里的野狗的叫唤。总之,那声音是来得很远,那已经是呼兰河城以外的事情了。而呼兰河全城,就都一齐睡着了。

(前半夜那跳神打鼓的事情一点也没有留下痕迹。那连哭带叫的小团圆媳妇,好像在这世界上她也并未曾哭过叫过,因为一点痕迹也并未留下。家家户户都是黑洞洞的,家家户户都睡得沉实实的。

(团圆媳妇的婆婆也睡得打呼了。

(因为三更已经过了,就要来到四更天了。)

七

(第二天小团圆媳妇昏昏沉沉的睡了一天,第三天,第四天,也都是昏昏沉沉的睡着,眼睛似睁非睁的,留着一条小缝,从小缝里边露着白眼珠。

(家里的人,看了她那样子,都说,这孩子经过一番操持,怕是真魂就要附体了,真魂一附了体,病就好了。不但她的家里人这样说,就是邻人也都这样说。所以对于她这种不饮不食,似睡非睡的状态,不但不引以为忧,反而觉得应该庆幸。她昏睡了四五天,她家的人就快乐了四五天,她睡了六七天,她家的人就快乐了六七天。在这期间,绝对的没有使用偏方,也绝对的没有采用野药。

(但是过了六七天,她还是不饮不食的昏睡,要好起来的现象一点也没有。

(于是又找了大神来,大神这次不给她治了,说这团圆媳妇非出马当大神不可。

(于是又采用了正式的赶鬼的方法,到扎彩铺去,扎了一个纸人,而后给纸人缝起布裳来穿上,——穿布衣裳为的是绝对的像真人——擦胭抹粉,手里提着花手巾,很是好看,穿了满身花洋布的衣裳,打扮成一个十七八岁的大姑娘。用人抬着,抬到南河沿旁边那大土坑去烧了。

（这叫做烧"替身",据说把这"替身"一烧了,她可以替代真人,真人就可以不死。

（烧"替身"的那天,团圆媳妇的婆婆为着表示虔诚,她还特意的请了几个吹鼓手,前边用人举着那扎彩人,后边跟着几个吹鼓手,呜呃当,呜呃当的向着南大土坑走去了。

（那景况说热闹也很热闹,喇叭曲子吹的是句句双。说凄凉也很凄凉。前边一个扎彩人,后边三五个吹鼓手,出丧不像出丧,报庙不像报庙。

（跑到大街上来看这热闹的人也不很多,因为天太冷了,探头探脑的跑出来的人一看,觉得没有什么可看的,就关上大门回去了。

（所以就孤孤单单的,凄凄凉凉在大土坑那里把那扎彩人烧了。

（团圆媳妇的婆婆一边烧着还一边后悔,若早知道没有什么看热闹的人,那又何必给这扎彩人穿上真衣裳。她想要从火堆中把衣裳抢出来,但又来不及了。

就眼看着让它烧去了。这一套衣裳,一共花了一百多吊钱。于是她看着那衣裳的烧去,就像眼看着烧去了一百多吊钱。

(她心里是又悔又恨,她简直忘了这是她的团圆媳妇烧替身,她本来打算念一套祷神告鬼的词句。她回来的时候,走在路上才想起来。但想起来也晚了,于是她自己感到大概要白白的烧了个替身,灵不灵谁晓得呢!)

八

后来又听说那团圆媳妇的大辫子,睡了一夜觉就掉下来了。

就掉在枕头旁边,这可不知是怎么回事。

她的婆婆说这团圆媳妇一定是妖怪。

把那掉下来的辫子留着,谁来给谁看。

看那样子一定是什么人用剪刀给她剪下来的。但是她的婆婆偏说不是,就说,睡了一夜觉就自己掉下来了。

(于是这奇闻又远近的传开去了。不但她的家人不愿意和妖怪在一起,就是同院住的人也都觉得太不好。)

(夜里关门关窗户的,一边关着于是就都说:"老胡家那小团圆媳妇一定是个小妖怪。")

我家的老厨夫是个多嘴的人,他和祖父讲老胡家的团圆媳妇又怎样怎样了。又出了新花头,辫子也掉了。

我说:"不是的,是用剪刀剪的。"

老厨夫看我小,他欺侮我,他用手指住了我的嘴。他说:

"你知道什么,那小团圆媳妇是个妖怪呀!"

我说:

"她不是妖怪,我偷着问她,她头发是怎么掉了的,她还跟我笑呢!她说她不知道。"

祖父说:"好好的孩子快让他们捉弄死了。"

过了些日子,老厨子又说:

"老胡家要'休妻'了,要'休'了那小妖怪。"

祖父以为老胡家那人家不大好。

祖父说:"二月让他搬家。把人家的孩子快捉弄死了,又不要了。"

九

还没有到二月,那黑忽忽的,笑呵呵的小团圆媳妇就死了。是一个大清早晨,老胡家的大儿子,那个黄脸大眼睛的车老板子就来了。一见了祖父,他就双手举在胸前作了一个揖。

祖父问他什么事?

他说:

"请老太爷施舍一块地方,好把小团圆媳妇埋上……"

祖父问他:

"什么时候死的?"

他说:

"我赶着车,天亮才到家。听说半夜就死。"

祖父答应了他,让他埋在城外的地边上。并且招呼有二伯来,让有二伯领着他们去。

有二伯临走的时候,老厨子也跟去了。

我说,我也要去,我也跟去看看,祖父百般的不肯。祖父说:

"咱们在家下压拍子打小雀吃……"

我于是就没有去。虽然没有去,但心里边总惦着有一回事。等有二伯也不回来,等那老厨子也不回来。等他们回来,我好听一听那情形到底怎样?

一点多钟,他们两个在人家喝了酒,吃了饭才回来的。前边走着老厨子,后边走着有二伯。好像两个胖鸭子似的,走也走不动了,又慢又得意。

走在前边的老厨子,眼珠通红,嘴唇发光。走在后边的有二伯,面红耳热,一直红到他脖子下边的那条大筋。

进到祖父屋来,一个说:

"酒菜真不错……"

一个说:

"……鸡蛋汤打得也热虎。"

关于埋葬团圆媳妇的经过,却先一字未提。好像他们两个是过年回来的,充满了欢天喜地的气象。

我问有二伯,那小团圆媳妇怎么死的,埋葬的情形如何。

有二伯说:

"你问这个干什么,人死还不如一只鸡……一伸腿就算完事……"

我问:

"有二伯,你多暂死呢?"

他说:

"你二伯死不了的……那家有万贯的,那活着享福的,越想长寿,就越活不长……上庙烧香,上山拜佛的也活不长。像你有二伯这条穷命,越老越结实。好比个石头疙疸似的,那儿死啦!俗语说得好,'有钱三尺寿,穷命活不够'。你二伯就是这穷命,穷命鬼阎王爷也看不上眼儿来的。"

到晚饭,老胡家又把有二伯他们二位请去了。又在那里喝的酒。因为他们帮了人家的忙,人家要酬谢他们。

十

老胡家的团圆媳妇死了不久,他家的大孙子媳妇就跟人跑了。

奶奶婆婆后来也死了。

他家的两个儿媳妇,一个为着那团圆媳妇瞎了一只眼睛。因为她天天哭,哭她那花在团圆媳妇身上的倾家荡产的五千多吊钱。

另外的一个因为她的儿媳妇跟着人家跑了,要把她羞辱死了,一天到晚的,不梳头,不洗脸的坐在锅台上抽着烟袋,有人从她旁边过去,她高兴的时候,她向人说:

"你家里的孩子,大人都好哇?"

她不高兴的时候,她就向着人脸,吐一口痰。

她变成一个半疯了。

老胡家从此不大被人记得了。

十一

我家的背后有一个龙王庙,庙的东角上有一座大桥。人们管这桥叫"东大桥"。

那桥下有些冤魂枉鬼,每当阴天下雨,从那桥上经过的人,往往听到鬼哭的声音。

据说,那团圆媳妇的鬼魂,也来到了东大桥下。说她变了一只很大的白兔,隔三差五的就到桥下来哭。

有人问她哭什么?

她说她要回家。

那人若说:

"明天,我送你回去……"

那白兔子一听,拉过自己的大耳朵来,擦擦眼泪,就不见了。

若没有人理她,她就一哭,哭到鸡叫天明。

杂文

Essays

祖父死了的时候[1]

When Grandpa Died

祖父总是有点变样子,他喜欢流起眼泪来,同时过去很重要的事情他也忘掉。比方过去那一些他常讲的故事,现在讲起来,讲了一半,下一半他就说:"我记不得了。"

某夜,他又病了一次,经过这一次病,他竟说:

"给你三姑写信,叫她来一趟,我不是四五年没看过她吗?"他叫我写信给我已经死去五年的姑母。

那次离家是很痛苦的。学校来了开学通知信,祖父又一天一天的变样起来。

祖父睡着的时候,我就躺在他的旁边哭,好像祖父已经离开我死去似的,一面哭着一面抬头看他凹陷的嘴唇。

---

[1] 署名悄吟,于 1935 年 7 月 28 日在长春《大同报》副刊《大同俱乐部》上发表。

我若死掉祖父，就死掉我一生最重要的一个人，好像他死了就把人间一切"爱"和"温暖"带得空空虚虚。我的心被丝线扎住或是被铁丝绞住了。

我联想到母亲死的时候。母亲死以后，父亲怎样打我，又娶一个新母亲来。这个母亲很客气，不打我，就是骂，也是指着桌子或椅子来骂我。客气是越客气了，但是冷淡了，疏远了，生人一样。

"到院子去玩玩吧！"祖父说了这话之后，在我的头上撞了一下，"喂！你看这是什么？"黄金色的桔子落到我的手中。

夜间不敢到茅厕去，我说："妈妈同我到茅厕去趟吧。"

"我不去！"

"那我害怕呀！"

"怕什么？"

"怕什么？怕鬼怕神？"父亲也说话了，把眼睛从眼镜上面看着我。

冬天，祖父已经睡下，赤着脚，开着钮扣跟我到外面茅厕去。

学校开学，我迟到了四天。

三月里，我又回家一次。正在外面叫门，里面小弟弟嚷着：

"姐姐回来了！姐姐回来了！"

大门开时，我就远远注意着祖父住着的那间房子。果然祖父的面孔和胡子闪现在玻璃窗里。

我跳着笑着跑进屋去。但不是高兴，只是心酸，祖父的脸色更惨淡更白了。等屋子里一个人没有时，他流着泪，他慌慌忙忙的一边用袖口擦着眼泪，一边抖动着嘴唇：

"爷爷不行了，不知早晚……前些日子好险没跌……跌死。"

"怎么跌的？"

"就是在后屋，我想去解手，招呼人，也听不见，按电铃也没有人来，就得爬啦。还没到后门口，腿颤，心跳，眼前发花了一阵就倒下去。没跌断了腰……人老了，有什么用处！爷爷是八十一岁呢！"

"爷爷是八十一岁。"

"没用了，活了八十一岁还是在地上爬呢！我想想你看不着爷爷了，谁知没有跌死，我又慢慢爬到炕上。"

我走的那天也是和我回来那天一样，白色的脸的轮廓闪现在玻璃窗里。

在院心我回头看着祖父的面孔，走到大门口，在大门口我仍可看见，出了大门，就被门扇遮断。

从这一次祖父就与我永远隔绝了。虽然那次和祖父告别，并没说出一个永别的字。

我回来看祖父，这回门前吹着喇叭，幡杆挑得比房头更高，马车离家很远的时候，我已看到高高的白色幡杆了，吹鼓手们的喇叭怆凉的在悲号。马车停在喇叭声中，大门前的白幡，白对联，院心的灵棚，闹嚷嚷许多人，吹鼓手们响起呜呜的哀号。

这回祖父不坐在玻璃窗里，是睡在堂屋的板床上，没有灵魂的躺在那里。我要看一看他白色的胡子，可是怎样看呢！拿开他脸上蒙着的纸吧，胡子，眼睛和嘴，都不会动了，他真的一点感觉也没有了？

我从长长的袖管里去摸他的手，手也没有感觉了。祖父这回真死去了啊！

祖父装进棺材去的那天早晨，正是后园里玫瑰花开放满树的时候。

我扯着祖父的一张被角，抬向灵前去。吹鼓手在灵前吹着大喇叭。

我怕起来，我号叫起来。

"咣咣！"黑色的，半尺厚的灵柩盖子压上去。

吃饭的时候，我饮了酒，用祖父的酒杯饮的。饭后我跑到后园玫瑰树下去卧倒，园中飞着蜂子和蝴蝶，绿草的清凉的气味，这都和十年前一样。可是十年前死了妈妈。妈妈死后我仍是在园中捕蝴蝶；这回祖父死去，我却饮了酒。

过去的十年我是和父亲打斗着生活。在这期间我觉得人是残酷的东西。父亲对我是没有好面孔的，对于仆人也是没有好面孔的，他对于祖父也是没有好面孔的。

因为仆人是穷人，祖父是老人，我是个小孩子，所以我们这些完全没有保障的人就落到他的手里。后来我看到新娶来的母亲也落到他的手里，他喜欢她的时候，便同她说笑，他恼怒时便骂她，母亲渐渐也怕起父亲来。

母亲也不是穷人，也不是老人，也不是孩子，怎么也怕起父亲来呢？我到邻家去看看，邻家的女人也是怕男人。我到舅家去，舅母也是怕舅父。

我懂得的尽是些偏僻的人生，我想世间死了祖父，就没有再同情我的人了，世间死了祖父，剩下的尽是些凶残的人了。

我饮了酒，回想，幻想……

以后我必须不要家,到广大的人群中去,但我在玫瑰树下颤慄了,人群中没有我的祖父。

所以我哭着,整个祖父死的时候我哭着。

永远的憧憬和追求[1]

My Everlasting Dream and Pursuit

一九一一年,在一个小县城里边,我生在一个小地主的家里。那县城差不多就是中国的最东最北部——黑龙江省——所以一年之中,倒有四个月飘着白雪。

父亲常常为着贪婪而失掉了人性。他对待仆人,对待自己的儿女,以及对待我的祖父都是同样的吝啬而疏远,甚至于无情。

有一次,为着房客租金的事情,父亲把房客的全套的马车赶了过来。房客的家属们哭着,诉说着,向我的祖父跪了下来,于是祖父把两匹棕色的马从车上解下来还了回去。

为着两匹马,父亲向祖父起着终夜的争吵。"两匹马,咱们是算不了什么的,穷人,这两匹马就是命

---

[1] 署名萧红,于1937年1月10日在《报告》上发表。

根。"祖父这样说着，而父亲还是争吵。

九岁时，母亲死去。父亲也就更变了样，偶然打碎了一只杯子，他就要骂到使人发抖的程度。后来就连父亲的眼睛也转了弯，每从他的身边经过，我就像自己的身上生了针刺一样；他斜视着你，他那高傲的眼光从鼻梁经过嘴角而后往下流着。

所以每每在大雪中的黄昏里，围着暖炉，围着祖父；听着祖父读着诗篇，看着祖父读着诗篇时微红的嘴唇。

父亲打了我的时候，我就在祖父的房里，一直面向着窗子，从黄昏到深夜——窗外的白雪，好像白棉一样飘着；而暖炉上水壶的盖子，则像伴奏的乐器似的振动着。

祖父时时把多纹的两手放在我的肩上，而后又放在我的头上，我的耳边便响着这样的声音：

"快快长吧！长大就好了。"

二十岁那年，我就逃出了父亲的家庭。直到现在还是过着流浪的生活。

"长大"是"长大"了，而没有"好"。

可是从祖父那里，知道了人生除掉了冰冷和憎恶而外，还有温暖和爱。

所以我就向这"温暖"和"爱"的方面，怀着永久的憧憬和追求。

感情的碎片[1]

Pieces of Painful Memories

近来觉得眼泪常常充满着眼睛,热的,它们常常会使我的眼圈发烧。然而它们一次也没有滚落下来。有时候它们站到了眼毛的尖端,闪耀着玻璃似的液体,每每在镜子里面看到。

一看到这样的眼睛,又好像回到了母亲死的时候。母亲并不十分爱我,但也总算是母亲。她病了三天,是七月的末梢,许多医生来过了,他们骑着白马,坐着三轮车,但那最高的一个,他用银针在母亲的腿上刺了一下,他说:

"血流则生,不流则亡。"

我确确实实看到那针孔是没有流血,只是母亲的腿上凭空多了一个黑点。

---

[1] 署名萧红,于1937年4月10日在《好文章》上发表。

医生和别人都退了出去,他们在堂屋里议论着。我背向了母亲,我不再看她腿上的黑点,我站着。

"母亲就要没有了吗?"我想。

大概就是她极短的清醒的时候:

"……你哭了吗?不怕,妈死不了!"

我垂下头去,扯住了衣襟,母亲也哭了,我也哭了。

而后我站到房后摆着花盆的木架旁边去。我从衣袋取出来母亲买给我的小洋刀。

"小洋刀丢了就从此没有了吧?"于是眼泪又来了。

花盆里的金百合映着我的眼睛,小洋刀的闪光映着我的眼睛。眼泪就再没有流落下来。然而那是热的,是发炎的。但那是孩子的时候。

而今则不应该了。

饿[1]

Hunger

"列巴圈"挂在过道别人的门上,过道好像还没有天明,可是电灯已经熄了。夜间遗留下来睡朦朦的气息充塞在过道,茶房气喘着,抹着地板。我不愿醒得太早,可是已经醒了,同时再不能睡去。

厕所房的电灯仍开着,和夜间一般昏黄,好像黎明还没有到来,可是列巴圈已经挂上别人家的门了!有的牛奶瓶也规规矩矩的等在别人的房间外。只要一醒来,就可以随便吃喝,但,这都只限于别人,是别人的事,与自己无关。

扭开了灯,郎华[2]睡在床上,他睡得很恬静,连呼吸也不震动空气一下。听一听过道连一个人也没走动。全旅馆的三层楼都在睡中,越这样静越引诱我,我的

---

[1] 署名悄吟,于1935年6月1日在《文学》上发表。
[2] 为萧军的笔名。

那种想头越坚决。过道尚没有一点声息，过道越静越引诱我，我的那种想头越想越充涨我：去拿吧！正是时候，即使是偷，那就偷吧！

轻轻扭动钥匙，门一点响动也没有，探头看了看，"列巴圈"对门就挂着，东隔壁也挂着，西隔壁也挂着。天快亮了！牛奶瓶的乳白色看得真真切切，"列巴圈"比每天也大了些。结果什么也没有去拿，我心里发烧，耳朵也热了一阵，立刻想到这是"偷"。儿时的记忆再现出来，偷梨吃的孩子最羞耻。过了好久，我就贴在已关好的门扇上，大概我像一个没有灵魂的，纸剪成的人贴在门扇。大概这样吧：街车唤醒了我，马蹄得得，车轮吱吱的响过去。我抱紧胸膛，把头也挂到胸口，向我自己心说：我饿呀！不是"偷"呀！

第二次也打开门，这次我决心了！偷就偷，虽然是几个"列巴圈"，我也偷，为着我"饿"，为着他"饿"。

第二次又失败，那么不去做第三次了。下了最后的决心，爬上床，关了灯，推一推郎华，他没有醒，我怕他醒，在"偷"这一刻，郎华也是我的敌人，假若我有母亲，母亲也是敌人。

天亮了！人们醒了，马路也醒了。做家庭教师，无钱吃饭也要去上课，并且要练武术。他喝了一杯空茶走的,过道那些"列巴圈"早已不见,都让别人吃了。

从昨夜饿到中午,四肢软弱一点,肚子好像被踢打放了气的皮球。

窗子在墙壁中央,天窗似的,我从窗口升了出去,赤裸裸,完全和日光接近。市街临在我的脚下,直线的,错综着许多角度的楼房,大柱子一般工厂的烟筒,街道横顺交织着。秃光的街树。白云在天空作出各样的曲线。高空的风吹破我的头发,飘荡我的衣襟。市街和一张烦烦杂杂颜色不清晰的地图挂在我的眼前。楼顶和树梢都挂住一层稀薄的白霜,整个城市在阳光下闪闪灼灼撒了一层银片。我的衣襟风拍着作响,我冷了,我孤孤独独的好像站在无人的山顶。每家楼顶的白霜,一刻不是银片了,而是些雪花,冰花或是什么更严寒的东西在吸我,全身浴在冰水里一般。

我披了棉被再出现到窗口,那不是全身,仅仅是头和胸突在窗口。一个女人站在一家药店门口讨钱,手下牵着孩子,衣襟裹着更小的孩子。药店没有人出来理她,过路人也不理她,都像说她有孩子不对,穷就不该有孩子,有也应该饿死。

我只能看到街路的半面,那女人大概向我的窗下走来,因为我听见那孩子的哭声很近。

"老爷,太太,可怜可怜……"可是看不见她在追逐谁,虽然是三层楼也听得这般清楚,她一定是跑得颠颠断断的呼喘:"老爷……老爷……可怜吧!"

那女人一定正相同我,一定早饭还没有吃,也许昨晚的也没有吃,她在楼下急迫的来回的呼声传染了我,肚子立刻响起来,肠子不住的呼叫……

郎华仍不回来,我拿什么来喂肚子呢?桌子可以吃吗?草褥子可以吃吗?

晒着阳光的行人道,来往的行人,小贩,乞丐……这一些看得我疲倦了!打着呵欠从窗口爬下来。

窗子一关起来,立刻满生了霜,过一刻玻璃片就流着眼泪了!起初是一条一条的,后来就大哭了!满脸是泪,好像在行人道上讨饭的母亲的脸。

我坐在小屋,饿在笼中的鸡一般,只想合起眼睛来静着,默着,但又不是睡。

"咯,咯!"这是谁在打门!我快去开门:是三年前旧学校里的图画先生。

他和从前一样很喜欢说笑话,没有改变,只是胖了一点,眼睛又小了一点。他随便说,说得很多。他的女儿,那个穿红花旗袍的小姑娘,又加了一件黑绒

上衣,她在藤椅上怪美丽的,但她有点不耐烦的样子:

"爸爸,我们走吧。"小姑娘那里懂得人生!小姑娘只知道美,那里懂得人生?

曹先生问:"你一个人住在这里吗?"

"是——"我当时不晓得为什么答应"是",明明是和郎华同住,怎么要说自己住呢?

好像这几年并没有别开,我仍在那个学校读书一样。他说:

"还是一个人好,可以把整个的心身献给艺术。你现在不喜欢画,你喜欢文学,就把全心献给文学。只有忠心于艺术的心才不空虚,只有艺术才是美,才是真美。'爱情'这话很难说,若是为了性欲才爱,那么就不如临时解决,随便可以找到一个,只要是异性。爱是爱,'爱'很不容易,那么就不如爱艺术,比较不空虚……"

"爸爸,走吧!"小姑娘那里懂得人生,只知道"美",她看一看这屋子一点意思也没有,床上只铺一张草褥子。

"是,走——"曹先生又说,眼睛指着女儿:"你看我,十三岁就结了婚。这不是吗?曹云都十五岁啦!"

"爸爸,我们走吧!"

他和前几年一样,总爱说"十三岁"就结了婚。差不多全校同学都知道曹先生是十三岁结婚的。

"爸爸,我们走吧!"

他把一张票子丢在桌上就走了!那是我写信去要的。

郎华还没有回来,我应该立刻想到饿,但我完全被青春迷惑了,读书时候那里懂得"饿"?只晓得青春最重要,虽然现在我也并没老,但总觉得青春是过去了!过去了!

我冥想了一个长时期,心浪和海水一般的潮了一阵。

追逐实际吧!青春惟有自私的人才系念她,"只有饥寒,没有青春。"

几天没有去过的小饭馆,又坐在那里边吃喝了。"很累了吧!腿可疼?道外道里要有十五里路。"我问他。

只要有的吃,他也很满足,我也很满足。其余什么都忘了!

那个饭馆,我已经习惯,还不等他坐下,我就抢了个地方先坐下,我也把菜的名字记得很熟,什么辣椒白菜啦,雪里红豆腐啦……什么酱鱼啦!怎么叫酱鱼呢?那里有鱼!用鱼骨头炒一点酱,借一点腥味就是啦!我很有把握,我简直都不用算一算就知道这些菜也超不过一角钱。因此我很大的声音招呼,我不怕,我一点也不怕化钱。

回来,没有睡觉之前我们一面喝着汁水一面说:

"这回又饿不着了,又够吃些日子。"

闭了灯,又满足又安适的睡了一夜。

广告员的梦想[1]

The Ad Man's Dream

有一个朋友到一家电影院去画广告,月薪四十元。画广告留给我一个很深的印象,我一面烧早饭一面看报,又有某个电影院招请广告员被我看到,立刻我动心了:我也可以吧?从前在学校时不也学过画吗?但不知月薪多少。

郎华回来吃饭,我对他说,他很不愿意作这事。他说:"尽骗人。昨天别的报上登着一段招聘家庭教师的广告,我去接洽,其实去的人太多,招一个人,就要去十个,二十个……"

"去看看怕什么?不成完事。"

"我不去。"

"你不去我去。"

---

[1] 署名悄吟,于1936年3月在《中学生》上发表。

"你自己去?"

"我自己去!"

第二天早晨我又留心那块广告,这回更能满足我的欲望。那广告又改登一次,月薪四十元,明明白白的是四十元。

"看一看去。不然,等着职业,职业会来吗?"我又向他说。

"要去吃了饭就去,我还有别的事。"这次他不很坚决了。

走在街上遇到他一个朋友。

"到那里去?"

"接洽广告员的事情。"

"就是《国际协报》登的吗?"

"是的。"

"四十元啊!"这四十元他也注意到。

十字街商店高悬的大表还不到十一点钟,十二点才开始接洽。

已经寻找得好疲乏了,已经不耐烦了,代替接洽的那个"商行"才寻到。指明的是石头道街,可是那个"商行"是在石头道街旁的一条顺街尾上,我们的眼睛缭乱起来。走进"商行"去,在一座很大的楼房二层楼上，刚看到一块长方形的亮铜牌钉在过道，还没看到究竟是个什么"商行"，就有人截住我们："什么事？"

"来接洽广告员的！"

"今天星期日，不办公。"

第二天再去的时候还是有勇气的，是阴天，飞着清雪。那个商行的人说："请到电影院本家去接洽吧。我们这里不替他们接洽了。"

郎华走出来就埋怨我："这都是你主张，我说他们尽骗人，你不信！"

"怎么又怨我？"我也十分生气。

"不都是想当广告员吗？看你当吧！"

吵起来了。他觉得这是我的过错，我觉得他不应该同我生气。走路时他在前面，总比我快一些，他不愿意和我一起走的样子，好像我对事情没有眼光使他讨厌的样子。冲突就这样越来越大，当时并不去怨恨那个"商行"或是那个电影院，只是他生气我，我生气他，真正的目的却丢开了。两个人吵着架回来。

第三天我再不去了。我再也不提那事，仍是在火炉板上烘着手。他自己出去，戴着他的飞机帽。

"南岗那个人的武术不教了。"晚上他告诉我。

我知道就是那个人不学了。

第二天他仍是戴着他的飞机帽走了一天。到夜间我也并没提起广告员的事。照样第三天我也并没有提，我已经没有兴致想找那样的职业。可是他自动的，比我更留心，自己到那个电影院去过两次。

"我去过两次，第一回说经理不在，第二回说过几天再来吧。真他妈的！有什么劲，只为着四十元钱，就去给他们耍宝！画的什么广告？什么情火啦，艳史啦，甜蜜啦，真是无耻和肉麻！"

他发的议论我是不回答的。他愤怒起来，好像有人非捉他去作广告员不可。

"你说我们能干那样无聊的事？去他娘的吧！滚蛋吧！"他竟骂起来，跟着他就骂起自己来："真是混蛋，不知耻的东西，自私的爬虫！"

直到睡觉时他还没忘掉这件事，他还向我说："你说我们不是自私的爬虫是什么？只怕自己饿死，去画广告，画得好一点，不怕肉麻，多招来一些看情史的，使人们羡慕富丽，使人们一步一步的爬上去……就是这样只怕自己饿死，毒害多少人不管，人是自私的东西……若有人每月给二百元，不是什么都干了吗？我们就是不能够推动历史，也不能站在相反的方面努力败坏历史！"他讲得使我也感动了。并且声音不自知地越讲越大，他已经开始更细的分析自己……

"你要小点声啊，房东那屋里常常有日本朋友来。"我说。

又是一天，我们在"中央大街"闲荡着，很瘦很高的老秦在他肩上拍了一下；冬天下午三四点钟时已经快要黄昏了，阳光仅仅留在楼顶，渐渐微弱下来，街路完全在晚风中，就是行人道上也有被吹起的霜雪扫着人们的腿。

冬天在行人道上遇见朋友总是不把手套脱下来就握手的。那人的手套大概很凉吧，我见郎华的赤手握了一下就抽回来。我低下头去，顺便看到老秦的大皮鞋上撒着红绿的小斑点。

"你的鞋上怎么有颜料？"

他说他到电影院去画广告了。他又指给我们电影院就是眼前那个，他说："我的事情很忙，四点钟下班，五点钟就要去画广告。你们可以不可以帮我一点忙？"

听了这话郎华和我都没有回答。

"五点钟我在卖票的地方等你们，你们一进门就能看见我。"老秦走开了。

晚饭吃的烤饼，差不多每张饼都是半生就吃下的，为着忙也没有到桌子上去吃,就围在炉边吃的。他的脸被火烤得通红。我是站着吃的,看一看新买的小表,五点了,所以连汤锅也没有盖起我们就走出了,汤在火炉板上蒸着气。

不用说我是连一口汤也没喝,郎华已跑在我的前面。我一面弄好头上的帽子一面追随着他。才要走出大门时,忽然想起火炉旁还堆着一堆木柴,怕着了火,又回去看了一趟。等我再出来的时候他已跑到街口去了。

他说我:"做饭也不晓得快做!摸索,你看晚了吧!女人就会摸索,女人就能耽误事!"

可笑的内心起着矛盾。这行业不是干不得吗?怎么跑得这样快呢?他抢着我跨进电影院的门去。我看他矛盾的样子,好像他的后脑勺也在起着矛盾,我几乎笑出来跟着他进去了。

不知俄国人还是英国人,总之是大鼻子站在售票处卖票。问他老秦,他说不知道。问别人又不知道那个人是电影院的人。等了半个钟头也不见老秦,又只好回家了。

他的学说一到家就生出来,照样生出来:"去他娘的吧!都是你愿意去。那不成,那不成啊!人这自私的东西，多碰几个钉子也对。"

他到别处去了，留我一个人在家。

"你们怎不去找找？"老秦一边脱着他的皮帽一边说。

"还到那里找去？等了半点钟也看不到你！"

"我们一同走吧。郎华呢？"

"他出去了。"

"那么我们先走吧。你就是帮我忙，每月四十元，你二十，我二十，均分。"

在广告牌子前站到十点钟才回来。郎华找我两次也没有找到，所以他正在房中生气。

这一夜，我和他就吵了半夜。他去买酒喝，我也抢着喝了一半，哭了，两个人都哭了。他醉了以后在地板上嚷着说："一看到职业，什么也不管就跑了，有职业，爱人也不要了！"

我是个很坏的女人吗？只为了二十元钱，把爱人气得在地板上滚着！醉酒的心像有火烧，像有开水在滚，就是哭也不知道为什么要哭，已经失去了理智。他也和我同样。

第二天酒醒，是星期日。他同我去画了一天的广告。我是老秦的副手,他是我的副手。

第三天就没有去,电影院另请了别人。

广告员的梦到底做成了,但到底是碎了。

春意挂上了树梢[1]

Spring Appears on the Branches

三月,花还没有开,人们嗅不到花香,只是马路上融化了积雪的泥泞干起来。天空打起朦胧的多有春意的云彩;暖风和轻纱一般浮动在街道上,院宇里。春末了,关外的人们才知道春来。春是来了,街头的白杨树穿着芽,拖马车的马冒着气,马车夫们的大毡靴也不见了,行人道上外国女人的脚又从长筒套鞋里显现出来。笑声,见面打招呼声,又复活在行人道上。商店为着快快的传播春天的感觉,饰窗里的花已经开了,草也绿了,那是布置着公园的夏景。我看得很凝神的时候有人撞了我一下,是汪林,她也戴着那样小沿的帽子。

"天真暖啦!走路都有点热。"

---

[1] 署名悄吟,于1936年5月在《中学生》上发表。

看着她转过"商市街",我们才来到另一家店铺,并不是买什么,只是看看,同时晒晒太阳。这样好的行人道,有树,也有椅子,坐在椅子上把眼睛闭起,一切春的梦,春的谜,春的暖力……这一切把自己完全陷进去。

听着,听着吧!春在歌唱……

"大爷大奶奶……帮帮吧……"这是什么歌呢,从背后来的?这不是春天的歌吧!

那个叫化子嘴里吃着个烂梨,一条腿和一只脚肿得把另一只显得好像不存在似的。

"我的腿冻坏啦!大爷帮帮吧!唉唉……!"

有谁还记得冬天?阳光这样暖了!街树穿着芽!

手风琴在隔道唱起来,这也不是春天的调子,只要一看到那个瞎人为着拉琴而扭歪的头,就觉得很残忍。瞎人他摸不到春天,他没有眼睛。坏了腿的人他走不到春天,他有腿也等于无腿。世界上这一些不幸的人存在着也等于不存在,倒不如赶早把他们消灭掉,免得在春天他们会唱这样难听的歌。

汪林在院心吸着一支烟卷,她又换一套衣裳。那是淡绿色的,和树枝发出的芽一样的颜色。她腋下夹着一封信,看见我们赶忙把信送进衣袋去。

"大概又是情书吧!"郎华随便说着玩笑话。

她跑进屋去了。香烟的烟缕在门外打了一下旋卷才消灭。

夜,春夜,中央大街充满了音乐的夜。流浪人的音乐,日本舞场的音乐,外国饭店的音乐……

七点钟以后。中央大街的中段。在一条横口。那个很响的播音机哇哇的叫起来,这歌声差不多响彻全街。若站在商店的玻璃窗前,会疑心是从玻璃发着震响。一条完全在风雪里寂寞的大街,今天第一次又号叫起来。

外国人!绅士样的,流氓样的,老婆子,少女们,跑了满街……有的连起人排来封闭住商店的窗子,但这只限于年青人。也有的同唱机一样唱起来,但这也只限于年青人。这好像特有的,年青人的集会。他们和姑娘们一道说笑,和姑娘们连起排来走。中国人来混在这些卷发人中间少得只有七分之一,或八分之一。但是汪林在其中,我们又遇到她。她和另一个,也和她同样打扮漂亮的、白脸的女人同走……卷发的人用俄国话说她漂亮。她也用俄国话和他们笑了一阵。

中央大街的南端,人渐渐稀疏了。

墙根,转角,都发现着哀哭,老头子,孩子,母亲们……哀哭着的是永久被人间遗弃的人们!

那边,还望得见那边快乐的人群。还听得见那边快乐的声音。

三月。花还没有开,人们嗅不到花香。

夜的街,树枝上嫩绿的芽子看不见,是冬天吧?是秋天吧?但快乐的人们不问四季总是快乐,哀哭的人们不问四季也总是哀哭!

公园[1]

The Park

树叶摇摇曳曳的挂满了池边。一个半胖的人走在桥上,他是一个报社的编辑。

"你们来多久啦?"他一看到我们两个在长石凳上就说。"多幸福,像你们多幸福,两个人逛逛公园……"

"坐在这里吧。"郎华招呼他。

我很快的让一个位置,但他没有坐,他的鞋底无意的踢撞着石子,身边的树叶让他扯掉两片。他更烦恼了,比前些日子看见他更有点两样。

"你忙吗?稿子多不多?"

"忙什么!一天到晚就是那一点事,发下稿子去就完,连大样子也不看。忙什么,忙着幻想!"

---

[1] 署名悄吟,于1936年5月在《中学生》上发表。

"幻想什么？……这几天有信吗？"郎华问他。

"什么信！那……一点意思也没有，恋爱对于胆小的人是一种刑罚。"

让他坐下，他故意不坐下，没有人让他，他自己会坐下。于是他又用手拔着脚下的短草。他满脸似乎蒙着灰色。

"要恋爱，那就大大方方的恋爱，何必受罪？"郎华摇一下头。

一个小信封，小得有些神秘意味的，从他的口袋里拔出来，拔着蝴蝶或是什么会飞的虫儿一样，他要把那信给郎华看，结果只是他自己把头歪了歪，那信又放进了衣袋。

"爱情是苦的呢，是甜的？我还没有爱她，对不对？家里来信说我母亲死了那天，我失眠了一夜，可是第二天就恢复了。为什么她……她使我不安会整天，整夜？才通信两个礼拜，我觉我的头发也脱落了不少，嘴上的小胡也增多了。"

当我们站起要离开公园时，又来一个熟人："我烦忧啊！我烦忧啊！"像唱着一般说。

我和郎华踏上木桥了，回头望时，那小树丛中的人影也像对那个新来的人说：

"我烦忧啊！我烦忧啊！"

我每天早晨看报先看文艺栏，这一天有编者的说话：

摩登女子的口红，我看正相同于"血"。资产阶级的小姐们怎样活着的？不是吃血活着吗？不能否认，那是个鲜明的标记。人涂着人的"血"在嘴上，那是污浊的嘴，嘴上带着血腥和血色，那是污浊的标记。

我心中很佩服他，因为他来得很干脆。我一面读报一面走到院子里去，晒一晒清晨的太阳。汪林也在读报。

"汪林，起得很早！"

"你看，这一段，什么小姐不小姐，'血'不'血'的！这骂的是谁！"

那天郎华把他做编辑的朋友领到家里来，是带着酒和菜回来的，郎华说他朋友的女友到别处去进大学了。于是喝酒，我是帮闲喝，郎华是劝朋友。至于被劝的那个朋友呢？他嘴里哼着京调，哼得很难听。

和我们的窗子相对的是汪林的窗子。里面胡琴响了。那是汪林拉的胡琴。

天气开始热了，趁着太阳还没走到正空，汪林在窗下长凳上洗衣服。编辑朋友来了，郎华不在家，他就在院心里来回走转,可是郎华还没有回来。

"自己洗衣服,很热吧!"

"自己洗得干净。"汪林手里拿着肥皂答他。

郎华还不回来,他走了。

女子装饰的心理[1]
The Psychology Reasons Why Women Dress Up

装饰本来不仅限于女子一方面的,古代氏族的社会,男子的装饰不但极讲究,且更较女子而过之。古代一切狩猎氏族,他们的装饰较衣服更为华丽,他们甘愿裸体,但对于装饰不肯忽视。所以装饰之于原始人,正如现在衣服之于我们一样重要。现在我们先讲讲原始人的装饰,然后由此推知女子装饰之由来。

原始人的装饰有两种,一种是固定的为黥创文身,穿耳,穿鼻,穿唇等;一种是活动的,就是连系在身体上暂时应用的,如带缨,钮子这类,他们装饰的颜色主要的是红色,他们身上的涂彩多半以赤色条绘饰,因为血是红的,红色表示热烈,具有高度的兴奋力。就是很多的动物,对于赤色,也和人类一样容易感觉。

---

[1] 署名萧红,于1936年10月29日、30日在上海《大沪联报》上发表。

原始人的生活大多是狩猎和战争，于猎事及战争极兴奋的时候，往往可见到血，这足以使红色有直接感觉，有强烈的情绪的联系。其次是黄色，也有相当的美感，也为原始人所采用，再是白色和黑色，但较少采用，他们装饰所选用的颜色，颇受他们的皮肤的颜色所影响，如白色和赤色对于黑色的澳洲人颇为采用，他们所采用的颜色是要与他们皮肤的颜色有截然分别的。

至于原始人对于装饰的观念怎样呢？他们究竟为什么要装饰？又为什么要这样装饰呢？这就谈到了他们装饰的心理问题了。

我们大概会惊异于他们这种重视装饰的心理罢，如黥身是他们身体装饰中最痛苦的，用刀或铁箭在身上刺成各种花纹，有的且刺满全身，他们竟于忍受痛苦而为其人的勇敢毅力的表示。而这种忍受，大都是为了装饰美观，极少含有其他作用。少年男女到了相当年龄，便执行着这种苦刑，而以为荣。以为假如身上没能刺刻着花纹，则将来很难找到爱侣。至于活动的装饰，如各种环缨之类的佩戴物，则一方表示他们勇敢善战，不懦怯，一方面是引起异性的爱悦，因为他们都以勇敢善斗为荣。身上所佩戴的许多珍贵的装饰物，表示他们的富有，是以勇敢夺得或猎取来的。

总之，原始人装饰的用意，一方是引起异性爱悦，一方是引起他人的敬畏。事实上，各种装饰是兼具此两种意义的，这实在是生存竞争中不可少和有效的工具。由这些情形看来，在原始社会中男子的装饰较女子讲究，也是因为原始社会的人民，没有确定的婚姻制度，无恒久的配偶，而女子在任何情形中都有结婚的机会，男子要得到伴侣，比较困难，故必须用种种手段以满足其欲望。

但在文明社会中，男女关系与此完全相反，男子处处站在优越地位，社会上一切法律权利都握在男子手中，女子全居于被动地位。虽然近年来有男女平等的法律，但在父权制度之下，女子仍然是受动的。因此，男子可以行动自由，女子至少要受相当的约制。这样一来，女子为达到其获得伴侣的欲望，因此也要借种种手段以取悦异性了。这种手段，便是装饰。

装饰主要的用意，大都是一方以取悦于男性，一方足以表示自己的高贵。脸上敷着白粉，红脂，口红，蔻丹等。刚才说过红色是原始人用作装饰的主要颜色，红白相称特别鲜明，不独引人注目，亦以表示其不亲劳动的身份。故牙齿既然是白的，口唇必须涂红。西洋妇女脸上涂桔黄色的粉，这是表示他们的富有，因为夏天海滨避暑为海风吹拂脸颊成黄色。白色最能显示脸部和身体的轮廓，原始人跳舞往往在夜间昏昏的灯光和月色之下，用白色把身体涂成条纹，使身体轮廓显明，易为人注目。妇女用红白二色饰脸部，也是利用其颜色鲜明，且红色其热烈性，易使人感动。中国少女结婚时多穿红衣红裙，大概不外这个意义。

女子装饰亦随社会习惯而变迁。昔人的观念，以柔弱娇小为美，故女子束腰裹脚之风盛行，有"楚王好细腰，宫中多饿死"者的惨事。近来体育发达，国人观念改变，重健康，好运动，女子以体格壮健肤色红黑为美。现在一班新进的女子，大都不饰脂粉，以太阳光下的红黑色肤色的天然风致为美了。黑色太阳镜之盛行，不外表示其常常外出的习惯而已。

诗歌
Poems

春曲[1]

The Song of Spring

一

那边清溪唱着,
这边树叶绿了,
姑娘啊!
春天到了。

二

我爱诗人又怕害了诗人,
因为诗人的心,
是那么美丽,
水一般地,
花一般地,
我只是舍不得摧残它,

---

1 此组诗创作于 1932 年。

但又怕别人摧残。
那么我何妨爱他。

三

你美好的处子诗人,
来坐在我的身边,
你的腰任意我怎样拥抱,
你的唇任意我怎样的吻,
你不敢来在我的身边吗?
你怕伤害了你处子之美吗?
诗人啊!
迟早你是逃避不了女人!

四

只有爱的踯躅美丽,
三郎,我并不是残忍,
只喜欢看你立起来又坐下,
坐下又立起,
这其间,

正有说不出的风月。

五

谁说不怕初恋的软力!
就是男性怎粗暴,
这一刻儿,
也会娇羞羞地,
为什么我要爱人!
只怕为这一点娇羞吧!
但久恋他就不娇羞了。

六

当他爱我的时候,
我没有一点力量,
连眼睛都张不开,
我问他这是为了什么?
他说:爱惯就好了。
啊!可珍贵的初恋之心。

苦杯[1]

Painful Love

一

带着颜色的情诗,
一只一只是写给她的,
像三年前他写给我的一样。
也许人人都是一样!
也许情诗再过三年他又写给另外一个姑娘!

二

昨夜他又写了一只诗,
我也写了一只诗,
他是写给他新的情人的,
我是写给我悲哀的心的。

---

[1] 此组诗创作于 1936 年夏。

三

爱情的账目,
要到失恋的时候才算的,
算也总是不够本的。

四

已经不爱我了吧!
尚与我日日争吵,
我的心潮破碎了,
他分明知道,
他又在我浸着毒一般痛苦的心上
时时踢打。

五

往日的爱人,
为我遮蔽暴风雨,
而今他变成暴风雨了!
让我怎样来抵抗?

敌人的攻击,

爱人的伤悼。

六

他又去公园了,

我说:

"我也去吧!"

"你去做什么?"他自己走了。

他给他新的情人的诗说:

"有谁不爱个鸟儿似的姑娘!"

"有谁忍拒绝少女红唇的苦!"

我不是少女,我没有红唇了。

我穿的是从厨房带来油污的衣裳。

为生活而流浪,

我更没有少女美的心肠。

他独自走了,

他独自去享受黄昏时公园里美丽的时光,

我在家里等待着,

等待明朝再去煮米熬汤。

七

我幼时有个暴虐的父亲,
他和我的父亲一样了!
父亲是我的敌人,
而他不是,
我又怎样来对待他呢?
他说他是我同一战线上的伙伴。

八

我没有家,
我连家乡都没有,
更失去朋友,
只有一个他,
而今他又对我取着这般态度。

九

泪到眼边流回去,
流着回去浸食我的心吧!

哭又有什么用！
他的心中既不放着我，
哭也是无足轻重。

十

近来时时想要哭了，
但没有一个适当的地方：
坐在床上哭，怕是他看到；
跑到厨房里去哭，
怕是邻居看到；
在街头哭，
那些陌生的人更会哗笑。
人间对我都是无情了。

十一

说什么爱情！
说什么受难者共同走尽患难的路程！
都成了昨夜的梦，
昨夜的明灯。

拜墓[1]

The Remembrance of Lu Xun

跟着别人的脚迹,
我走进了墓地,
又跟着别人的脚迹,
来到了你的墓边。

那天是个半阴的天气,
你死后我第一次来拜访你。

我就在你的墓边竖了一株小小的花草,
但,并不是用以招吊你的亡灵,
只是说一声:久违。

我们踏着墓畔的小草,
听着附近的石匠钻刻着墓石,
或是碑文的声音。

---

[1] 署名萧红,于1937年4月23日在上海《大公报》副刊《文艺》上发表,为悼念鲁迅所作。

那一刻，
胸中的肺叶跳跃起来，
我哭着你，
不是哭你，
而是哭着正义。

你的死，
总觉得是带走了正义，
虽然正义并不能被人带走。

我们走出了墓门，
那送着我们的仍是铁钻击打着石头的声音，
我不敢去问那石匠，
将来他为着你将刻成怎样的碑文？

信件
letters

193

206

致萧军

To Xiao Jun

1936 年 7 月 18 日

君先生：

　　海上的颜色已经变成黑蓝了，我站在船尾，我望着海，我想：这若是我一个人怎敢渡过这样的大海！

　　这是黄昏以后我才给你写信，舱底的空气并不好，所以船开没有多久我时时就好像要呕吐，虽然吃了多量的胃粉。

　　现在船停在长崎了，我打算下去玩玩。昨天的信并没写完就停下了。

　　到东京再写信吧！

　　祝好！

莹[1]

七月十八日

---

1 萧红原名张廼莹，故简称莹。

1936年10月24日

军：

关于周先生[1]的死，二十一日的报上，我就渺渺茫茫知道一点，但我不相信自己是对的，我跑去问了那唯一的熟人，她说："你是不懂日本文的，你看错了。"我很希望我是看错，所以很安心的回来了，虽然去的时候是流着眼泪。

昨夜，我是不能不哭了。我看到一张中国报上清清楚楚登着他的照片，而且是那么痛苦的一刻。可惜我的哭声不能和你们的哭声混在一道。

现在他已经是离开我们五天了，不知现在他睡到那里去了？虽然在三个月前向他告别的时候，他是坐在藤椅上，而且说："每到码头，就有验病的上来，不要怕，中国人就专会吓呼中国人，茶房就会说：验病的来啦！来啦！……"

我等着你的信来。

可怕的是许女士[2]的悲痛，想个法子，好好安慰着她，最好是使她不要静下来，多多的和她来往。过了这一个最难忍的痛苦的初期，以后总是比开头容易平

---

1 指鲁迅。
2 指鲁迅的夫人许广平。

伏下来。还有那孩子[1]，我真不能够想像了。我想一步踏了回来，这想像的时间，在一个完全孤独了的人是多么可怕！

最后你替我去送一个花圈或是什么。

告诉许女士：看在孩子的面上，不要太多哭。

红
十月廿四日

1936 年 11 月 19 日

均：

因为夜里发烧，一个月来，就是嘴唇，这一块那一块的破着，精神也烦躁得很，所以一直把工作停了下来。想了些无用的和辽远的想头。文章一时寄不去。

买了三张画，东墙上一张南墙上一张北墙上一张，一张是一男一女在长廊上相会，廊口处站着一个弹琴的女人。还有一张是关于战争的，在一个破屋子里把花瓶打碎了，因为喝了酒，军人穿着绿裤子就跳舞，

---

[1] 指鲁迅与许广平之子周海婴。

我最喜欢的是第三张，一个小孩睡在檐下了，在椅子上，靠着软枕。旁边来了的，大概是她的母亲，在栅栏外肩着大镰刀的大概是她的父亲。那檐下方块石头的廊道，那远处微红的晚天，那茅草的屋檐，檐下开着的格窗，那孩子双双的垂着的两条小腿。真是好，不瞒你说，因为看到了那女孩好像看到了我自己似的，我小的时候就是那样，所以我很爱她。

投主称王，这是要费一些心思的，但也不必太费，反正自己最重要的是工作——为大体着想，也是工作。聚合能工作一方面的，有个团体，力量可能充足，我想主要的特色是在人上，自己来罢，投什么主，谁配作主？去他妈的。说到这里，不能不伤心，我们的老将去了还不几天啊！

关于周先生的全集，能不能很快的集起来呢？我想中国人集中国人的文章总比日本集他的方便，这里，在十一月里他的全集就要出版，这真可佩服。我想找胡[1]、聂[2]、黄[3]等诸人，立刻就商量起来。

《商市街》被人家喜欢，也很感谢。

---

1 指胡风（1902—1985），抗战全面爆发后，主编文学期刊《七月》。
2 指聂绀弩（1903—1986），中国现代散文家、诗人。
3 指黄源（1906—2003），俄语和日语翻译家，鲁迅的学生。

莉[1]有信来，孩子死了，那孩子的命不大好，活着尽生病。

这里没有书看，有时候自己很生气。看看《水浒》吧！看着看着就睡着了，夜半里的头痛和恶梦对于我是非常坏。前夜就是那样醒来的，而不敢再睡了。

我的那瓶红色酒，到现在还是多半瓶，前天我偶然借了房东的锅子烧了点菜，就在火盆上烧的（对了，我还没告诉你，我已经买了火盆，前天是星期日，我来试试）。小桌子，摆好了，但吃起来不是滋味，于是反受了感触，我虽不是什么多情的人，但也有些感触，于是把房东的孩子唤来，对面吃了。

地震，真是骇人，小的没有什么，上次震得可不小，两三分钟，房子格格的响着，表在墙上摇着。天还未明，我开了灯，也被震灭了，我懵里懵中的穿着短衣裳跑下楼去，房东也起来了，他们好像要逃的样子，隔壁的老太婆叫唤着我，开着门，人却没有应声，等她看到我是在楼下，大家大笑了一场。

纸烟向来不抽了，可是近几天忽然又挂在嘴上。

胃很好，很能吃，就好像我们在顶穷的时候那样，

---

[1] 指白朗（1912—1994），原名刘东兰，中国现代小说家，东北作家群代表作家之一。

就连块面包皮也是喜欢的，点心之类，不敢买，买了就放不下。也许因为日本饭没有油水的关系，早饭一毛钱，晚饭两毛钱，中午两片面包一瓶牛奶。

越能吃，我越节制着它，我想胃病好了也就是这原因。但是闲饥难忍，这是不错。但就把自己布置到这里了，精神上的不能忍也忍了下去，何况这一个饥呢？

又收到了五十元的汇票，不少了。你的费用也不小，再有钱就留下你用吧，明年一月末，照预算是够的。

前些日子，总梦想着今冬要去滑冰，这里的别的东西都贵，只有滑冰鞋又好又便宜，旧货店门口，挂着的崭新的，简直看不出是旧货，鞋和刀子都好，十一元。还有八九元的也好。但滑冰场一点钟的门票五角。还离得很远，车钱不算，我合计一下，这干不得。我又打算随时买一点旧画，中国是没处买的，一方面留着带回国去，一方面围着火盆来看一看，消消寂寞。

均：你是还没过过这样的生活，和蛹一样，自己被卷在茧里去了。希望固然有，目的也固然有，但是都那么远和那么大。人尽靠着远的和大的来生活是不行的，虽然生活是为着将来而不是为着现在。

窗上洒满着白月的当儿，我愿意关了灯，坐下来沉默一些时候，就在这沉默中，忽然像有警钟似的来到我的心上："这不就是我的黄金时代吗？此刻。"于是我摸着桌布，回身摸着藤椅的边沿，而后把手举到面前，模模糊糊的，但确认定这是自己的手，而后再看到那单细的窗棂上去。是的，自己就在日本。自由和舒适，平静和安闲，经济一点也不压迫，这真是黄金时代，但又是多么寂寞的黄金时代呀！

别人的黄金时代是舒展着翅膀过的，而我的黄金时代，是在笼子过的。从此我又想到了别的，什么事来到我这里就不对了，也不是时候了。对于自己的平安，显然是有些不惯，所以又爱这平安，又怕这平安。

均：上面又写了一些怕又引起你误解的一些话，因为一向你看得我很弱。

前天我还给奇一信。这信就给她看看吧！

许君处，替我问候。

吟[1]

十一月十九日

---

[1] 萧红笔名悄吟。

1936 年 11 月 24 日

三郎[1]:

我忽然间想起来了,姚克[2]不是在电影方面活动吗?那个《弃儿》的脚本,我想一想很够一个影戏的格式,不好再修改和整理一下给他去上演吗?得进一步,就进一步,除开文章的领域,再另外抓到一个启发人们灵魂的境界。况且在现时代影戏也是一大部分传达情感的好工具。

这里,明天我去听一个日本人的讲演,是一个政治上的命题。我已经买了票,五角钱,听两次,下一次还有郁达夫,听一听试试。

近两天来,头痛了多次,有药吃,也总不要紧,但心情不好,这也没什么,过两天就好了。

《桥》[3]也出版了?那么《绿叶的故事》[4]也出版了吧?关于这两本书我的兴味都不高。

现在我所高兴的就是日文进步很快,一本《文学

---

[1] 萧军的笔名。
[2] 姚克(1905—1991),原名姚志伊、姚莘农,笔名姚克,翻译家、剧作家。
[3] 萧红的散文、短篇小说集,署名悄吟。
[4] 萧军的诗歌、散文合集。

案内》翻来翻去，读懂了一些。是不错，大半都懂了，两个多月的工夫，这成绩，在我就很知足了。倒是日语容易得很，别国的文字，读上两年也没有这成绩。

许的信，还没写，不知道说什么好，我怕目的是想安慰她，相反的，又要引起她的悲哀来。你见着她家的那两个老娘姨也说我问她们好。

你一定要去买一个软一点的枕头，否则使我不放心，因为我一睡到这枕头上，我就想起来了，很硬，头痛与枕头大有关系。

黑人现在怎么样？

我对于绘画总是很有趣味，我想将来我一定要在那上面用功夫的。我有一个到法国去研究画的欲望，听人说，一个月只要一百元。我这个地方也要五十元的。况且在法国可以随时找点工作。

现在我随时记下来一些短句，我不寄给你，打算寄给河清，因为你一看，就非成了"寂寂寞寞"不可，生人看看，或者有点新的趣味。

到墓地去烧刊物，这真是"洋迷信"，"洋乡愚"，说来又伤心，写好的原稿也烧去让他改改，回头再发表吧！烧刊物虽愚蠢，但情感是深刻的。

这又是深夜，并且躺着写信。现在不到十二点，我是睡不下的,不怪说,作了"太太"就愚蠢了,从此看来,大半是愚蠢的。

祝好。

荣子[1]

十一月廿四日

1936 年 12 月 31 日

军:

你亦人也,吾亦人也,你则健康,我则多病,常兴健牛与病驴之感,故每暗中惭愧。

现在头亦不痛,脚亦不痛,勿劳念念耳。

专此

年禧

莹

十二月末日

---

1 萧红乳名为荣华。

1937年5月4日

军：

昨天又寄一信，我总觉我的信都寄得那么慢，不然为什么已经这些天了还没能知道一点你的消息？其实是我个人性急而不推想一下邮便所必须费去的日子。

连这封信，是第四封了。我想那时候我真是为别离所慌乱了，不然为什么写错了一个号数？就连昨天寄的这信，也写的是那个错的号数，不知可能不丢么？

我虽写信并不写什么痛苦的字眼，说话也尽是欢快的话语，但我的心就像被浸在毒汁里那么黑暗，浸得久了，或者我的心会被淹死的，我知道这是不对，我时时在批判着自己，但这是情感，我批判不了。我知道炎暑是并不长久的，过了炎暑大概就可以来了秋凉。但明明是知道，明明又做不到。正在口渴的那一刻，觉得口渴那个真理，就是世界上顶高的真理。

既然那样我看你还是搬个家的好。

关于珂，我主张既然能够去江西，还是去江西的好，我们的生活还没有一定，他也跟着跑来跑去，还不如让他去安定一个时期，或者上冬，我们有一定了，再让他来，年青人吃点苦好，总比有苦留着后来吃强。

昨天我又去找周家一次，这次是宣武门外的那个桥，达智桥，二十五号也找到了，巧得很，也是个粮米店，并没有任何住户。

这几天我又恢复了夜里害怕的毛病，并且在梦中常常生起死的那个观念。

痛苦的人生啊！服毒的人生啊！

我常常怀疑自己或者我怕是忍耐不住了吧？我的神经或者比丝线还细了吧？

我是多么替自己避免着这种想头，但还有比正在经验着的还更真切的吗？我现在就正在经验着。

我哭，我也是不能哭。不允许我哭，失掉了哭的自由了。我不知为什么把自己弄得这样，连精神都给自己上了枷锁了。

这回的心情还不比去日本的心情，什么能救了我呀！上帝！什么能救救我呀！我一定要用那只曾经把我建设起来的那只手把自己来打碎吗？

祝好！

荣子

五月四日晚

所有我们的书，若有精装，请各寄一本来。

更好的阅读

特约监制　潘　良　于　北
产品经理　胡马丽花
特约编辑　郑晓娟
营销支持　金　颖　黄筱萌　黑　皮

关注我们

官方微博：@文治图书
官方豆瓣：文治图书
联系我们：wenzhibooks@xiron.net.cn

文治
© wénzhì books

更好的阅读

女性与小说

[英]弗吉尼亚·伍尔夫 / 著

袁宁 / 译

江苏凤凰文艺出版社

图书在版编目（CIP）数据

女性与小说 /（英）弗吉尼亚·伍尔夫
(Virginia Woolf) 著；袤宁译. —— 南京：江
苏凤凰文艺出版社，2023.5
（企鹅女性经典. 第一辑）
ISBN 978-7-5594-7356-1

Ⅰ. ①女… Ⅱ. ①弗… ②袤… Ⅲ. ①英国文学－现代文学－作品综合集 Ⅳ. ① I561.15

中国版本图书馆CIP数据核字（2022）第230894号

本书仅限中国大陆地区发行销售

"企鹅"及其相关标识是企鹅兰登已经注册或尚未注册的商标。未经允许，不得擅用。
凡无企鹅防伪标识者均属未经授权之非法版本。

女性与小说

[英] 弗吉尼亚·伍尔夫 著　袤宁 译

责任编辑　周颖若
特约编辑　郑晓娟
装帧设计　索　迪
出版发行　江苏凤凰文艺出版社
　　　　　南京市中央路165号，邮编：210009
网　　址　http://www.jswenyi.com
印　　刷　三河市中晟雅豪印务有限公司
开　　本　700mm×980mm　1/32
印　　张　5.625
字　　数　95千字
版　　次　2023年5月第1版 2023年5月第1次印刷
书　　号　ISBN 978-7-5594-7356-1
定　　价　238.00元（全8册）

江苏凤凰文艺版图书凡印刷、装订错误可随时向承印厂调换

目录

关于弗吉尼亚·伍尔夫　　　　　　　　I

小说
墙上的斑点　　　　　　　　　　　　3
未完成的小说　　　　　　　　　　　16
鬼屋　　　　　　　　　　　　　　　36
寡妇和鹦鹉　　　　　　　　　　　　40
幸福　　　　　　　　　　　　　　　54
杂种狗吉普西　　　　　　　　　　　60

杂文

如何读书? 77
太阳和鱼 98
女性与小说 107
女性的职业 120

日记

1917 年 10 月 9 日 133
1917 年 10 月 10 日 134
1917 年 10 月 11 日 135
1922 年 12 月 15 日 135
1927 年 3 月 21 日 137
1927 年 5 月 1 日 138
1927 年 6 月 22 日 138
1927 年 6 月 30 日 139
1927 年 10 月 22 日 144
1928 年 2 月 18 日 145
1929 年 3 月 28 日 146
1929 年 5 月 12 日 148
1929 年 8 月 19 日 148
1931 年 1 月 20 日 149

信件

1917 年 4 月 14 日	*154*
1917 年 4 月 26 日	*156*
1926 年 1 月 26 日	*160*
1929 年 2 月 4 日	*165*

关于弗吉尼亚·伍尔夫
About Virginia Woolf

1912   弗吉尼亚·斯蒂芬与伦纳德·伍尔夫登记结婚。

1917   在寄给罗伯特·塞西尔夫人和瓦妮莎·贝尔的信中,伍尔夫提到他们夫妇二人买了印刷机,准备成立出版社,即后来的霍加斯出版社。霍加斯出版社出版的第一部作品为《两个故事》(*Two Stories*),其中收录了两篇短篇小说,分别是弗吉尼亚·伍尔夫的作品《墙上的斑点》和伦纳德·伍尔夫的作品《三个犹太人》(*Three Jews*)。该出版社后来还出版了凯瑟琳·曼斯菲尔德等人的作品。在10月9日、10日、11日的日记中,伍尔夫记录了出版曼斯菲尔德的小说《序曲》时的心情和幕后故事。

致罗伯特·塞西尔夫人信——4月   154

	致瓦妮莎·贝尔信——4月	156
	《墙上的斑点》	3
	日记——10月	133

1920　　7月，《未完成的小说》发表于《伦敦水星报》(*London Mercury*)。

《未完成的小说》　　16

1921　　4月，短篇小说集《星期一或星期二》出版，收录《墙上的斑点》《未完成的小说》《鬼屋》等作品。

《鬼屋》　　36

1922　　伍尔夫接受两个外甥的邀稿，为报纸创作儿童故事《寡妇和鹦鹉》。10月，小说《雅各的房间》出版。在12月15日的日记中，伍尔夫记录这本书受到读者的好评。

《寡妇和鹦鹉》　　40

日记——12月　　135

1925　　创作作品《幸福》。5月，小说《达洛维夫人》出版。

《幸福》 54

1926

在 1 月 26 日寄给薇塔·萨克维尔-韦斯特的信中,伍尔夫记录了《到灯塔去》的创作过程。1 月 30 日,伍尔夫在肯特郡的一所学校发表了名为《如何读书?》的演讲。10 月,她将演讲稿进行润色和修改,于《耶鲁评论》发表。

致薇塔·萨克维尔-韦斯特
信——1 月 160
《如何读书?》 77

1927

在 3 月 21 日、5 月 1 日、6 月 22 日的日记中,伍尔夫记录了自己写作、书籍出版等阶段的心路历程。6 月 30 日的日记记录了日食景象。10 月 22 日的日记记录了《奥兰多》的创作背景。

日记——3 月、5 月、6 月、10 月 137

1928

2 月 3 日,《太阳和鱼》发表于英国政治和文学评论周刊《时代与潮流》，记录了去年发生在伦敦的日全食。2月18日的日记，记载了伍尔夫创作《女性与小说》的过程。10月，伍尔夫在剑桥大学发表名为《女性与小说》的演讲。

《太阳和鱼》 *98*

《女性与小说》 *107*

1929

2月，在寄给薇塔·萨克维尔-韦斯特的信中，伍尔夫表达了对薇塔的思念，并且向其抱怨创作的痛苦。在3月28日、5月12日、8月19日的日记中，伍尔夫记录了其不断修改《女性与小说》的过程。9月，基于演讲稿《女性与小说》而扩充的图书改名为《一间自己的房间》出版。

致薇塔·萨克维尔-韦斯特

信——2月 *165*

日记——3月、5月、8月 *146*

1931

在1月20日的日记中，伍尔夫表示自己要创作《一间自己的房间》的续篇，书名可能为《女性的职业》。1月21日，在女性服务协会发表名为《女性的职业》的演讲。

《女性的职业》   120

1940   创作短篇《杂种狗吉普西》。

《杂种狗吉普西》   60

小说

Short stories

墙上的斑点[1]

The Mark on the Wall

我第一次抬头看到墙上那个斑点大概是在今年一月中旬。要想确认具体的日子,就得想想我当时看到了什么。此刻,我想到了火:黄澄澄的光稳稳地照在我的书页上,壁炉台上的圆玻璃缸中浮着三朵菊花。没错,一定是在冬天,我们刚喝完茶,因为我记得自己正在抽烟。就在那时,我抬头第一次看到了墙上那个斑点。我透过香烟的烟雾望去,目光在燃烧的热炭上停留了片刻,脑海中浮现出一面深红色旗帜在城堡塔楼上猎猎飘扬的旧梦,我想起红衣骑士的马队跃上黑岩的一侧。令我如释重负的是,那斑点打断了我的幻想,因为那是一个旧梦,一种无意识的幻想,可能孩提时就有了。那是一个黑色的小圆点,衬着雪白的

---

[1] 收录于霍加斯出版社于1917年7月出版的第一部作品《两个故事》。(如无特殊说明,本书脚注均为译者注。)

墙壁,在壁炉台上方六七英寸[1]处。

我们的思绪太容易涌向一个新事物了,就像蚂蚁欣喜若狂地抬起一根稻草,抬了一小段路,随后又丢开……如果那个斑点是钉子留下来的痕迹,那挂的一定不是一幅风景画,而是一幅小画像——一位贵妇人的小画像,她的鬈发上扑着白粉,脸颊上涂着胭脂,嘴唇好似红色康乃馨。那当然是一幅赝品,因为这房子的上一任主人就会选那样的画——旧画配旧屋。他们就是那样的人——很有意思的人,我经常在这些奇奇怪怪的方面想起他们,因为再也见不到他们,也永远不知道他们后来怎么样了。他们搬离这幢房子是因为想换一种家具风格,他是这么说的。就在他正准备讲述他觉得艺术品背后应蕴含思想时,我们分开了。那种分别的感觉就像坐在火车里与郊区别墅后花园中一位正准备沏茶的老太太、一个正要击打网球的年轻男子匆匆擦身而过一样。

不过,我不确定那个斑点是什么,反正我不相信是钉子造成的。要是那样的话,它也太大、太圆了。我可以起身,但我即使起身去看,十有八九也说不清

---

[1] 1英寸合2.54厘米。

那是什么,因为事情一旦结束,就没人知道它是怎么发生的了。啊!天哪,生命多么神秘,思想多么凌乱,人类多么无知!要展示我们有多么无法掌控自己所拥有的东西——相较于我们的文明,我们的生活是多么偶然的一件事——让我列举一下我这一生失去的一些东西。先是那三个装有装订工具的浅蓝色罐子,那似乎一直是遗失物品中最神秘的——总不会被猫咬了、被老鼠啃了吧?!还有鸟笼、铁箍、溜冰鞋上的钢制冰刀、安妮女王时代[1]的煤斗、巴格代拉桌球戏台[2]、手摇风琴——全都不见了,珠宝也都不见了。蛋白石和绿松石,它们散落在芜菁的根部。这样的失去多么令人痛苦啊!神奇的是,此刻我的背上披着衣服,周围是结实的家具。唉,如果要将人生比作什么,那一定像是一个人以每小时五十英里[3]的速度从地铁中被抛出——抵达另一端时,头发上一个发夹都不剩了!赤条条地蹿到上帝的脚下!在开满常春花[4]的草地上翻着跟头,就像邮局里的牛皮纸包裹被丢进运输管道[5]一

---

[1] 安妮·斯图亚特(1665—1714),斯图亚特王朝最后一位统治者。
[2] 球台一端呈半圆形,有九个穴。
[3] 1英里约合1.61千米。
[4] 在古希腊神话中,常春花是天堂乐园中四季常开、形似水仙的花。
[5] 19世纪,英国建立城市管道邮政系统,以气力管道运送邮件及包裹。

样!头发像赛马的尾巴那般向后飞扬。是的,这似乎表达出了生命的迅疾,无休无止的消磨和弥补。一切都那么随意,一切都那么偶然……

那来世呢。轻轻拽倒粗壮的绿茎,花萼翻转过来,紫色和红色的光泽扑面而来。说到底,为什么一个人会出生在这里,而不在别处,无可奈何,无言以对,无法聚焦视线,要在草根和巨人的脚趾间摸索呢?至于什么是树,什么是男人和女人,或者这些东西是否存在,再花上五十来年也是搞不清楚的。一切都将湮灭,只剩下光明和黑暗的空间,被粗壮的茎秆分割,而在更高的地方,也许还有颜色朦胧的玫瑰状斑点——淡淡的粉色与蓝色——随着时间的推移,将变得更加明晰,变成——我不知道的东西……

但墙上那个斑点根本不是一个洞。它甚至可能是由某种黑色圆形物体沾上的,比如夏天遗留下来的一小片玫瑰花瓣,而我又不是一个特别仔细的主妇——举个例子,看看壁炉台上的积灰就明白了,据说就是这样的灰尘将特洛伊埋了三层,相信只有瓦罐的碎片无法完全被毁灭。

窗外的树轻轻敲打着玻璃……我想安静从容、无拘无束地思考,永远不被打扰,永远不必从椅子上起身,自在地从一件事想到另一件事,不会有任何抵制或阻碍的感觉。我想越发深入地思考,远离表层确凿零散的事实。为了让自己沉静下来,就让我抓住闪过的第一个念头……莎士比亚……好吧,他或别人都行。那个人一动不动地坐在扶手椅上,盯着炉火,于是——无数想法从某个高高在上的天堂向他的脑海不断倾泻。他用手撑着前额,人们从敞开的门往里探看——假设这一幕发生在某个夏夜——可这虚构的历史多么无聊啊!一点都没勾起我的兴趣。我希望能碰巧找到一个愉快的思路,而这个思路又能让我间接获得一些赞赏,因为那些才是最令人愉快的想法,就连真心不喜听人赞美自己的谦虚之人也常常这么想。这些想法不是直白的自我夸耀,这正是其美妙之处。这些想法是这样的:

"然后,我走进房间。他们正在讨论植物学。我说我曾看到金斯威一座老宅旧址的尘土堆中长出一朵花。我说,那种子一定是在查理一世[1]统治时期播下的。查理一世统治时期会种什么花?"我问道(但我不记得答案了)。也许是带着紫穗的高大花卉。于是便这样继

---

[1] 查理一世(1600—1649),斯图亚特王朝第十位统治者,英国历史上唯一一个也是欧洲历史上第一个被公开处决的国王。

续想下去。我一直在脑海中装扮着自己的形象,深情而低调,没有公开表露自赏,因为要是那么做了,我会自惭形秽,立刻伸手拿本书来掩饰自己。说来确实奇怪,一个人会非常本能地保护自己的形象,使之不受盲目崇拜或遭到其他形式的对待,以免形象变得可笑,或与本来面貌相去甚远而使人再也无法相信。抑或这说到底也没那么奇怪?这个问题十分重要。假如镜子碎了,形象消失了,那个森林般浓绿的浪漫形象也不复存在了,人们只能看到一个人的躯壳——那将是一个多么沉闷而浅薄、单调而突兀的世界啊!一个不适合生活的世界。当我们在公共马车[1]和地铁里面面相对时,我们是在照镜子,这解释了为什么我们的眼神茫然而呆滞。未来的小说家将愈加明白这些想法的重要性,因为想法自然不止一个,而是无穷无尽的。他们将深入探索,追逐幻影,越来越将现实描写剥离他们的故事,却自以为了解现实,就像希腊人那样,或许莎士比亚也是这样的——但这些概括毫无意义。光听"概括"这个词一板一眼的音调就让人受不了。它让人想起社论、内阁大臣,想起一整套东西——在

---

[1] 1829年,乔治·希利比尔在伦敦制造出第一辆公共马车(ominibus)。

孩童时期，人们想到这一切，会认为这是标准而真实的东西，谁都不得违反，不然会承受难以形容的惩罚。不知怎的，"概括"让人想起伦敦的星期日，星期日午后的散步，星期日的午餐，以及亡者的说话方式、衣着和习惯——比如人家在一间房间一起坐到某个钟点的习惯，哪怕谁都不喜欢。曾经，凡事都有规矩。在那个特定的年代，桌布的规矩就是它们应当用绣着黄色小方格子的绒绣制成，就跟你在照片上看到的皇宫走廊的地毯一样。其他式样的桌布算不上真正的桌布。当人们发现这些真实的东西，星期日的午餐、星期日的散步、乡间宅邸和桌布，并非全然真实，其实是半真半假的，而不信奉它们的人所遭受的惩罚不过是一种打破规则的自由感觉，那将是多么令人震惊，又多么令人高兴啊！我好奇现在是什么取代了那些东西，那些真实而标准的东西？也许是男人取代了那些东西，如果你是一个女人的话。男性的观点主宰了我们的生活，建立了标准，制定了惠特克尊卑序列表；我猜自大战以来，它已成为很多男女的噩梦；人们希望它很快会与鬼怪、红木餐柜、兰西尔[1]版画、神魔、地

---

1 埃德温·亨利·兰西尔爵士（1802—1873），英国画家和雕塑家，尤擅马、狗、鹿等动物形象，伦敦特拉法加广场纳尔逊纪念碑底座的狮子像是其著名的雕塑作品。

狱等事物一样受到耻笑，遭人丢弃，让我们都体会到一种打破规则欣喜不已的自由感觉——如果自由存在的话……

在特定的光线下，墙上的那个斑点倒像是从墙里凸出来的。它不是正圆形的。我不能确定，但它似乎投下一个浅浅的影子，感觉要是我用手指顺着那块墙摸下去，在某个地方能摸到一个起伏的小墓冢——一个光滑的墓冢，就像南部丘陵[1]的古冢。据说，它们要么是坟墓，要么是营地。在这两者之中，我宁愿它们是坟墓。我跟大多数英国人一样喜爱忧郁，觉得散完步想想草皮下埋着的枯骨倒也自然……一定有关于这方面的书。一定有古董商曾挖出那些枯骨，为它们起名字……我好奇古董商是什么样的人？我猜大部分是退役的上校，领着一群上了年纪的工人爬到上面，检查土块和石块，并与附近的牧师互通信件。牧师在早餐时拆开信件，感觉自己颇为重要。为了比较不同的箭镞，还要跨乡远行至郡县首府，这对牧师及其老伴儿而言是一桩责无旁贷的乐事。他们的老伴儿还想着要做梅子酱或打扫书房，且非常希望那个是营地还是

---

[1] 英格兰南部有一系列低矮丘陵，从汉普郡东部一直延伸到萨塞克斯郡东部。

坟墓的重大问题永远得不到解决。而在收集问题两方证据时，上校本人则是随缘自如的态度。事实上，他最后的确更相信是营地。遭到反对后，他还写了一本小册子，准备在当地协会的季度会议上宣读。就在此时，他中风病倒，他最后的清醒念头无关妻子或孩子，而是关于营地和那里的箭镞。箭镞现已被收藏在当地博物馆的匣子里，放在一起的还有女杀人犯的脚、一把伊丽莎白时代的钉子、一大堆都铎时代的陶土烟斗、一件罗马时代的陶器和一个纳尔逊[1]用过的酒杯——我真不知道这证明了什么。

不，不，什么都没证明，什么都无法确知。如果我此刻起身，弄清楚墙上的斑点果真是——该怎么说呢——一颗两百年前被钉进墙里的巨大旧钉子的帽钉，经一代又一代女佣的耐心擦拭，如今顶开墙漆露出了头，在一间四面白墙、燃着壁炉的房间里第一次瞧见现代生活，我又能得到什么呢？——知识？深入思考的素材？无论是静坐还是站立，我都能思考。什么是知识？我们的学者除了是蹲在山洞和树林里酿制草药、盘问地鼠、研究占星术的巫师和隐士的后代，还

---

1 霍雷肖·纳尔逊（1758—1805），英国著名海军将领和军事家。

能是什么呢?当我们迷信的东西越来越少,我们对他们的崇敬就越来越少,对美和健康心灵也就越来越看重……是的,人们可以想象一个非常美好的世界。一个安宁而广阔的世界,鲜红和湛蓝的花朵在旷野上盛放。一个没有教授、专家或貌似警察的管家的世界。一个任思想自由驰骋的世界,就像鱼儿用鳍破水遨游那般,轻轻拂过睡莲的根茎,在盛有白色海鸟蛋的巢上腾空跃起……稳稳地立于世界的中心,透过灰暗的海水、若隐若现的光线和倒影仰头张望,这里多么安宁啊——要是没有《惠特克年鉴》[1]就好了——要是没有惠特克尊卑序列表就好了!

我一定要跳起来,亲眼看看墙上那个斑点到底是什么——是一颗钉子、一片玫瑰花瓣,还是木头上的一道裂痕?

这时,大自然又玩起她那自我保护的老把戏了。她意识到,这个思路只是在白白浪费精力,甚至会与现实发生一些冲突,因为谁能对惠特克尊卑序列表指手画脚呢?坎特伯雷大主教后面是大法官,大法官后面是约克大主教。每一个人都跟在另一个人后面,这

---

[1] 《惠特克年鉴》由约瑟夫·惠特克(1820—1895)于1868年创办,被誉为英国最好的年鉴。

就是惠特克的哲学，重要的是知道谁跟在谁后面。惠特克一清二楚，所以大自然给你忠告，要从中获得安慰，而不要为此感到愤怒。如果你无法获得安慰，如果你非要打破这一刻的平静，那就想想墙上的斑点吧。

我了解大自然的把戏——她怂恿人们采取行动，终结一切可能引起兴奋或痛苦的思想。我想，正因为这样，我们才会有些瞧不上实干家——我们认为这类人不喜思考。不过，看看墙上的斑点，以此结束不愉快的思考，倒也没什么坏处。

说真的，因为紧盯着它瞧，我感觉自己仿佛在汪洋中抓住了一块木板，那种逼真感将两位大主教和大法官一并逐入黑暗的阴影，真叫我感到畅快。这是一种具体而真实的感觉。就像人们从午夜梦魇中惊醒，急急忙忙开灯，静静地躺着，赞颂着五屉柜，赞颂着坚实之物，赞颂着现实，赞颂着这个证明除了我们还有其他东西存在的客观世界。那就是人们渴望确认的事……木头是一种让人想到就高兴的东西。它来自一棵树，树木会生长，而我们不知道它们是如何生长的。它们在草地上、森林里、溪流边——人们都爱这么想——年复一年地生长着，对我们毫不理睬。炎热的午后，奶牛在树下"嗖嗖"地甩着尾巴。树木将河流染成浓绿，以至于当一只红松鸡扎进水里再浮出水面时，人们以为它全身的羽毛都会变绿。我喜欢想象鱼儿在溪流中保持平衡，就像迎风飘扬的旗帜；还有那水甲虫，在河床上慢慢垒起一座座圆顶土丘。我喜欢想象一棵树自身：首先是木头本身紧实、干燥的质感，然后是迎接暴风雨的摧残，还有树液缓慢而芬芳地渗透出来。我还喜欢想象这棵树在冬日的夜晚屹立在空旷的田野上，所有叶子紧紧卷起，在月辉的冷酷"射击"下不暴露任何脆弱，仿佛一根光秃秃的桅杆，矗立在整夜翻转不息的大地上。六月里，鸟儿的歌声听起来一定十分喧闹而奇怪。昆虫在皱巴巴的树皮上吃力地攀爬，或在树叶搭成的纤薄绿凉棚上晒太阳，钻石般的红眼睛直勾勾地盯着前方，那时它们踩在树上的脚该有多冷啊……大地寒气凛冽，木纤维在寒意的催逼下一根一根断裂。最后一场暴风雨袭来，树木倒下，最高处的枝丫再次深埋地下。即便如此，一棵树的生命也尚未结束。这棵树仍有无数坚忍而清醒的生命散落于世界各地：在卧室里，在船上，在人行道上，或成为房间的护墙板，男男女女喝完茶后就坐在这些地方抽烟。这棵树让人产生安宁而快乐的联想。我很乐意一个一个思考——却遇到了一些阻碍……我想到哪儿了?这到底是怎么回事?一棵树?一条河?南部丘陵?《惠特克年鉴》?常春花盛放的田野?我什么都记不得了。一切都在移动,在崩塌,在坠落,在消失……一切都陷入巨大的震荡之中。有人站在我身旁说话——

"我要出门买份报纸。"

"哦?"

"但买报纸也没什么用……没有任何新闻。该死的战争,让战争见鬼去吧!……尽管如此,我不明白我们的墙上怎么会有一只蜗牛。"

啊,墙上的斑点!竟是一只蜗牛。

未完成的小说[1]

An Unwritten Novel

那种忧郁的表情足以让人将目光从报纸边缘滑向那个可怜女人的脸上——那张脸没那种表情就显得不值一提,有那种表情倒几乎成了人类命运的象征。人生就是你在人们眼中看到的东西,人生就是人们发现的东西。发现之后,人们即便试图隐藏,也永远不会忘记——什么?人生仿佛就是那么一回事。对面有五张脸——五张成熟的脸——每张脸都明白这个道理。可奇怪的是,人们总想隐藏起来!那些脸上都有沉默的痕迹:紧闭双唇,遮住双眼,五个人都做着什么事来隐藏或抹除自己明白的道理。一个吸着烟,一个读着书,第三个人核对着笔记本上的账目,第四个人盯着对面裱起来的铁路图,而第五个人——第五个人的

---

[1] 创作于 1920 年初,1920 年 7 月发表于《伦敦水星报》,收录于霍加斯出版社于 1921 年出版的短篇小说集《星期一或星期二》。

可怕之处在于她什么也没做。她在思考人生。啊，可怜而不幸的女人啊，请加入这场游戏吧——为了我们所有人，藏起你明白的道理吧！

她仿佛听到了我的想法，抬起头来，在座位上微微挪动了一下，又叹了口气。她像在道歉，又像在对我说："要是你明白就好了！"接着，她又去思考人生了。"其实我明白。"我在内心深处默默回答，出于礼貌瞥了一眼《泰晤士报》。"我什么都知道。'德国和同盟国昨日在巴黎正式缔结和平——意大利总理尼蒂先生——一列客运火车与一列货运火车在唐卡斯特相撞……'我们都知道——《泰晤士报》上应有尽有——我们只是假装自己不知道。"我的目光再次悄悄越过报纸边缘看向她。她的身体颤抖了一下，一只手臂怪异地扭到后背中央，然后摇了摇头。我再次沉浸于报纸上的人间百态。"你要什么有什么，"我继续想着，"出生、死亡、婚姻、《宫廷公报》、鸟类习性、列奥纳多·达·芬奇、沙丘谋杀案、高工资和生活成本——噢，要什么有什么。"我重复道："一切尽在《泰晤士报》！"她再次不知疲倦地左右摇头，直到她的脑袋像一颗终于停止旋转的陀螺，在她的脖颈上落定。

《泰晤士报》挡不住她那深深的悲伤，但其他人拒绝交流。对抗人生的最佳办法是将报纸折起来,折成一个整齐而厚实的正方形,甚至不受人生的影响。折完之后,我竖起自己的防御,抬头飞快地瞄了一眼。她洞穿了我的防御,凝视着我的双眼,像是在我眼底深处找寻积淀着的勇气,要将它们泼湿,化作淤泥。她颤抖了一下,光是这个动作就葬送了一切希望,打破了一切幻想。

火车"哐啷、哐啷"飞快地驶过萨里,越过边界线进入萨塞克斯。但我一直在观察人生,没留意到其他旅客已经一个个下车了,只剩下那个读书的男人,只剩下我们三个人。三桥站到了。火车缓缓进站,然后停下来。他要离开我们了吗?我祈祷他能留下,又祈祷他会离开——最后,我还是祈祷他能留下。就在这时,他站起身,傲慢地将报纸揉成一团,仿佛那是毫无用处的东西,然后猛然开门,将我们俩单独留下。

那个忧郁的女人微微前倾身子,面容苍白,有气无力地同我搭话——谈起车站和假期,谈起她在伊斯特本的兄弟们,还有眼下的时节——我现在记不得她是说早了还是晚了。最后,她望向窗外——我知道,她看到的只有人生——吸了一口气轻声说:"离得远——就这点不好——"啊,我们就要走向悲剧的结尾了。"我嫂子——"她的语气中透着苦涩,那感觉就像柠檬汁淌落在冰冷的钢铁上,她不是对我说话,而是在喃喃自语,"胡说八道,她会说——人们都这么说。"说话的时候,她扭来扭去,仿佛她背上的皮肤就跟家禽贩子橱窗里被拔光毛的家禽一样。

"啊,一头奶牛!"她紧张地断开话头,仿佛草地上的那头大笨牛吓了她一跳,免得她言行有失。然后,她身体颤抖了一下,又做了我先前见过的奇怪而生硬的动作,仿佛发作过后,她双肩之间某个地方会火辣辣的或发痒。之后,她看上去又成了世界上最忧郁的女人。我又一次暗暗责备她,尽管不是出于相同的缘由。如果有原因的话,如果我知道原因的话,人生的耻辱就可以抹去了。

"嫂子们……"我说道。

她噘起嘴唇,像是要朝这个词啐毒液。嘴唇依然噘着。她拿手套使劲擦拭玻璃窗上的一个斑点。她擦啊擦的,像是要将什么东西永远擦去——某个污点,某个难以磨灭的污渍。可无论她怎么擦,那个斑点始终在那里。她身体颤抖了一下,坐了回去,手臂如我料想那般扭到身后。有什么东西驱使我拿起手套,擦拭我这一侧的窗户。这面玻璃窗上也有一个小斑点。

尽管我不停地擦着,但它依然在那里。然后,一阵寒意涌遍我的全身,我扭动手臂,在后背中央又抓又挠。我的皮肤也像是家禽贩子橱窗里湿漉漉的鸡皮一样,双肩有一个地方又痒又疼,感觉黏湿而燥痛。我能摸到吗?我偷偷试了试。她看到了。一个饱含无限讽刺和无尽悲伤的笑容从她脸上一闪而过。可她已经与我聊过天,分享了她的秘密,传播了她的毒素,她不愿再说话。我倚在角落,避开她的目光,专心看窗外的冬日风景,连绵的坡地和洼地,交错的灰色和紫色。在她的注视下,我读懂了她的讯息,破译了她的秘密。

她的嫂子是希尔达。希尔达?希尔达?希尔达·马什——那个年轻丰满的主妇希尔达。出租马车停了下来,希尔达站在门口,手里拿着一枚硬币。"可怜的敏妮,越来越像一只蚱蜢了——还穿着去年的旧斗篷。好吧,好吧,现在有了两个孩子,我也帮不上更多了。不,敏妮,我来。给你,车夫——别跟我讨价还价。进来吧,敏妮。噢,我都扛得动你,更何况你的篮子!"然后,她们走进餐厅,"孩子们,这是敏妮姑姑。"

他们(鲍勃和芭芭拉)将刀叉缓缓放平,从椅子上下来,僵硬地扬手打招呼,然后又坐回椅子上,一边盯着人瞧,一边继续大口大口吃东西。(但让我们跳过这里:装饰品、窗帘、三叶草瓷盘、黄色长条奶酪、白色方块饼干——跳过——噢,等等!午餐吃到一半,敏妮突发一阵颤抖。鲍勃盯着她,嘴里含着汤匙。但希尔达不准他这么做:"继续吃你的布丁,鲍勃。""她为什么会发抖呀?"跳过,跳过,直到我们来到楼上的楼梯口——黄铜包边的台阶,磨损的油毡地板。啊,到了!一间可以俯瞰伊斯特本所有屋顶的小卧室——蜿蜒的屋顶就像毛毛虫的刺一样,这里戳出来,那里戳出去,红黄相间的纹路,映衬着蓝黑的石板瓦。)现在,回到敏妮身上,房门已经关上,希尔达迈着沉重的步子去了地下室。你解开篮子上的绑带,将一件寒酸的睡衣铺在床上,又将一双毛茸茸的拖鞋并排放好。镜子——不,你避开了镜子。整整齐齐地摆好帽针。也许那个贝壳盒子里有什么东西?你晃了晃,发现里面装着去年那枚珍珠饰钉——仅此而已。然后,你吸了吸鼻子,叹了一口气,在窗边坐下。这是十二月某个下午的三点钟,外头细雨绵绵。楼下一家布料店的天窗中亮起微光,楼上一个仆人的卧室里灯光彻亮——灯熄灭了。她没什么可看的了。一瞬间的放空——那一刻你在想什么?(让我从对面偷看一下:她睡着了,或是在装睡。所以,她午后三点坐在窗边会想些什么呢?健康,金钱,山峦,还是她的神?)没错,敏妮·马什坐在椅子边上,俯瞰伊斯特本连绵的屋顶,向神祈祷着。这挺好的。她可能也会擦玻璃窗,仿佛这样能更清楚地仰望着。但她看到的是什么样的神?谁是敏妮·马什的神?谁是伊斯特本后街的神?谁是午后三点的神?我也看到了屋顶,看到了天空。可是,啊,老天——看看这些神哪!不像阿尔伯特亲王[1],更像是克鲁格总统[2]——我已经尽量美化他了。我看到他坐在椅子上,身穿黑色长礼服,倒也没么高高在上。我能找一两朵云给他坐坐。他拨弄云层的手里握着一根棍子,那是权杖吗?——纯黑、结实、带刺——一个残暴的老恶棍——那就是敏妮的神!瘙痒、污秽、颤抖都是他一手为之的吗?这就是她祈祷的原因吗?她在玻璃窗上擦拭的是罪恶的污点。噢,她犯了罪!

至于什么罪,由我来定。一片树林在脑海中一闪而过——在那里,夏天盛开着风信子;在那边的空

---

[1] 阿尔伯特亲王(1819—1861),维多利亚女王的丈夫和表弟。
[2] 保罗·克鲁格(1825—1904),农场主、军人、政治家,原南非德兰士瓦共和国总统(1883—1900 在任)。

地上，春天来临时有报春花。离别，是二十年前的事吗？违背诺言？不是敏妮的！……她忠实可靠。看她多么尽心尽力地照顾她的母亲！她花光所有积蓄买了墓碑——玻璃窗下的花圈——罐子里的水仙。但我跑题了。罪……人们说她隐藏自己的悲伤，压抑自己的秘密——女人就是这样——所谓的科学人士如此说道。可是，让她背负性别的罪名多么愚蠢啊！不——情况更可能是这样。二十年前，她走在克罗伊登的街道上，布料店的橱窗里挂着一圈圈紫罗兰色的丝带，在电灯下闪闪发光，她被吸引住了。她流连忘返——已经过了晚上六点。不过，她跑回家还来得及。她推开玻璃旋门进去。店里正在促销。浅口托盘上摆满了丝带。她停下来，拉拉这根，摸摸那根上面有玫瑰花的——无须挑选，无须购买，每个托盘上都有惊喜。"我们七点才关门。"就这样到了七点。她一路奔跑，急急忙忙赶回家，但已经太迟了。邻居——医生——小弟弟——水壶——烫伤——医院——死亡——或者只是受到了惊吓，她受到了责备？啊，但细节一点都不重要！重要的是烙印在她身上的东西，那个污点，那桩罪行，那件需要赎罪的事，永远压在了她的肩上。"是的，"她似乎对我点点头，"那就是我犯的事。"

无论你有没有这么做，无论你做了什么，我都不在乎，这不是我想要的。挂着一圈圈紫罗兰色丝带的布料店橱窗——那倒可以。既然罪由我来定，这可能就显得有些廉价、有些普通了。然而，有那么多（让我再偷瞄一眼——她还在睡，或者还在装睡！苍白憔悴，嘴巴紧闭——有一点固执，比想象中更甚——没有显露出性别的痕迹）——那么多罪不同于你的罪，你的罪很轻，只不过惩罚很严正。现在，教堂的门开了，迎接她的是硬木长椅。她跪在棕色的瓷砖上，无论严冬还是酷暑，无论黄昏还是黎明（她此刻就在这里），日日祈祷着。她所有的罪孽都将坠落、坠落，永恒地坠落。那个污点感应到它们。它凸起、变红、烧灼。然后，她颤抖起来。小男孩们指指点点。"鲍勃今天午餐时——"但最可恶的是上了年纪的女人。

你现在确实不能继续坐着祈祷了。克鲁格已经沉入云层之中——仿佛画家用在亮灰色里杂糅了一抹淡黑的画笔扫过一般——此刻就连权杖的尖端也看不到了。总是发生这种事！你刚看到他、感受到他，就有人来打断。现在这个人是希尔达。

你恨透了她！她夜里甚至还会锁上浴室的门，尽管你需要的只是冷水，偶尔晚上难熬的时候，擦洗一下似乎能缓解。早餐时,约翰在场——孩子们——吃饭时最难受,有时还有朋友来——蕨类植物无法完全隐藏它们——他们也会猜测。于是,你出门,沿着海滨步道散步。那里的海浪是灰色的,报纸在风中翻飞,玻璃棚里满眼绿色、通风良好,租椅子要两便士——太贵了——沙滩上一定有牧师。啊,那里有一个黑鬼——那里有一个搞笑的男人——那里有一个带长尾小鹦鹉的男人——可怜又渺小的存在!难道这里没人会想起神吗?——就在天上,在码头上方,握着他的权杖——不——天空中只有一片铅灰,就算露出湛蓝,白云也会将他挡住。还有音乐——那是军乐——他们在寻找什么?他们抓到了吗?孩子们直勾勾地盯着瞧呢!算了,还是掉头回家吧——"掉头回家吧!"这话富有深意,可能是那个留着胡须的老头说的——不,不对,他其实没有开口说话。但一切都是有意义的——斜靠在门口的告示牌——橱窗上方的名字——篮子里的红色水果——理发店里女人的脑袋——都在叫嚣着:"敏妮·马什!"这时,却出现了一个蠢蛋。"鸡蛋更便宜了!"总是发生这种事!我正带她前往瀑布,径直走入疯狂。这时,她像梦中的羊群那般拐向别处,从我指缝间溜走了。鸡蛋更便宜了。可怜的敏妮·马什被困在世界的海岸上，没有任何罪恶、悲伤、狂欢或失常。她午餐时从不迟到，暴风雨来袭时总会带雨衣，从没忘记鸡蛋有多便宜。回到家后，她把靴子擦干净。

　　我对你的解读正确吗？可那张脸——展开的报纸上方的那张脸，显露的讯息越多，保留的讯息也就越多。此刻，她睁开眼睛，向外望去。她的眼神——该怎么形容呢？——有一种突变——一种分裂——就像扑蝴蝶时，你抓住了花茎，蝴蝶却飞走了——就像傍晚时分停在黄色花朵上的飞蛾——你走上前去，举起手，它却飞走了，飞向高处，消失不见。我不会举起我的手。停住别动，颤抖、生命、灵魂、精神，无论你是怎样的敏妮·马什——我也停在我的花上——就像丘陵上空的鹰——孤身一人，不然生命的意义是什么？是腾空飞翔。日日夜夜静静等候着，在丘陵上空静静等候着。手轻轻一挥——起飞，向上！然后再次静止。孤孤单单，没人看到。俯瞰身下，一切如此平静，一切如此可爱。没人看到，没人关心。别人的目光是我们的监牢，别人的思想是我们的囚笼。青天之上，碧空之下。月亮和永生……啊，我掉在草地上了！你也掉下来了吗？角落里的人，你叫什么名字——女人——敏妮·马什,怎么会叫这种名字呢?她就在那里,紧紧贴着她的花。她打开手提袋,拿出一个空壳——一颗鸡蛋的空壳——是谁说鸡蛋更便宜的?是你,还是我?噢,是你在回家的路上说的,你还记得吗,就在那位老先生突然打开他的伞——还是打喷嚏的时候?总之,克鲁格不见了。你说"掉头回家吧",到家后擦净靴子。就是这样。现在,你将一块手帕摊在膝上,往里面丢着又小又尖的蛋壳碎片——地图的碎片——一个拼图。真希望我能将它们拼起来!只要你静静坐好。她动了动膝盖——地图又散成碎片。白色大理石块沿着安第斯山脉的斜坡翻滚飞落,压死了一整支西班牙骡夫队及其护卫队——德雷克的战利品——黄金和白银。不过,话说回来——

说了什么,说到哪里?她打开门,把伞放进架子里——这自然不必说。地下室飘来牛肉的香味,这自然也不必说。"啪嗒,啪嗒,啪嗒。"然而,我无法摆脱却又必须冲上去驱散的——低下头,闭上眼,怀着千军万马般的勇气、公牛般的盲目——无疑是躲在蕨类植物后面的人,那些旅行推销员。这么久以来,我无视着他们,希望他们会以某种方式消失。或者继续出现也好,如果这个故事要继续丰富饱满,尽显命运和悲剧，呈现故事应该有的样子，倒确实少不了他们，那就以两三个旅行推销员和一整丛万年青展开吧。"万年青的叶子只能部分挡住那个旅行推销员——"杜鹃花能将他完全挡住，还能增添一抹我迫切渴望的红色和白色。可伊斯特本的杜鹃花——在十二月——在马什一家的桌上——不，不，我不敢想；这一切与面包皮和调味瓶、装饰品和蕨类植物有关。也许之后会去海边待上片刻。而且，当我愉快地穿过碧翠的雕花和镂空玻璃的斜面时，我有一种想凝视和窥视对面那个男人的渴望——我尽力克制。是詹姆斯·莫格里奇吗，被马什一家称为吉米的人？（敏妮，在我弄清楚之前，你得保证别颤抖。）詹姆斯·莫格里奇一边旅行，一边推销——假设是纽扣吧？——但现在还没到提它们的时候——一长板大大小小的纽扣，有的像孔雀眼，有的泛着暗金色，有的像茶水晶，有的像五彩珊瑚——但我说了，还没到时候。他一边旅行，一边推销，每周四都会去伊斯特本，与马什一家一起吃饭。他的脸色红润，小眼睛透着稳重——绝不是泛泛之辈——他胃口奇好（这倒安全：没吃光蘸肉汁的面包之前，他不会看敏妮一眼），餐巾折成利落的菱形——但这挺自然的，不管读者怎么想，别把我代入其中。让我们潜进莫格里奇的家中，开始行动吧。噢，詹姆斯·莫格里奇每周日会亲自修补家里的靴子。他读《真理》。可他的爱人呢？罗塞思——他的太太是一名退休的医院护士——有意思——看在上帝的分儿上，让小说中的女人有个我喜欢的名字吧！但事与愿违。她是存于我脑海中尚未诞生的孩子，虽不合常理，却惹人喜爱，就像我的杜鹃花一样。在每一部已经完成的小说中，有多少人死去——最好的人，最亲爱的人，而莫格里奇还活着。是人生的错。此刻，对面的正在另一条故事线中吃鸡蛋——我们经过雷威斯了吗？——故事里一定有吉米——不然她为什么会颤抖？

故事里一定有莫格里奇——是人生的错。人生强加规则，人生挡住前路，人生藏在蕨类植物后面，人生是一个暴君。噢，但它不会恃强凌弱！不会的，我向你保证，我是自愿来的。天知道是怎样的渴望驱使我来到这里，穿越蕨类植物和调味瓶、泼脏的桌子和污渍斑斑的瓶子。我不由自主地来到这里，把自己嵌到莫格里奇这个男人的身上，嵌进他那坚实肌肉和强壮脊梁的某个地方，嵌进他身上或灵魂中任何我能穿透或立足的地方。身躯庞大而结实，脊梁坚硬如鲸骨、笔直如橡树，肋骨呈放射状分布，肌肉如油布般绷紧，红色血液奔流，心脏收缩和回流，咽下的棕色肉块和豪饮的啤酒翻搅着又化作血液——然后，我们到达眼睛。它们在万年青后面看到了一些东西：黑色的，白色的，沉郁的；又看向盘子；它们在万年青后面看到一位老妇人；"我更喜欢马什的嫂子希尔达"；现在看向桌布。"马什可能知道莫里斯一家发生了什么……"说下去；奶酪来了；又看向盘子；转动它——粗壮的手指；接着看向对面的女人。"马什的嫂子——一点都不像马什。可怜的老女人……你应该喂你的鸡了……说真的，她为什么会颤抖？不会是因为我的话吧？天哪，天哪，天哪！这些老女人。要命，要命！"

（是的，敏妮。我知道你颤抖了，一时想到了詹姆斯·莫格里奇。）

"天哪，天哪，天哪！"多么美妙的声音！就像木槌落在干木头上的敲击声，就像波涛汹涌、绿藻翻飞的海面上古老捕鲸人的心跳声。"要命，要命！"对焦躁不安的灵魂来说，这是怎样的丧钟啊。安抚他们，宽慰他们，用亚麻布将他们包裹起来，诉说着："永别了。祝你好运！"又说道，"你喜欢什么？"尽管莫格里奇会为她摘下玫瑰，但一切都结束了，一切已成定局。那接下来呢？"女士，你要错过火车了。"因为它们从不等人。

那就是男人的行事方式。声音回荡着,火车经过圣保罗大教堂和机动公共马车,而我们正在掸碎屑。噢,莫格里奇,你不留下吗?你一定要离开吗?你今天下午会坐那种小马车横穿伊斯特本吗?你是被摞起的绿色纸板箱困住的男人吗?有时拉下百叶窗,有时正襟危坐,像斯芬克斯一样瞪着眼睛,总是一副阴森森的样子,让人想起殡葬者、棺材及黄昏时分的马和车夫?请告诉我——门却"砰"的一声关上了。我们再也不会相见。莫格里奇,永别了!

好了,好了,我来了。一直来到房顶。我要休息片刻。思绪翻搅如泥浆——这些怪物留下了怎样一个旋涡啊,涟漪波动着,绿黑交错的杂草摇曳着,拍打着沙子,直到微粒逐渐重新组合,沉积物自行筛分,眼睛又能看得一清二楚了。然后,唇瓣开合,为逝去之人祈祷,为那些永不再见的点头之交操办葬礼。

现在,詹姆斯·莫格里奇死了,永远地离开了。噢,敏妮——"我再也无法面对了。"她说过这话吗——(让我看看她,她正把蛋壳掸得干干净净)当她倚着卧室的墙壁,拨弄着紫红色窗帘边缘的小球时,她一定说过。不过,当一个人对自己说话时,声音是谁的？——被埋葬的灵魂，被一路驱赶至中央墓穴的幽灵；那个戴着面纱离开世间的自我——也许是一个懦夫，可当它提着灯笼在黑暗的走廊不安地飞上飞下时，不知为何却又是迷人的。"我再也受不了了。"她的幽灵说道，"来吃午餐的那个男人——希尔达——孩子们。"啊，老天，她在啜泣！幽灵在为它的命运哀号，它被四处驱赶，寄居在逐渐缩小的地毯上——只有一丁点儿立足之地——宇宙中的一切都在消失，化作细小的碎片——爱、生命、信仰、丈夫、孩子，还有我不知道的少女时代转瞬即逝的璀璨与华丽。"我不要——我不要。"

但是——松饼，秃顶老狗？我喜欢的珠垫，还有内衣带来的抚慰。如果敏妮·马什被撞了，送到医院，护士和医生自己也会惊叹……有展望，有想象——还有距离——大街尽头的蓝色斑点，但说到底茶是浓的，松饼是热的，那只狗——"本尼，回篮子里去，伙计，看看妈妈给你带了什么！"于是，你拿起一双拇指位置磨损的手套，再次反抗传说中无孔不入的恶魔。你更新防御工事，穿好灰色毛线，来回缝补。

穿来穿去，来来回回，织一张网，神会亲自——嘘，不要想神！针脚多密实啊！你一定对自己的织补功夫很自豪。别让任何事打扰她。让光线轻柔地洒落，让云朵舒展第一片蜷曲的绿叶，让麻雀栖息在细枝上，摇落悬在枝杈上的雨滴……为什么抬头？有什么声音吗，有什么想法吗？噢，老天！回到你犯的事情上，点缀着一圈圈紫罗兰色丝带的平板玻璃窗？但希尔达会来的。丢人，耻辱，啊！定罪吧。

补好手套后，敏妮·马什把它放进抽屉里。她果断地关上抽屉。我从玻璃窗上瞥见了她的脸——嘴巴噘起，下巴仰得高高的。接着，她系上鞋带，又摸了摸自己的喉咙。你的胸针是什么？是槲寄生，还是幸运骨？发生了什么？除非我大错特错，但脉搏加快了，那一刻即将到来，思绪奔涌，尼亚加拉瀑布就在前方。生死存亡的时刻！愿上帝与你同在！她下车了。勇气，勇气！面对现实吧，接受吧！看在上帝的分儿上，别站在垫子上犹豫了！门就在那里！我支持你。说话啊！直面她，战胜她的灵魂！

"噢，不好意思！是的，到伊斯特本了。我帮您拿下来。让我试试把手。"（可是，敏妮，虽然我们一直在伪装，但我读懂你了——现在，我们是一条船上的人了。）

"这是您所有的行李？"

"是的，非常感谢。"

（但你为什么东张西望呢？希尔达不会来车站，约翰也不会，而莫格里奇的马车正行驶在伊斯特本遥远的另一头。）

"我就在我的行李旁边候着，女士，这样最安全。他说他会来接我……噢，他来了！那是我的儿子。"

他们就这样一起离开了。

好吧，可我感到困惑……当然，敏妮，你更清楚！一个陌生的年轻男人……站住！我要告诉他——敏妮！——马什小姐！——可我不懂。她的斗篷奇怪地翻飞起来。噢，但这不是真的，这不体面……他们走到门口时，看他把腰弯得多低呀。她找出她的车票。开什么玩笑？他们肩并肩地走远了……好吧，我的世界完蛋了！我能相信什么？我又知道什么？那不是敏妮。莫格里奇根本不存在。我是谁？生命贫瘠如枯骨。

但我还是看了他们最后一眼——他走下马路牙子，她跟着他绕过一幢巨大建筑的边缘，这让我惊奇不已——让我重新浮想联翩。神秘的人！母亲和儿子。你们是谁？你们为什么走在街上？你们今晚睡在哪里，明天呢？噢，一切旋转涌动——让我重新飘浮起来！我在他们身后追赶。人群推来搡去。白光噼啪作响,倾泻而下。平板玻璃窗。康乃馨和菊花。黑暗花园里的常春藤。门口的送奶车。神秘的人,无论我走到哪里,我都能看到你们,母亲和儿子拐过街角。你们,你们,你们。我加快脚步紧紧跟着。我想,一定是到了海边。一片灰蒙蒙的,昏暗如灰烬,海水轻声涌动。如果我跪下,如果我以古老的仪式行叩拜之礼,那是因为我崇拜你们,陌生之人。如果我张开臂膀,我想拥抱的是你们,我想亲近的也是你们——这可爱的世界!

鬼屋[1]

A Haunted House

无论你何时醒来,总有一扇门正在关拢。他们手牵着手游荡着,从一个房间到另一个房间,搬搬这个,翻翻那个,确认着什么——一对鬼夫妻。

"我们把它放这儿了。"她说。他又说:"噢,还有这儿呢!""在楼上吧。"她嘀咕道。"还有花园里。"他轻声说。"小点声,"他们说,"不然我们会吵醒他们的。"

但吵醒我们的不是你们。噢,不是的。"他们在找它,他们在拉窗帘。"有人说道,又读了一两页。"现在他们找着了。"有人确信,在页边空白处停下笔。然后,有人厌烦了阅读,起身去亲眼瞧瞧:屋子里空空荡荡的,门都敞开着,只有那林鸽惬意地咕咕叫着,

---

[1] 收录于霍加斯出版社于1921年出版的短篇小说集《星期一或星期二》。

农场传来打谷机的嗡嗡声。"我来这里干什么？我想找什么？"我两手空空。"也许是在楼上？"阁楼里有苹果。接着又往下走，花园静谧如常，只有一本书掉落在草丛中。

他们是在客厅找到它的。倒不是说谁能看到他们。窗玻璃映出苹果，也映出玫瑰，所有叶子映在窗玻璃上都是碧绿的。如果他们在客厅里移动，苹果只会露出发黄的一面。而下一刻，如果门被打开，在地板上延展、在墙上悬挂、从天花板上垂下的——是什么？我两手空空。画眉鸟的暗影掠过地毯，深渊般的寂静之中传来林鸽的阵阵啼鸣。"安全，安全，安全。"屋子的脉搏轻轻跳动着。"宝藏被埋起来了，房间……"脉搏戛然而止。噢，那就是被埋起来的宝藏吗？

过了一会儿，光线暗了下来。在外面的花园里吗？树影婆娑，光线摇曳。如此美妙，如此罕见，冷冷地渗进土壤，我追寻的光总在玻璃后面闪耀。那玻璃是死亡，死亡横亘在我们之间。几百年前，那女子先行死去，他离开这栋屋子，封上所有窗户，房间从此一片漆黑。他离开了这里，离开了她，去过北方，去过东方，在南方的夜空仰望斗转星移。他对这栋屋子心心念念，回来时却发现它陷落丘陵。"安全，安全,安全。"屋子的脉搏欢快地跳动着。"宝藏归你了。"

风在林荫道上呼啸。树木被吹弯了腰,东摇西晃。月光在雨中尽情飘洒流溢。而灯光却透过窗户直射出来。蜡烛静静地燃烧着。鬼夫妻寻觅着昔日的幸福,在屋里游荡,打开窗户,轻声低语,以免吵醒我们。

"我们曾共眠于此。"她说。他又说:"无数的亲吻。""在清晨醒来——""树林里银辉倾泻——""在楼上——""在花园里——""当夏日到来——""在冬雪时分——"远处传来阵阵关门声,轻轻叩击一如心脏的颤动。

他们越走越近,停在门口。风停息了,银光闪闪的雨水从窗玻璃上滑落。我们的双眼蒙上黑暗,听不到身旁的脚步声,也看不到那女子扬起鬼魅般的斗篷。他用双手遮住灯笼。"看哪,"他轻声说,"睡熟了。他们的唇上挂着爱意。"

他们俯下身,举起银灯照着我们,久久地凝视着。他们停顿良久。夜风呼啸,火焰轻轻摇曳。月光流泻,铺满地板和墙壁,浸染垂下的面孔——那面孔陷入沉思,端量着沉睡之人,搜寻着他们隐秘的幸福。

"安全,安全,安全。"屋子的心脏骄傲地跳动着。

"岁月漫长——"他叹息道,"你又找到我了。""我们在这里,"她咕哝道,"安睡,在花园里读书,在阁楼上开怀大笑、滚苹果玩。我们把宝藏留在了这里——"他们俯身,光线照得我睁开眼睛。"安全!安全!安全!"屋子的脉搏剧烈地跳动起来。我惊醒过来,喊道:"啊,这就是你们埋的宝藏吗?心底的光。"

寡妇和鹦鹉[1]

（一个真实的故事）

The Widow and the Parrot

盖奇太太是一个上了年纪的寡妇，住在约克郡一个叫斯皮尔斯比的村子。大约五十年前的一天，她在自己的小屋里坐着，虽然右腿瘸了，眼睛近视也比较严重，却尽力修着一双木底鞋，因为她一个星期只靠几先令维持生计。正当她对着木底鞋敲敲打打时，邮递员推开门，将一封信扔到她的腿上。

来信地址是："斯塔格和贝特尔先生，萨塞克斯雷威斯大街67号。"

盖奇太太打开信读道：

"亲爱的女士，敬请知悉，您的兄长约瑟夫·布兰

---

[1] 创作于1922/1923年，发表于《查尔斯顿公报》。1923年夏天，伍尔夫的两个外甥昆汀·贝尔和朱利安·贝尔创办了《查尔斯顿公报》，并向伍尔夫邀稿。本篇后收录于霍加斯出版社于1985年出版的《弗吉尼亚·伍尔夫短篇小说全集》。

德先生去世了。"

"老天保佑，"盖奇太太说，"老大哥约瑟夫终于没了！"

"他将自己的全部房产都留给了您，"信上接着写道，"包括雷威斯附近罗德梅尔村里的一幢住宅、马厩、黄瓜架、轧布机、手推车等。他还将自己的全部财产都遗赠给您，即£3000（三千英镑）。"

盖奇太太高兴得差点摔进火里。她已经多年没见她的哥哥了，他甚至都没确认收悉她每年寄给他的圣诞贺卡。她想着，他从小就养成了守财的习惯，让他花一便士邮票回个信都舍不得。不过，现在她倒是走大运了。有了三千英镑，更别提还有房子什么的，她和家人就能永远过上舒舒服服的好日子了。

她决定立刻动身去罗德梅尔。村里的塞缪尔·托尔博伊斯牧师借给她两英镑十先令，用来支付车马费。第二天，此行的准备工作一切就绪，其中最重要的是她不在家时请人照顾她的狗——夏格。她虽然穷困，却喜爱动物，常常宁可自己挨饿，也不让她的狗啃不上骨头。

她在星期二的深夜抵达雷威斯。我必须告诉您，在那个年代，南伊斯的河上还没有桥，通往纽黑文的路还没有建造。要前往罗德梅尔,必须涉过浅滩横穿乌斯河,浅滩的遗迹至今仍在,但只能在低潮时这么做,那时河床上的石头会露出水面。农夫斯泰西先生正要赶车去罗德梅尔,他好心提议捎上盖奇太太一起去。十一月的一天夜里九点左右,他们来到罗德梅尔,斯泰西先生热心地给盖奇太太指路,她哥哥留给她的那幢房子就在村子尽头。盖奇太太敲了敲门,没有回应。她又敲了敲。一个非常奇怪的声音尖厉地叫道:"不在家!"她简直吓坏了,要不是听到有脚步声走近,她早逃走了。不过,开门的是村里一位名叫福特太太的老妇人。

"是谁在叫嚷'不在家'?"盖奇太太说。

"那只该死的鸟!"福特太太没好气地说,指了指一只灰色的大鹦鹉,"他都快把我的头喊掉了。他整天弓在自己的栖木上,就像一座纪念碑。只要你走近他的栖木,他就会尖叫'不在家'。"盖奇太太看得出,他是一只非常漂亮的鸟,只可惜羽毛疏于打理。她说:"他或许不开心吧,也或许是饿了。"但福特太太说,他就是脾气差,他是一个海员的鹦鹉,是在东方学说话的。不过,她又说道,约瑟夫先生非常喜欢他,叫他詹姆斯;听说还会对他说话,仿佛他是一个讲道理的人。福特太太很快就离开了。盖奇太太立刻走到她的箱子旁边，取了些带着的糖递给鹦鹉，用非常温柔的语气说，她不会伤害他，她是他前主人的妹妹，来这里是为了继承房产，她保证让他成为一只无比快乐的鸟。之后，她提着灯笼在房子里走了一圈，想看看哥哥给她留下了怎样的房产。真叫人失望透顶：所有的地毯都有破洞，椅座全掉了，老鼠在壁炉台上乱跑，厨房的地板上长出了大朵大朵的毒蕈。没一件家具值七个半便士的。想到雷威斯银行里安然无恙地存着三千英镑，盖奇太太这才高兴起来。

她决定第二天动身去雷威斯，从律师斯塔格和贝特尔先生那里拿回她的钱，然后尽快回家。斯泰西先生正要带几头伯克郡的优质肉猪去市场上卖，他再次提出捎上盖奇太太一起去。在赶车的时候，他还跟她说起一些年轻人试图在涨潮时过河却被淹死的可怕故事。一走进斯塔格先生的办公室，这位可怜的老妇人就感到失望至极。

"请坐，女士。"他说道，看起来非常严肃，轻轻哼了一声，"事实上，"他接着说，"您必须做好心理准备，面对一些十分不愉快的消息。自我给您写信以来，我仔细浏览了布兰德先生的文件。很遗憾，我找不到任何关于那三千英镑的线索。我的搭档贝特尔先生亲自去了罗德梅尔,仔仔细细搜查了房子。他什么都没找到——没有金银,也没有任何贵重物品——只有一只漂亮的灰鹦鹉。'我建议您把他卖掉,能卖多少是多少。'本杰明·贝特尔说。他说话太无礼了,但这都无关紧要。恐怕您白来一趟了。那套房产破旧不堪,当然我们的费用也很高。"说到这里,他停了下来,盖奇太太很清楚他希望她离开。她失望得快疯了。她不仅向塞缪尔·托尔博伊斯牧师借了两英镑十先令,还要彻底空手而归,因为不得不卖掉鹦鹉詹姆斯来支付她的车马费。雨下得很大,但斯塔格先生没有强留她。她伤心欲绝,完全没留意自己干了什么。她冒着大雨穿过水草地,开始往罗德梅尔走。

我先前说过,盖奇太太的右腿瘸了。即便在情况最好的时候,她也走得很慢。而现在,她满心失望,岸上又有泥巴,她真是举步维艰。她踌跚前行,天越来越黑了,她渐渐只能沿着河边凸起的小径继续走下去。您也许能听到她一边走,一边发牢骚,抱怨她那狡猾的哥哥约瑟夫,给她添了这么多麻烦。"特意地,"她说道,"折磨我。在我们还是孩子的时候,他就一直是个残忍的小男孩。"她接着说,"他喜欢逗弄那些可怜的昆虫，我知道他拿剪刀把一条毛毛虫剪断了，就当着我的面。他还是个吝啬至极的讨厌鬼。他以前常把零花钱藏在树上，要是有人给他一块挂满糖霜的蛋糕当茶点，他会把糖霜切下来，留着晚饭吃。我确信，他眼下正遭受熊熊地狱之火焚烧呢，可这又能给我什么安慰呢？"她问道，这话确实没什么安慰作用，因为她"啪"的一声撞上一头沿着河岸走来的大奶牛，在泥地里连打了好几个滚儿。

她努力爬起来，继续艰难地往前走。她感觉自己已经走了好几个小时了。这时，天已经一片漆黑，她勉强看清伸在鼻子前面的手。忽然，她想起农夫斯泰西先生提到浅滩时说的话。"老天保佑，"她说，"我到底该怎么过河呢？如果涨潮了，我会踩进深水，一眨眼就被冲到海里去喽！这里淹死了太多人，更不用说马啦，车啦，牛群啦，干草堆啦。"

天已经黑了，又弄得一身泥，她真是给自己惹了大麻烦。她几乎看不清河在哪里，更别提判断自己有没有到达浅滩。四下见不着一丁点灯光，因为您可能知道，河流那侧离得最近的小屋或房子只有阿希姆宅邸[1]，伦

---

1 1912 年，伍尔夫与姐姐瓦妮莎·贝尔租下阿希姆宅邸，同年与伦纳德·伍尔夫结婚。

纳德·伍尔夫先生刚搬进去。看来别无他法了，只能坐下来等天亮。可是，她都这把年纪了，又有风湿病，这么做可能会被冻死。另外，如果试着过河，她几乎肯定会被淹死。她的处境如此悲惨，她倒是很乐意跟田间某头奶牛交换一下位置。整个萨塞克斯再也找不到比她更苦命的老太太了。她站在河岸上，不知该坐下来还是游过去，或者干脆在草地里打滚儿，尽管湿漉漉的。是睡下呢，还是冻死呢？如果这就是她的命运。

就在那一刻，发生了一件神奇的事。一道巨大的火光直冲云霄，像一把巨大的火炬，照亮了每一片草叶，让她看清了不到二十码[1]外的浅滩。现在是低潮，只要在她走过去之前火光别熄灭，过河就容易了。

"那一定是彗星或是出了什么神奇的怪事。"她一边说，一边一瘸一拐地走着。她可以清清楚楚地看到罗德梅尔村就在她前面。

"真是老天保佑啊！"她喊道，"有一幢房子着火了——感谢上帝。"因为她估摸着烧毁一幢房子至少要好一会儿，她在这段时间早就进村了。

---

[1] 1码约合0.91米。

"真是祸福相依呀。"她一边说着,一边在罗马时代的道路上踽踽前行,她能妥妥地看清每一寸路。当她快走到村里的大街上时,她第一次有了一个念头:"也许在我眼前烧成灰烬的是我自己的房子!"

一点都没错。

一个穿睡衣的小男孩蹦蹦跳跳地跑到她身边,喊道:"快来看啊!老约瑟夫·布兰德的房子着火啦!"

所有村民都围着房子站成一圈,递着从僧侣之家[1]厨房井里打来的水,一桶一桶地浇向火焰。但火势太猛,盖奇太太刚赶到,屋顶就塌了。

"有人救鹦鹉了吗?"她哭喊道。

"谢天谢地,您自己没在屋里,太太。"詹姆斯·霍克斯福德牧师说,"别担心那些蠢动物了,我相信那只鹦鹉已经幸运地在栖木上闷死了。"

但盖奇太太一心要亲自看看。村民们不得不拦住她,说她一定是疯了,竟为了一只鸟去冒生命危险。

"可怜的老太婆哟,"福特太太说,"她失去了所有财产,只剩下一只装着过夜用品的旧木箱子。要是我们处在她的境地,肯定也会发疯的。"

---

[1] 1919 年,伍尔夫夫妇买下僧侣之家,两人在此度过了一段平静而幸福的时光。

这么说着，福特太太拉起盖奇太太的手，把她领到自己的小屋，盖奇太太今晚就在那里过夜。大火已经熄灭，大家都回家睡觉了。

不过，可怜的盖奇太太却睡不着。她辗转反侧，想着自己的悲惨处境，不晓得如何才能回到约克郡，把欠塞缪尔·托尔博伊斯牧师的钱还清。同时，想到可怜的鹦鹉詹姆斯死了，她更伤心了。她已经喜欢上这只鸟了，认为他心里一定满是深情，为从没善待过任何人的老约瑟夫·布兰德的离世深深哀悼。她觉得，对于一只无辜的鸟来说，这样死去太可怕了。要是她能及时赶到，她会以身犯险去救他的。

她躺在床上想着这些事。这时，窗户上响起一记轻轻的敲击声，把她吓了一跳。敲击声又响了三次。盖奇太太赶忙从床上起身，走到窗边。令她大吃一惊的是，窗台上坐着一只巨大的鹦鹉。雨已经停了，月夜清朗。她一开始十分警惕，但很快认出那只灰色鹦鹉是詹姆斯，他逃过一劫可把她高兴坏了。她打开窗户，在他头上摸了几下，叫他进屋。鹦鹉轻轻地左右摇头，以此作为回应，然后飞到地上走了几步，又回头看了看，像是在看盖奇太太有没有跟上，接着又飞回窗台。她一脸惊讶地站在那里。

"这只动物的行为有我们人类所不知道的深意。"她自言自语道,"好极了,詹姆斯!"她大声对他说,仿佛他是一个人,"我相信你!但稍等一下,让我穿好衣服。"

说着,她用别针别了一条大围裙,尽量悄声下楼,出门时没有吵醒福特太太。

鹦鹉詹姆斯显然很满意。接着,他在她前面几码远的地方,轻快地跳向被烧毁的房子。盖奇太太尽可能快地跟在后面。鹦鹉跳啊跳的,好像很清楚自己该怎么走,他绕到房子后面,这里之前是厨房,现在只剩下一片砖头地板,灭火时泼的水还在滴滴答答地淌着。詹姆斯跳来跳去,东啄西啄,像是在用喙探测砖头似的。盖奇太太一动不动地站着,大为惊奇。这场景太不可思议了,要不是盖奇太太习惯了跟动物生活在一起,她很可能会失去理智,一瘸一拐地逃回家。然而,还有更奇怪的事呢。过了很久,鹦鹉一直没说话。突然,他变得兴奋至极,拍打着翅膀,用喙不停地敲击地板,厉声尖叫:"不在家!不在家!"声音大得让盖奇太太担心全村人都会被吵醒。

"别这么激动,詹姆斯,你会伤着自己的。"她轻声安抚。他却更用力地反复敲击砖块。

"这到底是什么意思呢?"盖奇太太说道,仔细瞧着厨房的地板。月光十分明朗,她看到砖块铺得有一点不平整,像是砖被拿了起来,重铺时没跟其他砖码放齐平。她之前用一枚大安全别针别住了自己的围裙,现在便用这枚别针撬动砖块,发现它们只是松散地垒在一起。不一会儿,她就用双手搬起了一块砖。她刚搬开,鹦鹉就跳到旁边的砖块上,用喙轻巧地敲了敲,叫道:"不在家!"盖奇太太明白这是让她把砖挪开的意思。他们就这样在月光下继续搬砖,直到把一块长六英尺[1]、宽四英尺半的地方搬空。鹦鹉似乎认为这样足够了。可接下来要做什么呢?

盖奇太太正在休息,决定全听鹦鹉詹姆斯的指挥。他不允许她休息太久。他在沙质地基上刨了几分钟——就像您可能见过母鸡用爪子在沙地上扒拉那样——他挖出一块东西,乍一看像是一块黄色的圆石头。他激动不已,盖奇太太前去帮忙。她惊讶地发现,他们之前挖开的整片地方堆满了好几长排这样的黄色圆石头,码得整整齐齐的,搬开它们真是费了好一番工夫。可它们是什么东西呢?为什么要把它们藏在这

---

[1] 1英尺约合0.3米。

里呢？直到他们把上面的石头全部搬空，又掀开石头下面的一层油布，最不可思议的一幕才出现在他们眼前——无数崭新的金镑[1]一排一排地堆着，光彩夺目，在月光下熠熠生辉！

如此说来，这就是守财奴的藏宝之地。他用了两道特别的防范措施，确保没人发现这里。第一道，正如后来所证实的那样，他在藏宝之地上方盖了一个炉灶。除非被火烧毁，不然谁都不知道有这样一个地方。第二道，他给金镑上层的遮掩物涂了某种黏性物质，又滚了土。这样一来，如果其中一块偶然暴露出来，也不会有人起疑，那不过是块鹅卵石罢了，花园里随处可见。因此，只有遇上火灾和聪慧的鹦鹉这种绝妙巧合，老约瑟夫的诡计才会落空。

接着，盖奇太太和鹦鹉卖力地搬空全部财宝——整整三千枚金镑——将它们放到铺在地上的围裙里。当第三千枚金镑被放上金堆的顶端时，鹦鹉得意扬扬地飞到空中，然后轻轻落在盖奇太太的头顶上。他们就这样慢吞吞地回到福特太太的小屋，因为我先前说过，盖奇太太的右腿瘸了，现在围裙里的东西几乎

---

[1] 金镑，英国旧时面值一英镑的金币。

将她压倒在地。不过,她回到了自己的房间,谁也不知道她曾去过那幢被烧毁的房子。

第二天,她回到了约克郡。斯泰西先生又一次把她捎去了雷威斯,他惊讶地发现盖奇太太的木箱变得特别沉。但他是一个老实人,只当是罗德梅尔的好心人送了她一些零零碎碎的东西,以此安慰她在火灾中不幸失去了全部财产。纯粹出于善意,斯泰西先生提出花半克朗[1]买下她的鹦鹉。但盖奇太太火冒三丈地拒绝了他的提议,说就算给她印度群岛的全部财宝,她也不卖这只鸟。他断定,这个老太婆已经被她的不幸遭遇逼疯了。

接下来要说的只剩下:盖奇太太安全地回到了斯皮尔斯比,带着她的黑箱子去了银行,跟鹦鹉詹姆斯和狗狗夏格一起过上了十分舒适而幸福的生活,一直活到很老很老。

直到躺在临终之榻上,她才向牧师(塞缪尔·托尔博伊斯牧师的儿子)讲述了整个故事。并说,她确信,那幢房子是鹦鹉詹姆斯故意烧毁的。他知道她在河岸上有危险,就飞进后厨,弄翻正煨着一些剩饭剩

---

[1] 在英国旧币制中,1 克朗为 5 先令硬币。

菜给她当晚餐的油炉。他这么做不仅救了她，免得她被淹死，也让那三千金镑重见天日，用其他办法根本找不到它们。她说，这就是善待动物的回报。

牧师以为她神志恍惚了，但可以确定的是，在她呼出最后一口气的那一瞬间，鹦鹉詹姆斯尖叫道："不在家！不在家！"然后从栖木上掉下来死了。狗狗夏格早在几年前就死了。

去罗德梅尔的游客仍能看到那幢五十年前被烧毁的房子的废墟。人们常说，如果乘着月光去那里，你会听到鹦鹉用喙敲击砖头地板的声音，还有人看到那里坐着一位系白色围裙的老太太。

幸福[1]

Happiness

斯图尔特·埃尔顿弯下腰,轻轻掸落裤子上的一根白色线头。这个小动作仿佛伴随着一种滑行和雪崩般的感觉,就像一片玫瑰花瓣翩然飘落。他挺直身子,继续跟萨顿太太聊天。他感觉自己被许许多多花瓣紧紧包裹着,一瓣摞一瓣,密密匝匝的,浑身红通通、暖洋洋的,散发着一种难以言喻的光芒。所以,他一弯腰,便有一片花瓣掉落。年轻时,他没有这种感觉——从来没有——如今四十五岁了,他只要弯下腰,掸落裤子上的线头,再起身调整,这种感觉就涌遍全身——这种生活井然有序的美好感觉,这种滑行和雪崩的感觉,一下子扑面而来。不过,她刚刚在说什么?

---

[1] 约创作于1925年春,收录于霍加斯出版社于1985年出版的《弗吉尼亚·伍尔夫短篇小说全集》。

萨顿太太（依然顶着胡子楂似的头发，来回抚弄着进入中年早期的头顶）说，经理们写信给她，甚至约她见面，但都没什么结果。她干这行太困难了，因为她本身在戏剧圈子没有任何熟人，她的父亲和所有亲人都只是乡下人。（斯图尔特·埃尔顿就是在这时掸落线头的。）她停下来，感觉受到了责备。是的，当斯图尔特·埃尔顿弯下腰时，她觉得他拥有她所渴望的一切。等他又直起身子时，她道了歉——她说她一味地谈论自己了——又说："我觉得，你是我认识的最幸福的人。"

这话与他一直思考的东西，与那种生命力轻柔向下涌动并有序重新调整的感觉，与那种花瓣飘零及一整朵玫瑰的感觉，有着奇怪的共鸣。可这是"幸福"吗？不是的。这个词似乎并不贴切，似乎并没有诠释出这种在明亮光线下被玫瑰花瓣紧紧包裹的状态。不管怎么样，萨顿太太说，在她的所有朋友中，她最羡慕他。他似乎拥有一切，而她一无所有。他们数算着：两个人的钱都够花；她有丈夫和孩子，他是单身汉；她三十五岁，他四十五岁；她这辈子没生过什么病，他说自己乐观地面对长期折磨他的病症——成天想吃龙虾却吃不了。这时，她惊叫一声，仿佛她的手指正摸着龙虾。对他而言，就连疾病也能当笑话讲。她问道：

"幸福是在世事中寻找平衡吗？幸福是把握分寸感，对吗？""什么对不对的？"他问道，很清楚她的意思，却想躲开这个冒冒失失、歇斯底里的女人，躲开她的急切、哀怨和旺盛精力，总是争来抢去的。她可能会打破并摧毁这件属于他的珍宝，这种平静从容的感觉——他的脑海中同时闪过两个形象：微风中的一面旗帜，溪流中的一条鳟鱼——一股洁净清新、明亮透彻、带有刺痛和冲击的感觉袭来，就像空气或溪流那样使他保持平衡。他要是动动手、弯弯腰或说说话，就会与层层包裹并支撑他的无数幸福微粒剥离开来。

"你什么都不在乎，什么都改变不了你。"萨顿太太扭捏地说道，张牙舞爪地比画着，就像一个四处擦油灰、砌砖头的人，而他却一声不吭地站在那儿，尽显神秘和矜持。她试图从他身上得到点什么，一个线索、一把钥匙、一种指引。她嫉妒他，又怨恨他。她觉得，她拥有强大的情绪感染力、激情和实力，再加上自己的天赋，她可以直接跟西登斯太太本人一较高下。但他不肯告诉她答案，他必须告诉她。

"我今天下午去邱园[1]了。"他一边说着，一边屈膝

---

[1] 邱园，英国皇家植物园。

又掸了掸裤子，倒不是有白色线头，而是通过重复这个动作来确认自己的身体一切正常，就跟平时一样。

如果一个人在森林里被狼群追赶，他会将衣服撕成碎片、将饼干掰碎，把它们丢给怒气冲冲的狼群。他坐在又高又快又安全的雪橇上，心里有了些着落，但依旧非常忐忑。

一整群饿狼在身后穷追不舍，他不时地还要担心扔给它们的饼干屑所剩无几——就像那些话："我今天下午去邱园了。"斯图尔特·埃尔顿在它们前面飞奔，跑回邱园，回到玉兰树下、湖边、河边。他举起手，想赶走它们。在它们当中（此刻世界仿佛到处都是嗥叫的狼），他记得邀请过他共进晚餐和午餐的人，他有时接受，有时拒绝。在美丽的邱园那片洒满阳光的草地上，尽管他可以挥动自己的手杖，可以选择这个或那个，去这里或那里，掰碎饼干扔给狼群，读读这个，看看那个，见见不同的人，去某个好心人家里拜访，但他感觉——"一个人去邱园？"萨顿太太重复道，"就你自己？"

啊！狼在他耳边嗥叫。啊！他叹了口气。就像那天下午在湖边有么一瞬间想起了从前，看到一个女子在树下缝着白色的东西，鹅群摇摇摆摆地经过，他

"唉"地叹了口气。看到平常的景象，恋人手挽着手，暴风雨侵袭后遍布废墟和绝望的地方现在洋溢着一片安宁和生机，他也会叹气。所以，萨顿太太这只狼再次提醒了他：一个人，是的，就一个人。但他镇定下来，就像当时一样，与年轻人擦身而过时，他抓住了什么。无论是什么，他都紧紧攥牢了继续前行，他同情他们。

"就一个人。"萨顿太太重复道。她说那是她无法想象的，顶着一头乌黑亮发的脑袋突然绝望地低了下去——幸福，却很孤独。

"是啊。"他说。

在幸福中，总有一种欢欣鼓舞的美好感觉。它不是得意扬扬，不是欣喜若狂，也不是赞美、名声或健康（他走上两英里就感到筋疲力尽），它是一种神秘的状态，一种恍惚迷离，一种沉醉忘我。虽然他是无神论者、怀疑论者、未受洗之人，但他猜想，这种沉醉忘我与那种让男人去当牧师、让年轻女郎（在脸上、低垂的唇上、冷酷的眼睛周围涂抹类似雪白仙客来的装饰）踯躅街头的沉醉忘我有某种相似之处，但存在这样一种区别：它将这些人囚禁，却放他自由。它让他摆脱了对任何人、任何事的依赖。

在等他开口说话时,萨顿太太也有这样的感觉。

好吧,他会停下自己的雪橇,走下来,任狼群将他团团围住,他会轻拍它们可怜又贪婪的嘴巴。

"邱园很美——开满了花——木兰和杜鹃。"他总是记不住他向她提过那些名字。

它们什么都无法摧毁。不能。可如果幸福如此莫名其妙地降临,那它也会莫名其妙地消失。在离开邱园,沿着河岸向里士满走的时候,他这样想。唉,树枝会凋落,颜色会褪去,碧绿变湛蓝,叶子颤动不止,有这些就够了。是的,这足以震撼、粉碎、彻底摧毁这个美妙的东西,这个奇迹,这件过去、现在、永远都必须属于他的珍宝。他感到焦躁不安,顾不上萨顿太太就急忙走开了。他穿过房间,拿起一把裁纸刀。好了,没事了,它依然归他所有。

杂种狗吉普西[1]

Gipsy, the Mongrel

"她笑起来特别可爱。"玛丽·布里杰若有所思地说道。一天深夜,布里杰夫妇和贝戈特夫妇围着炉火聊起老朋友们。正说起的这个人叫海伦·弗利奥特,是一个拥有甜美微笑的姑娘,她消失了。他们谁也不知道她出了什么事。听说她不知怎的遭遇了不幸,他们一直都觉得事实如此,但奇怪的是,他们从没忘记过她。

"她笑起来特别可爱。"露西·贝戈特重复道。

于是,他们开始聊起世事无常,似乎一切都充满了未知——成也好,败也罢,铭记也好,遗忘也罢,小事情也能引起大变化,天天相见的人转眼分道扬镳、永不再见。

---

[1] 创作于1939—1940年,收录于霍加斯出版社于1985年出版的《弗吉尼亚·伍尔夫短篇小说全集》。

然后，他们陷入沉默，因而听到了一个哨声——是火车还是汽笛？——一声微弱的哨声越过萨福克平原远远地传来，又渐渐消失。这声音一定让人想起了什么，至少对贝戈特夫妇来说是这样，因为露西看着她的丈夫说："她笑起来特别可爱。"她的丈夫点了点头说："你是淹不死一只微笑面对死亡的小狗的。"这听起来像是引用了谁说的话。布里杰夫妇一脸困惑。"是我们的狗狗。"露西说。"给我们讲讲你家狗狗的故事吧。"布里杰夫妇坚持道，他俩都喜欢狗。

汤姆·贝戈特一开始不好意思，就像人们发觉自己过于感情用事一样。他还声明，这不是故事，而是个性研究，不然他们会觉得他多愁善感。但他们再三催促，他便开口了——"'你是淹不死一只微笑面对死亡的小狗的。'这话是老霍兰德说的。那个雪夜，他把她拎到水桶上时就是这么说的。他是威尔特郡的一个农夫。他听到了吉卜赛人的动静——也就是口哨声。他拿着赶狗的鞭子走进雪地。他们已经走了，却留下了一些东西。树篱里好像有一个皱巴巴的纸团，其实是一只篮子，就是女人上集市用的那种草编篮子，里面有一只小不点狗狗。篮子被缝上了，这样她就没法儿跟着走了。他们给她留了一大块面包和一卷稻草——"

"这说明,"露西插嘴说,"他们不忍心弄死她。"

"霍兰德也不忍心。"汤姆接着说,"他把她拎到水面上,然后——"他扬起上嘴唇上的灰白小胡须,"在月光下,她就这样咧着嘴对他笑。所以,他饶了她。她是一只可怜的小杂种狗,一只普通的吉卜赛人养的狗,有一半猎狐梗血统,另一半天晓得是什么。她看上去像是一辈子没好好吃过一顿饭。她的皮毛跟门边的刮泥垫一样毛糙。可她有——这叫什么呢,就是你明知不应该,却还是每天一而再,再而三地原谅一个人?有魅力?有个性?不管叫什么,她就是有。不然他怎么会留下她呢?你们说说看。她把他折磨得够呛,搞得所有邻居怨声载道。她追赶他们的鸡,还撕咬羊群。他有十多次差点杀了她,但他就是下不了手——直到她弄死了他太太心爱的猫咪。他太太无论如何都要杀了她。于是,他又一次把她赶进院子,让她贴墙站着,准备扣动扳机。而她又一次笑了——面对死亡,她咧嘴笑开了,他不忍心。所以,他们把她送给屠夫,由他来做他们做不到的事。然后——又是巧合。从某种角度来看,真是一个小小的奇迹呀——我们的信就是在那天早上送到的。不管你怎么看,这纯粹是机缘巧合。那时，我们住在伦敦——我们有一个厨娘，是上了年纪的爱尔兰人。她发誓说自己听到了老鼠的声音，护壁板里有老鼠，再也没法在这个地方睡下去了什么的。又是巧合——我们以前在那里消夏——我想到了霍兰德，就写信问他能不能卖一只狗给我们，一只小猎犬，用来抓老鼠。邮递员遇见了屠夫，是屠夫把信送过去的。于是，吉普西又一次侥幸得救了。我敢说，老霍兰德很高兴。他立刻就把她送上火车，附了一封信。'别看她其貌不扬，'"汤姆再次引述，"'但相信我，她是一只有个性的狗——一只个性十足的狗。'我们把她放在厨房的桌子上。你从没见过比她更可怜的家伙了。老毕蒂说：'老鼠？它们会把她吃了的。'不过，我们后来再没听她说起这茬儿。"

说到这里，汤姆停顿了一下。似乎在他接下来要说的故事里，有一部分他觉得难以启齿。一个男人很难说清他为什么会爱上一个女人，而更难说清的是他为什么会爱上一只杂种小猎犬。但分明就是这么回事——那个小东西对他施展了某种难以形容的魔法。他在讲一个爱情故事。玛丽从他的声音中可以确信这一点。她突然有一个异想天开的念头：他曾爱过海伦·弗利奥特，那个笑起来很可爱的姑娘。他以某种方式将两者联系起来。"所有故事不都是有所关联的吗?"她问自己,因而漏听了他说的一两句话。在她听来,贝戈特夫妇想起了一些滑稽的小故事。他们不太愿意讲,但它们意义重大。

"她全都是自己学的,"汤姆说道,"我们什么都没教她,可她每天都有新花样给我们瞧——一个又一个小把戏。她会用嘴把信叼给我。或者,露西划着一根火柴,她会把它弄灭——"他把拳头按在一根火柴上,"就像这样,用她的肉垫。或是电话铃一响,她就汪汪叫,显然是在说'该死的铃声'。还有客人来的时候——你还记得她是怎么把我们的朋友当成自己的朋友来对待的吗?'你可以留下'——她就跳起来舔舔你的手,'不,我们不欢迎你'——她就冲到门口,像是在给人指出去的路。她从没犯过一次错,她就跟你一样善于识人。"

"是的。"露西肯定道,"她是一只有个性的狗。不过,"她又说,"很多人没发现这一点。这也是我喜欢她的另一个原因。话说,有个男人把赫克托送给了我们。"

汤姆接着讲下去。

"那个人叫霍普金斯,"他说,"是个股票经纪人。

在萨里有点小地位，他对此很得意。你们知道那类人的——衣冠楚楚的，就跟体育报纸上的照片一样。我相信他自己都拎不清楚，却'不忍看到你们养那种可怜的小杂种狗'。"汤姆又在引述了，这话显然刺痛了他们，"所以，他很强势地送了我们一件礼物——一只名叫赫克托的狗。"

"一只红色的塞特犬。"露西解释道。

"他的尾巴直得就像推弹杆。"汤姆继续说，"他的血统谱系非常长。吉普西本该生气和误会的，但她是一只聪明的狗，一点都不小气。和平共处——世界是由各种各样的狗狗组成的。那是她的座右铭。你能在大街上遇见他们——肩并着肩，我是说，一起跑来跑去。我敢肯定，她教了他一两招……"

"说句公道话，他是一个不折不扣的绅士。"露西插嘴道。

"就是脑袋瓜不大聪明。"汤姆拍了拍额头说。

"但举止无可挑剔。"露西争辩道。

玛丽认为，没什么比讲狗的故事更能展现人的性格了。显然，露西站在绅士狗一边，汤姆站在淑女狗一边。但这只淑女狗的魅力甚至征服了对女性一向苛刻的露西。所以，她一定有点本事。

"然后呢?"玛丽催他们说下去。

"一切都很顺利。我们一家人很幸福。"汤姆继续说,"没什么能打破和睦,直到——"说到这里,他犹豫了一下,"现在想来,"他脱口而出,"天性如此,你无法苛责。她两岁了,正值壮年。那对一个人来说是多大?十八岁?二十岁?反正她活力满满,爱找乐子,就跟一个大姑娘一样。"他停了下来。

"你想起那次晚餐了吧,"他的太太帮腔道,"哈维·辛诺特夫妇和我们共进晚餐的那个晚上。2月14日——"她奇怪地微微一笑,"是圣瓦伦丁节。"

"在我们那个地方,人们管这叫情人节。"迪克·布里杰插嘴说。

"是的,"汤姆接着说,"情人节——不就是爱神吗?总之,有个叫哈维·辛诺特的人跟我们一起吃饭。我以前从没见过他们。是业务上的联系。"(汤姆是利物浦工程大公司哈维、马什与科帕德的伦敦合伙人。)"那是一个正式的场合,对我们这样的普通人来说有点受折磨。我们希望能热情地款待他们。我们尽力而为。她,"他指了指他的太太,"没完没了地干活,提前几天就开始忙了。一切必须井井有条。你们是知道露西的……"他轻轻拍了拍她的膝盖。玛丽是知道露西的。

她可以想象餐桌铺展,餐具闪亮,为了迎接贵客,一切都像汤姆说的那样"井井有条"。

"事情搞砸了,这毫无疑问。"汤姆继续说,"这么正式的场合发生了一件小事……"

"她是那种女人,"露西插嘴说,"当她们跟你说话时,好像在暗自思忖:'这要花多少钱?这是真的吗?'而且穿得太隆重了。晚饭吃到一半,她正说着——他们像往常一样住在丽兹酒店还是卡尔顿酒店——很高兴能安安静静地吃顿便饭。如此简单又温馨,真是太惬意了……"

"她话音刚落,"汤姆插话进来,"就传来一声巨响……餐桌底下像是地震了。一阵混乱,嘎吱作响。她整个人都被弹了起来,连同她的……"他张开双臂,展示那位女士的身躯有多庞大,"一身行头。"他大胆地说道,"她尖叫道:'有东西在咬我!有东西在咬我!'"他模仿她的尖叫声,"我钻到桌子底下。"(他透过椅子的荷叶边往下看。)"哎呀,是那只放荡的小畜生!那个淘气鬼!就在那位好心的女士脚下的地板上……她生了……她生了一只小狗!"

这段回忆对汤姆来说搞笑透顶。他靠在椅子上,笑得浑身发颤。

"于是,"他接着说,"我用餐巾把他们包好,捧了出来。(幸运的是,小狗死了,已经死翘翘了。)我让她面对现实,给她闻了闻小狗。我把他们带到后院。外面月光明亮,星辰闪烁。我本可以把她打个半死,可是,你怎么忍心打一只微笑的狗呢……"

"在道德面前微笑的狗?"迪克·布里杰说道。

"你这么说也行。"汤姆笑着说,"她精神抖擞!天哪!那个小淘气,她在院子里追着一只猫跑来跑去……是的,我不忍心那么做。"

"哈维·辛诺特夫妇没在意这件事,"露西又说,"她让气氛活跃了起来。从那之后,我们成了要好的朋友。"

"我们原谅了吉普西。"汤姆继续说,"我们说不允许再发生这种事。确实没有。再也没有。但发生了其他事。很多很多事。我可以一件一件讲给你们听。可事实上,"他摇了摇头,"我不相信故事。狗跟人一样有自己的个性,也像人一样会表现自己,通过说话,通过各种各样的小事。"

"走进房里,你发现自己会问——这听起来滑稽,却是真的,"露西补充道,"她为什么那么做?就好像她是一个人一样。可她是狗,你只能猜了。有时候也猜不出。比如羊腿。她把羊腿从餐桌上衔下去,笑呵呵地用前爪捧着。这是开玩笑吗?在拿我们开玩笑?可能是吧。有一天,我们想捉弄一下她。她爱吃水果,还没熟的果子,苹果和李子。我们给她一颗带核的李子。我们想知道,她会怎么做呢?信不信由你,她没对我们生气,而是把李子含在嘴里。然后,等她觉得我们没留意时,就把核吐到她的水碗里,又摇着尾巴回来了,仿佛在说:'想不到吧!'"

"是啊。"汤姆说,"她给我们上了一课。我常常想,"他接着说,"当她趴在壁炉前的地毯上,置身于一堆靴子和废火柴之间的时候——她是如何看待我们的?她的世界是怎样的?狗狗看到的东西跟我们看到的一样,还是有所不同?"

他们也低头看了看靴子和废火柴,试着想象将鼻子贴在爪子上,以狗狗的眼睛打量红色的壁炉和黄色的火焰。但他们无法回答这个问题。

"你看到他们趴在那儿,"汤姆继续说,"吉普西在炉火的一侧,赫克托在另一侧,两只狗狗截然不同。这是一个关乎出身和血统的问题。他是贵族,她是平民。她的母亲是偷猎者,天知道她父亲是谁,她的主人是吉卜赛人,这都是自然而然的。带他俩一起出去时，赫克托正经得像个警察，总是安安分分的；吉普西却在栏杆上跳来跳去，吓唬皇家鸭子，总是追着海鸥跑。她是天生的流浪者。我们带她去河边，那里有人喂海鸥。'吃点鱼吧，'她像是在说，'这是你应得的。'我见她这么干过，信不信由你，给其中一只海鸥喂她嘴里的东西。但她不待见那些娇生惯养的富家狗——比如哈巴狗、巴儿狗。你可以想象他们趴在壁炉前的地毯上争论这件事。天哪！她让赫克托这个老古板转了性。我们真该留心的。真的，我常常自责。可事情就那样了——事情过去之后，本该如何避免就容易看清了。"

他的脸上掠过一丝阴郁，像是记起什么如他所说本可以避免的小小悲剧，尽管对听者来说，那不过像一片树叶凋零飘落或一只蝴蝶溺水而亡那般微不足道。布里杰夫妇一脸认真，想听听到底发生了什么。也许吉普西被汽车撞了，或是被人偷了。

"出事的是那个老蠢货赫克托。"汤姆接着说，"我一向不喜欢漂亮的狗。"他解释道，"他们没什么坏处，却毫无个性可言。他可能是忌妒了。他没有她那样的分寸感。就因为她干了一件事，他就想干一件更厉害的事。简而言之——某个晴朗的日子，他跃过花园的围墙,砸进邻居家的玻璃暖房,从一个老人家的胯下穿过,撞上了一辆汽车。他没伤着自己,却把引擎盖撞出一个坑——他那天干的好事让我们赔了五英镑十先令,还去了一趟治安法庭。这一切都是因她而起。要是没有她,他就像老羊一样温驯听话。唉,他们俩必须走一个。严格来说,该走的是吉普西。但这件事你要这么看,假设你有两个女佣,你不能两个人都留下,一个肯定能谋份差事,另一个不是所有人都喜欢,可能会失业,陷入困境。你不会犹豫的——你的选择会跟我们一样。我们把赫克托送给了朋友,留下了吉普西。这或许不公平。不管怎么说,麻烦就这么开始了。"

"是啊,之后就出问题了。"露西说,"她觉得自己才是家里的乖狗狗。她用各种方式显摆——那些不起眼的奇怪方式,说到底,只有狗狗才会做。"她停顿了一下。无论是怎样的悲剧,就快讲到了。那个荒唐的小小悲剧让这两个中年人如此难以启齿,无法忘怀。

"直到那时我们才知道,"汤姆接着说,"她藏着多少心事。就像露西说的,人可以说话表达,可以说'对不起',然后就翻篇了。但狗不一样。狗狗不会说话,却有,"他补充说,"记忆。"

"她记得的,"露西肯定道,"她表现出来了。比如,有一天晚上,她把一个旧布娃娃带到客厅。我一个人坐在那里。她把它拿过来,放到地板上,仿佛这是一件礼物——为赫克托的事做出弥补。"

"还有一次,"汤姆继续说,"她带回家一只白色的猫咪。一只可怜的小东西,浑身是疮,连尾巴都没有。他不愿离开我们,我们不想要他。吉普西也不想要。但这是有深意的。为赫克托的事做出弥补?这是她唯一的办法?也许……"

"也许另有原因吧,"露西接着说,"我一直说不上来。她是想暗示我们吗?让我们做好心理准备?要是她能开口说话就好了!那样一来,我们就能跟她讲道理,试着劝劝她。其实,那一整个冬天,我们隐隐约约知道有什么不对劲。她睡着之后,会汪汪叫,像在做梦。然后,她会醒过来,竖着耳朵在房里跑来跑去,像是听到什么声音似的。我常常会走到门口往外看,可根本没人。有时候,她会浑身发抖,半是害怕,半是急切。如果她是一个女人,你会说某种诱惑正渐渐将她吞噬。她想抗拒什么东西,却抗拒不了,那可以说是她本性之中的东西,过于强大,她扛不住。我们当时是这么感觉的……她不再愿意跟我们一起外出。

她会坐在壁炉前的地毯上,似乎侧耳聆听着什么。不过,最好还是把发生的事告诉你们,让你们自己判断吧。"

露西停了下来,但汤姆朝她点了点头。"结局你来讲吧。"他说。理由很简单,尽管看似荒唐,但他不确信自己能讲好结局。

露西开口了。她声音生硬,像是在读报纸。

"那是一个冬天的夜晚,1937年12月16日。白猫奥古斯塔斯坐在炉火的一侧,吉普西坐在另一侧。外面飘着雪。我想,街上的声音都被积雪掩盖了。汤姆说:'你能听见针掉在地上的声音,就跟乡下一样万籁俱寂。'这自然让我们听得更仔细了。一辆巴士驶过远处的街道。一扇门'砰'地关上了。四下的脚步声越来越稀疏。一切似乎正在消失,消失在漫天飞舞的雪花中。就在这时——我们是因为仔细听才听到了那个声音——一个哨声响起——一个悠长而低沉的哨声——又渐渐消失了。吉普西也听到了。她抬起头来,浑身颤抖。然后,她咧开嘴笑了……"露西停下来,稳了稳自己的声音又说,"第二天早上,她就不见了。"

一片沉默。他们感觉自己被巨大的空洞包裹着,朋友们永远地消失了,被某种神秘的声音召唤,消失在皑皑白雪之中。

"你们再没找到她?"玛丽·布里杰最后问道。

汤姆摇摇头。

"我们尽力了。发布悬赏,咨询警察。有传言说——有人看到吉卜赛人经过。"

"你们觉得她听到了什么?她在笑什么?"露西问,"啊,我依然祈祷着,"她感叹道,"一切还没结束!"

杂文
Essays

75

130

如何读书?[1]

How Should One Read a Book?

首先,我想强调一下标题末尾的问号。即便我能做出自己的回答,这答案也只适用于我,而非你们。其实,关于阅读,一个人能给另一个人的唯一建议是:不要接受任何建议,听从自己的直觉,展开自己的思考,得出自己的结论。如果我们能就这一点达成一致,那我觉得可以自在地提一些想法和建议,因为你们不会让它们束缚自己的独立性,而独立性是一个读者所能拥有的最重要的品质。毕竟,对书籍哪能制定什么规则呢?滑铁卢战役的开战日期是确定无疑的,但《哈姆雷特》是比《李尔王》更好的戏剧吗?谁也说不上来。每个人必须自行决断这个问题。要是让身穿厚皮袄和大长袍的权威人士进入我们的图书馆,让他们

---

[1] 本篇是在某学校发表的演讲,1926年10月发表于《耶鲁评论》,收录于霍加斯出版社于1932年出版的《普通读者Ⅱ》。

告诉我们如何阅读、阅读什么、如何评价阅读的内容，这将摧毁自由精神，而这些阅读圣殿的生机正在于自由精神。在其他任何地方，我们都可能受到法律和习俗的制约——但在那里，我们是自由的。

不过，要享受自由，请允许我说句老生常谈的话，我们当然也得自我克制。我们不可无能又无知地浪费自己的能力，为浇一丛玫瑰而喷湿半个屋子。我们必须将它们训练得精确有力，直击要害。这或许是我们在图书馆里面对的首要困难之一。什么是"直击要害"？这里似乎只有一大堆乱七八糟的东西。诗歌和小说，历史和回忆录，词典和蓝皮书，不同性情、不同种族、不同年龄的男男女女用各种语言写成的书籍在书架上挤来挤去。而外面，驴子在嘶叫，女人在水泵旁闲聊，马驹在田野上奔驰。我们要从何处着手呢？我们如何在这错综复杂之中建立秩序，从而在阅读中获得最深刻、最丰厚的乐趣呢？

既然书籍有小说、传记、诗歌等种类之分，我们就应当分门别类，从每一类别中获取它理应给予我们的东西。这说起来很简单，但很少有人问问书籍本身能给予我们什么。最常见的是，我们怀着模糊而矛盾的想法去读书，要求小说应该真实，诗歌应该虚构，传记应该吹捧，历史应该深化我们自己的偏见。如果我们在阅读时能摒弃这一切先入之见，那就开了一个好头。不要对作者发号施令，要试着成为他，成为他的同事和同伙。如果你一开始就踌躇不前、有所保留、评头论足，那你就是在妨碍自己从阅读中获得最完整的价值。但是，如果你尽可能地敞开心扉，那么开篇语句的百转千回所蕴含的几乎难以察觉的精妙迹象和暗示，将把你带到一个与众不同的人物面前。沉浸其中，熟悉一切，你很快就会发现，作者正在给予你的或者说试图给予你的，是更加清晰、明确的东西。我们先来聊一聊如何阅读小说。一部小说的三十二个章节试图创造的是有如一座建筑那般具体而整饬的东西：但语言比砖块更加难以捉摸，阅读也是一个比观看更耗时、更复杂的过程。也许理解小说家创作要素最迅速的方法不是阅读，而是写作，由你亲自试验语言的风险和艰难。那么，来回忆一件曾给你留下深刻印象的事吧：也许是在街角，你与两个正在谈话的人擦身而过；一棵树摇曳着，一盏电灯闪烁着；谈话的语气是诙谐的，却也是悲哀的；那一瞬间似乎包含了完整的场景和全部的构思。

然而，当你试图用语言再现它时，你会发现它瓦解成无数相互矛盾的印象碎片。有些必须削弱，而有些则必须强化。在这个过程中，你可能会完全失去对情感本身的把握。这时，放下你那词不达意、凌乱不堪的稿子，去看看一位伟大小说家是如何开篇的吧——笛福[1]、简·奥斯丁[2]或哈代[3]。现在，你能更好地领略他们的精湛技艺。我们不仅会面对不同的写作者——笛福、简·奥斯丁或哈代——也会在不同的世界里生活。在《鲁滨孙漂流记》中，我们在一条平坦的大路上跋涉，事情接二连三地发生，明白事实及其顺序就已足够。可是，如果野外和冒险对笛福而言意味着一切，它们对简·奥斯丁来说却毫无意义。她的世界在客厅，人们在此聊天，他们的谈话有如诸多镜子折射出他们的性格。等我们习惯了客厅及其折射后，要是再转向哈代，我们会再次晕头转向。我们的周围是荒原，头顶上有星辰。心灵的另一面在此刻暴露出来——是孤独时浮现出来的阴暗面，而不是与人交往时展现的光

---

[1] 丹尼尔·笛福 (1660—1731)，英国小说家，代表作《鲁滨孙漂流记》《辛格顿船长》等。

[2] 简·奥斯丁 (1775—1817)，英国女作家，代表作《傲慢与偏见》《爱玛》《理智与情感》等。

[3] 托马斯·哈代 (1840—1928)，英国作家，代表作《还乡》《德伯家的苔丝》《无名的裘德》等。

明面。我们不是要与人建立联结,而是与自然和命运。然而,尽管这些世界迥然不同,每个世界却都自成一体。每个世界的创造者都认真遵守自身视角的规则,不管他们的作品让我们读得多费劲,他们永远也不会像不入优秀的作家那样,常常在同一本书中引入两种不同的现实,让我们云里雾里。因此,从一位伟大的小说家转而去读另一位伟大的小说家——从简·奥斯丁到哈代,从皮科克[1]到特罗洛普[2],从司各特[3]到梅瑞狄斯[4]——就是要经历摔打,推倒重来,被搅得天翻地覆。阅读小说是一门困难而复杂的艺术。如果你想得益于小说家——伟大的艺术家——给予你的一切,你不仅得拥有极其敏锐的洞察力,还得有极其大胆的想象力。

可瞥一眼书架上形形色色的书,你会发现作家很少是"伟大的艺术家"。更常见的是,一本书根本称

---

[1] 托马斯·洛夫·皮科克(1785—1866),英国诗人、小说家,代表作《噩梦隐修院》等。

[2] 安东尼·特罗洛普(1815—1882),英国小说家,代表作《巴彻斯特养老院》《巴彻斯特大教堂》等。

[3] 沃尔特·司各特(1771—1832),英国诗人、历史小说家,代表作《最后一个行吟诗人之歌》《艾凡赫》等。

[4] 乔治·梅瑞狄斯(1828—1909),英国诗人、小说家,代表作《现代爱情》《利己主义者》等。

不上是一件艺术品。例如，这些与小说和诗歌紧挨着摆放的传记和自传，讲述了伟人的生平——那些早已离世、被遗忘之人的生平，难道我们要因为它们不是"艺术品"而拒绝阅读吗？还是我们应该阅读，但要以不同的方式、怀着不同的目的去阅读？我们阅读它们首先是为了满足好奇心吗？这种偶尔攫住我们的好奇心就像夜晚时分，我们徘徊在一幢房子前面，屋内灯光亮起，百叶窗尚未拉下，房子的每一层楼都向我们展示着人类生活的不同切面。于是，我们对这些人的生活充满了好奇——仆人们正在闲聊，绅士们正在用餐，一个女孩正在为派对梳妆打扮，一个老妪正在窗前织毛线。他们是谁？是什么样的人？叫什么名字？干什么工作？会想些什么？又经历过什么样的冒险？

　　传记和回忆录回答了这些问题，照亮了无数这样的房子。它们向我们展示了人们的日常生活，辛劳、失败、成功、饮食、爱恨，直至他们死去。有时，正当我们看着时，房子渐渐隐去，铁栏杆消失不见，我们转而来到海上，我们捕鱼、远航、战斗。我们置身于野蛮人和士兵中间。我们参与着伟大的战役。或者，要是我们想留在英国，留在伦敦，那场景依然可以变化。街道变窄，房屋变得狭小、拥挤，镶着菱形的窗格,散发着恶臭。我们看到诗人多恩[1]从一幢房子里逃出来,因为墙壁太薄,孩子们一哭闹,噪声就穿墙而过。我们可以跟随他,穿越书页中的小径,来到特维克纳姆。来到贝德福德伯爵夫人[2]的公园,那是贵族和诗人聚会的知名地点。然后转道威尔顿,来到丘陵下的那座大宅邸,听西德尼[3]为他的妹妹[4]朗读《阿卡迪亚》,再在那片沼泽地里漫步,看看这部著名的浪漫小说中描绘的苍鹭。随后,再跟随另一位彭布罗克伯爵夫人安妮·克利福德[5]一同北行至她的荒原。或是一头扎进城市,在看到身穿黑丝绒西装的加布里埃尔·哈维[6]与斯宾塞[7]就诗歌争执不下时,努力克制自己的兴奋之情。在伊丽莎白时代的伦敦,在交替出现的黑暗和辉

---

[1] 约翰·多恩(1572—1631),英国玄学派诗人。

[2] 即露西·哈灵顿·罗素(1581—1627),著名文学赞助人。

[3] 菲利普·西德尼(1554—1586),英国诗人、政治家,代表作《阿卡迪亚》《诗辩》等。

[4] 玛丽·西德尼(1561—1621),即彭布罗克伯爵夫人,文学赞助人、翻译家,深受伊丽莎白女王喜爱。

[5] 安妮·克利福德(1590—1676),也被称为彭布罗克伯爵夫人,著名文学赞助人,留下了大量日记和书信。

[6] 加布里埃尔·哈维(1550—1630),英国作家,斯宾塞的好友,曾致力于推广古典六音步诗歌。

[7] 埃德蒙·斯宾塞(1552—1599),英国诗人,代表作《仙后》《牧羊人月历》等,被誉为"诗人中的诗人"。

煌之中摸索前行、跌跌撞撞，没什么比这更有趣的事了。但不要就此止步。坦普尔们[1]、斯威夫特们[2]、哈莱们、圣约翰们召唤我们继续前行，要弄清楚他们的争执、解读他们的性格得花上好几个小时。等我们对他们心生厌倦，我们可以继续漫步，与一位一袭黑衣、戴着钻石的女士擦身而过，去找塞缪尔·约翰逊[3]、戈德史密斯[4]和加里克[5]。要是我们愿意的话，也可以横渡海峡，去见一见伏尔泰、狄德罗和杜·德芳侯爵夫人[6]。然后再回到英国，回到特维克纳姆——有些地方、有些名字总是重复出现！——贝德福德伯爵夫人的公园旧址，后来蒲柏[7]也在这里居住过，再回到沃波尔[8]

---

1 威廉·坦普尔 (1628—1699)，英国散文家、外交家。
2 乔纳森·斯威夫特 (1667—1745)，英国作家、政治家，代表作《格列佛游记》《木桶的故事》等。
3 塞缪尔·约翰逊 (1709—1784)，英国诗人、散文家、评论家，代表作《伦敦》《诗人列传》等。
4 奥利弗·戈德史密斯 (1730—1774)，爱尔兰小说家、剧作家，代表作《世界公民》《威克菲尔德的牧师》等。
5 大卫·加里克 (1717—1779)，英国演员、剧作家。
6 杜·德芳侯爵夫人 (1697—1780)，法国贵族、艺术赞助人。
7 亚历山大·蒲柏 (1688—1744)，英国诗人，翻译史诗《伊利亚特》《奥德赛》，代表作《田园诗集》《夺发记》等。
8 霍勒斯·沃波尔 (1717—1797)，即奥福德伯爵四世，英国作家，代表作《奥特兰托城堡》等。

在草莓山的旧宅。而沃波尔又给我们介绍了一大堆新朋友，有太多宅子要拜访，有太多门铃要按响，以至于我们可能会有片刻的晕头转向，比如在贝丽丝小姐家的门口就会这样，因为瞧见萨克雷[1]走了过来，他是汰波尔深爱女子的朋友。如此这般，仅仅是拜访一位又一位朋友、漫步一个又一个花园、前往一座又一座宅子，我们就从英国文学的一个时代走向了另一个时代。回过神来，我们发现自己又回到现在——如果我们能将此时此刻与发生过的一切彻底区分的话。这就是我们阅读这些生平和信件的方式之一。我们可以让它们照亮昔日的众多窗口，可以观察已故名人的日常习惯。有时，我们可以想象与他们非常亲近，能意外发现他们的秘密；有时，我们可以拿出他们写的某部戏剧或某首诗，看看在作者面前朗读的感觉是否有所不同。但这又引出了其他问题。我们必须问自己，一本书受其作者生活的影响有多深——让一个人解读作家到何种程度是安全的？语言如此敏感，极易受到写作者个性的影响。他在我们心中激起同情和反感，我们对此应有多大程度的抗拒或接受？这些都是阅读生

---

[1] 威廉·萨克雷（1811—1863），英国作家，代表作《名利场》等。

平和信件时压在我们心头的问题,我们必须做出自己的回答,因为在如此私人的事情上,没什么比被他人的偏好影响更致命的了。

此外,我们也可带着另一种目的阅读这类书籍,不是为了了解文学,不是为了熟悉名人,而是为了提升和锻炼我们自己的创造力。书架右侧不是有一扇开着的窗户吗?停下阅读、向外看看是多么令人愉快啊!外面的景致因其无知无觉、毫无关联、永恒流动显得多么振奋人心啊——马驹绕着田野奔驰,女人在井边往桶里添水,驴子仰头尖厉长吟。任何图书馆的大部分藏书不过就是记录了男人、女人和驴子生活中这些稍纵即逝的时刻。每一种文学,待到日薄西山时,都会积起自己的垃圾堆,那些对逝去的时刻和被遗忘的生命的记录是用业已消亡的语言支支吾吾、轻声轻气讲述的。可是,如果你放任自己享受在垃圾堆里阅读的乐趣,你会对那些被丢弃在一旁腐烂的人类生活遗迹感到惊讶,甚至被它们征服。也许是一封信——但它呈现了多么美好的画面啊!也许是几句话——但它们给人多么美好的展望啊!有时,一整个故事拼凑成形,带着绝佳的幽默、凄婉和完满,仿佛出自某位伟大小说家之手,但其实只是老演员泰特·威尔金森[1]，回忆着琼斯船长的奇遇故事；只是亚瑟·韦尔斯利[2]手下的年轻副官，在里斯本爱上了一个漂亮姑娘；只是玛丽亚·艾伦，在空荡荡的客厅放下针线活，叹着气说她多么希望自己当初听从伯尼博士[3]的忠告，没有跟她的瑞希私奔。这一切没有任何价值，说到底不值一提。然而，当马驹绕着田野奔驰、女人在井边往桶里添水、驴子嘶嘶长鸣之时，时不时在垃圾堆中翻一翻，寻找掩埋在遥远过去的戒指、剪刀和断鼻子[4]，并试着将它们拼凑起来，这是多么趣味盎然啊！

但从长远来看，我们会厌倦阅读垃圾。我们会厌倦寻找内容补足半真半假的陈述，而威尔金森们、邦伯里们、玛丽亚·艾伦们能够给予我们的只有这些。他们没有艺术家那种运筹帷幄、删繁就简的能力，他们甚至无法吐露自己生活的全部真相，他们破坏了原本可以很完美的故事。他们只能为我们提供事实，而事实是一种十分低级的虚构形式。因此，我们渐渐渴

---

1 泰特·威尔金森（1739—1803），英国演员、剧场经理。
2 亚瑟·韦尔斯利（1769—1852），英国军事家、政治家，获封威灵顿公爵，曾两次任英国首相，世界历史上唯一获得八国元帅军衔者。
3 查尔斯·伯尼（1726—1814），英国作曲家、音乐史学家，是女作家范妮·伯尼（1752—1840）的父亲。
4 或指雕像。

望抛开半真半假和似是而非,停止寻找人性的幽微之处,而去欣赏想象中更宏大的抽象、更纯粹的真实。于是,我们创造出一种情绪,强烈而笼统,不拘细节,但通过一些有规律的、重复的节奏加以强调,其自然的表达方式就是诗歌。等我们几乎能够写出诗来,就到阅读诗歌的时候了。

> 西风啊,你何时吹起?
> 让细雨回归大地。
> 主啊,愿爱人躺在我怀里,
> 再度共枕于床笫![1]

诗歌的冲击力如此强烈而直接,当下除了诗歌本身,不会有任何其他感觉。那一刻,我们徜徉于深不可测之境——我们始料未及,全情投入!在诗里,没什么能紧握的,也没什么能阻止我们飞翔。小说的幻想是渐进的,其效果是可以预料的。可读这四行诗时,谁会停下来询问是谁写的,或联想到多恩的宅邸、西德尼的秘书,或将它们与扑朔迷离的过去和绵延不绝

---

[1] 出自英国无名诗人的诗歌 *The Lover in Winter, Plaineth for the Spring*。

的世代更替搅在一起？诗人永远是我们的同代人。此时此刻，我们的生命是聚焦而收拢的，就像遭遇任何一种强烈的个人情绪震荡时那样。随后，可以确定的是，那感觉会在我们的脑海中一圈一圈荡漾开来，触及更遥远的知觉。它们开始鸣响和评论，我们也察觉到回声和思想。饱满的诗歌涵盖了无穷无尽的情绪。我们只需比较一下，将这里的感染力和直白：

> 我将像树轰然倒下，倒落之地就是我的坟墓，
>
> 忘却一切，只留悲伤[1]

与这里的摇曳韵律对比：

> 落沙细数分秒，
>
> 如沙漏一般；光阴漫长
>
> 我们蹉跎死去，无动于衷；
>
> 纵情享受欢愉岁月，最后归家，
>
> 在悲伤中结束一切；而生命，

---

[1] 出自莎士比亚同时代剧作家弗朗西斯·博蒙特（1584—1616）和约翰·弗莱彻（1579—1625）合著的戏剧《少女的悲剧》。

厌倦了放纵,细数颗颗沙粒,

叹息哀号,直至落尽,

苦难终于结束,归于安息[1]

或将这里的宁静沉思:

无论年轻或衰老,

我们的命运,我们生命的重心和归宿,

只会与无限同在;

带着永不枯竭的希望,

还有努力、期待和渴望,

以及即将到来的一切[2]

与这里的无限清朗并置:

月儿悠悠升上夜空,

一路无可停留;

她轻盈向上飘去,

---

[1] 出自英国剧作家约翰·福特(1586—1639)的《情人的悲哀》。
[2] 出自英国诗人威廉·华兹华斯(1770—1850)的长诗《序曲》。

只有一两颗星辰相伴——[1]

或与这里的绮丽幻想并置:

> 林间的幽魂
>
> 不会停止游荡
>
> 哪怕在僻远的空地,
>
> 广袤世界付之一炬
>
> 一缕幽微的火焰腾空而起
>
> 在他看来仿佛是
>
> 树荫中的番红花[2]

这些诗能让我们对诗人的多才多艺产生思考:他能让我们既当演员又当观众;他能摸清角色,就像把手伸进手套那般熨帖,化身为福斯塔夫[3]或李尔王;他能持之以恒地精简、扩充和表达。

---

[1] 出自英国诗人塞缪尔·泰勒·柯勒律治(1772—1834)的长诗《古舟子咏》。

[2] 出自埃比尼泽·琼斯(1820—1860)所作诗歌 When The World is Burning。

[3] 福斯塔夫,莎士比亚历史剧《亨利四世》中的人物,是莎翁笔下最出名的喜剧人物之一。

"我们只需要比较一下"——一语道破天机，这句话承认了阅读真正的复杂性。第一步，以最大的理解力接纳印象，只完成了阅读过程的一半。如果我们想从一本书中获得全部的乐趣，就必须完成另一半。我们必须对这些纷繁印象做出评判，必须将这些缥缈易逝的形象凝结成一个坚实而长久的形象。但不必急于一时。等阅读扬起的尘灰落定，等矛盾和疑问渐渐平息，去散散步、聊聊天，摘下玫瑰凋枯的花瓣，或是睡上一觉。然后，忽然之间，始料未及地——大自然就是这样不经意促成这些转变的——那本书再次浮现，却变得不一样了。它会作为一个整体飘浮在意识上层，作为整体的书有别于此前按独立语句接触的书。现在，种种细节各就各位。我们完完整整地看清了那个形象：它是一座谷仓、一个猪圈或一座大教堂。这样一来，我们就能将一本书与另一本书进行比较，就像比较一座建筑与另一座建筑。但这种比较行为意味着我们的态度已经改变，我们不再是作者的朋友，而是他的裁判。正如当朋友再怎么体贴也不过分，当裁判再怎么严厉也不过分。那些浪费我们时间和感情的书，它们不就是罪犯吗？那些虚伪之书、捏造之书、让空气中弥漫腐朽和病态之书的写作者，他们不就是社会最奸险的敌人、腐化者、亵渎者吗？所以，让我们做出严厉的评判，让我们把每一本书与同类别中最伟大的作品进行比较。那些我们读过的书因我们做出的评判而形象具体，在脑海中盘桓——《鲁滨孙漂流记》《爱玛》《还乡》。将小说与它们进行比较——就连最新、最没名气的小说也有权利与最好的作品一较高下。诗歌也是如此——当韵律的醉人感觉平息，当辞藻的绚烂消逝，一个梦幻般的形象会再次出现在我们眼前，它必须与《李尔王》《费德尔》[1]《序曲》进行比较。如若不然，也可与同类诗歌中最杰出的或在我们看来是最杰出的作品进行比较。我们也许由此可以确定，新诗和新小说的"新"是其最肤浅的特点，我们只需稍加改动评判之前作品的标准，而无须另起炉灶。

如果因此假定阅读的第二步（评判和比较）同第一步（敞开心扉接纳无数印象蜂拥而至）一样简单，那就太愚蠢了。抛开书本继续阅读，将一个模糊形象与另一个模糊形象进行比较，博览群书并拥有足够理解力让这类比较变得生动活泼、富有启迪性——这是一件困难的事，更难的是再进一步表达："这本书是这

---

[1]《费德尔》，法国剧作家让·拉辛（1639—1699）所作悲剧。

种类型的,还具有这样的价值。它失败在这里,成功在这里;这里写得糟,那里写得好。"要履行读者的这部分职责,需要非凡的想象力、洞察力和学识,很难想象谁有足够多的天赋,就连最自信的人也至多只能在自己身上发现这些能力的萌芽罢了。那么,将阅读的这一步舍去,让批评家、图书馆里身穿大长袍和厚皮袄的权威人士来替我们评判一本书有何绝对价值,这样岂非更明智?可这怎么可能呢!我们也许会强调共情的重要性,也许会尽量忘我地阅读。但我们明白,我们不可能全然共情,也不可能完全沉浸其中。我们心中始终有一个恶魔低语着"我厌恶,我喜欢",我们却无法让他闭嘴。事实上,正因为有厌恶和喜欢,我们与诗人和小说家的关系才如此密切,容不得别人介入。即便意见与别人不同,即便我们的评判出现错误,但我们的品位——那种震撼身心的感觉神经——依然是我们主要的指明灯。我们通过感觉进行学习,一旦压抑自己的天性,就会使其削弱。不过,随着时间的推移,我们也许可以"训练"自己的品位,让它听从一定的控制。等它贪婪无度地对各类图书大快朵颐之后——诗歌、小说、历史、传记——它停下阅读,在现实世界的包罗万象和方枘圆凿中寻找广阔的空间,这时,我们会发现它有了一点变化,变得不那么贪婪了,更善于反思了。它不仅能让我们对特定的图书做出评判,也能告诉我们一些书拥有共同点。它会说:听着,我们该把这个叫什么呢?然后,它也许会给我们读《李尔王》,也许再读一读《阿伽门农》[1],以便呈现那个共同点。由此,以我们的品位为引导,我们将超越某一本书,去寻找将书籍归于同类的特点。我们将为之命名,从而建立一种规则,使我们的见解有条有理。我们将从这种区分中获得一种更深入、更难得的愉悦。然而,规则只有在与书籍本身的接触中不断被打破才能焕发生机——没什么比在封闭的状态中制定脱离现实的规则更容易也更愚蠢的了。为了镇定自若地应对这项艰难的尝试,现在终于可以求助那些出类拔萃的作家了,他们能在文学艺术上为我们带来启迪。柯勒律治、德莱顿[2]和约翰逊那些深思熟虑的评论,他们作为诗人和小说家的那些细致推敲的言论,往往出人意料地一语中的,点亮我们脑海深处磕磕绊绊、云里雾里的模糊想法,并使之凝结成形。不过,只有当

---

1 《阿伽门农》,古希腊悲剧作家埃斯库罗斯的代表作之一。

2 约翰·德莱顿(1631—1700),英国诗人、剧作家、文学批评家,代表作《一切为了爱情》《论戏剧诗》等。

我们带着自己在阅读过程中实实在在积累起来的疑问和想法前去请教时,他们才能帮到我们。如果我们臣服于他们的权威,就像绵羊躺在树篱的阴影之下,他们也无能为力。只有当我们的评判与他们的评判发生冲突,并被其征服时,我们才能有所领悟。

既然真正阅读一本书需要具备想象力、洞察力和判断力这些极其出色的品质,你也许会得出结论:文学是一门非常复杂的艺术,我们就算读上一辈子,也不太可能为文学批评做出任何有价值的贡献。我们只能继续当读者,不应享有更多的荣耀。它属于那些凤毛麟角之辈,他们既是读者,又是批评家。然而,作为读者,我们依然有自己的责任,甚至是重要性。我们建立的标准和做出的评判会渐渐弥漫于空气中,成为作家写作时呼吸的一部分气息。一种影响力被创造出来,它会对作家施加影响,哪怕永远不会被出版。这种影响力若是有理有据,充满活力、个性和真诚,在评价未有定论之时,或许会有重大价值。因为接受评论的书籍就像射击场上列队出现的动物靶子,评论家只有一秒钟的时间装弹、瞄准并射击。如果他将兔子误认为老虎,将老鹰误认为家禽,或是彻底失手,将子弹浪费于在远处田野安然吃草的奶牛身上,这也是情有可原的。除了媒体参差不齐的舆论轰炸之外，如果作家能感受到另一种评价，来自出于热爱而阅读的人们——他们阅读时不慌不忙，不甚专业，做出的评价带有极大的共情，又非常严厉，这岂非可以提高作家作品的质量吗？如果我们能用自己的方式让书籍变得更优质、更饱满、更多样化，那将是一个值得奋斗的目标。

不过，无论多么令人向往，谁阅读是为了实现目标呢？难道有些追求的存在不是因为它们本身很美好吗？难道不能只是为了快乐去做一件事吗？阅读不就是这样的吗？至少，我有时会想象，当末日审判来临时，伟大的征服者们、律师们和政治家们将领取他们的奖赏——王冠、殊荣，姓名被永恒地镌刻在不朽的大理石上——而看到我们腋下夹着书走来，上帝会转向彼得，不无艳羡地说："看哪，这些人无须奖赏。我们这儿没什么可赠予他们的。他们热爱阅读。"

太阳和鱼 [1]

The Sun and The Fish

这是一个有趣的游戏,尤其是在天还没亮的冬日清晨。人们对心灵之眼说起雅典、塞杰斯塔[2]和维多利亚女王,然后尽可能温顺地等待着,看看接下来会发生什么。也许什么都不会发生,也许会发生很多出人意料的事。戴角质眼镜的老太太——我们已故的女王——形象栩栩如生,可不知怎的,她却与一个在皮卡迪利大街俯身捡硬币的士兵、一只摇摇晃晃穿过肯辛顿花园拱门的黄色骆驼、一把厨房里的椅子和一位挥舞帽子的尊贵老绅士联系在了一起。她早在多年前就被人们抛诸脑后,跟各种各样奇奇怪怪的东西搅在

---

[1] 创作于1928年,收录于霍加斯出版社于1950年出版的散文集《船长的死亡之床》。
[2] 塞杰斯塔,古希腊城市,位于意大利西西里岛西北部,著名景点有塞杰斯塔神庙。

一起。提起维多利亚女王，人们会列出一大堆毫无关联的东西，至少要花上一个星期分类整理。另外，人们可能会提起黎明时分的勃朗峰、月光下的泰姬陵，大脑却依旧一片空白。这是因为，一个场景只有在我们储存记忆的怪潭中才能存活，如果它有幸能与其他随之产生的情感联系在一起的话。各个场景以不相协调、不分贵贱的方式结合在一起（就像女王和骆驼），以便让彼此保持生机。因为没有找到合适的共生伙伴，勃朗峰、泰姬陵这些我们千辛万苦远行去看的风景便渐渐褪色、消散，直至荡然无存。在临终之榻上，我们或许看不到比一只猫和一位戴遮阳帽的老太太更奇妙的组合了。缺少共生伙伴，美好的场景终将消逝。

所以，在这个天还没亮的冬日清晨，当现实世界暗淡无光时，让我们看看心灵之眼能为我们做些什么吧。给我看看日食，我们对心灵之眼说，让我们再看一眼那神奇的景观。我们立刻就看到了，但心灵之眼只是名义上的眼睛。它其实是一丛神经，能听见声音，能闻到味道，能传递冷热，与大脑相连，刺激意识进行辨识和思考——只是为了简单起见，我们才说我们在深夜实时地"看到"了火车站。一群人聚在检票口，可这群人多么奇怪啊！他们的胳膊上挎着雨衣[1]，手里拎着小箱子。他们一脸兴之所至的模样。他们身上有一种骚动不安的统一性，这种统一性源自他们（但在这里说"我们"更恰当）意识到他们有着相同的目的。没有比这更奇怪的目的了，它让我们在那个六月的夜晚相聚在尤斯顿火车站——我们是来看日出的。就在那一刻，像我们这样的火车正从英格兰各地出发去看日出。所有火车头都面朝北方。当我们在远僻的乡间停留片刻时，路过的汽车的淡黄车灯也朝向北方。那一晚，英格兰无人安眠，无人停留。所有人都向北前进，所有人都心系日出。夜色渐褪，无数人心心念念的天空变得比往常更为广阔而壮丽。随着时间的流逝，我们头顶上方苍白而温柔的天穹逐渐苏醒。在这个寒冷的清晨，当我们在约克郡的路边下车时，我们的感官已经自行调节，不同于平时了。我们与他人、房屋和树木的关系已不同于以往，我们已与整个世界相连。我们来到这里，不是为了入住小旅馆的卧室；我们来到这里，是为了与天空有几小时超然物外的亲密接触。

一切异常苍白。河流是苍白的，长满青草和本该

---

[1] 19世纪，苏格兰化学家查尔斯·麦金托什（1766—1843）发明防水面料，其姓氏"Mackintosh"后被用来指代雨衣。

是红色的一点红的田野也全无色彩，只是铺铺展展，围着苍白的农舍低声轻吟、起起伏伏。这时，农舍的门打开了，农夫和他的家人走出来加入队伍。他们身着礼拜服，整洁素黑，不发一言，仿佛要上山去教堂。或者，有时候，女人们只是靠在楼上房间的窗台边，带着嘲弄的神情看着队伍经过——她们似乎在说，这些人不远千里来到这儿，为的是什么？一切万籁俱寂。天空仿佛是一个身形巨大的演员，我们心有戚戚地前来赴约。他悄无声息地降临，无处不在。

我们抵达了集合地点，在一座高山上，那里丘陵绵延伸展，俯瞰一望无际的棕色沼泽地。此时，我们很冷，双脚踩在红色沼泽水中让人更觉冰凉。我们当中有些人蹲坐在雨衣上，就着杯盘吃吃喝喝，而有些人则穿着奇装异服，没有一个人处于最佳状态。尽管如此，我们还是摆出——我们依然摆出一副体面的样子。或许更确切地说，是我们收起了不值一提的个性徽章和标签。在天空的映衬下，我们的剪影排成一列，看起来就像巍然耸立于世界屋脊上的雕像。我们非常非常古老，我们是来自上古世界的男男女女，前来向黎明致以敬意。巨石阵的崇拜者们站在高草丛和巨石堆中时，一定也曾是这番模样。突然，从某辆约克郡乡绅的汽车里跳出四只精瘦的红色大狗。它们仿佛是远古时代的猎犬，鼻子紧贴地面，跳跃着追寻野猪或鹿的踪迹。与此同时，旭日冉冉而升。光在一片云朵背后缓缓亮起，云朵如白色百叶窗那般熠熠闪耀。万丈楔形金光从云上倾泻而下，让山谷里的树林绽出碧翠，将村庄描成蓝褐色。在我们身后的天空，仿佛有白色的岛屿漂浮在淡蓝的湖泊中。那里的天空无边无际，无拘无束，但在我们面前，一条柔软的雪堤却慢慢堆积起来。不过，我们继续瞧着，眼见它一点一点溃散，化作片片云絮。眨眼之间，金光凝重起来，将白云融成一片火红的薄纱，且越来越薄、越来越淡，直至某一瞬间，我们看到了光芒四射的太阳。接着是一阵停顿。一刹那的悬念，就像赛跑前的那一刻。发令员手里拿着表数秒，参赛者旋即离弦而去。

在神圣的时间耗尽之前，太阳必须穿越云层，抵达目的地，即右侧那片浅淡、透明之地。他开始了。云层在路上抛下重重障碍。它们纠缠着，阻挡着。他奋力冲破它们。当他被遮住时，人们可以感觉到他在闪耀和飞奔。他的速度惊人。一会儿露出来，灿烂夺目；一会儿藏起来，不见踪迹。然而，人们总能感觉到他在飞奔，穿透黑暗，飞向自己的目标。有一刹那，他出现了，透过望远镜向我们展示自己——一个中空的太阳，一弯新月形的太阳。那也许是在证明他正为了我们竭尽全力。现在，他要使出最后招数了。接着，他被完全遮蔽了。时间正在流逝。一只又一只手举起表。神圣的二十四秒开始了。除非在最后一秒前成功穿越，不然他就输了。人们依然能感觉到他在云层背后挣扎着奔向自由，可云层挡住了他的去路。它们四散开来，越积越厚；它们停滞不前，压制着他的速度。二十四秒只剩五秒了，而他依然被遮挡着。那生死攸关的几秒钟逝去了，我们意识到太阳要被打败了。此刻，他确实已经输了这场赛跑，沼泽地中的色彩开始尽数消退。蓝色褪成紫色，白色褪成青灰，就像一场猛烈却无风的暴风雨来临前那般。粉嫩的脸蛋变绿了，天气变得无比寒冷。太阳就这么输了，一切都结束了。我们这样想着，失望地转过身，从面前阴郁的云毯转向身后的沼泽地。它们是青灰色的，一片暗紫。但人们忽然意识到还有事要发生，一些意想不到的、令人惶恐的、不可阻挡的事。笼罩在高沼地上的暗影愈加沉黑，那感觉就像小船发生了倾斜，非但没有在关键时刻挺直，反而一点一点更歪了，而后骤然倾覆。那光线也是如此，亮起后摇摇晃晃地熄灭了。这就是结局。世界的血肉之躯已经死去,只剩下一副骨架。它悬在我们脚下,脆弱、枯黄,死气沉沉,生机尽失。随后,伴随着一阵不易察觉的骚动,这番对光明的深深致敬、对辉煌璀璨的卑躬屈膝到此结束了。而在世界的另一端,光芒冉冉升起。它陡然现身,仿佛在一秒钟的巨大停顿后,一个动作引发了另一个动作,而在此处寂灭的光又在别处亮了起来。从未有过这般焕然新生、复旧如初的感觉。生命的疗愈力量似乎尽数汇聚于此。但刚开始时,绽开的光芒形成一道如彩虹般的色环,那光如此苍白、虚弱和诡谲,仿佛大地永远不会被如此寡淡的色彩装扮。它悬在我们脚下,像一只囚笼,像一个铁环,像一颗玻璃球。它看似会被吹散,又似会被击碎。可是,当那支巨大的画笔拂过山谷中黑压压的树林,将树林之上的山峦染成蓝色时,我们变得越来越坚定和放心,也备感自信。世界变得愈加坚实,愈加拥挤,成为无数农舍、村庄和铁路的寄居之地,直到文明的整体脉络被塑造成形。但我们依然记得我们脚下的大地是由色彩构成的,这色彩可能会被吹散殆尽。然后,我们将立于一片枯叶之上,而我们这些在大地之上踏踏实实走每一步的人,将亲眼见证它的死亡。

可心灵之眼还没有善罢甘休。遵循着某种我们无法直接理解的自我逻辑，它此时向我们呈现出一幅图景，或者更确切地说，是炎炎夏日里伦敦的笼统印象。从动乱扰攘的程度来判断，那是伦敦社交活动的高峰期。我们费了些时间才意识到，我们先是去了一些公园。从柏油路和到处乱扔的纸袋来看，我们接着又去了动物园。然后，在没有任何心理准备的情况下，两尊完美无瑕的蜥蜴雕像呈现在我们眼前。毁灭之后是平静，倾覆之后是坚固——那也许就是心灵之眼的逻辑。总之，一只蜥蜴一动不动地骑在另一只蜥蜴的背上，只有金色眼睑的翻眨或绿色肋腹的翕张表明它们是活生生的，而不是由青铜制成的。面对如此静谧的沉醉忘我，人类的一切激情显得偷偷摸摸、躁动不安。时间仿佛静止了，展现在我们眼前的是不朽。世界的喧嚣从我们身上剥落，就像一朵云分崩离析。坦克划破漫天黑暗，将不朽的方阵包围起来，那是阳光灿烂的安宁世界。那里既不会下雨，也没有云彩。那里的居民永远都在进化，其纷繁精妙因毫无所图而更显崇高。为了获得飞箭一般的敏捷，蓝色和银色的军队保持着完美的距离，先向这边射击，再向那边射击。完美的纪律，绝对的控制，毫无理智可言。与鱼的进化相比，人类最伟大的进化似乎是渺小而无常的。这里的每一个世界（大小也许是四乘五英尺）都拥有完美的秩序和方法论。对于森林，它们拥有一半竹竿。对于山峦，它们拥有沙丘。对于贝壳，它们的曲面和褶皱中蕴藏着一切冒险与浪漫。一个水泡的升起，在其他地方不值一提，在这里却是一件意义非凡的事。那银色水泡自水中螺旋上升，撞在上方看似平铺于水面的玻璃片上破裂了。没有任何存在是多余的。那些鱼似乎是被精心塑造成这副模样的，被丢进这个世界只是为了做自己。它们既不会工作，也不会哭泣。它们的身形就是它们存在的理由。除了存在即完美这个充分的理由之外，它们还会因其他什么缘故被塑造成这样吗——有些圆溜溜的，有些细细窄窄的，有些背上长着辐射状的鳍，有些身上布着带电的红光，有些起伏时有如煎锅上的白色煎饼，有些身披蓝色盔甲，有些长着硕大的爪子，还有些布满骇人的巨大触须？人们对一半鱼类的关注已经超过了所有人类种族。在粗花呢和丝绸的裹覆之下，我们拥有的不过是千篇一律的肉粉裸体。不像这些鱼，诗人没有透明的脊骨，银行家没有利爪，国王和女王没有翎颔或口须。总之，要是让我们赤条条地进入水族馆——还是到此为止吧。此刻，心灵之眼闭上了。它已向我们展示了一个死寂的世界和一条不朽的鱼。

女性与小说[1]
Women and Fiction

这篇文章的标题有两种解读方式：既可以指女性和她们写的小说，也可以指女性和写她们的小说。这种模棱两可是有意为之的，因为谈论女性作家需要尽可能多的灵活性，必须留出空间探讨她们作品之外的东西，这些作品深受与艺术毫不相关的因素影响。

对女性写作最肤浅的探究立刻会引出一大堆问题。我们马上会问，为什么18世纪以前的女性没有持续写作呢？为什么她们后来几乎和男人一样常常写作，并在写作过程中产出了一部又一部英国小说中的经典之作呢？为什么她们的艺术创作当初以及现在在一定程度上依然采用了小说的形式呢？

我们稍加思考就能明白，对于我们提出的问题，

---

[1] 本篇为1928年10月在剑桥发表的演讲，后来伍尔夫以此为基础进行了修改和扩充，创作了《一间自己的房间》。

得到的答案不过是进一步的虚构[1]。目前，这答案被锁在陈旧的日记中，塞进老旧的抽屉里，快被年老之人遗忘了。这答案可以在那些默默无闻之人的生活中找到——在那些近乎黑暗的历史走廊里，世世代代的女性形象如此晦暗，鲜少为人所见，因为人们对女性知之甚少。英国的历史是男性血统的历史，而不是女性的。关于父辈，我们总能了解一些事实、一些特质。他们是士兵或水手，他们出任了某个公职或制定了某条法律。可我们的母亲、（外）祖母和（外）曾祖母们留下了什么？除了传说，一无所有。她们有的美丽，有的一头红发，有的曾被女王亲吻过。除了她们的名字、她们的结婚日期，以及生了几个孩子，我们对她们一无所知。

因此，若我们想知道在特定的时代，为何女性会这么做或那么做，为何她们什么都没写，为何却又写出了杰作，这极难讲清楚。如果有人想梳理陈旧的纸堆，想颠覆历史的错漏，以此建构一幅忠实描绘莎士比亚时代、弥尔顿[2]时代、约翰逊时代普通女性日常生

---

[1] 此处双关，"fiction"一词既指"小说"，也指"虚构"。

[2] 约翰·弥尔顿（1608—1674），英国诗人，代表作《失乐园》《复乐园》《斗士参孙》等。

活的图景，此人将不仅写出一本趣味盎然的书，也将为评论家提供一件现下正短缺的武器。卓尔不群的女性出自平凡无奇的女性。我们只有知道普通女性的生活状况——她生了几个孩子，是否有经济来源，是否拥有一间属于自己的房间，养育子女是否有人帮忙，是否有仆人，是否要承担部分家务——我们只有考量了普通女性可能拥有的生活方式和生活体验，才能解释优秀女性身为作家何以成功或失败。

不同的活跃期之间似乎隔着奇特的沉默期。公元前600年，萨福[1]和一小群女性在一座希腊岛屿上写诗。随后，她们销声匿迹了。后来，在公元1000年左右，我们又发现了一位宫廷贵妇——紫式部夫人[2]，她在日本写了一部优美的长篇小说。16世纪是英国剧作家和诗人最为活跃的时期，女性却缄默无言。伊丽莎白时代的文学以男性独尊。之后，在18世纪末、19世纪初，我们发现女性又开始写作了——这一次是在英国——源源不断，硕果累累。

沉默与发声神奇地交替出现，法律和习俗自然要负主要责任。15世纪，一个女人如果不嫁给她父母选

---

[1] 萨福，古希腊第一位女诗人，创造了"萨福体"，推动了抒情诗歌的发展。
[2] 紫式部夫人，日本女作家，代表作《源氏物语》。

定的男人,她可能会在房里被拖来拽去地暴打,这种精神氛围不利于创作艺术作品。在斯图亚特王朝时期,不经本人同意就能将一个女人嫁给一个男人,他由此成为她的主人和丈夫,"至少法律和习俗规定如此"。她可能没有时间写作,也鲜少获得鼓励。我们身处精神分析的时代,开始意识到环境和暗示对心灵具有重大影响。而且,借助回忆录和信件,我们开始明白创作一件艺术作品需要怎样煞费苦心,艺术家的心灵又需要怎样的庇护和支持。济慈[1]、卡莱尔[2]和福楼拜[3]等人的生平和信件向我们证明事实的确如此。

由此可见,法律、习俗和行为方式方面发生的无数细微变化预示了19世纪初英国小说会如雨后春笋般涌现。19世纪的女性享有一定的闲暇,接受过一定的教育,中上阶层的女性自主选择丈夫不再稀奇。且值得注意的是,在四大女性小说家中——简·奥斯

---

[1] 约翰·济慈(1795—1821),英国浪漫派诗人,代表作《夜莺颂》《希腊古瓮颂》等。

[2] 托马斯·卡莱尔(1795—1881),英国作家、评论家、历史学家,代表作《法国大革命》《过去与现在》等。

[3] 居斯塔夫·福楼拜(1821—1880),法国作家,代表作《包法利夫人》《情感教育》等。

丁、艾米莉·勃朗特[1]、夏洛蒂·勃朗特[2]、乔治·艾略特[3]——没有一位生育子女，有两位未婚。

不过，虽然不允许女性写作的禁令已经解除，但似乎依然存在巨大的压力迫使女性选择写小说。在才华和个性方面，再没有谁比这四位女性更迥然不同的了。简·奥斯丁与乔治·艾略特毫无共同之处，乔治·艾略特与艾米莉·勃朗特截然相反。可是，她们都从事了相同的职业，她们写的都是小说。

小说曾经是，现在依旧是女性最容易写作的东西。此中原因并不难找。小说是最不需要集中注意力的艺术形式。比起戏剧或诗歌，小说更易于时写时停。乔治·艾略特可以放下工作去照顾她的父亲。夏洛蒂·勃朗特可以搁下笔去削土豆芽眼。一个女人在共用的客厅里忙活，四周围满了人，她训练自己的头脑去观察和分析人物。她训练自己成为一位小说家，而非一位诗人。

---

[1] 艾米莉·勃朗特 (1818—1848)，英国作家、诗人，代表作《呼啸山庄》。
[2] 夏洛蒂·勃朗特 (1816—1855)，英国作家，代表作《简·爱》《维莱特》等。
[3] 乔治·艾略特 (1819—1880)，原名玛丽·安·埃文斯，英国作家，代表作《弗洛斯河上的磨坊》《米德尔马契》等。

即便是在 19 世纪,一个女人也几乎只活在自己的家庭和情感之中。那些 19 世纪的小说虽然出色,却深受一个事实的影响——创作这些小说的女性因其性别之故被排斥于某些经验之外。那种经验对小说具有深刻影响是毋庸置疑的。例如,如果康拉德[1]没能当上水手,那他小说中最精彩的内容就消失了;如果抛开托尔斯泰作为一名士兵对战争所拥有的了解,也抛开他作为一名富家公子因其教养得以享有丰富阅历而对生活和上流社会所拥有的了解,那么《战争与和平》将变得异常贫瘠、无趣。

然而,对于创作出《傲慢与偏见》《呼啸山庄》《维莱特》和《米德尔马契》的女性而言,她们被强行剥夺了一切经验,只剩下在中产阶级客厅里所拥有的际遇。她们不可能拥有战争、航海、政治或商业方面的直接体验,就连她们的情感生活也受到法律和习俗的严格约束。当乔治·艾略特大胆地与刘易斯先生未婚同居时,公众舆论一片哗然。迫于压力,她退隐郊区,这无疑严重影响了她的创作。她写道,除非人们主动要求前来拜访她,否则她绝不邀请别人。与此同时,在欧

---

[1] 约瑟夫·康拉德(1857—1924),英国作家,代表作《黑暗的心》《吉姆老爷》等。

洲的另一边，当兵的托尔斯泰正过着逍遥自在的生活，与来自各个阶级的男男女女交往。没有人因此指责他，而他的小说也从中汲取了意想不到的丰富性和活力。

但影响女性小说的不仅是女性作家必然狭隘的生活经验，至少在 19 世纪，女性小说还显示出另一个可能与作家性别相关的特征。在《米德尔马契》和《简·爱》中，我们不仅能感受到作者的个性——正如我们能感受到查尔斯·狄更斯的个性一样，还意识到女性的立场——意识到有人憎恶因其性别带来的不公正待遇，并为女性争取权利。这为女性写作注入了一种男性写作全然没有的元素，除非他真的碰巧是工人、黑人或因某些原因落下残疾之人。这么做会引起曲解，也往往是产生弱点的原因。为了某种个人的事业而去奋斗，为了表达个人的某些不满或牢骚而让人物成为传声筒，这种渴望总归带有分散注意力的效果，仿佛读者关注的焦点突然从一个变成了两个。

简·奥斯丁和艾米莉·勃朗特有能力无视这些要求和教唆，对轻蔑和谴责置之不理，我行我素，再没有比这更能证明她们才华横溢的了。然而，要抵制住愤怒的诱惑，需要一颗十分平和或异常强大的心。以这样或那样的方式对从事艺术创作的女性肆意奚落、责难和贬低，自然而然会激起这种反应。人们可以从夏洛蒂·勃朗特的愤怒和乔治·艾略特的隐居中看出这种影响。在那些不太优秀的女性作家的作品中，人们也一再察觉到这种影响——她们对主题的选择，她们刻意坚持己见，假装温顺。此外，作品中的虚伪几乎是不知不觉流露出来的。她们所持的观点屈从于权威。她们的想象力变得要么过于男性化，要么过于女性化，失去了自身完美的整体性，因此也失去了作为一件艺术品最基本的品质。

女性写作悄然发生的巨大变化似乎是态度的改变。女性作家不再埋怨，也不再愤怒，她在写作时不再乞求和抗议。虽然尚未抵达，但我们正在向一个女性写作将鲜少或全然不受外界影响的时代迈进。她将能够专注于自己的想象力，不受外界干扰。曾经只有天赋异禀和富有原创性之人才有的超然态度，如今普通女性也能获得。因此，如今女性创作的一般水平的小说远比一个世纪乃至半个世纪前的更为真挚、有趣。

不过，在一个女人能够完全按照自己的心意写作之前，她需要面对很多困难，这依然是不争的事实。首先是技术难题——表面上看十分简单，实际上却困难重重——她无法自如地使用句式本身。现在的语句是由男性创造的,过于松散,过于笨重,过于浮夸,不适合女性使用。而小说的覆盖面如此广阔,要想让读者流畅自如地将书从头看到尾,就必须找到一种普遍惯用的句式。这是女性必须为自己创造的——修改并调整现有语句,直到她写出的句子自然而然地契合她思想的形状,无须进行挤压或扭曲。

但那毕竟只是实现目标的一种手段,只有当女性勇敢地战胜反对意见、坚定地忠实于自己时,这个目标才能实现。因为,小说归根结底是对无数不同事物的一种描述——人类的、自然的、神性的,是将它们相互联结的一种尝试。在每一部优秀的小说中,这些不同元素在作者想象力的作用下各得其所。但它们还有另一种秩序,一种由习俗强加的秩序。由于男性是这类习俗的主宰者,由于他们在生活中建立了一套价值秩序,而小说大多取自生活,所以这些价值在小说中也是泛滥成灾。

然而,无论是在生活中还是在艺术中,女性的价值观可能都有别于男性的价值观。因此,当一个女性写小说时,她发现自己总想改变既定的价值观——重视男人觉得微不足道的东西,看轻男人觉得至关重要的东西。为此,她当然会遭到批评,因为男性评论家对想改变现有价值尺度的企图会大感疑惑和震惊。他在其中看到的不仅是观点的不同之处,更是观点的不堪一击、不值一提、多愁善感,就因为那观点与他自己的观点相左。

不过,女性也越来越有独立的见解了。她们开始尊重自己的价值观。因此,她们小说的题材开始显露出某些变化。她们似乎不再那么关注自身了,反而更关注其他女性。在19世纪初,女性小说大多带有自传性质。促使她们写作的动机之一就是渴望揭露她们切身的苦难,捍卫自己的事业。既然这种渴望现已不再那么迫切,女性便开始探索起自身的性别,并以此前从未有过的方式书写女性——这自然是因为文学中的女性形象直到最近一直都是男性的创造物。

这里又有重重困难需要克服,因为总体来说,女性不仅比男性更不易进行观察,她们的生命经受日常生活过程的考验和审视也少得多。女性过完一天往往不会留下任何实质性的东西——烹饪好的食物被吃光了,养育的子女去了外面的世界。重点在哪里?小说家要捕捉的要点是什么?这很难说清楚。女性的人生有一种隐秘的特质,令人困惑至极、捉摸不透。这个黑暗国度在小说中第一次开始被人探索。与此同时,女性还需要记录由职业开放带来的女性思想和习惯方面的变化。她必须留心她们的生活是如何逐渐摆脱隐匿状态的。女性既已暴露于外部世界，就必须发掘自身焕发着何种崭新的风貌和阴影。

因此，若要总结一下当前女性小说的特点，可以说它是勇敢的，是真诚的，与女性的感受密切相关。它没有怨恨。它并不一味地强调自身的女性特质。然而，在书写方式方面，女性作品有别于男性作品。这些特点较之以往更为普遍，它们甚至为二三流的作品赋予了可贵的真实和诚挚的趣味。

不过，除了这些优点，还有两方面需要更多的探讨。英国女性从默默无闻、飘零隐匿的存在变成选举人、工薪阶层和有责任感的公民，这种变化让她的生活和艺术都转向非个人化。现在，她的人际关系并不局限于情感层面，也涉及智识和政治层面。那个迫使她通过丈夫或兄弟的视角或利益迂回看待事物的旧制度已经让位于直接而实际的个人利害关系了，她必须为了自己采取行动，而不仅仅是影响别人的行动。因此，她的注意力就从过去仅以个人为中心转向了非个人化，她的小说自然也变得更加批判社会，较少分析个人生活了。

像牛虻一样批判侈谈国家大事的角色迄今为止一直是男性的特权，我们可以期待未来女性也能担此责任，她们的小说将探讨社会弊端和补救措施。她们塑造的男男女女不会完全局限于彼此的情感关系，还会在团体、阶级和种族关系的团结和冲突中进行刻画。这是一个相当重要的变化。但对那些喜欢蝴蝶甚于牛虻——也即喜欢艺术家甚于改革家的人来说，还有另一个更有趣的变化。女性生活高度非个人化将激发诗意精神，而女性在诗歌方面的想象力依然最为薄弱。这将让她们不那么专注于事实，不再满足于以惊人的准确性记录她们所观察到的细枝末节。她们将超越个人的、政治的关系，着眼于诗人试图解决的更宏大的问题——关于我们的命运，以及生命的意义。

当然，诗意态度大多建立在物质基础上。它有赖于闲暇和少量金钱，以及由闲暇和金钱带来的可以客观、冷静观察事物的机会。有了可供支配的闲暇和金钱，女性自然会比从前更加潜心于写作这门手艺。她们将更充分、更巧妙地运用写作这一工具。她们的技艺将变得更加锐不可当、丰富饱满。

从前，女性写作的优点往往在于其与生俱来的自然流露，就像乌鸫或画眉的啼鸣一般。它不是后天习得的，而是发自内心的。但它常常也是絮絮叨叨、叽叽喳喳的——不过是书写于纸上的话语，斑斑点点等着干透。将来，有了时间和书籍，有了家中一小块独属于自己的空间，文学之于女性将无异于文学之于男性，成为一门有待研究的艺术。女性的天赋将得到训练和强化。小说将不再是倾倒个人情绪的垃圾场，它将超越现在，与其他艺术品比肩，其丰富性和局限性将被人们一探究竟。

从这里出发，再迈出一小步就能进入迄今为止女性鲜少从事的精湛艺术实践——迈向散文、评论、历史和传记写作。这对小说本身也是有益的，因为这不仅能提升小说本身的质量，还将剔除那些被小说的通俗易懂吸引却志不在此的异类。这样一来，小说就能摆脱历史和现实的那些累赘。在我们的时代，它们已经让小说变得不堪入目。

所以，若我们可以预言，那么未来女性创作的小说的数量将减少，但质量会更高；她们将不仅写小说，也写诗歌、评论和历史。而在这个预言中，可以肯定的是，我们正展望着那个黄金时代，甚或那个百花齐放的时代。到那时，女性将拥有长久以来被剥夺的东西——闲暇、金钱和一间属于自己的房间。

女性的职业 [1]

Professions for Women

当你们的秘书邀请我来这里时,她告诉我,你们的协会关心女性就业问题,她提议我可以跟你们聊一聊我自己的职业经历。我的确是一个女人,的确有一份工作,可我有什么职业经历呢?这很难说清楚。我以文学为业,从事这一行,女性获得的经历比其他任何行业都少,除非涉及戏剧——我的意思是,专属于女性的经历很少。因为这条路早在多年前就被许多知名女性——范妮·伯尼 [2]、阿芙拉·贝恩 [3]、哈丽特·马

---

[1] 创作于 1931 年,是为女性服务协会写的演讲稿,收录于霍加斯出版社于 1942 年出版的散文集《飞蛾之死》。

[2] 范妮·伯尼 (1752—1840),英国小说家、书简作家,代表作《埃维莉娜》等。

[3] 阿芙拉·贝恩 (1640—1689),英国诗人、小说家、剧作家,被认为是英国第一位职业女作家。

蒂诺[1]、简·奥斯丁、乔治·艾略特——和很多不为人知的、被人遗忘的女性开辟了出来,她们在我前面铺平了道路,调节着我的步伐。因此,当我投入写作时,我的道路上几乎没什么实质性的障碍。写作是一份体面而无害的职业。笔端的沙沙声不会打破家宅安宁,也用不着花家里一分钱。花十六便士就能买到足够写出莎士比亚全部戏剧的纸——如果你有此志向的话。钢琴和模特,巴黎、维也纳和柏林,大师和情人,这些都不是写作者所必需的。女性成为成功的作家先于在其他职业取得成功,其原因自然是书写用纸便宜。

但还是跟你们说说我的故事吧——这是一个简单的故事,你们只需要想象一个在卧室里握着笔的小女孩就行了。她握着笔从左往右专心地书写着——从早上十点到下午一点。然后,她突然想做一件十分简单又花不了多少钱的事——将其中几页纸稿塞进一个信封,在信封的一角贴上一便士邮票,再将信封丢进街角的红色邮筒。就这样,我成了一名报纸撰稿人。我的劳作在下个月的第一天得到了回报——那对我而言是非常快乐的一天——一位编辑来信,内附一张一英

---

[1] 哈丽特·马蒂诺(1802—1876),英国作家。

镑十先令六便士的支票。不过，为了向你们展示我有多么不配被称为一名职业女性，我有多么不了解这种职业生涯的艰难困苦，我必须承认，我没有将那笔钱花在生计、房租、鞋袜或肉店账单上，而是去买了一只猫——一只漂亮的猫，一只波斯猫。没过多久，它就让我跟邻居发生了激烈争吵。

还有什么事是比写文章并用赚来的钱买波斯猫更容易的呢？可稍等一下。文章总归是关于什么东西的。我依稀记得，我的文章是关于一个有名的男人写的小说。在写这篇评论时，我发现要想评论书籍，我就得跟一个幽灵战斗。那幽灵是一个女人，等我对她有了更深的了解之后，我便用名诗《家中天使》[1]中女主人公的名字来称呼她。在我写评论时，她常常挡在我和稿纸之间。她打扰我，浪费我的时间，让我备受折磨，以至于最后我杀了她。你们这些更年轻、更幸福的一代或许没听说过她——你们可能并不理解我说的"家中天使"是什么意思。我将尽可能简洁地描述她。她拥有强大的共情力，她魅力非凡，全然无私。她对家庭生活中的棘手问题游刃有余。她每天都在奉

---

1 《家中天使》，英国诗人考文垂·帕特莫尔（1823—1896）的作品。

献自己。如果有鸡，她就吃一只鸡腿；如果有风，她就坐在风口上。总而言之，她天性如此，从来没有自己的思想或愿望，却总喜欢附和别人的思想和愿望。最重要的是——用不着我说——她是一个纯洁的人。她的纯洁被认为是她最主要的美——她羞涩时面色绯红，她无比优雅。在那个时代——在维多利亚女王时代末期——每个家庭都有自己的天使。当我开始写作时，才刚写几个词，就与她狭路相逢了。她的翅膀在我的稿纸上投下阴影，我听到她的裙摆在房里沙沙作响。也就是说，我一拿起笔准备评论那个有名的男人写的小说时，她就悄悄溜到我身后，对我轻声耳语："亲爱的，你是一个年轻女人。你在评论一本男人写的书。要赞同，要温柔，奉承吧，欺骗吧，极尽我们身为女人的一切本领和诡计。永远别让任何人猜到你有自己的主见。最重要的是，要纯洁。"她似乎想引导我的笔。现在，我要提一件值得自我表扬的事，尽管这表扬其实应该给我某些杰出的祖先，他们给我留下了一笔钱——这么说吧，每年五百英镑——这样我就不必完全依靠容貌魅力谋生了。我直面她，掐住她的喉咙。我竭尽全力将她杀死了。倘若我被带上法庭，我的辩解是，我这么做是出于自我防卫。如果我不杀了她,她就会杀了我。她会将我写作中的精髓剜去,因为我发现,一旦在纸上动笔,如果你没有自己的思想,没有忠于自己去表达有关人际关系、道德和性欲的真相,你其实无法评论一部小说。在"家中天使"看来,女人不能自由、公开地谈论这一切问题。她们必须妩媚动人,她们必须取悦别人,她们必须——说直白点——她们要想成功,就得说谎。因此,每当我察觉"家中天使"翅膀的阴影或她光环的光芒落在我的稿纸上时,我就会拿起墨水瓶扔向她。杀死她很艰难,她的虚构本质让她如虎添翼。杀死一个幻影远比杀死一个真人困难。每当我自以为已经将她消灭时,她总是又悄悄潜回来。尽管最终将她杀死让我挺得意的,但这是一场殊死搏斗。耗费了太多时间,原本可以用来学习希腊语语法,或是周游世界展开冒险。然而,这是一次真实的经历,这种经历注定会发生在那个时代所有女性作家身上。杀死"家中天使"是女性作家工作的一部分。

继续我的故事吧。天使已经死了,那留下的是什么呢?你们也许会说,留下的是一个简单而普通的客体——一个在卧室里守着墨水瓶的年轻女人。换句话说,既然已经摆脱了谎言,她只要做她自己就行了。

啊，可什么是"她自己"呢？我是说，什么是女人呢？我向你们保证，我不知道。我相信你们也不知道。我相信谁都不知道，除非女性在所有需要人类技能的学科和职业中都展现了自己。这就是我来这里的原因之一——出于对你们的敬佩，你们正以亲身体验向我们展示什么是女人，你们正通过自身的失败和成功为我们提供极其重要的讯息。

再继续讲讲我的职业经历吧。我靠第一篇评论赚了一英镑十先令六便士，用这笔收入买了一只波斯猫。然后，我有了野心。"一只波斯猫固然不错。"我对自己说，但一只波斯猫还不足够。我要拥有一辆汽车。就这样，我成了一名小说家——因为这事还挺神奇的，要是你给人们讲故事，他们就会给你一辆汽车。更神奇的是，这世上没有比讲故事更让人快乐的事了。它远比写知名小说的评论更让人快乐。不过，我要是听你们秘书的话，跟你们讲讲我身为小说家的职业经历，那我一定要向你们提一提我身为小说家遭遇过的一种十分奇特的经历。要理解这一点，你们首先要试着想象一名小说家的心理状态。如果我说小说家的主要愿望是尽可能放空，我希望自己没泄露什么职业机密。他必须让自己陷入一种始终昏昏沉沉的状态。他希望生活以极其平静有序的方式展开。在写作时，他希望看到相同的面孔，阅读相同的书籍，日复一日、月复一月地做着相同的事情，这样就没什么可以打破他所沉浸的幻觉——这样就没什么可以打搅或侵扰想象力（一个异常腼腆而虚幻的精灵）进行神秘的探寻和感知、飞奔和冲刺，并突然有所发现。我猜，这种状态无论男女都一样。尽管如此，我还是想让你们想象一下我在恍惚状态下写小说。我想让你们想象一个小女孩执笔端坐着，好几分钟甚至好几小时都不曾提笔蘸墨水瓶。当我想到这个小女孩时，浮现在我脑海中的画面是一个渔夫躺在一面深湖的边缘，手中的鱼竿悬在水面之上，陷入了沉沉梦境。她让自己的想象力自由驰骋，掠过隐匿于我们潜意识深处世界的每一块岩石和每一条缝隙。接下来就是那样的经历，我相信这种经历在女性作家身上远比在男性作家身上更常见。渔线在小女孩的指间辗转。她的想象力飞奔出去。它沉进水潭，潜入深渊，到最大鱼儿酣睡的黑暗之地寻寻觅觅。接着，发生了一阵撞击、一场爆炸。泡沫四起，混乱不堪。想象力一头撞上了什么坚硬的东西。小女孩从梦中惊醒，她实实在在陷入一种极度挣扎的痛苦状态之中。不加掩饰地说，她想到了一些东西，关于肉体，关于她身为女人不宜宣之于口的激情。她的理智告诉她，男人会大为震惊。想到男人将如何议论一个坦露自身真实激情的女人，她从艺术家的无意识状态中惊醒过来。她再也写不下去了。恍惚状态结束了，她的想象力难以为继。我相信，这对女性作家而言是很常见的经历——她们受制于男性的极端传统。尽管男性在这些方面明智地赋予自己极大自由，但我怀疑他们是否意识到或能否控制住他们在谴责女性享有同种自由时的穷凶极恶。

这就是两次非常真实的个人经历。这就是我职业生涯中的两次冒险。第一件事——杀死"家中天使"——我想我做到了，她已经死了。但第二件事——坦白我作为个体的真实体验，我想我还没做到。我不相信有哪个女人已经做到了。女性依然面对着巨大的阻碍，可它们却很难被定义。从表面上看，还有什么比写书更简单的事吗？从表面上看，难道有什么不针对男性却针对女性的阻碍吗？可在内心深处，我认为情况就大不一样了：女性仍有太多幽灵要战胜，仍有太多偏见要克服。我想，一个女人要想无须杀死一个幽灵、无须撞击一块岩石就能安坐下来写书，这确实还需要很长时间。如果在文学中——所有女性职业中最为自由的——尚且如此,那么在你们即将第一次从事的新职业中又将如何呢?

如果有时间的话,这些就是我想问你们的问题。事实上,若说我强调了自己的这些职业经历,那是因为我相信它们也会是你们的经历,哪怕形式不同。虽然道路在名义上畅通无阻——现在没什么能阻止一名女性成为医生、律师或公务员——但我相信,在她前进的道路上依然埋伏着众多幽灵和阻碍。我认为,讨论并定义它们具有重大的价值和意义。因为只有这样,才能群策群力,解决难题。但除此之外,也有必要讨论一下我们为之奋斗的目标和目的,我们与重重艰难险阻做斗争为的是什么。对这些目的不能想当然,它们必须永远经受质疑和检查。在我看来,总体情况是引人注目且意义非凡的——这个大厅里满是即将在历史上第一次从事各种不同职业的女性。在迄今为止专属于男人的房子里,你们赢得了属于自己的房间。你们有能力支付房租,尽管需要付出巨大的辛劳和努力。你们正在挣取自己的五百英镑年收入,而这样的自由仅仅是一个开始。房间属于你们自己,但它依然空荡荡的。它需要装修,需要装扮,需要分享。你们将如何装修它,如何装扮它?你们将与谁分享,又在何种情况下？我觉得这些是最重要也是最有意思的问题。这是有史以来你们第一次能够提出这些问题，也是你们第一次能够自己决定答案是什么。我很乐意留下来讨论这些问题及其答案，但不是今晚。我的时间到了，我得就此打住了。

日记
Diaries

1917年10月9日,星期二

我们得知一个非常震惊的消息。伦纳德[1]进来时高兴得太古怪,我猜到出事了。他被征召入伍了。看到他浑身发抖,实实在在颤抖着,真是可怜。我们只好点上他的煤气取暖器,这才逐渐或多或少振作起来。不过,要是醒来时发现这不是真的,那就太幸运了。

我们拿到了凯瑟琳·曼斯菲尔德[2]的小说《序曲》的第一页校样。它看起来很漂亮,是用新字体密排的。我们在河边散了一会儿步。良夜如洗,十分静谧,指

---

1 伦纳德·伍尔夫(1880—1969),英国文学家、出版人,与弗吉尼亚于1912年8月10日在伦敦登记结婚。
2 凯瑟琳·曼斯菲尔德(1888—1923),英国小说家,代表作《序曲》《幸福》《花园酒会》等。

不定明天会来场空袭让我写写。我记不清今早有多少人给我们打电话了,其中就有阿丽克斯(阿丽克斯·萨根特-弗洛伦斯)[1],她显然想开始工作了。我们看到一只红褐色的克伦伯长毛垂耳狗(西班牙猎犬),就在房产被军队征用的那个男人的家里。

1917年10月10日,星期三

没有空袭,没有国家使命的进一步打扰。我们沿河散步,穿过公园,回家提前喝了下午茶。此刻,伦纳德正在构思1917俱乐部[2]的事。我在炉火旁坐着,我们要和曼斯菲尔德共进晚餐,到时会讨论很多细节问题。我们留意到,与阿希姆相比,这儿的树叶变黄和凋落都很晚。抛开散落在小径上的橡果不谈,感觉依然是八月——我们想到,促使它们凋枯的是神秘的天道,不然我们应身处一片橡树林中。

---

[1] 阿丽克斯·斯特拉奇(1892—1973),英籍美裔精神分析学家,与丈夫詹姆斯·斯特拉奇译有弗洛伊德的心理学著作。
[2] 伦纳德和他的一些朋友于1917年12月成立1917俱乐部,成员大多为左翼人士,1932年因内部矛盾解散。

1917年10月11日,星期四

昨天的晚餐进展顺利,讨论了一些细节问题。我们俩都希望人们对凯瑟琳·曼斯菲尔德的第一印象不是她臭得像一只流落街头的麝猫。说实话,第一眼看到她,我有些惊讶于她的普通,皱纹很深,人也很土。不过,等这种感觉淡去后,她显得冰雪聪明且神秘莫测,是值得交往的朋友。我们讨论了亨利·詹姆斯[1],我觉得她的见解令人大开眼界。今天,可怜的伦纳德不得不去找医生和委员会。他的鉴定重复了,他的体重只有9英石6磅[2]。

1922年12月15日,星期五

在单独吃晚餐前,我有十五分钟时间。伦纳德和拉尔夫就霍加斯出版社的事进行了一次可怕的讨论,两人最终分道扬镳。伦纳德现在正和桑格斯一起吃晚

---

1 亨利·詹姆斯(1843—1916),英籍美裔小说家、文学批评家、剧作家、散文家,代表作《美国人》《鸽翼》等。
2 1英石约合6.35千克,1磅约合0.45千克。

餐。我的脑袋昏昏沉沉的，什么都看不清。部分原因是昨晚在克莱夫[1]家与美丽动人、才华横溢的贵族萨克维尔-韦斯特[2]共进了晚餐。她长得不太符合我简约的审美——面色红润，留着小胡髭，长尾小鹦鹉般的肤色，一派贵族才有的雍容自在，却没有艺术家的风趣。她每天写十五页——又写完了一本书——将由海尼曼出版社出版——她什么人都认识。但我了解她吗？我星期二还要去那儿吃饭。这位贵族的举止有点像女演员——不会故作羞涩或谦逊——让我有一种小女孩般纯洁、害羞的感觉。不过，晚饭过后，我叽里呱啦地表达了自己的观点。她就像一个掷弹兵，身强体壮，英俊潇洒，有男子气概，有双下巴。亲爱的老戴斯蒙德[3]没精打采地坐在角落里，像一只微醺的猫头鹰，我感觉他跟我聊天时既温柔又高兴。他说法国人很喜欢"雅各布"[4]，想翻译一下。

至于拉尔夫——伦纳德没参与进来之前，那个

---

[1] 克莱夫·贝尔（1881—1964），英国艺术史家、艺术批评家、形式主义美学家，伍尔夫的姐姐瓦妮莎的丈夫。

[2] 薇塔·萨克维尔-韦斯特（1892—1962），英国小说家、诗人、园艺家，与丈夫哈罗德·尼科尔森一同建造了著名的西辛赫斯特城堡花园。

[3] 戴斯蒙德·麦卡锡（1877—1952），英国评论家、专栏作家。

[4]《雅各的房间》，由霍加斯出版社于1922年10月26日出版。

问题肯定解决不了。他为什么要用小学生那种闷闷不乐的语气把我和伦纳德搞得火冒三丈，说什么要是没这档子事，他原本可以在复活节给我们一个很棒的惊喜？——大概是利顿[1]的东西吧。我认为我们不满的关键在于那句话。在我看来，没了拉尔夫，我们会有更多自由，但也会有更多工作。我们得做进一步的安排。但基本事宜的运转应该没有问题，这是件好事。如果我们留住拉尔夫，就会有持续不断的问题。我觉得，凭借自身的优势，我们现在吸引了所有年轻人的目光。

1927年3月21日，星期一

我的大脑异常活跃。我想评论一下自己的书，我仿佛感知到时间的流逝、衰老和死亡。天哪，"灯塔"[2]的一些地方写得太妙了！轻盈柔韧，意味深长，每一页从没用错一个字。对于晚宴和船上的孩子，我是这么觉得的，但对草坪上的莉丽却没这感觉。我不太喜欢那部分，但我喜欢结尾。

---
1 利顿·斯特拉奇（1880—1932），英国著名传记作家。
2 《到灯塔去》，由霍加斯出版社于1927年5月5日出版。

1927年5月1日,星期日

然后,我想起我的书就要出版了。人们会说我胆大妄为——人们会有各种各样的评价。但坦白地说,我觉得这次我不在乎了——哪怕是朋友们的意见。我不确定它好不好,我第一次通读时是失望的,后来又喜欢上了。无论如何,我尽力了。不过,等作品出版后再进行批判性阅读,这是一件好事吗?令人鼓舞的是,尽管晦涩难懂、矫揉造作什么的,作品销售量却稳步增加。在出版前,我们已经预售了1220本,我想大概会卖到1500本,对我这样的作家来说已经不错了。但实话实说,我发现自己正专心思考其他的事,倒忘了这本书星期四就要问世了。

1927年6月22日,星期三

厌女之人令我沮丧,托尔斯泰和阿斯奎斯太太都仇恨女人。我想我的抑郁是某种形式的虚荣,可他们双方一切有力的观点也都这样。我讨厌阿斯奎斯太太那种死板、教条、空洞的风格。够了!我明天再写她吧。我每天都写些东西,并特意留出几周来赚钱,这样到九月我就能往我们兜里各攒五十英镑。这将是我婚后自己挣的第一笔钱。我最近才觉得还是有必要存点钱。如果我想要,我可以去赚,但不能为了赚钱懒怠了写作。

1927年6月30日,星期四

现在,我必须简要描绘一下日食。

星期二深夜十点左右,几列长长的火车装满了人(我们这列有公务员),从国王十字火车站出发。我们这节车厢内坐着薇塔、哈罗德、昆汀、伦纳德和我。我说,我猜这里是哈特菲尔德。我那时正在抽雪茄。可伦纳德却说,这里是彼得伯勒。天黑之前,我们一直望着天空,云层如松软的羊毛,在亚历山大公园上空却有一颗星星。"看哪,薇塔,那是亚历山大公园。"哈罗德说。尼科尔森夫妇昏昏欲睡,哈罗德蜷着身子,把头靠在薇塔的膝上。她睡着了,看上去就像莱顿画中的萨福。就这样,我们在中部地区疾驰,在约克停留了很久。凌晨三点,我们把三明治拿出来吃。我从洗手间回来,发现有人在帮哈罗德擦净奶油。然后,他打碎了放三明治的瓷盒。伦纳德笑得前仰后合。我们又打了一会儿瞌睡,至少尼科尔森夫妇是这样的。之后,我们到达一处平坦的十字路口,那里停着一长排公共汽车和小汽车,都亮着淡黄的车灯。天色渐渐泛灰,但天空依然斑驳,飘着柔软的云朵。三点三十分左右,我们抵达里士满。天很冷,尼科尔森夫妇吵了一架,埃迪说是因为薇塔的行李。我们坐上公共汽车出发,看到一座巨大的城堡(薇塔问它的主人是谁,她对城堡很感兴趣)。城堡扩建了一扇前窗,我想还亮着一盏灯。田野上满是六月的青草和带红穗的植物,它们还没有绽出色彩,一切都是暗沉沉的。同样暗沉泛灰的还有傲然屹立的约克郡小农场。我们经过其中一个农场,农夫和他的太太及姐妹走了出来,他们都穿着干净合身的黑色衣裳,像是要去教堂。在另一个丑陋的方形农场,两个女人从楼上的窗户往外看。她们将白色百叶窗拉下一半,遮住了半截身子。我们一行有三辆大车,其中一辆停下让其他车先行,三辆车都开得很慢、很稳,攀登着极其陡峭的山丘。有一次,司机下车,在我们的车轮后面垫了一块小石头——没什么用。原本可能会发生意外,那里还有很多汽车。

我们登上巴顿山顶,车辆突然增多了。在这里,人们在汽车旁露营。我们下了车,发现自己在一片高高的沼泽上,周围满是沼泽和石楠丛,还有打松鸡用的隐蔽点。草地上到处都是踩出来的小径,人们已经占好了位子。我们便加入他们,走到一个看似最高点的地方,俯瞰里士满。山下亮着一盏灯。山谷和荒原铺铺展展,山丘绵延不绝,将我们包围,俨然是霍沃思画中的原野。而在里士满的上空,在太阳正升起的地方,有一片柔软的灰色云朵。我们看到太阳所在之处露出一个金点。但现在还早,我们只好等着,跺着脚取暖。蕾将自己裹进一条双人床的蓝色条纹毯子里,看上去臃肿而性感。萨克森看起来非常年迈。伦纳德不停地看表。四只巨大的红色塞特犬在高沼地上跳来跳去。我们身后有羊在吃草。薇塔以前想买一只豚鼠——昆汀推荐了一只凶狠的——她就这样不时观察着这些动物。云层有些地方稀薄,有些地方露出孔洞。问题在于太阳到时是破云而出,还是透过其中某个孔洞露脸呢?我们开始着急了。我们看到光线从云层底部照射出来。接着,有那么一瞬间,我们看到太阳一掠而过——它似乎正以极快的速度飞行,并在缝隙中清楚地现身。我们拿出烟灰色的望远镜,我们看到它变成月牙形,变得红彤彤的。下一刻,它又迅速飞入云层,仅绽放出红色光芒。后来只剩下一圈金色的薄雾,就像我们经常看到的那样。时间在流逝,我们觉得自己被骗了。我们看看羊群,它们一点都不怕人,塞特犬跑来跑去,所有人都排着长队,无比庄重地张望着。我觉得,我们就像世界诞生之初非常古老的人——匍匐在巨石阵前的德鲁伊教徒(这想法在最初的暗淡光线中更显生动)。在我们身后,云彩中间露出大片湛蓝——一片静谧的蓝色。不过,那颜色渐渐变淡。云层变得暗沉,变成一种略带红色的黑色。俯瞰山谷,杂糅的红黑色剧烈翻涌着,只有那盏灯还亮着。山下的一切云雾迷蒙,美丽无比,色彩宜人。一切都被云层笼罩着。黄金二十四秒正在流逝。然后,我又回头望了望那片蓝色的天空。很快,眨眼之间,所有色彩淡却,天越来越黑,就像猛烈的暴风雨来临时一样。光线越来越沉。我们纷纷说黑暗已至,我们觉得一切都结束了——黑暗已至。就在这时,光芒遽然熄灭。我们感到失望。一切荡然无存,色彩尽数消散,大地陷入一片死寂。那是一个震撼人心的瞬间。随后,就像一颗球反弹回来,云朵重新焕发色彩——一种明亮、飘逸的色彩,于是光芒重新绽开。我有一种强烈的感觉,当万众顶礼膜拜的光芒消失时,有什么东西跪倒在地。当色彩恢复后,它又突然站了起来。在山谷里,在山丘上,光芒的回归出奇地轻盈、迅速和优美——起初呈现出不可思议的闪耀和缥缈,后来几乎变得正常,但带着一种巨大的解脱感,仿佛重获新生。我们的情况比预期的糟糕许多。我们见证了这个世界的覆灭。这就是大自然的力量,而我们的强大也不言自明。此刻,我们都变成了裹着毯子的蕾、戴着帽子的萨克森等。我们冻坏了。我得说,光线变暗后,寒冷加剧了。人被冻得乌青。随后,一切都结束了。余留下来的是我们渐渐适应的惬意感觉,还有充足的光线和缤纷色彩。在一段时间内,这似乎无疑令人心旷神怡。然而,当光芒照彻整个乡间时,我非常怀念它带来的解脱感和复苏感,就是黑暗过后光明重现的那种感觉。我该如何描写黑暗呢?那是一种突如其来的沉坠,出人意料,任凭天空摆布。我们的庄严,德鲁伊教徒,巨石阵,奔跑的红色塞特犬,这一切都印在我的脑海中。此外,被带离伦敦的客厅,来到英格兰最荒凉的沼泽地,这种经历也令人印象深刻。至于之后的事,我记得自己努力在约克的花园里保持清醒,而埃迪说着说着就睡着了。上了火车继续睡。当时天气炎热，我们都很邋遢。车厢里装满了东西。哈罗德非常善良和体贴。埃迪闹了别扭，他说要吃烤牛肉和菠萝块。我们大概八点半到家。

有几个瞬间，天色无比可爱——清新而斑斓，这里一点蓝，那里一点棕。所有色彩焕然一新，像是洗净后重新粉刷过一般。

1927年10月22日，星期六

我想我之前说过，有一本书是我喝完下午茶后写的。我的脑袋里装满了想法，但我把它们讲给阿什克罗夫特先生和芬德莱特小姐听了，他们是我的狂热崇拜者。

"我要一个星期内赶完它。"——两周以来，我没干任何别的事，一丁点都没干。我有点偷偷摸摸但充满热情地开始写《奥兰多》——一部传记。这将是一本小书，会在圣诞节前完成。我原以为能将它和"小说"结合起来，但脑袋一热就停不下来了：我走路时在遣词造句，坐下时在构建场景。总之，我陷入了前所未有的狂喜中，我从去年2月或更早些时候就这样了。说着要构思一本书，或等待灵感！然后，一个想法迅速袭来。我对评论厌烦透顶，还要面对那枯燥得令人无法忍受的小说，便说了一些话来安抚自己："你应该写上一页故事来犒劳自己，十一点半准时停笔，然后继续写浪漫主义。"我不太清楚故事会如何发展，但以这样的方式转换头脑带来了巨大的安慰，我好几个月没这么快乐了，仿佛晒着太阳或躺在垫子上。两天后，我完全抛开时间表，一心沉浸在这场闹剧带来的纯粹喜悦中，我像享受其他事情一样享受创作。我把自己写到头疼，只得暂停，就像一匹累坏的马。昨晚吃了一点安眠药，这让我们的早餐气氛活跃。我没吃完鸡蛋。我以半讽刺文体写《奥兰多》，非常简洁明了，这样人们就能理解每一个字。不过，要留心真实与幻想之间的平衡。这本书是以薇塔、维奥莱特·崔弗西斯、拉塞尔斯伯爵、诺尔等人为原型的。

1928 年 2 月 18 日，星期六

我现在原本应该修改关于查斯特菲尔德勋爵[1]的稿

---

[1] 查斯特菲尔德勋爵（1694—1773），英国政治家、外交家、文学家，代表作《一生的教诲》《查斯特菲尔德勋爵给儿子的信》等。

子,但我没有。我正胡思乱想着5月要去纽纳姆宣读《女性与小说》的事。思想是最任性的虫子——飞来飞去,飘忽不定。我原想昨天以最快的速度写出《奥兰多》中最精彩的篇章——结果什么都没写出来,确实是因为身体一向欠佳,今天倒是文思翻涌写了出来。这种感觉无比奇怪:就像一根手指掐断了脑海中思绪的流动,之后又放开了,血液便不断涌过那个地方。我又没写成《奥兰多》,而是一直来来回回写演讲稿。而明天,唉,我们要开车出去。因此,我必须回到这本书里——它为过去几天增色了不少,令人心生愉悦。这倒也不是说我写作时的感觉是绝对可靠的指引。

1929年3月28日,星期四

真是丢人,一年过去这么久了都没写日记。事实上,我们1月16日去了柏林,之后我卧病在床三个星期,其间无法写作。可能又过了三个星期,有一次写作的兴致突然爆发,便将精力都用在卧床时构思的《女性与小说》终稿上。

跟往常一样,我厌烦记叙。我只想说说今天下午在托特纳姆宫路车站遇见妮莎的事,深入地底的车窗映出我们俩的倒影。她星期三要离开四个月。生活没有让我们分开,反而将我们紧紧相连,这真是奇怪。不过,那时我腋下夹着茶壶、留声机唱片和长筒袜,思绪万千。我们住在里士满时,那是被我称作"高效"的日子。

关于春天,也许我不该一直老调重弹。生活滚滚向前,人或许应该始终寻找新的表达。人应该创造出一种优美的叙述风格。当然,我的脑海里总有新点子此起彼伏。其中一个是,我想接下来几个月去女修道院,让自己专注自我,布卢姆茨伯里团体[1]要解散了。我要去面对一些事情。这将是一段充满冒险和斗争的时期,我想会非常孤独和痛苦。但孤独有益于写新书。当然了,我会结交新朋友。我看上去会很外向。我会买些漂亮衣服,去别人家里拜访。我会一直与脑海中这个棱角分明的形象做斗争。我认为《飞蛾》(如果取这个名字的话)会非常犀利,但我对架构不满意。这种突兀

---

[1] 布卢姆茨伯里团体,1905年至20世纪30年代期间活跃于伦敦布卢姆茨伯里区,在文学、艺术、评论、经济领域建树颇丰,核心成员包括弗吉尼亚·伍尔夫、伦纳德·伍尔夫、瓦妮莎·贝尔、克莱夫·贝尔、邓肯·格兰特、E. M. 福斯特、罗杰·弗莱、约翰·梅纳德·凯恩斯、戴斯蒙德·麦卡锡、利顿·斯特拉奇。

的丰富性可能仅仅是因为流畅。过去,书里的许多句子绝对是用斧头在水晶上精雕细琢出来的;现在,我的思想特别浮躁、特别急切,在某种程度上也特别绝望。

1929年5月12日,星期日

我刚完成对《女性与小说》所谓的最后一遍修改,以便让伦纳德喝完下午茶后阅读。我感觉不适,就此停下。那个水泵又开始抽动了,我原本很开心地以为已经停止了。关于《女性与小说》,我说不好——算一篇出色的文章吗?——我不确定:它耗费了我大量心思,许多观点凝结成某种果冻般的精华,我尽量让它们突出重点。但我渴望甩开它们——将纳入眼底的一切不受任何限制地写出来:在这里,我的读者离得太近了;纷繁的事实;要让它们具有可塑性,相互适应。

1929年8月19日,星期一

我想晚餐被打断了。我用另一种思路翻开这本书——以此记录一件高兴的事：无论好坏，我刚刚对《女性与小说》，即《一间自己的房间》，进行了最后的修改。我想我再也不会重读了。是好是坏呢？我认为它写得不容易：你会感觉这个生命体正弓着脊背奔驰向前，尽管像往常一样，很多东西都肤浅乏味、曲高和寡。

1931年1月20日，星期二

洗澡时，我灵感乍现，构思了一整本新书[1]——《一间自己的房间》的续篇——关于女人的性生活：书名可能叫《女性的职业》——天哪，太令人兴奋了！

这是从我的文章中延伸出来的，我星期三要在皮帕的协会宣读这篇文章。现在要写《海浪》[2]了。感谢上帝——我真是太激动了！

（我想这就是《此时此地》，将在1934年5月出版。）

---

1 后来的《三个几尼》。
2 由霍加斯出版社于1931年10月8日出版。

信件
letters

151

168

霍加斯故居

里士满

霍加斯出版社

拟于近期发行一本小册子,内含伦纳德·伍尔夫与弗吉尼亚·伍尔夫的两篇短篇小说(价格,含邮资: 1/2)。

如果有意购买,请填写以下表格,并于六月前连同邮政汇票寄给伦纳德·S.伍尔夫,地址如上。

小册子限量发行。

———

请寄送　　份一号出版物给

随信附上邮政汇票

姓名

地址

致罗伯特·塞西尔夫人

阿希姆，罗德梅尔

雷威斯

(1917年) 4月14日，星期六

亲爱的奈莉：

每次来这里，我都会想起你——我不知道为什么，但我觉得这对你是一种极大的赞美，即便此刻外面下着瓢泼大雨，丘陵半山腰被雾气笼罩。我前几天碰见维奥莱特，她说你要搬家了。是去维多利亚的公寓，还是去亨利·詹姆斯嫂子的公寓？

一想到你离开了圣约翰伍德，离开了那个方形花园，还有那些我一直觉得光秃秃的树——那才是树木应该有的样子，我就感到难过。不过，维奥莱特太像一个女巫了，我猜这一切都是她凭空捏造的。在曼彻斯特大街（维奥莱特位于伦敦的居所），楼梯上弥漫着一种不真实的诡异气氛，你难道不知道吗？

我们来这里过复活节，每天不是大风就是暴风雪。我们有两位客人（玛乔丽·斯特拉奇和C. P. 桑格），其中一个是律师，我们聊了很多。换作以前，我常常就回自己的房间，像条饿狗一样沉浸于某本法国小说了。他们都非常和善。我猜，他俩工作都很卖力，这一年剩下的时间里，他们会放空脑袋，什么事也不干。你有没有发现律师都那样？世界对他们而言似乎无比清晰、明确——充斥着信息。

在乡下的时候，我喜欢生一大堆火，坐在边上看书——或计划着要看书。我刚读了康拉德的新书。你读了吗？写得非常优美、平静。真希望我知道他是如何构造空间感的。

对了，我们买了印刷机。我们下周二一回去就开始工作。天知道该怎么印刷，但请看看你桌上有没有一两页几乎完美的散文。我们想从一些非常简短、优美的东西开始做起。

哪天我能来找你喝下午茶吗？如果你的住处方便的话。我得把这封信寄到圣约翰伍德。

妮莎住在山的另一边，离这儿有四英里。她就像上了年纪的养鸡妇，围着鸡鸭和孩子过日子。她再也不想穿体面的衣服了——就连洗澡都会惹她不快。她的孩子们老是问她问题，她就编了各种各样的答案，从来不去确切地了解事实如何。

你的,

V. W.

致瓦妮莎·贝尔

霍加斯故居(里士满)

(1917 年) 4 月 26 日,星期四

亲爱的:

我前几天去了邦珀斯(书店),店里的男人好像以为还有关于制造东西的书,结果卖光了。也许你能更确切地说说你想要什么——我不确定自己有没有说对。我买了一本巴克兰[1]的书当小礼物,这本书的内容伦纳德以前烂熟于心。

有虫子不正是开了个好头吗?——再给树木抹点

---

[1] 弗朗西斯·巴克兰(1826—1880),外科医生、动物学家、自然历史学家。

糖多好玩呀。去年夏天,摩尔[1]跟我们在一起,他在山里发现了好几种不同的蓝蝶。

没见到你真叫人失望,我们晚餐吃了一只美味的烤鸡,但我没想到你不来。我现在必须习惯关于自己的流言蜚语,尽管我一向认为这是多此一举。有很多姓斯特拉奇的人来拜访我们。乔斯[2]的那封信又点燃了他们的恋情——至少玛乔丽(·斯特拉奇)和他一起待了两天,还把一枚胸针落在他的房里,不得不拍电报去取,人们认为她的名声已经坏了。没人知道发生了什么,但她星期日来了,说什么自己必须立刻请人送封信,不然就要搭下一班火车去斯塔福德郡。他们真叫人恶心。利顿的兵役豁免被法庭取消了,他准备上诉。罗德克[3]被捕了,被判定为精神失常(但之后可能又发生了一些事)。到目前为止,我们还没遇上什么事。我是昨晚跟阿丽克斯、卡琳顿[4]吃晚饭时知道这件事的,当时还有一个非常特别、眼周长斑的年轻

---

[1] 乔治·爱德华·摩尔(1873—1958),英国哲学家。

[2] 乔西亚·韦奇伍德(1872—1943),政治家,来自斯塔福德郡的名门家族。

[3] 约翰·罗德克(1894—1955),英国诗人、译者,后来创立了伊玛戈出版社。

[4] 朵拉·卡琳顿(1893—1932),英国画家、装饰艺术家,曾在霍加斯出版社、欧米伽俱乐部工作,与利顿·斯特拉奇关系密切。

人——奥尔德斯·赫胥黎[1]——多亏了卡,他被派到政府办公室去了。我提醒他,他的灵魂可能会遭到腐蚀,他却把时间花在翻译法国诗歌上。

你听说了梅纳德[2]在复活节大发雷霆吗?他说阿斯奎斯比利顿更聪明?利顿认为这是病得不轻。而我呢,经历了一次奇特的堕落,从一群才华横溢的朋友转向——什么呢?想象一下,玛尼[3]一袭黑衣,无比憔悴又优雅,站在维多利亚站台上!——她拎着一只小包,戴着金边夹鼻眼镜!根本躲不掉。她问了二十来个问题:"妮莎在哪里?她现在住阿希姆吗?她的孩子们还好吗?你买房子了吗?里士满是不是很漂亮?"——幸好她的火车到了。不过,第二天,我接到了托德[4]的电话,她激动得声音都像是颤抖的,她执意要过来吃饭。但我知道我会很享受的。我猜玛尼不赞成她(爱玛)为德国人(战俘)工作。

我们的印刷机星期二到了。我们万分激动地拆开,最后在奈莉的帮助下,把它抬进客厅,放在架子

---

[1] 奥尔德斯·赫胥黎(1894—1963),英国作家,代表作《美丽新世界》《滑稽环舞》等。

[2] 约翰·梅纳德·凯恩斯(1883—1946),英国经济学家,被称为"宏观经济学之父"。

[3] 玛格丽特·沃恩,弗吉尼亚的表姐妹。

[4] 爱玛·沃恩,玛格丽特的姐妹。

上——却发现它摔成了两半！东西很重，他们根本没拧紧，但店里可能有备件。不管怎么说，排版是一件非常困难的事，我们还没准备好直接开始印刷。必须把很大的字块分成单独的字母和字体，然后放入正确的格子里。这活儿很费时间，特别是当你弄混了 h 和 n，就像我昨天那样。我们全神贯注地做事，停不下来。我看哪，真要印刷得耗上一辈子的时间。我要去见凯瑟琳·曼斯菲尔德了，也许能从她那儿要来一个故事，也请你随便写写。

奈莉跟我们打招呼，定下了待在阿希姆的最后日子——如我所料，她和洛蒂都觉得夏天没法儿在那儿待六周。所以，我考虑彻底改变计划——留下一个仆人，在公共厨房用餐，希望会在我们住所附近开办。你觉得怎么样？

我们期待你们的到来。我想我会精挑细选一小群人给你们见见——还是你们想来一场醉酒狂欢？我想办个派对。我们可以泛舟河上——我从利顿那儿听说欧米伽俱乐部[1]完蛋了——很少有人去，去的也都是最无趣的人——我星期日干了一件可怕的事——弄丢了可怜的老狗蒂姆——我已经把他弄丢过几百次了，但

---

[1] 欧米伽俱乐部，由布卢姆茨伯里团体成员于 1913 年 7 月成立，位于伦敦费兹洛维亚广场 33 号，主推装饰及艺术作品，1919 年倒闭。

他没再回来,我们也没有任何关于他的消息。警察说,他不可能被车撞了。

答应我,至少来住两晚——我要跟你好好聊聊。

向邓肯[1]问好。

B.

致薇塔·萨克维尔-韦斯特

(塔维斯托克广场 52 号,W.C.I)
1926 年 1 月 26 日,星期二

今天早上收到你从的里雅斯特[2]寄来的信——可为什么你会觉得我无情,或是我在玩弄文字呢?你说那是剥夺事物真实感的"巧思妙语"。恰恰相反。一直一直一直以来,我不遗余力地表达自己的感受。你相信吗,你上星期二离开后——正好一周之前——我去布卢姆茨伯里的贫民窟找到了一架手摇风琴,但这并没

---

[1] 邓肯·格兰特 (1885—1978),英国画家,瓦妮莎的情人。
[2] 的里雅斯特,意大利东北部边境港口城市。

有让我高兴起来。我还买了《每日邮报》,但照片也没多大用。之后没发生什么大事——不知怎的,这里沉闷而潮湿。我变得迟钝,我想你了。我真的想你。我就是想你。如果你不信的话,那你就是一只长耳猫头鹰浑蛋。这算巧思妙语吗?

上星期的这个时候,你正坐在地板上,现在格里兹尔就在那儿。不知为何,你离得越远,我越无法描摹你的样子。想起你时,你身后有骆驼和金字塔,这让我有一点不好意思。你之后将登船:船长和金边蕾丝,舷窗,厚木板——到达孟买,我在那里一定有很多表兄弟姐妹和叔伯。然后像格特鲁德·贝尔[1]那样——到达巴格达。但我们先不谈这个,而是专注于当下。我做了些什么事呢?想象一个可怜的捣蛋鬼被送回学校。我一直很勤快,没从圣诞树顶摘橘子,没碰闪闪发光的灯泡。有一件事你要明白,你一定打乱了我的家务安排,所以你一走,一连串的任务就压到我身上——你想象不到要买多少床垫。有人说可以去希尔斯买床垫——我跟你说,这浪费了一天、两天、三天——每次一走进商店,我灵魂中的尘埃就全都扬了起来,第二天我还怎么写作呢?而且,不知怎的,

---

[1] 格特鲁德·贝尔(1868—1926),英国旅行家、作家、外交家。

我的不称职和店主对我的不信任令我苦恼，让我变成了一个唠叨挑剔的泼妇。最后，最后——可我何必再讲一遍呢？我卖了四张床垫，卖了十六先令，大概写了二十页稿子。说实话，我非常兴奋，一直在写作。我从没写得这么快（《到灯塔去》）。要是让我一两年不生病，我能直接写出三本小说。这可能是痴心妄想，但是——（写到这里，有人打电话给我，格里兹尔汪汪叫着。我又安坐下来——傍晚宁和幽蓝，南安普顿街的路灯正在亮起。跟你说："噢，我昨天在广场上看到番红花，就想到了五月，薇塔。"）我刚才说什么来着？啊，是说我觉得自己现在可以写作了，完全不同于以往——这种错觉总能伴我写完五十页。不过，我确实写得很快——完全是一气呵成，过后会觉得，感谢上帝，终于结束了。可有件事——我不愿你把我说成一个彻头彻尾自私自利的人。话说回来，我们为什么不谈谈你的写作呢？为什么总是我的、我的、我的呢？因此，我觉得——毕竟你在很多方面都很多产，而我不过是一粒拴在棍子上的豌豆罢了。（你看到我写得多紧凑了吗？那是因为我有很多话想说，但又不想惹你厌烦。我就想着，如果我写得非常紧凑，薇塔就看不出这封信有多长，她也不会觉得厌烦了。）

我见什么人了吗？是的，很多人，但主要是为了谈正事——啊，出版社的苦差事一直在我脑海里翻腾。有那么多稿子要读，有那么多诗要排版，有那么多信要写，还跟多丽丝·达格利什喝了下午茶——她是一个可怜瘦小、贼头贼脑、衣衫褴褛、拖着脚走路的女佣，吃了一大块蛋糕，有一种不可思议的叛逆和自信，这部分是因为缺乏教育，部分是因为她自诩天才，而我则是一个相当体面、顽强而庸俗的人。"可伍尔夫太太，我想问您的是——您觉得我有没有足够的天赋，将我的一生全部奉献给文学？"后来才知道，她有一个生病的父亲要赡养，而且一分钱也没有。这样聊了一小时后，伦纳德用他最坚定的声音建议她当个厨师。这促使她发挥才华，投入创作，怀着希望和抱负，把写好的小说寄给汤姆·艾略特等——她去了旺兹沃斯，我们正要读她写的关于蒲柏的文章。我见了雷蒙德、克莱夫和玛丽、西格里夫·萨松[1]、戴迪，以及我的法国寡妇朋友（格温·拉维拉特[2]）。

薇塔，此刻在孟买感到无聊了吧？可那就是一个平淡无奇的地方，我猜到处都是猿猴和石头。跟我说

---

[1] 西格里夫·萨松（1886—1967），英国反战诗人、小说家，代表作《于我，过去、现在及未来》。
[2] 格温·拉维拉特（1885—1957），木刻版画家，达尔文的孙女。

说吧。你无法想象，身为一个聪明的女人，这一点我们都认可，我把你告诉我的每一个片段都栩栩如生地保存在脑海中。

至于我见过的人，我一个都不喜欢——那不太像我的风格。你猜到了吗？我不冷漠，不是骗子，既不懦弱，也不滥情。我是怎样的人，我希望你来告诉我。写信吧，最亲爱的薇塔，在火车上随便写点什么。我会回应一切的。

我要有一个搞戏剧的可爱朋友了——我的意思是，有个时髦的女演员来见我。她原本已经彻彻底底心灰意冷了，事情已经无可挽回了，却非常意外地找到了工作，问我要不要去幕后看看她——我喜欢这些可怜人身上汇聚的惊人丰富性：浓妆艳抹，闪闪发光，如梦似幻；有着哨笛一般细窄的头脑；她们满心绝望，因为要么失业了，要么恋爱了。有些还有私生子女：一个在星期日去世了，另一个得了伤寒。她们觉得我是一个半人半兽的丑陋妖怪，像被钉在大教堂里的恶魔。我们在苏豪区外缘某个烂地方喝了下午茶，她们觉得这事太刺激了——我卸下双腿，像一本会说话的书。但这不会持续长久。我给所有其他朋友当陪衬，却忽略了自己的朋友，我这也太势利了。

我现在必须停笔了，因为我星期六要去海因斯公园的一所学校做演讲。玛丽提议把她的汽车借给我,但我拒绝了,我没要。我要薇塔的汽车,我希望被她好好对待,却事与愿违。

你就不能给我多写些信吗?经过不同车站时把它们寄出来?

但当然了(回到你的信上),我一直知道你冷淡。可我对自己说,我要始终温柔。我怀着这个念头来到朗伯恩。解开你针织衫最上面的纽扣,你会看到里面依偎着一只活泼的松鼠,有着顶好奇的习性,却依然是个可爱的小家伙——

你的弗吉尼亚

你一切都好吗?告诉我。

❧

致薇塔·萨克维尔-韦斯特

(塔维斯托克广场 52 号,W.C.1)
(1929 年 2 月 4 日)星期一

亲爱的——你的信来得真慢!星期四寄出的一封

今早到了——真叫我开心。你无法想象,当他们把蓝色信封拿进来时,一切都不一样了。我还在床上——也就是说,我会在床上待到喝完下午茶,然后穿着睡衣下楼,在沙发上躺到吃完晚餐(我此刻正躺着呢)。不过,我好多了——不再那么没精神了。这两天没有疼痛,也没吃安眠药,只用了镇静剂。我以前遇到过这种事,特别是在感冒之后,虽然症状轻微,但总要过一段时间才能痊愈——且晕船药含巴比妥,让我更容易受到影响。不过,当然了,医生对伦纳德说,除了一些其他原因外,主要还是怪柏林的社交应酬(我猜确实如此)。所以,我还是不能见任何人——这可能会让你感到高兴。我的心里依然只有你一个人的面庞。因此,我的信枯燥得难以想象。维奥拉·特里[1]、罗杰(·弗莱)[2]、利顿(·斯特拉奇)和汤姆·艾略特打来电话,我想象自己像一条沉在海底的鱼,而他们就在我头顶上方几英里处航行。当你没有参与别人的生活时,别人的生活就显得无比动人。我承认自己很喜欢这种

---

[1] 维奥拉·特里(1884—1938),英国演员,代表作《卖花女》。
[2] 罗杰·弗莱(1866—1934),英国美学家、艺术史家、艺术批评家,代表作《塞尚及其画风的发展》。曾与瓦妮莎坠入爱河,好友伍尔夫为他撰写了《罗杰·弗莱传》,由霍加斯出版社于 1940 年出版。

孤独。我的脑袋就像海绵一样被填满。我想起了你。坦白地说,我很喜欢想象你在大使馆里让人眼前一亮的样子。我喜欢想象你站在大使和侍者中间满面春风的样子。这是我的一个毛病。我想这是你魅力的一部分。而柏林的魅力就跟沃尔沃斯和里昂角落餐厅差不多——它的无限平庸依然令我震撼。真想在那盏弧形灯下拥抱你呀!你莫非是黄昏的造物?好极了。我们很快就可以在朗伯恩一起看月儿升起了。博斯盖今早打来电话,问我们要不要过去——我想我当时说近期不会,但一想到我们随时可以去,我又精神抖擞起来。我猜我会保持这种状态,一直到这周末,然后起来坐坐,再开车兜兜风。

我什么时候开始写《飞蛾》(《海浪》)?我也想知道。还有那本该死的关于小说的书(《小说的阶段》)——还需要一万字——真是毫无意义!我不敢再把它丢在一边,再去写一本《奥兰多》了——有个女人写道:当她读《奥兰多》时,她不得不停下亲吻书页——我猜她跟你是一类人。美国的女同性恋比例正在增加,这都是因为你。你被那个红发女子折服了吗?请明确坦诚相告。等我痊愈了,我会充满活力,一丁点刺激都会令我抓狂。伦纳德的母亲的状态更糟,雇了照看卡诺克勋爵的护士。她们谈起你和孩子们。劳伦斯的诗稿在邮局被警察没收了。杰克·哈奇和伦纳德准备去抗议——什么都不安全——这封信也是。

把你在拉帕洛[1]的地址告诉我。我很高兴你要去那里,尽管我不愿你离得太远。随便寄点什么——哪怕风景明信片也行。

这是我写得最长的一封信,我一点都不累。要是愿意的话,我可以给钢笔添墨,用墨水来写,但我抛弃了奢侈。这就是我的全部近况。医生说,没什么问题,(像往常一样结束检查)就是太累了——她让我呼吸,然后停止呼吸,一直数九十九,我都烦透了。

你的
弗吉尼亚

---

[1] 拉帕洛,意大利西北部热那亚湾的港口小镇。

更好的阅读

特约监制　潘　良　于　北
产品经理　胡马丽花
特约编辑　郑晓娟
营销支持　金　颖　黄筱萌　黑　皮

关注我们

官方微博：@ 文治图书
官方豆瓣：文治图书
联系我们：wenzhibooks@xiron.net.cn

更好的阅读

时髦婚姻

Katherine Mansfield

[英]凯瑟琳·曼斯菲尔德 / 著

金小天 / 译

江苏凤凰文艺出版社

图书在版编目（CIP）数据

时髦婚姻 /（英）凯瑟琳·曼斯菲尔德
(Katherine Mansfield) 著；金小天译. -- 南京 : 江
苏凤凰文艺出版社, 2023.5
（企鹅女性经典. 第一辑）
ISBN 978-7-5594-7356-1

Ⅰ. ①时… Ⅱ. ①凯… ②金… Ⅲ. ①英国文学－
现代文学－作品综合集 Ⅳ. ① I561.15

中国版本图书馆CIP数据核字（2022）第230896号

本书仅限中国大陆地区发行销售

® "企鹅"及其相关标识是企鹅兰登已经注册或尚未注册的商标。
未经允许，不得擅用。
凡无企鹅防伪标识者均属未经授权之非法版本。

时髦婚姻

[英] 凯瑟琳·曼斯菲尔德 著　金小天 译

责任编辑	周颖若
特约编辑	张凤涵
装帧设计	索　迪
出版发行	江苏凤凰文艺出版社
	南京市中央路165号，邮编：210009
网　　址	http://www.jswenyi.com
印　　刷	三河市中晟雅豪印务有限公司
开　　本	700mm×980mm　1/32
印　　张	7
字　　数	100千字
版　　次	2023年5月第1版 2023年5月第1次印刷
书　　号	ISBN 978-7-5594-7356-1
定　　价	238.00元（全8册）

江苏凤凰文艺版图书凡印刷、装订错误可随时向承印厂调换

目录

关于凯瑟琳·曼斯菲尔德　　　　　　I

曼斯菲尔德日常书写的艺术　　　　　1

小说

幸福　　　　　　　　　　　　　　9

心理　　　　　　　　　　　　　　31

时髦婚姻　　　　　　　　　　　　43

花园茶会　　　　　　　　　　　　62

试镜　　　　　　　　　　　　　　88

苍蝇　　　　　　　　　　　　　　103

序曲　　　　　　　　　　　　　*112*

诗歌
小男孩的梦　　　　　　　　　　*185*
伦敦的春风　　　　　　　　　　*187*
空中的声音　　　　　　　　　　*190*
甘菊茶　　　　　　　　　　　　*192*
现在我是一株植物，一棵野草……　*194*
爱之悲　　　　　　　　　　　　*196*
小姑娘的祈祷　　　　　　　　　*198*

评论
入港停泊的船　　　　　　　　　*203*
两部有价值的小说　　　　　　　*209*

关于凯瑟琳·曼斯菲尔德
About Katherine Mansfield

1888　　10月14日,出生于新西兰惠灵顿,本名为卡瑟琳·包姗普,她在维多利亚时代的文化习俗和新西兰美丽的自然环境中度过童年。

1893　　出于她的身体原因,全家搬到了乡村郊区卡罗里,曼斯菲尔德在那里度过了快乐的童年时光。这些回忆是她的短篇小说《序曲》的灵感来源。

1906　　曼斯菲尔德结束了在英国伦敦的求学生涯,回到故乡新西兰,进入惠灵顿皇家音乐学院学习。同年,她与玛莎·格蕾丝相爱。

1907　　玛莎结婚。同年,曼斯菲尔德发表了诗歌《小男孩的梦》。

	《小男孩的梦》	*185*
1908	7月,说服父亲同意她前往英国生活。定居伦敦后,以凯瑟琳·曼斯菲尔德作为笔名,开始写作生涯。	
1909	发表诗歌《伦敦的春风》。同年,决定与比她大11岁的音乐老师乔治·布朗结婚,却于婚后第二天就离开了丈夫。	
	《伦敦的春风》	*187*
1912	与评论家兼编辑的多尔顿·莫里相识,二人志趣相投,随后开始一起生活。莫里是她生活和文学创作上的良伴。两人是D.H.劳伦斯创作的《恋爱中的女人》中的角色葛珍和杰拉尔德的原型。	
1915	10月,曼斯菲尔德的弟弟在军队服役时,在一次手榴弹训练演习中丧生,年仅21岁。弟弟的去世改变了她的生活和工作,她开始在新西兰的童年怀旧回忆中寻求庇护。	

1916	发表诗歌《空中的声音》《甘菊茶》。	

《空中的声音》 190
《甘菊茶》 192

1917	年初,曼斯菲尔德和莫里分开,但莫里仍会去她的公寓看望她。5月31日,《试镜》首次发表于《新时代》周刊。12月,她被诊断为肺结核。同年,她发表诗歌《现在我是一株植物,一棵野草……》。	

《试镜》 88
《现在我是一株植物,一棵野草……》 194

1918	她在法国南方完成了小说《序曲》的创作,透露了她对家乡新西兰的美好回忆。但她与莫里的关系越来越疏远,两人经常分居。分居后,曼斯菲尔德居住在意大利圣雷莫的一栋别墅里。在此期间,她经常写信给莫里排遣她的抑郁。	

《序曲》 112

1919	创作诗歌《爱之悲》《小姑娘的祈祷》,发	

	表评论《入港停泊的船》《两部有价值的小说》。
	《爱之悲》 196
	《小姑娘的祈祷》 198
	《入港停泊的船》 203
	《两部有价值的小说》 209
1920	因小说《幸福》的发表,曼斯菲尔德获得极大的声望。同年,短篇小说《心理》发表。
	《幸福》 9
	《心理》 31
1921	5月,曼斯菲尔德在她的朋友艾达·贝克的陪同下前往瑞士,咨询瑞士细菌学家亨利·斯帕灵格对肺结核的治疗方法。6月,莫里也前往瑞士,他们在蒙大拿地区租下了小木屋。同年,短篇小说《时髦婚姻》发表。
	《时髦婚姻》 43

1922	曼斯菲尔德前往巴黎接受俄罗斯医生伊万·马努欣颇具争议的 X 光治疗。不但治疗费用昂贵，还产生了副作用，最终也没有改善她的病情。6 月 4 日至 8 月 16 日，曼斯菲尔德和莫里回到瑞士，住在兰多涅的一家旅馆里。小说集《花园茶会》的出版进一步稳固了她在英国文坛的地位。同年，她在《民族》(The Nation and Athenaeum) 上发表短篇小说《苍蝇》，后来这部短篇小说被收录在《鸽巢和其他故事》(The Dove's Nest and Other Stories) 中。这是她最重要的作品之一，也是最受争议的作品。

《花园茶会》 62

《苍蝇》 103

1923	1 月 9 日，常年罹患肺结核的凯瑟琳·曼斯菲尔德逝世，年仅 35 岁。她临终前的最后一句话是："我喜爱雨，我想要感到它们落到脸上的感觉。"在她去世的半年前，中国诗人徐志摩和她见过一面。此后，徐志摩写下诗歌《哀曼殊斐儿》。

曼斯菲尔德日常书写的艺术

Translator's Forword

回想起来,带领我进入英语现代主义文学的启蒙者,并非艾略特、庞德、乔伊斯这样的"大人物",而是在多重意义上自我边缘化的曼斯菲尔德。这种边缘化大概是因为她来自帝国边缘的殖民地小岛,也或许是因为她与伦敦"布鲁姆斯伯里"若即若离的关系、她变幻莫测的人格面具、她的性别……而最主要的原因是,短篇小说几乎是她创作的全部——而传统偏见认为短篇在艺术上逊于长篇。正因为如此,在很长一段时间里,曼斯菲尔德和她那种细微的、对日常生活断面的书写在文学史上也被边缘化了。但即便初涉她的作品,读者也不难发现她剥离于十九世纪现实主义的鲜明印记,表现为隐去作者痕迹,淡化传统情节,用不同的"声音"塑造人物,印象派或电影感十足的叙事风格,叠加交织的意象与象征所营造的诗性氛围等特征。在反复审视这些革新意识和实验性尝试之后,今天的文学批评界早已达成这样的共识,即曼斯菲尔德确凿无疑地存在于现代主义运动的图景里,并且在其中具有举足轻重的地位和意义。

这本小集子中的七个短篇选自曼斯菲尔德不同阶段的创作,包括她脍炙人口的《花园茶会》,颇具波西米亚色彩的《幸福》《时髦婚姻》,艺术上日臻成熟的《苍蝇》,以及她最具分量的复调叙事《序曲》。选篇大都突出女性视角和经验,例如《花园茶会》里的少女劳拉在成长中必然面临的价值冲突和死亡洗礼,《幸福》中的伯莎对于自身欲望本质的困惑,《试镜》残酷再现了莫斯小姐在现代都会中的挣扎与沉沦,而《序曲》则是一部交响乐,将各个年龄段女性潜意识中的恐惧与幻想编织进多重变奏旋律中,展现平静家庭生活表象之下的暗流涌动。

曼斯菲尔德在大量的作品中书写孤独、边缘、背井离乡的女性。本书限于篇幅,仅能展现她对女性关注有限的一隅。尽管她从未宣称自己是女权主义者,但她利用孩童视角对中产主流价值观作出的批评,对于女性所承受的精神管控和压制的描写,让她的某种女性主义姿态清晰可辨。即便是《苍蝇》这样令人费解的作品——表面描写一位中年丧子的父亲，亦在其双重叙事线索的对照下隐含对父权制的批判。当然，除了女性主题，我们还可以读到曼斯菲尔德的幽默、讽刺。她嘲笑伦敦"精致"的艺术圈，暗讽先锋派的情感失能与异化，也对婚姻和不合时宜的维多利亚伦理观提出尖锐的质疑。

如果说传统短篇小说总是试图营造某种统一的效果和情绪，曼斯菲尔德的叙事艺术却有意打破这种单一性，转而制造语义的含混、意识的断裂、人物性格的不可知。她的作品中不乏启示性的瞬间，她自己所谓"燃烧的时刻"(the blazing moment)，类似于乔伊斯的"顿悟"(epiphany)或者伍尔夫"存在的瞬间"(moments of being)。那是灵光乍现、自我发现的一瞬，但也极可能是充满幻灭和危机感的一刻。但曼斯菲尔德笔下的顿悟时刻往往是模棱两可、欲说还休的，我们无法断定人物确切地经历了自我觉醒和意识升华。以《幸福》为例，女主人公伯莎一整天被说不清道不明的幸福感淹没，一开始她以为这幸福感源自她美满的家庭，花园里繁花盛放的梨树便是她生活的象征，然后这幸福感逐渐转化为她想象中与一位女宾客的心意联结，当她与富尔顿小姐在月色中共同凝望梨树时，这棵树似乎幻化为不断向上攀升、直指她内心同性欲望的火焰,接着由于无法也不敢往下细究,她再一次将这激情诠释为对丈夫的欲望。在最后的场景中,伯莎偶然看见丈夫与富尔顿小姐拥抱在一起,她迫不及待地奔向窗口,那棵树一如往常,"依然婀娜多姿",而她幸福的簇簇火星却已熄灭。在这个故事里,无论是顿悟的不可靠、语言的隐晦,还是"梨树"象征意义的迁移,都与伯莎的自我欺骗和无法认清自身性本质的茫然无措相呼应,当最后她发现自己无法再移情于梨树而与之失去联结时,她完全丧失了身份感——勉强的异性恋?潜在的同性恋?她并不知道自己是谁,这种荒凉空洞也与题目形成强烈的反讽。这里所展示的象征的复杂多义和顿悟的不确定性,可谓曼斯菲尔德典型的艺术特色,而这样的语言风格也会不断地出现于《花园茶会》《苍蝇》等一个又一个的作品里。我们可以说,她的作品并不会为主人公的难题提供解决之道,所谓"顿悟",只是种种内在意识相互冲撞的时刻,而作者省略掉的、没讲出来的内容,往往和讲出来的同样重要。

伍尔夫在《现代小说》中说:"我们不可以想当然地以为,比起通常所谓的小事,生活更完整地存在于通常所谓的大事中。"曼斯菲尔德的写作素材几乎都是"通常所谓的小事",而她明显属于见微知著、一叶知秋的那一类作家。尽管篇幅有限,这里除了短篇小说,也挑选了部分诗歌和书评,以期更为全面地展现她的细腻文思。最后,我想特别感谢编辑老师,给予我选题的自由和诸多支持。整个翻译过程无疑是我向喜爱的女作家的一次致敬。我因为多年在现代主义文学课堂上讲授曼斯菲尔德,这个译本也算是送给自己小小的纪念。

金小天
2022 年 10 月于成都锦江河畔

小说
Short stories

幸福

Bliss

虽说伯莎·扬已经三十岁了,但她仍时不时有这样的举动:连蹦带跳,不肯好好走路,在人行道上下翩然起舞,滚一滚铁环,向空中抛出个东西又伸手接住,或者突然停下来,一动不动,然后笑起来——无缘无故——没错,无缘无故。

你能怎么办呢?如果你三十岁了,拐进自家那个街角,突然被一种幸福感淹没——极致的幸福!——仿佛你突然吞下了一块儿午后明媚的阳光,它就在你的胸口燃烧,在你的每个细胞里、每根手指和脚趾上撒下阵阵火花……

唉,难道除了"酩酊大醉",就没别的办法来形容这种感受吗?文明真是傻透了!倘若你非得把自己的身体关起来,就像一把关在琴盒里的珍贵的、稀有的小提琴,那么老天干吗给你这个身体呢?

"不对，小提琴也不是我的意思。"她一边想，一边跑上台阶，在手提袋里摸索着钥匙——她照旧又忘了带——于是她摇了摇信箱。"这不是我想说的，因为——谢谢，玛丽。"——她走进门厅，"奶妈回来了吗？"

"回来了，太太。"

"水果送到了吗？"

"到了，太太。所有东西都到齐了。"

"把水果拿到餐厅来？我上楼前先摆好盘。"

餐厅内光线幽暗，凉飕飕的。可伯莎再也受不了大衣紧裹着身体，她脱下大衣，手臂立刻感到一阵凉意袭来。

但她胸口依然有那块明亮炙热的所在——上面撒下阵阵小火花。她快难以忍受了。她大气都不敢出，生怕将那团火越扇越旺，可她还是深深地、深深地呼吸。她也不敢直视那面冷冰冰的镜子——但她看了，镜子里的女人容光焕发，面带笑容，双唇微颤，眼睛大而深幽，似乎在聆听什么，等候什么……神奇的事情……她预感一定会发生……毫无疑问。

玛丽端着水果托盘进来，还拿了一个玻璃碗，一个蓝色盘子，那盘子十分可爱，表面泛着奇妙的光芒，像刚浸过牛奶似的。

"要我开灯吗，太太？"

"不用，谢谢。我能看清。"

水果盘里有橘子和带点草莓粉的苹果，几个黄梨，表皮丝滑，几串挂着银色花朵的白葡萄，还有一大串紫葡萄。这些紫葡萄是她买来衬托新换的餐厅地毯的。没错，这理由听起来牵强、可笑，可她就是因为这理由买的。当时在店里她就想："我得买点儿紫色的，让地毯跃然而上餐桌。"这么想颇有道理。

她摆弄好后，这些鲜亮的圆形物被堆成两座金字塔，然后她后退一步，打量效果——妙极了。昏暗的桌子融入暮色光影里，玻璃碗和蓝色盘子似乎飘浮在空中。当然，以她目前的心情，一切看起来是如此美妙……她兀自笑起来。

"不行，不行，我又在发神经了。"她抓起包和大衣，飞奔上楼去了育儿室。

奶妈坐在一张矮桌旁，正在给洗完澡的宝宝喂晚饭。宝宝穿着白色绒袍子，披着蓝色羊毛外衣，漆黑细软的头发束起来，在头顶上扎了个滑稽的发髻。她抬头看见妈妈进来，开始又蹦又跳。

"看这儿,乖乖,好好吃饭,做个好孩子。"奶妈哄着,不高兴地噘起嘴来,伯莎知道她又来得不是时候。

"她乖吗,奶妈?"

"整个下午都很乖,"奶妈悄声说,"我们去了公园,我刚坐下来,把她从婴儿车里抱出来,有条大狗过来,用头蹭我的膝盖,她还抓住狗耳朵,揪着不放。噢,可惜你没看到。"

伯莎想问,让孩子抓一条陌生狗的耳朵是不是很危险。可她不敢问。她站在那儿看着她们俩,两手垂在身旁,像个穷人家的小姑娘,眼巴巴地看着抱洋娃娃的富家小姐。

宝宝又一次抬头看她,盯着她,绽开迷人的笑容,伯莎忍不住喊:"哦,奶妈,让我来喂吧,你去收拾一下洗澡的东西。"

"哎,太太,不应该在她吃饭的时候换手,"奶妈仍旧低声说,"会让她烦躁,真的,她准会心神不宁的。"

真是荒谬!那何苦生孩子呢?如果非得——这回倒不像关在盒子里的珍稀小提琴——让别的女人抱着她?

"啊,我一定要喂!"她说。

奶妈很生气,但还是把孩子交给她了。

"记住哦,别让她晚饭后太兴奋了。您总是这样,太太。之后可把我折磨得够呛!"

谢天谢地!奶妈终于拿着浴巾出去了。

"现在你属于我了,我的宝贝。"伯莎说,宝宝依偎过来。

宝宝吃得很快活,噘起嘴等汤匙递过来,挥舞着双手。她要么不松开汤匙,要么等伯莎舀满一勺后一把挥开,勺里的东西洒得到处都是。

等她喝完汤,伯莎转身走到壁炉边。

"乖宝宝——你非常可爱!"她说,亲吻着暖乎乎的宝宝,"我爱你,我喜欢你。"

是的,她非常疼爱小宝——爱她前倾时伸长的脖子,爱她火光照耀下透明的小脚趾——于是,她所有的幸福感再次涌了上来,但她还是不知道该怎么表达——她拿这感觉毫无办法。

"您有电话。"奶妈回来说,得意地夺走她的小宝。

她跑下楼,是哈里的电话。

"噢,是你吗,伯?是这样,我稍晚到家。我会叫个出租车尽快赶回去,晚餐推迟十分钟——可以吗?行吗?"

"好,没问题。噢,哈里!"

"怎么了?"

她要说什么呢?也没什么可说。只是想和他多说一会儿。但总不能没头没脑地喊:"今天天气好极了!"

"什么事?"电话里突然小声问道。

"没事,再会[1]。"伯莎说完,挂断了电话,心想文明真是无聊透顶。

他们请了客人来家里吃晚餐。诺曼·奈茨夫妇——很有意思的一对夫妇——先生马上要开个剧场,太太热衷于室内设计;还有个年轻人——埃迪·沃伦,他刚发表了一本小诗集,人人都争着请他吃饭;另外一位是伯莎的新"发现",名叫珀尔·富尔顿。富尔顿小姐是做什么的,伯莎不得而知。她们在一个俱乐部相识,伯莎对她一见倾心,不过她总是会爱上那些有点神秘莫测的美丽女子。

但恼人的是,虽然她们常在一起,见过很多次面,也能谈天说地,可伯莎依然捉摸不透她。在某个范围内,富尔顿小姐可以做到难能可贵的坦率,可那条界

---

[1] 原文为法语"Entendu"。(本书若无特殊说明,均为译者注。)

线明摆在那儿,她是不会越界的。

界线后面可能有什么呢?"什么也没有。"哈里说,他断定她沉闷乏味,"就像所有金发女人,冷冰冰的,大概有些大脑贫血吧。"伯莎可不同意他这么说,至少现在还不同意。

"你不懂,哈里,她坐在那儿,歪着头,微笑着,心里一定藏着秘密,我得弄明白。"

"极有可能藏着她的好胃口吧。"哈里答道。

他总是煞有介事地说出这种话,让伯莎无言以对。"肝冻僵了吧,亲爱的",要么"纯属肠胃胀气",要么"肾有毛病",等等。不知为何,伯莎偏偏喜欢他这么说,甚至还很崇拜他呢。

她走进客厅,生了火,然后拾起玛丽摆放妥帖的靠垫,又把它们一个个扔回椅子和沙发上。房间仿佛焕然一新,一下子生动起来。她扔最后一个前,突然热切地紧紧抱住垫子,连她自己都感到惊讶。可这垫子也无法熄灭她胸膛的那团火。啊,恰好相反!

打开客厅窗子就是阳台,可以俯瞰整个花园。在花园最远处的墙边,有一棵修长纤细的梨树,满树梨花盛开;梨树亭亭玉立地耸立着,在翡翠绿的夜空下寂然不动。即便隔这么远,伯莎也能感到那棵树上没有一个芽苞尚未开放，也没有一片花瓣业已凋零。梨树下的花坛中，有红、黄两色的郁金香，沉甸甸的花朵倚着暮色。一只灰猫，拖着大肚子，一溜烟儿地穿过草坪，另一只黑猫影子般地紧随其后。两只猫心无旁骛，敏捷迅速，这景象让伯莎莫名打了个寒战。

"猫真是诡异的动物！"她口齿不清地说，从窗户边转过身，开始来回踱步……

在温暖的房间里，黄水仙散发着浓郁的香味。太浓了？嗯，还好吧。可她像被什么淹没了似的，一头倒在沙发上，双手蒙住眼睛。

"我真是太快乐了——太快乐了！"她喃喃自语。

她似乎从眼帘缝隙中又看到那棵妙不可言的梨树，看到那宽大茂密、硕然绽放着的一树梨花，这景象不正是她自己生活的象征吗。

的确——的确——她拥有美满的生活。她还很年轻。哈里和她恩爱如初，他俩是相敬如宾的亲密伙伴。他们有个可爱的宝宝，不用为钱操心，有这所称心如意的住宅和花园。有一群朋友——全都前卫新潮，作家、艺术家、诗人、热衷社会问题的人——正是他们希望结交的朋友。然后还有书籍、音乐为伴，最近她还找到一个手艺精湛的小裁缝，他们夏天出国度假，他们新来的厨子能做出美味无比的蛋卷……

"我真是不可理喻。不可理喻!"她坐了起来,可她依然晕乎乎、醉醺醺的。一定是因为春天。

没错,是因为春天。她感到十分疲乏,几乎没力气上楼更衣。

巧得很,她选了条白色礼服,搭配一串翡翠绿的项链,绿鞋子、绿袜子。这可不是故意的。好几个钟头前,还没在客厅窗边看到那棵梨树,她就已经想好了搭配。

她走进门厅,缀满花瓣的衣裙发出轻柔的沙沙声,她吻了吻诺曼·奈茨太太,这位太太正脱下她那件滑稽的橘色大衣,从下摆到前身印着一列黑猴子。

"……真搞不懂!真搞不懂!中产阶级怎么就这么乏味——没有一丝一毫的幽默感!我的天,我能到这儿都是侥幸——幸亏诺曼是我的保护神。我的小猴子们让全车人都忐忑不安,有个人直愣愣地盯着我,恨不得把我生吞了。他也不笑出来——也不觉得有意思——我倒希望把他逗乐。可那人就那么瞪着我,让我烦透了!"

"最可笑的是,"诺曼推了推玳瑁框单边眼镜,"你不介意我说吧,脸?"(他们夫妇在家和当着朋友互称

"脸"和"面")"最可笑的是,她忽然受够了,转头跟她旁边一个女人说:'你以前没见过猴子吗?'"

"哦,没错!"诺曼·奈茨太太也跟着大笑起来,"可笑极了,是不是?"

更有意思的是,她脱下大衣后,活脱脱就是只机灵的猴子——连她那身黄色丝裙也像是用剥下来的香蕉皮做的。她戴的琥珀耳环晃来晃去,像两个坚果仁儿。

"这是悲伤的、悲伤的堕落!"面说,在小宝的婴儿车前站定。"当婴儿车推进大厅——"他挥挥手,把剩下半句引用省掉了。

门铃响了。瘦削、苍白的埃迪·沃伦来了,他看上去极度魂不守舍(他经常如此)。

"是这儿吧,没错吧?"他问道。

"啊,我想是的——希望如此。"伯莎愉快地回答。

"刚碰到的那个出租车司机怪阴森的,诡异极了。我没法叫他停车。我越是喊他、敲玻璃,他开得越快。月光下,那个头部扁平的怪诞身影,蜷伏在小小的方向盘上……"

他打了个哆嗦,取下宽大的白丝巾。伯莎注意到他的袜子也是白色的——十分可爱。

"那真是太可怕了!"她叫起来。

"是啊,千真万确,"埃迪说着,一边跟她进了客厅。"我眼见自己坐上一辆不朽的出租车,驶过永恒。"

他认识诺曼·奈茨夫妇。等剧场开起来,他打算给 N.K.[1] 写一出戏剧。

"对了,沃伦,剧本写得如何了?"诺曼·奈茨问道。他摘下了单片眼镜,让眼睛突出来休息一下,然后又戴了回去。

诺曼·奈茨太太说:"啊,沃伦先生,您的袜子真可爱!"

"我很高兴你喜欢,"他回答,盯着自己的脚。"一旦月亮升起来,这袜子似乎就变白了许多。"他将瘦削、忧伤的脸转向伯莎,"今晚有月亮。"

她几乎想喊出来:"我打赌有——时常有——时常!"

毋庸置疑,他是一个独具魅力的人儿。脸也不逊色,她穿着一身香蕉皮蜷缩在炉火前,面也一样,他抽着雪茄,一边弹着烟灰,一边问道:"新郎怎么迟到了?"

"这不,他到了。"

---

[1] "诺曼·奈茨"的缩写。——编者注

前门砰的一下打开又关上了。哈里喊道:"各位好。我五分钟后下来。"大家都听到他快步跑上楼梯。伯莎忍不住笑起来,她知道他喜欢制造压力下铆足劲儿的状态。但多个五分钟又何妨?可他就爱装作这几分钟至关重要。当他进入客厅时,还总爱刻意摆出冷静从容的架势。

哈里是个非常热爱生活的人。啊,这也是她特别欣赏他的一点。他有一种好斗的激情——他总把迎面而来的任何难题都当作对他能力和勇气的一次次考验——这一点她也可以理解。甚至有时在不了解他的人眼里,这种性格也许会让他看起来有点可笑……因为有时候他会头脑发热,卷入不必要的争斗……她一直有说有笑,等到哈里进来(果然跟她想的一模一样),她才想起来珀尔·富尔顿还没来呢。

"我猜富尔顿小姐不会忘了吧?"

"有可能,"哈里说,"她打过电话吗?"

"啊,来了一辆出租车。"伯莎微笑起来,仿佛拥有某种专属权利,她对新结交的神秘女友总会产生这种情绪。"她几乎住在出租车里。"

"这样的话她很快就会发福,"哈里冷冷地说,摇了摇晚餐铃,"对金发女人来说,这危险大着呢。"

"嘘,哈里。"伯莎警告他,抬头朝他笑笑。

接着他们又等了一小会儿,其间谈笑风生,似乎有些太放松、太惬意了。富尔顿小姐走进来,浅笑盈盈,一身银色衣裙,淡金色的头发上绑着银色发带,头微微偏向一侧。

"我来晚了吗?"

"一点儿也不晚,"伯莎说,"快来。"于是她挽着她的胳膊一起走进餐厅。

伯莎一碰到她那冰凉的手臂,立刻感到什么东西扇啊——扇啊——她心里那一簇幸福的火苗开始燃烧,她真不知道怎么办才好?

富尔顿小姐并没有看她,不过她很少直视别人。她眼睑上覆盖着浓密的睫毛,唇边掠过奇异的、若隐若现的笑意,似乎她一向惯于聆听,而不靠观看。可就在那一刻,伯莎突然感到,她们俩已相互注视良久,已如此亲密无间——仿佛互道:"你也是这样吗?"——她知道,珀尔·富尔顿表面上搅动着灰色盘子里艳丽的红汤,内心与她灵犀相通。

其他人感觉到了吗?脸和面、埃迪和哈里,他们拿起又放下汤匙——用餐巾擦擦嘴,掰碎面包,摆弄着叉子和酒杯,谈天说地。

"我是在阿尔法演出上遇见她的——古灵精怪、娇小玲珑。她刚剪了头发,看上去她的腿和胳膊,还有她的小鼻子,统统变短了一截。"

"她就是黏着迈克尔·奥特那位?"

"写《假牙之爱》的那位?"

"他想给我写剧本来着。独幕剧。一个人。那个人想自杀。他一直在解释为什么要自杀、为什么不自杀。正当他下决心要么做要么不做的时候——落幕。这创意不错。"

"他准备给这个剧起个什么名——《胃病》吗?"

"我记得法国的一个小短评里提到过差不多的构思,英国还没人知道。"

不,他们没有感觉到。可他们都是可亲可爱的人——可亲可爱——她喜欢请他们来她家里,围坐在餐桌旁,她也爱用美酒佳肴招待他们。其实她特别想告诉他们,他们是多么赏心悦目的一群人,装点了她的餐厅,彼此配合完美,让她联想到契诃夫的一出戏!

哈里心满意足地享用着晚餐。他喜欢聊食物,喜欢津津有味地说起他"对白花花的龙虾肉赤裸裸的热爱",还有"绿油油的坚果雪糕——碧绿冰冷如埃及舞女的眼眸",这嗜好早已是他的某种——呃,严格来说，不算他的本性，他也绝不是在装模作样——是他的——某种特质吧。

他忽然抬头看着她说："伯莎，这奶酥好吃极了！"她几乎哭了，像个孩子一样开心。

啊，为何她今晚对整个世界都满怀柔情蜜意？一切都恰到好处——完美无缺。眼前的一切让她那个已经幸福满溢的杯子再次充盈起来。

可她仍然下意识地惦记着那棵梨树。在可怜的埃迪描绘的月光下，那棵树散发着银色的光芒，如同富尔顿小姐那般熠熠生辉，她坐在那儿，纤细的手指摆弄着一个橘子，那手指如此苍白，仿佛有束光从上面流淌下来。

但她搞不明白的是——十分奇妙——为什么她能如此准确、如此迅速地猜透富尔顿小姐的心思。她丝毫不怀疑自己的感觉，可她又能做什么呢？束手无策。

"我相信这就是女人之间罕见的心领神会。这在男人之间绝不会发生。"伯莎暗自思忖，"我待会儿去客厅做咖啡的时候，她兴许会给个'暗示'吧。"

这暗示究竟是什么意思，她不清楚；接下来又会发生什么，她不敢想象。

她一边沉浸在自己的思绪中，一边谈笑自如。她很想发笑，只能靠不停说话来掩饰。

"我不笑出来准会憋死。"

她注意到脸喜欢做一个滑稽的小动作，不断把她胸衣前面的什么东西往里塞——似乎她在那儿秘密藏着一堆果仁儿——伯莎得用指甲掐着自己的手——以免笑出声。

晚餐终于结束了。"来看看我们新买的咖啡机。"伯莎对大家说。

"我们两星期才换一次咖啡机。"哈里说。这一回，脸挽着她的胳膊，富尔顿小姐低头跟在后面。

客厅壁炉里的火光渐渐微弱，如同一个红光摇曳的"雏凤之巢"，脸说。

"先别开灯。就这样，很惬意。"然后脸又在壁炉边蜷成一团。她总是很怕冷……"当然啦，她没穿她那件小小的红色法兰绒外套。"伯莎想。

就在那一刻，富尔顿小姐"给了暗示"。

"你们有花园吗？"她的声音冷淡而慵懒。

她语气如此优雅，伯莎不得不顺从。她穿过房间，拉开窗帘，推开那排长窗。

"在那儿！"她吸了口气。

两个女人并肩站在一起，凝望那棵修长的、开花的梨树。那棵梨树纹丝不动，可在她们的注视下，却宛如一簇蜡烛火焰，不断向上延伸、攀升，在清亮的夜空中微微颤动，越来越高——快要触碰到那一轮浑圆银月的边缘。

她们在那儿站了多久？两个人似乎沐浴在瑶池仙境般的光晕中，彼此心照不宣，仿佛来自另一个世界，而那珍贵的幸福之火，在她们心头燃烧，火星如银花朵朵，从她们的发梢和指尖撒落，她们有些茫然无措，她们来这世界做什么呢？

是永恒——还是一瞬间？是富尔顿小姐低语了一声"是的，正是如此"，还是伯莎在做梦？

随即啪的一声，灯亮了，脸做好了咖啡。哈里对她说："亲爱的奈茨太太，别问我孩子的事。我从不去看她。在她长大谈恋爱之前，我对她一丁点儿兴趣也没有。"面把他的眼睛从眼镜的玻璃温室中解放了一小会儿，随后又戴上眼镜。埃迪·沃伦喝了口咖啡，放下杯子，一脸痛苦，仿佛他在咖啡里看到了蜘蛛。

"我想给年轻人一个舞台。很简单，我相信伦敦多的是一流的剧本，只是还没问世。我想对他们说：'剧场在这儿呢，开干吧。'"

"你知道吗,亲爱的,我马上要给雅各布·内森夫妇装饰房间。啊,我特别想做个炸鱼的设计,椅背做成炸锅的形状,窗帘上全都绣上可爱的土豆条。"

"这些年轻作家的通病,还是在于他们太浪漫了。你要出海就肯定会晕船,就免不了用盆子来呕吐。可他们怎么就没有给人当呕吐盆的勇气呢?"

"一首糟糕的诗,关于没鼻子的乞丐在小树林里侵犯了一个姑娘……"

富尔顿小姐坐在一把最矮、最深的椅子上,哈里开始挨个递烟。

他站在她面前,摇晃着银色香烟盒,唐突地问:"要埃及的?土耳其的?还是弗吉尼亚的?都混在一块儿了。"从他说话的口气中,伯莎就知道他不单觉得富尔顿小姐乏味,而且真心讨厌她。富尔顿小姐回答:"不,谢谢,我不抽烟。"伯莎立刻明白她也感受到了,而且很受伤。

"噢,哈里,你不能讨厌她。你误解她了。她很美好,特别美好。再说,你怎么能嫌弃一个对我而言别具意义的人呢。今晚躺到床上时,我要给你讲讲这一切。她和我之间的共鸣。"

想到最后这句,忽然有个奇怪的念头闯进伯莎的脑子。这念头几乎让她害怕。那东西晦暗不明,却笑盈盈地悄声对她说道:"很快这些人就都走了。整个屋子将会安静下来——安静了,灯熄了。你和他共处幽暗的卧室里——温暖的床……"

她猛地从椅子上蹦起来,跑到钢琴边。

"没人弹琴,太可惜了!"她大声说,"没人弹琴太可惜了。"

生平第一次,伯莎·扬对她丈夫产生了欲望。

哦,她本来就是爱他的——当然,除了那件事,她以所有别的方式爱着他。而且,将心比心,她能理解他是不同的。他们常讨论这件事。最初,她发现自己如此冷淡还会非常不安,可过了一阵子也就不在意了。他们向来对彼此开诚布公——是真正的好伴侣。这就是现代人最大的优点。

可这一刻——炙热!炙热!这个词几乎灼痛了她炙热的身体!难道这就是那种幸福感带来的结果?可怎么,怎么——

"老天,"诺曼·奈茨太太嚷着,"你知道我们的致命伤,总是输给时间和地铁。我们住在汉普斯特德呢。今晚太舒服了。"

"我送你们到门厅,"伯莎说,"真想让你们多待一会儿,但总不能让你们错过最后一班地铁。那可就糟了,是吧?"

"奈茨,走之前再来杯威士忌?"哈里叫道。

"不了,谢谢,老兄。"

为此,伯莎和他握手道别时感激地捏了一下他的手。

"晚安,再见。"她在最上面的一级台阶上喊,感到她自己与他们永别了。

她回到客厅,其他人也在陆续离开。"……你可以顺便搭一段我叫的出租车。"

"那我可要谢天谢地了,那段可怕的经历之后不用再单独搭车啦。"

"这条街尾有个乘车点,你可以叫到车。走不了几步路。"

"那很方便。我去穿大衣。"

富尔顿小姐向门厅走去,伯莎跟在后面,哈里快步挤上来。

"我来帮你。"

伯莎知道,他这是想弥补刚才的鲁莽——她侧身让他过去。有些地方他还像个男孩子——如此冲动——如此简单。

只剩她和埃迪留在壁炉边。

"你读过比克斯那首新诗吗,叫《套餐》那首?"埃迪轻声说,"写得好极了,收在最新的诗集里。你有一本吗?我特别想翻给你看。开篇第一句妙不可言:'为什么总是番茄汤?'"

"有。"伯莎回答,然后悄无声息地走向客厅门正对着的桌子边,埃迪也悄无声息地紧随其后。她拿起那本小书,递给他,他俩默不作声。

当他翻阅诗集时,伯莎转头看向门厅。然后,她看见……哈里怀里抱着富尔顿小姐的大衣,富尔顿小姐背对着他,低着头。他把大衣扔到一边,两只手搭在她肩上,猛然把她转过来拉向自己。他嘴唇动着:"我喜欢你。"富尔顿小姐用她月光般的手指轻抚他的脸颊,一脸睡意蒙眬的笑容。哈里的鼻孔微微颤动。他唇角扬起,丑陋地一笑,悄声说道:"明天。"富尔顿小姐用眼神回答:"好。"

"找到了,"埃迪说,"'为什么总是番茄汤?'难道你不觉得这简直是至理名言吗?番茄汤就是这么可怕的一成不变。"

"你愿意的话,"哈里抬高了的声音从门厅那头传过来,"我可以打电话叫个车到门口来。"

"噢,不用。完全没必要。"富尔顿小姐说着,朝伯莎走过来,让她握着自己纤细的手指。

"再会。非常感谢你。"

"再会。"伯莎说。

富尔顿小姐更久地握着她的手。

"你那棵美丽的梨树!"她低声说。

说罢,她走了,后面跟着埃迪,像那只尾随白猫的黑猫。

"我要关张啦。"哈里说,摆出十分冷静从容的模样。

"你那棵美丽的梨树——梨树——梨树!"

伯莎迫不及待地奔向落地窗。"啊,现在又会发生什么呢?"她心里喊道。

可那棵梨树依然婀娜多姿,依然满树繁花,依然纹丝不动。

心理

Psychology

她打开门,一看见是他站在那里,便感到前所未有的欢喜,而他跟她走进工作室,同样觉得来这里十分愉快。

"不忙吧?"

"不忙。准备喝茶呢。"

"没有客人来吗?"

"一个都没有。"

"啊!那挺好。"

他把外套和帽子放在一旁,轻轻地、悠闲地,似乎可以在任何事上消磨时间,又好像从所有事务中永远地抽身离去,然后他走到壁炉前,伸手凑近快速跳跃着的火苗。

有那么一会儿,两个人站在闪烁的火光中,沉默不语。静静地,在微笑的唇齿之间,他们品尝着彼此问候带来的甜蜜惊喜。他们那个隐秘的自我相互低语：

"为什么要说话呢？这样不就够了吗？"

"完全够了。直到这一刻我才意识到……"

"只要和你待在一起就很好……"

"像现在这样……"

"足够了。"

但他突然转身看她，而她迅速移开了。

"抽根烟？我把水烧上。你想喝茶吗？"

"不，不想。"

"呃，我想。"

"哦，你想。"他用力拍了拍亚美尼亚靠垫，一下子倒在沙发上。"你完全像是个中国人。"

"是的，没错，"她笑起来，"我爱茶就像男人爱酒。"

她打开围着宽大橘黄色灯罩的台灯，拉上窗帘，拖出茶几。水壶上两只鸟儿在歌唱，火苗颤动。他坐起来，环抱膝盖。非常愉快——下午茶这件事——而她总会备好可口的点心——小块辛辣的三明治、短短的甜杏条、浓郁朗姆酒味的深色蛋糕——但这些都是干扰。他只想快点吃完，把茶几推开，把他们坐着的两张椅子拉到灯光下，他会取出烟斗，往里面装入烟丝，压实，然后说："我一直在想你上次说的话，我觉得……"

是的，这才是他等待已久的时刻，她也一样。是的，她在酒精灯上摇晃茶壶，把壶身烤得又干又烫。这时，她仿佛看到另外两个他们：他，往后靠在一堆垫子里，很放松；而她，则像蜗牛一样蜷在蓝色贝壳圈椅上。这画面如此精巧清晰，似乎是蓝色茶壶盖上的彩绘。但她不想操之过急。她几乎喊了出来："给我时间。"她需要一些时间让自己平静下来。她需要一些时间让自己从这些朝夕相处的熟悉事物中脱离出来。所有她周围那些鲜活的东西，已变成了她的一部分——她的孩子——而它们也知道这一点，因此极力索取她最大限度的注意力。可现在，这一切都将被丢弃。它们必须被清除掉、被赶走——就像赶孩子一样，把他们送往幽暗的楼上，塞进被窝，命令他们睡着——立刻——一声不响！

他们之间的友谊有种独一无二、动人心弦的特质，就是绝对臣服于彼此的内心。他们的心像辽阔原野上两座开放的城池，向彼此的灵魂敞开。他并不是像一个征服者那样，全副武装、长驱直入她的世界，也不会除了丝滑快活的心弦波动便对一切都熟视无睹——而她也不会像个女王那样，踩着花瓣、轻柔地走进他的领地。相反,他们是两个热切认真的旅行者,专心致志地理解目之所及的一切,同时探索未发现的疆域——他们珍视这不同凡响的缘分,让他在她面前可以彻底地坦诚,而她也能真心相待。

这种关系最大的优点,是他俩已足够成熟,可以尽情地享受冒险,又没有任何愚蠢的情感牵绊。激情会毁掉一切;这一点他们颇为清醒。何况那种情感对他们而言已经消散了——他三十一岁,她三十岁,他们都曾有过历练,多姿多彩,如今已到了收获的时节。谁说他的小说不会成为巨作呢?还有她的戏剧。她对真正的英式喜剧的精致趣味,谁人能及……

她小心地把蛋糕切成厚厚的小块,他伸过手来取了一块。

"仔细品尝它的美味,"她恳求道,"带着想象力吃。可以的话,转动眼珠,边呼吸边品尝。这可不是疯帽子[1]兜里的三明治——应该想象成《创世纪》[2]里提到的蛋糕……神说:'要有蛋糕,就有了蛋糕。神看着是好的。'"

---

1 刘易斯·卡罗尔(Lewis Carroll, 1832—1898)的作品《爱丽丝漫游仙境》中的人物。
2 《圣经》中的篇章。

"你不用恳求我,"他说,"真的不用。这感觉很奇怪,可我的确发现我在这儿吃的东西,从未在别处吃到过。可能因为我独居太久了,总是边看书边吃东西……我习惯于就事论事地看待食物……一到时间就该搁在那儿……然后把它咽下去……然后……不见了。"他笑起来。

"这让你很吃惊,是吗?"

"吓坏了。"她说。

"但——你瞧——"他推开茶杯,开始说得很快。"我简直和外界没什么来往。我连有些东西的名字都搞不明白——比如树,等等——我从来不大留意地名、家具或者别人的长相。一个房间和另一个房间在我看来都差不多——只是坐下来看书或者说话的地方而已——除了,"他停下来,脸上露出古怪又天真的微笑,接着说,"除了这间工作室。"他四周打量着,然后看着她,有些惊讶,却又愉快地笑起来。他像个火车上的乘客,一觉醒来发现自己到站了,旅途已经结束。

"还有一件奇怪的事。如果我闭上眼,可以栩栩如生地回想起这个地方的每个细节……现在我才觉察到——原来从来没意识到这件事。我常常在离开后,又会在遐想中再次回来——在你的红椅子间流连忘返，盯着看黑色桌子上的那碗水果——然后轻轻抚摩那个熟睡男孩的头，很奇妙。"

他一边说着一边看着那个小男孩雕像。它站在壁炉台的一角；头歪向一边垂下来，嘴唇微张，似乎小男孩在睡梦中倾听着甜美的声音……

"我喜欢那个小男孩。"他喃喃自语。接着两人陷入了沉默。

这次，不一样的沉默横亘在两人之间。完全不像先前彼此问候完后的停顿，那是一种惬意的安静——那种"瞧，我们又在一起了，没有理由不继续上次未完的话题"。那种寂静，笼罩在温暖愉悦的炉火与灯光中。多少次他们往这沉默之湖中投掷只言片语，就为了看涟漪拍岸，其乐无穷。但这次，面对这一汪陌生的池水，小男孩在他永恒的睡梦里低垂着头——涟漪荡漾开来，流向无边无际的遥远——滑入深不见底、波光粼粼的黑暗之中。

然后他俩一起打破了沉默。她说："我得生个火。"他说："我在尝试一个新的……"然后两人都避而不谈了。她添好火，挪回茶几，又把蓝色圈椅移到壁炉前，她蜷在里边，他躺坐在靠垫里。快！快！绝不能让沉默再度降临。

"嗯，我读了你上次留下的那本书。"

"哦，你觉得怎么样？"

他们侃侃而谈，一如往常。可真的跟往常一样吗？他们是否回答得太快、太过匆忙，太急于想接住彼此的话头了？这难道和过去的场合有任何不同吗？难道不就是完美的复制？他心跳加快，她面颊滚烫，愚蠢的是她搞不清他们说到哪儿了，到底发生了什么。她没时间回味。而每当她以为沉默已经过去，一切又卷土重来了。他俩支支吾吾、闪烁其词，一败涂地，终于默然不语。又一次，他们感受到了那漫无边际、盘根问底的黑暗。又一次，他们跌入这样的情景——像两个猎人，在火堆旁俯身取暖，却突然听到背后的丛林传来一阵风声和一阵响亮、质询的喊叫……

她抬起头来。"下雨了。"她轻言细语，语调如同他说"我喜欢那个小男孩"时那样。

哎，为什么他们不能让步——妥协——看看接下来会发生什么？但是他们没有。即使他们感到惶惑不安，但也能真切地意识到他们珍贵的友谊受到了威胁。她才是那个会被摧毁的人——不是他们——他们与此无关。

他站起来，掸下烟灰，捋了捋头发，然后说："我最近一直在想，将来的小说会不会是某种心理小说。你觉得纯粹作心理分析究竟是不是文学呢？"

"你的意思是，你觉得很可能那个神秘隐形人——今天的青年作家——在尝试跳进精神分析师的行当？"

"对，我就是这个意思。我认为这代作家有足够的智慧，他们知道自己生病了，也意识到唯一的疗愈办法就是细察症状——彻头彻尾地研究它们——刨根问底——试图抵达问题的本源。"

"可是，哎，"她叹道，"这样一来，文学的前景可真惨淡。"

"完全不会，"他说，"你看……"话题继续下去。现在，他们似乎成功了。她答话的时候，在椅子上转头望着他。她的笑容说："我们赢了。"他也报以信心十足的微笑："毋庸置疑。"

但这微笑出卖了他们。它持续的时间太长，变成了咧嘴假笑。他们觉得自己活像两个龇牙咧嘴的小木偶，在虚空中胡乱挥舞。

"我们都在聊些什么？"他想。他感到如此乏味，几乎想出声抱怨。

"我们真是让自己出尽洋相。"她想。她目睹他费尽心力——啊，费尽心力——她跟在后面，在这里种棵树，在那里布置一片花丛，又在池塘里养一捧亮晶晶的鱼。两人又陷入了沉默，这次完全是因为沮丧。

时钟砰然而响，欢快地敲了六下，炉火轻轻摇曳着。他们像两个傻瓜——沉重、笨拙、衰老——徒有精雕细琢的思维。

而此刻，这沉默有如肃穆的音乐，在对他们施咒。这是种煎熬——她一直忍受着这煎熬，而他已经快死了——如果沉默被打破，他会立即死去……可他却渴望打破它。不能靠交谈。无论如何不能再靠这种稀松平常却又让人发狂的闲聊的方式。他们可以换种方式交流，他想以那种新的方式悄声问："你也能感觉到吗？你能明白吗？"……

但相反，令他自己也吓了一跳的是，他听见自己说："我得走了，我六点要见布兰德。"

是什么让他鬼使神差地说出这句话，而不是另外那句？她惊跳起来——一下从椅子上蹦起来，接着他听见她喊："那你得马上走。他非常守时。你刚才怎么不说？"

"你伤害了我，你伤害了我！我们失败了！"她内心那个隐秘的自己呼喊着，一边却递给他帽子和手杖，笑容可掬。她不等他再说一个字,便一路奔过走道,打开外面的大门。

他们要以这样的方式分别吗?怎么可能呢?他站在台阶上,她站在里面扶着门。这会儿不下雨了。

"你伤害了我——伤害了我,"她在心里说,"你为什么不走?不,别走,留下来。不——走吧!"她张望了一下外面的暮色。

她看着美妙下延的台阶,昏暗的花园里蔓藤闪烁,街道对面矗立着光秃秃的巨大垂柳,树顶上是繁星闪耀的辽阔夜空。当然,他只会对这一切视若无睹。他超然物外。他——和他那奇妙的"精神"世界!

她是对的。他确实什么也没看见。糟透了!他又错失良机。现在补救已经太迟了。太迟了吗?是的,的确是。一阵可恨的冷风吹过花园。该死的生活!他听见她喊了声"再见",然后门砰地被关上了。

她跑回工作室,举手投足都变得很奇怪。她匆匆地来回踱步,举着手臂喊:"啊!啊!太蠢了!太傻了!太笨了!"然后她倒在沙发上,什么也不想——只是躺在那儿,怒不可遏。一切都结束了。什么结束了?噢——某种东西。她再也不会见他——绝不。她在漆黑的深渊里过了很久很久(也许就十分钟),门铃尖锐急促地响起来。是他，毫无疑问。同样毫无疑问，她本该置若罔闻，就让它继续响吧。可她飞奔过去开门了。

门口站着一位老妇人，这个可怜虫因为崇拜她（天知道为什么），总是跑上来按她的门铃，等她开门后，老妇人会说："亲爱的，赶我走吧！"可她从不会赶她走，通常会请她进屋，让她随意参观一切，也会接受她送的一束脏兮兮的花儿——彬彬有礼地接受。可今天……

"噢，很抱歉，"她说，"但有人跟我在一块儿。我们在做木刻。整晚都忙得不可开交。"

"没关系。一点都没关系，亲爱的，"这位好朋友说，"我只是路过而已，想给你捎些紫罗兰。"她在一把又大又旧的雨伞骨架中摸索着，"我放在里面了。这是个好地方，让花儿避避风。给你。"她边说边抖开一小束蔫头耷脑的花。

她没有立即接过紫罗兰。可当她站在里面，扶着门的时候，一件奇怪的事发生了……又一次，她看见那美妙下延的台阶，昏暗的花园里蔓藤闪烁，那些垂柳，辽阔明亮的夜空。又一次，她感受到那询问般的沉默。但这次，她没有迟疑。她向前跨了一步。轻轻地、柔柔地,似乎生怕在那一潭深不见底的寂静之池中搅起一丝涟漪,她伸出手臂拥抱了她的朋友。

"亲爱的。"这位快乐的朋友嘀咕着,被这突如其来的感激淹没了。"这不算什么。只是一小束三便士的花。"

可她说话时一直被环绕着——被更加温柔、更加美妙地拥抱着,被一股甜蜜的力量长久地拥抱着,于是这可怜的朋友完全头脑混乱了,只能攒足力气颤声说上一句:"所以你真的不介意我来吗?"

"晚安,我的朋友,"另一位低语着,"尽快再来。"

"噢,我会的,我会的。"

这一回她慢悠悠地走回工作室,站在房间中央,半闭着眼睛,感觉如此轻盈、如此放松,仿佛刚从孩童的睡梦中醒来,连呼吸都是一种快乐……

沙发上非常零乱。她会形容那些靠垫"像愤怒的山丘";她把它们摆放整齐,然后走到写字台前。

"我一直在想我们讨论的心理小说,"她飞快地写着,"真是很有意思……"等等。

最后,她写道:"晚安,我的朋友。尽快再来。"

时髦婚姻

Marriage a la Mode

去车站的路上,威廉想起来忘了给孩子们买礼物,不禁一阵懊恼。可怜的小家伙们!他们肯定难以接受。每次他们跑来迎接他,冲他喊的第一句总是:"爸爸,你给我带了什么?"可他什么也没带。或许可以在车站买些糖果。但之前接连四个礼拜六他都买的糖果。上次他拿出来同样的糖盒时,他们就立刻耷拉着脑袋。

帕迪说:"以——前——我的盒子上就绑的是红丝带!"

约翰尼说:"我的丝带怎么又是粉色。我讨厌粉色。"

可威廉又有什么法子呢?这事可真麻烦。当然,如果是以前,他会叫个出租车,去一家像样的玩具店,不消五分钟就能给孩子们选好东西了。但如今他们有俄国玩具、法国玩具、塞尔维亚玩具,天知道还有哪儿来的玩具可以选。一年多前,伊莎贝尔扔掉了那些破旧的驴、火车头之类的玩具，说这些东西"多愁善感得要命""对幼儿把握形状感一点儿好处都没有"。

"这可太重要了，"新潮的伊莎贝尔如此解释，"得让孩子从小培养出正确的爱好。以后就省了大把时间。你想想，如果小家伙年幼时整天盯着这些鬼玩意儿，可想而知，长大后多半会要求大人把自己送进皇家艺术学院吧。"

她说话的口气就像去一趟皇家艺术学院会让人立刻死掉一样……

"哎，我可搞不懂，"威廉慢条斯理地说，"我像他们这么大的时候，抱着条打了结的旧毛巾就能睡。"

新潮的伊莎贝尔瞅着他，她眼睛眯着，嘴唇微张。

"亲爱的威廉！没错，我打赌你就是那样！"她以很时髦的模样笑了起来。

还是只有买糖了，威廉愁烦地想，一边在口袋里摸索，找些零钱给司机。他仿佛看见孩子们四处转悠着分发糖果——他们倒是十分慷慨的小家伙——伊莎贝尔那帮宝贝朋友则毫不客气地享用……

要不买点儿水果？威廉站在火车站内的水果摊前面，有些犹豫不决。给他们每人带个西瓜？他们不会也分出去吧？或者给帕迪买个菠萝，给约翰尼买个瓜？伊莎贝尔的朋友总不至于趁着孩子们吃午饭，溜进育儿室吧。但威廉买瓜时，脑子里却还是浮现出一幅可憎的画面：伊莎贝尔的一个年轻诗人朋友在啃西瓜，不知为何，那个人还躲在育儿室门后呢。

他拎着两个笨重的袋子，大步朝火车走去。月台上人们熙熙攘攘，列车进站了。车门开开合合。火车引擎发出巨大的嗤嗤声，人们来回奔走，看上去一脸茫然。威廉径直走向头等舱的吸烟车厢，放好行李箱和袋子，从外套里兜掏出一大沓文书，坐到角落里，开始读了起来。

"而且，我们的客户很积极……我们倾向于重新考虑……如果出现——"啊，这样看起来更好。威廉将他压平的头发往后捋了捋，在车厢地板上伸直腿。他胸口那阵熟悉的、钝重的痛苦消退了。"关于我们的决定——"他拿出一支蓝色铅笔，缓慢地给一个段落画线。

两个男人走了进来，跨过他，坐进里面的角落。一个年轻人把他的高尔夫球杆扔到行李架上，然后坐在他对面。火车轻轻启动，他们出发了。威廉抬头瞥了一眼，看见酷热耀眼的站台向后退去。一个脸颊红通通的女孩挨着车厢奔跑，她挥手喊叫，似乎焦灼而绝望。"歇斯底里！"威廉闷闷地想。而在站台末尾，一个油腻的、脸色黝黑的工人冲着驶过的火车咧嘴笑。威廉不禁想，"肮脏的生活！"然后又埋头看他的文书。

当他再度抬起头来，外面已是大片的田野，动物在黑魆魆的树下寻求庇护。一条宽阔的河流进入他的视线，浅滩上的孩子们赤身裸体，泼水嬉闹，转眼间，河流又消失了。天空灰白，一只鸟儿在高处滑翔，仿佛宝石上的一粒黑斑。

"我们已查阅了客户的通信文件……"最后这句在他脑子里回响。"我们已查阅……"威廉翻来覆去地读这句话，但还是读不进去，句子在中间掐断了，而田野、天空、飞翔的鸟、河水，全都在呼唤："伊莎贝尔。"每个礼拜六下午都是如此。在回去见伊莎贝尔的路上，他总会幻想无数个相聚的场景。她在站台上，与其他人略微隔开一段距离；她坐在车站外敞开的出租车里；她在花园门口等着；她走过干枯的草地，站在门口或门厅里。

然后是她清脆柔和的声音，"是威廉"，或者"嗨，威廉！"或者"威廉回来啦！"他摸摸她冰凉的手、她冰凉的脸颊。

伊莎贝尔是那么雅致清新！自己还是个小男孩的

时候,很喜欢在阵雨后跑进花园,去摇晃头顶的蔷薇花丛。伊莎贝尔就是那蔷薇花丛,花瓣柔软,亮晶晶的,凉丝丝的。而他依然是那个小男孩。但现在,他不会再跑进花园,没有欢笑,也不再摇晃树枝。他胸口那钝重而持续的痛楚又开始发作了。他缩回腿,将文件扔到一旁,闭上眼睛。

"怎么了,伊莎贝尔?怎么了?"他柔声问道。他俩在新房子的卧室里。伊莎贝尔坐在梳妆台前的油漆凳上,梳妆台上散乱地摆放着黑色和绿色的小盒子。

"什么怎么了,威廉?"她探身向前,光亮的浅色发丝拂在脸颊上。

"哎,你知道的!"他站在卧室中间,感觉自己像个陌生人。一听他这么说,伊莎贝尔迅速转过身,面对着他。

"噢,威廉!"她央求着喊道,举起发刷,"求求你!求你别这么沉闷,这么——悲惨。你总是说或者摆出一副脸色,或者含沙射影地指责我变了。就因为我认识了一些真正趣味相投的人,出去走动多了,而且对一切事情都感到兴致勃勃,你做得好像我——"她往后甩了甩头发,笑起来——"毁掉了我们的爱情似的。太荒唐啦!"——她咬着嘴唇——"烦死人了,威廉。甚至买这新房子,雇几个用人,你都对我很吝啬。"

"伊莎贝尔!"

"没错,没错,你差不多就是这样,"伊莎贝尔说得很快。"你觉得这些都是另一种坏征兆。哦,我打赌你是这么想的。"她轻柔地说,"每次你上楼来,我都能觉察到。可我们不能继续住在那个憋闷的鸽子笼里,威廉。你至少得实际些!不是吗,孩子们甚至都没有足够的空间。"

是的,这倒是实情。每天早上他从办公室回来,都会看到伊莎贝尔和孩子们挤在后面的起居室里。孩子们要么骑着沙发靠背上的豹子皮玩儿,要么把伊莎贝尔的写字台当柜台开商店,或者帕迪坐在壁炉前的地毯上,拿一个小小的铜火铲当桨,使劲划着,约翰尼举着火钳朝海盗开枪。每晚,他俩一人背一个孩子,爬上狭窄的楼梯,把孩子交给胖奶妈。

是的,他想那的确是个憋闷的小房子。一所小小的白房子,挂着蓝色窗帘,窗台上摆着牵牛花。威廉在门口招呼朋友:"看见我们的矮牵牛了吗?在伦敦看起来尤其美,你不觉得吗?"

但他蠢不可及,他完全没想到,伊莎贝尔并不像他那么快乐,这太不可思议了。天哪,他真是瞎了眼!他一点也不知道,在那些日子里,她讨厌那个不便利的小房子,她认为胖奶妈会毁掉孩子们,她其实孤独而绝望,她渴望认识新朋友,听新的音乐,看新的电影。倘若他们没去莫伊拉·莫里森那个画室聚会——倘若莫伊拉·莫里森没在他们离开的时候说出那句:"我得拯救你太太,你这个自私的男人。她就像是精致小巧的提泰妮娅[1]。"——倘若伊莎贝尔没跟莫伊拉去巴黎——倘若——倘若……

火车到了另一个站。贝汀福德。天哪!还有十分钟就到了。威廉把文书塞回口袋:对面的年轻人早就不见了。这时另外两个人也下去了。夕阳照在穿棉布罩衫的女人和几个晒得黑黑的、赤足的小孩子身上。阳光炙烤着丝绸般的黄色花朵,岩石海岸边爬满粗糙的叶子。灌进车窗的空气里飘荡着海的味道。威廉琢磨着,这个周末伊莎贝尔还是和那帮人待在一起吗?

他又回想到他们原来一起度过的假期,他们四个,还有一个农场姑娘,罗丝,她帮忙照看孩子。伊莎贝

---

[1] 莎士比亚《仲夏夜之梦》中的仙女。

尔穿着紧身毛衣,头发编成辫子,看上去只有十四岁。老天!他的鼻子当时脱皮得厉害!他们吃很多东西,在巨大的羽绒床铺上睡上很长时间,他们的脚缠绕在一起……威廉忍不住露出阴郁的笑容,他可以想象,如果伊莎贝尔知道他如此这般多愁善感,会觉得多可怕。

* * *

"嗨,威廉!"她还是来了车站,正如他想象的那般站在那里,与其他人隔开一段距离,而且——威廉的心跳了一下——她独自一人。

"嗨,伊莎贝尔!"威廉盯着她,心想她是如此美丽,他觉得自己总得夸赞几句,"你看起来很棒。"

"是吗?"伊莎贝尔说,"我可不觉得。走吧,你那班破火车晚点了。出租车在外面。"她的手轻轻扶着他的胳膊,他们从检票员旁边走过去。"我们全都来接你啦,"她说,"但我们把博比·凯恩留在甜品店了,待会儿再去接他。"

"哦!"威廉说。这时他能说的只有这个。

出租车在刺眼的阳光里等着,比尔·亨特和丹尼斯·格林坐在座位的一边,帽子歪盖在脸上,另一边坐着莫伊拉·莫里森,头上的软帽像颗大草莓,她正在上蹿下跳。

"没有冰!没有冰!没有冰!"她快活地叫喊。

丹尼斯从帽子下面插嘴说:"只有从鱼贩那儿搞得到。"

比尔·亨特冒出来,加上一句:"再加一整条鱼。"

"哎,无聊透了!"伊莎贝尔哀叹一声。然后她向威廉解释说,她在等他时,几人如何在镇上四处找冰的。"从黄油开始,一切都不顺利。"

"我们得用黄油给自己行涂油礼[1]了,"丹尼斯说,"威廉,但愿你的头上也不要缺少膏油[2]。"

"你们看,"威廉说,"我们要怎么坐?我最好坐司机旁边。"

"不,博比·凯恩坐司机旁边,"伊莎贝尔说,"你坐我和莫伊拉中间。"出租车开了。"你那些神秘袋子里装的什么?"

"斩——下——来——的人头!"比尔·亨特说,还从他的帽子底下倒抽一口气。

"啊,水果!"伊莎贝尔很满意,"聪明的威廉!

---

[1] 基督教中的一种仪式。——编者注
[2] 《传道书》(9:8):"你的衣服当时常洁白,你头上也不要缺少膏油。"

一个西瓜和一个菠萝。太棒了!"

"不,等会儿。"威廉笑着说。可他其实有点急了。"这是我给孩子们买的。"

"噢,我的天!"伊莎贝尔大笑起来,用手钩住他的胳膊,"要他们吃这个,他们准会难受地打滚。不行,"——她拍拍他的手——"下次给他们带点别的东西吧。谁也别想拿走我的菠萝。"

"狠心的伊莎贝尔!让我闻闻!"莫伊拉说。她从威廉面前伸过胳膊,央求她。"噢!"她的草莓帽子掉在脸上,声音听起来很微弱。

"一位爱上菠萝的女士。"丹尼斯说,出租车在一间挂着条纹百叶窗的小店铺前停下来。博比·凯恩走出来,怀里满是小口袋。

"我想这些糖一定很棒。我看它们颜色好看就选了。有些圆滚滚的真是太可爱了。瞧这个杏仁糖,"他兴奋地说,"瞧瞧!都在舌尖上跳芭蕾舞了。"

但就在这时,店老板出来了。"啊,我忘了。还没付钱呢。"博比说,一脸害怕。伊莎贝尔给了店老板一张钞票,博比又瞬间雀跃起来。"嗨,威廉!我坐司机旁边。"他没戴帽子,全身白衣,袖子挽到肩上,一下子跃到座位上。"出发!"[1]他喊道……

下午茶后,所有人都去游泳了,只剩威廉在家看孩子。可直到约翰尼和帕迪都睡着了,瑰丽的晚霞逐渐转淡,蝙蝠开始飞舞,游泳的人却还没回来。威廉游荡到楼下,女佣提着灯穿过门厅。他跟在她后面,走进起居室。这是个长长的房间,粉刷成黄色。正对威廉的那堵墙上画着个年轻男子,个头比真人还大,男子双腿似乎哆嗦得厉害,正向一位姑娘献上一朵盛开的雏菊,而那姑娘的一只胳膊奇短无比,另一只又细又长。椅背和沙发背上搭着一条条黑色的布料,上面泼溅了大块的油彩,仿佛打碎的鸡蛋,目之所及的每个角落都摆着烟灰缸,里面盛满了烟蒂。威廉在一张扶手椅上坐下来。如今,你把手伸进两边的椅缝里,再也不会摸到三条腿的羊,或是缺一只角的牛,或是从诺亚方舟上飞出来的肥鸽子,却可以捞出来一本脏兮兮的简装诗集……他想起自己衣袋里还有一札文件,可他又累又饿,没精力阅读。门开着,声音从厨房飘进来。用人们在聊天,仿佛以为家里没人。突然传来一阵尖声大笑,接着是同样响亮的一声"嘘!"他们

---

[1] 原文为意大利文"Avanti"。

想起他来了。威廉起身,穿过落地窗,走进花园。他站在阴凉处,听见游泳的人沿着沙子路走来,他们的声音刺穿了宁静。

"我想还是让莫伊拉来施展几招吧。"

莫伊拉凄惨地叫了一声。

"我们周末得搞一台留声机来,可以放《山中的少女》。"

"哦,不行!不行!"伊莎贝尔叫起来,"这对威廉太不公平了。对他好点,孩子们!他只待到明天晚上。"

"把他交给我吧,"博比·凯恩嚷着,"我照顾人非常在行。"

门打开又关上了。威廉在露台上动了一下,他们看见他了。"嗨,威廉!"博比·凯恩一边拍打着浴巾,一边在枯干的草坪上跳来跳去,踮起脚来转圈。"可惜你没来,威廉。海水舒服极了。后来我们又去了一个小酒馆,点了杜松子酒。"

其他人走到房子跟前。"我说,伊莎贝尔,"博比叫了声,"你希望我今晚穿上我的尼金斯基[1]舞裙吗?"

"不行,"伊莎贝尔说,"没人换衣服。我们全都饿

---

[1] 瓦斯拉夫·尼金斯基(Vaslav Nijinsky,1890—1950),二十世纪初俄罗斯先锋芭蕾舞团的男明星。

坏了。威廉也饿坏了。过来,我的朋友们[1],先吃点沙丁鱼。"

"我找到沙丁鱼了!"莫伊拉说,她跑进门厅,高举着一个盒子。

"一位举着一盒沙丁鱼的女士。"丹尼斯庄严地说。

"对了,威廉,伦敦怎么样了?"比尔·亨特问,一边把一瓶威士忌的瓶塞拔出来。

"哦,还是老样子。"威廉答道。

"古老美好的伦敦。"博比真心实意地说,一面叉起一条沙丁鱼。

但片刻之后,威廉便被抛到脑后了。莫伊拉·莫里森开始琢磨起来人腿在水下到底是什么颜色。

"我的腿是最浅最浅的蘑菇色。"

比尔和丹尼斯的胃口惊人。伊莎贝尔给大家倒酒,换碟子,找火柴,脸上露出满意的笑容。有一次她说:"比尔,我真希望你能画下来。"

"画什么?"比尔高声说,嘴里塞满了面包。

"画我们啊,"伊莎贝尔说,"围桌而坐。二十年后看起来一定非常有意思。"

---

1 原文为法文"mes amis"。

比尔边嚼食物边眯起眼睛。"光线不对，"他粗声粗气地说，"太黄了。"然后继续吃。可即使这样，伊莎贝尔依然觉得他很有魅力。

晚饭后他们都精疲力竭了，连连打哈欠，什么也干不了，只等夜深了去睡觉……

* * *

直到第二天下午威廉等出租车时，才终于有机会和伊莎贝尔独处。他将行李箱拿到门厅，伊莎贝尔离开其他人，朝他走来。她弯腰提起箱子。"真重啊！"她说，并略有些尴尬地笑了笑。"我来提吧！拿到门口。"

"不用，为什么要你拿呢？"威廉说，"完全不用。给我吧。"

"哦，求你了，让我来，"伊莎贝尔说，"我想提，真的。"他们一起沉默地走出去。威廉此时已无话可说了。

"好了。"伊莎贝尔说话的口气仿佛大功告成，她把箱子放下来，担忧地望着那条沙子路。"我这次都没怎么看到你，"她气喘吁吁地说，"时间太短了，不是吗？我感觉你似乎刚回来。下次——"出租车出现了，

"我希望他们在伦敦把你照顾得不错。很抱歉,孩子们整天都在外面,但尼尔小姐之前安排好了。他们没和你道别会很难过的。可怜的威廉,又要回伦敦了。"出租车转弯了,"再——会!"她匆匆和他吻别,便转身走了。

田野、树林、栅栏,从车旁闪过。车子摇摇晃晃,穿过空荡荡、死气沉沉的小镇,爬上陡坡,到了火车站。火车进站了。威廉径直走向头等舱的吸烟车厢,一屁股坐进角落里,但这次他没管那些文件。他抱着胳膊,以此抵御那钝重而持续的痛楚,接着开始在脑子里构思一封给伊莎贝尔的信。

* * *

和往常一样,邮差来迟了。他们坐在户外的躺椅上,掩在彩色阳伞下。只有博比·凯恩躺在伊莎贝尔脚边的草地上。天气沉闷,压抑,日头低垂,如同一面没精打采的旗帜。

"你觉得天堂会有星期一吗?"博比孩子气地问道。

丹尼斯喃喃自语:"天堂是漫长的星期一。"

伊莎贝尔却在想昨晚吃掉的鲑鱼。她本来打算今天午饭吃蛋黄酱鱼,可现在……

莫伊拉还在睡觉。睡觉是她的新爱好。"妙极了。只需要闭上眼睛就行了。太美了。"

面色红润的老邮差蹬着三轮车沿沙石路过来了,那样子让人觉得他的车把手应该换成船桨才是。

比尔·亨特放下书。"有信呢。"他满意地说,他们全都等候着。可是,冷酷无情的邮差——哦,恶毒的世界!只有一封,厚厚的一封,给伊莎贝尔的信。连份报纸都没有。

"这封是威廉写的。"伊莎贝尔惋惜地说。

"威廉写的——这么快?"

"他把结婚证书给你寄回来了,作为温柔的提醒。"

"每个人都有结婚证书吗?我以为只是仆人有。"

"一页接一页!瞧她!一位读信的女士。"丹尼斯说。

亲爱的、珍贵的伊莎贝尔。确实有很多页。伊莎贝尔读下去,她一开始的震惊又变为窒息感。究竟是什么令威廉?……太不可思议了……是什么让他?……她很迷惑,又越读越兴奋,甚至有些害怕。威廉就是这样的,不是吗?当然,这很荒谬,无疑是荒唐可笑的。"哈哈哈!噢,天哪!"她接下来该怎么办呢?伊莎贝尔倒回椅背上，不可遏制地大笑起来。

"给我们说说，念出来，"其他人说，"你必须得念给我们听。"

"我来念，"伊莎贝尔咯咯直笑。她坐直了，整理好信纸，冲大家挥了挥。"都坐过来，"她说，"听着，太不可思议了。一封情书！"

"一封情书！太奇妙了！"亲爱的、珍贵的伊莎贝尔。不过她才刚开始念，就被他们的笑声打断了。

"念吧，伊莎贝尔，太完美了。"

"瑰丽的珍宝。"

"噢，继续念，伊莎贝尔！"

无论如何，亲爱的，我也不愿拖累你的幸福生活。

"噢！噢！噢！"

"嘘！嘘！嘘！"

于是伊莎贝尔继续往下念。当她念完时，他们已笑得歇斯底里，博比在草地上打滚，眼泪都出来了。

"你得让我原封不动地把这整封信放在我的新书里，"丹尼斯态度坚决地说，"我要让它单独作一章。"

"噢，伊莎贝尔，"莫伊拉呻吟了一声，"把你揽入他的怀抱那部分很精彩！"

"我总以为离婚案子里那些信都是杜撰的。可跟这封一比，就全都相形见绌了。"

"给我信。让我来读，我亲自读。"博比·凯恩说。

可是，让他们很意外的是，伊莎贝尔将信揉作一团。她不再笑了。她飞快地扫了大家一眼，看上去精疲力竭。"不，现在不行。现在不行。"她结结巴巴地说。

还没等他们反应过来，她已经奔回屋里，穿过门厅，上楼走进卧室。她在床边坐下来。"真卑鄙，讨厌，可恶，粗俗。"伊莎贝尔咕哝着。她用手指关节压着眼睛，来回搓揉。她仿佛又看到他们，不是四个人，而是四十个人，当她念威廉的信时，他们全都在嘲笑，挖苦，奚落，张牙舞爪。哦，这是多么让人厌恶的事。她怎么会干这件事！*无论如何，亲爱的，我也不愿拖累你的幸福生活。威廉！*伊莎贝尔把脸埋进枕头。可她感觉到，连这肃静的卧室也看穿了她的本质：浅薄、轻佻、虚荣……

这时，从下面花园里传来声音。

"伊莎贝尔，我们全都去游泳啦。快来！"

"来啊，您，威廉之妻！"

"你们走之前再喊她一次，再喊一次！"

伊莎贝尔坐起来。时候到了，现在她必须做个决定。是跟他们走,还是留在这里给威廉回信。选哪个,哪个?"我必须拿定主意。"哦,这有什么可选的?她当然应该留下来写信。

"提泰妮娅!"莫伊拉尖着嗓子喊。

"伊莎——贝尔?"

不,太难了。"我还是——还是跟他们走吧,之后再给威廉写信。另外找个时间。晚些时候,不是现在。但我肯定会写的。"伊莎贝尔匆匆想着。

然后,她大笑着,以时髦的样子奔下楼去。

花园茶会
The Garden Party

谢天谢地,天气美妙无比。就算能预定时间,也不可能为开花园茶会挑到比这更好的日子了。天气晴朗,无风,温暖和煦。蓝天被一层朦胧的淡金色笼罩着,初夏的天空时常如此。花匠一大清早便起来,割草打扫,直到草坪、种雏菊的平坦的深色玫瑰形花坛全都熠熠生辉起来。至于那些玫瑰,你不禁会想,他们一定知道玫瑰是花园茶会上唯一引人注目的花儿;也是唯一尽人皆知的花。一夜之间,成百上千,没错,成百上千的花儿都开了;一簇簇翠绿的枝条似乎刚接受了天使们的造访,纷纷弯下腰来。

早餐还没结束,工人们已经来搭帐篷了。

"妈妈,你打算把帐篷搭在哪儿?"

"亲爱的孩子,别问我。今年一切都交给你们几个孩子拿主意,我决定不插手。忘了我是你们的妈妈,就当我是你们的贵客吧。"

但梅格没工夫管工人。早餐前她刚洗完头，这会儿正裹着一块绿头巾坐在那里喝咖啡呢，她两侧脸颊上贴着一缕湿漉漉的卷发。而乔斯像只花蝴蝶，总是身穿丝裙、披着和服罩衫下楼来。

"你去吧，劳拉，你有艺术细胞。"

劳拉立刻飞奔去了，手里还拿着块黄油面包。可以找个借口去外面吃东西简直妙极了，而且她喜欢安排事情，她自认这方面比别人都能干。

四个穿着衬衫的工人在花园小径上围站着。他们抬着裹帆布卷的木杆子，背上扛着很大的工具包，非常引人注目。劳拉真希望她没拿那片面包，可也没地方搁，也不能扔掉。她朝他们走过去时有些脸红，她努力想让自己严肃一些，还装作有点近视。

"早安。"她说，模仿她母亲的口吻。可听起来做作得要命，她自己都难为情起来，然后像个小女孩儿那样结结巴巴地说："啊——呃——你们来——是要搭帐篷吗？"

"对啊，小姐。"最高的那个工人说。他是个瘦削的小伙子，脸上长着雀斑，他挪了挪工具袋，把草帽往后推，低头对她微笑。"就是来干这个活儿的。"

他的微笑十分随和友好，劳拉放松下来。他的眼睛看上去很和善，小小的，却是那么可爱的深蓝色！她又看向其他几个人，他们都面带笑容。他们的笑容似乎在说："开心点儿，我们不咬人。"工人们多么亲切！这是个多么美好的清晨！可她最好别提什么清晨，她得有个正儿八经的模样。别忘了帐篷。

"瞧，百合花草坪那边怎么样？搭那边行吗？"

她用没拿面包的那只手指向百合花草坪。他们转个身，全都望向那边。一个微胖的伙计噘起下嘴唇，那个高个子皱了皱眉。

"我觉得不太好，"他说，"不够显眼。你看吧，帐篷这种东西，"——他回头对劳拉说，口气随意——"你得把它放在一个地方，看上去像是朝你眼睛砰地打了一拳，你懂我的意思吧。"

劳拉的教养让她有些迟疑，她不太确定一个工人跟她说朝眼睛打一拳之类的话是否得体。但她当然明白他在说什么。

"要不摆在网球场角落里，"她又提议，"但乐队会在另一个角落演奏。"

"嗯，你们会请乐队来？"另一个伙计说。他脸色比较苍白，有些疲惫，深色的眼睛打量着网球场。他在想什么呢?

"就是个很小的乐队。"劳拉轻声说。也许说小乐队他就不介意了。但高个子打断他们。

"你看,小姐,可以放在那边。那排树前面,就在那边。应该效果不错。"

摆在卡拉卡树[1]前面。那么卡拉卡树就会被挡住了。但那些树多可爱啊,树叶宽阔茂密,熠熠生辉,还有一串串橘黄色的果实。你可以想象这些树生长在荒岛上,高傲、孤独,在沉默的华丽中将枝叶和果实举向太阳。一定要用帐篷遮住它们吗?

肯定会了。工人们已经扛着木头柱子朝那边走去。只有高个子没动。他弯下腰,捏了捏一小株薰衣草,然后嗅着拇指和食指上的香味。劳拉一看到他这个举动便忘了卡拉卡树,转而惊奇于他怎么会喜欢这些东西——喜欢薰衣草的味道。她认识的几个男人会这么做呢?啊,工人们真是可爱极了,她想。为什么她不能和工人做朋友,而非得和那些周末来吃晚饭、和她一起跳舞的傻小子交往呢?她和这样的人待在一块儿愉快多了。

---

[1] 卡拉卡树(karaka-tree)是新西兰特有的一种常绿树,最高可达十五米,果实为橘黄色。

高个子在一只信封背面画着什么，好像是要系上或挂起来的东西。劳拉想明白了，那些荒诞不经的阶级差别全都错得离谱。至少在她这儿，她感受不到这些差别。完全没有，一丁点儿都没有……那边传来木椰头砰砰打桩的声音。有人吹口哨，有人大声唱歌，"你在那儿吗，老兄？""老兄！"这称呼中包含着友善，包含某种——某种——劳拉盯着那幅小图画，为了显示她多么快活，让高个子看到她多么自在，多么讨厌那些愚蠢的陈规陋习，她咬了一大口黄油面包，觉得自己完全像个女工了。

"劳拉，劳拉，你在哪儿？接电话，劳拉！"房子那边有人喊着。

"来啦！"她轻快地跃过草坪，沿小径跑上台阶，穿过露台，进了门廊。门厅里，她父亲和哥哥劳里正在整理帽子，准备去办公室。

"我说，劳拉，"劳里快速地说道，"下午前记得帮我看看我的外套准备好了没。看看需不需要熨一下。"

"我知道，"她说，突然忍不住跑上前，轻快地拥抱了一下劳里。"哦，我非常喜欢聚会，你呢？"劳拉喘着气说。

"特别喜欢，"劳里用他那温暖的、孩子气的声音说,他也抱了妹妹一下,又轻轻推开她。"快去接电话,大姑娘。"

接电话。"是的,是的。啊,没错。姬蒂?早上好,亲爱的。来吃午餐吗?来吧,亲爱的。当然很高兴。就是一顿便饭——只有点三明治、碎的蛋白甜饼和剩下的一些东西。对啊,今天早晨难道不是太完美了吗?你白色的什么?噢,我一定会的。等等——别挂断。妈妈在叫我。"劳拉往后仰,"什么,妈妈?听不清。"

谢里登太太的声音从楼梯上传来。"提醒她戴上那顶甜美的帽子,她上周末戴的那顶。"

"妈妈说你要戴上你上周末戴的那顶甜美的帽子。好的。一点钟。回头见。"

劳拉放下听筒,将双臂举到头上,深吸一口气,伸直胳膊又垂下来。"唉。"她长叹一声气,下一秒便迅速坐直。她屏息聆听。房子里所有门似乎都开着。四周充溢着轻快的脚步和络绎不绝的声音,整个宅子生气勃勃。通往厨房的绿色毛毡门开开合合,发出沉闷的声响。接着又传来一长串怪异的轻笑声。原来是那架笨重的钢琴,被拖拽着用它僵硬的脚轮滑动。可这空气!如果你停下来仔细感受,难道空气向来如此吗?纤弱的微风在窗棂上、门外追逐嬉戏。两小撮阳光,一撮落在墨水瓶上,一撮落在银色相框上,也在彼此嬉戏。小巧可爱的光斑。尤其是停留在墨水瓶盖上那一小块。暖洋洋的。一粒温暖的银色星辰。她忍不住想亲吻它。

前门铃响了,萨迪的印花裙穿过楼梯发出窸窸窣窣的声音。一个男人在轻声说着什么;萨迪漫不经心地回答:"这我可不知道。等一下。我得问问谢里登太太。"

"什么事,萨迪?"劳拉走进门厅。

"是花店的人,劳拉小姐。"

还真是。就在门口,放着一个宽大的浅筐子,装满了一盆盆美人蕉。没有别的花,都是美人蕉,硕大的粉色花朵,全都盛开着,明艳动人,顶在光亮深红的花梗上,有种摄人心魄的生机。

"噢——啊,萨迪!"劳拉叫起来,像是呻吟了一声。她蹲下来,仿佛倚着这团美人蕉火焰取暖;她在指尖、唇间感受这些花儿,它们就在她胸口生长着。

"一定是搞错了,"她声音微弱,"没人会订这么多。萨迪,快去叫妈妈来。"

那会儿谢里登太太已经来了。

"一点儿没错,"她泰然自若地说,"是我订的。难道不是很美吗?"她挽着劳拉的胳膊,"我昨天路过花店,看到橱窗里这些花儿,突然就想,我这辈子一定得有一次要拥有足够多的美人蕉。花园茶会是个好借口。"

"但我记得你刚说过你不会插手的。"劳拉说。萨迪已经走了。花店的人还待在外面的货车旁。她双手吊着妈妈的脖子,然后轻轻地、非常轻地,咬了咬妈妈的耳朵。

"亲爱的宝贝,你可不想要一个太有逻辑的妈妈,对吧?别咬了。那人看得到。"

他抬着更多的美人蕉过来,又是满满一大筐。

"把它们都摆整齐,排在门廊两边,"谢里登太太说,"你同意吗,劳拉?"

"噢,我同意,妈妈。"

客厅里,梅格、乔斯和小汉斯终于把钢琴挪好了位置。

"看看,我们把这个长沙发靠墙放,把其他东西都搬出去,只留下椅子,这样如何?"

"挺好。"

"汉斯,把这些桌子挪到吸烟室,拿个扫帚来扫掉地毯上的脏东西——等等,汉斯——"乔斯喜欢向用人们发号施令。她总是让他们觉得好像在演一出戏。

"让妈妈和劳拉小姐马上过来。"

"没问题,乔斯小姐。"

她转头对梅格说:"我想听听钢琴声音怎么样,万一下午有人要我唱歌呢。我们试试《人生真疲惫》吧。"

砰!嗒——嗒——嗒——踢嗒!钢琴的声音激动人心地响起来,乔斯的神情随之变了。她紧握双手。母亲和劳拉走进来时,她望向她们,表情悲伤而神秘。

这一生太疲——惫,

一滴泪——一声叹息。

变幻——无常的爱,

这一生太疲——惫,

一滴泪——一声叹息。

变幻——无常的爱,

然后道一声……再——见!

随着这声"再——见",琴声听着更凄惨了,但她却立刻绽放一脸灿烂的、毫无同情心的笑容。

"我声音好听吗,妈妈?"她笑盈盈地问。

这一生太疲——惫,

希望转瞬即逝。

一场梦——苏——醒。

这时候萨迪进来打断了她们。

"什么事，萨迪？"

"打扰了，夫人，厨师问您准备好三明治的小旗子了吗？"

"三明治的小旗子，萨迪？"谢里登太太重复了一遍，似乎在做梦。看她这样，孩子们立即知道她没准备。"我得想想，"她沉着地跟萨迪说，"告诉厨师，我十分钟内给她。"

萨迪走了。

"好了，劳拉，"她妈妈迅速地说，"跟我来吸烟室。我记得在一个信封后面写了个清单。你得帮我誊写到旗子上。梅格，现在马上上楼，把你头上的湿毛巾摘下来。乔斯，赶紧去穿好衣服。听到了吗，姑娘们，还是你们要我晚上向爸爸告状？还有——还有，乔斯，你去厨房安抚一下厨师，好吗？我今天早上有点怕她。"

终于，在餐厅的钟背后找到了信封，谢里登太太不明白怎么会掉在那里。

"肯定是你们几个孩子中的谁从我包里偷拿了，我可记得很清楚——奶油干酪和柠檬酪。你写了吗？"

"正在写。"

"鸡蛋和——"谢里登太太把信封拿远了一点,"看上去像老鼠。但不可能是老鼠,是不是?"

劳拉从她肩后望过去,说:"是橄榄,亲爱的。"

"对的,没错,橄榄。搭配在一块儿真可怕。鸡蛋和橄榄。"

她们终于弄完了,劳拉把这些小旗子拿到厨房。她看到乔斯在那儿哄厨娘呢,可厨娘看起来一点都不可怕。

"我从没见过这么精致的三明治,"乔斯的声音很兴奋,"厨娘,你刚说有多少种?十五种?"

"十五种,乔斯小姐。"

"啊,厨娘,我得祝贺你。"

厨娘用长长的三明治刀把面包屑扫到一边,笑容满面。

"戈德伯家的甜点到了。"萨迪从食品间走出来宣布。她看到那个人从窗户外走过去。

那就意味着奶油泡芙来了。戈德伯家的奶油泡芙太出名,也就没有人愿意在家里做这个了。

"姑娘们,把它们拿进来,放在桌上。"厨娘命令道。

萨迪把泡芙拿进来后又折回门口。当然啦,劳拉和乔斯已经长大了,不会对这样的东西多感兴趣。尽管如此,她们还是禁不住承认泡芙看起来太诱人了,非常诱人。厨师开始摆盘,抖掉多余的糖衣。

"这东西会让你怀念所有去过的聚会,对吗?"劳拉说。

"我想是吧,"乔斯比较务实,从不愿陷入回忆,"不过我得说,这些泡芙看上去轻巧、松软极了。"

"亲爱的,你们一人吃一个,"厨娘悠闲地说,"你们妈妈不会知道的。"

噢,怎么可能,刚吃完早餐又吃奶油泡芙。想想都让人发抖。不管怎样,两分钟后,乔斯和劳拉已经在舔手指了,脸上带着全神贯注的表情,是那种只有吃了鲜奶油才有的表情。

"我们去花园看看,走后门,"劳拉提议,"我想去看看那些人把帐篷搭好了没。他们人特别好。"

可后门挤着厨娘、萨迪,戈德伯家的伙计和汉斯。

出了什么事。

"啧——啧——啧,"厨娘像只受惊的母鸡一样叫着。萨迪用手捂着脸,好像牙疼。汉斯的脸皱作一团,想弄明白怎么回事。只有戈德伯家的伙计似乎自得其乐,事情是他讲的。

"怎么回事？发生了什么？"

"出了个可怕的事故，"厨娘说，"一个人死了。"

"一个人死了！在哪儿？怎么回事？什么时候？"

戈德伯家的伙计可不想别人当着他面儿把故事夺过去。

"你知道下面那些小村舍吗，小姐？"知道吗？她当然知道。"是这样，那儿住着个小伙子，叫斯科特，是个运货车夫。今天早上在霍克街的拐角上，他的马看到一辆拖拉机时受惊了，把他甩了出去，后脑勺着地。死了。"

"死了！"劳拉瞪着戈德伯家的伙计。

"他们想把他扶起来，可他已经死了，"戈德伯家的伙计讲得饶有兴味，"我上这儿来的时候，他们正把他的尸体运回家。"然后他又对着厨娘说，"他还有个老婆和五个孩子。"

"乔斯，你过来。"劳拉扯着姐姐的衣袖，把她拉到厨房另一头的绿毡门后面。她在那儿站定，倚着门。"乔斯！"她惊慌失措地开口，"我们怎么才能让这一切停下来？"

"让这一切停下来，劳拉！"乔斯诧异地喊，"你是什么意思？"

"当然是取消花园茶会了。"乔斯为什么要装傻?

乔斯更吃惊了。"取消花园茶会?亲爱的劳拉,别发神经。我们当然不能这么做。也没人指望我们这样。你别矫情过了头。"

"可有人在我们家大门外死掉了,我们不可能在这时候开花园茶会啊。"

这的确是矫情过了头。因为那些小村屋在她们的宅子前面陡坡的底端,都挤在一条小巷子里,中间隔着一条宽阔的马路。没错,它们是离得太近了。这些屋子碍眼得要命,根本不该出现在这个街区。全是些破陋的小房子,清一色地漆成巧克力棕色。花园小得像补丁,里面只有些白菜帮、几只病母鸡和番茄酱罐子。连烟囱里冒出来的几缕破碎煤烟也是萎靡不振的,与谢里登家的烟囱上缓缓升起的银色大羽毛多么不同。洗衣妇住在那条巷子里,还有清洁工、鞋匠,有个男人在他屋子外墙上钉满了袖珍鸟笼。整条巷子挤满了小孩子。谢里登家的孩子还小的时候,大人不准他们上那儿去,怕他们听到污言秽语,也怕他们染上什么病。但长大一些后,劳拉和劳里出来溜达时会从那条街上穿过。那里肮脏龌龊。他们钻出来后感到毛骨悚然。但人总要什么地方都去走走,什么也要见识一下。

所以他们还是会来。

"你想想那个可怜的女人听到乐队的声音会是什么感受。"劳拉说。

"噢,劳拉!"这下乔斯真的恼了,"如果每次有人出了事你都不准乐队演奏,那你会活得非常累。我完全和你一样感到遗憾,一样地同情。"她眼神变得凌厉起来。她看着妹妹,跟她们小时候吵架一样。"你总不能靠多愁善感让一个喝醉的工人复活。"她柔声说道。

"喝醉!谁说他喝醉了?"劳拉对乔斯大为光火。她不过是说了些这种情况下的陈词滥调:"我直接去跟妈妈讲。"

"去吧,亲爱的。"乔斯温柔地说。

"妈妈,我可以进来吗?"劳拉转动玻璃门把手。

"当然可以,孩子。怎么了,出了什么事?什么事让你这么激动?"谢里登太太从梳妆台前转过身来。她正在试戴一顶新帽子。

"妈妈,有个人被撞死了。"劳拉一上来就说。

"不是在花园里吧?"她妈妈打断道。

"不,不是!"

"噢,你吓了我一大跳!"谢里登太太松了一口气,取下大帽子,放在膝上。

"可是听着,妈妈。"劳拉讲了那件可怕的事情,讲得上气不接下气,差点儿噎着。"我们肯定不能继续办茶会了,对吧?"她请求着,"乐队和客人都快来了。他们听得到,妈妈,他们也算是我们的邻居啊!"

让劳拉吃惊的是,母亲的反应和乔斯如出一辙;更让人难以忍受的是,她似乎觉得好笑。她根本不拿劳拉的话当回事。

"亲爱的孩子,理智一些。我们只是偶然知道了这个事。如果那里有人正常地去世了——说实话,我也不懂他们在那些小窟窿里是怎么活下来的——我们还是会一样地办我们的茶会,对吗?"

对此劳拉只能说"是的",但她仍然觉得这样做完全错了。她坐在妈妈的沙发上,捏着靠枕上的褶边。

"妈妈,难道我们不是太冷酷无情了吗?"她问道。

"宝贝儿!"谢里登太太站起来,拿着帽子朝她走过来。劳拉还来不及制止,她母亲已经把帽子给她戴上了。"孩子!"她妈妈说,"这顶帽子是你的了。还真适合你。对我来说太年轻了。我从没见过你这样,美得像幅画。看看你自己吧!"她把梳妆镜举起来。

"可是，妈妈。"劳拉还想争辩。她不想照镜子，转向了另一边。

这次谢里登太太失去耐心了，和乔斯一样。

"你太不可理喻了，劳拉，"她冷冰冰地说，"那样的人根本不会指望我们为他们做什么牺牲。你现在这样做，让大家都扫兴，也没什么同情心吧。"

"我理解不了。"劳拉说，然后很快走出房间，走进自己的卧室。回到卧室，她不经意间看到的，是镜子里那个迷人的姑娘，她的黑色帽檐上镶着金色小雏菊，垂着一条长长的天鹅绒黑丝带。她从不曾想象自己可以是这般模样。妈妈说得没错？她想着。而现在她几乎希望她妈妈是对的。我是不是反应过度了？也许是的。有那么一瞬间，她仿佛又看到那个可怜的女人、那几个小孩子，还有被抬进屋子里的尸体。但一切看起来很模糊，很不真实，像是报纸上的一张照片。茶会结束后我再琢磨这事——她拿定主意。无论如何，这样似乎是最好的办法了……

下午一点半，午餐结束了。到两点半时，他们全都为聚会做好了准备。穿着绿外套的乐队成员已经到了，在网球场的一角摆好架势。

"我的天！"凯蒂叫起来，"他们是不是太像青蛙了?你应该让他们围着池塘,让指挥在那片叶子上站着。"

劳里回来了,他在去换衣服的路上朝大家打招呼。一看到他,劳拉又想起那场事故了。她想告诉他。如果劳里也同意其他人的看法,那多半就没问题了。她跟着哥哥进了门厅。

"劳里!"

"嘿!"他上了一半楼梯,转头看到劳拉,立刻鼓起腮帮,瞪大了眼睛看她。"我的天,劳拉!你看起来光彩照人,"劳里说,"这帽子真是顶好啊!"

劳拉微弱地说了声"是吗",她抬头朝劳里笑了笑,最终还是没讲出口。

很快,客人们开始鱼贯而入。乐队奏了起来;临时雇来的侍者在房子和帐篷之间来回奔忙。无论你看向哪边,客人们都成双成对地漫步着,他们要么弯腰欣赏花朵,要么互相致意,在草坪上徜徉。他们就像一些色泽鲜艳的鸟儿,在这个午后停留在谢里登家的花园里,然后又飞往——哪儿呢?啊,和这些欢畅的人儿在一起快乐极了,大家握手,亲吻,彼此对视微笑。

"亲爱的劳拉,你看上去美极了!"

"帽子非常漂亮,孩子!"

"劳拉,你就像个西班牙女郎。我从没见过你这么迷人。"

劳拉神采飞扬,柔声招呼客人:"您喝茶了吗?要吃冰激凌吗?这些百香果冰激凌非常特别。"她又飞奔到父亲面前,央求道:"亲爱的爸爸,我可以给乐队拿些饮料吗?"

这个美妙的下午渐渐成熟圆满,又悄然消退,慢慢合上了花瓣。

"没有比这次更惬意的花园茶会了……""非常成功……""真是最好的……"

劳拉帮着母亲送客人们离开。她们并排站在门廊上,直到一切结束。

"终于完了,终于完了,谢天谢地,"谢里登太太叹道,"把东西收拾收拾,劳拉。咱们去喝杯热咖啡吧。我快累死了。是啊,这次成功极了。哎,可这些聚会啊,没完没了!你们孩子们干吗老想着办聚会!"他们全都在冷清的帐篷里坐了下来。

"吃块三明治,亲爱的爸爸。我写的小旗子。"

"谢谢。"谢里登先生一口咬下去,三明治就不见了。他又拿起一块。"你们还没听说今天那起悲惨的事故吧？"他问道。

"我的天，"谢里登太太说着，举起手来，"听说了。这个事差点搞砸聚会。劳拉本来非要我们取消。"

"噢，妈妈！"劳拉不想被取笑。

"但的确是桩可怕的事情，"谢里登先生说，"那伙计还有家室。就住在下面那条巷子里，留下妻子和五个孩子，人家是这么说的。"

一阵略带尴尬的沉默袭来。谢里登太太端着杯子，有些忐忑不安。父亲真是的，专挑不该讲的讲……

突然，谢里登太太抬起头来。桌上还堆着没吃的三明治、蛋糕、泡芙，一会儿都得扔掉。她灵光一现，冒出来一个绝妙的主意。

"我知道了，"她说，"我们来准备一个篮子。给那个可怜人送些非常好的食物。至少，可以让孩子们好好吃上一顿。你们觉得呢？她肯定会有别的邻居去探望。把一切准备得妥妥当当，多好。劳拉！"她跳起来，"去把楼道橱柜里的大篮子取过来。"

"可是，妈妈，你真认为这是个好主意吗？"

很奇怪，她又一次与其他人想法不同。送一些他们家聚会的残羹剩饭，那个可怜的女人会舒服吗？

"当然啦！你今天怎么搞的？一两个钟头前你要我

们同情，现在你又——"

噢，好吧！劳拉冲进去拿篮子。很快，她母亲就把篮子堆满了。

"你拿去吧，亲爱的，"她说，"现在就跑下去。不，等一下，带点儿马蹄莲。他们那个阶层的人就喜欢马蹄莲。"

"花茎会弄坏她礼服上的蕾丝。"乔斯实际地说。

那倒是。提醒得很及时。"那只带篮子吧。对了，劳拉！"——母亲随她走出帐篷——"你千万别——"

"什么，妈妈？"

算了，最好别给孩子脑子里灌输这些想法！"没事！去吧。"

当劳拉关上花园大门时，天色刚暗下来。一条大狗幻影般跑过。路上闪烁着白色微光，在下面那块凹地上，那些小屋子被笼罩在暮色里，若隐若现。下午过后，一切显得很安静。她这会儿正下山去一个地方，那里有人去世了，但她似乎意识不到这件事。为什么意识不到呢？她停下来一会儿。好像茶会上那些亲吻、声音、觥筹交错、欢声笑语、踩过的青草味，还统统留在她身体里。她没工夫思考别的事。真奇怪！她抬头看看苍茫的天空，唯一的念头是："是的，这是个非常成功的茶会。"

现在，这条宽马路分岔了。到了巷子口，乌烟瘴气，灰暗无光。裹着披巾、戴着男士呢帽的女人匆匆走过。男人靠在栅栏上，小孩子在门口玩耍。从那些破旧不堪的小屋里传出低语声。几间屋子里闪烁着微弱的烛光，螃蟹般的影子在窗前移动。劳拉低头赶路。她真希望自己穿了件外套。她的衣服闪闪发光！还有那顶带着绒丝带的大帽子——如果是另一顶帽子就好了！那些人是在盯着她看吗？肯定是。来这儿就是个错误；她一直知道是个错误。那她现在是不是该回去？

不，太迟了。已经到那所房子了。肯定是这儿。黑压压的一堆人站在外面。门边上，一位年事已高的婆婆坐在椅子上，拄着拐杖，望着大家，她的脚垫在报纸上。劳拉走近时，说话声停止了。人群分开，似乎他们在等她，知道她会上这儿来。

劳拉非常紧张。她把绒丝带抛到肩后，问旁边那个女人："这是斯科特太太的家吗？"那女人露出奇怪的笑容说，"是的，姑娘。"

啊，真想离开这儿！当她走上那条小径并敲门时，她还真的说了出来——"帮帮我，上帝。"她只想逃开他们盯着她的眼神，要不找个东西把自己裹起来，哪怕是用那些女人的披巾。我放下篮子就走,她拿定主意。我一定不等她把东西腾出来。

接着门打开了。一个瘦小的女人,身穿黑衣,站在昏暗的门口。

劳拉问:"您是斯科特太太吗?"但是让她吓了一跳的是,那个女人说:"请进来,小姐。"然后她被关在过道里了。

"不了,"劳拉赶紧说,"我不想进去。我只是来送这只篮子。妈妈要我送——"

站在昏暗过道中的那个小个子女人似乎并没有听她说话。"请走这边,小姐。"她用讨好的语气说,劳拉只得跟在她身后。

她发现自己走进一个残破低矮的小厨房,里面点着一盏冒烟的煤油灯。一个女人坐在炉火前。

"埃姆,"领她进来的小个子女人喊着,"埃姆!是一位小姐。"她转向劳拉,意味深长地说,"我是她姐姐,小姐。您不会怪她,对吧?"

"噢,当然!"劳拉说,"好了,请不要打扰她。我——我只想放下——"

这时候,炉边的女人转过身来。她的脸红肿,眼睛和嘴唇也都肿胀着，看起来很吓人。她似乎并不明白劳拉怎么会在这儿。这是什么意思？为什么这个陌生人提着篮子站在厨房里？这一切是怎么回事？那张凄惨的脸再度皱缩起来。

"好啦，亲爱的，"另一个女人说，"我来招呼小姐。"

然后她又说："我相信您不怪她的，小姐。"她的脸也是肿的，努力挤出一个油滑的笑容。

劳拉只想出去，赶紧离开。她回到过道里。有扇门打开着，她径直走进去，原来是卧室，死者躺在那里。

"您想看看他，是吗？"埃姆的姐姐说着，她从劳拉旁边擦肩而过，走向床边。"别害怕，姑娘，"——她的声音变得亲昵又诡异，她温柔地拉下被单——"他像一幅画。什么都看不出来。过来，亲爱的。"

劳拉走上去。

一个年轻人躺在那儿，熟睡着——睡得这样沉、这样深，离她们很远很远。啊，如此遥远、如此平静。他在梦乡中。再也唤不醒他。他的头深陷在枕头里，双目闭着，在合上的眼皮下，什么也看不见了。他将自己托付于梦境。花园茶会也好，食物篮也好，花边衣服也好，这一切和他有什么关系呢？他远远地离开了这一切。他是奇妙的、美丽的。当他们欢声笑语时、乐队演奏时，奇迹来到这条巷子里。幸福……快乐……一切都很美好，那张沉睡的脸庞说。本该如此。我很满意。

但无论如何，你总得哭出来，她不能什么也不对他说就离开。劳拉大声地、孩子气地抽泣了一下。

"原谅我的帽子。"她说。

这次她不等埃姆的姐姐了。她找到门，出去了，沿着小径走下去，穿过黑压压的人群。在巷子拐角处，她碰到了劳里。

他从暗处走出来："是你吗，劳拉？"

"是我。"

"妈妈有些担心了。都顺利吗？"

"是的，很顺利。噢，劳里！"她拽着他的胳膊，紧紧靠着他。

"我说，你不是在哭吧？"她哥哥问。

劳拉摇了摇头。可她是在哭。

劳里用手臂环抱着她的肩。"别哭了，"他用他温暖怜爱的语调说,"可怕吗?"

"不可怕,"劳拉啜泣着,"只是很不可思议。可是,劳里——"她打住了,看着哥哥。"人生难道是,"她结巴起来,"人生难道是——"可人生到底是什么,她说不明白。没关系。他完全明白。

"可不是吗,亲爱的?"劳里说。

试镜

Pictures

早上八点钟。埃达·莫斯小姐躺在黑色的铁架子床上,盯着天花板。她的房间位于布鲁姆斯伯里[1]的一座公寓顶层背面,房间里一股煤烟味,混合着脂粉和炸土豆的味道,炸土豆是她昨天带回来的晚饭。

"哎,老天,"莫斯小姐想,"我好冷。为什么现在早上醒来总是这么冷。膝盖、脚和背——尤其是背,像盖了一层冰。可我过去一直挺暖和的。这倒不是因为我变瘦了——我还是跟以前一样丰满。不对,肯定是因为晚上吃不到热乎可口的晚餐。"

一桌桌热乎可口的晚餐组成盛大的游行队伍,横穿天花板,每桌都佐以一瓶浓郁滋养的啤酒。

"哪怕我这会儿起来,"她想着,"能吃上一顿像模

---

[1] 布鲁姆斯伯里,英国伦敦的一处居住区,是伦敦众多文化和教育机构的所在地。——编者注

像样的早餐也好……"于是,像模像样的早餐队伍也紧随晚餐,跨过天花板,领头的是一整只巨大的还没切开的白火腿。莫斯小姐瑟瑟发抖,整个人都缩进睡衣里。突然,房东太太推门而入。

"这儿有你的一封信,莫斯小姐。"

"噢,"莫斯小姐说,有点过分礼貌,"非常感谢,派因太太。您真是太好了,真是麻烦您了。"

"一点不麻烦,"房东太太说,"我想这可能是你一直在等的信。"

"是吗,"莫斯小姐轻快地说,"是的,大概是吧。"她歪着头,若有所思地对着信微笑,"我倒是不好奇。"

房东太太瞪大眼睛。"可我好奇,莫斯小姐,"她说,"就是这样。麻烦你把信打开,拜托了。很多像我这样的房东会帮你拆,她们认为自己有权这么做。不能再这样拖下去了,莫斯小姐,绝不能再拖下去了。已经好几个礼拜了,一开始你说找到工作了,然后又说没找到,一会儿说又有一封信寄丢了,另一位布莱顿的经理星期二肯定会回来云云——真让我恶心又厌烦,我再也不能忍受了。我为什么要忍受?莫斯小姐,我问你,现在这种时候,物价飞涨,我可怜的儿子还在法国。我姐姐伊丽莎昨天还在对我讲——'明妮,'

她说,'你就是心肠太软了。你本可以有很多机会把那间屋子租出去。'她说,'在这种困难时期,你都不好好照顾自己,那其他人更不能了。'她说,'她也许上过音乐学院,也许在西区音乐会唱过。'她说,'但如果你家莉齐说的是真的。'她说,'她自己洗衣服,还晾在毛巾栏杆上,那么一眼就知道她的境况了,是时候解决掉这个麻烦了。'"

莫斯小姐装作没听见她的话。她在床上坐起来,拆开信,开始读:

亲爱的小姐,

　　来函收悉。我目前没有拍摄计划,但您的照片已存档,供以后参考。

　　　　　　　　您真诚的,
　　　　　　　　逆流电影公司

这封信似乎给了她奇怪的满足感,她反复读了两次,才回答房东太太。

"啊,派因太太,我想你会为你刚说的话感到抱歉。这是经理写来的,要我下星期六早上穿上晚礼服去他公司。"

可没等她反应过来，房东太太就扑上去，一把夺过信。

"噢，是吧！真的吗！"她喊道。

"把信还我。马上还我，你这个邪恶透顶的女人。"莫斯小姐喊，她没法下床，因为她的睡袍后面脱线了。"还给我，这是我的私人信件。"房东太太慢慢退出房间，将信紧贴在她穿着的胸衣上。

"已经到了这步田地，是不是？"房东太太说，"好的，莫斯小姐，如果今晚八点我还拿不到房租，咱们走着瞧，看看谁是邪恶透顶的女人——就这么定了。"她神秘地点点头。"我得留着这封信。"她抬高声音，"这倒是个绝佳的小证据！"然后她声音沉下来，阴森森地说，"我的小姐。"

门砰地关上了，剩下莫斯小姐一人。她掀开被子，坐在床边，气得发抖，她瞪着自己白胖的腿，上面青绿的血管一道道凸起来。

"臭虫！就是她。她就是只臭虫！"莫斯小姐说，"我可以控告她抢走我的信——我打赌我可以。"还没脱下睡袍，她已经在套衣服了。

"噢，如果我可以给她付钱，我一定朝她大发脾气，让她记住这教训。我要痛痛快快地骂她一顿。"她走到衣橱前取别针,看见镜子里的自己,微微一笑,又摇了摇头。"好了,老女孩儿,"她喃喃自语,"你这次摊上麻烦了,毫无疑问。"镜子里的人冲她做出丑陋的表情。

"你这傻子,"莫斯小姐责备自己,"现在哭有什么用,你只会把鼻子弄得通红。不行,赶紧穿好衣服,出去碰碰运气——那才是正经事。"

她从床柱上解下手提袋,在里面翻寻着,又抖了抖,把东西全倒了出来。

"我先去 ABC 咖啡馆喝一杯好茶,再去其他地方,"她打定主意,"还有一先令三便士——没错,只剩一先令三便士了。"

十分钟后,一位胖胖的女士身穿蓝色哔叽衣,胸口别一束帕尔马紫罗兰假花,头上戴一顶插着三色堇的黑帽子,手戴白手套,脚穿一双白帮靴,手提袋里放着一先令三便士,她用低沉的女低音唱着:

亲爱的,请记得,凄凉的日子
总是黎明前的至暗时刻。

但镜子里的人又朝她做了个鬼脸,接着莫斯小姐出去了。灰色的吊车驶过整条街,将水溅到灰色石阶上。卖牛奶的男孩子一圈圈奔走叫卖,用他奇怪沙哑的声音吆喝,牛奶罐发出丁零当啷的撞击声。在布里特维勒的瑞士宅邸外,牛奶泼洒出来,一只没尾巴的褐色老猫不知从哪儿冒出来,贪婪地、悄无声息地舔掉洒出来的牛奶。看着这一切,莫斯小姐有种怪诞的感觉——就像你可能会说的——不祥之感。

当她到 ABC 时,门打开着,一个人端着一盘盘面包卷进进出出,里面没有顾客,只有一个女招待在摆弄头发,收银员在给钱箱开锁。她站在店中间,但没人理会她。

"我男人昨晚回来啦。"女招待唱歌似的说道。

"哎哟,我说——看把你得意的!"收银员咯咯直笑。

"是啊,可不嘛,"女招待继续唱,"他给我买了枚漂亮的小胸针。瞧,上面还刻着'迪耶普'。"

收银员跑过去看,搂住女招待的脖子。

"啊,我说吧——看把你乐的!"

"是啊,可不嘛,"女招待说,"呵,他晒得黝黑。'喂,'我说,'喂,老红木。'"

"噢,我说吧,"收银员咯咯笑着跑回自己的座位,差点撞上站在中间的莫斯小姐。"你来得可真巧！"接着端面包卷的人又进来了，从她旁边绕过。

"我可以点杯茶吗，小姐？"她问。

可女招待继续梳头。"噢，"她唱着，"我们还没开门呢。"她转身朝收银员挥挥梳子。

"我们开门了吗，亲爱的？"

"没开呢。"收银员说。莫斯小姐走了出去。

"我得去查令十字街。对，就去那儿，"她决定了，"但我不喝茶了。不，我要来杯咖啡。咖啡更提神……'那些女孩子真是厚脸皮！她男人昨晚回家了；他给她买了上面刻着'迪耶普'的胸针。"她开始穿过马路了……

"留点儿神，肥妞！别打盹儿！"出租车司机冲她喊。她装作没听见。

"不，我不去查令十字街了，"她决定了，"我直接去'凯克和凯奇特'。他们九点就开门了。如果我到得早，凯奇特先生可能会收到早班邮件，会有些门路……'我很高兴看到你这么早来，莫斯小姐。我刚从一位经理那里得知，他需要一位女士来扮演……我想你很适合。我给你张名片，你可以去见他。一星期三英镑，吃住全包。我要是你的话，就赶紧飞奔过去。

你来得早可真是运气好……'"

但"凯克和凯奇特"没有人,只有一个清洁妇,正趴在过道上擦油毡地毯。

"还没有人来,小姐。"清洁妇说。

"哦,凯奇特先生不在吗?"莫斯小姐问,试图绕开桶和刷子,"可以的话,我等他一会儿。"

"你不能在等候室待着,我还没打扫完。凯奇特先生从来不会在星期六的十一点半之前过来。有时候他压根儿不会来的。"清洁妇开始朝她这边爬过来。

"天哪——我真蠢,"莫斯小姐说,"我忘了今天是星期六。"

"当心你的脚,对不起,小姐。"清洁妇提醒她。于是莫斯小姐再次出去了。

"拜特与拜德姆"有个优点,这里总是生机勃勃。一走进等候室,立刻置身一片嘈杂的闲聊中,每个人都来了,大家都彼此认识。来得早的人坐在椅子上,来得晚的坐在来得早的膝盖上,男士们漫不经心地靠在墙边,在一脸崇拜的女士面前吹嘘自己。

"嗨,"莫斯小姐快活地说,"咱们又都来了!"

年轻的克莱顿先生边把手杖当班卓琴弹,一面唱着:"等待罗伯特·E. 李到来。"

"拜德姆先生来了吗?"莫斯小姐问,同时掏出一个扁扁的旧粉扑,给鼻子扑上淡紫色的粉。

"来啦,亲爱的,"大家齐声说,"他到了很久了。我们都等了超过一个钟头啦。"

"我的天!"莫斯小姐说,"你们觉得有什么机会吗?"

"噢,几个南非的活儿,"年轻的克莱顿先生说,"一星期一百五十镑,两年,你想想。"

"噢!"大家又一起喊道,"你真是瞎扯,克莱顿先生。他这不是搞笑吗?他滑稽得离谱吧,亲爱的?噢,克莱顿先生,你笑死我了。他是个喜剧演员吗?"

一个皮肤黝黑、神情悲伤的姑娘碰了碰莫斯小姐的胳膊。

"我昨天错过了一个好差事,"她说,"要在几个郡巡演六个礼拜,之后就可以在西区演了。那个经理说如果我再健壮一点,他就敲定我了。他说如果我身材再丰满一些就好了,那个角色就像是为我量身打造的。"她打量着莫斯小姐。不知为何,她帽檐下那朵脏兮兮的暗红色玫瑰,似乎经历了和她一样的打击,也被压得皱巴巴的。

"哎呀,那真是不走运,"莫斯小姐说,故意显得漠不关心,"是什么差事——我可以问问吗?"

但那个黝黑、悲伤的姑娘看穿了莫斯小姐,疲惫的眼神里透出一丝恶意。

"噢,对你没用的,亲爱的,"她说,"他要找个年轻姑娘,你知道——深色皮肤的西班牙类型——我这样的,但要再胖一些,没别的了。"

里面房间的门打开了,穿衬衫的拜德姆先生出现了。他一只手撑着门,准备立即退回去,然后又举起另一只手。

"不好意思,女士们——"他停顿了一下,展露他标志性的咧嘴笑,然后接着说——"和小祸(伙)子们。"等候室的人一听到这称呼便哄笑起来,于是他把两只手都举起来,"今天早上别等了,没什么意义。星期一再来吧,星期一会来几个招聘电话。"

莫斯小姐不顾一切地冲上前去。"拜德姆先生,我想问问,您有没有收到消息……"

"让我想想。"拜德姆先生打量着她,缓慢地说。他过去每星期见莫斯小姐四次——一共见了——几星期?"这个,你是谁?"

"埃达·莫斯小姐。"

"噢,是是,当然是你,亲爱的。不过还没有消息,亲爱的。我刚接到一通电话,说要二十八位女士,但都得是年轻的、会跳舞的姑娘——明白吗?还有个电话,要十六个人——但是得会跳一点沙滩舞。你看,亲爱的,我今天早上忙得不可开交呢。下星期一再来吧,来早了也没用。"他向她展露一个灿烂的笑容,再拍拍她丰腴的背部。"有勇气,亲爱的小姐,"拜德姆说,"很有勇气!"

"东北电影公司"内,一群人在陆续上楼梯。莫斯小姐身旁是一位三十岁左右的漂亮女孩儿,她头戴一顶白色蕾丝帽,帽檐上装饰着一圈樱桃。

"人真多!"莫斯小姐说,"有什么特别的事吗?"

"你不知道吗,亲爱的?"女孩儿睁着她大大的、苍白的双眼道,"九点半要挑选魅力姑娘。我们都在这里等了好几个钟头了。你之前在这家公司拍过电影?"莫斯小姐歪着头说:"没有,我想没有。"

"在这家公司拍电影很棒,"女孩儿说,"我朋友的朋友每天在这里能挣三十镑呢……你拍过很多电影吗?"

"嗯,我并不是专业演员,"莫斯小姐坦白道,"我是个女低音歌手。但最近情况太不景气了,我只有转行拍点戏。"

"原来如此,可不是嘛,亲爱的?"女孩儿说。

"我在音乐学院受过很好的教育,"莫斯小姐说,"我唱歌得过银奖,以前还常在西区音乐会唱歌。但我想,不妨换一下地方,我得试一下运气……"

"是啊,原来如此,可不是嘛,亲爱的。"女孩子说。

这时一个漂亮的打字员在楼梯顶端出现了。

"你们都在等东北公司的招聘?"

"是啊!"大家齐声回答。

"是这样,已经招完人了。我刚接到电话。"

"可是您看,我们的花费怎么办呢?"一个声音喊道。

打字员低头看着她们,她忍不住笑起来。

"嗬,你们可别指望谁会给你们付钱。东北公司从不付钱给来应聘的群众演员。"

"苦橘子电影公司"只有一扇小小的圆形窗户。没有等候室——除了一个接待姑娘,一个人影都没有,莫斯小姐敲了敲窗户,她走过来问:"有事吗?"

"请问,我可以见一下制片人吗?"莫斯小姐柔声问。那姑娘靠着窗闩,半闭着眼,似乎那一瞬间睡着了。莫斯小姐朝她微笑。那姑娘不仅皱起眉头,还吸了吸鼻子,仿佛闻到了一股难闻的气味。突然,她走开了,拿了一张纸回来塞给莫斯小姐。

"先把表填了!"她说。然后砰的一声关上了窗户。

"你能驾驶飞机——高台跳水——开车——跳马步舞——射击?"莫斯小姐读着表格。她一边沿着路走,一边问自己这些问题。街上刮着猛烈刺骨的寒风,风撕扯着她,抽打她的脸,嘲笑她,因为知道她答不上来。走进广场花园,她把表格扔进铁丝筐里。然后她在一条凳子上坐下来,给鼻子扑粉。可口袋镜子里的人对她做了一个奇丑无比的鬼脸,莫斯小姐彻底崩溃了,她大哭了一场。这让她好受多了。

"行了,都结束了,"她叹了口气,"可以歇歇脚倒也舒服。我的鼻子很快会在外面凉下来……待在这儿真不错。瞧这些麻雀,叽叽喳喳。它们凑得可真近。我猜有人喂它们吧。可我没东西给你们,厚脸皮的小东西……"她目光从麻雀身上移开。对面那幢大房子是什么——马德里咖啡馆?我的天,那小孩子被一巴掌打得多惨啊!可怜的小家伙!没关系——站起来……营业到今晚八点……马德里咖啡馆。"我可以进去坐坐,喝杯咖啡,仅此而已,"莫斯小姐想,"这倒像是个艺术家们待的地方。我可能会碰上好运气……一位皮肤黝黑的英俊绅士，身穿皮大衣，和朋友一道进来，也许同我坐一桌。'没办法，老兄，我翻遍整个伦敦也找不到一个女低音。你瞧，这音乐很难；你看一眼。'"莫斯小姐听见自己接话，"不好意思，恰巧我是个女低音，那个唱段我唱过很多次……'太棒了！来我工作室试唱一下。'……一星期十镑……我为什么觉得紧张？肯定不是紧张。我为什么不去马德里咖啡馆？我是个体面的女人——我是个女低音歌唱家。我发抖只是因为今天没吃东西……'这倒是个不错的小证据，我的小姐。'……很好，派因太太。马德里咖啡馆。他们晚上会有音乐会……'为什么还不开始？''女低音还没到……''对不起，我恰巧是个女低音，那个唱段我唱过很多次。'"

咖啡馆里光线昏暗。男人、棕榈树、红绒椅子、白色大理石桌子、穿围裙的侍者，莫斯小姐从这一切中间穿过。她刚坐下，就有一个身材臃肿的绅士一屁股坐到她对面的椅子上，他戴着小礼帽，帽子如同漂浮在他头顶上的一艘小游艇。

"晚上好！"他打招呼。

莫斯小姐快活地答道："晚上好！"

"迷人的夜晚。"胖绅士说。

"是啊,很美。真是享受,不是吗?"她说。

他卷起他那香肠般的手指,朝侍者打了个手势——"给我一大杯威士忌"——然后转向莫斯小姐:"你呢?"

"那我来杯白兰地吧,都差不多。"

五分钟后,胖绅士从桌子上斜倚过来,往她脸上喷了一大口雪茄烟。

"你系了条诱人的丝带!"他说。

莫斯小姐脸唰地红了,她从未感到脑门上的脉搏跳得如此厉害,等这阵慌乱消退了她才开口。

"我一直喜欢粉色。"她说。

胖绅士上下打量她,她在桌上咚咚敲着手指。

"我喜欢结实的手指,被整个握住。"他说。莫斯小姐窃笑起来,很大声,连自己都吓了一跳。

又过了五分钟,胖绅士起身了。"行啦,我去你那里,还是,你跟我走?"他问。

"我跟你走吧,都差不多。"莫斯小姐说。然后她游移在小游艇身后,走出了咖啡馆。

苍蝇
The Fly

"你待在这儿可真惬意。"老伍迪菲尔德先生尖着嗓子说,他坐在老板书桌旁那张宽大的绿皮椅里,他从椅子里望出来,就像婴儿车里的婴儿窥视外面。他聊完了,该告辞了。可他并不想走。自从他退休后,自从他……中风后,他的妻女们每天都把他"囚禁"在家里,除了礼拜二放他出来一会儿。礼拜二这天她们给他穿戴整齐,允许他进城待一天。但他在城里做了些什么,妻女无法想象。在他朋友跟前惹人嫌吧,她们猜想……呃,仅此而已吧。尽管如此,人们还是要攥紧自己最后一点乐趣不放,就像树枝揪着最后几片叶子。所以老伍迪菲尔德坐在那儿,抽着雪茄,近乎贪婪地盯着老板。老板坐在办公椅上转来转去,身材敦实,脸色红润,比他还年长五岁,依然健壮,依然身担要职。见到他挺让人振奋。

他那苍老的声音有些怅惘,又羡慕地重复一句:"在这儿可真惬意,我敢肯定!"

"是的,足够舒服,"老板附和着,一边用裁纸刀翻动《金融时报》。他的确为这间办公室感到骄傲,也很高兴有人欣赏它,尤其是老伍迪菲尔德。老板稳坐在办公室中间,看着这个裹在围巾里弱不禁风的老人,这使他产生一种深切而实在的满足感。

"我刚把它装饰了一番,"他解释道,之前他已经跟人讲了——多长时间?——好几个礼拜了。"新地毯。"他指着织有白色大圆圈的猩红色地毯。"新家具。"他朝庞大的书柜和桌腿扭得像糖棍儿似的桌子点点头。"电暖器!"他兴高采烈地挥舞双手,指着五根透明的、珍珠般的圆管,圆管在倾斜的铜座上散发着柔光。

但他并没有让老伍迪菲尔德去看桌上那张相片,那是个表情严肃的小伙子,一身戎装,在摄影师们挑选的阴郁花园内站着,背后乌云密布。这张相片并不是新的,已经摆在那儿六年多了。

"我想跟你说件事,"老伍迪菲尔德说,眼神黯淡下来,似乎在搜索记忆。"什么事来着?我早上出门时还惦记着。"他的手开始发抖,胡子下的皮肤浮现块块红斑。

"可怜的老伙计,已到了耄耋之年。"老板想。他对老人产生温柔之情,朝他眨了眨眼,开玩笑说:"跟你讲,我这儿有口好酒,可以让你出去时舒服些,外面天冷。这东西妙极了。一点儿不碍事。"他从表链上摘下钥匙,打开书桌下的餐柜,从里面取出一个黑色矮瓶子。"就是这个酒,"他说,"给我的那个人偷偷地说,这是温莎堡酒窖里的存货。"

一看到这东西,老伍迪菲尔德不由得张开了嘴。就算老板变出只兔子来,他也不会更吃惊了。

"是威士忌,对吧?"他虚弱地尖声说。

老板转动瓶子,爱惜地给他看标签。确实是威士忌。

"你知道吗,"他说,抬起头惊异地看着老板,"在家里她们不让我碰这东西。"他看起来似乎快哭了。

"哈,这就是我们比女人懂得多的地方。"老板大声说道,探身从桌上的水瓶边拿了两个酒杯,他慷慨地给每个杯子倒了一指深的酒。"喝下去。对你有好处。别掺水。往这种东西里兑水简直是暴殄天物。啊!"他一仰而尽,掏出手帕,匆匆擦了下胡子,然后瞥了一眼老伍迪菲尔德——他让酒在嘴里滚了一圈,细细品味。

老人咽下酒,沉默片刻,有气无力地说:"味道怪极了!"

但这酒让他浑身暖和起来,也钻进他冰冷衰老的脑子里——他想起来了。

"有件事,"他边说边从椅子上撑起身来,"我估摸你想知道。我的女儿们上个礼拜去了一趟比利时,给可怜的雷吉扫墓,碰巧也路过你儿子的墓。看来他们俩离得很近。"

老伍迪菲尔德停顿了一下,可老板没答腔,只是眼皮微微颤动了一下,表明他听到了。

"那地方打理得不错,姑娘们挺满意,"他那苍老的声音尖声说道,"有人悉心照料。就算安放在国内也不会好到哪里去。你还没渡海去看过,是吧?"

"还没,还没!"出于各种原因,老板没去。

"墓地有好几英里[1]长呢,"老伍迪菲尔德颤抖着说,"整洁得像花园。所有墓前都栽满了鲜花。小径修得又宽又好。"从他的声音就能知道,他多么喜欢又宽又好的路。

---

[1] 1英里约等于1.6千米。——编者注

又是一阵沉默。然后老人高兴起来。

"你知道那个旅馆让姑娘们花多少钱买一罐果酱吗？"他尖声说，"十法郎！我管这叫抢劫。一小罐，格特鲁德说，最多半克朗那么大。她只舀了一勺，他们管她要十法郎。格特鲁德把罐子拿走了，教训教训他们。她做得很对，这是拿我们的情感做买卖。他们以为我们到那儿悼念，就会乐意为一切付账。就是这么回事。"说完，他转身朝门口走去。

"很对，很对！"老板高声说，但究竟什么很对，他完全没有头绪。他绕过书桌，跟着那拖拽的脚步走到门口，送这位老朋友离开。老伍迪菲尔德走了。

老板在那儿站了好一会儿，神情呆滞。一个头发花白的办公室信差从小隔间进进出出，一边躲闪，一边盯着他看，像只渴望被带出去遛一圈的狗。"半小时以内我不见任何人，梅西，"老板说，"明白吗？谁也不见。"

"好的，先生。"

门关上了，老板迈着坚定又沉重的步子踩过鲜艳的地毯，臃肿的身躯重重地落在弹簧椅上。老板身体向前倾，双手捂住脸。他需要、他打算、他安排好了要痛哭一场……

老伍迪菲尔德突然提到他儿子的墓地，让他无比震惊。好似地面猛然裂开了，他看见儿子躺在那里，而伍迪菲尔德家的女儿们低头望着他。这事很古怪。虽然六年多过去了，可老板一想到儿子，总感觉他只是从未改变地躺着，穿着军装，毫发无损，永远地睡着了。"我的儿子！"老板哀号着。但没有眼泪流出来。以前，在他儿子去世后的头几个月，甚至好几年里，他只要一说出这几个字，就会悲痛欲绝，这是那种除了痛哭一场根本无法缓解的悲伤。他当时就说，他对每个人都说——时间，无济于事。别人或许能从丧子之痛中恢复，能淡忘伤痛，但他不能。怎么可能呢？这孩子是他的独子。自打他出生，老板便开始为了他打理这份生意；要不是为了儿子，这件事毫无意义。生活本身也不再具有别的意义。若不是盼望着儿子将来会继承他的衣钵，继续他未竟的事业，他又如何能不辞辛劳，废寝忘食地坚持这许多年？

而这一盼望曾如此接近实现。战前，小伙子来办公室工作了一年，学习各种业务。每天清晨，他们一道去上班；下班后，又搭同一趟火车回家。作为孩子的父亲，他收获了多少赞美啊！一点都不奇怪，小伙子对一切上手都很快。至于他的人缘，每个职员——

哪怕是老梅西——都对他赞不绝口。他没有一点娇生惯养的毛病。相反,他天性自然开朗,和每个人说话都大方得体,总是带着孩子气的神情,习惯加上一句"简直棒极了!"

可这一切都结束了,似乎从未存在过。那天老梅西把那封电报递给他,然后整个世界在他脑子里轰然崩塌。"我们深切哀痛地告知您……"那天他离开办公室时,已是一个支离破碎的人,生活已成废墟。

六年前,六年了……时间过得真快!一切宛如昨日。老板把手从脸上拿下来,他一脸迷茫。仿佛有什么不对劲,他感到很不舒服。他想起身去看一眼儿子的相片。那并不是他最喜欢的相片,相片上的神情不大自然。有些冷漠,甚至严峻。儿子从来不是这般模样。

就在那一刻,老板发现一只苍蝇掉进了他那瓶宽大的墨水瓶里,正虚弱却又拼命地想要爬出来。救命!救命!它的几条腿挣扎着呼喊。但墨水瓶的边缘潮湿而光滑,它又跌了进去,开始奋力游动。老板拿起一支钢笔,把苍蝇从墨水里挑出来,把它抖落在一张吸墨纸上。有那么短短一秒,那只苍蝇躺在周围渗开的一坨黑墨里,一动不动。然后,它挥了挥前腿,站定，一边撑起自己湿透的小身体，一边开始一项艰巨的任务——清理翅膀上的墨水。上上下下，上上下下，它用一条腿刮着翅膀，仿佛石块在镰刀上来回移动。然后它停了下来，同时似乎踮起脚尖，先尝试展开一只翅膀，接着展开另一只。它终于成功了，然后坐下来，像只小猫似的，开始清理自己的脸。你可以想象，它细小的前腿轻柔地、欢快地彼此摩擦着。可怕的险情过去了，它逃脱了，就要再次获得新生。

可就在这时，老板有了一个想法。他把钢笔重新蘸好墨，敦实的手腕靠着吸墨纸，当苍蝇尝试振翅飞起时，一大滴厚重的墨落下来。它会怎么样呢？会发生什么！这只小乞丐似乎彻底吓坏了，惊呆了，不敢移动，因为不知道接下来会发生什么。可过了一会儿，它仿佛极度痛楚地拖着自己向前爬。它前腿晃了晃，抓稳，但这次愈加缓慢，整个过程从头开始。

真是个勇敢的小东西，老板想，他不由得对这只苍蝇的胆量心生敬佩。这才是处理困难的方式，这才是对的精神。永不言败，这只是一个问题……但苍蝇又一次完成了这个费劲的任务，而老板刚好也再次吸满墨囊，不偏不倚地对着那刚清洁干净的躯干又挤下浓黑的一滴墨水。这次会怎样呢？痛苦的悬念随之而来。可是看啊,它前腿又挥舞起来,老板松了一口气。他斜倚在苍蝇上方,温柔地对它说:"你这个狡猾的小家伙……"他甚至突发奇想地朝它吹气,想帮它弄干。尽管如此,它这次的努力显得畏怯无力,老板将钢笔深深浸入墨水瓶中,他下定决心,这是最后一次。

的确是最后一次。最后一滴墨落在已浸透的吸墨纸上,这只被淋湿的苍蝇躺在中间,纹丝不动。后腿黏在身体上,前腿看不见了。

"加油,"老板说,"快啊!"他用钢笔拨弄它——徒劳无功。什么动静也没有,也不会有了。这只苍蝇死了。

老板用裁纸刀的一端挑起那只尸体,把它扔进废纸篓里。一阵剧烈的痛苦朝他袭来,使他感到十分恐惧。他起身按铃,让梅西进来。

"给我拿些新的吸墨纸,"他严厉地说,"赶快。"等老家伙轻轻溜出去后,他开始思索,刚才他脑子里在想些什么。是什么呢?是……他掏出手帕,塞进衣领里擦了擦汗。可无论如何,他也记不起来了。

序曲
Prelude

1

马车里,再也腾不出一寸空间能将洛蒂和凯齐娅塞进去。帕特把她俩抱到行李堆顶上,她们直晃悠。外祖母膝上堆满了杂物,琳达·伯内尔没法忍受抱着孩子赶路。伊莎贝尔高高在上,和新来的杂务工一起坐在车夫座位上。手提箱、袋子、盒子全挤在车厢地板上。"这些是绝对的必需品,一秒也不能离开我的视线。"琳达·伯内尔说,她的声音发颤,疲惫却又兴奋。

洛蒂和凯齐娅站在大门内的草坪上,穿着有黄铜锚纽扣的外套,小圆帽绑着海军飘带,都准备好投入搬家的忙乱中。她俩手牵手,瞪着圆圆的眼睛,一脸严肃,一会儿看看那些绝对的必需品,一会儿又看看母亲。

"不如把她们留在这里算了,这样才省事。不如扔掉她们。"琳达·伯内尔说,唇边掠过一丝古怪的微笑。她靠着带扣子的皮垫,闭上眼睛,嘴唇因发笑而颤抖。恰巧塞缪尔·约瑟夫斯太太从客厅百叶窗后看到这一幕,便从花园小径上一摇一摆地走下来。

"您下午把孩子留给我照看吧,伯内尔太太?店老板傍晚过来,她们可以搭他的车走。小道上那些东西都会搬走,对吧?"

"是的,屋外所有东西都要搬走。"琳达·伯内尔说,她挥了挥她白皙的手,指着草坪上那些底朝天的桌椅。它们看起来怪异极了!要么把它们摆正,要么洛蒂和凯齐娅也该倒立。她很想说:"倒着站,孩子们,等店老板来。"她觉得一切如此滑稽,根本没在意塞缪尔·约瑟夫斯太太在说些什么。

塞缪尔·约瑟夫斯太太肥胖的身躯倚着门,嘎吱作响,胖乎乎的脸上堆起笑容来。"别担心,伯内尔太太。洛蒂和凯齐娅可以和我的孩子们一块儿去育儿室吃下午茶,之后我会送她们上车。"

外祖母想了想,说:"好吧,这样安排最合适不过了。非常感谢您,塞缪尔·约瑟夫斯太太。孩子们,快向塞缪尔·约瑟夫斯太太道谢。"

她俩小鸟般低声叫道:"谢谢您,塞缪尔·约瑟夫斯太太。"

"你们两个乖乖的,来——过来——"她们凑近了,"别忘了告诉塞缪尔·约瑟夫斯太太,如果你们想……"

"别说啦,外祖母。"

"别担心,伯内尔太太。"

最后一刻,凯齐娅松开洛蒂的手,朝马车奔去。

"我想再亲一下外祖母,和她告别。"

可已经迟了。马车已沿着路面驶出去,伊莎贝尔一脸的神气活现,不可一世,琳达·伯内尔却无精打采,外祖母在黑色丝绒袋中翻寻,要给女儿什么东西,她走之前放了些奇怪的零碎物品在里面。马车在阳光中闪耀,渐行渐远,在山坡前后留下细小的金色尘埃。凯齐娅咬紧嘴唇,而洛蒂小心翼翼地拿出手绢,哀号起来。

"妈妈!外祖母!"

塞缪尔·约瑟夫斯太太像一块宽大温暖的黑丝茶巾,一下子裹住了她。"好啦,亲爱的,勇敢些。快来育儿室玩儿吧。"

塞缪尔·约瑟夫斯太太用胳膊搂着哭哭啼啼的洛蒂,领着她走了。凯齐娅跟在后面,对着塞缪尔·约瑟夫斯太太的衣襟扮鬼脸，她的衣襟又像往常一样松开了，胸衣上两条长长的粉饰带飘了出来……

洛蒂的哭声在她上楼时渐止，塞缪尔家的孩子们一见她出现在育儿室门口便乐不可支，因为她眼睛红肿，鼻子揉得肸兮兮的。孩子们分坐在长桌边的两条凳子上，桌上铺着防水布，上面摆着大盘的面包和肉酱，还有两个微微冒气的棕色罐子。

"哎呀！你哭了！"

"噗！你眼睛都红肿了。"

"你的鼻子太好笑了。"

"你的脸又红又脏。"

洛蒂这下备受注目了。她摸摸自己的脸，有些得意，腼腆地笑了。

"去坐在扎迪旁边，宝贝儿，"塞缪尔·约瑟夫斯太太说，"凯齐娅，你坐到那头，博斯旁边。"

博斯咧嘴一笑，等凯齐娅坐下就掐了她一下，可她装作没注意到。她真讨厌男孩子。

"要吃什么？"斯坦利靠着桌子问道，彬彬有礼地朝她微笑，"你想先吃什么呢——草莓和奶油，还是肉酱面包？"

"草莓和奶油，谢谢。"她说。

115

"啊——哈哈哈！"他们全都大笑起来，用茶匙敲打着桌子。是个圈套吗！不可能吧！难道他骗了她！斯坦利坏透了！

"妈妈！她还当真了。"

塞缪尔·约瑟夫斯太太正在倒水和牛奶，也忍不住笑起来。"你们别逗她们了，她们最后一天待在这里啦。"她呼哧呼哧地喘着粗气。

凯齐娅咬了一大口面包，然后把剩下的部分竖在盘子里。面包咬掉一块后变成了一个小巧可爱的门的形状。呸！她才不在乎呢！一滴泪珠从她脸颊上滚落下来，可她并没有哭。她不能在塞缪尔·约瑟夫斯家这些讨厌鬼面前哭。她低头坐着，当眼泪慢慢滴落下来时，她用舌头快速一卷，在其他人看见之前吞了下去。

2

下午茶后，凯齐娅四处游荡，回到了自己家里。她慢慢走上屋后的台阶，穿过洗碗间，走进厨房。厨房的窗台一角有块砂质的黄肥皂，另一个角落里有块被一只蓝袋子染了色的绒布头，其他什么也不剩。炉子里塞满了垃圾。她在里面拨了拨，除了一把绘有心形图案的梳子，其他什么也没有，梳子是女佣的。她没动梳子，继续穿过窄窄的通道，进了客厅。百叶窗帘拉了下来，但没拉实。一束束笔直的阳光照进来，窗外的树丛投下波浪般的影子，在金色的光线里翩翩起舞。影子忽而静止，忽而舞动，忽而拉长至她的脚边。嗡！嗡！一只绿头苍蝇撞上天花板；地毯钉上粘着小小的红色绒毛。

餐厅的窗户的每个角各有一块方形的彩色玻璃。一块蓝色，一块黄色。凯齐娅弯腰看了看蓝色草坪，大门边有蓝色马蹄莲，又看了下黄色草坪，有黄百合和黄色栅栏。当她盯着看时，洛蒂走上草坪，用她的围裙角给桌椅掸灰。那真的是洛蒂吗？凯齐娅从一扇普通玻璃望出去，才确定是她。

在楼上她父母的房间里，她找到一个表面黑亮、里面红色的药盒，里面塞了个棉球。

"我可以在里面放只鸟蛋。"她拿定主意。

女佣的房间内，一枚胸针卡在地板缝隙里，另一个缝隙里掉了几颗珠子和一根长针。她知道外祖母的房间已经搬空了，她之前一直看着外祖母打包收拾。她走到窗边靠着，两手压在玻璃窗上。

凯齐娅喜欢这样倚窗站着。她喜欢让明亮冰凉的玻璃贴着自己滚烫的掌心,喜欢在玻璃上用力压手指,压得指甲尖发白,很好玩。她站在那儿,日光将尽,夜晚降临。入夜后开始起风,风声呜咽啸呜。空宅的所有窗子都摇晃起来,墙和地板嘎吱作响,屋顶松动的铁片发出凄凉的撞击声。凯齐娅突然一动不动,她睁大眼睛,双膝靠拢。她害怕起来。她想要喊洛蒂,她跑下楼、跑出屋外,一路上都想大喊洛蒂。可"它"尾随在她身后,等在门边,藏在楼梯口,候在楼梯底下,躲在过道里,随时会从后门蹿出来。但幸好,洛蒂也到后门了。

"凯齐娅!"她快活地喊道,"店老板来啦。所有东西都搬到三匹马拉的货车上了,凯齐娅。塞缪尔·约瑟夫斯太太给了咱们一条大围巾,让我们裹上,她说叫你系好外套扣子。她有哮喘就不出来啦。"

洛蒂很是得意。

"过来,孩子们。"店老板喊道。他把大拇指扣在她俩胳膊底下,一把抱上车去。洛蒂把围巾裹得"特别漂亮",然后店老板把她们的脚塞进一张旧毯子里。

"脚抬起来,慢一点。"

她俩活像两匹小马驹。店老板摸了一下捆货物的绳子，又松开轮子上的刹车链，吹了声口哨，跳上车来坐在她们身旁。

"挨着我，"洛蒂说，"不然我这边的围巾都被你拉走了，凯齐娅。"

可凯齐娅移过去挨着店老板。他像巨人似的耸立在她旁边，身上闻起来有坚果和新木箱的味道。

3

洛蒂和凯齐娅从没这么晚外出过。一切看起来都很不同——彩色木屋比白天小很多，花园却大得多、原始得多。星光点缀天宇，一轮圆月悬挂在海湾上，投下的金色月光正与海浪嬉戏。她们看得见隔离岛的灯塔上射出的光，还有老旧的煤船上发出的绿光。

"皮克顿渡船过来了。"店老板指着一艘挂满亮珠的小蒸汽船说。

当他们到了山顶开始往下走时，便看不见海湾了，虽然他们还在镇上，却几乎辨不清方向。其他马车吱吱嘎嘎从旁经过。所有人都认识店老板。

"晚上好，弗雷德。"

"晚上好，欧。"他喊回去。

凯齐娅特别喜欢听他说话。每当有马车在远处出现，她就抬头等他打招呼。他是老朋友了，她和外祖母过去常去他的店里买葡萄。店老板独自一人住在村舍里，他在一堵墙前面搭了间玻璃暖房。整个暖房上覆盖着漂亮的拱形葡萄藤。他接过她的棕色篮子，在里面垫上三片大叶子，又从皮带里摸出把小角刀，抬手割下一大串紫葡萄，然后轻轻地放在叶片上，凯齐娅总是屏住呼吸看他做这一切。他个子高大，穿着棕色丝绒长裤，蓄着棕色长胡须。但他从不系领带，连周末也不系。他脖子后面晒得通红。

"我们到哪儿了？"每隔几分钟她们中的一个就会问他。

"咳，这里是霍克街，也许是夏洛特新月。"

"那一定是这个！"洛蒂一听到最后这个名字便竖起了耳朵，她总感觉夏洛特[1]新月专属于她。毕竟很少有人跟街道同名。

"看，凯齐娅，这就是夏洛特新月。是不是不一样了？"现在，熟悉的一切都被抛在身后了。大货车吱吱嘎嘎，驶入未知的国度，沿着两侧砌有土堤、新修

---

1 夏洛特是洛蒂的正式名字。

筑的道路,爬上陡峭的山坡,又往下进入灌木茂密的山谷,穿越清浅宽阔的河滩。离市区越来越远。洛蒂的头摇晃着,她倒下身来,一半身子都躺在凯齐娅的腿上。可凯齐娅眼睛却睁得大大的。风吹过来,她打了个哆嗦,脸颊和耳朵却热得发烫。

"星星会被吹散吗?"她问。

"没注意到。"店老板说。

"我们有个姨父和姨妈,他们家离我们新家不远,"凯齐娅说,"他们家有两个孩子,大的叫皮普,小的叫拉各斯,皮普养了只公羊。他用瓷茶壶喂它,壶嘴还用手套套起来。他之后会带来给我俩看。公羊和绵羊有什么不同呢?"

"呃,公羊有角,会顶人。"

凯齐娅想了想。"那我就不太想看到它了,"她说,"我讨厌动物横冲直撞,狗啊、鹦鹉啊。我经常梦见动物朝我冲过来——还有骆驼——它们撞过来的时候,头胀得非常——大。"

店老板没搭话。凯齐娅抬头瞥了他一眼,她眯着眼睛,伸出手指摸了摸他的袖子,毛茸茸的。"我们快到了吗?"她问。

"不远了,"店老板回答,"累了吗?"

"呃,我一点也不困,"凯齐娅说,"可我眼皮老是可笑地卷起来。"她长叹一声,闭上眼睛,想让它别打架了……当她再次睁眼时,他们正叮叮当当驶上一条穿过花园的车道,这条路像条鞭子,时而环抱一座葱茏蓊郁的小岛,时而绕行于岛的背面。终于,一座宅府进入他们的视线。这座宅子又长又低,四周围了一圈带柱子的长廊和阳台。它白色柔软的身躯如一头沉睡的兽,横卧在绿色花园中。这时,东一扇、西一扇的窗户亮了起来。有人提着灯,穿过空荡荡的房间。透过楼下的窗玻璃望进去,壁炉火光摇曳。某种陌生而美妙的新奇感,像震颤的涟漪,从房子里流淌出来。

"我们到哪儿了?"洛蒂问,坐起身来。她的海军帽倒向一边,脸上印着睡觉时压着锚纽的痕迹。店老板轻轻地把她抱下来,扶正她的帽子,把她皱巴巴的衣服拉直。她站在走廊底下的台阶上,眨着眼睛,盯着凯齐娅,仿佛她从半空中飞到自己跟前。

"噢!"凯齐娅喊起来,甩开手臂。外祖母从幽暗的门厅走出来,提着一盏小油灯,面带微笑。

"大晚上的,你们的路好找吗?"她说。

"完全没问题。"

但洛蒂在下面的台阶上跟跟跄跄地走着,像是从巢里掉下来的鸟儿。让她多站一秒,她就会立刻睡着;如果她靠着任何东西,她的眼皮就会合上,一步也走不了。

"凯齐娅,"外祖母说,"我可以相信你能好好拿灯吗?"

"可以,外祖母。"

老太太弯下腰,将那团明亮的、呼吸着的东西递到她手里,然后抱起睡眼惺忪的洛蒂。"这边走。"

她们穿过方形门厅,里面堆着一捆捆行李,还有上百只鹦鹉(但只是墙纸上的鹦鹉),再进入狭窄的过道,凯齐娅提着灯,鹦鹉们朝她络绎不绝地飞过。

"要很安静。"外祖母警告她们。她把洛蒂放下来,打开餐厅门。"你们可怜的妈妈头疼得要命。"

琳达·伯内尔躺在一把长藤椅上,脚搁在蒲团垫上,膝上盖着花呢毯,她跟前的炉火发出噼噼啪啪的响声。伯内尔和贝丽尔坐在房间正中的餐桌前,一面吃着煎猪排,一面从一只棕瓷壶里倒茶喝。伊莎贝尔倚着母亲的椅背。她手里拿着把梳子,专心而温柔地替母亲梳前额的发卷儿。煤油灯和炉火光照以外的房间区域一直延伸到窗边,昏暗而空旷。

"是孩子们吗?"但琳达并不是真的关心,她甚至懒得睁眼。

"放下灯,凯齐娅,"贝丽尔姨妈说,"不然我们还没收拾完,这屋子就该着火了。再喝点茶,斯坦利?"

"嗯,给我倒八分之五杯吧,"斯坦利·伯内尔靠在桌旁说道,"再吃块肉,贝丽尔。这肉好极了,是不是?不肥不瘦。"他转向妻子:"你确定不吃点吗,亲爱的琳达?"

"一想到那东西就够我受的。"她习惯性地抬了下眉毛。外祖母给孩子们拿来面包和牛奶,她们坐到桌子跟前,蜿蜒的牛奶蒸汽后是她们红通通、昏昏欲睡的脸庞。

"我晚饭已经吃了肉。"伊莎贝尔说,她依然在轻柔地帮母亲梳头。

"我晚上吃了一整块猪排,整块带骨的肉,还有沃塞斯特肉酱。对吗,父亲?"

"行了,别吹牛了,伊莎贝尔。"贝丽尔姨妈说。

伊莎贝尔看起来大吃一惊的样子。"我没吹牛,是吗,妈咪?我从没想过要吹牛。我以为她们想知道。我只是告诉她们。"

"好了,够了。"伯内尔说。他推开盘子,从口袋里掏出一根牙签,开始剔他那洁白坚固的牙。

"去厨房看看,让弗雷德走之前吃点东西,好吗,母亲?"

"好的,斯坦利。"老太太转身出去了。

"噢,等等。估计没人知道我的拖鞋放在哪儿了吧?我想我在一两个月内都找不到了——什么?"

"我知道,"琳达说,"在贴着'急需物品'的帆布包的最上面。"

"哦,那你帮我取出来,好吗,母亲?"

"好的,斯坦利。"

伯内尔站起来,伸了个懒腰,走到壁炉边背对炉火,把燕尾外套的衣摆提了起来。

"天哪,这泡菜真不错。对吗,贝丽尔?"

贝丽尔啜了口茶,手肘撑在桌上,隔着茶杯对他微笑。她穿了条不常见的粉色围裙,衬衫袖子挽到肩上,露出她可爱的、有雀斑的手臂。她把头发梳成一条长辫子,垂在背上。

"你觉得整理好屋子得花多久——两个礼拜——嗯?"他打趣地说。

"老天爷,不可能,"贝丽尔轻快地说,"不过最麻烦的事已经弄完了。女佣和我忙活了一整天,母亲来了之后一直像匹骡子一样干活。我们一分钟都歇不了。真是够呛的一天。"

斯坦利听到了一丝责备。

"咳,你总不能指望我从办公室跑回来钉地毯——是不是?"

"当然不能。"贝丽尔笑起来。她放下杯子,跑出了餐厅。

"她到底要我做什么呢?"斯坦利问,"坐在那儿,举着棕榈叶给她扇风,而我的一帮同事都在工作?我的天,她就不能偶尔搭把手,别总是叫苦连天……"

他情绪阴郁起来,猪排和茶开始在他敏感的胃里起反应。琳达抬起一只手,把他拽下来坐在她的长椅边。

"这段时间让你受罪啦,老男孩。"她说。她的脸色非常苍白,可她微笑着把手指卷进她握着的那只红色大手中。伯内尔平静下来。突然,他开始吹口哨,"像莲花一样美,快活又自在。"——好兆头。

"你觉得你会喜欢这房子吗?"他问。

"我不想跟你说,可我觉得我应该说,母亲,"伊莎贝尔说,"凯齐娅在用贝丽尔姨妈的杯子喝茶。"

4

她们被外祖母领去睡觉。外祖母拿着蜡烛走在前面，楼梯随着她们的脚步嘎吱作响。伊莎贝尔和洛蒂睡一个房间，凯齐娅蜷在外祖母柔软的床上。

"没有床单吗，外祖母？"

"没有，今晚没有。"

"床垫很痒，"凯齐娅说，"像印第安人用的。"她把外祖母拉到她身边，亲吻她的下巴，"快躺下来，做我的印第安勇士。"

"真是个小傻瓜。"老太太一边说一边给她掖被子，她喜欢被这样裹着。

"你不给我留根蜡烛吗？"

"不行。嘘。快睡。"

"好吧，那可以不关门吗？"

她蜷成一团，但并不想睡。屋子里到处传来脚步声。房子也在嘎吱嘎吱地响着。忽而听见贝丽尔姨妈一阵大笑，忽而又听到伯内尔擤鼻涕发出的大喇叭声。窗外，夜空中蹲着好几百只黄眼睛的黑猫，正盯着她看——可她并不害怕。洛蒂对伊莎贝尔说：

"我今晚要在床上祷告。"

"不行，你不能这么做，洛蒂。"伊莎贝尔很坚决，"除非你发烧，上帝才能原谅你躺床上祷告。"于是洛蒂只好听她的：

> 柔顺的耶稣,谦卑温和,
> 凝视着一个小孩。
> 怜悯我,简单的莉兹,
> 让我在磨难中倚靠你。

然后她俩背靠背躺下来,小屁股挨在一起,睡着了。

贝丽尔·费尔菲尔德站在一汪月色中脱下衣服。她很累,但她装作比她的实际感受还要累——让衣衫随意地滑落,懒怠地将她温暖茂密的头发撩到身后。

"哎,我太累了——太累了。"

她闭上眼睛,可她的嘴唇在笑。她的呼吸如同扇动的翅膀,在胸口一起一伏。窗户大开着,空气温润,花园里某个角落走出来一个又高又瘦的年轻男子,男子带着戏谑的眼神,踮着脚在灌木丛中走来走去,摘了一大束花,然后溜到窗下递给她。她看见自己探出身去。他把头埋在娇嫩洁白的花朵里,带着狡黠的笑容。"不,不。"贝丽尔说。她从窗边转过身来,把睡袍从头上套下去。

"斯坦利有时真是不可理喻。"她一边想着,一边系扣子。而当她躺下时,那个念头又浮现出来,残酷的念头——啊,如果她自己有钱的话。

一个年轻的男人,十分富有,刚从英国来到这里。他偶然认识了她……新来的总督未婚……政府官邸举办了一次舞会……那个身穿淡绿绸缎裙的佳人是谁?贝丽尔·费尔菲尔德……

"最让我满意的是,"斯坦利倚在床边说道,他正在睡前使劲挠着肩背,"我以很低的价格买到这个地方,琳达。我今天跟小沃利贝尔聊起来,他说他没法理解他们为什么答应我开的价。你知道这附近的地价会越来越贵……也许十年后……当然,得慢慢来,我们要尽可能节省开支。你——没睡着吧?"

"没,亲爱的,每个字都听到了。"琳达说。

他跳上床,倾身从她上方吹灭了蜡烛。

"晚安。生意人先生,"她说,然后拉过他的耳朵来抱着他的头,快速地吻了他一下。她微弱遥远的声音似乎从一口深井里传来。

"晚安,亲爱的。"他的手臂伸到她的脖子下,把她揽到怀里。

"是的,抱紧我。"来自深井里的那个微弱的声音说。

杂务工帕特躺在厨房后面他自己的小房间里。他的盥洗袋、外衣、裤子全都挂在门钉上,看起来像个上吊的人。他扭着的脚趾从毛毯边缘伸出来,旁边的地上放着一个空的藤编鸟笼。他看起来像幅滑稽画。

"喀,喀。"女佣发出声音,她咽扁桃体肿大。

最后一个就寝的是外祖母。

"怎么。还没睡着?"

"没有呢,我在等你。"凯齐娅说。老太太叹了口气,在她身旁躺下来。凯齐娅把头钻到外祖母腋下,发出轻声尖叫。但老太太只是轻轻拍了拍她,又叹了口气,取下假牙,放在身旁地板上的一杯水里。

花园里,几只小猫头鹰栖息在花皮树的枝干上,叫着:"更多猪肉,更多猪肉。"远处的灌木丛深处能听到刺耳、急促、喋喋不休的啁啾:"哈——哈——哈……哈——哈——哈。"

5

黎明倏然而至,丝丝寒意与淡绿天空中的几朵红云相伴而来,滴滴水珠停驻在每一片树叶和草尖上。微风拂过花园,吹落露水和花瓣,又在湿漉漉的围场中战栗,最后消失在幽暗的灌木丛里。天空中,几颗微小的疏星飘荡了片刻,也消失了——如泡泡般被蒸发了。在清晨的寂静中，可以清晰地听见围场里小溪流淌过褐色石头，在布满沙砾的洞穴里涌进涌出，隐匿在大片浆果灌木丛下，再流入一片长着黄色水生花和水芹的沼泽地里。

第一道阳光射下，鸟儿们开始唱歌。放肆的大鸟——欧掠鸟、八哥，在草坪上鸣啭，而小鸟儿——金翅雀、红雀、扇尾鸽，则在枝头上蹦来蹦去。一只可爱的翠鸟站在围场栅栏上梳理它华美的羽毛，另一只蜜雀接连唱出三个音符，一阵欢笑后，又唱了一遍。

"这些鸟太吵了。"琳达在梦中自言自语。她和父亲正穿过一片缀满雏菊的绿色农场。忽然，父亲蹲下，拨开草叶，让她看脚边的一团小绒球。"啊，爸爸，它好可爱。"她把手围成杯状，捧起这只小小鸟，用手指抚摩它的头。它很温顺。但接下来，滑稽的事发生了。随着她的抚摩，这只鸟儿开始膨胀，它烦躁不安，变得鼓鼓囊囊的，越来越大，可它圆圆的眼睛又似乎朝她会心一笑。这时她怀里已没有空间抱它了，她把它放进围裙里。它变成了一个婴儿，裸露的头大大的，鸟嘴张着，一开一合。父亲哈哈大笑起来。她惊醒了，看见伯内尔站在窗边，将威尼斯百叶窗呼啦啦卷到顶上。

"早安,"他说,"我没吵醒你吧?今天早上天气还不错。"

他心满意足。这样的天气给他这笔买卖锦上添花。他似乎感觉连这美好的光景也是他买来的——随房子、土地一起白送给他了。他匆匆去洗澡,琳达翻了个身,用一只胳膊支起头来,打量着晨光中的卧室。全部家具都已经摆放整齐——正如她所说的,所有的随身老物件。壁炉上连照片都摆好了,药瓶放在洗漱台上方的架子上。她的衣物搭在椅子上——户外用品、紫色斗篷、插羽毛的圆帽。她望着那堆东西,渴望远离这所宅子。她仿佛看到自己驾着马车离开了他们,离开了所有人,连手也不挥。

斯坦利裹了条毛巾回来,红光满面。他拍拍大腿,把湿毛巾扔在她的帽子和斗篷上,然后稳稳地站在一块洒满阳光的地面正中央,开始他的晨练。深呼吸,弯腰,下蹲,活像只青蛙,伸腿。他对自己结实健壮的身体非常满意,于是拍了拍胸脯,大喊一声——"啊!"但这惊人的活力却让他与琳达相隔千里。她躺在凌乱的白色床上,仿佛在云端之上望着他。

"啊,该死!噢,糟透了!"斯坦利骂着,他在套一件白衬衫,不知道哪个白痴扣上了颈箍,他被卡住了。他乱挥着手臂朝琳达走来。

"你看起来像只又大又肥的火鸡。"她说。

"肥。我倒是喜欢这样,"斯坦利说,"可我身上连一寸脂肪都没有。你摸摸。"

"是岩石——是铁。"她嘲讽道。

"你一定会很惊讶,"斯坦利说,好像这事特别有意思,"俱乐部里好多人已经大腹便便了。那些小伙子,你知道——差不多我的年纪。"他梳开自己浓密的深棕色头发,镜子里映出他圆圆的蓝眼睛,眼神呆滞,他半蹲着,因为梳妆台——很讨厌——对他来说太低了。"比如小沃利贝尔,"他站直了,用发刷在身上比画出巨大的圆弧,"我得说我都吓一跳……"

"亲爱的,不用担心。你绝不会变胖的。你的精力太旺盛了。"

"对,对,我想这就是原因。"他说,第一百次从中得到了安慰,然后他从兜里掏出一把镶珍珠的小折刀,开始修指甲。

"吃早餐了,斯坦利。"贝丽尔在门口喊,"噢,琳达,母亲说你还不打算起床。"她从门口伸进头来,头上插着紫丁香。

"我们昨晚把东西搁在阳台上,今天早上全湿透了。你真该瞧瞧母亲怎么把那些桌椅弄干的。不过也没什么大碍——"她一边说,一边稍稍瞥了眼斯坦利。

"你跟帕特说了要把马车按时备好吗?到办公室有整整六英里半呢。"

"我可以想象这么早赶去办公室是什么滋味,"琳达想着,"压力一定很大。"

"帕特,帕特。"她听到女佣在喊。显然很难找到帕特,那个愚蠢的声音咩咩叫似的在花园里回响。

终于,前门砰的一声关上了,琳达知道斯坦利确实走了,她可以再次休息了。

过了一会儿,她听见孩子们在花园里玩耍的声音。洛蒂那笨拙而简单的小声音喊道:"凯——齐娅。伊莎——贝尔。"她不是迷路就是落单,过一会儿又似乎大吃一惊,因为她在下一棵树旁或是什么拐角处找着她们了。"噢,总算找到你们了。"她们早餐后就被赶到外面去了,如果没人叫,她们不能自己回到屋里。伊莎贝尔推着一辆精致的婴儿车,里面摆满了穿戴整齐的洋娃娃,洛蒂被允许走在旁边,算是给了她一个优待,让她给一个蜡白脸的洋娃娃撑玩具伞。

"你要去哪儿,凯齐娅?"伊莎贝尔问,她总想找些无足轻重的杂事让凯齐娅干,让她在自己的管辖之下。

"嗯,出去一下。"凯齐娅说……

然后她便听不见她们的声音了。房间里光线太刺眼。无论什么时候她都不喜欢把百叶窗拉到顶,早上尤其受不了。她懒洋洋地转身面对着墙,用手指触摸墙纸上的虞美人,顺着抚摩它的叶子、枝干和饱满绽开的蓓蕾。在寂静中,在她的指尖下,虞美人仿佛活了过来。她能感觉到黏糊糊的、柔滑的花瓣,枝干毛毛的,像醋栗树皮一般,叶片粗糙,花蕾紧实光滑。很多东西都有活过来的习惯。不光是家具这种大物件,还有窗帘、物品的图案、被子上的花边、靠垫。她时常看见被子上的流苏变成一队滑稽的舞者,旁边还有牧师……还有一些流苏没有跳舞,而是肃穆地行走,它们前倾着身子,仿佛在祷告或吟唱。经常,那些药瓶子会变成戴着棕色礼帽的一列小人儿,而盥洗架上那只搁在脸盆里的水壶,很像只胖鸟儿蹲在圆鼓鼓的巢穴里。

"我昨晚梦见鸟了。"琳达想。什么梦?她忘了。东西会活过来,可最蹊跷的是,它们还会干点什么。它们会聆听,会承载着什么神秘而重要的内容而膨胀起来,而当它们变大后,她感觉到它们在笑。只是那诡异隐秘的笑容并不是对她的；它们是一个秘密团体的成员，它们只对彼此微笑。有时，她白天打了个盹儿，醒来时连手指都不敢动，也不敢左右转动眼睛，因为它们就在那里；有时，当她走出卧室，让里面没人时，她扣上门的一瞬间便知道，它们填满了房间。还有些傍晚，也许她在楼上，其他所有人在楼下，她就很难躲开它们了。然而她不敢仓促行事，不能哼小曲；如果她尝试漫不经心地说一句——"那枚旧顶针真烦人。"——它们可不会上当。它们知道她多害怕，它们也看见她经过镜子前将头转开。琳达总有种感觉，它们要向她索取什么，而且她知道，如果她不再抗拒，安静下来，不只安静，而是完全沉默，一动不动，就有什么事真的会发生。

"这会儿太安静了。"她想。她睁大眼睛，倾听寂静正在编织它柔软无边的网。她十分轻地呼吸，甚至完全不敢呼吸。

没错，所有东西，哪怕很小的东西——小到微粒——都能活过来，她感觉不到床的存在，她飘浮起来，停在半空中。只是她依然警惕地睁大双眼，等待着那个并没有来的人到来，等待着并没有发生的事情发生。

6

厨房里,在两扇窗子下的木桌旁,费尔菲尔德老太太正在清洗早餐盘子。厨房窗户正对着一大片草坪,草坪通往蔬菜园和大黄苗圃。草坪的侧边紧靠着储藏室和洗衣房,这间单坡屋刷成了白色,上面布满虬结的葡萄藤。她昨天发现,有些螺旋形的蔓藤从储藏室天花板的缝隙钻进来了,单坡屋的窗前全都垂吊着厚厚的、褶边似的绿叶。

"我真是太喜欢葡萄树了,"费尔菲尔德老太太兀自说,"但这里的葡萄长不熟。得有澳大利亚的阳光才行。"她想起贝丽尔还是个小娃娃的时候,想从她们塔斯马尼亚的房子背后的阳台上摘白葡萄,结果被一只巨型红蚁咬了。她依然看得见贝丽尔穿着格子花呢裙,肩上系着红缎带,发出惨叫,半条街的人都冲进来看。这孩子的腿肿得真吓人!"嘶——嘶——嘶——嘶!"费尔菲尔德太太一边回忆,一边屏住呼吸。"可怜的孩子,太可怕了。"她抿紧嘴唇,去炉边取热水。大大的肥皂碗里起了泡沫,粉色和蓝色的泡泡浮在水面上。费尔菲尔德老太太把衣袖挽到手肘,皮肤被水染成亮粉色。她穿着一件灰绸裙,裙子上印着大朵的紫罗兰,系着一条白色的亚麻围裙，戴着一顶高高的帽子，那帽子像白布做的果冻模子。她脖子上戴着月牙形的银链子，上面围坐着五只小猫头鹰，还挂着一条黑珠子串成的表链。

很难不以为她已是经年累月地待在这厨房里；她仿佛是这厨房的一部分。她把坛坛罐罐收到一旁，动作精准利落。她驾轻就熟地移动于炉子和碗柜之间，又仔细检查了餐具室和食品间，似乎对每个角落都熟稔于心。她拾掇完之后，厨房里每样东西都在某种秩序中各归其位。她站在屋子中间，用格子布擦手，唇角露出微笑。她认为一切都很完美，她很满意。

"母亲！母亲！你在吗？"贝丽尔喊道。

"在，亲爱的。你要我做什么？"

"没什么，我来了。"贝丽尔冲进来，脸通红，拖着两个大画框。

"母亲，我该把这两幅难看的中国画放在哪儿？钟华破产时给斯坦利的。说这些画很值钱可真是无稽之谈，之前好几个月一直挂在钟华的水果店里。我不懂斯坦利为什么要留下来。我打赌他和我们一样觉得丑，只是为了画框吧，"她埋怨着，"我猜他盘算着这些画框总有一天能卖个好价钱。"

"要不挂在过道上?"费尔菲尔德老太太提议,"那里没什么人看得到。"

"不行,那里没空间了。我在房子前后挂满了他办公室的照片,还有他生意伙伴的签名照,伊莎贝尔穿马甲那张可怕的放大照还放在垫子上呢。"她气呼呼地扫了一眼这间宁静的厨房,"我知道了,把它们挂在这儿。就跟斯坦利说,搬家时画受潮了,要把它们临时放在这里。"

她拖过一把椅子,跳了上去,从围裙口袋里掏出锤子和一个大钉子,砰砰砰地钉起来。

"好啦!就这样了!把画给我,妈妈。"

"等一下,孩子。"她的母亲正在擦拭雕花的檀木画框。

"噢,母亲,你大可不必擦那个。要把那些小洞弄干净得花上好几年。"她皱起眉,不耐烦地看着母亲的头顶。母亲慢条斯理的样子真让人发疯。上了年纪的缘故吧,她高傲地想。

终于,两幅画并排挂好了。她跳下椅子,收起锤子。

"看起来还不算太糟,是吧?"她说,"至少除了帕特和女佣,没人会注意到——我脸上有蜘蛛网吗,母亲？我刚才把头伸进楼梯下那个碗橱了，有东西一直弄得我鼻子发痒。"

但费尔菲尔德老太太还没来得及细看，贝丽尔就撇过头去了。有人在敲窗户——琳达在那里点头微笑着。她们听见储藏室的门闩被抬了起来，她进来了。她没戴帽子，鬈发一圈圈盘在头上，裹了件旧的羊绒披肩。

"我太饿了，"琳达说，"有吃的吗，母亲？我还是头一回进这间厨房。到处都在喊'妈妈'，每样东西都得成双成对。"

"我给你泡点茶，"费尔菲尔德老太太说，并在桌子一角铺开一块干净的餐巾，"贝丽尔可以跟你一起喝一杯。"

"贝丽尔，你要来半块姜饼吗？"琳达向她挥挥小刀，"贝丽尔，现在咱们搬过来了，你喜欢这所宅子吗？"

"噢，当然，我非常喜欢，花园很美，但对我来说有点离群索居。很难想象，有人会坐那辆颠簸的巴士从城里过来看我们，而且我敢打赌，这附近也没有谁来做客。当然，对你来说无所谓，因为——"

"可是有马车啊，"琳达说，"只要你愿意，帕特可以随时载你进城。"

这倒是个安慰,毫无疑问,但贝丽尔下意识地总在想些什么,一些她自己也没法说明白的心思。

"哦,好了,不管怎样,死不了人,"她自嘲地说道。她放下空杯子,站起来伸了个懒腰。"我去挂窗帘了。"说完她就跑开了,一路上唱着歌:

我看见几千只鸟儿
在每棵树上高声歌唱……

"……鸟儿在每棵树上高声歌唱……"但当她一走到餐厅,她便不再唱了,脸色也变了,变得忧郁阴沉。

"反正在哪儿都是腐烂,没什么差别。"她烦躁地嘟囔着,把僵硬的铜别针插进红色的哔叽窗帘里。

留在厨房里的两个人沉默了一会儿。琳达的脸倚在手指上,她看着母亲。她想,背对着窗外绿荫的母亲看起来很美。只要看到母亲,就会给她带来安慰,她觉得自己不能没有这种感觉。她需要母亲的身体散发的甜美气味,需要她柔软的面庞和她更加柔软的手臂和肩膀。她爱母亲头发卷曲的样子,前额的发丝是银色的,脖子上的要淡一些,薄纱帽下面一大绺发卷依然是鲜亮的棕色。母亲的手很精致,手指上戴着的两枚戒指几乎与她奶油般的肤色融为一体。母亲总是如此新鲜、如此甘甜。除了亚麻,老太太不能忍受其他贴身衣物,无论冬夏她都用冷水沐浴。

"需要我做什么吗?"琳达问。

"不用,亲爱的。我希望你到花园里去看着你的孩子,但我知道你不会去。"

"我当然会,但你知道伊莎贝尔比我们任何人都更成熟。"

"好吧,可凯齐娅不成熟。"费尔菲尔德老太太说。

"噢,凯齐娅几个小时前被一头公牛追着跑。"琳达边说边把披肩再度裹好。

但事实并非如此,凯齐娅从把网球场和围场隔开来的木栅栏上的小孔望出去,看见一头公牛。但她不大喜欢公牛,于是又折了回来,穿过果园,爬上草坡,沿白皮松小路进入一个乱蓬蓬的、开阔的花园。她可不相信自己会在这园子里迷路。她两次都找到了头一天晚上马车经过的铁大门,然后沿着马车道往房子那头走,但车道两旁有很多小岔路。一侧通往枝干虬结、又高又黑的树林,里面有奇怪的灌木丛,上面长着丝滑扁平的叶子和羽毛般的奶白花朵,如果你摇晃它们,会有成群的苍蝇嗡嗡环绕——这一侧很吓人,也没有花园。这些小径不仅潮湿,而且黏糊糊的,上面布满树根,像是大禽鸟留下的足迹。

但车道另一侧的边缘栽种着高大的黄杨树,分岔小径的两旁也是黄杨树,全都通向幽深缠绕的花丛。山茶花盛开着——白色、深红色、粉色,还有一种小白花,闪光的绿叶穿插其间。紫丁香花丛看不见一片叶子,都被一簇簇白花挡住了。玫瑰也开了——绅士纽扣上佩戴的玫瑰,小小的白玫瑰,但上面飞舞着许多昆虫,没法凑近闻。粉月季花瓣低垂,环绕着灌木丛,粗壮的花梗上开着百叶蔷薇。太阳花总是含苞待放,娇美光滑的粉色花儿层层叠叠地绽开,红花色泽深邃,仿佛凋落后又起死回生。还有一种精致的奶油色花朵,枝干红润而纤细,叶子是鲜艳的朱红色。

那里还有一丛丛万寿竹和各式各样的天竺葵,小植株的马鞭草和淡蓝色的薰衣草丛,其中一个花坛都是长着丝绒眼睛和蛾翼叶子的洋葵。还有个花坛全是木犀草,另一个种满了三色堇——花坛周围环绕着重瓣和单瓣的雏菊,还有她从未见过的五花八门的簇生小植物。

火把莲比她人还高,日本向日葵长成了小型丛林。她坐在黄杨树路边,压实土,做出一个舒服的座位。

可里面尘土太多了！凯齐娅弯腰看了看，打了个喷嚏，揉了揉鼻子。

她发现自己正站在连绵起伏的草坡顶上，下面就是果园……她朝下瞅了瞅斜坡，然后仰面躺了下来，尖叫着翻滚下去，滚进一片浓密、缀满鲜花的草地上。她躺着等待眩晕过去，一边想着要回家问女佣要个空火柴盒。她想给外祖母一个惊喜……先放一片叶子进去，上面放一朵大大的紫罗兰，也许在紫罗兰两边分别放上一朵非常小的白色康乃馨，最后在上面撒一点薰衣草，但不要盖住花。

她常常给外祖母制造这样的惊喜，总是非常成功。

"需要一根火柴吗，外祖母？"

"干吗，好吧，孩子，我想我正在找火柴。"于是外祖母缓慢地拉开火柴盒，看到里面的景象。

"天啊，孩子！你太让我吃惊了！"

"我每天都可以来这里给她做一个。"她想，踩着滑溜溜的鞋从草地上爬起来。

回家路上，她经过车道中间的环岛，这个小岛把车道分隔成两条"手臂"，最后在宅子前会合。岛上杂草丛生，除了一株巨大的植物什么也没长，这株植物的灰绿色叶片十分厚实，上面有刺。有些叶片已十分苍老，不再向空中舒展，而是折回来，裂开或折断，还有一些平躺在地上，枯萎了。

这究竟是什么呢？她之前从未见过类似的植物。她站在那里盯着它看，然后看到母亲沿着小路走过来。

"妈妈，这是什么？"凯齐娅问。

琳达抬头看了看这株硕大、伸展的植物。它的叶片冷峻，茎条饱满，高悬在她们头顶上，仿佛静止凝固于半空中，却又牢牢抓住它所生长的土地，好像它下面长的不是根，而是爪子。卷曲的叶片里仿佛藏着什么，枝条茫然插进空中，似乎任何风也不能撼动它。

"这是芦荟，凯齐娅。"她母亲说。

"它会开花吗？"

"是的，凯齐娅，"琳达低头朝她微笑，半闭上眼睛，"每一百年一次。"

7

下班回家的途中，斯坦利·伯内尔让马车停在杂货铺边上，他跳下去买了一大罐牡蛎。然后又在旁边的华人商店买了一个熟透的菠萝，他看到旁边有一篮子新鲜的樱桃，便让约翰给他称了一磅。他把牡蛎和菠萝塞进前座下的箱子内，手里拿着黑莓。

杂务工帕特从驾驶座上跳下来，再次帮他盖好棕毯。

"抬一下脚，伯内尔先生，我把下面塞好。"他说。

"好的！好的！棒极了！"斯坦利说，"直接回家吧。"

帕特轻轻抚摩了一下灰色母马，马车向前跃出去。

"我敢说这个伙计一定是个很棒的人。"斯坦利想。他喜欢帕特坐在前面的样子，穿着棕色外套，戴着棕色礼帽。他喜欢帕特给他塞好毯子，也喜欢他的眼睛。他一点也不卑躬屈膝——斯坦利最讨厌卑躬屈膝。帕特看上去对他的工作很满意——乐乐呵呵，心满意足。

灰马跑得很利索。伯内尔迫不及待地想出城，想回家。啊，住在郊外真是太美妙了——一下班就立即离开洞穴般的闹市，奔驰在新鲜温暖的空气里，笃定地知道另一端就是自己的家，有花园和围场，还有三头上乘的母牛，成群结队的禽鸭，一切美满如意。

他们终于离开了市区，轻快地驶上一条僻静的道路，他的心欢欣雀跃起来。他从袋子里拿出黑莓，一次吃上三四粒，把果核抛到马车外。黑莓十分美味，果肉饱满清凉，表皮没有一个斑点和伤痕。

瞧瞧这两粒——一面黑，另一面白——完美！一对小巧玲珑的连体婴儿。他把它们插在纽扣孔里……咳，他倒是不介意给前面这位伙计一小把——算了，先不给吧。最好等他跟着自己更久一些。

他开始计划星期六下午和星期日的安排。星期六他不想去俱乐部吃午餐。没错，需要尽快远离办公室，让她们在家里给他准备两片冷肉、半棵莴苣。接下来，他会从城里邀请几位朋友，下午来家里打网球。不要太多——最多三个。贝丽尔的网球也打得不错……他伸直右臂，慢慢弯曲，感受一下肌肉……泡个澡，好好按摩一下，晚餐后在阳台上抽支雪茄……

星期日早上，他们会去教堂——孩子们和其他所有人。这倒提醒他了，他得租条长凳，最好在太阳底下，尽量靠前，好避开门口吹来的风。在想象中，他听到自己悠扬地吟诵："当你战胜了死亡的狡黠，你就向所有信徒打开了天国。"他仿佛看到长凳的一角齐齐整整地贴着镶铜边的名牌——斯坦利·伯内尔先生一家……余下的一整天，他会和琳达四处闲逛——他们在花园里散步，她挽着他的胳膊，他跟她细聊下一个星期他的工作计划。他听见她说："亲爱的，我认为这样再明智不过了……"跟琳达聊工作颇有帮助,尽管他们很容易偏离主题。

真该死!他们慢了下来。帕特又一次放下了刹车。咳!真烦人。他感觉心窝上被拽了一下。

每次伯内尔快到家时,总会感到一股恐慌袭来。在还没进大门前,他就冲着他看到的每个人大喊:"一切都好吗?"直到他听到琳达说:"嗨!你到家啦?"他悬着的心才落下来。住在郊外就这一点最不方便——要花上很长时间回来……可现在她们离得不远了。她们就在最后一座山坡顶上;现在一路都是柔和的坡道,还剩下不到半英里路。

帕特收紧马后背的缰绳,轻声哄它:"吁——吁——"

还有几分钟太阳才落山。一切都纹丝不动,沐浴在金属般明亮的光辉中,两边的围场散发着草地浓郁的奶香味。铁大门开着。马车猛地冲进去,驶上车道,绕过环岛,在平台正中央停了下来。

"马儿还让您满意吗,先生?"帕特说。他从驾驶座上下来,朝主人咧嘴一笑。

"非常满意,帕特。"斯坦利说。

琳达从玻璃门后走出来,她的声音划破幽暗的宁静。"嗨！你到家啦？"

一听到她的声音，他立刻心潮澎湃起来，几乎按捺不住自己，他跳上台阶，一把将她抱进怀里。

"是啊，我到家了。一切都好吗？"

帕特拉着马车从侧门出去，外面连着庭院。

"稍等，"伯内尔说，"把那两只袋子给我。"然后他对琳达说："我给你带了罐牡蛎和一个菠萝。"他说话的口气仿佛给她带回来了大地所有的丰收。

他们走进门厅。琳达一只手拿着牡蛎，一只手拿着菠萝。伯内尔关上玻璃门，把帽子取下来，双臂环绕着她，把她搂进怀里，吻她的额头、耳朵、唇和眼。

"天哪！天哪！"她说，"等等。我得把这些碍事的东西放下，"她把那罐牡蛎和菠萝放在一把雕花小椅子上，"你的纽扣孔里是个什么——樱桃？"她将它们取下来，卡在他耳朵上。

"别乱放，亲爱的。这是给你的。"

她又从他耳朵上取下来。"你不介意我先留着吧，先吃了我就没胃口吃晚餐了。过来看看你的孩子们，她们在喝茶。"

育儿室桌上的台灯亮着。费尔菲尔德老太太正在给大家切面包、涂黄油。三个小女孩坐在桌边，每个人都穿着绣着各自名字的大围兜。她们的父亲进来时，她们把嘴擦干净，等候亲吻。窗子敞开着，插满野花的罐子搁在壁炉上，台灯在天花板上投下硕大柔和的光晕。

"您看起来挺舒坦，母亲。"伯内尔说，对着灯光眨了眨眼。伊莎贝尔和洛蒂坐在桌子两边，凯齐娅在桌子尾端——上座空着。

"那是我儿子该坐的位子。"斯坦利想。他紧拥了一下琳达的肩。老天爷，他如此快活，真是傻里傻气！

"是啊，斯坦利。我们都很舒坦。"费尔菲尔德老太太说，将凯齐娅的面包切成手指大小。

"这里比城里好吗——哈，孩子们？"伯内尔问。

"噢，是的。"三个小姑娘说。伊莎贝尔略加思索，补充了一句："真是太感谢您了，亲爱的父亲。"

"上楼吧。"琳达说，"我给你拿拖鞋。"

楼梯太狭窄，他们没法挽着手上楼。卧室里光线很暗。她在大理石壁炉上摸着火柴，他听见她的戒指碰到大理石的声音。

"我有些火柴，亲爱的。我来点蜡烛。"

可他走到她身后，再次环抱着她，把她的头压在自己肩上。

"我就是没由来地高兴。"他说。

"是吗?"她转过身来,把手放在他胸前,抬头望着他。

"我也不知道中了什么邪。"他申明。

外面很暗了,浓重的露水降了下来。琳达关窗时,指尖碰到凉丝丝的露珠。远处一只狗在叫。"我想今晚有月亮。"她说。

她如此说着,手指上已浸染湿冷的露水,似乎感觉到月亮已经升起来了——而她正奇怪地暴露于一汪清冷的月光下。她打了个寒战,离开窗边,在斯坦利旁边的软凳上坐下来。

* * *

餐厅里炉火摇曳,贝丽尔坐在脚垫上弹吉他。她刚洗完澡,换好衣服。此时她穿着一条带黑点的白棉布裙,发梢别着一朵黑丝玫瑰。

大自然已经休憩了,挚爱
看哪,只剩下我们。
给我你的手,挚爱,

轻握在我手中。

她弹着,似乎在对自己倾诉,因为她一边弹唱一边注视着自己。炉火在她的鞋面上微微闪烁,在红色的吉他琴箱上闪烁,也在她白皙的手指上闪烁……

"我若是从窗外望进来,看到自己,肯定会印象极深。"她想。她更加轻柔地拨弄和弦——但不再唱歌,只是聆听。

"……我第一次见到你,小姑娘——啊,你却不知道你并不孤单——你坐在那儿,脚搁在垫子上,弹着吉他。上帝啊,我永远无法忘记……"贝丽尔猛然一甩头,再度唱起来:

连月亮也倦了……

门砰的一声被撞开了。女佣红扑扑的脸庞伸进来。
"抱歉,贝丽尔小姐,我来放东西。"
"当然可以,艾丽斯。"贝丽尔说,声音冷冰冰的。她将吉他放进墙角。艾丽斯拿着一个很重的黑铁盘闯进来。

"瞧,我得盯着烤炉,"她说,"可不能让东西烤焦了。"

"当然!"贝丽尔说。

真讨厌,她受不了这傻姑娘。她跑进昏暗的客厅,来回踱步……哎,她觉得烦躁不安,烦躁不安。壁炉架上有面镜子。她用胳膊倚着架子,凝视着镜子里那个苍白的影子。她很美,可没人看见,没有人。

"你为什么要这么痛苦?"镜子里的脸说,"你不是生来就是为了受苦……笑一下!"

贝丽尔微笑起来,的确,她的笑容如此可爱,她不禁又笑了——但这次是她没忍住。

8

"早安,琼斯太太。"

"哟,早安,史密斯太太。很高兴见到您。您带孩子们来了吗?"

"是的,我带了双胞胎过来。上次见面之后我又添了个宝宝,但她出生得很突然,还没来得及给她做好衣服。所以我把她留在家里了……你丈夫还好吗?"

"噢,他很好,谢谢您。有一次,他得了重感冒,但维多利亚女王——我的教母,你知道——给他寄了一箱子菠萝,马上治好了。那是您雇的新用人吗?"

"是的,她叫格温。才跟了我两天。噢,格温,这是我的朋友,史密斯太太。"

"早安,史密斯太太。午餐还有十分钟准备好。"

"您大可不必跟用人介绍我,我直接和她说就行。"

"嗯,可她也不算是用人,更像是家务助理,这个职位总得要介绍一下,比如塞缪尔·约瑟夫斯太太就有一个。"

"哦,没关系。"女佣漫不经心地说,她正用半块裂开的晾衣夹拍打巧克力蛋奶酱。水泥台阶上,午餐香喷喷地烤着。她给花园里的粉色长凳上搭上一块布,又在每个人前面放上两个洋葵叶形状的盘子、一个松针形的叉子和一把嫩枝形的小刀。荷包蛋旁边的月桂叶上摆着三朵雏菊,几片切成紫色花瓣状的冷牛肉,一些用面团、水、蒲公英籽揉成的小肉饼,十分可爱。另外,还有巧克力蛋奶酱,直接用烹饪蛋奶酱的鲍鱼壳盛着分发给大家。

"你不用操心我的孩子们,"史密斯太太礼貌地说,"但是要麻烦你把这个瓶子用水龙头灌满——要去牛奶场那边。"

"噢,好的,"格温说,同时悄声问史密斯太太,

"我可以去问艾丽斯要一点真的牛奶吗?"

有人在宅子前招呼大家,午餐聚会便解散了,徒留可爱的餐桌、肉饼、荷包蛋,供蚂蚁和一只老蜗牛享用。花园凳子边缘的老蜗牛,伸直了颤动的触须,开始一点点轻咬洋葵叶盘子。

"到前面来,孩子们。皮普和拉各斯来了。"

来的客人是特劳特家的男孩子们,也就是凯齐娅之前跟店老板提到过的表兄弟。他们住在一英里外的一座叫作猴树屋的宅子里。皮普在他这个年纪个子算挺高的,黑发细软,面庞苍白,但拉各斯却很瘦小,脱掉衣服后肩胛骨突起,像两只小翅膀。他们养了条长着淡蓝色眼睛和长尾巴的混种狗,这只狗翘着尾巴跟着他俩去任何地方,他们管它叫斯努克。他们一半的时间都在给斯努克刷毛,给它喂皮普勾兑的各种可怕的混合物,皮普偷偷把这东西储藏在一个破罐子里,上面盖上旧壶盖。哪怕忠心耿耿的小拉各斯也不知道这些混合物的机密……可能是用一些碳制牙粉和一小撮碾细的硫黄粉混在一起,也许再加上一点淀粉,让斯努克的毛质更加硬挺……但这并不是全部的原料。拉各斯私底下猜测,剩下的配料大概是火药……但他从不被允许帮忙混合原材料,因为很危险……"当然不能啦,如果这玩意儿有一星半点儿飞进你眼睛里,你这辈子就瞎了,"皮普边说边用铁勺搅拌着,"而且,总有可能——听着,只是有可能——爆炸,如果你敲得太猛了……只消两匙这东西,放进煤油罐,就能炸死几千只跳蚤。"但斯努克平时无非东咬咬西闻闻,浑身臭得要命。

"这是因为它是只名贵的斗犬,"皮普总会说,"所有斗犬都很难闻。"

在城里的时候,特劳特家的男孩子常和伯内尔家的孩子一起玩,但现在,她们搬进了这座精美的花园宅子,他们不由得变得非常友好。但他俩也喜欢和女孩子玩耍——皮普喜欢捉弄她们,洛蒂很容易受到惊吓;拉各斯的原因却很丢人,他喜欢洋娃娃。他多么深情地看着洋娃娃,当它睡着了似的,对它轻言细语说话,对它腼腆地微笑,如果她们让他抱着娃娃,那对他来说简直是享受……

"手臂绕过来抱她,别这么僵硬。你会摔着她的。"伊莎贝尔厉声说。

这会儿他们站在阳台上,斯努克想进屋,他们不让它进去,因为琳达姨妈讨厌大狗。

"我们和妈妈一起搭公共汽车来的,"他们说,"下午我们和你们一起玩吧。我们给琳达姨妈带了姜饼。我们家明妮做的,上面全是坚果呢。"

"我剥的杏仁,"皮普说,"我从一锅滚水里把杏仁捞出来,稍微捏了捏外壳,果仁就飞出来了,有些飞到天花板上啦。拉各斯,是不是?"

拉各斯点点头。"当她们在我们家里做蛋糕的时候,"皮普说,"我们都待在厨房里,我和拉各斯两个,我拿碗,他拿勺子和搅蛋器。松糕最棒,全是泡泡。"

他跑下露台的台阶,一路跑到草坪上,把手伸进草里,向前匍匐下去,可就是没倒立起来。

"草坪里头坑坑洼洼的,"他说,"得在一块平坦的地上倒立。在我们家,我可以头着地绕着猴树屋走一圈。是不是,拉各斯?"

"差不多吧。"拉各斯小声说。

"那你在平台上倒立吧。那里很平坦。"凯齐娅说。

"不行,傻瓜,"皮普说,"你得找个软的地方。因为稍微动一下你就会跌倒,你脖子上有个东西会咔的一声,然后就断了。爸爸告诉我的。"

"哦,那咱们来玩点什么吧。"凯齐娅说。

"太好了,"伊莎贝尔迅速提议,"我们来开医院。我来扮护士,皮普可以当医生,你、洛蒂和拉各斯当病人。"

洛蒂不想玩这个,因为上次皮普不知给她喉咙里挤了点什么东西,弄得她非常疼。

"噗,"皮普嘲笑她,"不过就是挤了点橘子皮汁儿。"

"嗯,那咱们玩过家家吧,"伊莎贝尔又说,"皮普可以当爸爸,你们都当我们的乖宝宝。"

"我讨厌过家家,"凯齐娅说,"你总是让我们手拉手去教堂,然后一起回家睡觉。"

突然皮普从口袋里掏出一条脏兮兮的手帕。"斯努克!过来!"他喊。但跟往常一样,斯努克夹着尾巴想逃走。皮普一下子跳到它背上,把它夹在双膝之间。

"让它的头别动,拉各斯!"他说,然后他用手帕绑住斯努克的头,在它头顶上打了个滑稽的结。

"这到底是干吗?"洛蒂问。

"训练它的耳朵跟它的头贴得更紧——看到了吗?"皮普说,"所有斗犬的耳朵都是向后的。斯努克的耳朵有点太软了。"

"我知道,"凯齐娅说,"它们的耳朵内侧老是翻出来。我讨厌那样。"

斯努克趴下来,徒劳地想用爪子把手帕弄下来,但发现没用,于是没精打采地跟在孩子们后面,凄惨地发抖。

9

帕特大摇大摆地走来,手里拎着个小斧子,在阳光下闪闪发光。

"跟我来,"他对孩子们说,"给你们看看爱尔兰国王怎么斩下鸭头。"

他们有些畏缩——不太相信他,而且特劳特家的男孩子从没见过帕特。

"一起去吧。"他好言好语哄着大家,一边微笑着向凯齐娅伸出手。

"是真鸭子的头吗?围场上的鸭子?"

"是的。"帕特说。她把手放进他坚硬而干燥的手掌里,他将斧子插在腰间,另一只手伸向拉各斯。他很喜欢小孩子。

"如果血到处溅的话,我得拉着斯努克的头,"皮普说,"他一看见血就会发狂。"他拉着斯努克头上的手帕跑在前头。

"你觉得我们要去吗?"伊莎贝尔悄声说,"我们又没要求呢,是不是?"

果园尽头是木栅栏,上面开了一扇门。另一头有条陡峭的河堤,向下一直延伸到小溪,小溪上架了一座桥,一旦上了对岸的河堤,就到了围场的边界。第一个小围场里有个马厩改成的家禽棚,又小又旧。鸡群已远远地穿过围场,走到另一边坑洼地里的垃圾场,而鸭群则挤在桥这头的河边。

高大的灌木丛笼罩着溪流,上面垂着红叶黄花的灌木和一串串黑莓。有些地方溪流宽且浅,还有些地方则下陷,蓄出深深的小水池,浮沫漂浮在边缘,水泡不停颤动。一群群大白鸭自在地徜徉在这些水池里,它们沿着岸边游弋,穿梭在杂草间觅食。

白鸭子游来游去,梳理着胸前耀眼的羽毛,旁边还有几只黄嘴鸭,胸前的羽毛同样耀眼,它们倒栽进水里,跟着白鸭子一起游。

"这是一支小小的爱尔兰海军,"帕特说,"瞧那边那只老司令,脖子上有绿毛,尾巴上插了支气派的小旗杆。"

他从口袋里抓出一把谷子,懒洋洋地朝鸡棚走去,将破草帽拉下来挡在眼睛上方。

"哩。哩——哩——哩——哩——"他招呼着。

"呱。呱——呱——呱——呱——"鸭群应和着,朝陆地游过来,扑打争抢着上岸,摇摇摆摆地排成一条长队,跟在他后面。他边哄边佯装撒谷子,拿在手里摇晃着招呼,终于鸭群在他身边围成一个白色的圆圈。

远处的鸡群听到嘈杂声,也从围场另一头奔过来,它们向前伸着头,展开翅膀,像所有家禽那样边跑边咯咯叫,愚蠢地扭动着脚。

然后帕特撒了一把谷子,鸭群贪婪地啄食起来。他弯腰迅速抓起来两只,一边胳膊夹一只,大步朝孩子们走去。鸭子不断牵动的头和圆圆的眼睛吓坏了孩子们——只有皮普不怕。

"来吧,小傻瓜,"他喊,"它们不咬人。它们没有牙,只是嘴上有两个用来呼吸的小孔。"

"我杀这只时,你们可以抱着另一只吗?"帕特问。皮普放开斯努克。"我可以抱吗?我可以吗?给我一只吧。它怎么乱踢我都可以抱稳。"

当帕特把白色的一团塞进他怀里时,他差点喜极而泣了。

鸡棚旁边有半截树桩。帕特抓住鸭子的腿,把它横放在树桩上,几乎同时,小斧子砍了下去,鸭头飞出去了。血喷涌而出,溅在白色羽毛和他的手上。

孩子们一见到血反而不再害怕了。他们围着帕特,开始尖叫起来。甚至连伊莎贝尔也边跳边喊:"血!血!"皮普忘了自己还抱着鸭子,他直接将它抛开,大声嚷着"我看见了!我看见了",然后围着木桩蹦来蹦去。

拉各斯的脸白得像纸,他跑到那颗小小的头颅前,伸出手指似乎想碰一下,又缩回来,然后伸出另一根手指。他浑身战栗。

连洛蒂——吓坏了的小洛蒂,也跟着大笑起来,指着鸭子尖叫:"瞧啊,凯齐娅,瞧!"

"你们看!"帕特喊道。他放下鸭子的身体,它摇摇摆摆地站着——只是头被砍下来的地方喷出一道长长的鲜血;它开始悄无声息地朝河边的陡堤走去……简直是无与伦比的奇观。

"你们看到了吗?你们看到了吗?"皮普嚷嚷着。他在女孩子们中间手舞足蹈,一边拉扯她们的围裙。

"它像个小车头。像个滑稽的小火车头。"伊莎贝尔尖声说道。

但凯齐娅突然朝帕特冲过去,抱住他的腿,用头使劲撞他的膝盖。

"把头放回去!把头放回去!"她凄厉地喊起来。

帕特弯腰想拉开她，可她不松手，也不把头挪开。她拼命拽着帕特的腿，一边抽泣一边喊："头放回去！头放回去！"最后她的哭声听起来像奇怪的打嗝声。

"它停了。它倒了，死了。"皮普说。

帕特把凯齐娅抱起来。她的遮阳帽掉到后面，可她不让他看到她的脸。不，她的脸抵着他的肩胛骨，胳膊环抱着他的脖子。

孩子们停止尖叫，可突然又嚷开了。他们围着死鸭子。拉各斯不再害怕那颗头，他跪下来抚摩它。

"我觉得头还没死，"他说，"你觉得我给它喝点水，它会继续活着吗？"

皮普听了很生气："呸！你真幼稚。"他朝斯努克吹了声口哨，走开了。伊莎贝尔走到洛蒂身边，洛蒂闪到一边。

"你干吗总要碰我，伊莎贝尔？"

"好啦，"帕特对凯齐娅说，"你是个勇敢的小姑娘。"

她抬手碰碰他的耳朵。她摸到了什么。慢慢地，她仰起哆嗦的脸颊看一眼。帕特戴着小小的、圆圆的金耳环。她从未见过男人戴耳环。她非常惊讶。

"它们会晃来晃去的吗？"她沙哑地问。

10

宅子里那间温暖整洁的厨房里,女佣艾丽斯正在准备下午茶。她精心"装扮"了一番,穿了件黑色毛织裙,腋下发出难闻的气味,裹了一条像一大张纸片似的白围裙,用两枚漆黑的别针将蕾丝蝴蝶结卡在发梢。而且她把舒适的拖鞋换下来,穿上一双黑皮鞋,鞋头夹着她小脚趾上的鸡眼,难受得要命……

厨房里很暖和。一只绿头苍蝇嗡嗡飞舞,弧形的白色水蒸气从壶中升起,水冒泡时,盖子哐哐直跳。温润的空气里时钟嘀嗒作响,缓慢、沉着,如同老妇人编织时毛线针发出的咔嗒声,时不时——无缘无故,因为没有一丝风——百叶窗来回摆动,轻敲窗棂。

艾丽斯在做水芥菜三明治。桌上放了块黄油,一条细长的面包,她把水芥菜包在白布里碾碎。

一本肮脏油腻的小书支在黄油盘子旁边,半本书脱胶了,书角卷起,她一边搅拌黄油,一边读着:

"梦见蟑螂拉灵柩,凶兆。预示亲人或爱人丧亡,或为父亲、丈夫、兄弟、儿子、未婚妻。梦见蟑螂倒爬,意为死亡由火灾所致,或从高处跌落,如楼梯、脚手架等。

"蜘蛛。梦见蜘蛛爬上身,吉兆。预示近日发大财。家中有人分娩必为顺产,但怀孕六个月后须忌食贝壳类……"

我见过几千只鸟儿。

哎呀,该死。是贝丽尔小姐。艾丽斯放下刀,将《解梦》塞到黄油盘下面。可她还来不及藏好,贝丽尔已冲进厨房,跑到桌边,目之所及的第一样东西就是那油腻的书角。艾丽斯见她意味深长地轻笑了一下,还挑了挑眉毛,眯起眼睛,似乎她不太明白那是什么。如果贝丽尔小姐问起来,她就答:"不关你的事,小姐。"但她知道贝丽尔小姐不会问。

现实中,艾丽斯性格温和,但她时刻准备好以不可思议的方式顶嘴,尽管她知道没人拿那些问题质问她。就算没机会说出来,只是在心里翻来覆去地编排、咀嚼这些反驳,一样可以给她带来满足。没错,她心烦的时候得靠这些臆想撑下去呢。那种时候她都不敢睡觉时在床边椅子上放盒火柴,以防她在睡梦中气得会把火柴头咬下来——正如你想的那样。

"对了,艾丽斯,"贝丽尔小姐说,"要多来一位客人喝茶，把昨天的松饼热一盘。还得加上维多利亚三明治和咖啡蛋糕。别忘了把小垫子放在盘子底下——行吗？昨天你就忘了，你知道，茶点显得难看又俗气。还有，艾丽斯，别在茶壶上裹上那个可怕的粉绿色套子。那只是早上用的。说实话，我觉得那东西只能搁在厨房——太寒碜了，又难闻。套上日本那个。你听明白了，对吧？"

贝丽尔小姐说完了。

在每棵树上高声歌唱……

她哼着歌走出厨房，对自己管理艾丽斯的果决态度十分满意。

啊，艾丽斯气得发狂。她倒不介意被吩咐，可她受不了贝丽尔小姐跟她说话的口气。噢，她完全受不了。看得出来，她五脏六腑都在痉挛，浑身发抖。但艾丽斯真正讨厌贝丽尔小姐的一点是，她让自己感觉卑微低贱。她以一种特别的语气跟艾丽斯说话，仿佛有些心不在焉，但她从未发过脾气——从来没有。即使艾丽斯摔碎了什么东西或是忘记某件重要事情，贝丽尔小姐也只是一副她早就料到了的样子。

"打扰一下,伯内尔太太,"艾丽斯一边给松饼抹黄油,一边想象自己说,"我不想听贝丽尔小姐发号施令。我也许只是个普普通通的女佣,不会弹吉他,但……"

最后这句回击让她出了口气,怒气平息了。

"唯一的办法,"当她打开餐厅门时听见有人说,"是把整只袖子裁掉,只在肩上缝一块宽大的黑丝绒……"

11

晚上,艾丽斯把鸭子摆在斯坦利·伯内尔面前,那只白鸭子看起来似乎从未有过头。它被涂上油,烤得很漂亮,躺在一个蓝盘子里——两条腿被一条细绳子绑起来,周围摆了一圈小小的肉丸子。

若把艾丽斯和这只鸭子相比,很难说谁的肤色更好看;两者都有同样浓烈的色泽,有同样的光艳和紧实感。艾丽斯的皮肤是火红色的,而鸭子则是西班牙红木色。

伯内尔上下审视餐刀的锋口。他十分满意自己切肉的功夫,自认为手艺一流。他讨厌看女人切肉,她们总是慢吞吞的，而且从不在意切后的肉美不美观。这时他开始切了，他对自己可以切出精致的、厚薄适中的冷牛肉片、羊肉丁感到非常自豪，他也能角度精准地切开一只鸡或鸭……

"这是第一次烹饪家里养的鸭吗？"他问，其实知道这就是家养的。

"是的，肉店老板没来。我们刚知道他一星期只来两回。"

可是一点都不必抱歉。这只鸭子好极了。鲜美得不像肉，而是像一种优质的果冻。"我父亲会说，"伯内尔说，"这一定是那种在还是雏鸟时，鸭妈妈对着它吹德国长笛的鸭子，美妙乐器奏出的甜蜜音符在小家伙心里产生了共鸣……再来点儿，贝丽尔？这个家里只有你和我是对食物有真情实感的人。可以的话，我甚至乐意在法庭上宣布，我热爱美食。"

客厅里，茶点上来了。而贝丽尔不知出于什么原因，在斯坦利回家后一直对他殷勤备至，她提议玩一局克里比奇纸牌。于是，他俩坐到一扇敞开的窗户边的小桌旁。费尔菲尔德老太太离开了，琳达躺在摇椅里，手臂放在头顶，来回摇晃着。

"你不需要灯——是吧，琳达？"贝丽尔说。她将落地灯移过来，自己坐在柔和的灯光下。

从琳达摇椅的角度看过去，那两人看起来很遥远。绿桌子，光滑的纸牌，斯坦利的大手和贝丽尔的小手，一切看似构成了某种神秘活动。斯坦利高大结实、穿着黑西装，悠闲放松，贝丽尔扬起头，噘着嘴。她脖子上束了条新丝带，似乎让她换了模样——改变了她的脸型——但很迷人，琳达心想。房间里弥漫着百合香味，壁炉上摆着两大瓶海芋百合。

"十五点二分——十五点四分——一个对子六分，三张九分。"斯坦利说得很仔细，仿佛在数羊。

"我除了两个对子什么也没有。"贝丽尔说，夸张地表达伤心，因为她知道他喜欢赢牌。

纸牌楔子像两个小人，一起急转弯，然后再次上路。你追我赶。他们并不急于赶路，而更愿意彼此靠近来聊天——靠近，可能仅此而已。

但也并非如此，一个赶上来，另一个总会迫不及待、置若罔闻地跳走。或许白楔子害怕红楔子，又或许因为他冷酷，不给红楔子说话的机会……

贝丽尔在裙子前捆了一把紫罗兰，有一次两只小楔子并列在一块儿，她俯身向前，紫罗兰掉下来，盖住了他们。

"真遗憾啊，"她说，拾起紫罗兰，"本来他们有机会拥抱彼此。"

"永别了，姑娘。"斯坦利大笑起来，红楔子跳走了。

客厅窄长，玻璃门外连着露台。米色壁纸上绘有镀金玫瑰图案，家具都是费尔菲尔德老太太的，暗沉朴实。一架小钢琴靠在墙边，雕花琴身上盖着褶边黄缎子。钢琴上挂着贝丽尔的油画，画面上一大串惊人的铁线莲。每朵花都有小茶托大小，花心如同镶在黑框里摄人心魄的眼睛。但客厅还没完全布置好。斯坦利决定再添一大张沙发和两把像样的椅子。可琳达觉得现在这样已经很好……

两只大蛾子从窗户外飞进来，绕着光晕打转。

"走开，不然就迟了。飞出去吧。"

蛾子一圈圈绕着，安静的翅膀上仿佛乘载着沉默和月光。

"我有两个王，"斯坦利说。"不错吧？"

"好极了。"贝丽尔说。

琳达停下摇椅，站起身来。斯坦利看过来："怎么了，亲爱的？"

"没事。我出去找一下母亲。"

她走出房间，站在楼梯下喊了一声，可母亲的声音从露台那头传过来。

那一轮月亮——也就是洛蒂和凯齐娅在店老板马车上看见的——现在圆了，宅子、花园、老太太、琳达——全都沐浴在令人目眩神迷的月光中。

"我在看那株芦荟，"费尔菲尔德老太太说，"我想它今年会开花。瞧它的顶部。那些是花苞吗，还是月光的效果？"

她们站在台阶上凝望，芦荟所在的那片高高的草梗如浪潮般隆起，而那株植物仿佛驶于波涛之上的一条船，两旁的桨抬了起来。月光皎洁，如水般倾泻于抬起的船桨上，绿波间闪耀着盈盈露珠。

"你也能感觉到吗？"琳达说，她用一种特别的语气跟她母亲说话，像女人之间在夜里的窃窃私语，仿佛在说梦话或是在空荡荡的洞穴中交谈——"你不觉得它正在朝我们驶来吗？"

她想象自己困于冰冷的水中，被这艘举着桨和桅杆的船捞起。这时，船桨飞快地落下。他们远远地划过花园的树梢，划过围场和后面漆黑的灌木林。啊，她听见自己给那些划船的人鼓劲："再快一些！再快一些！"

尤其当她想到她们必须回到宅子里时,那里有熟睡的孩子,斯坦利和贝丽尔在打牌,这想象便更真切了。

"我相信那些就是花苞,"她说,"我们去花园走走吧,母亲。我喜欢那株芦荟,超过这里的任何东西。而且我很肯定,就算很久以后我忘了一切,也会一直记得它。"

她挽着母亲的胳膊,她们走下台阶,绕过环岛,踏上通往正门的主道。

她从下方望上去,可以看到芦荟叶片边缘那些又长又尖的刺,一看到这些刺,她的心立刻变得坚硬起来……她尤其喜欢那些又长又尖的刺……没人敢靠近或跟随这艘船……

"连我的纽芬兰犬也不敢,"她想,"尽管我白天很喜欢它。"

她的确喜欢他,她无比热爱、崇拜、尊敬他。呵,胜过这世上任何人。她对他了若指掌。他是真理和正派的化身,他务实,又十分简单,容易满足也容易受伤……

但只要他不朝她扑过来就好,他像狗似的大声地吠,用迫切、钟爱的眼神望着她。他太强壮了,她孩提时就讨厌任何东西朝自己冲过来。有时他真是非常恐怖——太可怕了。她差点儿没尖声喊:"你会杀掉我的!"那时候,她恨不得骂出最粗鄙难听的话来……

"你知道我很虚弱。你跟我一样清楚,我心脏受不了,医生告诉过你,我随时都可能死掉。我已经生了三个孩子了……"

是啊,是啊,没错。琳达从母亲的臂弯里抽出手来。正因为她爱他、尊敬他、崇拜他,她也恨他。事后他总是对她轻言细语,十分顺从体贴。他愿意为她做任何事,伺候她……琳达仿佛听见自己用微弱的声音问:

"斯坦利,可以点支蜡烛吗?"

她听见他轻快地回答:"当然,亲爱的。"然后他从床上一跃而起,似乎蹦起来要为她摘月亮。

这一刻,一切在她看来都前所未有地清晰。这是她对他全部的情感,一清二楚,其中一种和另一种都实实在在地存在。而这另一种感受——这憎恶,和其余的感受一样真实。她应该将她的感受打包装进小袋子里,送给斯坦利。她渴望给他最后那一袋,吓他一跳。她仿佛看见他打开袋子时的眼神……

她抱着胳膊,无声地笑起来。生活太荒谬了——

可笑，简直可笑。为什么她如此癫狂，非要坚持活下去？的确是癫狂，她一面想着，一面嘲笑自己。

"我这么小心提防，究竟是为了什么？我可以继续生孩子，斯坦利继续挣钱，孩子和花园都变得越来越大，花园里再种上好几支舰队的芦荟，我可以随意挑选。"

她低头走路，对一切视而不见。此刻，她抬头看看周围。她们站在红、白两色的山茶花树旁。色泽浓烈的深色叶子散发着光芒，圆滚滚的花朵栖身其间，像红色和白色的鸟儿。琳达扯下一株美人樱，在手掌中揉碎了，递给母亲。

"很香，"老太太说，"冷吗，孩子？你在发抖？真的，你的手很凉。我们最好回屋去。"

"你刚在想什么？"琳达问，"跟我说说吧。"

"没想什么特别的。刚路过果园，我在想果树长势怎么样，我们今年秋天是不是可以做很多果酱。蔬菜园子里的醋栗树非常茂盛，我今天才注意到。真想看到食物架上塞满咱们自己做的果酱……"

12

亲爱的娜恩：

我一直没工夫写信，别说我是懒猪，我一点闲暇都没有。亲爱的，即使现在我也精疲力竭，连笔都要握不了了。

唉，最麻烦的事已经弄完了。我们真的离开热闹的市区了，而且看来再也不会再搬回去了，因为姐夫已经将这座宅子"一揽子"买下来了——用他的话来讲。

当然，某种意义上，我也松了口气，自从我和他们住在一起，他一直威胁着要搬到乡下去——我得说，现在的宅子和花园非常好——比原来城里那鸽子笼好无数倍。

但我被埋葬在这里了，亲爱的。说"埋葬"可能也不对。

我们也有邻居，不过他们都是当地的农民——是些粗鄙的小伙子，整天在挤奶，还有两个难看的女人，长着龅牙，我们搬家那天她们拿了些烤饼来，还说她们乐意帮忙。我还有个姐姐，住在一英里外，但在这里她谁也不认得,我打赌之后我们也不会认得谁。显然,不会有人从城里过来看我们,虽然有辆公共汽车,但哐啷哐啷响,破旧得要命,两边座位还包着黑皮革,任何一个体面人都打死也不愿意坐六英里过来。

这就是生活。这就是可怜的小贝的悲惨结局。出不了一两年,我就会变成一个邋里邋遢的女人,穿件雨衣,戴顶水手帽,上面绑着丝绸的白面纱,我就是这副打扮过来看你。真漂亮。

斯坦利说,既然现在我们安顿下来了——这可是我一生中最累的一个礼拜,总算安顿好了——他打算邀请几个俱乐部的朋友星期六下午过来打网球。今天来了两个人,这原本是桩美事。但是,我的天啊,你是没看到斯坦利俱乐部里的那些人……大腹便便,如果不是穿着西装背心,看上去一定邋里邋遢的那种人——脚趾一直转来转去——穿着白球鞋在网球场上走动,太打眼了。而且他们不停地拽裤子——然后乱挥球拍,一个球也接不到。

我去年夏天跟他们在俱乐部里打过球,

跟你说,去了三次后他们都管我叫贝丽尔小姐,我打赌你一下就能明白他们是哪种人。这真是个让人厌倦的世界。不过妈妈爱这个地方,我猜我到了她那把年纪,也会满足于坐在太阳底下往盆子里剥豆角。可现在我不满足——不满足——不满足。

琳达对搬到这儿怎么想,一如往常,我一头雾水。她从来都让人捉摸不透……

亲爱的,你记得我那条白缎裙吧。我把袖子整个拆掉了,给肩部镶了黑丝绒边,还从我姐姐的帽子上取下大朵红色的虞美人缝了上去。效果很棒,但我不知道什么时候才有机会穿。

贝丽尔坐在她卧室里的小桌边写这封信。当然了,某种意义上,这些话都是实情,但换个角度看又全是无稽之谈,她自己连一个字也不信。不,这都不是事实。她似乎感受到那些情绪,但那又不是她真正的感受。

另一个她写下的这封信。那个她不仅让真实的她心生厌倦,甚至令她作呕。

"轻浮愚蠢。"那个真实的她评价道。但她知道她会把信寄走,也会一直给娜恩·皮姆写这种废话。其实,这还算她平时写的那些信件中最不起眼的。

贝丽尔把手肘支在桌上,又读了一遍。信中的声音仿佛从纸上跃然而起,向她倾诉。那声音微弱,像是从电话听筒里传出来,尖厉,滔滔不绝,听上去又有些苦涩。唉,她今天很厌恶这个声音。

"你总是神采飞扬,"娜恩·皮姆说。"难怪男人这么喜欢你。"她会悲哀地加上一句,因为男人对娜恩完全不感兴趣,她是个壮实的姑娘,臀部肥大,面色红润——"不明白你怎么能一直这么活泼,但我想这是你的天性吧。"

瞎扯。废话。这根本不是她的天性。天哪,如果让娜恩·皮姆看见真实的自己,她肯定会吓得从窗子跳出去……亲爱的,你记得我那条白缎裙吧……贝丽尔啪地合上信。

她跳起来,半梦半醒地,移至穿衣镜前。

镜子里站着一位苗条的白衣姑娘——白色哔叽裙,白色丝衬衫,盈盈腰间紧紧系着一条皮带。

她有张心形的脸,眉毛比较宽,尖下巴——但也不是太尖。她的眼睛大概是她最好看的部位,有着奇特、少见的颜色——蓝绿色,瞳孔里有着金色小点点。

她的眉毛浓黑漂亮,睫毛长长的——简直太长了,有人跟她说,当睫毛盖在她脸颊上时,你几乎可以触碰到上面散发的光芒。

她的嘴很大——太大了?其实也还好。下唇有点突出,所以她习惯咬嘴唇,有人告诉她,她这样特别迷人。

鼻子是她五官里最不满意的。倒不是她的鼻子有多难看,但没有琳达的一半儿好看。琳达的鼻子小巧完美。她的鼻子有些宽——不算太糟。但正因为是她自己的鼻子,她总是放大它的难看,她对自己的长相吹毛求疵得要命。此时她用食指和拇指捏着鼻子,扮了个鬼脸……

她的秀发可爱极了。浓密如云。色泽如新鲜的落叶,褐红间点缀一丝淡黄。她把头发扎成辫子,感觉拖在背上像条长蛇似的。她喜欢沉甸甸的辫子把她的头往后拽,也喜欢将它松开,覆盖在她赤裸的胳膊上。"是的,亲爱的,毫无疑问,你真是个迷人的小东西。"

想到这些话,她的胸膛起伏着,深吸一口气,半闭上眼睛。

可她照着镜子,唇边和眼中的笑容却消失了。噢,上帝,她又来这套了,重复地玩着相同的把戏。假的——从来都是假的。给娜恩·皮姆写信的她是假的。

此刻，一个人独处的她，依然是假的。

镜子里的人跟她有什么关系，她又为什么老盯着那个人？她在床边趴着，将脸埋进手臂里。

"唉，"她哀叹道，"我太悲惨了——悲惨到了极点。明知道自己愚蠢、可恨、虚荣，总是在演戏，从来没有一刻是真实的自己。"于是，明明白白地，她看到那个虚假的自己在楼梯上跑上跑下，家里有客人时，她便刻意笑得婉转动人，有男人来吃晚餐，她会站在灯下，让他看见自己头发上的光，如果有人要她弹吉他，她就像小姑娘那样噘起嘴来故作娇嗔。她甚至在斯坦利面前也继续演戏。就在昨晚，在他看报纸时，那个假的她站在他旁边，故意将头靠在他肩上。她将手放在他的手上方，指着报纸上的什么，难道不是为了让他注意他褐色的手衬得她的手多么雪白？

太可耻了！可耻！她的心因愤怒而变冷。"你居然可以一直这么装下去，真厉害。"她对假的自己说。可这都是因为她太惨了——太惨了。如果她是快乐的，过着自己的生活，那么那个虚假的生活便不复存在了。她看到真正的贝丽尔——一个影子……一个影子。那个她闪烁着脆弱无力的光。除了那点微光，她还剩什么？有哪些短促的片刻是真正的她？贝丽尔几乎记得每个那样的时刻。那种时候她会想:"生活丰富、神秘又精彩,我也是丰富、神秘而精彩的。我能做那个贝丽尔吗?我可以吗?怎样才可以呢?是否有什么时刻我不是假的?……"可正当想到这儿,她听到走廊上细碎的奔跑声,门把手吱嘎转动。凯齐娅走了进来。

"贝丽尔姨妈,妈妈问可以请你下来吗?爸爸带了个人回来,午餐准备好了。"

讨厌!她把裙子揉得多皱啊,这么傻乎乎地跪着。

"太好了,凯齐娅。"她走到梳妆台边,往鼻子上扑粉。

凯齐娅也跟过去,拧开一罐面霜闻了闻。她胳膊下夹了只脏兮兮的小花猫。

贝丽尔跑出卧室后,她把猫放在梳妆台上,把面霜罐的盖子卡在猫耳朵上。

"看看你自己。"她煞有介事地说。

花猫大概被镜子里的尊容吓坏了,它往后一仰,翻到地上。面霜的盖子飞到空中,像一枚一便士的硬币一样掉在地毯上打转——但没有摔碎。

可凯齐娅在瓶盖飞起来时就以为它已经碎了,她浑身发烫,把它捡起来,放回梳妆台。

然后她蹑手蹑脚地走出去,又轻又快……

诗歌
Poems

小男孩的梦

A Little Boy's Dream

摇摇晃晃,摇摇晃晃
登上我的小船,启航
扬帆远行,跨越海洋
幼小的我,只身前往。
海面宽阔,波涛澎湃
旅途又远又长。
摇摇晃晃,摇摇晃晃
登上我的小船,启航。

海天之间,海天之间,
甲板之上,静静平躺,
享受片刻小憩。
之前我已拼尽全力
与海盗们背水一战,
将他们个个擒拿归案。
海天之间,海天之间,
甲板之上,静静平躺——

渐行渐远,渐行渐远
离开家乡,离开伙伴,
长路无尽
大海为伴
鱼儿为友。
它们却越游越远
渐行渐远,渐行渐远
离开家乡,离开伙伴。

突然他喊"啊,妈妈!"
惊醒坐直,
摇篮里,
母亲的臂弯,紧紧地,环绕着他。

伦敦的春风

Spring Wind in London

我吹过凝滞的世界,
我吹过海面,
是我,撑开水手的旗帆,
是我,拔起树根。
我向世界发出挑战,
世界必向我躬身。

我驱赶云,跨越天穹,
又似羊群,将它们聚拢;
我是只冷酷的牧羊犬
只顾一直看守。
倘若它们在宁静山谷中徜徉
我便将它们吹上陡峭山岗。

瞧!我藏在树梢,
躲进每个生命;
滑过月亮的黄翅膀,

在野玫瑰上晃荡；
骑着海马的背脊，
还有什么我可以给予？

有个小孩生了病
我会驻足，用手轻抚
窗帘的流苏
然后他会明白
外面的风依然在吹，
……那是个美好的地方。

噢，异乡的陌生人，
看我给你带来了什么。
这场雨——是你脸上的泪；
我告诉你——真切地告诉你
我来自那个被遗忘的国度
那里生长着金荆树——

阵阵狂野的芬芳，散发
自那虬结于墙垣的花。
在那样奇妙、静默的时刻……

枝条伸展攀高
缠绕成浓荫繁茂。
阳光闪烁……掉落

在草丛里的黄色花朵!
你们能感到那金色的雨?
可你俩都抓不住,哎,
(你们尝试了——失败)
一缕回忆,陌生人。所以我经过……
它不会再来。

空中的声音

Voices of the Air

接着,那个珍稀的时刻降临
没来由地,我能够分辨,
空中细小的声音
托于海与风之上,好叫人听见。

于是海与风也应和
叹息,叹息出几个叠音
像低音提琴,乐于奏响
单调的和弦,好让小嗓门吟唱——

小嗓门吟唱、升起
和于光里,可爱轻盈
夹一丝神秘而甜美的讶异
因为听到、发现,那是它们自己的啾鸣——

这样的啾鸣:蜜蜂,蜻蜓,

树叶轻叩，豆荚破壳，
垂下头的草尖，微风拂面，
尖锐快速之音，昆虫悠悠低鸣。

甘菊茶

Camomile Tea

外面的星辰点亮夜空；
海上吹来空茫呼啸的风。
唉！那些小杏花怎么办，
风，正把杏树摇撼。

我极少回忆，一年前，
莱埃那间破陋的村屋里，
他与我这般对坐
啜饮一杯甘菊茶。

轻如羽翼，女巫飞舞，
月亮的犄角清晰可见；
黄水仙下一只萤火虫
小妖精举杯致敬大黄蜂。

我们或许五十岁，或许五岁，
如此惬意，如此亲密，如此智慧！

厨房桌腿边相倚,
我的膝抵着他的膝。

门窗紧闭,炉火颓靡,
水龙头静静地滴
平底锅投影于墙垣,
黑,而圆,清晰可见。

现在我是一株植物，一棵野草……

Now I Am a Plant, a Weed

现在我是一株植物，一棵野草，

弯曲、摆荡

在岩脊上；

这时我是株褐色的长茅

焰火般飘摇；

一枚老贝壳

唱着不变的歌；

漂浮的芦苇；

白花花的石子；

一块骨头；

直至我

重归沙尘，

旋转、飘散

兜转，兜转，

海的边缘

光线忽明忽暗——

日色渐渐黯淡

如果你来,无须说:
"她没在这里等我;
她忘了。"
难道我们不曾在一出戏里
扮演野草、石头、草棘
当陌生的船只经过
和缓,庄严,留下浮沫的漩涡
轻柔退散,在我们家小岛的周遭……
石头上闪烁着浮沫的水泡
像彩虹?瞧,亲爱的!没了,消失。
白帆层层,汇入天际……

爱之悲
Sorrowing Love

又一次,花开了
阳光摇曳,
细微的声响亦不再缄默,
嫩芽绽放,
在平凡低矮的灌木间,骄傲躁动的大树上
跟我来!

瞧,这朵小花是粉色的,
这朵,白色的,
这个珍珠酒杯,供你痛饮
这束,供你悦情
黄色这簇,甘甜似蜜
还有仙境中的钱币
点点银光
草丛间遍地散落
我们穿行而过。

这里有苔藓。它的气味流连
于我冰凉的指尖!
你不要苔藓。这里有株风信子
弱不禁风,死一般苍白。
不属于你,不属于你!
它们生长在山坳
答应我,你不会在那里碰到,
我悲伤的恋人!
难道我们不再有欢笑?
不再嬉戏玩闹?
都是虚空——徒劳!
去罢!

小姑娘的祈祷
A Little Girl's Prayer

赐我一个瞬间,美妙的瞬间
我能俯身瞥上一眼
另一类嫩芽,另一些鲜花,
树上另一种叶片。

我能拥入怀中
与它兄弟相似的轻风,
却更静谧,更轻盈,它微弱的笑
与另一位手足的快乐相应和

湛蓝天际,白云空隙
小小云彩彼此嬉戏。
我凝望它们遥远神秘地玩耍追逐
在另一个浩渺的国度。

请让我听见小鸟的吟唱
寂静所熟知的那首歌曲……

(光明与暗影同声低语,
将这美妙的瞬间拉长,

余音的涟漪似水荡漾
悄无声息,渐渐散开
小姑娘祷告完起身
站在冰凉的地上。)

评论
Reviews

201

214

入港停泊的船

A Ship Comes into the Harbour

《夜与日》——弗吉尼亚·伍尔夫 著

Night and Day—By Virginia Woolf

如今,除了小说,再没有一种写作形式被更加热切而广泛地讨论了。小说的命运将如何呢?一方面,一流的权威告诉我们,小说在死亡;另一方面,同样厉害的权威说,直到此刻,它才刚活过来。评论家们几乎可以划分为两个阵营。给每个阵营同样一本书,一方会对之赞不绝口,而另一方则会齐声批评,每一方的声音都一样洪亮、坚决,却也局限。浏览一下报刊标题就可以发现,世界历史上从未有过如此慷慨的圣火馈赠,同时伴随着无知、愚蠢和乏味的疯狂展示。但在馈赠与困惑的旋涡中,大家的意见似乎达成了共识,即宣称这是一个实验的时代。如果小说死了,那么它将让位于一种崭新的表达方式；如果它继续活着，它必将接受新世界的现实。

事实上，对于我们这些喜爱流连于港湾的人来说，看着新的船只建造起来、旧船只返回以及很多船只正投身于大海，会自然感受到《夜与日》里奇异的景象，船驶入港口，宁静而坚定地停泊于从容的风中。这种奇异感来自她的疏离，她那安静完美的气韵，同时毫无迹象显示她刚完成了一趟危险之旅——伤痕隐匿不见。她卧于船舶之中——向文明致敬，供人们倾慕赞叹。

我们无法不将《夜与日》与奥斯汀小姐的小说相比较。甚至读到某些地方，你会忍不住惊呼，这可不就是当今的奥斯汀小姐！极致典雅、技艺精湛、才华横溢，而最杰出的一点——构思精巧。没有一章你感受不到作者的存在，她的个性、她的视角、她对情景的把控。没有什么是强加于她的，她挑选她的世界，精心选择她的主角，又在他们周遭画出一个生活半径，让他们在界限内生动自由地存在。而当这一切搭建起来后，她继续以非凡的洞察力表达出她的领悟。其结果便是造就了这部特别长的小说，但我们也无法想象它可以以别的形式呈现。闲散的节奏是它的基调，即使读者希望，他也不能将这杯酒一饮而尽。正如奥斯汀小姐的小说，我们似乎被这种风格施了魔法；这就像意识到我们很安全，于是可以将自身交托给作者，相信无论她给我们展示什么，无论展示的内容如何怪异，我们也不会感到害怕或震惊。你可能会说，她的人物是有特权的；我们可以信赖她精致的头脑，让这些人免于危险，让厄运的打击变得温和（如果厄运降临），让他们终究得以辨清方向。伍尔夫夫人的能耐在于，我们绝不能将她的"幸福结局"理解为情感胜过理智。当我们读完奥斯汀小姐的书，搁到一边，她强大的魔力依然笼罩着我们，而伍尔夫夫人小说的控制力则有所消退。那么，是什么让我们心驰神往呢？对奥斯汀小姐而言，首先是她对生活的感悟，其次是她对写作的感悟；而对于伍尔夫夫人，这些感受不断地此消彼长，以至于其中任何一种情感的迫切性都被削弱了。我们阅读时，难以意识到什么是最重要的；只有在事后，尤其是回想起那些小角色时，我们才开始琢磨起来。妇女选举权协会的莎莉希尔、写法语小说的克拉克顿先生、衣着寒碜的老乔安、在杯碟间隙中偷窥的德纳姆太太……没错，这些人物并没有多大的重要性——他们拥有多少生命力呢？我们甚至有一种奇怪的感觉，一旦作者的笔端从他们身上移开，他们便丧失了言语和行为，只有当她再画上一两笔，或是添上隐秘的一句话，他们才能再度活过来。倘若他们一直暗淡模糊，倒也不惹人注意，但作者让其世界沐浴在稳定的光芒中，也将这些人物纳入光照的范围，只不过光打在他们身上，却没能穿透他们。

《夜与日》讲述的是凯瑟琳·西伯里试图让现实世界与所谓的梦想世界——若要赋予它一个好听的名字——相和解的故事。她出身于英格兰最显赫的家族之一。她的外公是"任何一个家族都会夸耀的那枝最美的花"——一位卓越的诗人。凯瑟琳的父亲是著名文人，而她作为独生女，"在所有堂、表亲同辈和其余亲属中享有某种优越的地位"。她优雅、美丽，而她超乎年龄的高度务实和明智的性格更是远近闻名，她只是帮着父母打理切尔西的家，可这项任务并没有耗尽她的精力。相反，在远离切恩道的客厅的地方，她过着自己孤独的幻想生活，那种生活在不同的白日梦之间切换，诸如"在美洲草原上驯服狂野的小马驹，或是在飓风中掌控一艘大船绕过岩石岬角"，或是研究数学。最后这个梦只是她的下意识，却代表着她对家族传统深沉的反抗，反抗锤炼词句和制造（伍尔夫夫人奇怪地称之为"精美散文的混乱、不安以及含混")。

她与各方面看来都十分合适的威廉·罗德尼订婚,这位学者在莎士比亚、拉丁和希腊文领域有着不可否认的造诣,可就在订婚后,她才意识到,如此一来,她便莫名背叛了她的梦想世界——那骑马跨过海滨、穿越葱茏森林的情人。难道生活永远都得打折扣,一如我们所认识的世界,整洁、光鲜、安宁?尽管凯瑟琳并没有写诗的冲动,但她内心深处住着一位诗人,那位诗人让她在拉尔夫·德纳姆身上看到了可以让她为之产生奇异而巨大的激情,仿佛以一束腾跃的火光照亮了两个世界……

我们很好奇,伍尔夫夫人究竟要向读者保守多久这深沉的秘密——凯瑟琳和拉尔夫共享着梦想世界。我们被告知那世界就在那里,并且我们也相信了;但如果书里有比这些暗示——如同精致面纱虚掩着真实——再多一些的描写,我们对这两个人的了解难道不会增加许多吗?……

至于现实世界,西伯里先生和太太、威廉·罗德尼、卡珊多拉奥特维的世界——我们可以在此尽情欣赏作者的精雕细刻。那世界如此遥不可及,在今天的我们看来如此地封闭。还有什么比切恩道上的房子更遥远，它矗立在夜色中，三扇落地窗镶满灯光，拉着的丝绒窗帘，你知道里面有个年轻人在弹奏莫扎特。西伯里太太希望有更多哈姆雷特那样的年轻人前来拜访，德纳姆以他不可思议的身影对着凯瑟琳和罗德尼，而前者站在外面的黑暗中，来回徘徊……

我们曾以为那个世界永远消逝了，在浩瀚的文学之海中再也不复寻得一叶扁舟，对眼下正发生的一切茫然无知。然而，这部《夜与日》出现了，鲜活、崭新、精巧，一部植根于英国小说传统的小说。而这本书让我们惊叹的同时，令我们感觉到衰老和苍凉：我们原本以为再也无缘见到这一类作品！

（1919年11月21日）

两部有价值的小说
Two Novels of Worth

《克里斯多弗与哥伦布》——
《伊丽莎白和她的德国花园》的作者[1] 著
Christopher and Columbus—
By the author of '*Elizabeth and her German Garden*'

《诸如此类》——罗斯·麦考利 著
What Not—By Rose Macaulay

层出不穷的小说关乎年轻女子离家出走之后的命运,如果你仔细想想这些书的性质,会忍不住以为它们都出自被抛弃的父母亲之手。可以想象这样一幅画面:孤单的父母坐在床边,舔舐着他们受伤的骄傲,再依靠可怕的传说来转移痛苦,而那些传说是关于种

---

[1] 伊丽莎白·亚宁(Elizabeth von Arnim, 1866—1941),澳大利亚出生的英国作家,曼斯菲尔德的表亲。

种折磨和苦难无论如何也会压垮无畏却又内疚的浪子。还有谁会在最糟的可能性中获得忧郁的慰藉——想象出一趟甚至连狮子也经历不了的旅途？还有谁会在结尾加上摇篮曲的曲调——又带着莫大的讽刺！——在那宁静而幸福的结局中，无比舒适而恰当，她多半在自己母亲的客厅里结识了一位简单纯朴的好男人？

你也许会想，离家的孩子多半太快乐了，没工夫来证明父母错了。然而，你也会希望他们唱的并非一支无词歌。的确，无论多么娇贵的鸟儿，也不会等到羽翼长到彻底丰满，才离巢飞入阳光中。相反，你会试一下翅膀，只要你十分肯定自己有可以尝试的翅膀，而且你相信，跌倒只是为了再次飞起，所有这些振翅和试飞只是优雅翱翔的短小序章，并不一定是场悲剧。

克里斯多弗和哥伦布，"伊丽莎白"小说里的女主角，一对双胞胎孤儿，她们就是最无意识却耀眼的反例。她们并非自愿出走，而是被她们的亚瑟姨夫——忠心耿耿的英国公民——在战时无情地从英国抛到美国。那时，她们刚满十七岁，年纪尚小，淡金色的头发扎成马尾，还是满脸迷茫。

没错，可怜的姨夫很生气。尽管她们的母亲，亚瑟姨夫的妻妹，教育她们热爱英格兰、弥尔顿、华兹华斯胜过一切,可她们毕竟有一位德国父亲——一位特温克勒家族的后裔。她俩只要一张口,常常带出不体面的"r"口音,立刻会被亚瑟姨夫那些疑心很重、无比爱国的朋友所察觉。这绝不能忍受;亚瑟姨夫不能忍受。他给她们准备好两封推荐信、两百镑、两张二等舱的船票,送她们走了。令人欣慰的奇迹是,她们从出发的那一刻,就得到了发明风靡一时的特威斯特不漏茶壶的那位特威斯特先生的帮助。

设想这两个双胞胎不是双胞胎,而是安娜-罗丝与安娜-菲利斯特斯的合体,而特威斯特先生也没有"与生俱来的母性",我们会禁不住打个寒战。美国一定不会帮她们。面对她们的天真,尚未破碎的稚嫩勇气,这个国家巨大的心脏跳动得又重又快,好奇、怀疑、丑闻的躁动是让它运转的动力;美国转过它宽阔的背,却又回头越过肩膀,投下它冷冰冰的一瞥。那一瞥精确地传递出某种毁灭性的意味,像是警告,如果你只有自己模糊的镜像作为支撑和安慰,那绝不要来美国。这对黯淡的双胞胎就是如此。而你也绝不可能在美国与一位不以此为荣的年轻男性在一起,特威斯特先生就是这般引以为豪,以他身兼母亲的身份。

然而,最终,这对双胞胎大获全胜,甚至连婚礼的钟声也奏响了，可那两个优势，无论多么强大，绝不会是全部缘由。最要紧的，是她们笑对一切——她们嬉笑怒骂成人世界和其中的规则。这才是她们不可抗拒的魅力。

四年冬眠过去后，我们依旧十分昏沉，依旧十分麻木和僵硬；冬天持续了太久；我们如死去一般地沉睡。我们像茫然四顾的动物，"修复期的蜥蜴"，爬回太阳底下。然后，在一片寂静中，我们听见克里斯多弗和哥伦布的大笑声——嘲笑一切。在如此这般的严冬过后，贪欢逐乐难道不是一件残酷的事？但她们自己就是春天。长着圆溜溜的眼睛，甚至走路都有些摇晃，她们在那些可笑的成年人之间游荡，那些大腹便便的冷血人、瘦削年老的窥探者，她们从未想到，在某一瞬间，这些成年人会变成——可能不是狮子——而是恶毒的蟾蜍和蜘蛛。

"伊丽莎白"对于她们的危险感同身受，因为蟾蜍和蜘蛛的心思在她面前像敞开的书本。既然对他们了如指掌，她精细却又不耐烦的笔触就一点也不想浪费在严肃认真地给他们画像上面。她需要的一切，只言片语便可以讲完——一笔带过。我们的任何一位心理型作家大概要用整本书描写特威斯特先生与他母亲的争吵,而她用短短一章便解决了。

在这一点上,便显现出她作为小说家的价值来;她欣喜地意识到自己独到的眼光,并且别无他求。对于她所选择的路径上生长的花朵,她如此地着迷,用双胞胎的话来讲,她甚至无法"腾出一只眼睛"来看看她的邻居。在一个充斥着愤怒的指手画脚的世界里,我们很高兴看到仍有人我行我素地寻找她鲜艳的花环,同时没有忘记喷一两下辛辣的调料,撒一点苦涩的香草,让它不至于甜得发腻。

《诸如此类》,罗斯·麦考利小姐杰出的小型戏剧,在一个完全不同的世界里展开。你不会质疑女主人公——凯蒂·格拉蒙特——所享有的广大自由,而只会钦羡于她对这自由的完美掌控。难道我们不曾奢望,这样出色的人物应该是女商人、女"政治家"、协助管理国家的女性先驱者?麦考利小姐将她呈现在我们面前时,她正供职于头脑部——一个战后设立的庞大机构,用来控制、刺激、奖惩这个国家的脑力者,同时保护"伟大的、未诞生的"知识群体。我们渐渐熟悉这一套精密的分类体系,它在这个时期服务于双重目的:不仅对英格兰每个男人和女人的头脑类型进行注册,还会告诉他或她和谁结婚以及不和谁结婚。格拉蒙特小姐的大脑属于最高级别,被划为"A"级;而头脑部部长尽管拥有非凡的能力,却出于限制婚姻的缘由没有获得合格认证,因为他的家族中存在精神缺陷病史。他被划为"A(缺陷)",面对一言难尽的命运。尽管他们两人是"头脑星期""大脑发展法案""心智训练法"、大规模的"解释运动"等一系列议案与活动的策划者,但他们不满足于仅仅是工作上的伙伴,而将种种障碍只看作靠背的方便栅栏。如同任何两个简单的人,他们相爱了。他们知道"这事一定会在下个星期像春天的鲜花或克莱德工程师那样曝光",于是他们结婚了。可怕的真相让头脑部大受震荡,也毁掉了他们的事业。

从这样赤条条的主旋律中,麦考利小姐又衍生出她别致而欢快的变奏曲。她蓬勃的创造力如此丰盛,似乎对她而言没什么比打造"随意的效果"更轻巧的了,但这些作品的卓越之处在于,每本新书都如上一本那样出人意料。只有当我们细品麦考利小姐出色的幽默感,搭配她精致、敏锐的文风,才会意识到这两种特质兼而有之是多么难得。我们惯于看到的景象,要么是没有骑手的马过于散漫地奔跑,要么是那个极度不知所措、四处寻马的骑士。

更好的阅读

特约监制　潘　良　于　北
产品经理　胡马丽花
特约编辑　张凤涵
营销支持　金　颖　黄筱萌　黑　皮

关注我们

官方微博：@文治图书
官方豆瓣：文治图书
联系我们：wenzhibooks@xiron.net.cn

更好的阅读

女作家写的蠢小说

[英]乔治·艾略特/著
肖一之/译

江苏凤凰文艺出版社

图书在版编目（CIP）数据

女作家写的蠢小说 /（英）乔治·艾略特
(George Eliot) 著；肖一之译. —— 南京：江
苏凤凰文艺出版社，2023.5
（企鹅女性经典. 第一辑）
ISBN 978-7-5594-7356-1

Ⅰ. ①女… Ⅱ. ①乔… ②肖… Ⅲ. ①英国文学－现代文学－作品综合集 Ⅳ. ① I561.15

中国版本图书馆CIP数据核字（2022）第230895号

本书仅限中国大陆地区发行销售

"企鹅"及其相关标识是企鹅兰登已经注册或尚未注册的商标。
未经允许，不得擅用。
凡无企鹅防伪标识者均属未经授权之非法版本。

女作家写的蠢小说

[英]乔治·艾略特 著　肖一之 译

责任编辑	周颖若
特约编辑	张凤涵
装帧设计	索　迪
出版发行	江苏凤凰文艺出版社
	南京市中央路165号，邮编：210009
网　　址	http://www.jswenyi.com
印　　刷	三河市中晟雅豪印务有限公司
开　　本	700mm×980mm　1/32
印　　张	8.625
字　　数	130千字
版　　次	2023年5月第1版 2023年5月第1次印刷
书　　号	ISBN 978-7-5594-7356-1
定　　价	238.00元（全8册）

江苏凤凰文艺版图书凡印刷、装订错误可随时向承印厂调换

目录

关于乔治·艾略特　　　　　　　　　　I

小说
吉尔福尔先生的爱情故事　　　　　3

杂文
女作家写的蠢小说　　　　　　　　215

信件
我是如何开始写小说的　　　　　　261

关于乔治·艾略特
About George Eliot

1846 乔治·艾略特将德国哲学家大卫·弗里德里希·施特劳斯的作品《耶稣传》翻译为英文，随后约翰·查普曼出版了英文版《耶稣传》，这是艾略特的首部重要文学作品。

1851 艾略特搬至伦敦，决心成为作家，开始自己的写作事业。同年，出版商查普曼收购英国杂志《威斯敏斯特评论》(*The Westminster Review*) 后，艾略特加入该杂志担任助理编辑。在艾略特的文章或评论中，她关心下层人民生活，批判宗教机构，对当时的思想潮流发表自己的看法。经他人介绍，艾略特与未来的爱人乔治·亨利·刘易斯相识。

| 1854 | 艾略特与刘易斯决定同居,但因为刘易斯的已婚身份,两人受到当时社会的批判与反对。6月,她从《威斯敏斯特评论》杂志离职。7月,两人前往德国魏玛和柏林调研。在国外期间,艾略特也在不停地翻译巴鲁赫·德·斯宾诺莎的作品《伦理学》。

| 1856 | 艾略特为《威斯敏斯特评论》撰写最后一篇文章《女作家写的蠢小说》。同年,完成《伦理学》的翻译,但此书未能在艾略特生前发表。在艾略特的信件《我是如何开始写小说的》中,她表明自己从9月22日开始小说的创作。

《女作家写的蠢小说》 215
《我是如何开始写小说的》 261

| 1857 | 在2月4日致约翰·布莱克伍德的信中,艾略特首次提出以笔名"乔治·艾略特"发布作品。选择这个笔名是因为"乔治"是刘易斯的名字,而艾略特是"一个不错

的，很正经也很好发音的姓氏"。艾略特使用笔名发表其小说的原因：一是想要摆脱大众对女作家的刻板印象；二是想要将自己的小说作品与翻译作品、评论等区分开来；三是想要保护自己与刘易斯的私生活不被大众窥探。在 5 月 2 日的日记中，艾略特记录了其短篇小说《吉尔福尔先生的爱情故事》受到好评的事情。

《吉尔福尔先生的爱情故事》 3
致约翰·布莱克伍德的信 264

1859　在 7 月 5 日致查尔斯·布雷的信中，艾略特表达了其有关艺术的评论。同年，艾略特出版其第一部长篇小说《亚当·贝德》，小说在当时获得巨大成功。

1880　乔治·艾略特因病去世。

小说
Short stories

吉尔福尔先生的爱情故事
Mr. Gilfil's Love Story

第一章

老吉尔福尔先生过世——已经是三十年前的事了——当时谢珀顿全村都陷入了悲恸中,如果不是布道坛和读经台周围都已经挂起了黑布——这是他的外甥也是继承人下的令——教区居民们肯定情愿自己掏腰包凑出够数的钱,也不愿失了这么个致敬的礼数。全体农夫的妻子都找出了自己邦巴津斜纹绸的黑衣服;可詹宁斯太太,因为她在吉尔福尔先生过世的第一个周日就打上鲑鱼红的缎带、披上了绿色披肩出现在码头酒馆里,引得人说出了最重的话。没错,詹宁斯太太是新来的,还是在城里长大的,所以不太可能指望她非常清楚什么是合乎礼数的。但是,就像希金斯太太在她们从教堂里出来时压低声音对帕罗特太太说的那样:"她丈夫,可是生在教区里的,本来该好好告诉她的。"在希金斯太太看来,不情愿在所有可能的场合穿黑衣服,或者太急着把它脱掉,说明的是品行上危险的轻浮和对行事得体近乎反常的迟钝。

"有些人就是受不了要脱掉她们的亮色衣服,"她说,"可我家从来不是那样的。嘿,帕罗特太太,从我结婚到希金斯先生过世,到明年圣烛节[1]那就有九年了,我拢共就两年没穿黑衣服!"

"啊,"帕罗特太太说,她意识到了自己在这方面不如希金斯太太,"像您家那样死过那么多人的家庭可不多,希金斯太太。"

作为一位"继承遗产颇丰"的老寡妇,希金斯太太自满地想,帕罗特太太说的不过是实话,詹宁斯太太也很可能真来自一个没几场葬礼好吹嘘的家庭。

就连脏兮兮的弗里普老婆婆——她本来是绝少在教堂露面的人——都去哈克特太太家讨了点旧黑纱,然后把这个致哀的符号别在她的小煤斗帽[2]上,还叫人

---

[1] 每年2月2日,为纪念圣母玛利亚产后40天带着耶稣前往耶路撒冷去祈祷。——编者注

[2] Bonnet,英国18—19世纪常见的女帽,大帽檐会罩住整张脸,靠下巴上系的丝带固定。此处的小煤斗帽因形似当时铲煤的小铲子而得名,是中下层女性常戴的帽形。(若无特殊说明,书中脚注均为译者注。)

看见她冲着读经台屈膝行礼。弗里普老婆婆向吉尔福尔先生表示致敬和神学没有任何关系，而是因为一件很多年前发生的事情。我很抱歉地说，这件事并没有让这位脏兮兮的老婆婆对神的恩典多明白一分。弗里普老婆婆养水蛭[1]，而且众人皆知她是如此擅长操控那些倔强的动物，可以让它们在最不理想情况下开口咬上去，于是尽管她的水蛭常常被人拒绝，因为人们疑心它们已经没胃口了，她本人却总是被叫去使唤那些皮尔格林先生的诊所提供的更活泛的家伙，尤其是当——常常如此——那位聪明先生的某位付钱的主顾炎症发作的时候。就这样，弗里普老婆婆，除了据说一周要挣至少半个克朗的"地产"之外，还有职业诊费收入，诊费的总数被她的邻居们粗略地估计为"好多好多镑"。除此之外，她还在嗜好美食的顽童那里经营着兴旺的棒棒糖生意，这些家伙冒冒失失地照着成本的百分之两百的价格购买这个奢侈品。尽管有着许多名声在外的收入来源，这位无耻的老太太还是一直嚷嚷着自己很穷，在哈克特太太那儿讨东讨西。虽然哈克特太太总是说弗里普老婆婆"虚伪得就跟两个人

---

[1] 在欧洲，人们利用水蛭治疗各种疾病。17—19世纪，水蛭放血疗法在欧洲大陆掀起热潮。——编者注

一样",而且根本就是个守财奴和异教徒,但她作为老邻居还是对老婆婆有所偏心。

"那个厚脸皮的老朱迪又来讨茶叶了,"哈克特太太会说,"我就是个傻蛋,把茶叶给她,人家莎莉一直都要用茶叶来扫地的!"

在一个暖和的周日下午,吉尔福尔先生在尼布利完成工作,穿着长靴套着马刺悠闲地骑马回来时,看到的就是这样的弗里普老婆婆。她坐在自己茅屋旁边的一条干沟里,身边是一头很大的猪。这头猪带着专属于"完美友情"之间的那种自信与放松的神情趴着,把头枕在她腿上,除了时不时哼哼一声,没有别的要装出亲近人的样子。

"哟,弗里普老婆婆,"牧师说,"我都不知道你养了这么大头猪。你到圣诞节的时候能吃上顶好的培根了!"

"哎呀,上帝啊,可不能这样!我儿子两年前把它给了我,然后它一直跟我做伴呢。我可狠不下心来和它分开,就算我再也品尝不到猪油的味道也不行。"

"嚯,它能把自己的头吃掉,还能把你的也吃了。你怎么能一直养着一头猪又不拿它派上点用场呢?"

"噢,它自己能找点吃的,拱拱地什么的,我也不介意挨点饿分它点吃的。有个活物陪着也和吃肉喝酒一样紧要的，它还会到处跟着我，我和它说话它还会哼哼，活脱像个基督徒一样。"

吉尔福尔先生大笑起来，而我也不得不承认他就此和她道了别，没有问弗里普老婆婆为什么她没去过教堂或者做出一点点于她的精神有教益的举动。但第二天，他让自己的仆人大卫给她送了一大块培根，还带了个口信说，牧师想要保证弗里普太太能再次尝到猪油的滋味。正因为如此，当吉尔福尔先生过世之后，弗里普太太才用我上面提过的简陋方式表达了她的感激和敬意。

你应该已经怀疑这位牧师在履行自己的精神职责上并不是很出色。没错，在这个方面我最多能为他辩解的就是，他在完成这些责任时一心只在意简短和高效。他有一大堆简短的布道词，很是有点发黄，页角也卷起来了，他每周日都从中选出两篇来，为了在选择的时候保证绝对公平，他都不管题目，依次随手拿起就是。早上在谢珀顿拿其中的一篇布过道之后，他骑上马，兜里揣着另一篇就急匆匆地赶到尼布利。他在那里的一个漂亮的小教堂里主持仪式，教堂地面铺着棋盘格的石板，曾经在武装修士的铁鞋之下当当作响，高大的天花板上有一簇簇的家徽，没有鼻子的大理石战士和它们的妻室占了好大一块地方，墙上的壁画还画着脑袋都朝向一边的十二使徒，举着写有箴言的缎带。在这儿，他总是会犯心不在焉的毛病。吉尔福尔先生有时在穿法衣之前会忘记把马刺摘下来，只有当他踏上读经台，觉得有什么神秘的东西在扯着他衣服的后摆时，他才会意识到自己的疏忽。然而尼布利的农夫们情愿数落月亮的不是，也不愿批评他们的牧师。他就是自然的一部分，就像市场、收过路费的税卡还有脏兮兮的钞票一样，而且作为一个牧师，他要他们给予的尊重从来都没有被对他们钱袋令人恼火的要求抵消过。某些农夫——那些享受不成没有弹簧的篷车的舒适的人——会比平常提前半小时吃午饭——也就是说，十二点——就为了留够时间好在泥泞的路上长途跋涉，好在两点整的时候站到自己的位置上。这时奥尔丁波特先生和费利西娅夫人——对他们而言尼布利的教堂算是个家族礼拜堂——会在他们的附庸的鞠躬和屈膝礼中朝着高坛上那个雕花有木顶的座位走去，边走边在教众们迟钝的鼻孔里散布着印度玫瑰高雅的香气。

农夫的妻子和孩子们坐在黑色的橡木长凳上，但丈夫们通常会选择十二使徒之一下面的某个与众不同的合唱团席位。在那里，当祈祷和回应的交替对话变成布道惬意的独奏之后，人们或许可以看到或者听到一家之主们在舒适小憩的声音，他们总是毫不失误地在结尾的荣耀颂声响起时醒来，然后再沿着泥泞的道路回家。他们从这每周一次的简单崇拜里学到的善恶知识或许不亚于今日许多更清醒更有判断力的教众。

吉尔福尔先生在他晚年时也习惯了仪式结束就回家，因为他已经放弃了周日在尼布利庄园用晚餐的习惯。我很抱歉地说，这是因为他和奥尔丁波特先生结结实实地吵了一架，活跃在阿莫斯·巴顿先生[1]时代的那位奥尔丁波特先生是这位的堂亲和继任者。这次争吵是件难过的憾事，因为这两位在年轻时曾多次一起享受过打猎的快乐，而在那段他们彼此友好的时光，猎队里有不少人都忌妒奥尔丁波特先生能和自己的牧师如此交好。因为，就像贾斯帕·西特韦尔爵士说的："除了老婆，没有人再能比你的牧师更惹人烦心的了，他们老是在你自己的地盘上，晃荡在你的鼻子底下。"

我想导致绝交的最初分歧是非常不值一提的，但

---

[1] 这篇小说选自乔治·艾略特的第一本小说集《牧师生活图景》，阿莫斯·巴顿是书中的第一个故事《阿莫斯·巴顿牧师的不幸》中的主人公。

吉尔福尔先生极其爱挖苦人,他的讽刺有种他的布道词里非常缺乏的创意;而鉴于奥尔丁波特先生的美德护甲上有些不小又明显的缺口,这位牧师锐利的反驳可能割得太深,所以让人不能原谅。这至少是哈克特先生讲述这件事时的说法,他和大家一样都是听说的。因为就在争吵之后的那一周,当他主持在奥尔丁波特徽记酒馆举办的缉捕罪犯协会[1]的年度宴会时,他给当天的欢快气氛加了点刺激的料,告诉在座的人"牧师用他舌头的糙面舔了老爷一通"。就算是发现了那个或者那些偷走了帕罗特先生家奶牛的贼,也不能让谢珀顿的佃农们更开心了,因为在他们眼里,奥尔丁波特先生这个地主实在臭不可闻。他在粮食跌价时涨了租子,还一点也没被本地报纸里的文章刺激到要去效仿别的地主,报纸里写尊敬的奥古斯都·佩尔韦尔先生或者布来瑟尔子爵都在最近的收租日里把一成的租子退了回去。事实是,奥尔丁波特先生一丝一毫要去参选议员的心思都没有,但他要光大自己没有限嗣继承[2]的

---

1 当时英国没有现代警察体系,维持治安抓捕罪犯依靠的是类似的民间组织。
2 英国的继承法是由嫡长子继承全部家业,甚至可以通过法律限制只有家族某一支才可以继承,有这种限制的家产便称为被限嗣继承的。

家业的念头却是重得很。因此，对谢珀顿的农夫们来说，听说牧师讽刺了乡绅的善行，说他行事比那个偷了鹅然后把下水施舍出去行善的人好不了多少，这个消息简直就像是在他们兑水的朗姆酒里加了柠檬一样棒。你能观察到，谢珀顿和尼布利相比，处在一种阿提卡文化[1]中，它有收费公路，还有舆论，而在维奥蒂亚一样的尼布利，人们的头脑和马车一样，都是沿着最深的"前车之辙"行进着，而他们对地主也无非是抱怨两声，把他看作固有且无法改变的恶事，就像天气、象鼻虫和萝卜蝇一样。

因此，和奥尔丁波特先生决裂这件事发生在谢珀顿，只能是增进这位牧师和他的其他教众之间本来就好的关系，上至四分之一个世纪之前他为他们的孩子施过洗礼的那一代人，下至小汤米·邦德代表的充满希望的下一代，都是如此。小汤米最近才脱掉了罩衫和长裤，换上了一身庄严质朴的紧身灯芯绒套装，上面还装饰着不少黄铜扣子。汤米是个野小子，对所有表示尊敬的把戏都浑不在意，还过分痴迷会嗡嗡响的

---

[1] 阿提卡半岛，是希腊的主要半岛，也是雅典所在的区域，后文的维奥蒂亚是希腊的另一地区，也是忒拜所在地。在古希腊，雅典人觉得自己比忒拜人更聪明、更开化，此处作者也是借古希腊在比较两个村庄的开化程度。

陀螺和弹珠，他总是习惯用这两样娱乐设备把他灯芯绒套装的口袋撑得鼓鼓的。有一天，他在花园小路上抽陀螺，看到牧师在陀螺开始漂亮地"转稳了"的激动时刻径直朝陀螺走过去时，他用尽了肺里的空气大喊道："停下！别把我的陀螺撞倒了，现在就停下！"从那天起，"小灯芯绒"就成了吉尔福尔先生最宠爱的孩子。吉尔福尔先生总喜欢用一些会让汤米对自己智力得出最差看法的问题来逗他，从而说出他张口就来的讽刺和惊讶。

"啊，小灯芯绒，他们今天给鹅挤奶了吗？"

"给鹅挤奶！哈哈，他们不给鹅挤奶，你这个傻子！"

"不挤奶！好伙计！为什么，那小鹅要吃什么呢？"

小鹅的营养问题远远超过了汤米对自然历史的观察，他假装把这个问题理解成一个感叹句而不是一个问句，然后又专心地把鞭子绕在陀螺上。

"哈，我看你不知道小鹅要吃什么！但是你注意到昨天下果仁糖雨了吗？"（听到这儿，汤米变得专心起来）"喔，我骑马的时候它们都落到我口袋里了。你找找我的口袋，看看它们是不是落在那里了。"

根本就没有等着要去讨论事情的起因，汤米就一刻没有浪费地确认起那些可人的果仁糖是否存在了，因为他有充分的理由相信翻牧师口袋的好处。吉尔福尔先生管自己的口袋叫"神奇口袋",因为他喜欢告诉那些"小刮脸的"和"穿两只鞋的"[1]——他就是这么称呼小男孩和小女孩的——只要他把便士放进去,它们就会变成果仁糖或者姜汁饼干或者别的什么好东西。就连小贝西·帕罗特,一个有亚麻色头发的"穿两只鞋的",脖子又白又胖,总是带着令人佩服的直白和真诚用这个问题向牧师问好——"里的口太里有舌吗?[2]"

于是你就可以想象了,庆祝洗礼的宴会不会因为牧师在场就少了几分欢乐。那些农夫尤其喜欢和他来往,因为他不光会抽着他的烟斗,还会用无穷的挖苦人的笑话和谚语来给教区事务的细节调味,而且就像邦德先生常常说的,没人比牧师更懂怎么养牛养马了。他在大约五英里[3]远的地方有块自己的牧场,那里有个庄头,名义上是个佃农,在他的指挥下务农;而骑马来回村里和地里,照顾牲口的买卖就成了这位老绅士

---

[1] "穿两只鞋的"(goody two shoes)从17世纪开始用来指称下层女性,18世纪的著名儿童故事《小穿两只鞋的历史》让这个说法更为广泛地成为小女孩的代名词。

[2] 即"你的口袋里有什么?"。原文多处使用非标准英语传达方言和儿童用语,译文中全部以字译出。

[3] 1英里约等于1.6千米。——编者注

主要的消遣了，反正现在他打猎也打不动了。听他讨论德文郡牛和短角牛各自的好坏，或是治安官们对一个贫民做出的最新愚蠢的裁决。一个不熟悉的观察者可能在牧师和他的乡村教众之间找不出多大的区别，除了他比他们更精明之外；因为他习惯了把自己的口音和说话方式改到和他们差不多。毫无疑问，这是因为他认为跟那些习惯了说"见帽痒"和"目羊"的人说"剪毛羊"和"母羊"纯粹就达不到用语言和人交流的目的。尽管如此，那些农夫却非常清楚他们和牧师之间的区别，也并不因为他好懂的语言和亲近的举止就少相信一些他作为一位绅士和牧师的本事。当看到牧师走过来的时候，帕罗特夫人会极其小心地抚平自己的围裙，整理好自己的便帽，还会对他行最深的屈膝礼。每个圣诞节也都准备好一只肥火鸡送给他，以示"敬意"。就算是在和吉尔福尔先生说最八卦的事情时，你也可以观察到：男男女女都会"留意他们说了些什么"，而且从来不会对他的赞赏无所反应。

在他履行宗教职责时，人们也给了他同样的尊重。洗礼的好处不知怎的和吉尔福尔先生这个人捆绑在一起了，至于"一个人和他的职位是不同的"这种如此玄而又玄的道理，是谢珀顿的好教民全然未有过的念头，这个念头看起来有异见派[1]的气味。当吉尔福尔先生风湿发作时，赛琳娜·帕罗特小姐情愿把她的婚期整整推迟一个月，也不愿意凑合让米尔比的副牧师主持她的婚礼。

在听过那个旧得泛黄的系列中的某一篇之后，人们常说的是"我们今天早上听了很不错的布道"，他们听得格外满意正是因为已经听过二十遍了。对处在谢珀顿这个水平的头脑来说，正是重复而不是新颖才能收获最好的效果，而词句，就像曲调一样，是要花很久才能在头脑里安家的。

吉尔福尔先生的布道词，正如你可能已经想到的那样，并不是非常教条的，更不是激烈争论型的。它们可能并不会非常有力地拷问灵魂，因为你要记得，尽管帕滕太太已经听这些布道词听了三十年，向她宣布她是个罪人这件事看起来还是无礼的邪说。不过，它们也不会对谢珀顿的智力提出无礼的要求——实际上它们就是阐释了简明的论点，即那些做坏事的人会发现自己遭到恶报，而那些做好事的人会发现自己有

---

[1] 指在宗教改革之后不信奉英国国教的新教徒，他们本身又可以分为很多教派，比如后文会提到的教友派。在 19 世纪的语境中，信奉非正统的教派意味着道德上的可疑。

好报。至于作恶的本质则有针对撒谎、背后恶语伤人、愤怒、懒惰和类似恶行的专门布道词来解释;而行善事则被阐释为诚实、守真、慈悲、勤劳还有别的普通美德,它们都位于生活的表面,和深刻的宗教教条几乎没有关系。帕滕太太知道如果她卖了压坏了的奶酪,正义的报应就等着她。不过,恐怕她没有怎么听进去关于背后恶语伤人的布道词。哈克特太太表示自己从关于诚实的布道词里获得许多教益,那个关于有问题的砝码和骗人的天平的暗指对她来说特别好理解,因为她最近和她的食杂店主刚起过纠纷。但我不知道那篇关于愤怒的布道词是否打动过她。

至于怀疑吉尔福尔先生没有传播纯正的福音,或者指责他的教义以及布道的方式等这样的念头则从来没有在谢珀顿教众的脑子里出现过——正是这些教众,十年或者十五年之后,对巴顿先生的话语和举止表现出了极度的挑剔。但是在这之间,他们已经品尝过知识之树上的危险果实了——创新,这是人所共知的可以打开眼界的东西,尽管常常是用一种令人不舒服的方式。此时,挑布道词的刺几乎等同于挑宗教本身的刺。一个周日,哈克特先生的侄子,汤姆·斯托克斯少爷,一个轻率的城里来的年轻人,让他出色的亲戚们大大地吃了一惊，他号称可以写出和吉尔福尔先生一样好的布道词。为了好好教训教训这个不知高低的年轻人，哈克特先生当即宣布要是他能兑现他夸下的海口，就给他一枚金币。不过，这篇布道词的确写出来了；虽然人们不承认它在任何方面能及得上吉尔福尔先生写的，但它还是惊人地像一篇布道词。有一篇文字，分成了三个部分，还有结尾的告诫，开头是"现在，我的兄弟们"，而那个金币，虽然公开说不给了，但私下还是给了。这篇布道词也被认定——当斯托克斯少爷转过身去的时候——是篇"少见的聪明玩意儿"。

皮卡德牧师是教友派的，其实他就在罗瑟比的一次布道里讲过，说他住在一个牧师非常"无知"的教区里。这场布道的内容是关于减轻新锡安的债务的，它是从旧锡安分裂出来的人建立的，他们信仰充沛但经费不足[1]，而在他说给自己的教众听的祈祷中，他总是习惯把所有礼拜堂门外的教众都叫作"迦流[2]一般的人"——他们不关心这些事。不过我不说大家也知道，

---

1 此处新、旧锡安应该是分别代指异见派和英国国教。
2 《圣经》中的人物，他是罗马帝国的官员，拒绝介入犹太人对保罗的宗教指控，宣布对犹太人的宗教争论不感兴趣。

没有哪个去吉尔福尔先生教堂的人走到过能听见皮卡德先生说话的地方。

喜欢和吉尔福尔先生来往的也不只是谢珀顿的农夫们,他也是附近好几户顶级人家受欢迎的客人。老贾斯帕·西特韦尔爵士很乐意每周都见到他。如果你见过他陪着西特韦尔夫人去晚宴时的样子,或者听到他和她说话时古怪但优雅的殷勤的样子,你就会推断出他早年间是在比谢珀顿的社交圈更高尚的圈子里度过的,而他随随便便的言谈和朴素的举止不过是像一块精美的、古老的大理石上的风雨渍一样,还是能让你在这里或者那里看到纹理的精美和原有色彩的精妙。不过在他的晚年,这样的出访对这位老绅士来说变得有点太麻烦了,所以晚上极少能在他自己教区之外的任何地方找到他——实际上常能找到他的地方是在他自己起居室的壁炉旁,抽着烟斗,偶尔还喝一小口兑水的杜松子酒,以保持嘴里干燥和湿润的平衡。

这里我意识到了我在冒着疏远我所有精致女性读者的风险,彻底毁掉了她们可能想了解吉尔福尔先生爱情故事的细节的好奇心。"兑水的杜松子酒!呸!你还不如让我去关心一个蜡烛贩子的情史,他会把自己心爱之人的画像和短蜡烛还有模具放在一起。"

可是首先，亲爱的女士们，请允许我恳求你们理解兑水的杜松子酒，就像肥胖、谢顶或者痛风一样，都不能排除在此之前有过许多的浪漫情事，就像那些你有天可能要戴的制作精良的"假发卷"不会排除你现在拥有的没有那么昂贵的发辫一样。唉，唉！我们这些可怜的凡人常常好似烧成灰的木头——哪里还寻得到那曾经存在的树汁、枝叶茂密的清新，还有那绽放的萌芽，但不论我们在何处见到烧成灰的木头，我们都知道这些生命早前一定是饱满充实的。至少，我很少在看到一个驼背的老头或者一个干瘪的老妇时，不去用我的心灵之眼同时瞥见他们的过往——现在的他们不过是其过往的皱缩遗物，而那些脸颊红扑扑的、眼睛亮闪闪的未完情事，有时并不令人感到那么有兴趣或者觉得那么重要，尤其是与那老早之前就陷入灾难的希望和爱的人生戏剧相比，这一幕幕人生戏剧让这些可怜的灵魂变得像昏暗积灰的舞台一样，把自己全部的美妙花园布景和美景都揭下来扔到了看不到的地方。

其次，让我向你们保证——吉尔福尔先生并没有过量饮用兑水的杜松子酒。他的鼻头没有发红；正相反，他的白头发垂落在苍白且高贵的面孔周围。他喝这种酒我相信主要是因为它很便宜，而在这里我发现自己又触及了这位牧师的另一个缺点，关于这一点，如果我想要的是绘制一幅讨好的肖像而不是一幅写实的画，我本可以选择隐而不表的。不可否认的是，随着岁月的流逝，吉尔福尔先生变了，正如哈克特先生说的，越来越"手紧"了，不过这种越来越明显的倾向主要表现在他对个人生活的吝啬上，而非拒绝帮助有需要的人。他攒钱——他是这么向自己解释的——为的是外甥，那是他姐姐的独子，他姐姐是他生命中最亲近的人，仅次于某一个人。"这个孩子，"他想，"会有一小笔不错的财产来开始生活，而且有天还会带着他年轻漂亮的妻子来看他老舅舅安息的地方。为了他的壁炉前更欢乐，也许我的壁炉前冷冷清清的更好。"

如此说来，吉尔福尔先生是个单身汉了？

如果你走进过他的起居室，你可能会得出这样的结论：空荡荡的餐桌、硕大的老式马鬃软垫椅，还有总是被烟草熏蒸的露着线头的土耳其地毯，似乎都在讲述着一个没有妻子的生活故事。没有任何肖像，没有一块刺绣，没有任何能暗示纤纤十指和女性的小野心的褪色的美丽小玩意儿来反驳这个印象。吉尔福尔先生就是在这里度过他的夜晚的，少有他人的陪伴，除了庞特——他那条棕色的老蹲猎犬[1]。它舒展身体趴在地毯上，鼻子埋在两只前爪之间，还会时不时地皱皱眉头抬起眼皮，和它的主人交换一个互相都明白的眼神。然而，谢珀顿的牧师宅邸里有一间屋子，会讲述一个和这间空荡又没有生气的起居室完全不同的故事——一间除了吉尔福尔先生和老管家玛莎之外从来没有人进去过的房间，玛莎和她那既当马夫又当花匠的丈夫大卫就是这位牧师全部的用人。这间屋子的百叶窗一直是拉下来的，每个季度只拉开一次，那是玛莎进来给屋里通风和打扫的时候。她总是得找吉尔福尔先生拿钥匙，他把钥匙锁在他书桌的抽屉里，她完成任务之后再把钥匙还给他。

当玛莎拉开百叶窗和厚厚的窗帘，再推开凸窗的哥特式窗扇时，日光洒进来落在其上的画面是多么感人！在一张小梳妆台上摆着一个有精雕镀金边框的梳妆镜；一小截蜡烛还插在两旁的枝形烛台上，其中一个烛台臂上还挂着一条黑色的蕾丝领巾；一个褪色的缎子针垫，针都锈在里面了，一个香水瓶，还有一把绿色的大扇子，这些都摆在桌上；镜子旁边的首饰盒

---

[1] 一种发现猎物时会蹲伏不动的长毛猎犬。

上有一个针线篮子，还有一个没做完的婴儿帽子，旧得都发黄了，躺在这个篮子里。两条裙子，都是那种早就被人忘记的风格，挂在门背后的钉子上，一双小小的红拖鞋，上面是有点已经失去光泽的银线刺绣，摆在床脚。两三幅水彩画，都是那不勒斯的风景，挂在墙上。在壁炉的炉台上，在几样少见的老瓷器顶上，摆着两幅镶在椭圆框子里的微缩肖像。其中一幅微缩肖像画的是一个大约二十七岁的男子，有红扑扑的脸膛儿、饱满的嘴唇，还有清澈而坦诚的灰色眼睛。另一幅画的是一个姑娘，大概不超过十八岁，小巧的五官、瘦瘦的脸颊，一副泛白的看着像南欧人的面相，还有大大的黑眼睛。那位绅士头上戴着假发；那位女士的黑头发盘在头顶，把脸都露了出来，一顶小便帽，上面有个樱桃红的蝴蝶结，戴在她的头顶——一顶妩媚的头饰，但她的眼里流露的却是悲伤而不是妩媚。

　　这些就是玛莎把上面的灰掸掉再让它们透气的东西，一年四次，从她还是个年方二十的如花少女时就开始了；而现在，在吉尔福尔先生生命最后的十年里，她毫无疑问已经五十开外了。这就是吉尔福尔先生家里锁起来的那个房间：就像他心中密室的可见象征，在这里他早就把过去的希望和伤悲都上了锁，把他生命里所有的热情和诗意都锁了起来。

除了玛莎,教区里没有几个人还能很清楚地记得吉尔福尔先生的妻子,也没有谁了解关于她的任何事,只记得有个大理石碑,上面用拉丁文刻着缅怀她的话,嵌在教堂里牧师座位的旁边。那些年纪够大,能记得她到来时的情形的教众,大多都没有叙述的天分,你从他们那里能得到的最多就是吉尔福尔太太看起来像是个外国人,眼睛那么大,你都想不到,还有副好嗓子,她唱歌的时候声音就像要穿过你一样。唯一的例外是帕滕太太,她的好记性以及喜欢讲个人故事的爱好让她成了谢珀顿口传故事的重要来源。哈克特先生是吉尔福尔太太去世十年之后才搬到这个教区来的,他常常会用一些老问题来问帕滕太太,为的也就是听到那些老答案,因为这会让他舒心,就像最喜欢的书里的段落或者一出熟悉的戏剧里的场景会让更有修养的人舒心一样。

"啊,你记得吉尔福尔太太头次到教堂来的那个周日不,帕滕太太?"

"我当然记得。那天是个要多好有多好的周日,就是刚开始收干草的时候。塔尔贝特先生那天布的道,吉尔福尔先生和他太太坐在座位上。我觉得我现在还能看到他，他领着她沿着过道走过来，她的脑袋比他的胳膊肘高不了多少：一个脸色发白的小个子女人，眼睛黑得跟黑刺李似的，可看上去空落落的，就跟她用眼睛啥都看不见一样。"

"我敢说她还穿着结婚的衣服？"哈克特先生说。

"不是啥特别时髦的东西——就是一顶在下巴上系帽带的白帽子，还有身白色的印度麦斯林纱裙子。但你可不知道吉尔福尔先生那个时候是啥样子。他可帅了，不过在你来教区之前就变了。那会儿他气色还好着呢，眼里还有亮光，你看了心里就高兴那种。那个周日他看起来棒极了，高兴极了，可不知怎的，我就有种感觉那是久不了的。我对外国人没话好讲，哈克特先生，我年轻那会儿跟着夫人去过他们国家，见识够了他们吃的东西还有他们恶心的习惯。"

"吉尔福尔太太是从意大利来的，对不对？"

"我猜她是，但是我从来没听人说过准话。吉尔福尔先生不愿意聊她的事，这附近也没有旁人知道。不过她肯定很小的时候就来了，因为她的英文讲得就像你我一样好。就是他们意大利人才有这么好的嗓子，吉尔福尔太太会唱歌，你可没听过像她那样唱的。有天下午，他带着她来这儿和我喝过一次茶，他用他那种乐呵呵的样子说：'你好，帕滕太太，我想要吉尔福尔太太看看整个谢珀顿最整洁的房子，喝上一杯最好的茶；你一定要带她看看你的牛奶棚和放奶酪的屋子，然后她会给你唱首歌。'然后她就唱了，她的声音有时候仿佛能填满整个房间，然后又变得低沉而柔和，就像守着你的心窝跟你说悄悄话一样。"

"你再没听她唱过歌了，我琢磨？"

"没了，她那个时候就病恹恹的，然后过了几个月就没了。她拢共来了教区就半年多。那天下午她看起来就没精神，我能看出来她对牛奶棚、奶酪啥的都没兴趣，她就是装出来让他开心的。说起他，我从来没见过哪个男的对女人有这么上心的。他看她的样子就像在崇拜她似的，仿佛他每分钟都想把她从地上抱起来，省了她走路的麻烦。可怜人，可怜人哟！她没了的时候肯定就跟要了他半条命一样，虽然他从来没说过，还是到处骑马布道。可是他遭折磨瘦得跟个影子一样，他的眼看着就跟死人一样——你都认不出来的。"

"她没给他带点家产来？"

"她哪有。吉尔福尔先生的身家都是他妈那边传下来的。又有好出身又有钱。他就娶了这么个人，简直可惜死了——他那么出挑的人,本来整个郡里还不是想挑谁就挑谁,现在身边都该有孙子了。他还那么喜欢孩子。"

帕滕太太通常都如此终止她关于牧师妻子的回忆,你能看出来,关于牧师的妻子她其实不甚了解。明显这位能说会道的老太太对吉尔福尔太太来到谢珀顿之前的事情一无所知,她也对吉尔福尔先生的爱情故事毫不知情。

而我,亲爱的读者,和帕滕太太一样能说会道,而且知道的多得多;所以如果你想知道更多关于这位牧师的恋爱和婚姻的故事,你只需要让你的想象力回到 18 世纪末,让你的注意力继续前进到下一章。

第二章

那是 1788 年 6 月 21 日的傍晚。整天都晴朗闷热,太阳还要在地平线上再挂上一小时,然而它的光芒,在被围绕着庄园的榆树那刻花纹路一样的枝叶散射之后,再也不能阻止两位女士把坐垫和刺绣活儿拿出来,坐在切弗利尔庄园前方的草坪上刺绣了。那柔软的草皮甚至连那位年轻一些的女士的轻盈的步伐都禁不起，她的小身量和瘦削的身体就落在一双最娇小的成年人的脚上。她在那位年长的女士前面一路小跑着，抱着坐垫，她把它们放到了最喜欢的地方，就在一丛月桂树旁的缓坡上，在这里她们可以看到阳光在睡莲上闪动，别人从餐室的窗户里也能望见她们。她已经放下了坐垫，现在转过身来了，这样在她站着等待年长女士稍缓的步伐时，你就能看清她的全身了。你会立刻被她大大的黑眼睛吸引住，这双眼睛带着那种没有表情的天真的美，就像小鹿的眼睛一样；而只有努力专心看，你才会注意到她年轻的脸上缺乏血色，还有她纤细的脖子和小脸上南欧人发黄的肤色。她的脖子和脸像浮在一条小小的黑色蕾丝领巾之上，以免她的皮肤和她白色的麦斯林纱裙之间有太明显的反差。她的大眼睛看起来尤其显眼，因为她的黑色头发全都盘在头顶，戴着一顶小便帽，一边还有一个樱桃红的蝴蝶结。

那位正朝着坐垫走去的年长的女士则是用完全不同的模具铸造出来的女性。她身材高挑，看起来显得更高，因为她敷过粉的头发是在一顶假髻之上往后梳的，上面还系着蕾丝和缎带。她年近五旬，但她的容颜依旧清新美丽，是那种淡棕色金发女人的美；她骄傲噘起的嘴唇，还有她走路时头稍往后仰的样子，给了她一副高傲的表情，她那双冷漠的灰色眼睛也没有削弱这种表情。那条塞进衣服里的领巾，高高地遮住了她紧身的蓝色裙子的低领口，更衬出了她上半身的华贵，而她踩在草坪上的样子就仿佛是约书亚·雷诺兹[1]爵士笔下的一位高贵女士，突然从画框里走出来享受黄昏的凉意了。

"把垫子放低点，卡泰丽娜，这样就不会有太多阳光照到我们身上了。"她用威严的声音大声说，这时她还隔着一点距离。

卡泰丽娜按吩咐照办了，然后她们就坐了下来，就在月桂树和草坪构成的绿色背景上点上了两块明亮的红白蓝的色块，尽管其中一位女士的心很冷，另一位女士还在伤心，但这依旧会在图画里显得很好看。

那天晚上的切弗利尔庄园可以画成一幅迷人的画作，如果当时有哪位英国的华托[2]在那里挥笔的话：灰色石头砌成的带垛墙的大宅，闪耀的束束阳光在装着直棂窗的不同形状的玻璃上映出闪动的金光，在侧面

---

[1] 英国18世纪著名的肖像画家，也是皇家艺术研究院的创始人兼首任院长。
[2] 指让-安托万·华托，法国洛可可时期的代表画家。

的一座塔楼旁,一棵大山毛榉树斜斜地倚着,也就是这平平的黑色枝干打破了前景里太过僵硬的对称;宽阔的砾石步道从右边蜿蜒出去,顺着一排高大的松树,沿着水池的一侧——往左分出一条路,在隆起的草丘间穿行,草丘上长着一丛丛的树,苏格兰冷杉红色的树干在酸橙树和金合欢树亮绿色的背景上迎着西垂的阳光闪闪发亮。那个大水池里有一对天鹅在懒散地游动,一条腿掖在一只翅膀下,在那里盛开的睡莲平静地躺着,接受粼粼波光讨好的亲吻;草坪光滑如绿宝石一样,缓缓地沿着山坡下延到庄园里更粗乱也更显棕色的植被中。但是在看不见的地方,草坪和庄园被一条小溪隔开了,小溪从池子里蜿蜒流出,然后消失在远处游乐场里的一座木桥之下;在这块草坪上,我们的两位女士,会被那位站在尽览庄园风光位置的画师,用寥寥几笔红白蓝来呈现她们在风景中的角色。

从餐室的哥特式大窗看出去,她们的线条就清楚多了,而且对那三位坐在餐室里啜饮波尔多红酒的绅士来说,他们能清楚地看到这是两位美丽的女士,三个人都出于个人原因关心着她们两位。这些绅士是值得仔细打量的一群人,但任何第一次走进那间餐室的人,注意力都会更强烈地被这间屋子本身吸引住,房间里的家具是如此少，以至于它像大教堂一样用自己的建筑之美迷住了人。一块地垫从这个门铺到另一个门边，餐桌下一块磨旧了的地毯，还有深深的壁龛里的一个餐边柜，都不能让眼睛离开高大的肋架拱顶一刻，拱顶上还有精雕细刻的垂饰，通体奶白色，四处有一些金色点缀一下。在一侧，这个高高的屋顶由柱子和拱券支撑着，在柱子和拱券外侧，还有一个矮一点的屋顶，它是上方屋顶的小号模型，它盖住的是上面有三扇尖顶大窗户的凸出的方形房间，它们构成了这幢建筑的主要特色。这间屋子看起来不像一个用来就餐的地方，更像是一个为了将这美丽的线条圈起来而造的空间；那张小餐桌，还有坐在桌边的人，看起来像是个古怪又不重要的意外，而不是任何和这个房间本来的用途有关的东西。

然而如果细细审视，这几个人绝不是毫不重要的。因为最年长那位，他正在一边读报纸里法国议会最后那不祥的会议纪要，一边时不时地转身对自己年轻的伙伴们发表评论。要是在那个戴三角帽、留发辫的旧时代，他准是位英国老绅士的模范。他黑黑的眼睛在突出的眉骨下闪耀，眉骨因为茂密且乱蓬蓬的眉毛显得更突出，但是任何因为这双看透一切的眼睛，还有那个稍微有点鹰钩的鼻子而引起的对他的严厉的恐惧，都会被他嘴边善意的皱纹打消。尽管已经年过六旬，他的嘴里也仍然长着满口的牙齿，嘴巴也依然有做出丰富表情的活力。前额从突出的眉骨开始缓缓斜着往上，额头突出的轮廓被敷着大量发粉的头发衬得更为明显。他的头发往后梳去，编成了一条发辫。他坐在一把小小的硬木椅子上，这种椅子不允许哪怕是最轻微的一点松懈，也正因如此，更显出了他背部的平坦和胸膛的宽阔。没错，克里斯托弗·切弗利尔爵士是位抢眼的老绅士，这是任何一个走进切弗利尔庄园大厅的人都可以见到的。在那里他的全身肖像画——那是他五十岁的时候找人画的——和他妻子的肖像画并排挂在一起，他的妻子就是坐在草地上那位高贵的夫人。

看着克里斯托弗爵士，你会立刻衷心希望他有一个已经成年的儿子和继承人。不过也许你并不希望是坐在他右手边的那个年轻人，他和从男爵[1]长得有点像，尤其是鼻子和眉骨的轮廓，这似乎暗示着亲戚关系。如果这个年轻人本人不是这么优雅的话，人们本

---

[1] 英国特有的爵位名称，一般是对从英国君主取得世袭"从男爵爵位"的人士的称呼。

来会注意到他衣着的优雅。但他瘦削匀称的身体是如此惊人地完美，以至于除了裁缝没人会去注意他的天鹅绒外套有多完美；他纤小洁白的双手，透着蓝色的血管，手指纤细，完全盖过他蕾丝褶裥饰边的美丽。他的脸，然而——很难说为什么——却肯定不讨人喜欢。再没有比他白皙的脸庞——脸上的气色被敷了粉的头发衬得更好了；再没有比他透着血管的低垂的眼睑更精致的了，这使他绿褐色的眼睛有了一种慵懒的表情；再也没有比他透亮的鼻孔和短短的上唇线条更优雅的了。也许他的下巴和下颌有点太小了，整个脸型算不得毫无缺憾，但就算缺憾也是显得他更精致优雅，这也是他整个人突出的特点。这样的特点同样表现在他清晰的棕色拱形眉毛和如大理石般光洁的额头上。说这张脸不是极其帅气是不可能的，然而对绝大多数男女来说，它都缺乏魅力。女人讨厌那种仿佛只会懒洋洋地接受别人的爱慕而不是主动送出爱慕的眼睛；而男人，尤其是他们自己的鼻子和脚踝粗大的那种男人，则会倾向于认为这个留着发辫的安提诺乌斯[1]是条"该死的狗崽子"。我猜那可能就是梅纳德·吉尔福

---

[1] 罗马皇帝哈德良的男宠，被认为是一位美男子。

尔牧师心头经常骂的话，他就坐在餐桌的对面，不过吉尔福尔先生的腿和外形足以让他坦然面对外貌出众之人的傲慢和轻浮。他健康开朗的脸庞和健壮的四肢是那种尤其适宜日常劳作的状态，而且在那位北方来的园丁头儿贝茨先生看来，也比怀布罗上尉"病恹恹"的容貌和瘦小的身量更"撑得起"那身军装。尽管这位年轻的绅士，作为克里斯托弗爵士的外甥和继承人，有最强的世袭的权利，可以要求得到这位园丁头儿的尊重，而且还不可抵赖的是"精瘦出挑"的。然而，唉！人类的渴望不是一般地顽固：那个对桃子垂涎三尺的人，给他一个最大的西葫芦是没有用的。吉尔福尔先生不在意贝茨先生的看法，但他的确在意另一个人的看法，尽管那个人完全不同意贝茨先生的偏好。

这位"另一个人"究竟是谁，不是特别精明的旁观者也能猜出来，就从那个穿白衣的身影抱着坐垫在草地上一溜小跑时，从吉尔福尔先生眼神里的某种热切就能看出来。怀布罗上尉也一样在看向同一个方向，但他英俊的脸依旧只是摆着一副英俊的样子——别的什么也没有。

"啊，"克里斯托弗爵士从报纸上抬起头来说，"夫人在那里了。叫人送咖啡来，安东尼，我们要和她们一起去外面,再让小猴子蒂娜给我们唱首歌。"

咖啡立时就送来了,但送咖啡的并不是平常穿一身大红和淡棕色制服的男仆,而是那位老管家,他穿着磨旧了但刷洗得很好的黑外套,在把咖啡放到餐桌上时说道:

"您得费心了,克里斯托弗爵士,那个寡妇哈托普在蒸馏室里哭着呢,要求见老爷您。"

"关于哈托普寡妇的事我已经给马卡姆说得很清楚了,"克里斯托弗爵士用坚定的语气高声说,"我没有什么要对她说的了。"

"老爷,"管家恳求着他,搓了搓手,又额外披上一层谦卑说,"那个可怜的女人激动得不行,她说要是没见到老爷您,今天晚上都闭不上眼,她也求您原谅她这个时候擅自过来。她哭得跟心要碎了一样。"

"行了,行了,眼泪又不上税。好吧,把她带到书房去。"

几口喝完了咖啡,这两位年轻人从开着的窗户走了出去,加入了草坪上的两位女士行列,而克里斯托弗爵士则向书房走去。他宠爱的寻血猎犬[1]鲁伯特,在

---

[1] 一种嗅觉敏锐、擅长追踪的猎犬。

从男爵右手边它习惯的那个位置一脸严肃地跟着。在整个用餐期间它都表现出了高度的礼貌,但当桌布一撤走,就毫不例外地钻到了餐桌底下,很显然它认为红酒壶只是人类的一个弱点,对此它可以睁一只眼闭一只眼,但拒绝承认。

书房离餐室就三步远,在一条铺着地垫的穿廊过道的另一头。书房的凸窗被大山毛榉树遮住了,再加上有繁复雕花的大平屋顶和绕着墙陈列的深色旧书,让这个房间显得很昏暗,尤其是从餐室进来的时候,那里有轻盈的曲线和点缀着金色的奶白色雕花纹路。克里斯托弗爵士打开门时,一道亮光落在了一个身穿寡妇衣裙的女人身上,她站在书房的正中间,还在爵士进门的时候深深地行了屈膝礼。她是个快四十岁的丰满女人,双眼因流泪而红肿,眼泪明显都被她右手里那块团成湿漉漉一团的手绢揩走了。

"好了,哈托普太太,"克里斯托弗爵士边掏出他的金鼻烟壶边敲敲盖子说,"你有什么要跟我说的?我想,马卡姆已经给你送了退租文书了?"

"是的,老爷,我就是为那个来的。我求老爷您再考虑考虑,别把我和我可怜的孩子们从农场上赶出去,那可是我男人一直按日子交租的地方,他交租跟日头升起来一样准。"

"瞎说!我倒想知道你和你的孩子留在农场上把你男人留给你的每一分钱都弄没了有什么好处,你该把你的牲口卖了,搬去一个你能守住你的钱的小地方。我家的每个佃农都知道我从来不允许寡妇留在她们男人的农场上。"

"啊,克里斯托弗爵士,求您考虑考虑——等我把干草卖了,把粮食卖了,把牲口全部卖了,还完账,再把钱放出去挣点利息,就剩不下多少钱来养活我们了。我要咋把我的小子们拉扯大,送他们去当学徒啊?他们只能去打零工了,而他们的父亲却是有和老爷您庄子上其他人一比谁都不差的家业,他从来都是等麦子在垛子里晾好了再打麦子,也从来没卖过农场上的秸秆,或者别的什么。您问问周围别的庄稼人看看,上里普斯通赶集的人里还有没有比我男人更老实、更稳重。他还说过,'贝西,'他说——这是他的遗言——'你得加劲把农场伺候好,要是克里斯托弗爵士让你待下去的话'。"

"好了,好了!"克里斯托弗爵士说,哈托普太太的抽泣已经打断了她的哀求,"现在听我说,然后多少学着懂点道理。你管农场的水平和你家最好的奶牛差不多。你得找个管事的男的，他要么会骗你的钱，要么就哄你嫁给他。"

"啊，老爷，我从来不是那种女人，谁都知道我不是那样的。"

"很可能不是，因为你以前从来没守过寡。女人本来就蠢得很，但她从来都不会蠢得那么厉害，直到她头上戴上寡妇的小帽子。现在问问你自己，在农场上把四年的租约待到头对你有什么好，那会儿你钱也花完了，把农场弄得一团糟，还欠着一半的租子，要不就是找了个傻大个当男人，他会骂你，还会踹你的孩子。"

"讲真的，克里斯托弗爵士，我晓得怎么种地，我就是在田垄里长大的，像人说的那样。再说我男人的姨奶还一个人管过一个农场二十年呢，给她所有的侄孙子孙女都留了遗产，连我男人都有，那会儿他还在娘肚子里呢。"

"啧，一个六英尺高的斜眼尖胳膊肘的女人，我敢说是——一个穿衬裙的汉子。不是你这样脸色红润的寡妇，哈托普太太。"

"说真的，老爷，我可从来没听说过她斜视，他们还说她要想嫁能嫁好多次呢，有的是那些不会惦记她的钱的男人。"

"没错,没错,你们都那么想。每一个看你一眼的男的都想娶你,而且你的孩子越多、钱越少,他们就越喜欢你。又说又哭是没用的。我的计划都是有原因的,我也从来不改主意。你要做的就是把你的牲口卖个好价钱,然后找个小地方,等你从哈洛斯农场搬走之后好住过去。现在回贝拉米太太屋里,让她给你杯茶喝吧。"

哈托普太太从克里斯托弗爵士的语气里明白他是不会动摇的,深深地行了个屈膝礼,然后离开了书房,而从男爵则坐到了凸窗下的书桌前,写了这么一封信:

> 马卡姆先生——不要把科罗斯特福特小屋租出去,我准备在哈托普寡妇从农场搬出来以后将她安置在那里;如果你周六早上11点能来一趟,我会跟你一道骑马去看看,安排修葺一下房舍,再看看能不能附块地给她,因为她会想养头牛和几头猪的。
>
> ——你忠诚的,
> 克里斯托弗·切弗利尔

在摇铃命人把这封信送走了之后，克里斯托弗爵士走到室外想要加入草地上的那群人。但发现坐垫上已经没有人了，他继续走到了东边大宅的正面，正门的旁边就是大厅的弓形窗，窗前就是砾石车道转弯的地方，顺窗看去是一大片起伏草丘的开阔景象，草坪两边立着高大的树，也似乎和草地还有穿过种植园的绿草茵茵的路融为一体，绿色一直延伸到远处庄园大门的哥特式拱门那里。弓形窗开着，克里斯托弗爵士走进屋里发现了他在找的人，他们正在查看还没有完工的天花板的进度。这个天花板和餐室的一样，都是繁复的有尖角的哥特式风格，但花格纹样更加复杂，仿佛就是用精致多样的色彩装饰过的石化蕾丝一样。大约四分之一的天花板还没有上色，这一部分天花板下面还堆着脚手架、梯子和工具；除此之外，空阔的大厅里什么家具都没有，仿佛就是一张为了衬托站在中央的五个人像的巨大哥特式画布。

"最近两天弗朗切斯科有点进展了，"克里斯托弗爵士加入人群说，"他就是条悲惨的懒狗，我猜他肯定有本事站着睡觉，手里还握着画笔。但我必须催着他加快了，否则新娘子来的时候我们这里的脚手架还没清掉呢，如果你在追姑娘时能展示出灵活的指挥艺术，对吧,安东尼?然后飞快地夺取你的马格德堡[1]。"

"啊,先生,人人都知道围城战是战争里最无趣的任务之一。"怀布罗上尉一脸轻松地笑着说。

"可当城墙里有个装扮成一颗温柔的心的叛徒时,情况可就变了。而那里肯定会有这样的,如果比阿特丽丝不光有她妈妈的美貌还有她妈妈的温柔的话。"

"你觉得怎么样,克里斯托弗爵士,"切弗利尔夫人说,她丈夫这段引人回忆的话,似乎惹得她脸颊抽搐了一下,"等我们挂画的时候,把圭尔奇诺的《西比尔》挂在那个门上?它在我的起居室里太浪费了。"

"很好,亲爱的,"克里斯托弗爵士回答说,用的是无可挑剔、彬彬有礼的温情语气,"如果你舍得和你自己房间的装饰分开,它挂在这里会很棒。我们的肖像画,约书亚爵士画的那个,就挂在窗户对面,然后《基督显圣容》要挂在那头。你看,安东尼,我没在墙上给你和你的妻子留什么好位置。我们会把你们的脸挂在大走廊,面对着墙了,而你只能日后再报复我们了。"

---

[1] 指 1631 年的马格德堡之战。马格德堡是德国的一座城市,在 1630—1631 年被天主教联盟围困,城破后,居民遭到大屠杀,是三十年战争中最惨烈的一幕。

在这场对话展开的时候,吉尔福尔先生转过去对卡泰丽娜说:

"从这个窗户里看出去的风景比屋里其他任何地方都让我喜欢。"

她没有回答,然后他看到她的眼里含着泪水,于是他接着说:"不如我们出去走走吧,克里斯托弗爵士和夫人看来正忙着呢。"

卡泰丽娜默默地顺从了他,然后他们走到一条砾石步道上,这条路在高大的树下和如茵的开阔地之间蜿蜒盘旋,之后通到了一个围起来的大花园。他们走过来的时候安静极了,因为梅纳德·吉尔福尔知道卡泰丽娜的心思不在他身上,她也早就习惯了让他承受那些她在别人面前小心藏起来的情绪的重担。

他们走到了花园里,然后机械地穿过开着的门,穿过一道又高又厚的树篱,走到一片夺目的色彩之中,在他们一路走过的重重绿荫之后,这片颜色像火焰一样炫目。地面的起伏也增加了这个效果,地面在进门的地方开始逐渐下坡,然后又在另一头慢慢升高,最高处是种橘子的温室。群花在傍晚正闪耀着它们的光彩;马鞭草和香水草正散发着它们最醇的香气。这里看起来像一场满是幸福和闪亮的狂欢,而痛苦在这里是找不到同情的。这就是它对卡泰丽娜的影响,当她在花坛的金色、蓝色和粉色之间游走时,那些花仿佛在用精灵般好奇的眼睛看着她,全然不知哀伤为何物,这种孤立在自己伤痛里的感觉让她再也不能自已,那之前还只是顺着她苍白的脸颊缓缓流淌的眼泪,现在随着抽泣声喷涌而出。可她附近就有一个爱她的人,他的心在为她而痛,他感到她在难过,但他却无力安慰她,他被这样的感觉控制住了。但惹她心烦的是,他所希望的和她不同,而且他哀叹的正是她的希望本身的愚蠢,而不是希望落空的可能,所以她不能在他的同情中寻找安慰。卡泰丽娜就像我们其他人一样,会远离她怀疑其中混杂着批评的同情,就像孩子会远离他怀疑里面掺着看不见的药的甜品一样。

"亲爱的卡泰丽娜,我想我听到声音了,"吉尔福尔先生说,"他们可能来这边了。"

她像个习惯了隐藏自己情绪的人那样控制住了自己,然后飞快地跑到了花园的那头,她在那里摆出了一副忙着选一朵玫瑰的样子。很快,切弗利尔夫人就进来了,依靠在怀布罗上尉的胳膊上,后面跟着克里斯托弗爵士。他们三个停下来欣赏花园门口一排排的天竺葵;同时,卡泰丽娜手里拿着一个苔藓玫瑰花苞小跑了过来，她走到克里斯托弗爵士面前，开口说："给，Padroncello[1]，一朵好看的玫瑰供你别在扣眼上。"

"哈，你这只黑眼的小猴子，"他宠爱地摸了摸她的脸颊说，"原来你和梅纳德跑掉了，要不是在折磨他，要不就是在骗他多爱你一两分，来吧，来吧，我想听你给我们唱 Ho Perduto[2]，在我们坐下来打皮克牌之前。安东尼明天就走了，你知道的。你必须要用你的歌喉领着他进入合适的多愁善感的爱人的情绪，这样他才能在巴斯好好表现。"他挽住了她纤细的胳膊，对切弗利尔夫人喊道："走吧，亨丽埃塔！"然后领头朝大宅走去。

他们走进了会客厅里，这个同样有凸窗的房间和另一边的书房在对称的位置，同样有上面密密装饰着雕花和家徽纹样的平顶天花板。因为这里的窗户没有被树遮住，墙上还挂满了穿着大红色、白色和金色的骑士和夫人们的肖像画，所以它就没有书房那种严肃的氛围。这里挂着安东尼·切弗利尔爵士的肖像画，他在查尔斯二世的统治下重耀了家族门楣，当时家族

---

1 意大利语"主人"（padrone）的爱称形式。
2 18世纪意大利作曲家乔万尼·帕伊谢洛的歌剧《复仇之爱》中的咏叹调《我已经失去了那美丽的脸》，下文又提到了完整的题目。

的荣耀与跟着征服者一起跨海而来的谢弗勒伊[1]时代的初代荣光相比,已经走了点下坡路。这位安东尼爵士是个非常气宇轩昂的男子,一只胳膊叉腰站在那里,伸出一条壮硕的腿和一只脚,明显是为了想要让他的同代人和后代人欣赏。你可以摘掉他壮观的假发套,还有他大红色的斗篷,斗篷是撩过肩头披在身后的,未减损他外表的尊严。而且他也知道怎么选择妻子,因为他的夫人就挂在他对面。金棕色的头发编成小辫子,露出平和庄严的脸,在她雪白的缓缓倾斜的颈项那里垂下两束鬓发,这让她穿的白色缎子裙更冷峻的颜色和线条都相形见绌,她很适合当"有大片良田"的继承人的母亲。

下午茶是在这个房间用的。每天晚上,规律得就像那个在院子里用谨慎的低音敲响九点的大座钟一样,克里斯托弗爵士和切弗利尔夫人会坐下来在这里玩皮克牌,而吉尔福尔先生则在小教堂里带着全家仆人做晚祷。

但现在还不到九点,所以卡泰丽娜必须坐下来弹奏羽管键琴,唱克里斯托弗爵士最喜欢的格鲁克和

---

[1] 此处原文使用的是切弗利尔的法语拼写(Chevreuil),结合上下文可知这个家族是最初和征服者威廉一起从法国渡海征服英国的贵族之一。

帕伊谢洛的歌剧里的咏叹调，他们的歌剧——那一代人真是幸运的人——那时可以在伦敦的舞台上听到。今天晚上碰巧这些咏叹调的情绪——*Che farò senza Eurydice*[1] 还有 *Ho Perduto il bel sembiante*——这两首都是演唱者倾诉自己对失去的爱人的渴望之歌，非常接近卡泰丽娜的心情。但是她的情绪非但没有成为她演唱的障碍，反倒给了她额外的感染力。唱歌是她最擅长的：这是她唯一的过人之处，在这个方面她很有可能会胜过那个安东尼要去求爱的、出身高贵的美人。她的爱、她的忌妒、她的骄傲，还有她对命运的反抗，合成了一股激情的洪流从她低沉浑厚的声音里喷薄而出。她有出色的女低音，就是切弗利尔夫人——她有高雅的音乐品位——也一直让她小心不要伤了嗓子。

"棒极了，卡泰丽娜，"切弗利尔夫人趁着"Che farò"连贯的甜美暂停下来时说道，"我从来没有听你唱这首歌唱得这么好过。再来一次！"

她又唱了一遍这首歌，然后是 *Ho perduto*，克里斯托弗爵士也要求再唱一遍这首歌，尽管钟声刚刚已经敲响了九点。在最后的乐声消散之后，他说：

---

[1] 格鲁克的歌剧《奥菲欧与尤丽迪斯》中的咏叹调《没有了尤丽迪斯我当如何》。奥菲欧与尤丽迪斯即希腊神话中的奥菲斯与欧律狄刻。

"可真是个聪明的黑眼睛小猴子。现在把打皮克牌的桌子搬出来吧。"

卡泰丽娜拉出了桌子,把牌放在了上面,然后用她精灵一样迅捷的动作,一下跪了下去,抱住了克里斯托弗爵士的膝盖。他弯下腰,摸了摸她的脸颊,然后微笑了。

"卡泰丽娜,这简直太傻了,"切弗利尔夫人说,"我希望你能别再演这种戏子的把戏了。"

她跳了起来,整理好了羽管键琴上的曲谱,见从男爵和夫人都坐下来打皮克牌了,就悄悄地离开了房间。

怀布罗上尉在她唱歌时一直都倚在羽管键琴上,而牧师则靠在屋子另一头的一个沙发上。现在他俩都拿起了一本书,吉尔福尔先生选了最新一期的《绅士杂志》,怀布罗上尉坐在门口的一个矮脚凳上打开了《福布拉》[1],接着,这个十分钟之前还回响着卡泰丽娜动情歌声的房间就彻底安静了下来。

她沿着穿廊过道走开了,过道里现在四处点着一

---

[1]《福布拉》指《福布拉骑士情史》(*Les Amours du chevalier de Faublas*),是法国作家让 - 巴蒂斯特·路维·德·库弗里在 1787 年至 1790 年出版的浪漫小说。

盏盏小油灯。她一直走到大楼梯，那里直接通向一个贯穿整个大宅东翼的大走廊，当她想要静一静时就习惯去那里走走。皎洁的月光透过窗户洒进来，把沿着长长的墙摆放的各种东西都投入了奇怪的光影中。希腊雕塑，还有罗马皇帝的半身像；矮柜里装满了各种奇怪玩意儿，有天然形成的也有古物；热带的鸟，巨大的兽角；印度神灵还有奇怪的贝壳；宝剑和匕首，还有锁子甲的碎片；古罗马油灯，还有希腊神庙的小模型；在这所有的顶上，还有古怪的老式家族肖像画——有小男孩和小女孩，曾经是切弗利尔家的希望，头发剃得短短的被关在僵硬的拉夫领的"牢狱"里；有褪色的、脸颊粉红的女士，五官简单但头饰却异常繁复——还有殷勤的绅士，高高的臀部、高高的肩膀，还有红色的山羊胡。

每当下雨的时候，克里斯托弗爵士和他的夫人就会来这里散步，人们也会在这里玩桌球。但是在夜里，除了卡泰丽娜谁也不会来——不过，有的时候，另一个人除外。

她在月光里来回走着，惨白的脸和穿着白裙子的瘦削身体让她看起来就像过去哪位切弗利尔夫人的鬼魂重访故地，在月光下赏景。

慢慢地,她在柱厅顶上的大窗户对面停下了脚步,然后朝外看着此时在月光下冷清哀怨地伸展开的草地和树木。

突然,一阵温暖的带着玫瑰味的呼吸似乎朝着她飘浮而来,然后一只胳膊轻轻地搂住了她的腰,同时一只柔软的手握住了她纤细的手指。卡泰丽娜感到了一阵触电一样的激动,有那么长长的一刻一动不动。然后,她推开了那只胳膊和手,转过身来,抬起头来盯着她头顶上的那张脸,眼里满是柔情和责备。那小鹿一般的天真眼神消失了,在那一瞥里,可怜的卡泰丽娜天性的基调显露了出来——激越的爱和强烈的恨。

"你为什么推开我,蒂娜?"怀布罗上尉仿佛耳语一样说,"你在因为残酷的命运强加在我身上的东西生我的气吗?你要我违背我舅舅——他为我们两个都做了那么多——最珍视的愿望吗?你知道我有责任的——我们都有责任的——在它面前感情是必须要牺牲掉的。"

"对,对,"卡泰丽娜跺着脚转过头去说道,"别说那些我已经知道的东西了。"

在卡泰丽娜的心里有一个声音在说话,她到现在还没有泄露过。那个声音一直在说:"为什么他让我爱上他——如果他一直都知道他不能为了我放弃一切的话,为什么他还要让我知道他爱我?"然后爱回答道:"他是被当时的感觉引导的,就像你一样,卡泰丽娜;现在你应该帮助他做正确的事。"然后那个声音又响起来:"这对他是件小事。他都不介意放弃你。他很快会爱上那个美丽的女人,然后忘记你这可怜的苍白的东西。"

爱、恨和忌妒就这样在那年轻的灵魂中缠斗。

"再说了,蒂娜,"怀布罗上尉用更温柔的语气说,"我不会成功的。阿舍尔小姐很可能更喜欢别人,你知道我有全世界最想失败的心。我回来的时候会是个不幸的单身汉——也许会发现你已经嫁给了那位好看的牧师,他已经彻头彻尾地爱上你了。可怜的克里斯托弗爵士已经下定决心要你嫁给吉尔福尔了。"

"你为什么要这么说?是你的冷酷在说话。离我远点。"

"别让我们生着气告别,蒂娜。这一切可能都会过去的。很有可能我谁都不会娶。这些心悸可能会把我带走,然后你就会满意地知道我将永远不会成为任何人的新郎。谁知道会发生什么呢?我也许在缔结神圣的婚约之前就能自己做主了,就能选择我娇小的啼鸟了。

我们为什么要在什么都没发生时就惹自己难过呢?"

"你没有感情的时候这么说当然容易,"卡泰丽娜说,眼泪哗哗地流,"现在就很难忍受了,不管后来有什么。可你不关心我有多难过。"

"我不关心吗,蒂娜?"安东尼用他最温柔的语气说,再一次悄悄伸手搂住她的腰,把她拉向他。可怜的蒂娜是这种声音和这般亲昵的奴隶。难过和怨恨,回想过去和不好的预感,都消失了——从前此后的全部生活都消融在了这一刻的幸福中,当安东尼用他的双唇印上她的嘴唇时。

怀布罗上尉想:"可怜的小蒂娜!拥有我会让她非常开心。可她是个疯狂的小家伙。"

此时响亮的钟声把蒂娜从她幸福的恍惚中惊醒了。这是召集大家去小教堂做祷告的钟声,她赶紧离开,让怀布罗上尉慢慢跟着她。

那是一幕漂亮的场景,这一家人聚齐在小教堂里做礼拜,一对大蜡烛给跪在那里的人身上洒上了淡淡的柔光。站在桌前的是吉尔福尔先生,他的脸色比平时要严肃一些。在他的右手边,跪在红色天鹅绒软垫上的是这家的男女主人,展露出他们年长尊严的美。在他的左手边,安东尼和卡泰丽娜青春的优雅,还有他们显眼的肤色上的对比——他，有精致的线条和柔和的俊美，就像一位奥林帕斯神祇一般；她，又黑又小，就像个被换走的吉卜赛婴儿[1]一样。然后还有那些跪在盖着红布的长凳上的仆人，领头的女仆是贝拉米太太，唠叨的小个子女管家，她们都戴着雪白的便帽，围着雪白的围裙。还有夏普太太，夫人的贴身女仆，她生性刻薄，爱穿炫耀的衣着；男仆领头的是管家贝拉米先生，还有沃伦先生，克里斯托弗爵士的受尊敬的贴身男仆。

吉尔福尔先生习惯读几段晚祷文里的短祈祷文，每段结尾都简单地重复："照亮我们的黑暗。"

然后他们都站起身来，仆人们出门时会转身行屈膝礼或者鞠躬。主家的人都回到会客厅里，互道晚安，然后分别——所有的人都迅速沉睡了，除了两个人。卡泰丽娜一直到钟敲十二点才把自己哭睡着了。吉尔福尔先生更是久久不能入眠，想着卡泰丽娜很可能正在哭泣。

怀布罗上尉在十一点就让他的贴身男仆退下了，他很快就进入了轻柔的梦乡，他的脸枕在稍稍陷进去

---

[1] 欧洲民间传说，精灵会抱走人类的婴孩留下一个精灵小孩，这个精灵小孩一般长得又小又丑。又因为吉卜赛人常常被认为是与精灵为伍的，所以也有传说这种行为是吉卜赛人所为。

的枕头上,就像一个精美的浮雕。

第三章

上一章已经足以让细心的读者了解 1788 年夏天切弗利尔庄园的情况了。在那个夏天,我们知道,伟大的法国因为矛盾的思想和热情而躁动,但这不过是伤痛的开端而已。而在我们的卡泰丽娜的小胸膛里,也有激烈的挣扎。这只可怜的鸟开始振翅,并徒劳地用自己柔软的胸膛撞击着命运坚硬的铁栏,而我们也能很清楚地看到其中的危险,如果这样的痛苦继续加剧而得不到缓解,那这颗激动的心可能会落下致命的伤。

与此同时,如果像我希望的那样,你对卡泰丽娜还有她在切弗利尔庄园的朋友们有了一点兴趣,你也许会问,她是怎么去那里的?这个瘦小的、黑眼睛的南方的孩子——她的脸立时让人想起长满橄榄的山丘还有燃着蜡烛的神龛——是怎么来到这个堂皇的英国乡绅大宅里,在那位金发白肤的女主人——切弗利尔夫人身边安家的呢,简直就像是一只蜂鸟被人发现栖息在庄园里的一棵榆树上,旁边就是夫人最漂亮的球胸鸽一般。她还说得一口好英文，会参加新教的祈祷。她肯定是很小的时候就被收养并带到英国来了吧？的确如此。

十五年前，在克里斯托弗爵士和夫人一起去意大利时，他们在米兰住过一段时间，克里斯托弗爵士是个哥特式建筑的狂热爱好者，当时也正在考虑把他平淡无奇的砖砌祖传大宅改造成哥特式乡绅大宅的典范，他一心只想研究那个大理石砌的奇迹——那座米兰大教堂的细节。在那里，切弗利尔夫人就像在其他任何她会长时间停留的意大利城市里一样，雇了一个音乐老师来教她唱歌，因为那时她不光有高雅的音乐品位，还有一副动听的女高音的嗓子。那是大富之家还会用手写乐谱的年代，有许多在其他方面和让-雅克[1]毫不相同的人都像他一样靠"à copier la musique à tant la page"[2]谋生。鉴于切弗利尔夫人需要这样的服务，阿尔瓦尼先生就告诉她他会安排一个他认识的poveraccio[3]来她这里，这个人的书法是他知道的最整

---

[1] 指法国思想家让-雅克·卢梭，他对音乐有浓厚的兴趣，也曾长期抄写乐谱谋生。

[2] 法语，抄写乐谱按页数收费。

[3] 意大利语，不幸的人。

洁、最准确的。不幸的是，这个 poveraccio 有时脑子会不清醒，所以有时会相当慢；但雇用可怜的萨尔蒂是桩配得上美丽夫人的基督徒的善行。

第二天早上，那个时候还是个才三十三岁的青春靓丽的亚比该[1]的夏普太太，走进夫人的房间，开口说："给您请安夫人，外面有个您见过的最脏的、穿得最破的人，他告诉沃伦先生说是歌唱老师让他来见夫人您的。可我想您多半是不想让他上这里来的。很可能他就是个乞丐。"

"哦，没错，马上带他进来。"

夏普太太退了出去，嘴里咕哝着"跳蚤还有更糟的"之类的话。她对美丽的奥索尼亚[2]还有她的子民的欣赏少得不能再少了，就算她对克里斯托弗爵士还有夫人深深的服从都不能阻止她表达自己对绅士人家怪癖的惊讶："他们非要选择留在'教皇佬'中间，在那些连晾床单都不行的国家，那里的人还一身的蒜味，足能熏你一跟头。"

---

1 侍女的旧称，源自《圣经》中大卫的故事，《圣经》里本是拿八的妻子，她为求大卫原谅给大卫送过礼物，在拿八被耶和华处死后嫁给了大卫。
2 意大利的古称。

不过,她马上又出现了,领进来一个小个子的穷酸男人,脸色蜡黄,浑身脏兮兮的,无神的眼里有种停不下来的东看西看的神情,他深深的尊敬里还有种过分的怯懦,这让他像个被独自囚禁了很久的犯人一样。然而透过他的肮脏和悲惨,还是有些痕迹可以辨认出他年纪不大,以前生得也好看。切弗利尔夫人,她虽然不是个心地非常温柔的人,更不是个多愁善感的人,但本质上还是个善良的人。她喜欢像一位女神一样施舍,一位低头慈爱地看着那些低伏在她神龛前的跛脚的、断肢的还有瞎眼的人的女神。她一看到可怜的萨尔蒂就有一阵同情涌上心头,她觉得他就像一艘饱经摧残的船的残骸,这艘船本可以在出海的航程中,在笛声和塔波鼓声中欢快地浮航。在她告诉他那些她希望他抄写的歌剧选段时,她的语气非常温柔,而他则似乎沐浴在她金黄色的、发光的存在中,于是当他胳膊下夹着音乐书出门的时候,他鞠的躬,虽然尊敬不减一分,但没有那么怯懦了。

萨尔蒂上一次见到像切弗利尔夫人这样耀眼、这样尊贵的美丽之物至少已经是十年前的事了。那段他穿着锦缎和羽毛走在舞台上的日子已经是很久以前的事了,他就当了短短一个演出季的第一男高音。可叹啊！他在下一个冬天嗓子就彻底毁了，自那之后就比一把裂了的小提琴好不了多少，也就是除了劈开当柴烧以外别无他用。就像许多意大利歌唱演员一样，他过于无知，教不了别人唱歌，而如果不是他还有书法这么个本领，他和他年轻无助的妻子可能早就饿死了。然后，就在他们的第三个孩子出生之后，一场热病来了，带走了多病的母亲还有两个大孩子，还击倒了萨尔蒂自己。等他从病床上起来的时候，头脑和肉体都变得虚弱了，身边只剩下一个小婴儿，还不到四个月大。他住在一家水果店楼上，店主是个健壮的悍妇，说话粗声粗气，脾气也很糟糕，但她养过孩子，于是就照料起了那个又小又黄、长着黑眼睛的 bambinetta[1]，还在萨尔蒂生病时一直照顾他。他还住在那里，靠抄写乐谱给自己和自己的小家伙挣一份微薄的口粮，工作基本都是阿尔瓦比先生给他介绍的。他似乎只是为了这个孩子活着：他照顾着她，把她放在膝头上下摆动逗她，和她说话，和她一起生活在水果店楼上的一间屋子里。只有在他短暂外出去领工作和带工作回家时，他才会请女房东照顾他的小狨猴。

---

1 意大利语，小女孩。

经常去那家水果店的顾客可能常常会看到小蒂娜坐在地上，两腿埋在一堆豌豆里，她喜欢把豌豆踢得到处都是；要不就像只小猫一样，被放在一只大篮子里以防她受到伤害。

不过有时萨尔蒂也会把他的小家伙置于另一位保护女神的庇佑之下。他去教堂做礼拜很规律，一周要去三次，每次都带着蒂娜和他一起去。在那里，当高挂天空的上午的太阳晒暖了教堂外的尖顶，还在和教堂里深深的黑暗斗争时，人们可能会看到一个怀抱着孩子的男人的身影匆匆穿过柱子和窗棂静止的阴影，朝着挂在合唱团席位附近不显眼的角落里的一个小小的金箔装饰的圣母像走过去。在这个大教堂所有的壮观物之中，可怜的萨尔蒂就认定了这个金箔装饰的圣母像作为神圣的慈悲和庇护的象征——就像一个孩子，在壮美的风光面前，看不到任何森林和天空的美妙，而是醉心于一片飘浮的羽毛或者一只碰巧和他的眼齐平的昆虫。就是在这里，萨尔蒂崇拜祈祷，把卡泰丽娜放在他身旁的地板上。时不时地，当教堂正好位于他不得不去拜访的地方附近，他又不想带她一起去时，他就会把她留在这个金箔装饰的圣母像前，她会坐在那里，一动不动地低声哼唧或者前后摆动着自己的小身体逗自己开心。等萨尔蒂回来的时候,他总是发现圣母好好地照料着卡泰丽娜。

这就是萨尔蒂的人生简史,他是如此出色地完成了切弗利尔夫人委托他的工作,于是她又让他带着一沓新任务回了家。可这一次,一周又一周过去了,他既没有再出现,也没有把交给他的乐谱让人送回来。切弗利尔夫人开始忧心了,想要派沃伦去萨尔蒂留下来的地址打听一下,结果有一天,当她正准备乘马车出门时,贴身男仆送来了一张小字条,他说是一个扛水果的人留给夫人的。这张字条上只有三行颤抖的文字,用意大利文写着:

"能不能恳请Eccelentissima[1],看在对上帝之爱的分儿上,怜悯一个将死之人,来看他一趟?"

切弗利尔夫人认出了这是萨尔蒂的字迹,尽管它是颤抖潦草的。于是,下楼走到她的马车前,命令米兰车夫把车驾到奎坤格西玛大街10号。马车到了一条肮脏的小街上,在拉帕兹尼果菜店对面停了下来,而那位大号的女性样本马上出现在了门口,这让夏普太太厌恶至极,她悄悄地对沃伦先生说拉帕兹尼

---

[1] 意大利语,对地位高贵女性的尊称。

是个"丑陋的教皇佬"。不过这个女水果贩子倒是冲着Eccelentissima满脸堆笑,深深地行着屈膝礼,这位夫人听不太懂她的米兰方言,打断了对话,要求马上带她去萨尔蒂先生的房间。拉帕兹尼领着她走上了又暗又窄的楼梯,然后扪开了一扇门,恳请夫人进到里面。正对着门躺着的就是萨尔蒂,他躺在一张破烂的矮床上。他的双眼无神,连动一下表明他知道她们进来了都没有。

在床脚下坐着一个小孩,明显还不到三岁。她的头被一顶麻布帽子遮住了,脚上穿着一双皮靴,靴筒顶上黄瘦的腿就那么赤裸地露在外面。一件用曾经很鲜亮的绣花丝绸做成的罩衫,是她身上唯一的衣服了。她又大又黑的眼睛在她奇怪的小脸上闪着光,就像用古老的象牙雕成的古怪人像上镶嵌的两颗宝石。她手里抱着一个空药瓶,正忙着把木塞塞进去又拔出来取乐,就为了听它的嘭嘭声。

拉帕兹尼走到床头说:"Ecco la nobilissima donna![1]"可她马上叫出了声来:"圣母啊!他死啦!"

没错。那个恳求并没有被及时送到,好让萨尔蒂

---

[1] 意大利语,高贵的夫人来了。

有时间来实现他恳求这位伟大的英国贵妇人照顾他的卡泰丽娜的计划。自从他担心他的疾病可能会以死亡收场开始,这就是在他虚弱的头脑里一直萦绕的念头。她有财富——她很善良——她肯定会为可怜的小孤儿做点什么的。于是,就这样,他在最后托人送去了那张字条,这张字条让他的祈祷实现了,尽管他没能活到把它说出口的时候。切弗利尔夫人给了拉帕兹尼一笔钱好为死者办后事,然后把卡泰丽娜带走了,想要征求一下克里斯托弗爵士的意见,看看要拿她怎么办好。就连夏普太太都被她所见的场面触动得心生怜悯,当她被叫上楼来抱走卡泰丽娜时,甚至还流了一小滴眼泪,尽管她完全不是有那种弱点的人;事实上,她出于原则拒绝流泪,因为就像她常常说的那样,人人都知道眼泪是世界上最伤眼睛的东西。

在回酒店的路上,切弗利尔夫人在心里思考了安排卡泰丽娜的各种方法,但最后有一个念头胜过了其他所有的想法。他们为什么不把这个孩子带回英格兰,在那里把她养大?他们已经结婚十二年了,然而切弗利尔庄园从来没有响起过欢快的童声,而那栋老房子肯定会因为那样的音乐而变得更好。再说了,这也是好基督徒的责任,把这个小教皇佬教成一个好新教徒,把尽可能多的英国果实嫁接到这棵意大利砧木上。

克里斯托弗爵士满心赞许地听夫人说了这个计划。他喜欢孩子，也马上就喜欢上了这只黑眼睛的小猴子——在她短暂的一生中他一直如此称呼她。但不论是他还是切弗利尔夫人都没有想过要收养她做自己的女儿，让她成为他们阶级的一员。他们实在太英国、太贵族了，是想不到如此浪漫之事的。不！这个孩子会在切弗利尔庄园被当作一个被保护人养大，最终要派上用场的，也许是整理经纱、记账、大声读书，或者在夫人的眼睛不行的时候发挥眼镜的作用。

于是夏普太太必须去找新的衣服来取代亚麻帽子、绣花的罩衫和皮靴。而从此时开始，说来也怪，小卡泰丽娜，在她三十多个月的生命里不自觉地遭受过许多苦难了，现在要开始尝到自觉的苦难的滋味了。"无知，"阿贾克斯说，"是没有痛苦的恶事。"同样，我想，污垢也是如此，鉴于有那么多张带着它快乐生活的脸。至少，干净有的时候是件痛苦的好事，这是任何脸被洗疼过的人都可以证明的，尤其是被第三根手指上戴着金戒指的无情的手洗过的。读者，如果你没有体会过那种最初的痛苦，指望你能多少体察卡泰丽娜在夏普太太的肥皂和水的管制下所遭受的痛苦就是白费时间。幸福的是，这种炼狱很快就在她的小头脑里和一段通向幸福之座的通道相联系起来了——那是切弗利尔夫人起居室里的沙发，那里有可以砸坏的玩具，可以坐在克里斯托弗爵士的膝头上下摇摆，还有一条好脾气的西班牙小猎犬，准备好了一动不动地忍受小小的折磨。

第四章

收养卡泰丽娜三个月之后——也就是说，在1773年的晚秋——切弗利尔庄园的烟囱里升起了不常见的黑烟，而仆人们都激动地等待着他们的男女主人在离家两年之后归来。当沃伦先生从马车上抱下来一个瘦小的黑眼睛孩子时，女管家贝拉米夫人是多么惊讶，而当夏普太太那天晚上穿插着大段评论给其他高级用人详细讲述卡泰丽娜的故事时，她则觉得自己在见识和经历上都是那么高人一等，当时他们正一起在女管家的房间里放松地喝着兑水的朗姆酒。

这是个舒适的房间，是任何一群人都会想要在寒冷的11月的晚上聚在其中的房间。壁炉本身就是一幅画：一个又宽又深的炉口，正中有一个砖砌的矮火台，那里大块的干木柴迸出许多火花,飞进后面黑黑的烟囱口里;在这个炉口顶上有一大块木头的横枋,上面刻着一句训言,是用老式英语字母刻上去的:"敬畏上帝荣耀君王"。而在人群背后——他们的椅子和摆满食物的桌子绕着这个明亮的火炉摆了一个半月形——那是一个多么适合想象力狂欢的明暗交错的空间啊!横跨房间的另一头,那是多大一张橡木桌啊,高大得肯定能给荷马的众神用。桌面立在四条巨大的桌腿上,桌腿像雕花的陶罐一样凸出鼓起!还有,沿着另一头的墙壁,多么巨大的橱柜啊,暗示着无尽的杏子酱和数不清的管家的额外福利!一两幅画也出现在了那里,在土黄色的墙壁上留下了几片可人的深棕色。在会大声作响的双扇门顶上高出许多的地方挂着一幅画,这幅画,依照着从黑暗中透出来看着像是张脸的部分,再尽力地综合分析之后,可能被认定画的是一幅抹大拉的玛丽亚。在要低很多的地方挂着一幅像是画着帽子和羽毛,还有一幅拉夫领的画,据贝拉米太太说这画的是弗朗西斯·培根爵士,他发明了火药,而在她看来:"他本该找点更好的事情做。"[1]

---

[1] 此处贝拉米太太把哲学家弗朗西斯·培根(1561—1626)和中世纪修士罗吉尔·培根(约1214—约1292)混淆了,英国民间相信后者发明了火药。

然而今天晚上，人们的头脑几乎不会为伟大的维鲁拉姆伯爵[1]停留，也正处在认为一位已经去世的哲学家不如一个活着的园丁有趣的状态，这位园丁就显眼地坐在壁炉前的半圆形圈子里。贝茨先生习惯了夜里来管家屋里做客，他更喜欢这里的社交欢乐——八卦的盛宴和流淌的兑水朗姆酒——而不是一张单身汉的椅子，椅子在茅草顶小屋里，小屋在一座小岛上，那里离所有的声音都很远，只有乌鸦的啼叫和野雁的长鸣——诗意的声音，这是毫无疑问的，但从人性的角度说，就不是那么欢快了。

贝茨先生怎么都算不得是个普通人，不是那种走过不会引人特别注意的人。他是个健壮的约克郡人，年近四旬，自然女神给他的脸上色时仿佛在着急别的事情，没有时间关心细节，因为他的领巾之上的每一寸可见的皮肤都是一种毫无分别的红色；于是当他离你有一段距离的时候，你的想象可以随意地把他的嘴唇安在鼻子和下巴之间任何位置。离得更近了看，会发现他的嘴唇有种特殊的形状，而我猜这和他说话的独特有关系，我们马上会听到，他说的方言是独有的

---

[1] 弗朗西斯·培根的爵位之一。

而不是一般乡下的土话[1]。贝茨先生还和普通人有个额外的不同,他一直在眨眼睛。这一点再加上他玫瑰一样红的脸膛,还有他走路的时候把脑袋伸出去、左右晃动的样子,让他有种穿着蓝围裙的酒神的架势。这位神灵在现今奥林匹斯不景气的时候,不得不亲自去管理自己的葡萄架了。然而就像贪吃的人常常很瘦一样,不酗酒的人常常有红脸膛,而贝茨先生就是个不酗酒的人,是那种男子气的、英国式的、好教徒般的不醉酒,喝上好几杯兑水的朗姆酒,头脑也不会明显地变得更清醒。

"该下地狱的扣子!"贝茨先生说,他在夏普太太的故事讲完了之后冲动地用上了自己最强烈的感叹,"我可没想到克里斯托弗爵士和夫人会干出这事,把个外国娃领回来了;看好了吧,甭管你我能不能活着看到那天,这事没个好。我干过的第一份工作——那是个老的——可老可老的宅子了,里头有你见过的最大的长满了苹果和梨子的果园。那儿有个法国贴身男仆,那家伙偷丝袜、衬衣和戒指,还有别的他的手能挨着的东西,最后揣着夫人的珠宝匣子跑了。他们都一个

---

[1] 原文中贝茨说的话发音与常人差别很大,后文也会提到众人其实听不太懂他唱歌。

样，他们这些外国人。这是血里带着的。"

"可说呢，"夏普太太摆出一副观点开明但清楚界限在哪里的人的架势说，"我不是要替外国人说好话，因为我跟大多数人一样都有足够的理由知道他们是个什么样子，没人会听到我说别的，他们差点就是异教徒，他们吃饭用的油就够让随便哪个基督徒倒胃口的了。可就算这样——再算上旅行路上落在我头上的洗洗涮涮，还要管孩子的麻烦事，我还是得说夫人和克里斯托弗爵士为这个啥都不知道的孩子做了件好事，她连左右都分不清呢，把她带到她会学着说比那些胡言乱语好不知多少的话的地方，还能在正教里长大。说起那些外国教堂，搞不明白为啥克里斯托弗爵士那么着迷它们，里头有男男女女光着身子的画，就那么让全世界看上帝给他们造出来的样子。我觉着，叫我说，进这样的教堂里简直是罪孽。"

"不过你可能会面对更多的外国人，"沃伦先生说，他喜欢激怒园丁头儿，"因为克里斯托弗爵士雇了些意大利工人来帮他改建大宅。"

"改建！"贝拉米太太喊道，大吃了一惊，"改建什么？"

"噢，"沃伦先生说，"照我知道的，克里斯托弗爵士要把老宅子彻底改成个新的,内外都一样。他还有好多全是图纸和图画的文件包要送来。房子外面要包上石头,修成哥特式——就跟教堂差不多,你知道,照我能弄明白的,天花板要比全英国哪里见过的都好。克里斯托弗爵士可是研究了好久的。"

"我的心肝啊!"贝拉米太太说,"我们要被石灰和石膏呛死了,屋里还到处都是和女仆说悄悄话的工人,这要惹出没完没了的麻烦来。"

"你能拿你的命打赌肯定是那样的,贝拉米太太,"贝茨先生说,"不过我不会说哥特式的不漂亮,可棒了,他们那帮石工能刻出来的菠萝、三叶草和玫瑰的样子多像真的。我敢说克里斯托弗爵士能把大宅子弄出个漂亮样子,全英国再也没有几个老爷的房子比得上它了,还有这么个花园和游乐场,还有墙果[1],连乔治王都会为它得意的。"

"哎,我可想不出这宅子能比现在的样子更好了,管什么哥特式不哥特式的,"贝拉米太太说,"我在这里腌菜、做果酱都多久了,到今年米迦勒节都十四年零三个星期了,可夫人是怎么说的?"

---

[1] 刻意靠墙种植的苹果等果木,整棵植株会被修剪成贴在墙上的样子。

"夫人清楚不要去反对克里斯托弗爵士决心要做的事，"贝拉米先生说，他不喜欢这场对话挑刺的语气，"克里斯托弗爵士想做什么就做什么，这你可以发誓。那也肯定是对的。他是个生就的绅士，他还有钱。不过，来吧，贝茨先生，把你的杯子倒满，我们来举杯祝老爷和夫人健康幸福，然后你给我们唱首歌吧。克里斯托弗爵士可不是天天晚上都从意大利回来的。"

大家毫不犹豫地认定了这个明显的理由是个举杯的好由头，但贝茨先生明显觉得自己的歌不是同样合理的后续，忽略了贝拉米先生提议的第二部分。有人听见过夏普太太说她从来没想过要嫁给贝茨先生，即便他是个"有脑子的气色鲜活的男人，不知道有多少女人都会抢着找他当男人"，她重复了贝拉米先生的请求。

"来吧，贝茨先生，让我听听《罗伊的老婆》[1]。我宁肯听一首那样可人的老曲子，也不愿意听那些高级的意大利哼哼唧唧。"

贝茨先生，在这样讨好的催促之下，把拇指插进了马甲的袖笼里，在椅子上往后一靠，把脑袋摆成那

---

[1] 英国民歌，讲述了一个美丽但不忠贞的妻子的故事。

个他可以直接看到最高处的姿势,然后断字清晰地唱起了《罗伊的老婆》。这首曲子或许的确是重复得太多了,可那正是在场的听众最推崇它的原因,他们觉得这样更容易加入一起唱副歌。而所有的问题都没有影响他们的享受,不论是关于"罗伊的老婆"唯一的特点,这是贝茨先生的发音让他们唯一听明白的,还是她"起骗"[1]了他——不知道是卖菜还是卖别的商品的时候,或者为什么她的名字要因此被一遍遍高兴地重复,这也是一个有趣的谜题。

贝茨先生的歌成为这个夜晚社交快乐的顶峰,然后这群人很快就散开了——贝拉米太太或许会梦到在她的腌菜罐之间四处飞洒的石灰,要不就是犯了相思病的女仆粗心地忘记了打扫角落——而夏普太太则沉浸在贝茨先生的小屋里独自管家的美妙幻想中,没有人摇铃使唤她,还有想吃多少就吃多少的水果和蔬菜。

卡泰丽娜很快就征服了所有对她外国血统的偏见,因为又有什么偏见能抵挡得住无助和断断续续的牙牙学语呢?她成了全家人的宠儿,把克里斯托弗爵士当时最喜欢的寻血猎犬、贝拉米太太的两只金丝雀还有

---

[1] 即"欺骗"。

贝茨先生最大的多津母鸡都挤到了第二等的位置。结果就是在夏日的一天当中,她就能经历好多轮不同的体验,先是从夏普太太在育婴房里带着点刻薄的好意管教开始,然后是夫人起居室里严肃的享受,或许还有坐在克里斯托弗爵士膝头上下摇摆的威风,有时接下来还会跟着他去马厩里,在那里卡泰丽娜很快学会了听到被铁链拴在那里的寻血猎犬狂吠时不哭,还会努力摆出勇敢的样子,一直抱着克里斯托弗爵士的大腿说:"不要咬蒂娜。"然后在贝拉米太太要出门采玫瑰叶子和薰衣草时,允许蒂娜在她的围裙小兜里放上一小把就能让她又骄傲又开心了;更开心的是,当这些叶和花被倒在布单上晾干的时候,她可以像一只青蛙一样蹲在上面,让它们像一阵芳香的小雨一样落在她头上。另一个常有的享受是跟着贝茨先生去菜园和温室,在那里有一大串绿色和紫色的葡萄从屋顶上垂下来,高高地挂在那只忍不住要向它们伸过去的黄色小手够不到的地方,不过这只手可以确信最后肯定能满意地握住什么滋味甜美的水果或者香气扑鼻的花朵。

其实,在那栋巨大的乡间大宅漫长单调的闲适中,你可以确信,总会有一个比除了陪蒂娜玩耍找不到更好的事情做的人。于是这只南方的小鸟在北方的巢里铺满了温柔、爱抚和漂亮的东西。在如此的养育之下，一个充满爱心又敏感的天性很有可能会把自己的敏感放大到不适合遭遇任何挫折的地步；更麻烦的是，这个天性里还闪耀着对任何稍稍有一点严苛或者无情的管教都爆发出剧烈的反抗火彩。卡泰丽娜唯一表现出了过人本领的地方就是她那报复的天才。

在她五岁时，她因为惹她不快的禁令报复地把墨水倒进夏普太太的针线篮里；还有一次，当切弗利尔夫人把她的娃娃从手里拿走时——因为她正在深情地舔掉它脸上的油漆——这只小野猫马上爬上了桌子把放在托架上的花瓶扔了下来。这几乎就是唯一一次愤怒击败了她对切弗利尔夫人的敬畏了，因为夫人有种高高在上的神圣，这种神圣属于那种从来不会融化成爱抚的善良，同时她的友善也是严肃且公平的。

慢慢地，切弗利尔庄园幸福的平淡像沃伦先生预告的一样被打破了。穿过园子的道路被载着从附近采石场运来的大量石料的马车轧出了深深的车辙印，翠绿的庭院里落满了灰扑扑的石灰，平静的大宅里也回响起了工具的声音。在接下来的十年里，克里斯托弗爵士都忙着给他的祖传大宅来一个建筑上的大改造；于是也就在他个人品位的驱动下，预见了对帕拉迪奥式建筑平淡无奇效仿的大反叛以及恢复哥特式风格建筑的潮流，这一潮流是 18 世纪末的一大特点。这是他灌注了全部心力的目标，他对此不可动摇的决心受到了他猎狐的邻居们不少的鄙夷，他们非常好奇为什么一个流着英国最上等血的人会吝啬到在酒窖上要俭省，还要把他的马队裁减到只剩两匹拉马车的老马和一匹乘马，就为了满足自己的兴趣——当建筑师玩。他们的妻子们倒不觉得酒窖或者马匹有太大的问题，但是说起可怜的切弗利尔夫人来，她们的悲悯就滔滔不绝，有段时间她甚至只能在三个房间里起居，她肯定也被各种噪声干扰，还有不健康的气味在影响她的身体。这简直就和嫁了一个有哮喘的丈夫一样糟糕。为什么克里斯托弗爵士不为她在巴斯，或者如果他必须要花时间监督工人的话，至少在庄园附近租一幢宅子？这样的怜悯是非常多余的，就像大多数人争着献上的怜悯总是多余的一样；因为虽然切弗利尔夫人没有她丈夫那样对建筑的激情，但她对妻子的责任是认真的，也对克里斯托弗爵士有够深的崇敬，所以她不会觉得顺从他是件难事。至于克里斯托弗爵士，他对批评完全不在意。"一个倔强、暴躁的人。"他的邻居们如是说。可是我，一个见过他留给自己后人的切弗利尔庄园样子的人,更愿意把他毫不动摇的建筑理想,那个靠多年系统的个人劳作而构想并实现的理想,归于一种天才的狂热以及不屈不挠的意志。当走在这些房间里,看到精美的天花板还有寒酸的家具时,这一切都说明在想到个人舒适之前,所有多余的钱都被用光了——我感觉在这位英国从男爵的心里一定存在着一些崇高的精神,就是这样的精神把艺术和奢侈区分开来,也不带自我放纵地崇拜着美。

当切弗利尔庄园由丑变美的同时,卡泰丽娜也从一个小小的黄脸丫头出落成了一个白上几分的少女,虽然没有不容争议的美貌,但有种轻盈空灵的优雅,再配上她又大又讨人喜欢的黑眼睛,还有一副好嗓子——它低沉的温柔能让人想起野鸽子求偶的低鸣——给了她比常人多得多的魅力。和那所宅邸不同,卡泰丽娜的成长并不是系统或者精心培育的结果。她的成长就像月见草一样,园丁不会不喜欢看到这种花生长在自己的园地里,但不会费力去栽培它。切弗利尔夫人教了她读写,还教了她念教义问答;因为沃伦先生是个好会计,在夫人的要求下教了她算术;夏普太太领着她见识了针线活的神奇。但是很长一段时间里都没人有任何想法要给她更高深的教育。很有可能直到死去的那天,卡泰丽娜都以为地球是一动不动的,是太阳和星星在绕着它转。不过,在这个方面,海伦、迪多、苔丝狄蒙娜还有朱丽叶也一样。所以,我希望你不会认为我的卡泰丽娜因此就配不上做女主角了。事实就是,除了一个例外,她唯一的天赋就是爱人;而在这个方面,很有可能最懂天文学的女子也无法胜过她。虽然她是个孤儿和被人收养的人,这一无匹的才能在切弗利尔庄园找到了足够多派上用场的机会,而卡泰丽娜比许多有不少银杯子和血亲的小小姐和小少爷可以爱的人都多。我想她天真的心里最爱的位置是给了克里斯托弗爵士,因为小女孩们总是喜欢黏着身边最好看的绅士,尤其是当他几乎从来不负责管教她的时候。排在从男爵之后的是多尔卡丝,那个快乐的、脸红扑扑的年轻姑娘,她是夏普太太在育婴房里的副手,于是扮演了一剂番泻叶泻药里的葡萄干的角色。后来,多尔卡丝嫁给了马车夫,她觉着自己在世界上的地位又高了一点,然后离开去了繁忙的小镇斯诺普特掌管一家"公共酒馆",对卡泰丽娜来说那是黑暗的一天。那个小小的陶瓷盒子,上面印着"纵使眼中不见,但心中永念"这句话,这是多尔卡丝送给她做纪念的,十年之后还是卡泰丽娜最宝贝的东西之一。

她另一个超常的天赋，你已经猜出来了，就是音乐。当卡泰丽娜有双擅辨音乐的好耳朵和一副更出色的嗓子这件事被切弗利尔夫人注意到之后，她和克里斯托弗爵士都很喜欢这个发现。卡泰丽娜的音乐教育马上就变成了件值得关心的事。切弗利尔夫人在上面花了很多时间，卡泰丽娜进展神速，超过了所有人的预期，于是他们又请了一位意大利歌唱老师，一连好几年，每年在切弗利尔庄园住上几个月。这个意外的天赋对卡泰丽娜的地位有极大的改变。在度过了那些最初的时光，那段小女孩像小狗小猫一样被人宠爱的日子之后，总会有一段时间人们不知道还能拿她们干什么，尤其是像卡泰丽娜一样，她们不像会长成聪明人或者美人的时候；毫不令人吃惊的是，在这段她让人提不起兴趣的时间里，人们对于她的未来没有任何特别的安排。她总归可以给夏普太太打下手的，如果她长大之后什么也干不成的话。可现在，歌唱这个出色的天赋让切弗利尔夫人更爱亲近她了，因为夫人最爱的就是音乐，而它也马上就让卡泰丽娜和会客厅里的娱乐有了关联。无意间，她慢慢地被视作家庭成员的一分子，而仆人们则开始明白萨尔蒂小姐最后还是要当一位贵小姐的。

"合该如此，"贝茨先生说，"她可没长成那种必须要下力挣面包的姑娘的样子；她就跟朵桃花一样娇滴滴，简直就像只朱顶雀一样，身子大小刚好能装下她的嗓子。"

然而早在蒂娜成长到她经历的这一阶段之前，她就开始了一个新时代，那就是比她此前结识的伙伴都要年少得多的一个伙伴的到来。在她不到七岁时，克里斯托弗爵士的一位被监护人——一个十五岁的少年，名叫梅纳德·吉尔福尔——开始在切弗利尔庄园度过假期了，在这里除了卡泰丽娜再也找不到更合他心意的玩伴了。梅纳德是个重感情的少年，他还保持着对白兔、宠物松鼠还有豚鼠的偏爱，即便他年纪已经不小，已经过了年轻绅士们通常看不起这样幼稚爱好的年纪了。他也很喜欢钓鱼，还有做木工活，是当作艺术的木工而不是为了任何实用目的。在他享受这所有乐事时，他很乐意让卡泰丽娜陪着他，用亲昵的爱称称呼她，回答她好奇的问题，让她摇摇晃晃地跟着他，就像你可能见过的一只布伦海姆小猎犬小跑跟着一条大蹲猎犬的样子。每当梅纳德回去上学的时候，总有这么个告别的小场面：

"你不会忘记我吧，蒂娜，在我回来之前？我会把我们做的鞭绳都留给你；还有，你可别让小豚鼠死了。来，吻我一下，发誓你不会忘记我。"

随着时间的流逝，梅纳德进到了大学里，也从一个瘦削的少年长成了一个健壮的年轻人，他们在假期里的情谊也就必然变成了另一种形式，但它依旧保持着兄妹一样的亲密。对梅纳德来说，小男孩的喜爱不知不觉中就变成了炽热的爱。在那多种的初恋之中，从孩提伙伴成长而来的是最强烈也是最持久的：当激情与长久的亲密结合之后，爱就如春潮般高涨了。而梅纳德·吉尔福尔的爱让他更情愿被卡泰丽娜折磨，也不愿享受没有了她的其他任何快乐，即便是最善心的魔法师为他创造的也不行。这些高大健壮的男人就是这样，从参孙[1]开始就如此了。至于蒂娜，这只小野猫清楚得很，梅纳德就是她的奴隶；他是世界上唯一一个她想怎么对待就怎么对待的人；我就不用告诉你们这是她全然没有对他动情的表现了：一个充满激情的女人的爱总是被恐惧遮盖着。

梅纳德·吉尔福尔在猜测卡泰丽娜的心意时没有欺骗自己，但他怀抱的希望是：总有那么一天，她至

---

[1] 《圣经》中的人物，力大无穷，后被自己的爱人大利拉所骗，剪发失去了力量，被敌人俘虏折磨，最后复仇，与敌人同归于尽。

少会关心他，愿意接受他的爱。于是他就耐心地等着他能大胆开口说"卡泰丽娜，我爱你！"的那一天。你看，他只要能有很少一点就可以满足了，因为他就是那种走完了人生也不会为了自己弄出一点响动的人；根本不会觉得外套的裁剪、汤的味道，或者仆人鞠躬到底鞠了多深这样的事情有什么重要的。他以为——实在够蠢的，正如恋爱里的人会那么想一样——当他在切弗利尔庄园安家，当上了那里的家庭牧师和附近一个教区的副牧师时，这对他是个好兆头；他错误地以为，照他自己的经验，习惯和亲情就是最可能通往爱的大道。克里斯托弗爵士在安排梅纳德当自己的家庭牧师时满足了好几种需要。他喜欢有牧师这个家庭随员这种老派的尊贵感；他喜欢有自己的被监护人陪着。而且，因为梅纳德自己还有点家产，他可以在这个舒适的家里享受生活，养养猎狐用的马，完成一些轻松的牧师责任，等到坎伯穆尔的牧师职位落到他手里，那时他就可以一辈子留在庄园附近了。"还有卡泰丽娜当他的妻子。"克里斯托弗爵士很快就开始这么想了，虽然这位善良的从男爵在发现那些令人不快的或者和他自己关于什么是合适的看法相反的事物上很迟钝，他总是能敏捷地发现什么是能和他自己的计划合桦的。他先是猜出来了，然后又直接询问，确定了梅纳德的想法。他马上就贸然认定卡泰丽娜也有同样的想法，或者至少她会有，等她够大的时候。不过当时无论是说还是做什么明确的事情都为时过早。

与此同时，新的状况出现了，虽然这些状况没有对克里斯托弗爵士的计划和未来产生任何改变，但它们把吉尔福尔先生的希望变成了担忧，还让他看清了卡泰丽娜的心不光永远不可能是他的，它还已经全部给了别人了。

在卡泰丽娜童年时，有那么一两次，还有另一个小男孩来庄园里做客，他比梅纳德·吉尔福尔要年轻——一个长着棕色鬈发、穿着漂亮衣服的漂亮男孩，卡泰丽娜总是怀着害羞的仰慕看着他。这就是安东尼·怀布罗，克里斯托弗爵士妹妹的儿子，也是他选定的切弗利尔庄园的继承人。这位从男爵花费了巨大的数额，甚至还缩减了他可以用来实现自己建筑理想的财产，就为了去除他家业上的限嗣继承条款，好让这个男孩当他的继承人——他被逼到这一步，我很遗憾地说，是因为和他姐姐一次不可转圜的争吵；宽宥并不是克里斯托弗爵士的美德之一。最后，在安东尼的母亲去世之后，当他不再是一个一头鬈发的男孩，而是一位高挑的年轻人，还有了个上尉的职位，每当他离开自己的军团休假时，切弗利尔庄园也就成了他的家。那时卡泰丽娜已经是个小女人了，十六岁多不到十七岁，然后我就不用花费很多口舌来解释你肯定已经看出来的那世界上最自然的事了。

庄园里很少有客人，所以如果没有卡泰丽娜的话，怀布罗上尉本会觉得无聊得多。当他就在她身旁，倚在钢琴上，表扬她的歌声时，他也喜欢观察她——用温柔的语气和她说话，看到她细微地快乐一颤，看到那让她发白的脸颊变亮了的红晕，还有她黑色双眼里闪过的害羞一瞥。还有个令人开心的地方是，不让那个家庭牧师插上话，那个腿肚子粗壮的家伙！有什么样的闲人可以经得起这样的诱惑，可以让一个女人迷上自己，还有另一个男人可以用来衬托自己？——尤其是当他清楚自己没想干坏事，也会慢慢地让一切都重回正轨的时候。可是在十八个月结束之后，怀布罗上尉在庄园里度过了不少时光，他发现事情发展到了他完全没有料想到的地步。温柔的语气接着就是温柔的话，而温柔的话又引来了回应的凝视，它让人不可能不进展到求爱的高潮。发现自己被一个娇小、优雅、眼睛黑黑的、歌声甜美的女子所爱慕，还是个没有人会嫌弃的女子，这是种令人舒心的感觉，比得上抽上了最好的拉塔基亚烟草[1]，而它同时要求人出于责任要温柔地回应一下。

也许你在想那个怀布罗上尉，他明明知道他连在梦里娶到卡泰丽娜都是荒诞的，那他一定是个不负责任的浮浪子弟，要这样骗走她的感情！完全不是。他是一个天性冷静的年轻人，几乎没有被引着做出过任何他不能向自己解释的行为，而那娇小脆弱的卡泰丽娜又是个会触动人的想象和情感而不仅仅是感官的女子。他的确很喜欢她，也很有可能爱上她——如果他能爱任何人的话。可自然并没有赐给他那个能力。自然给了他令人羡慕的身形、最白皙的双手、最精巧的鼻翼，还有大量恬然的自满，然而仿佛是为了避免让如此精巧的作品有任何被打碎的风险一样，警惕着不让他有强烈的情感这个弱点。没有任何因为年轻犯下的小差错被记录在案对他不利，克里斯托弗爵士和切弗利尔夫人都认为他是最好的外甥、最令人满意的继承人，他满怀对他们两人感激的尊重。而且，最重要的是，他的行事都是出于责任感。怀布罗上尉永远都

---

[1] 出产于叙利亚的烟草。

是出于责任感来做那些对他来说最容易最舒心的事：他衣着华贵，因为这是他出于自己的社会地位要承担的责任，也是出于责任感，他让自己适应了克里斯托弗爵士不容变动的意志，而反对它本来也是麻烦又没用的，因为体质虚弱，他也出于责任感关照着自己的健康。他的健康是他唯一会让自己的亲朋们紧张的一点，正是因为这样，克里斯托弗爵士才希望自己的外甥尽早结婚，在从男爵自己心中认可的一桩婚事看似马上就能实现之后，他就更加迫切了。安东尼已经见过也喜欢上了一位阿舍尔小姐，她是克里斯托弗爵士初恋的独生女，就像世上常有的事情，那位初恋嫁给了另一位从男爵而不是他。现在阿舍尔小姐的父亲已经过世了，她也继承了一份不错的家业。如果，这是很有可能的，她会被安东尼的外貌和品行迷倒，再也没有比见到一桩可以期待它会保证切弗利尔庄园不会落到他讨厌的人手里的婚姻更让克里斯托弗爵士高兴的了。安东尼已经被阿舍尔夫人作为她早年朋友的外甥亲切欢迎了。他为什么不去巴斯，那是她和她女儿当时生活的地方，加深这段友情，然后赢得一位漂亮、好出身还足够富有的新娘呢？

　　克里斯托弗爵士的愿望被转达给了他的外甥，他马上就表现出了甘心服从的意愿——出于责任感。卡泰丽娜被她的爱人温柔地告知了要求他们两人必须做出的牺牲：三天之后在大走廊里发生了那一幕你们已经见过的场面，就在怀布罗上尉去巴斯的前夜。

第五章

时钟无法停止的嘀嗒声就仿佛是疼痛的抽搐，尤其对于被令人虚弱的恐惧变得敏锐的感知来说，大自然这座巨钟也是如此。雏菊和花毛茛会让位给随风舞动的棕色长草，还点缀着暖红色的酢浆草；随风舞动的长草被割掉了，草地仿佛是嵌在茂密的篱笆之间的块块绿宝石；叶尖泛着棕黄的麦子开始被饱满的穗子压得弯下了腰；刈麦人弯腰散布在麦田中间，很快麦子就被打成捆儿立在一旁；然后，一瞬间，一片片黄黄的麦茬就和一道道暗红色的土地交错相邻，这些土地已经被犁铧翻起来，为以后播种新打出来的麦种做好了准备。而这样从一种美到另一种美的时间流逝，对快乐的人来说仿佛是一首流淌的乐曲，对许多颗心来说却意味着预料之中的痛苦缓缓地迫近——仿佛在催促着那个时刻的到来，那时忧惧的阴影会被成真的绝望取代。

1788年的夏天对卡泰丽娜来说快得多么残忍啊!玫瑰肯定是凋谢得更早了,花楸树的浆果也更加不耐烦地想要变红,秋天就这么来了,那时她就必须面对自己的痛苦,眼睁睁地看着安东尼把他全部的轻柔语气、柔情蜜语和温柔表情都给了另一个人。

就在7月底之前,怀布罗上尉来信说阿舍尔夫人和她女儿马上要逃离巴斯的暑气和热闹,回到她们在法利那阴凉宁静的家中去了,他也被邀请和她们一道去那里。他的信暗示他和两位女士关系都很好,也没有透露有任何情敌,于是克里斯托弗爵士在读过信之后非一般地快乐欢喜。终于,在8月快到头时,传来了怀布罗上尉求婚成功的消息,在两家人好几轮互相赞扬和恭喜的书信往来之后,大家商议好了阿舍尔夫人和她女儿在9月来切弗利尔庄园做客,到时比阿特丽丝会来结识她未来的亲戚们,也要讨论所有必需的准备。怀布罗上尉会在法利一直待到那个时候,然后一路陪同女士们前来。

与此同时,切弗利尔庄园的每一个人都要为了客人们的来访做准备。克里斯托弗爵士忙着咨询他的管事还有律师,还忙着给其他所有人下命令,尤其是催着弗朗切斯科赶紧把大厅画完。吉尔福尔先生的任务是买一匹女士的坐马，因为阿舍尔小姐是位好骑手。切弗利尔夫人要少见地去拜访人，还要邀请人。贝茨先生的草坪、砾石路和花坛一直都是如此整洁和完美，以至于花园里什么额外的工作都不用做了，除了多训斥园丁助手之外，而贝茨先生也并没有忽略这点额外的工作。

幸运的是卡泰丽娜也有自己的任务来填满漫长难熬的白昼，那就是绣完一个软椅垫，这样就凑齐了起居室里的一整套绣花布垫，这是切弗利尔夫人忙了一年的活计，也是庄园里唯一值得注意的家装。她嘴唇发冷、心脏乱跳地坐着绣这块料子，庆幸这种持续一整个白天的难过似乎可以减弱随着夜色和孤独卷土重来的那种忍不住落泪的感觉。她最害怕的是当克里斯托弗爵士靠近她的时候。那位从男爵的眼睛比什么时候都亮，他的步子比什么时候都轻盈，在他看来只有最阴暗或最粗鲁的人才会在一个事事都进展顺利的世界里表现不出畅快开心的样子。好一位亲爱的老绅士！他的人生经历让他对自己意志的力量有点兴奋，而现在他最新的计划眼看要成功了，切弗利尔庄园将会由一个孙外甥来继承，他甚至还能活到至少见到这个继承人长成一个下巴上长出绒乎乎胡子的好小伙子的时候。为什么不可能呢？六十岁还是很年轻的。

克里斯托弗爵士总是喜欢和卡泰丽娜开玩笑。

"好了，小猴子，你的嗓子必须得是最好的状态。你可是庄园的吟游诗人，你要知道，还得确定你有条漂亮的裙子和新的缎带。就算你是只会唱歌的小鸟，你也不能穿红褐色的衣服。"要不就是"下面就轮到你被人追求了，蒂娜。但你可不许学什么摆出淘气的骄傲样子的把戏。我可不要让梅纳德吃苦。"

卡泰丽娜对老从男爵的爱帮助她唤起了一丝微笑。当他抚摸她的脸颊还慈爱地看着她时，也正是她觉得快忍不住要哭出来的时候。和切弗利尔夫人讲话或者在她身边没有那么难受，因为夫人本人对这桩家庭大事感到的不过是平和的满意而已。而且，还有别的原因让她额外警醒，那就是她对克里斯托弗爵士见到阿舍尔夫人的快乐期待的一点忌妒。这位女士在他的回忆里永远是一个眼神温和的十六岁的美人，他和她互换了一缕鬈发然后才踏上了自己的第一次远游。切弗利尔夫人宁愿死也不会承认的是，她总忍不住希望他会对阿舍尔夫人失望，会相当羞愧自己说过她是如此的迷人。

在这些日子里,吉尔福尔先生心情复杂地观察着卡泰丽娜。她的痛苦直刺他的心。可是,哪怕就是为了她着想,他也很高兴一段从来就不会有好结果的爱情再也不会有妄想来给它添柴了。他又怎么能不对自己说:"也许,过段时间,卡泰丽娜会受够了为那条没良心的狗崽子难过,然后……"

终于,众人期盼的那天到来了。大约五点,在阿舍尔夫人的马车驶到门廊下时,最灿烂的9月阳光正把叶子开始发黄的酸橙树照得闪闪发亮。卡泰丽娜本来还坐在自己的房间里绣花,她听到了车轮的滚动声,跟着马上又是开门和关门的声音,还有走廊里传来的声音。她记起了晚饭是在六点,切弗利尔夫人想要她早点去会客厅,于是她起身开始换衣服,很高兴地发现自己突然觉得勇敢又强大。想见到阿舍尔小姐的好奇——想到安东尼就在这栋房子里——想要不能看上去不漂亮的心思,正是这些念头给她的双唇带来了点血色,也让她装扮起来更容易了。他们今天晚上会要她唱歌的,她一定要唱好。不会让阿舍尔小姐觉得她完全不起眼。于是她穿上了灰色的丝裙,戴上了樱桃红的丝带,精心得仿佛她自己才是订婚的人一样。她也没忘了那对浑圆的珍珠耳坠,这是克里斯托弗爵士让切弗利尔夫人给她的,因为蒂娜的小耳朵是如此美丽。

尽管她已经够快了,还是发现克里斯托弗爵士和切弗利尔夫人已经在会客厅里和吉尔福尔先生聊天了,正在告诉他阿舍尔小姐有多俊俏,却一点也不像她的母亲——明显长得只像她父亲。

"啊哈!"克里斯托弗爵士转身看着卡泰丽娜说,"你觉得这怎么样,梅纳德?你以前见过蒂娜这么漂亮吗?哎呀,这条灰色的小裙子是用夫人剩下的一点料子做的,对不对?用不了比手绢大多少的料子就能给这只小猴子做衣服。"

切弗利尔夫人一脸平和,容光焕发,因为仅仅一瞥就让她确定了阿舍尔夫人比不上自己,她也笑着同意了。于是卡泰丽娜就处在了那种自信且不在意的情绪之中,这是阵阵激动的情绪之间平缓的低潮。她走到了钢琴边,忙着整理起乐谱来,同时并非没有感到有人欣赏地看着她的快乐,她还在想,等下一次门开时,怀布罗上尉就要进来了,她会用非常高兴的样子和他说话。但当她听见他走进来,当玫瑰水的香气向她浮涌而来时,她的心猛地一跳。她什么都不知道了,直到他握着她的手,然后依旧用过去那种随意的样子说:"噢,卡泰丽娜,你怎么样?你看起来气色好得像朵花。"

她觉得自己的脸颊都要气红了,他竟然可以如此完全若无其事地和她说话,还看着她。啊!他深深地爱着别人,以至于他已经不记得任何对她的感情了。可下一刻她马上意识到了自己的愚蠢——"就像他过去能表现出任何有感情的样子似的!"这种矛盾的情绪把门再次被推开前的片刻变成了长长的间隔,然后她自己的注意力,以及其他所有人的注意力,都被进门的两位女士吸引住了。

这个女儿更抢眼,尤其是因为她和自己的母亲有着强烈的对比,她的母亲是一位含胸驼背的中等个头的女士,她曾经有过金发白肤的人易逝的粉白美貌,五官长得很平淡,还早早地就发了福。阿舍尔小姐身材高挑,长得优雅但又不显病弱,散发着混合亲近和自信的气势。她深棕色的头发上没有拍过发粉,卷成蓬松的发卷垂在她脸旁,脑后又长又密的鬈发几乎垂到了她的腰间。她圆润脸颊上呈现出的亮红色,再加上她挺直鼻子的精巧轮廓,给人留下的是华丽之美的印象,尽管她长着一双普通的棕色眼睛,一个略窄的额头,还有薄薄的嘴唇。她还在服丧,而她穿的绉纱裙的深黑色，只用煤晶装饰点缀了一下，完美地衬托出了她的肤色以及从肘部裸露的胳膊的浑圆洁白。第一眼给人的印象就够夺目了，而当她站在那里带着亲切的微笑看着切弗利尔夫人正在介绍的卡泰丽娜时，这个可怜的小东西自己似乎开始意识到——这是第一次——她过去的梦想到底有多愚蠢。

"我们被你家迷住了，克里斯托弗爵士，"阿舍尔夫人说，她说话的时候有种无力的装腔作势，仿佛她是在模仿什么人一样，"我敢说你外甥肯定觉得法利糟透了。可怜的约翰爵士总是对修好房子和园子提不起劲来。我常常和他说这个事，结果他说：'呸，呸！只要我的朋友们能吃上一顿好饭、喝上一瓶好酒，他们才不介意我的天花板是不是让烟熏黑了。'他就是那么好客，约翰爵士就是这样。"

"我觉得从园子里看到的大宅，就在我们过桥之后那个地方，景致尤其好，"阿舍尔小姐说，有点急着插话进来，仿佛在担心她母亲可能会说什么不中听的话一样，"而因为安东尼事先什么都不愿意向我们描述，初见这一切的享受显得越发惊人了。他不愿意错误的想象毁掉了我们的第一印象。我等不及要参观宅子了，克里斯托弗爵士，然后了解您所有建筑设计的历史，安东尼说这些设计花了您很多时间,研究了很久。"

"你可别引得一个老人说起过去,会说个没完的,我亲爱的,"从男爵说,"我希望我们能找到点比看我的旧图纸和画更有意思的事给你做。我们的朋友吉尔福尔先生已经给你寻到了一匹漂亮的母马,你可以在乡间尽情纵马,直到你满意为止。安东尼给我们来信说过你是个多么棒的女骑手。"

阿舍尔小姐带着最灿烂的微笑转头看向吉尔福尔先生,向他表示了她的感谢,她致谢的时候带着种做作的亲切,就是那种想要别人觉得自己迷人,也肯定自己能成功的人的样子。"请先别急着谢谢我,"吉尔福尔先生说,"你得先试试这匹母马。最近两年莎拉·林特尔女士都在骑它,但一位女士喜欢的马或许并不合适另一位女士,就像她们在其他方面的喜好也不相同一样。"

在这场对话进行的时候,怀布罗上尉一直倚靠在壁炉台上,满足于在他懒洋洋的眼睑下回应阿舍尔小姐在说话时频频向他投来的眼神。她非常爱他,卡泰丽娜想。但安东尼一直没有主动表示关心这件事,让她多少轻松了点。她也想到,他看起来比平时更苍白,更懒洋洋的。"如果他没有那么爱她——如果他有的时候会怀着悔意想起过去，我想我就可以承受这一切，还会乐意看到克里斯托弗爵士因此高兴。"

晚饭时的一件小事印证了这些想法。当甜点被端上桌时，刚好有一盆果冻正对着怀布罗上尉，而因为他自己想吃点果冻，就先问了阿舍尔小姐，她脸一红，用比平时尖锐一些的声调说："你到现在还没记住我从来不吃果冻吗？"

"你不吃吗？"怀布罗上尉说，他的感知还没有敏锐到让他能注意到细微的音调差别，"我还以为你挺喜欢的呢。我记得在法利的餐桌上总是有些果冻。"

"你好像不是很关心我喜欢或者不喜欢什么。"

"那是因为我满心都是你喜欢我这个快乐的念头。"这是尽职的回答，用动听的声音说出的。

谁都没有注意到这件小事，除了卡泰丽娜。克里斯托弗爵士在礼貌地专心听着阿舍尔夫人讲她上一个男厨子的故事，他是做肉汁的一把好手，就因为这个很讨约翰爵士欢心——他对肉汁要求很高，约翰爵士就是这样，所以他们让这个人当了六年厨子，尽管他的点心做得很差。切弗利尔夫人和吉尔福尔先生在冲着寻血猎犬鲁伯特微笑，它把自己的大脑袋拱到了主人的怀里，在嗅过了从男爵盘子里的东西之后，研究起了桌上的菜。

当女士们再次回到起居室之后,阿舍尔夫人很快就不住嘴地向切弗利尔夫人陈述她对给人穿着羊毛衣服下葬的看法。

"没错,你必须有件羊毛衣服,因为法律是这么定的[1],你知道的,可那又拦不住谁在下面再套一件亚麻衣服。我过去老是说:'要是约翰爵士明天过世了,我就会让他穿着衬衣下葬。'我后来就是这么做的。我也建议你以后这样安排克里斯托弗爵士。你从来没见过约翰爵士,切弗利尔夫人。他是个又高又壮的人,鼻子长得就像比阿特丽丝一样,对衬衣要求也高得很。"

与此同时,阿舍尔小姐坐到了卡泰丽娜身边,带种笑盈盈的亲切,这种亲切仿佛在说"我真的一点都不傲慢,虽然你可能认定我会这样",她说:

"安东尼跟我说你唱歌唱得美极了。我希望我们今天晚上能听到你唱歌。"

"好的,"卡泰丽娜说,平静地,一点笑意都没有,"有人要我唱我就会唱的。"

"我羡慕你有如此迷人的才能。你知道吗,我的耳

---

[1] 在英国历史上,为了保护毛纺织业的利益,的确通过了要求只能穿着羊毛织物下葬的法律,这一法律到1814年才被废除。

朵完全听不出好坏,我连最短的曲子都哼不下来。你说这是不是太不幸了?但是我在这里的时候要好好地享受了,怀布罗上尉说你每天都会给我们唱歌。"

"我还以为听不出好坏的人是不会喜欢音乐的。"卡泰丽娜说,这句话的简洁让它显得像格言一样有力。

"噢,我跟你保证,我可喜欢音乐了,安东尼也可喜欢了,要是我能弹琴唱歌给他听就太好了。不过他说他喜欢我不会唱歌的样子,因为唱歌就不是他心目中理想的我该有的样子。你最喜欢什么风格的音乐?"

"我不知道。我喜欢所有动听的音乐。"

"那你像喜欢骑马那样喜欢音乐吗?"

"不,我从来不骑马。我猜我会被吓坏的。"

"啊,才不会!你不会的,只要练习一下就好。我从来没有怕过。我猜安东尼比我自己都还要为我担心;自从我开始和他一起骑马,我就不得不更小心点了,因为他是那么担心我。"

卡泰丽娜没有回答,但她对自己说:"我希望她会走开,不要再和我说话了。她只是想要我羡慕她性格好,还想要聊安东尼。"

同时阿舍尔小姐在想:"这位萨尔蒂小姐看起来是个愚蠢的小东西。这些会音乐的人常常是这样的。但是她比我预想的要漂亮,安东尼说她不漂亮的。"

幸好在这个关头阿舍尔夫人把自己女儿的注意力引到了绣花软垫上,阿舍尔小姐走到对面的沙发前,很快就和切弗利尔夫人聊起了挂毯和刺绣之类的事,同时她母亲觉得自己在那头的位置已经被女儿取代了,就过来坐到了卡泰丽娜身边。

"我听说你唱歌唱得妙极了,"就是理所当然的开场白,"所有的意大利人唱歌都那么美妙。我和约翰爵士刚结婚时去意大利旅行过,我们去了威尼斯,在那里他们去哪儿都坐贡多拉,你知道吧。我看你头上也不拍粉。比阿特丽丝也不再拍粉了,不过许多人都觉得她的鬈发拍上粉更好看。她的头发可真不少,对吧?我们上一个贴身侍女梳得比现在还要好看,但是,你知道吗,她先偷穿比阿特丽丝的长筒袜再把它们送去洗,我们不可能在发现这之后还留着她了,对吧?"

卡泰丽娜把这个问题当作一个反问句,以为用不着回答,结果阿舍尔夫人又说:"对不对,你说?"就仿佛蒂娜的赞同对她心灵的平静至关重要。在一声轻轻的"对"之后,她继续说了下去。

"侍女真的很麻烦,比阿特丽丝又是那么挑剔,你都想象不出来。我常常跟她说:'我亲爱的,你不能样样都要完美。'她身上穿的那条裙子——没错,它现在是要多合身有多合身——它可是被拆开了又缝上、拆开了又缝上过两次了。不过她这点就像可怜的约翰爵士——他也对自己的东西非常挑剔,约翰爵士就是这样的。切弗利尔夫人很挑剔吗?"

"非常。不过夏普太太已经给她当了二十年贴身侍女了。"

"我倒希望我们有机会让格里芬留二十年。但我怕我们以后还是不得不把她打发走,因为她的身体太弱了,而且她还那么倔,她不愿意照我说的喝苦味酒。你看起来也很弱。我推荐你早上起来空腹喝甘菊茶。比阿特丽丝是如此健壮,她从来没吃过药,但如果我有二十个女儿,她们也个个都体弱,我会给她们都喝甘菊茶的。它比别的什么都能强健体质。所以,答应我你会喝甘菊茶,好吗?"

"谢谢您,我一点病都没有,"卡泰丽娜说,"我就只是一直都又苍白又瘦的。"

阿舍尔夫人确信甘菊茶可以改变一切——卡泰丽娜必须试试看有没有效,然后又像个漏掉的淋浴头一样唾沫飞溅地说个不停,直到提前进到起居室里的绅士们分了她的心,然后她就抓住了克里斯托弗爵士不放,而他可能已经开始在想,为了诗意的完美,最好还是不要在相隔四十年之后再见自己的初恋了。

当然了,怀布罗上尉也加入了他的舅母和阿舍尔小姐的对话中,而吉尔福尔先生试着把卡泰丽娜从一个人闷不作声地坐着的尴尬中解救出来,给她讲起了自己的一个朋友那天早上是如何摔断了胳膊还能把马拴到桩子上的,看起来完全没有注意到她几乎没听他说话,而是在看向屋子的另一头。忌妒折磨人的地方之一就是它从来不能把眼睛从让它痛苦的东西上移开。

渐渐地,人人都感觉需要从闲聊里缓一缓了——克里斯托弗爵士是最迫切的——也正是他提出了这个受欢迎的倡议——

"来吧,蒂娜,今天晚上我们坐下来玩牌之前难道不来点音乐吗?我猜夫人你玩牌,对吧?"他镇定了一下,然后转头对阿舍尔夫人补充说。

"那当然!可怜的约翰爵士天天晚上都摆一桌惠斯特牌。"

卡泰丽娜马上在羽管键琴前坐了下来,她刚一张嘴唱歌就高兴地发现怀布罗上尉在朝着羽管键琴快步走来,很快就站在了他的老地方。想到这点给了她的声音新的力量。阿舍尔小姐马上跟着他过来了,摆出了一副在欣赏的样子，而这种样子只属于并没有真正在享受的人。当她注意到这一切，她结尾的花腔唱段因为一点点胜利的蔑视带来的激动而更加出彩。

"哎呀，你的嗓子比任何时候都要好，卡泰丽娜，"怀布罗上尉在她唱完之后说，"这和我们在法利的时候听着挺高兴的希伯特小姐捏着嗓子小声唱的可太不一样了，你说是吧，比阿特丽丝？"

"确实是这样。你是个最招人羡慕的人了，萨尔蒂小姐——卡泰丽娜——我能叫你卡泰丽娜吗？因为我老是听安东尼说起你，就像我已经认识你很久了一样。你会让我叫你卡泰丽娜吧？"

"噢，那当然，人人都叫我卡泰丽娜，不过他们都用蒂娜来称呼我。"

"来吧，来吧，多唱点，多唱点，小猴子，"克里斯托弗爵士在房间的另一头喊道，"我们还完全没听够呢。"

卡泰丽娜准备好了听令，因为当她在唱歌时，她就是房间里的女王，而阿舍尔小姐就被降低成了只能僵硬地摆出欣赏样子的人。唉！你看到忌妒在这个可怜的年轻灵魂里做什么了。卡泰丽娜，她就像一只不起眼的小鸣鸟一样生活到现在，如此安心地卧在为她张开的羽翼之下,她的心只会随着爱的平缓的节奏跳动,或者因为什么很容易就消除的恐惧而节律不齐,这样的卡泰丽娜开始尝到了胜利和仇恨带来的心脏悸动的滋味。

等歌唱完了,克里斯托弗爵士和切弗利尔夫人坐下来和阿舍尔夫人还有吉尔福尔先生玩起了惠斯特牌之后,卡泰丽娜坐到了从男爵的手肘边,就像是为了看他们玩牌的样子,为的是让自己不会看起来是闯到了那对恋人之间碍事。一开始她还因为自己的小胜利而容光焕发,感觉到了骄傲的力量;可她的眼睛会偷偷瞟着壁炉的另一边,那里怀布罗上尉紧挨着阿舍尔小姐坐在一起,还把胳膊搭在了沙发的后背上,摆出了最像爱人的姿势。卡泰丽娜开始觉得自己的喉头堵得慌。她几乎不用抬头就能看到,他在拿起她的手看她的手镯。他们的头低下去挨在一起,她的鬈发碰到了他的脸——现在他把他的嘴唇放到她手上了。卡泰丽娜觉得自己的脸在发烧,她再也坐不下去了。她站了起来,装作快步走着四处寻找什么东西,最后从屋里悄悄溜走了。

出门之后,她拿了一支蜡烛,然后急匆匆地顺着走道上了楼梯回到了自己的房间里,还锁上了门。

"啊,我受不了,我受不了了!"这个可怜人大声脱口而出,她细小的手指交叉扣在一起,把它们紧紧地抵在额头上,仿佛想把它们弄断一样。

然后她烦躁地在屋里来回打转。

"这还得一天又一天继续好久,我还必须看着。"

她紧张地四处找一个可以攥在手里的东西。桌子上放着一块麦斯林纱手绢,她拿起它,一边在屋里来回打转,一边把它撕成了碎片,然后在手心里紧紧攥成了一团。

"还有安东尼,"她想,"他能这么做而不在意我会有什么感受。啊,他能把一切都忘了:他过去是怎么总说他爱我的——他是怎么总在我们走路的时候握着我的手的——他是怎么晚上总要站在我旁边就为了能看到我的眼睛的。"

"啊,太难受,太难受了!"她突然大声喊道,仿佛她回想起了这些过去所有的相爱时刻。然后她的眼泪涌了出来,她猛地跪在床边,痛苦地抽泣起来。

她不知道自己跪在那里有多久,直到她被晚祷的钟声惊醒。她想到切弗利尔夫人也许会派人来找她,她站了起来,急忙开始脱衣服,这样就不可能再让她下楼去了。她刚刚才披散头发,穿上一条宽松的裙子,就响起了敲门声,夏普太太说:"蒂娜小姐,夫人问你是不是不舒服。"

卡泰丽娜打开门说:"谢谢你,亲爱的夏普太太。我头疼得厉害。请告诉夫人我唱歌之后就觉得头疼了。"

"那,我的老天!你怎么还没躺到床上,还站在这里发抖,等着要病死吗?来,让我给你弄好头发再帮你暖暖地躺进被窝里。"

"哦,不用了,谢谢你;我真的很快就会上床去的。晚安,亲爱的夏皮[1];别生气了;我会听话的,会到床上去的。"

卡泰丽娜哄骗地吻了吻自己的老朋友,可夏普太太可不是这样就能"糊弄过去"的,她坚持要看着自己从前照料过的孩子在床上躺下,还拿走了这个可怜的孩子想要留下来陪自己的蜡烛。

然而心跳成那样还躺在那里不动是不可能的。这个瘦小苍白的身影很快又从床上起来了,想从冰冷和不适中找到什么来缓解自己的痛苦。天色还够亮,足以让她能看清楚自己的房间,因为月亮几乎就是满月了,高高地挂在天上,周围是四散奔走的流云。她坐

---

[1] 卡泰丽娜对夏普太太的爱称。

在那里用额头抵住冰冷的玻璃，看着外面宽阔的园子和草坪。

月色是多么凄凉啊！呼啸的狂风夺走了它全部的温柔和静谧。树都被那个起伏的动静骚扰了，就在它们想要静下来的时候；抖动的草让她同样感觉到冷，也跟着抖动了起来；池边的柳树，在看不见的摧残下低低地弯下身，就像她自己一样激动无助。但她却因为其中的哀伤而更喜欢上了眼前的一幕：它有种怜悯的意味。它不像恋人们无情冷酷的幸福，在痛苦的眼前炫耀。

她用牙齿紧紧地咬住窗框，眼泪又密又急地落下来。她很感激自己能哭出来了，因为当她的眼睛是干的时候所感受到的疯狂激情让自己害怕。如果那种可怕的感觉在切弗利尔夫人在场时发作了，她绝对控制不了自己。

然后还有克里斯托弗爵士——对她那么好——那么为安东尼的婚事高兴。结果她却一直有着这些该死的念头。

"啊，我没办法，我没办法啊！"她在抽泣的间隙低声说，"啊，上帝啊，可怜可怜我吧！"

蒂娜就这样度过了这个狂风大作的漫漫月夜，直到最后，浑身疲惫发痛，她才再次躺到了床上，累得睡着了。

在这可怜的小心脏正在因为它承受不了的重量受伤时,大自然还带着不可打动的令人生畏的美,继续着它不可停止的步伐。群星还在永恒的轨道上匆匆奔跑,潮水涨到了最后一根等待潮水的草的位置;太阳给飞速转动的地球另一边忙碌的国家送去了灿烂的白天。人类思想和行动的河流向前匆匆流动,越来越宽广。天文学家坐在他的望远镜前;巨舟在浪涛中跋涉;商业繁忙的迫切,还有激烈的革命精神都只是在短暂地退潮休息;无眠的政治家正在忧心明天可能出现的危机。我们的小蒂娜和她的痛苦在这道从一个可怖的未知涌向下一个可怖的未知的巨大洪流中又算得了什么呢?比一滴水里闪动的最小的生命核心还要微不足道,还要隐秘和无人关心,就像那只最小的飞鸟胸口痛苦的跳动,当它衔着苦寻良久才找到的食物振翅落在自己的巢旁,却发现巢已经被毁,里面空空如也。

第六章

第二天早上,当卡泰丽娜被送热水的玛莎从熟睡中唤醒时,阳光普照,狂风已经止住了,尽管她四肢无力，眼睛发疼，昨夜的痛苦时光仿佛是虚幻的，像是在梦中一样。她起床开始穿衣服，感到了一种奇怪的迟钝感，仿佛再也没有什么可以让她哭泣了一样；她甚至渴望下楼和众人打交道，这样她或许可以借与人接触打破这种麻木状态。

当我们望向美好的清晨阳光时，没有几个人能不为自己的罪孽与愚蠢感到羞愧，它像羽翼闪亮的天使一样落到我们身边，召唤我们离开那条在我们身后延伸出去的虚荣老路；而蒂娜，尽管她对教义和理论一窍不通，也觉得自己昨天既愚蠢又坏。今天她要努力乖乖的；等她跪下来说简短的祈祷时——就是她十岁时就记在心头的祈祷词——她加了一句："啊，上帝，助我忍受它！"

那天的祈祷似乎得到了回应，在早饭时解释了几句她苍白的脸色之后，卡泰丽娜上午过得很平静，因为阿舍尔小姐和怀布罗上尉出门骑马去了。晚上有一场晚宴，在卡泰丽娜唱了几首歌之后，切弗利尔夫人记起了她还在生病，就让她去睡了，她很快就在床上沉沉睡去。身心都必须要补充力量才能继续受苦或者享乐。

可是第二天早上下雨了，人人都必须留在室内，于是大家决定由克里斯托弗爵士带着客人们去参观房子，听听他讲建筑改造、家族肖像还有家传古物的故事。当提出这个提议的时候，吉尔福尔先生除外，所有的人都在起居室里，而在阿舍尔小姐起身准备离开时，她朝怀布罗上尉看过去，以为他也会站起来，然而他却一动不动地坐在炉火旁，把眼睛转向他一直拿在手里却还没有读过的报纸。

"你不去吗，安东尼？"切弗利尔夫人问道，她注意到了阿舍尔小姐期待的眼神。

"我想算了吧，请你原谅我，"他回答说，站起身来打开门，"今天早上我觉得身上有点冷，我害怕阴冷的房间和穿堂风。"

阿舍尔小姐脸一红，但她什么都没说，走了出去，切弗利尔夫人陪在她身边。

卡泰丽娜坐在凸窗前绣花。这是她第一次和安东尼单独相处，她之前还以为他想躲开她。可现在，毫无疑问，他想和她说话——他想说点善良的话。他从炉火旁的座位上站了起来，坐到了她对面的矮凳上。

"嗯，蒂娜，这么久了你过得怎么样？"

这种语气和他说的话都使她生气。这个语气和以前的语气是那么不同，他说的话是如此冷漠又没有意义。她带着点怒意回答道：

"我想你不需要问了。对你来说没有什么意义。"

"这就是我离开这么久之后你能对我说的最温柔的话了吗?"

"我不明白为什么你觉得我会说温柔的话。"

怀布罗上尉沉默了。他非常希望能够别提起过去或者评论现在。然而他又希望能和卡泰丽娜好好相处。他喜欢温柔地抚摸她,送她礼物,让她觉得他对她很好。可这些女人实在是任性得恼人!就没办法让她们理智地看待任何事。最后他说:"我希望你会觉得我是个更好的人,蒂娜,因为我做了我不得不做的事,而不是对我心怀恨意。我希望你能明白这是对所有人都好的事——这也是对你的幸福最好的事。"

"哈,求你不要为了我的幸福向阿舍尔小姐求爱了。"蒂娜回答说。

就在这时门开了,阿舍尔小姐进来了,她来拿她的束口小提包,包就放在羽管键琴上。她锐利地看了一眼卡泰丽娜——她正在脸红——然后用微微讥讽的语气对怀布罗上尉说:"既然你身上都那么冷了,我还挺奇怪你怎么喜欢坐到窗边去。"然后转身离开了房间。

这位情郎看起来没有多难堪,但他又静静地坐了一会儿,然后坐到了琴凳上,把凳子挪到了卡泰丽娜身边,抓住她的手说:"好了,蒂娜,看着我,别生气,让我们当朋友吧。我会永远是你的朋友。"

"谢谢你了,"卡泰丽娜抽回她的手说,"你可真慷慨。不过还是请你走开。阿舍尔小姐可能还会进来的。"

"管什么阿舍尔小姐!"安东尼说,他感觉旧日的习惯又回到了他身上,当他如此靠近卡泰丽娜之时。他伸手搂住了她的腰,脸颊靠上去贴住了她的脸。在那之后嘴唇就忍不住要互相触碰了。可下一刻,心怦怦乱跳、眼泪马上就要夺眶而出的卡泰丽娜从他身边跑开,冲出了房间。

第七章

卡泰丽娜把自己从安东尼身边强行拉开时,她不顾一切的样子就像一个只有一丝神志尚存的人。这个人清楚,如果不冲出去呼吸到新鲜空气,那么炭火的烟气就要让她窒息了。可等她回到了自己的房间后,她还是如此沉醉于旧日情感的短暂重生中,如此因为自己爱人突然回归的温柔而激动,甚至不知道该感到痛苦还是快乐。仿佛就像她的情感小世界里有了一个奇迹，让未来看起来一片朦胧——清晨昏暗但充满可能的雾气，而不是冬日肃杀的日光和痛苦的现实清晰不可改动的线条。

她觉得自己需要很快动一动。她必须冒雨出去走走。幸运的是，云幕中有那么一小块薄薄的地方似乎预示着现在，眼看快到中午，天气有想要晴起来了的意思。卡泰丽娜对自己说："我要走到苔藓地去，把我给贝茨先生织的大围巾给他带过去，这样切弗利尔夫人就不会奇怪我为什么会出门了。"在大厅门口她遇到了老寻血猎犬鲁伯特，它就蹲在门垫上，下定了决心让那天早上第一个有足够理智知道要出门散步的人会有幸得到它的肯定和陪伴。它用自己黑褐夹杂的大脑袋来拱着她的手，兴奋地摇着尾巴表示着自己的快乐，然后是它欢迎仪式的高潮，它跳起来舔了她的脸，她的脸正好在它能方便舔到的高度，卡泰丽娜很感激这条老狗表现出的友善。动物是如此舒心的朋友——它们不会问问题，它们也不会批评你。

苔藓地是园子里最僻静的地方，被一条从水池流出来的小溪环绕着。当然了，在这么潮湿的一天，卡泰丽娜几乎不可能选一条更糟的散步路线了，因为虽然雨变小了，很快就干脆全停了，但雨水还是不停地从树上密密地落下来，这些树像拱门一样荫蔽着她走过的大部分路。举着一把让她手臂酸痛的雨伞沿着潮湿的道路费力地走，还是让她寻到了她想要的从自己的燥热激动中解脱的方法。这样的运动对她娇小的身体来说就等于吉尔福尔先生打一天猎的疲惫了，他时不时也会想摆脱自己一阵阵的忌妒和哀伤，彼时他会明智地选择自然无害的鸦片——疲倦。

等卡泰丽娜走到美丽的木拱桥时——这座桥是任何不长蹼的脚进入苔藓地的唯一通道——太阳已经征服了云层，从高大的榆树枝的缝隙里洒了下来，这些树密密地环抱着园丁头儿的小木屋。阳光把雨滴变成了钻石，也诱惑着攀在门廊和低矮的茅草屋顶上的旱金莲再次扬起它们火红色的花冠。许多秃鼻乌鸦用单调的声音嘎嘎叫着，很明显——凭它们与人类相近的惊人智力——觉得天气的变化是个聊天的好话题。如茵的草地上散布着喜湿植物的大叶片，这都说明贝茨先生的小巢在最好的天气里也相当潮湿，不过他倒是认为一点外界的潮湿是伤不了人的，只要他不会任性地忽视那个显而易见的天赐解药——兑水的朗姆酒。

卡泰丽娜喜欢这个小巢。里面的每一个物件，萦绕其中的每一种声音，都是她熟悉的。因为过去有很多时候贝茨先生会抱着她来这里,她学着秃鼻乌鸦发出幼嫩的嘎嘎声,冲着在湿漉漉的草丛里蹦跳的青蛙拍手,还表情严肃地看着园丁头儿的鸡在鸡笼里咯咯叫。现在这个地方在她看来比任何时候都要漂亮;它不是阿舍尔小姐,那个美貌夺人,有各种小要求,还会说不那么客气的话的阿舍尔小姐会来的地方。她以为贝茨先生还不会回来吃午饭,这样她就要坐在那里等他。

可她想错了。贝茨先生正坐在他的扶手椅里,脸上盖着他的手绢,当天气逼得人只能待在屋里时,这是用来度过这一餐与下一餐之间多余时间的最好办法。拴起来的斗牛犬凶猛的叫声惊醒了他,他看到了自己最疼爱的小人儿走了过来,于是立刻走到了门口,看起来和他的茅屋相比高得不成比例。那只斗牛犬与此同时已经从它的工作态度里缓和下来了,开始和鲁伯特友好地交换意见。

贝茨先生的头发现在已经是灰色的了,但他的身体依旧强健,他的脸看起来更红了,和他深蓝色的棉领巾还有拧成一条拴在腰间的亚麻围裙形成了艺术的对比。

"啊呀,该下地狱的扣子,小个子小姐,"他大声说,"你怎么出门来用脚踩水了,像只小红面鸭一样,在这种天气里？倒不是说我不高兴见到你。快来，赫斯特，"他招呼着自己的驼背老管家婆，"快把小姐的雨伞拿过去撑开晾着。快来，快进来，小个子小姐，来把你的脚放在火炉边、烤干，然后再喝点热的以防你着凉。"

贝茨先生带着路，他在门口弯了下腰，走进了他的小客厅，然后抖了抖他扶手椅上的拼花靠垫，把椅子挪到了能好好烤烤烧得正旺的火的地方。

"谢谢你，贝茨叔叔。"（卡泰丽娜还用童年时的称呼和自己的朋友们打招呼，这就是其中之一。）"不要离火那么近，因为我走热了。"

"行，可你的鞋可都湿透了，你必须把脚放到炉子的围栏上。可真是不小的脚啊，对吧？——大概有一个大勺子那么大了。我就想你怎么能用它们站得住。好了，你想喝点什么来暖暖肚子？来点热腾腾的接骨木酒，好不好？"

"不了，什么喝的都不用，谢谢。吃完早饭还没过多久。"卡泰丽娜说边从她的大口袋里掏出了围巾。那个时候的口袋都很能装。"看这个，贝茨叔叔，我是给你送这个来的。我专门为你织的。你这个冬天必须围着它，然后把你的红围巾给老布鲁克斯。"

"哎呀，小个子小姐，这是个漂亮东西。还是你用你的那些小手指专门给我这么个老家伙织的！我觉得你可太好了，我发誓我会围的，还会为它骄傲呢。这些蓝色的还有白色的道道，啊，它们弄得怪好看的。"

"对的，这样会更衬你的脸色，你知道的，比那条红的旧围巾更好。我知道夏普太太会比什么时候都要爱你，等她看到你围新围巾的时候。"

"我的脸色，你个小淘气！你在嘲笑我呢。不过说起脸色，那位准新娘子脸上的气色可真好看啊！天哪！她在马背上看起来又漂亮又大气——坐得直直的跟个标枪一样，身材就像雕塑一样！夏普太太答应了要找个门把我藏到后面，这样等夫人小姐们去吃晚饭的时候，我就能看到这位小姐打扮好的样子了，鬈发和别的什么都有。夏普太太说她差点就要比夫人年轻的时候更漂亮了，我觉得全国你都找不到几个那么漂亮的。"

"是的，阿舍尔小姐很漂亮。"卡泰丽娜说道，有点淡淡的，当别人描述阿舍尔小姐给他留下的印象时，她又再次感到了自己的渺小。

"对，我也希望她是个好人，能给克里斯托弗爵士和夫人当个好外甥媳妇。格里芬太太，那个贴身侍女,说她对衣服什么的挑剔得很,爱挑刺得很。不过她还年轻——她还年轻;等她有了丈夫,有了孩子,还有别的事情去琢磨的时候就不会这么麻烦了。克里斯托弗爵士可是高兴坏了,我能看出来。他那天早上跟我这么说的:'啊,贝茨,你觉得这位年轻的准太太怎么样?'我说:'哎呀,老爷,我觉得她是我见过的最漂亮的姑娘了,我希望上尉能赶紧有一个幸福的家庭,您还能长命百岁地看到那一天。'沃伦先生说老爷非常赞成提前办婚礼,很有可能等不到秋天过去就要办了。"

随着贝茨先生继续说着,卡泰丽娜觉得她心里仿佛痛苦地抽搐了一下。"没错,"她边说边起身,"我想也会提前的。克里斯托弗爵士为这事很着急。不过我得走了,贝茨叔叔。切弗利尔夫人会找我的,也到你吃午饭的时候了。"

"唉,我的午饭急什么。不过,要是夫人找你的话,我可不能耽搁你。可我还没能好好谢你给织的大围巾呢——你的'浑蛋全身裹'[1],他们是这么叫这个东西。我可谢谢你了,它是个漂亮东西。可你看起

---

[1] 原文指"wrap-rascal",在 18 世纪常用来指宽大的粗制外衣。此处应该也是贝茨先生把大围巾称作外套的玩笑。

来又苍白又难过,小个子小姐。我猜你是不是病了。在湿漉漉的天气里这么走可对你不好。"

"啊,对的,没错,"卡泰丽娜说边急匆匆地走出门,从厨房地上拿起了她的雨伞,"我真的必须走了,再见。"

她快步走开了,边走边唤着鲁伯特,同时那位好心的园丁,他把手深深地插进兜里,站在那里看着她,带着相当难过的表情摇了摇头。

"她比任何时候都要瘦要弱,"他说,半是说给自己半是说给赫斯特听,"我不意外要是她就这么没了,就像那些我移栽的仙客来一样。她叫我想起它们来,不知怎的,就那么挂在小细茎上,那么白,那么弱。"

可怜的小东西顺着路回去了,不再渴望寒冷潮湿的空气能平衡她内心的激动了,相反当她心中怀着一股寒意时,这让外界的寒冷越发令人难受。金色的阳光从还在滴水的树枝里射出来,仿佛是圣光[1],是肉眼可见的神圣存在一样,那些鸟在如此甜美地鸣啭着它们秋日的新曲,就好像它们的嗓子和空气都因为下了雨变得越发干净了,然而卡泰丽娜像一只可怜的受伤

---

[1] 原文用的 Shechinah,现多拼作 Shekinah,在犹太和基督教传统中特指神圣存在的光辉。

的小兔子,痛苦地拖着自己的小身体走过芬芳的苜蓿草甸——对它来说,芬芳是没用的。贝茨先生说的克里斯托弗爵士高兴的话,阿舍尔小姐的美,还有婚礼的迫近,都像一只冰冷的手紧紧攥住了她,把她从迷乱的沉醉中唤醒了,让她看到了冷酷、熟悉的现实。对天生感性的人就是如此,他们的思想不过是情感投下的多变阴影:对他们来说,出口的话就是事实,甚至明知是假的,可那些话还是能控制他们的笑和泪。卡泰丽娜又进到了自己的房间里,她之前沮丧难受的状态没有别的变化,除了又多了额外被安东尼伤害的感觉。他早上对她做的事是新的伤害。骗取她的温存,当她有理由要求他表示悔过,表示后悔,表示同情的时候,是比任何时候都要作践她的举动。

第八章

那天晚上,阿舍尔小姐表现得比平时还要高傲,她冷冷地注意着卡泰丽娜。空气里毫无疑问有雷声在作响。怀布罗上尉看起来浑然不在意,还更愿意用比平时更关注卡泰丽娜这个办法来面对一切。吉尔福尔先生说动了卡泰丽娜和自己下一局跳棋,阿舍尔夫人在和克里斯托弗爵士打皮克牌,而阿舍尔小姐在专心地和切弗利尔夫人聊天。于是安东尼就被孤零零地剩下了,他慢慢走到卡泰丽娜的椅旁,倚在她身后,看他们下棋。蒂娜,关于早上的一切回忆都还新鲜地印在她心头,她觉得自己的脸变得越来越红,于是最后不耐烦地说:"我希望你能走开。"

这都直接发生在阿舍尔小姐眼前,她看到了卡泰丽娜红起来的脸颊,看到了她不耐烦地说了什么,还看到怀布罗上尉因此就走开了。还有另外一个人,他也怀着强烈的关注注意到了这一切,此外他还意识到阿舍尔小姐不光看到了,还仔细地观察了发生的一切。这个人就是吉尔福尔先生,而他也得出了一些痛苦的结论,这些结论让他更加忧心卡泰丽娜。

第二天一早,尽管天气很好,阿舍尔小姐却拒绝了去骑马,而切弗利尔夫人发现这对爱人之间出了点问题,就刻意把他们两个留在了起居室里。坐在壁炉旁沙发上的阿舍尔小姐,在忙着织花样复杂的钩针料子,她似乎决心今天早上就要在这块料子上有很大的进展。怀布罗上尉坐在对面手里拿着一份报纸,他很乐意地念出报纸里的片段,带着点刻意的轻松态度,有意装作没有察觉到她织花纹料子时蔑视的沉默。最后他放下了报纸，他再也不能假装还没有读完报纸了，接着阿舍尔小姐说：

"你似乎和萨尔蒂小姐很亲密。"

"和蒂娜？哦，没错。她一直是家里的宠儿，你知道的。我们在一起就是很亲密的兄妹。"

"妹妹通常可不会在她们的哥哥靠近时脸红成那样。"

"她脸红了吗？我从来没注意过。不过她是个害羞的小东西。"

"要是你不这么虚伪会好得多，怀布罗上尉。我肯定你们之间在调情。萨尔蒂小姐，照她的地位，是永远不敢用她昨天晚上那种放肆语气和你说话的，如果你没有给她留什么把柄的话。"

"我亲爱的比阿特丽丝，你要讲理啊，你问问你自己，这世上有什么理由会让我想要和可怜的小蒂娜调情。她身上有什么会吸引那种注意的吗？她更像个女孩而不是女人。我们都把她当成一个要宠爱要和她玩耍的小女孩。"

"那你说，你昨天早上在和她玩什么，就是我突然进来的时候，她的脸红了，她的手还在发抖？"

"昨天早上？——哦，我想起来了。你知道我总是用吉尔福尔来逗她,他可是爱她爱得死去活来的。她是在为那个生气——也许是因为她喜欢他。他们从小就在一起玩了,在我来这里很多年之前,而克里斯托弗爵士也决心想要他们结婚。"

"怀布罗上尉,你太虚伪了。那可和吉尔福尔先生什么关系都没有,昨天晚上当你靠在她椅子上时她脸红了。你还不如说实话。如果你还没有下定主意,求你不要逼迫自己。我是准备好了为萨尔蒂小姐更高人一等的吸引力让路的。你要明白,在我看来,你完全是自由的。一个因为虚伪而失去了我的尊重的男人,他的爱我一分都不想要。"

在这么说的同时,阿舍尔小姐站了起来,大步高傲地朝房间外走去,此时怀布罗上尉拦在了她面前,还抓住了她的手。

"亲爱的,亲爱的比阿特丽丝,耐心点,不要这么急着给我下结论。请坐下来,亲爱的。"他用恳求的声音说,把她的两只手握在自己的手心,牵着她回到了沙发旁,在她身边坐了下来。阿舍尔小姐并不是不乐意被牵回来或者听他说话,但她继续摆出一副冷漠高傲的表情。

"你就不能相信我吗,比阿特丽丝?你就不能相信我吗,尽管有些事情是我无法解释的?"

"为什么会有你无法解释的事情?一个正派的男人是不会陷入他没办法向那个他想要她做自己妻子的女人解释的境地里的。他不会要她相信自己行为得体,他会让她知道他就是这么做的。放开我,先生。"

她想要起身,但他伸手环抱住了她的腰,把她拦住了。

"好了,亲爱的比阿特丽丝,"他恳求地说,"你就不能明白有些事是男人不想说的吗——他必须要守秘密是为了别人着想,而不是为了他自己?和我自己有关的所有事情你都可以问我,但不要让我说出别人的秘密。你还不明白我的意思吗?"

"明白,"阿舍尔小姐刻薄地说,"我明白。每当你向一个女人示爱时——那就成了她的秘密,而你则必须要替她保守秘密。但这么说话简直太愚蠢了,怀布罗上尉。很明显你和萨尔蒂小姐之间不只是友情关系。因为你不能解释这个关系,所以我们之间也就没什么好说的了。"

"该死,比阿特丽丝!你要把我逼疯了。一个男人又能怎么办,当一个女孩爱上他的时候?这种事情总是会发生,但男人们是不会说起的。这种单相思会突然就出现，没有一丝一毫的基础，尤其是当一个女人没见过几个人的时候，它们是会消失的，如果没有受到鼓励。要是你能喜欢我，你就不应该吃惊还有别人也会喜欢我，你应该因此对她们有更好的看法。"

"那么，你是想说，是萨尔蒂小姐爱上了你，即使你从来没有向她表示过爱慕。"

"别逼我说这样的话，最亲爱的。你知道我爱你就够了——我全身心都奉献给你。你这个淘气的女人，你知道有你在的地方别人是一点机会都没有的。你只是在折磨我，在证明你控制我的力量。但不要这么残酷了，你知道他们说我除了爱情还有一种心脏病，而这种场面总是让我的心跳得厉害。"

"可我必须要有这个问题的答案，"阿舍尔小姐说，语气有点软下来了，"你有没有爱过或者是不是现在依然爱着萨尔蒂小姐？她的感情不关我的事，但我有权知道你的。"

"我很喜欢蒂娜，谁会不喜欢那么个天真的小东西？你不会希望我不喜欢她吧？可是爱——那是非常不一样的东西。我会对蒂娜这样的女人有兄长一样的感情，可我爱的是另一种女人。"

最后几句话因为温柔的一个眼神和落在怀布罗上

尉握住的手上的一吻显得尤为意义深远。阿舍尔小姐被征服了。安东尼会爱上那个苍白不起眼的小东西这种事确实太不合情理了——他应该爱慕美丽的阿舍尔小姐,这才是非常合情合理的。总的来说,其他女人会因为她英俊的爱人而憔悴还是相当令她得意的,他真的是个标致的人。可怜的萨尔蒂小姐!唉,她迟早会接受的。

怀布罗上尉看到了乘胜追击的机会。"来吧,我最亲爱的,"他继续说,"让我们别再说惹人烦的事了。你会保守蒂娜的秘密,然后会对她好的——对不对?——为了我。不过你现在想出去骑马吗?今天是多适合骑马的好天气。让我去命人备好马吧。我太缺新鲜空气了。来,给我一个原谅的吻,然后说你会去的。"

阿舍尔小姐满足了这个双份的要求,然后去换骑马的行头,而她的爱人则朝马厩走去。

第九章

与此同时,吉尔福尔先生心头也背着重重的烦恼,他在等一个时机,等两位夫人坐马车出门而卡泰丽娜多半是一个人被留在切弗利尔夫人的起居室的时候。他上楼去敲了敲门。

"请进。"那个甜美柔和的声音说,这个声音永远令他激动,就像哗哗的流水声落在干渴的人耳中一样。

他进屋发现卡泰丽娜有点迷茫地站在那里,仿佛她是从梦中被惊醒了一样。等她发现是梅纳德时,她松了口气,可接下来,她又有点恼怒他竟然会来打扰她,来惊吓她。

"哦,是你,梅纳德!你是来找切弗利尔夫人的吗?"

"不,卡泰丽娜,"他严肃地回答说,"我是来找你的。我有点很具体的事情要和你说。你能让我和你一起坐半小时吗?"

"行吧,亲爱的老牧师,"卡泰丽娜边说边不耐烦地坐下了,"有什么事?"

吉尔福尔先生坐到了她对面,然后说:"卡泰丽娜,我希望你不会因为我接下来要和你说的话受伤。我说的话不是出于别的任何感情,只是出于对你真正的爱和担心。我把其他一切都放到一边了。你知道你对我而言比整个世界都要重要,但我不会把你没法回应的感情强加给你的。我和你说话的时候是以哥哥的身份——那个十年前经常责怪你把钓鱼线弄得缠起来了的老梅纳德。你不会觉得我提起那些令你痛苦的事是有任何卑鄙、自私的动机吧?"

"不会,我知道你很好。"卡泰丽娜心不在焉地说。

"照我昨天晚上所见的,"吉尔福尔先生继续说道,犹犹豫豫地,脸还红了,"我有理由相信——求你原谅我,如果我错了,卡泰丽娜——相信你——相信怀布罗上尉下流到还在玩弄你的感情,他还纵容自己对你做出一些任何男人都不该做的举动,当这个男人是另一个女人公开的恋人时。"

"你什么意思,梅纳德?"卡泰丽娜说,眼里闪动着怒火,"你是说是我让他向我示爱的吗?你有什么权力把我想成那样?你说你昨天晚上所见的是什么意思?"

"别生气,卡泰丽娜。我不是怀疑你做错了什么。我只是怀疑那个没良心的狗崽子是在这么做,在破坏你心里那种不光会毁了你自己的平静,还可能给别人带来非常糟糕的后果的感情。我要警告你,阿舍尔小姐把你和怀布罗上尉之间发生的事情都看在眼里了,我也肯定她在忌妒你了。请一定要非常谨慎,卡泰丽娜,要试着对他摆出礼貌又冷漠的样子。到现在你肯定已经看出来了，他不值得你给他的感情。他会更忧心自己的脉搏一分钟多跳了一次，而不是他愚蠢地玩弄你的感情给你带来那么多伤害。"

"你不能这么说他，梅纳德，"卡泰丽娜激动地说，"他不是你想的样子。他关心过我，爱过我。只是他想要完成他舅舅的期望。"

"哦，肯定是这样啊！我知道他只是出于最高尚的动机才会做对他来说最方便的事。"

吉尔福尔先生停住了。他觉得自己开始生气了，这不是他来的目的。他马上用冷静关心的语气继续说道：

"我不会再说我觉得他是什么样的了，卡泰丽娜。可不管他爱不爱你，他现在和阿舍尔小姐的情况已经这样了，你对他的任何爱意都只能给他带来痛苦。上帝为证，我没指望你能立刻就不爱他了。时间和距离，还有试着去做正确的事，才是唯一的药方。如果不是因为你这个时候想出门会让克里斯托弗爵士和切弗利尔夫人觉得不快和困惑，我会求你去我姐姐家住一段时间。她和她丈夫都是好人，会把他们家也变成你的家的。可我现在没有特别的理由，是没法催着你这么做的，最害怕的就是让克里斯托弗爵士心里生起了对过去发生了什么，或者你现在想法的疑心。你也这么想的，对不对，卡泰丽娜？"

吉尔福尔先生又停了下来，可卡泰丽娜什么都没说。她只是在看向一旁，看着窗外，眼眶里满含着泪水。他站起身来，然后朝她走了一小步，伸出了他的手说道：

"原谅我吧，卡泰丽娜，这样擅自插手了你的感情。我太担心你可能还没有察觉到阿舍尔小姐是怎么在看你的。记住，我求你了，全家人的安宁都要靠你控制自己的能力了。只要说你原谅我就好，在我走之前。"

"亲爱的，善良的梅纳德，"她说着伸出了她的小手，握住了他的两根粗大的手指，同时她的眼泪也在哗哗流着，"我很生你的气。可我在心碎。我不知道要做什么。再见。"

他弯下腰来，吻了吻那只小手，然后离开了房间。

"那个遭瘟的混账！"他关上了身后的门咬着牙说，"要不是因为克里斯托弗爵士，我要把他捶成肉泥，来毒死和他一样的狗崽子！"

第十章

那天晚上，怀布罗上尉在和阿舍尔小姐骑了很久的马归来之后,上楼去了他的更衣室里,一脸相当疲倦的神情坐在了镜子前面。镜中照出来的他柔美的样子,果然显得比平时更苍白、更疲惫,这或许还能解释为什么他先焦虑地用手摸了摸脉搏,再把手放到了心口。

"这是个让人着实难办的麻烦,"他心头是这么想的,同时他的眼睛注视着镜子,身子往椅背上一靠,手指交叉扣起来垫在脑后,"困在两个忌妒的女人之间,两个还都像引火柴一样一点就着。还有我这个身体状况!我要是能从这整件事里逃走就好了,去个什么食莲人[1]的地方,或者别的没有女人的地方,要不就是只有昏沉沉的顾不上忌妒的女人。看看我,什么为了让自己开心的事都没做,就为着做对其他人都最好的事,结果我能得到的安慰就是女人从眼里往我身上喷火,从舌头上往我身上滋毒。要是比阿特丽丝脑子里又想要为了忌妒发一次狂——这是很可能的,蒂娜根本管不住——我可不知道她要弄出多大的风波来。

---

[1] 希腊神话中的一个部落,他们食用"莲花"忘记忧愁,整日无所事事。希罗多德认为食莲人位于利比亚近海地区,而神话中的"莲花"据考证应该是罂粟果,因为它形似莲蓬,故此古希腊人将其称作"莲花"。在19世纪的英国,这一意象因为丁尼生1832年的《食莲人》一诗而闻名。

而这桩婚事里有任何的不顺利，尤其还是这种事，都可能要了老绅士的命。有再大的好处我都不愿意让这样的打击落到他头上。再说了，男人这辈子迟早是要结婚的，我也很难再娶到胜过比阿特丽丝的了。她是个不寻常的好女人，我是真的很喜欢她；再说我会事事都顺着她，她的脾气也不是个问题。我希望这个婚赶紧结完吧，这种烦心事让我不舒服。我最近身体都没那么好了。今天早上闹的那一出关于蒂娜的事让我难受极了。可怜的蒂娜！她就是个小傻瓜，就这么一心认定了我！可她应该明白，事情不可能是别的样子了。要是她能明白我对她有多友善，能打定主意要拿我当朋友看就好了——可那就是永远没法让一个女人做到的。比阿特丽丝天性很好的，我肯定她会对那个小东西很友好。要是蒂娜能喜欢上吉尔福尔就帮了大忙了，哪怕是因为她在生我的气。他能给她当个好丈夫，我也希望能看到那只小蚂蚱开心。要是我的处境不是这样，我肯定会自己娶了她；可因为我对克里斯托弗爵士的责任，那是不可能的。我想只要舅舅劝说她一下，就能让她接受吉尔福尔了；我知道她永远都不会违背舅舅的意愿的。而一旦他们结婚了，她是那么个可爱的小东西，很快就会和他卿卿我我了，就像她没有认识过我一样。如果他们的婚事能赶紧落实，那肯定是对她的幸福最好的事。唉！那些没有女人会爱上的人可真是些走运的家伙。这真是个烦人的责任。"

他想到这个的时候把头转过去了一点，这样可以斜着看自己的脸。很明显就是"dono infelice della bellezza"[1]让他要负起这些麻烦的责任——这个念头自然地暗示了他应该摇铃叫贴身男仆了。

然而，接下来的几天里，任何让人忧心的症状都中止了，这大大减缓了怀布罗上尉和吉尔福尔先生的担心。一切人世间的事情都有缓和的时候：就算最无法平息的狂风肆虐的夜里，也还是会有片刻的平静，然后它才会再次在树枝间横冲直撞，拍击着窗户，像一千个迷途的恶魔一样嚎叫着穿过钥匙孔。

阿舍尔小姐看起来心情好到了极点。怀布罗上尉比平时更勤勉，对卡泰丽娜的态度也很克制，阿舍尔小姐在她身上可是投入了非同寻常的关注。天气很好，早上是骑马散心而晚上则是晚宴。克里斯托弗爵士和阿舍尔夫人在书房里的商讨似乎取得了令人满意的结果；大家都明白此次切弗利尔庄园之行将在两周后结

---

[1] 意大利文，引自诗人 Vincenzo da Filicaja 的一首十四行诗，意为"美貌这不幸的赠礼"。

束,然后就会在法利尽快开始准备婚礼。这位从男爵一天比一天容光焕发。他习惯了用自己总是投射到未来上的强烈意志和光明的乐观来看待任何牵涉到他计划里的人。他在阿舍尔小姐身上只看到了个人魅力,还有可以期待的家庭品质,阿舍尔小姐敏锐的眼光和对外物的品位构成了她和克里斯托弗爵士之间互相欣赏的真正基础。切弗利尔夫人的热情从来没有升到过平和的满意这一温暾的热度之上,因为她也有相当的一份女性互相试探时总免不了的批评天赋,她对阿舍尔小姐品质的看法也要温和得多。她怀疑美丽的比阿特丽丝有尖刻专横的脾气,而她自己——因为相信这个原则也惯于如此命令自己——是再顺从不过的妻子了,她不满地注意到了阿舍尔小姐有时对怀布罗上尉发号施令的架势。一个学会了服从的骄傲女人会用她全部的骄傲来强化自己的服从,还会怀着极其高人一等的态度把所有女性的傲慢看作"不得体"的。不过切弗利尔夫人把自己的批评都深藏心中,她有一种我觉得看似难以置信的缄默,没有用它们来打扰自己丈夫的志得意满。

卡泰丽娜呢?她是怎么度过这些阳光明媚的秋日的,这些天空仿佛在对着这个家庭的快乐微笑的日子？在她看来阿舍尔小姐行为的变动让她摸不着头脑。那些同情的关注、那些微笑的怜悯,对卡泰丽娜都是折磨,她一直在抵抗着用愤怒回敬它们的诱惑。她想:"也许安东尼告诉她要对可怜的蒂娜好。这就是在羞辱她。他应该知道单单是阿舍尔小姐的存在就会让她痛苦,应该知道阿舍尔小姐的微笑是在燎烧她,应该知道阿舍尔小姐友善的话就像毒针一样刺激得她要发疯。而他——安东尼——他明显在后悔他那天早上在起居室里没有忍住表现出来的柔情。他对她冷漠、疏远、有礼貌,以避免比阿特丽丝起疑心,而比阿特丽丝现在可以如此和蔼可亲了,因为她可以确定安东尼全心在爱她。啊!就应该是这样——她就不可能希望会是别的样子。可是——啊,他对她是多残忍啊。她就永远不可能这样对他。让她这么深地爱上他——跟她说了这么温柔的话——给了她这样的爱抚,然后又装作什么都没有发生过一样。他给她的是入口时是那么甘甜的毒药,现在毒药已经在她的血液里了,她没有办法了。"

如此的风暴就这样困在她胸膛里,这个可怜的孩子每天夜里上楼去到自己的房间,然后在那里,一切都爆发而出。在那里,她大声低语和抽泣,不停在屋里来回踱步,躺在硬木地板上,追逐着寒冷和疲倦,她向愿意倾听的同情夜色倾诉了自己不能告诉任何凡人的痛苦。可睡眠终究会到来的,而每天早上以她的激动换来的冷静又让她得以熬过这一天。

令人惊奇的是,一副年轻的躯体能够持续经历与这种秘密痛苦的战斗,却不会表现出这种冲突的任何痕迹,除了在最富同情心的人眼里。蒂娜一直看起来都是病弱的样子,她天生的苍白还有惯常像小老鼠一样的举止,让人没有那么容易注意到任何疲劳和痛苦的症状。她的歌声——这是唯一她在其中不再被动,而是变得显眼的地方——没有失去任何力量。她有时自己也好奇这是怎么回事,不论她感到难过还是愤怒,因为安东尼的冷漠而沮丧,或者因为阿舍尔小姐的关怀而在心中烧着不耐烦的火,唱歌总是可以让她放松。她唱出的那些低沉浑厚的音符似乎把痛苦从她心中抽走了——似乎把疯狂从她脑子里带走了。

因此,切弗利尔夫人没有注意到卡泰丽娜有任何变化,而只有吉尔福尔先生才会担忧地注意到她脸上有时会出现的滚烫的一团红晕,她眼眶下越来越深的紫色,她奇怪的心不在焉的眼神,还有那双美丽的眼睛里不健康的闪光。

可是,唉!这些躁动的夜晚带来的是比这些外在的些微变化所暗示的要致命得多的后果。

第十一章

下一个周日,早上一直在下雨,于是全家人决定不像平时一样去坎伯穆尔的教堂,而是由吉尔福尔先生——因为他在当副牧师的教区只做下午的礼拜——在小教堂里带着大家做早礼拜。

马上要到约定好的十一点时,卡泰丽娜来到了起居室里,看起来比平时还要病恹恹的样子,以至于切弗利尔夫人都关心地询问起她了,在听说她头疼得厉害之后,坚持不要她去做礼拜,还马上把她裹得暖暖的,让她坐到壁炉旁边的沙发上,把一卷《蒂诺森布道文集》[1]放到了她手里,这是适合阅读的书,如果卡泰丽娜觉得有精力接受如此陶冶的话。

这位大主教的话是给头脑的良药,但不幸的是,这种药不对蒂娜的症。她坐在那里把书摊开放在膝头,黑黑的眼睛无神地看着那位俊美的切弗利尔夫人的肖

---

[1] 当时著名牧师的布道词多有结集出版,是常见的严肃读物。文集作者约翰·蒂诺森(1630—1694),曾任英国国教最高职位坎特伯雷大主教。

像，就是那位著名的安东尼爵士的妻子。她盯着那幅画看着，脑子里却没想到它，而那位美丽的金发白肤的夫人似乎在俯视着她，带着那种和善的不关心，那种温和的好奇，这是幸福自信的女人总要用来俯视她们激动而又孱弱的姐妹的神情。

卡泰丽娜在想马上要到的未来——在想那马上就要举行的婚礼——在想她未来几个月里要忍受的一切。

"我希望我会病得很厉害，然后在那之前就死掉，"她想，"人在病得很厉害的时候，就什么都不在意了。可怜的帕蒂·理查兹在病情恶化时看起来那么高兴。她似乎再也不关心她要嫁给的那个和她订了婚的恋人了，她还那么喜欢花的香味，所以我老给她送花。啊，要是我能喜欢上什么就好了——要是我能想想别的什么就好了！要是这些可怕的念头能消失，我不会在意我不高兴的。我什么都不想要——我还能做会让克里斯托弗爵士和切弗利尔夫人开心的事。可等愤怒进到我心里时，我就不知道该怎么办了。我感觉不到脚下的地了，我只能感觉头嗡嗡响、心怦怦跳，仿佛我必须做些什么可怕的事情一样。啊！我好奇过去有没有人像我这样感觉过。我肯定坏透了。可上帝会怜悯我的，他知道我要忍受的一切。"

时间就这样消磨过去了，直到蒂娜听到了走廊里传来的声音，然后意识到蒂诺森的书已经滑到了地板上。她刚刚把书捡起来，还紧张地发现书页已经卷曲了时，阿舍尔夫人、比阿特丽丝，还有怀布罗上尉就走了进来，所有人都是一副快乐舒心的样子，这就是常常能见到的布道带来的益处，当它确确实实已经结束之后。

阿舍尔夫人马上走过来坐到了卡泰丽娜身边。这位夫人因为打了个小盹儿，明显精神更好了，正是有劲要说个不停的时候。

"啊，我亲爱的萨尔蒂小姐，你现在感觉怎么样了？——我看是好点了。我猜你就该好点了，安安静静地坐在这里。这种头痛，听我说，都是因为体虚。你必须不能太累着自己，你也必须得喝苦味酒。我过去在你这个年岁的时候也有同样的头痛，老萨姆森医生就总对我母亲说：'夫人，你女儿的问题就是体虚。'萨姆森医生就是个那么奇怪的老头。不过我希望要是你听到了今天早上的布道就好了。讲得多好的布道！是关于十位贞女的：有五个是蠢的，有五个是聪明的，你知道。吉尔福尔先生把一切都解释清了。他是个多好的年轻人！——这么安静又这么讨人喜欢，还打得一手好惠斯特。我希望我们在法利也有他这样的人。约翰爵士会喜欢他喜欢得跟什么似的。他打牌的时候性子很好,他又是个那么喜欢打牌的人,约翰爵士就是这样。而我们的牧师是个非常爱发脾气的人,他受不了打牌输钱。我觉得牧师不应该介意输钱,你觉得呢?——你觉得是怎么样?"

"哎呀,求你了,阿舍尔夫人。"比阿特丽丝插话说,还是她一贯的高人一等的语气。"不要用这么无聊的问题来折磨可怜的卡泰丽娜了。你的头看起来还很痛,亲爱的,"她继续用一种宽慰的语气对卡泰丽娜说,"把我的香醋盒[1]拿去吧,把它放到你口袋里。它能时不时地给你提提神。"

"不用了,谢谢你,"卡泰丽娜回答说,"我不会把它从你那儿夺走的。"

"说真的,亲爱的,我从来不用它的,你必须要拿着。"阿舍尔小姐坚持说,还把香醋盒塞到了卡泰丽娜的手边。蒂娜脸红得厉害,有点不耐烦地推开了香醋盒,然后说:"谢谢你,我从来不用这些东西。我不喜欢香醋盒。"

---

[1] 一种装饰性的小盒子或者小瓶子,内有涂满混有香料的醋或者香水,用来起提神镇定作用。

阿舍尔小姐在惊讶高傲的沉默中把香醋盒放回了口袋里，而怀布罗上尉有点紧张地在一旁看着，他赶紧说："看！外面已经很亮了。在午饭之前还有时间散个步。来吧，比阿特丽丝，戴上你的帽子，披上斗篷，让我们去砾石路上走半个小时吧。"

"没错，去吧，我亲爱的，"阿舍尔夫人说，"我要去看看克里斯托弗爵士是不是在大走廊里散步。"

门在两位女士身后一关上，本来是背对壁炉站着的怀布罗上尉转身面对卡泰丽娜，然后用真诚的不满语气说："我亲爱的卡泰丽娜，让我求求你把你的情绪再控制好一点，你对阿舍尔小姐真的很粗鲁，我能看出来她很受伤。想想看你的行为在她看来肯定要多奇怪有多奇怪。她肯定要好奇到底是为什么。好啦，亲爱的蒂娜。"他接着一边靠近她，一边试着想抓住她的手，"为了你自己，让我求你更有礼貌地回应她的关心。她真的对你很友善，我会很高兴看到你们成为朋友的。"

卡泰丽娜本来已经处于一种病态的敏感中了，就算怀布罗上尉说最无辜的话也会让她烦心，就仿佛最轻盈的翅膀的轻声作响也会让神经紧张的病人烦心一样。可这种慈悲的不满简直是她完全无法忍受的。他给她带来了巨大的、不加悔过的伤害，现在他还对她摆出一副慈悲的样子。这是又一件令人出离愤怒的事。他表演的一通善意就是傲慢。

卡泰丽娜抽出了她的手，怒气冲冲地说："让我自己待着，怀布罗上尉！我可没打扰你！"

"卡泰丽娜，你为什么要这么冲动——要对我如此不公？我是在为你担心。阿舍尔小姐已经注意到了你对她，还有对我的举止有多奇怪了，这让我的处境非常困难。我又能对她说什么？"

"说？"卡泰丽娜脱口而出，带着强烈的恨意，站起来朝门口走去，"说我是个可怜的蠢丫头，说我深深地爱上了你，说我在忌妒她，可你从来对我没有什么特别的感情，除了可怜我——对我从来都没有超越过友情的范围。跟她这么说，然后她会觉得你更好。"

蒂娜说的是她的头脑能够想出来的最刻薄的讽刺，一点点都没有怀疑过这种讽刺的刻薄会是源自事实的。在她所有觉得受伤害的念头之下，这也是本能的而不是经过思考的——在她所有忌妒的疯狂和无法控制的恨意以及想报复的冲动之下——在这一切炙热的激情之下还残存着几滴隐藏的水晶般的露珠，信任的露珠、自我谴责的露珠、相信安东尼在试着做正确的事的露珠。并不是所有的爱都投到恨的烈焰中了。蒂娜还相信安东尼比他自己可能意识到的更关心她;她还远没怀疑他犯下了一个甚至比不忠还要更招女人恨的错误。她如此挑衅他只是因为这是她能给当时的怒意找到的最重的话。

她站在房间当中,瘦小的身躯在它不能承受的过于强烈的激情刺激之下发抖,她的嘴唇发白,眼中闪着光。就在这时,门开了,阿舍尔小姐出现了,高挑,容光焕发,美艳动人,穿着她散步的行头。她进门时,脸上挂着的还是一位觉得自己的出现是件有趣的事的年轻女士会摆出的适合入场和退场的微笑。可下一刻,她用深深的惊讶打量着卡泰丽娜,然后用愤怒的怀疑目光瞪了一眼怀布罗上尉,他正摆出一副疲惫烦心的样子。

"也许你太忙了,没法去散步了,怀布罗上尉?那我自己去了。"

"不是,不是,我来了。"他回答道,急忙跑向她,然后牵着她出了门,就留下可怜的蒂娜一个人去感受自己的情绪爆发后随之而来的羞愧和自责。

第十二章

"告诉我,你和萨尔蒂小姐这出戏的下一幕要演什么?"等他们一出门走到了砾石路上,阿舍尔小姐便如此问怀布罗上尉,"要是能多知道点下面要演什么,会让人安心点。"

怀布罗上尉没有说话。他觉得糟透了,疲倦又心烦。有时人差点就下定决心只会用彻底的沉默来面对一个愤怒的女人。"现在,真是烦人,"他对自己说,"我又要遭受另一面的进攻了。"他坚决地看着远方,脸上挂着比阿特丽丝见过的他最像皱起眉头的表情。

在等了两三分钟之后,她继续用更高傲的语气说:"我想你清楚,怀布罗上尉,我在等你解释我刚刚看到的一切。"

"我没什么好解释的,我亲爱的比阿特丽丝,"他最终努力控制住自己,回答说,"除了我已经告诉过你的。我希望你再也不要提起这件事了。"

"然而你的解释让我非常不满意。我只能说,萨尔蒂小姐觉得她有权利对你摆出的架势,和你鉴于与我的关系所处的位置是相当不合适的。她对待我的举止也是极其侮辱人的。我肯定不能在这种情况下继续待在这栋房子里了,妈妈也必须把这些原因告诉克里斯托弗爵士。"

"比阿特丽丝,"怀布罗上尉说,他的烦躁被紧张取代了,"我求求你要有耐心,在这件事上用用你的善心。这是非常痛苦的,我知道,但我肯定,要是你伤害了可怜的卡泰丽娜你会难过的——让我舅舅的怒火落到她头上。想想看她是个多可怜的依靠别人的小东西。"

"你这么回避问题是挺聪明的,可不要认为它们能骗过我。萨尔蒂小姐永远都不敢像她现在那样对待你,要是你没有和她调过情,或者向她示爱过。我猜她觉得你和我订婚是背叛了她的信任。我还得谢谢你,肯定是这样,让我变成了萨尔蒂小姐的对头。你对我撒了谎,怀布罗上尉。"

"比阿特丽丝,我向你庄严宣誓,卡泰丽娜对我而言什么都不是,除了是一个我天生对她怀有善意的丫头之外——作为我舅舅最宠爱的人,也是个不错的小东西。我会很高兴地见到她明天就嫁给吉尔福尔,我觉得这该是个证明我没有爱上她的最好的证据了吧。至于过去,我可能稍微关心过她一下,这被她自己夸大且误解了。有哪个男人不会碰到这样的事?"

"可她凭什么能那么对你?她今天早上在和你说什么,能让她又发抖脸色又苍白成那样?"

"哎,我也不知道。我就说了点她表现得脾气很不好之类的话。以她那种意大利血统，真没法知道她会怎么理解我说的话。她是个疯狂的小东西，虽然她平时看起来那么乖巧。"

"可应该让她知道她的行为有多不得体、多粗鲁。至于我，我好奇切弗利尔夫人有没有注意到她不礼貌的回答，还有她拉长的脸。"

"让我求求你了，比阿特丽丝，不要向切弗利尔夫人暗示任何这样的事情。你肯定已经注意到我舅母有多严格了。她脑子里从来都没想过一个女孩可以爱上一个没有向她求过婚的男人。"

"那，我要自己去让萨尔蒂小姐知道我已经注意到了她的举止。这是为她好。"

"不，亲爱的，那除了坏事什么好处都没有。卡泰丽娜的脾气很怪。你能做的最好的事情就是尽可能让她自己一个人待着。这一切都会过去的。我不怀疑她过不了多久就会嫁给吉尔福尔。小女孩的迷恋是可以轻易地从一个对象转到另一个对象身上的。天哪，我的心跳得也太快了吧！这些该死的心悸非但没有变好反倒更糟了。"

于是对话就这么终结了，至少有关卡泰丽娜的部分结束了，不过它让怀布罗上尉在心头打定了主意——这是一个第二天就付诸实施的主意,当时他正在书房里和克里斯托弗爵士商量即将到来的婚礼的一些安排。

"顺便说一句,"他随口说了一句,这时正事的商议已经告一段落了,他正双手插在大衣兜里在屋里四处踱步,浏览着沿墙排列的书脊,"吉尔福尔和卡泰丽娜的婚礼要什么时候办,先生?我对像梅纳德这样深陷情网的人有种感同身受的同情。他们的婚礼为什么不能和我们的同时办?我猜他已经和蒂娜互通过心意了?"

"哎呀,"克里斯托弗爵士说,"我本想等到老克里奇利死了之后再安排这件事,他可坚持不了多久了,可怜的家伙,然后梅纳德就可以同时踏入婚姻和牧师宅邸了。不过,说到底,那的确不是什么拖下去的好理由。他们结婚之后没必要离开庄园。小猴子也够大了。看到她当了母亲,怀里抱着个小猫那么大的孩子也是件乐事。"

"我觉得结婚要等一段时间这个规矩总不是好事。如我能为你要给卡泰丽娜的陪嫁添彩的话,我会非常乐意完成你的愿望的。"

"我亲爱的孩子,你这么说真是个好人,不过梅纳德不缺钱，以我对他的了解——我非常了解他——我觉得他会更愿意由他自己来供养卡泰丽娜。不过，既然你现在让我想起了这件事，我要开始怪自己之前怎么没有早想到。我一直都忙着你这个小浑蛋和比阿特丽丝的事，以至于我完全忘记了可怜的梅纳德。他比你还大呢——的确是到了他该成家的时候了。"

克里斯托弗爵士说到这里停了下来，一脸沉思地吸了一撮鼻烟，然后马上又说，更多是在对自己而不是对安东尼说，他这时正在书房远远的另一头哼着曲子。"没错，没错。一次性把家里的大事都办了，这是个不错的安排。"

同一天早上，当他和阿舍尔小姐外出骑马时，怀布罗上尉不经意间和她提起克里斯托弗爵士急着想要吉尔福尔和卡泰丽娜尽快完婚。而他，就他自己而言，会尽力促成这件事。这对蒂娜是再好不过的事了，他是真的为了她的利益在考虑。

对克里斯托弗爵士来说，订立目标和执行之间的间隙从来都不长。他立刻下定了决心，也立刻采取了行动。他用完午饭起身时对吉尔福尔先生说："和我一起去书房吧，梅纳德。我有话要和你说。"

"梅纳德，我的孩子，"他们一坐下，他就开始说道，手里敲着他的鼻烟盒，也因为想到他马上就要给予的意外之喜而神采奕奕，"我们为什么不能在秋天结束之前有两对快乐的夫妻而不是一对呢，嗯？"

"嗯？"他又重复道，在停了一下之后，把这个音节拖得老长，慢慢地捻了一撮鼻烟，然后抬头用狡黠的微笑看着梅纳德。

"我不是很确定我听懂了您在说什么，先生。"梅纳德先生回答说，他烦心地意识到了自己脸色苍白。

"听不懂我说什么，你这个浑小子？你清楚得很，在安东尼之后我心里还会挂念谁的幸福。你知道你很久以前就把你的秘密告诉我了。蒂娜的年纪已经够大，现在可以当个严肃的小妻子了，虽然牧师宅邸还没有轮到你，那不是问题。夫人和我都会觉得有你们陪着我们更舒服。要是我们一下子就失去了她，我们会想念我们的小鸣鸟的。"

吉尔福尔先生觉得自己落入了痛苦的困境中。他害怕克里斯托弗爵士会觉察或者发现蒂娜真实的情感状态，可他又不得不用这种情感状态作为他回答的基础。

"我亲爱的先生，"他最后挣扎着说，"您不会觉得我感受不到您的善意的——不会觉得我不会感激您像父亲一样关心我的幸福,可恐怕卡泰丽娜对我的感情还没到会保证让我有希望觉得她会接受我求婚的地步。"

"你问过她了吗?"

"没有,先生。可我们经常不用问就清楚这种事情了。"

"呸,呸!那只小猴子肯定爱着你。哎,你可是她的第一个玩伴,我还记得她过去经常因为你伤了手指大哭呢。再说了,她一直都无声地承认了你就是她的爱人。你知道我一直都是这样和她说起你的。我以为你们之间的事情早就说定了,安东尼也这么想。安东尼觉得她爱着你,他有双年轻的眼睛,这是最适合看清楚这种事情的了。他今天早上还在和我说起,而且他对你和蒂娜友爱的关心让我非常满意。"

血液——比需要的多多了——腾地回到了吉尔福尔先生的脸上,他咬紧了牙,攥住了拳头,努力压住一阵要爆发的怒火。克里斯托弗爵士注意到了他的脸红,却认为它表明的是关于卡泰丽娜的希望和担忧的忐忑。他继续说:

"你实在谦虚过头了,梅纳德。一个像你一样能扛起五条横木钉成的栅栏门的大个子不应该这么胆小。

要是你自己没法跟她说，你就让我去说吧。"

"克里斯托弗爵士，"可怜的梅纳德真诚地说，"我会觉得这是您可能给我的最大的善意，您现在别把这件事告诉卡泰丽娜。我觉得这样的提议，如果贸然提出，可能只会让她更疏远我。"

克里斯托弗爵士有点不高兴听到这样的反对。他再说话时语气变得有点更不耐烦了："你有任何理由这么说吗，除了你感觉蒂娜不够爱你之外？"

"我什么理由都没有，除了我自己非常强烈地感觉到她还没爱我爱到愿意嫁给我的地步。"

"那我觉得这个理由什么都不是。我看人还是挺准的，而如果我不是让蒂娜给骗了，她什么都不期待就期待让你当她丈夫。让我来照我觉得最好的办法处理这件事吧。你可以相信我不会坏了你的事，梅纳德。"

吉尔福尔先生不敢再多说话，然而又因为预料到了克里斯托弗爵士的决心可能带来的后果而难受，他怀着一种复杂的心情离开了书房，一方面恨怀布罗上尉，另一方面又为自己和卡泰丽娜难过。她会怎么看他？她也许会觉得是他撺掇或者允许克里斯托弗爵士如此行事的。他也许不会有机会及时和她说明这件事，他要给她写封短信，然后在更衣铃响之后送到她房间去。不,那会让她激动,让她不能出席晚宴,也不能平静地度过晚上。他要等到睡觉的时候。在晚祷之后,他设法把她带回了会客厅,然后把一封信放到了她手里。她带着信上楼回到自己屋里,一路都在好奇,然后她读到了:

亲爱的卡泰丽娜:

请不要有一刻怀疑克里斯托弗爵士可能会跟你提起的任何关于我们结婚的事是我撺掇的。我已经做了我敢做的一切来劝说他不要着急这件事,而且阻止我更强烈的反对的原因是我担心会引发那些我不给你带来新的伤害就无法回答的问题。我写这封信,既是为了让你准备好面对克里斯托弗爵士说的任何事情,也是为了向你保证——不过我希望你早就相信——你的感情对我来说是神圣的。我宁愿放弃我生活中最宝贵的希望也不愿成为增加你苦恼的原因。

是怀布罗上尉撺掇克里斯托弗爵士在这个时候想起这件事的。我告诉你这一切是为了避免你在和克里斯托弗爵士一起时突然听到这件事。你现在该知道那个王八蛋的心是用什么东西做的了吧。永远相信我,最亲爱的卡泰丽娜,让我做——不论会发生什么——你忠诚的朋友和兄长。

梅纳德·吉尔福尔

卡泰丽娜先是被关于怀布罗上尉的话过分刺伤了,完全忽略了正在威胁她的难题——没有去想克里斯托弗爵士会对她说什么,或者她要说什么回复他。觉得受伤的怒意,强烈的恨意,都没有给忧心留下地方。当身上还裹着浸毒的衣物时,受害人只会在折磨之下扭动抽搐——来不及去想即将到来的死亡。

安东尼能做出这样的事——这件事没有任何解释,它只能是对她的情感最冷酷的蔑视,是把他欠她的一切体贴和温柔都卑鄙地牺牲掉了,就为了缓和他在阿舍尔小姐那儿的处境。不。比这还糟糕,这就是故意的、没有必要的残酷。他想要她看到他有多不在意她,他想叫她清楚自己有多愚蠢,竟然曾经相信他爱过自己。

她想,最后几滴水晶般的信任和柔情的露水彻底干掉了,只剩下焦干的、炙热的恨。现在她再也不用因为怕错怪了他就控制自己的仇恨；他以前就是玩弄了她，就像梅纳德说的；他以前就是拿她不当回事；而现在他是又卑鄙又残忍的。她有足够的理由去生气、去愤怒；生气和愤怒再也不像她过去觉得的那样不对了。

在所有这一切念头一个接一个像灼热中一阵阵刺骨的抽痛般在她心头掠过时，她一点眼泪也没流。她不停地在屋里来回走动，她眼里闪着刺眼的光，还紧张地四处乱转，仿佛在寻找什么让她可以像只母老虎一样扑上去的东西。

"要是我能跟他说话，"她低声说，"能告诉他我恨他，我鄙视他，我厌恶他！"

突然，就像一个新的念头出现在她心中，她从口袋里掏出一把钥匙，然后打开了一张嵌花的写字台——这里面是她存放自己爱物的地方——从里面拿出了一幅微缩肖像。肖像镶在一个非常纤细的金框里，上面还有一个环，好像是为了可以挂在项链上。在玻璃之下的肖像画背后还有两缕头发，一缕是黑色发，另一缕是赭色发，打成了一个精妙的结。这是安东尼一年前暗中送给她的——他特意为她定做的肖像。最近这一个月她都没有把它从藏宝地拿出来过：没必要再让过去的回忆变得更鲜活了。可现在她用劲攥住它，然后把它朝着房间那头冰冷的壁炉石上砸去。

她会把它用脚跺烂,然后再在高跟鞋下踹压,一直到那些虚伪残忍的五官的最后一点痕迹都消失吗?

啊,没有!她冲到房间那一头,可等她看到她如此珍视的、如此经常用吻覆盖它、如此经常地放在自己枕头之下,并且早上一醒来就第一时间记起的小宝贝——等她看到这个过去的幸福唯一可见的遗物躺在地上,玻璃碎裂,发丝掉落出来,薄薄的象牙也裂开了,她心中涌起了对过于激动的情感的憎恶:宽宥降临了,她失声痛哭。

看她弯腰去捡拾自己的宝贝,寻找发丝然后把它放回去,然后再哀伤地检查那道破坏了曾经深爱容颜的裂痕。唉!现在再也没有玻璃来保护这些发丝或者肖像了,可看她是如何仔细地用软纸把它包裹起来,然后又锁进了它过去存放的地方。可怜的孩子!上帝保佑,宽宥总是会在犯下最糟糕的、最不可挽回的行为之前降临吧!

这番行动让她平静了下来,她又坐下来再读了一遍梅纳德的信。她读了两三遍似乎都没有看明白;她的理解力因为刚才的激动变得迟钝了,她觉得很难理解文字所暗示的意义。最后,她终于开始清楚地理解了马上要到来的和克里斯托弗爵士的面谈。会惹得这位庄园里人人都畏惧的从男爵不快的这个念头是如此令她恐惧，以至于她觉得自己是不可能抗拒他的意志的。他相信她爱梅纳德，他总是说得好像他非常肯定一样。她又怎么能告诉他他被欺骗了——而且如果他问她是不是爱着别的什么人又该怎么办？要面对生气地瞪着她的克里斯托弗爵士，这是她不能承受的，哪怕在想象里也不行。他一直都对她那么好！然后她又开始想到自己可能会给他造成的伤痛，更自私的出于害怕的难过，让位给了出于爱意的难过。忘我的眼泪开始流淌下来，而对克里斯托弗爵士感恩的愧疚帮助她意识到了吉尔福尔先生的温柔和大度。

"亲爱的，善良的梅纳德！——我给他的回馈也太糟糕了！要是我能爱上他就好了——可我再也不能爱上或者喜欢上什么了。我的心已经碎了。"

第十三章

第二天早上，担心的时刻还是到来了。被前一天晚上的痛苦折磨到麻木的卡泰丽娜，忍着紧随剧烈痛苦之后的沉闷的心痛，正在切弗利尔夫人的起居室里抄写一些慈善名单，此时夫人走了进来说：

"蒂娜，克里斯托弗爵士要见你，下楼去书房吧。"

她发抖着走下了楼。她刚一进书房，正坐在自己的写字台旁的克里斯托弗爵士就说道："来吧，小猴子，来坐到我身边，我有事情要告诉你。"

卡泰丽娜搬过一张矮凳，然后坐到了从男爵的脚下。她习惯了坐这样的矮凳子，这样她还可以把自己的脸藏得更好。她用自己纤细的胳膊抱住了他的腿，然后把脸颊贴在他的膝盖上。

"啊，你今天早上看起来精神不好，卡泰丽娜。出什么事情了，嗯？"

"没事，Padroncello，只是我的头不舒服。"

"可怜的小猴子！来，看这会不会让你的头好起来，要是我许诺给你一个好丈夫，一件漂亮的小婚纱，还有你自己的房子，你会是那里的小女主人，而老爷会时不时地去看看你，这怎么样？"

"啊，不，不！我永远都不想结婚。让我永远和您在一起！"

"呸，呸，小傻瓜。我会变老、会变得讨人厌的，这里还会有安东尼的孩子把你的鼻子都气歪。你会想要一个最爱你的人，你也必须要有你自己的孩子，好去爱他们。我可不许你憔悴凋零成个老处女。看到她们就让我难受。我从来没法不看到夏普就发抖。我的黑眼小猴子从来都不会变成这么丑的东西。而且还有梅纳德呢,整个郡里最好的小伙子,完全值得和他体重一样的金子,而他可不轻,他比爱自己的眼睛还爱你。你也爱他,你这只愚蠢的小猴子,不管你说什么不要结婚的话。"

"不,不,亲爱的Padroncello,不要这么说,我不能嫁给他。"

"为什么,你这个蠢孩子?你不知道自己的心意。哎呀,人人都清楚你爱他。我夫人早就说过了她确定你爱他——她可见过你冲他摆出的小公主样子,安东尼也是,他觉得你爱着吉尔福尔呢。说吧,是什么让你觉得你会不想要嫁给他?"

卡泰丽娜此时已经哭得太厉害,什么回答都说不出口了。克里斯托弗爵士拍了拍她的背说:"好了,好了。唉,蒂娜,你今天早上不舒服。去休息吧,小家伙。等你好起来的时候你会用不一样的眼光看问题的。想想看我说的话,要记得,在安东尼的婚礼之后,让我如此下定决心的,就是看到你和梅纳德成家。一定不准有什么异想天开和愚蠢的念头——不准胡闹,"这句话是带着点严厉说的,不过他马上又用一种宽慰的语气补充说,"好了,好了,别哭了,当只乖猴子。去躺下来睡一会儿吧。"

卡泰丽娜从矮凳上滑下来跪在地上,抓起了老从男爵的手,在上面盖满了泪水和亲吻,然后跑出了书房。

还不到晚上,怀布罗上尉就从他舅舅那里听说了他和卡泰丽娜面谈的结果。他想:"要是我可以和她不受打扰地说会儿话,我也许可以劝她更理智地看问题。可在屋里和她说话又不可能不被人打扰,而我又几乎不可能去别的地方见她而又不被比阿特丽丝发现。"最后,他决定把这件事变成他和阿舍尔小姐之间的秘密——要告诉她他想和卡泰丽娜不受干扰地聊聊,为了让她的心态更平静一点,也要劝说她顺从吉尔福尔的情意。他对这个明智坦诚的计划非常满意,于是在晚上就自行想好了见面的时间和地点,还把自己的意图告诉了阿舍尔小姐,而她完全赞同这么做。她想,安东尼最好能坦诚认真地和萨尔蒂小姐直说。鉴于她表现得如此过分,他对她可真的是非常耐心和善良。

蒂娜那天一整天都待在房间里,还被人当作病人来精心照顾着,因为克里斯托弗爵士已经告诉了夫人是怎么一回事。这种照顾太让卡泰丽娜厌烦了,她觉得因为错误的理解而来的照料和关心让她浑身如此不舒服，她甚至挣扎着在第二天早饭时露面，宣布自己已经好了，尽管她的头和心脏还在抽痛。被困在自己房间里是她无法忍受的，被人看着，有人对她说话就够难受的了，但更难受的是一个人留在那里。她害怕自己的想法：她害怕闯入她想象的过去和未来的画面所拥有的无法抵抗的生动。还有另一种感觉，它让她想要下楼去四处走动。也许她会有机会单独和怀布罗上尉说话——说出那些在她舌尖上燃烧的仇恨和鄙夷的话。这个机会以一种意料之外的方式送上了门来。

切弗利尔夫人派卡泰丽娜离开会客厅去她的起居室里拿一些绣花样子，怀布罗上尉很快跟着她走了出去，正好遇到她下楼回来。

"卡泰丽娜，"他边说边伸手抓住她的胳膊，她正要不看他一眼就匆匆走过，"你能在十二点的时候去鸦巢林那儿见我吗？我有话必须和你说，那里不会有人打扰我们。我不能在屋里和你说话。"

让他惊讶的是，一道快乐闪过她的脸，她简短又决绝地回答说："好。"然后把自己的胳膊从他手里抽出，继续下楼去了。

阿舍尔小姐整个早上都忙着卷丝线，打定了主意要效仿切弗利尔夫人的刺绣,而阿舍尔夫人则选择举着丝线卷这种被动的娱乐。切弗利尔夫人现在有了全套针线活的工具,卡泰丽娜觉得自己没事了,就离开会客厅在起居室的羽管键琴前坐了下来。看来弹奏宏大的和音,发出巨大的声响,将会是度过十二点之前燥热漫长时光最简单的办法。亨德尔的《弥赛亚》就打开着立在桌上,正好翻开在《我们都如羊走迷》这首合唱的地方,于是卡泰丽娜马上就投入到这首动人赋格曲的急切复杂中。在她最快乐的时刻她永远不可能弹奏得这么好;因为现在所有让她难过的激动都借着一股痉挛般的力量投入到了她的音乐里,正如痛苦让慢慢倒地的摔跤手紧握的拳有了新的力气,恐惧能让虚弱之人的尖叫声传向更远处一样。

不过在十一点半时,切弗利尔夫人打断了她,夫人说:"蒂娜,下楼去好吗,帮阿舍尔小姐举一下她的丝线。我和阿舍尔夫人决定吃午饭之前坐马车出去透透气。"

卡泰丽娜边下楼边想自己要怎么才能及时逃离会客厅,好在十二点赶到鸦巢林。什么都不能阻止她去那里;什么都不能夺走这个宝贵的时机——也许是她最后一次可以说出自己心头想法的机会。在那之后,她就再也不会主动了,她会忍受任何事情。

可她手上刚举着一绞黄色的丝线坐下来,阿舍尔小姐就非常和蔼地开口说:

"我知道你今天早上和怀布罗上尉约了见面。你一定不要让我耽搁了你的时间。"

"所以他一直在和她说我的事。"卡泰丽娜想。她举着丝线卷的手开始发抖。

阿舍尔小姐继续用同样和蔼的语气说:"举着这些丝线卷真是非常无聊的工作。我确信我是欠了你的情了。"

"不,你什么都不欠我的,"卡泰丽娜说,她已经彻底被自己的烦躁控制了,"我会这么做只是因为切弗利尔夫人要我这么做。"

这个时刻终于到来了,阿舍尔小姐终于无法压制她早就暗中怀有的"要让萨尔蒂小姐知道她的行为有多不得体"的欲望了。她怀着装成同情语调的恶毒愤怒地说:

"萨尔蒂小姐,我真的为你感到遗憾,因为你不能更好地控制你自己。这种放任自己被没来由的情绪控制的行为让你变得更下等——就是这样的。"

"什么没来由的情绪?"卡泰丽娜边说边把自己的

手垂了下来,用自己大大的黑眼睛直直地盯着阿舍尔小姐。

"我没有必要再说更多了。你肯定清楚我是什么意思。请务必唤醒你的责任感来帮助你。你这种没有自控力的行为让怀布罗上尉极度痛苦。"

"他告诉过你我让他痛苦了?"

"是的,没错,他说过。他觉得很受伤,你对待我就像你对我有什么敌意一样。他希望你能和我交上朋友。我向你保证我们两个人都对你抱有善意,也都很遗憾你会怀有这种感情。"

"他可真善良,"卡泰丽娜恨恨地说,"他说我怀有的是什么感情?"

这种恨恨的语气让阿舍尔小姐越发恼火。她心中也还有种暗藏的怀疑,虽然她自己都不敢向自己承认,那就是怀布罗上尉告诉她的他对卡泰丽娜的行为和感情都是在撒谎。正是这种疑心,甚至超过了此刻的怒意,促使她说出了会试探他是否说了真话的问题。而她同时可以羞辱卡泰丽娜,这只是额外的诱惑而已。

"这是我不喜欢讨论的问题,萨尔蒂小姐。我甚至不能明白为什么一个女人可以放任自己对一个从来没有给过她任何理由的男人怀有热情,怀布罗上尉向我保证事情是这样的。"

"他是这么跟你说的,对吧?"卡泰丽娜用清晰低沉的语调说,她的嘴唇在她从椅子里站起来时变得发白了。

"是的,没错,他说了。他肯定得告诉我,在你做了奇怪的事情之后。"

卡泰丽娜什么都没说,只是突然转身离开了房间。

看看她是如何悄无声息地离开,仿佛一颗惨白的流星,跑过走道,然后冲上了通往大走廊的楼梯!那双闪光的眼睛,那张没有血色的嘴唇,那飞快无声的步伐,让她看起来都更像是猛烈决心的化身,而不是一个女人。正午的阳光正照耀在大走廊里的盔甲上,在雕花的剑柄和擦得锃亮的胸甲的棱角上映出了一个个小太阳。是的,大走廊里有锐利的武器。柜子里有把匕首,她很清楚它就在那儿。就像一只蜻蜓在飞行途中盘旋着好在一片叶子上停留片刻一样,她冲向柜子,拿出匕首,塞进口袋里。三分钟后她就到了门外,戴着帽子,披着斗篷,走在砾石步道上,急匆匆地朝着远处鸦巢林浓密的阴影走去。她顺着种植园蜿蜒的小道走着,浑然不觉落在她头上的金黄树叶,也感觉不到自己脚下的土地。她的手放在口袋里,攥紧了匕首的把手，她已经把它从鞘里拔出来一半了。

她到了鸦巢林，站到了交错的树枝投下的阴影里。她的心跳得仿佛要蹦出胸口一样——就像每一跳都肯定是它最后一跳一样。等着，等着，啊，心啊！等到她完成了这最后一件事。他会在那里——他很快就会来到她面前。他会带着那虚伪的微笑朝她走来，以为她还不知道他有多无耻——她要把匕首插进他心窝。

可怜的孩子！可怜的孩子！那个过去会哭着求人把鱼放回水里的她——她从来没故意伤害过最小的生物——现在竟然梦想着，在激情的狂怒中，她可以杀死那个声音就能让她失去勇气的人。

可那躺在湿冷的树叶里的是什么，就在小路上离她三步远的地方？

上帝啊！是他——一动不动地躺着——他的帽子掉了下来。他生病了，肯定——他昏过去了。她的手放开了匕首，朝着他冲了过去。他的眼睛无神地凝视着，他看不见她。她跪了下去，把那颗亲爱的头颅拥到自己怀里，吻了吻冰凉的前额。

"安东尼，安东尼！和我说话呀——我是蒂娜——和我说话呀！上帝啊，他死了！"

第十四章

"没错,梅纳德,"正在书房里和吉尔福尔先生聊天的克里斯托弗爵士说,"还真是件不得了的事情,我这辈子就没有制订了计划然后实现不了的时候。我好好地制订计划,而且我从不偏离——就这么简单。强壮的意志就是唯一的魔法。而除了敲定计划之外,看到计划被完美地执行就是世界上最让人快活的事了。说起来,今年将会是我这辈子最快乐的一年,除了那年之外,就是我继承庄园,娶亨丽埃塔的那一年。老房子就剩最后一点小工程。安东尼的婚事——这是我心头最挂念的事——安排得完全让我满意;而且你要去为蒂娜的手指买一枚小结婚戒指,别那么惨兮兮地摇头——当我预言什么事情的时候,它们总是会变成现实的。噢,十二点过一刻了。我必须要骑马去海阿旭森林见马卡姆,商量砍点树的事情。我的老橡树们必须要为了这次的婚礼呻吟了,不过……"

门突然被推开了,卡泰丽娜一脸惨白,呼呼直喘,眼睛因为害怕睁得很大,她冲了进来,搂住克里斯托弗爵士的脖子,然后气喘吁吁地说:"安东尼……在鸦巢林……死了……在鸦巢林。"然后就晕倒在地板上。

克里斯托弗爵士立时就冲出了房间，而吉尔福尔先生弯腰把卡泰丽娜抱在怀里。在他把她从地上抱起来时，他觉得她口袋里有个又硬又重的东西。这会是什么？光这个分量就能在她躺着的时候伤着她了。他把她抱到了沙发上，把手伸进她的口袋里，然后掏出了那把匕首。

梅纳德吓得一抖。她是想要自杀吗，还是……还是……一种可怕的怀疑攫住了他。"死了……在鸦巢林。"他恨自己会想出这个让他把匕首从鞘里拔出来的念头。没有！上面没有一点血迹，他甚至都愿意为了它的无辜去亲吻这善良的钢铁。他把武器塞进了自己的口袋里，他会尽快把它放回大家都知道的它在大走廊的位置上。然而，卡泰丽娜为什么带了这把匕首？在鸦巢林到底发生了什么？那只是她谵妄中的幻觉吗？

他不敢摇铃——不敢呼唤任何人来照顾卡泰丽娜。等她从这阵晕厥中醒过来时谁知道会说什么？她可能会说胡话。他不能把她一个人留在这里，然而他也愧疚自己没有跟着克里斯托弗爵士去看看真相到底是什么。思考和感受这一切不过是一瞬间的事，可那个瞬间对他来说是如此漫长的煎熬，他甚至开始责怪自己就这么白白浪费时间而没有找办法唤醒卡泰丽娜。幸好克里斯托弗爵士桌上还有一瓶没喝过的水。他至少可以试试看往她身上洒水有没有用。可能他不用去叫任何人她就能醒来。

与此同时，克里斯托弗爵士正在用他最快的速度朝着鸦巢林跑去。他的脸，直到刚才还是精神焕发、信心十足的，现在因为莫名的恐惧而扭曲。在他身旁奔跑的鲁伯特低声示警的吠声传到了此时正在回家路上的贝茨先生耳朵里，他觉得这声音很奇怪，于是就朝着声音传来的地方匆匆跑去，结果他在靠近鸦巢林入口的地方碰到了从男爵。看克里斯托弗爵士的神情就足够了。贝茨先生什么都没说，只是跟在他身边匆匆往前赶，同时鲁伯特冲到前方的落叶里，鼻子贴地嗅着。它消失在他们的视线中不到一分钟，叫声的突然变化告诉他们它发现了什么，下一刻它又越过一个大一点的种着树的土丘跑了回来。他们转过去爬上土丘，鲁伯特给他们引着路，秃鼻乌鸦喧闹的嘎嘎叫声，他们的脚踩到落叶时叶子抖动的簌簌声，都像不祥的预兆一样落在从男爵的耳中。

他们上到了小丘顶上开始往下走了。克里斯托弗爵士看到下面的小路上，在黄色的落叶中，有一团紫色的东西。鲁伯特已经蹲在它旁边了,可克里斯托弗爵士没法走得更快了。一阵颤抖已经攫住了他有力的四肢。鲁伯特跑回来舔了舔他颤抖的手,仿佛在说"勇气!"然后又跑下去嗅了嗅尸体。是的,那是具尸体……安东尼的尸体。他那洁白的手上戴着钻石戒指,抓着黑色的叶子。他的眼睛半睁着,可完全不在意那从树干的缝隙里直直地射到眼里的耀目阳光。

但他可能只是昏过去了,可能就是一阵昏厥。克里斯托弗爵士跪了下来,解开了安东尼的领巾,解开了马甲,把手放在他的心口。这可能只是厥症,也可能不是——也不可能是死亡。不!那个念头必须被推得远远的。

"快去,贝茨,找人来帮忙,我们要把他抬到你的茅屋里。派人去大宅告诉吉尔福尔先生和沃伦,让他们派人去请哈特医生。再告诉夫人和阿舍尔小姐,安东尼病了。"

贝茨先生匆匆离开了,留下从男爵独自一个人跪在尸体旁边。这年轻柔韧的四肢、这圆润的脸颊、这精巧饱满的嘴唇、这白皙光洁的手,都冰冷僵硬地躺在那里,而那衰老的脸在无声的痛苦中低头俯视着它们,那衰老的、青筋凸起的手在颤抖地用试探的触摸搜寻着生命还没有不可转圜地逝去的迹象。

鲁伯特也还在那里,等着,看着;它先舔了舔死者的手,再舔了舔生者的手;然后沿着贝茨先生走过的路跑了几步,就像它要跟上去催他赶紧回来一样,可过了一会儿它又回来了,无法离开止在悲痛的主人。

第十五章

那是个神奇的时刻,当我们第一次站在一个昏厥过去的人身边,见证了意识的新生是如何在空白的五官上扩散的,就像初升的曙光照亮在铅灰的晨光中惨白死寂地躺在那里的高峰一样。一阵轻微的颤抖,然后霜冻的眼睛恢复了流动的光彩;有那么一刻它们闪现的是如婴孩般内心懵懂的半梦半醒;然后,露出点惊讶,它们睁得更开,开始看向四周;现在一切都是可见的,只不过是一种看不懂的文字,因为作为阐释者的记忆还没有醒来。

当这样的变化出现在卡泰丽娜脸上时,吉尔福尔先生感到了一阵颤抖的喜悦。他弯腰看着她,揉着她冰冷的手,在她的黑眼睛睁开并好奇地打量他时,他用温柔的怜悯看着她。他想旁边的宴会厅里可能有点葡萄酒。他从屋里出去了,而卡泰丽娜的眼睛也就转向窗户,转向克里斯托弗爵士的椅子。那就是意识之链断掉的一环,等梅纳德端着点葡萄酒回来时,早上发生的事情就开始像记得不清楚的梦一样重现了。他扶起了她,让她喝了葡萄酒;可她还是不说话,仿佛迷失在了寻找过去的努力中,这时门开了,沃伦先生带着一脸让人知道发生了可怕的事的表情进来了。吉尔福尔先生担心他会在蒂娜面前说出来,竖起手指放在唇边,匆匆走到了他近前,把他领到了走廊对面的宴会厅里。

在酒精刺激下苏醒过来的卡泰丽娜,现在彻底回想起了在鸦巢林发生的一幕。安东尼躺在那里死掉了。她把他留在那里跑来告诉克里斯托弗爵士。她必须要去看看要拿他怎么办。也许他不是真的死了——只是陷入了昏迷。人有的时候就是会昏迷的。吉尔福尔先生正在告诉沃伦先生最好怎样把消息告诉切弗利尔夫人和阿舍尔小姐,他自己在急着回到卡泰丽娜身边,与此同时这可怜的孩子已经蹒跚地走到了大门口,门还开着。随着她走动和呼吸了新鲜空气,她的体力越来越好了,而每一次体力的恢复都会伴随着越来越激烈的情绪,越来越强大的想要回到她所想着的那个地方的渴望——回到鸦巢林和安东尼在一起。她走得越来越快，最后，借助着情绪激动的虚劲，开始跑了起来。

可很快她就听到了沉重的脚步声，在木桥旁边金黄的树荫下，她看到了有人慢慢地抬着什么。现在她和他们面对面了。安东尼再也不是在鸦巢林里了——他们让他躺在一扇门板上抬着他，在他后面的是克里斯托弗爵士，嘴唇闭得紧紧的，面容死一般的惨白，眼中聚拢着痛苦的神情，暗示了意志坚强的人在强压着的痛苦。看到这张脸，在它之上，卡泰丽娜从来没有见过任何痛苦的痕迹，让她心中涌起了一种暂时淹没了一切的新感觉。她温柔地靠近他，把自己的小手放进他手里，静静地走在他身旁。克里斯托弗爵士无法让她离开自己，所以她就跟着这哀伤的行列走到了贝茨先生在苔藓地的茅屋里，然后静静地坐在那里，等着、看着，想知道安东尼是不是真的死了。

她还发现口袋里的匕首不见了，她甚至根本就没有想起它。一见到躺在那里死去的安东尼，她的天性从憎恶和仇恨的新偏见中反弹到了过去习惯的爱的甜美里。最早的和最长久的总是能控制我们，而和那双浑浊无神的眼睛相联系的唯一的过去，就是当它们对她闪动着温柔之光的过去。她忘记了过去和现在之间的伤害、忌妒以及仇恨——他全部的残酷还有她所有复仇的念头——就像被流放的人忘记那充满风暴的归途，它横亘在家和幸福以及他发现自己萧然无助的寂寥之地之间。

第十六章

还没到晚上，一切希望都消散了。哈特医生说了那是死亡。安东尼的尸体被抬回了大宅里，那里的每一个人都知道灾难降临到了他们头上。

哈特医生询问过卡泰丽娜了，她简短地回答说她发现安东尼躺在鸦巢林那里。而她正好走到那里这件事并没有引起任何人的猜疑，除了吉尔福尔先生。除了回答这个问题之外，她没有打破过自己的沉默。她静静地坐在园丁头儿家厨房里的一角，在梅纳德求她和自己一起回去时摇了摇头，明显除了安东尼有可能活过来之外什么都不去想，直到她看到他们抬着尸体走到大宅去。那时她又跟在了克里斯托弗爵士的身边，她是那么安静，甚至连哈特医生都不反对她留在那里。

人们最后决定在明天验尸官质询之前，把尸体停放在书房里。等卡泰丽娜看到门终于关上之后,她转身走了大走廊的楼梯,上楼回自己的房间,那个她觉得可以放心难过的地方。这是她在早上那个可怕的时刻之后第一次回到大走廊里,而这个场景还有周围的物件开始唤醒她半朦胧的记忆了。盔甲不再继续在阳光下闪光了,可它就死气沉沉地、肃穆地挂在那个她从里面拿出匕首的柜子上面。是的!现在她都想起来了——所有的难过和所有的罪孽。可那把匕首去哪儿了?她在口袋里摸了摸,它不在那里。那可能是她的幻觉吗——关于匕首的一切?她又看了看柜子里,它不在那里。啊!不,它不可能是她的幻觉,而她的确是犯下了那种罪孽。可那把匕首现在又能去了哪儿呢?它可能从她口袋里掉出来了吗?她听到了上楼的脚步声,于是赶紧回到了自己的房间里。在屋里,她跪在床边,把头埋在手里好遮住讨厌的光,她试着回忆起早上的每一种感觉和每一件事。

一切都回忆起来了,安东尼做过的每一件事,还有她在过去的一个月或好几个月里感觉到的每一件事——自从6月那个晚上他最后一次在大走廊里和她说话开始。她回忆着自己暴动的情绪,自己对阿舍尔小姐的忌妒和恨,自己要报复安东尼的念头。啊,她之前是多坏啊！犯下了罪孽的是她；是她逼着他做下了、说出了那些让她那么生气的事。而就算他伤害了她，她差点又要对他做出的是什么？她太坏了，不能求人宽恕了。她想要忏悔自己以前有多坏，这样他们可以惩罚她。她想要在每个人面前谦卑地俯身，任他们羞辱——甚至连阿舍尔小姐也是。克里斯托弗爵士会打发她走开——会再也不要见到她了，如果他知道了一切。而被惩罚、被唾弃会让她更快乐，而不是被人温柔地照料着，胸中却怀着那个让她自责的秘密。可那时，要是克里斯托弗爵士知道了一切，会增添他的伤心，让他比什么时候都要难过。不，她不能坦白一切——她必须要说清关于安东尼的一切。可她不能继续待在庄园了——她必须要离开。她不能忍受看着克里斯托弗爵士的眼睛，不能忍受看到所有这些会让她想到安东尼，想到她的罪孽的东西。也许她很快就要死了——她觉得很虚弱——她没有剩下多少活力了。她要离开，然后朴素地生活，要祈求上帝宽宥她，让她死去。

这个可怜的孩子从来没有想过要自杀。在愤怒的风暴刮过之后，她天生的温柔和怯懦就立即回归了，而她除了爱与哀悼之外什么都做不了。她的不谙世事让她无法想象她从庄园消失会有什么后果，在她消失后必然紧接而来的惊恐不安，还有搜寻的种种可怕细节，她一点都没有预想到。"他们会觉得我死了，"她对自己说，"慢慢地他们会忘记我，而梅纳德也会再变得快乐起来，再爱上别人。"

她被一阵敲门声从思绪中惊醒了。是贝拉米太太。她是在吉尔福尔先生的要求之下来看看萨尔蒂小姐情况如何，也给她端一些食物和葡萄酒来。

"你看起来很难过，我亲爱的，"这位老女管家说，"你都冻得浑身抖成一团了。快上床去，现在就去。玛莎会来给你把床弄暖，还会给你把火生上。看看这，这是好吃的竹芋，里头还加了点葡萄酒。把它吃了，它能让你暖暖身子。我又得下楼去了，因为我一刻都闲不下来。有这么多的事情要盯着，阿舍尔小姐一直在歇斯底里，她的侍女还病在床上——一个可怜的病恹恹的家伙——时时刻刻都得找夏普太太。不过我会派玛莎上来的，你可一定要准备好躺到床上去，那才是个好姑娘，要照顾好你自己。"

"谢谢你，亲爱的老妈妈，"蒂娜边说边吻了这位小个子老妇人满是皱纹的脸颊，"我会把竹芋吃了，今天晚上就不要再打扰我了。等玛莎给我生好了火之后我就很舒服了。告诉吉尔福尔先生我好点了。我一会儿就上床去,你就别再上来了,因为你只会打扰我的。""好吧,好吧,好生照顾你自己,那才是个好孩子,上帝保佑你能睡好。"

卡泰丽娜大口大口地把竹芋吃了。与此同时,玛莎在给她生火。她想要有体力赶路,她也把那一碟饼干留在了手边,这样她可以塞几块到口袋里。她的全部心思现在都集中在离开庄园这件事上,她在思考她短暂人生的经验所能想到的全部方式和方法。

现在已经是黄昏了,她必须要等到黎明时分,因为她太胆小,不敢在夜里离开,但她必须要在宅里的任何人起床之前逃离。书房里会有人在守着安东尼的尸体,不过她可以从通向花园的一个小门出去,就在大宅另一侧的会客厅隔壁。

她把自己的斗篷、煤斗帽,还有面纱都摊开准备好;然后她点了一支蜡烛,打开了自己的写字台,从里面拿出了用纸包好的破碎的微缩肖像。她又把它用安东尼的两封短笺包好,信是用铅笔写的,然后把它掖到了自己胸口。还有那个小陶瓷盒子——多尔卡丝的礼物,还有珍珠耳坠和一个小丝绸钱包,里面有十五枚七先令的金币,自从她来了庄园之后,这是她每年生日时克里斯托弗爵士都会给她的礼物。她应该把珍珠耳坠和这些七先令的金币都带上吗?她受不了要和它们分开;它们仿佛还包含着克里斯托弗爵士一部分的爱。她想要它们和自己埋葬在一起。她把小而圆的耳坠在耳朵上戴好,然后把钱包和多尔卡丝的盒子一起放进自己的口袋里。她还有另一个钱包,她拿出来数了数自己的钱,因为她永远不会花掉自己的七先令金币。她有一基尼[1]零八先令,这就够多了。

于是现在她坐了下来等待天明,不敢睡到床上,因为害怕自己可能会睡过头。要是她能再见安东尼一次,再吻吻他冰凉的额头就好了!可那是不可能的。她配不上这样的好事。她必须要离开他,要离开克里斯托弗爵士,要离开切弗利尔夫人,要离开梅纳德还有每一个曾经善意地对待她的人,他们都以为她是好人,可其实她却是如此的坏。

第十七章

第二天早上,夏普太太的第一个念头就是在想卡泰丽娜,她前一天晚上没来得及去看她,一半出于关

---

[1] 英国在 1663 年至 1813 年发行的货币,1 基尼等于 20 先令。

心，一半出于自尊，她一点都不喜欢把她让给贝拉米太太去照料。八点半时她就上楼去了蒂娜的房间，打定主意要说点吃药注意饮食还有躺在床上这样的充满爱心的话。可一打开门她就发现床铺平整空荡。很明显它上面没有睡过人。这是怎么回事？她是坐了一整晚然后出门散心去了吗？这个可怜的小东西的脑子也许被昨天发生的事情吓到了，那可真够吓人的——那样发现怀布罗上尉，她也许已经脑子不正常了。夏普太太焦急地望了一眼蒂娜挂帽子和斗篷的地方——它们不在那里，那么她至少还有脑子知道要把它们穿戴上。不过这位善良的妇人依旧感到非常紧张，于是赶紧去告诉吉尔福尔先生，她知道他在自己的书房里。

"吉尔福尔先生，"她随手一关好门就说道，"我担心萨尔蒂小姐担心得不得了。"

"怎么了？"可怜的梅纳德说，生怕卡泰丽娜可能说漏了什么关于匕首的事。

"她不在她房间里，她的床昨天晚上也没人睡过，她的帽子和斗篷还不见了。"

有那么一两分钟，吉尔福尔什么话都说不出来。他确信最糟糕的事发生了：卡泰丽娜自戕了。这位强壮男子突然看起来是如此虚弱、如此无助，连夏普太太都开始被自己突然带来的消息的效果吓到了。

"哎呀,先生,惊吓到了你也让我难受,可我不知道该去找谁。"

"不,不,你做得很好。"

他从自己的绝望中找到了一点力量。一切都结束了,他现在除了受苦和帮助在受苦的人之外什么都做不了了。他继续用更沉稳的声音说:

"一定一个字都不要对别人说。我们绝对不能惊吓到切弗利尔夫人和克里斯托弗爵士。萨尔蒂小姐也许只是在花园里散步。她被昨天看到的东西弄得太激动了,也许只是激动得没法躺下来休息。你就先悄悄地挨个检查空的房间,看看她是不是还在大宅里。我会去园子里找她。"

他下了楼,为了避免在大宅里引起任何骚动,马上就朝苔藓地走去,去找贝茨先生,刚好碰到了他吃完早饭回来。他对这位园丁头儿坦白了自己对卡泰丽娜的担心,把这种担心的原因归咎于她昨天经受的惊吓有可能让她头脑失常了,也恳求他赶紧派人在花园和园子里各处找她,还要问问门房有没有见过她。要是这样都找不见她,也打探不到关于她的消息,那么就不要拖延,马上拉网拖一遍庄园周围的水域。

"上帝保佑不会是这样,贝茨,但我们找完了所有地方之后心里会好受点。"

"交给我吧,交给我吧,吉尔福尔先生。唉!我情愿下半辈子都打零工也不愿意她出了啥事。"

这位善良的园丁头儿难过极了,大步朝马厩走去,这样他能派马夫们骑着马满园子搜寻。

吉尔福尔先生的下一个念头是搜寻鸦巢林——她也许在怀布罗上尉死去的地方徘徊。他急匆匆地走过每一个土丘,在每棵大树周围搜寻,把蜿蜒的步道的每一个拐弯都走到了。实际上他没抱什么希望能在那里找到她,可就是那一点点希望抵挡了一阵卡泰丽娜的尸体会在水里被发现这个确定得要命的念头。在搜寻完鸦巢林一无所获之后,他快步走到了环绕着园子另一边的小溪旁边。这条溪流几乎全部都被树木遮挡着,有那么一个地方比别处更宽也更深——她更有可能是去了那个地方而不是大水池。他急匆匆地顺着小溪走去,眼睛瞪得很大,他的想象一直在制造出他害怕见到的东西。

在一根垂下来的树枝后面有个白色的东西。他的膝盖发软了。他似乎看到了她的一片裙子挂在了树枝上,而她死去的脸朝上浮着。啊,上帝啊,给你的造物，给这个你在他身上压下了如此巨痛的造物力量吧！他几乎快走到树枝前了，然后那个白色的东西动了。那是一只水鸟，它展开了翅膀尖叫一声飞走了。他几乎分不清她不在这里是让他松了口气还是让他失望了。可是她已经死了的这个肯定的念头却把它冰冷的分量更沉地压在了他身上。

等他走到大宅前的大水池时，看到贝茨先生和一群已经在那里的人正在准备那只可能把他模糊的绝望变成肯定的恐惧的搜寻；因为这位园丁头儿在他停不下来的焦虑中，完全不能等到其他搜寻方式都失败之后再采取行动。这个水池现在不再是粼粼的波光在睡莲间欢笑的样子了。在阴沉的天空下，它看起来又黑又残酷，仿佛它冰冷的深处无情地抓着梅纳德·吉尔福尔生命中所有被谋害的希望和欢乐。

他满脑子想的都是这件事给别人以及他自己带来的悲伤后果。大宅正面的窗帘和百叶窗都是关着的，所以克里斯托弗爵士不可能发现外面发生了什么，然而吉尔福尔先生觉得卡泰丽娜失踪的事不能再瞒着他了。验尸官的质询很快就要开始了，他们会找她的，到那时从男爵就会无可避免地知道一切了。

第十八章

到了十二点,当所有的搜寻都没有结果,而验尸官又随时会到的时候,吉尔福尔先生再也不能拖延把新的灾难告诉克里斯托弗爵士这一艰难责任了,否则他将会毫无准备地突然面对它。

从男爵坐在他的更衣室里,那里黑色的窗帘都拉上了,只透进来一点昏暗的光。这是吉尔福尔先生今天早上第一次和他见面,而他惊讶地发现一天一夜之间,哀恸是如何让这位矍铄的老人变得苍老。他额头上和嘴周围的皱纹变深了;他的脸色看起来灰暗憔悴;他的眼睛下面有肿起来的眼袋;而那双眼睛本身,那双曾经如此锐利地注视着当下的眼睛,现在只有一种空洞的神色,它表明视力不再是一种感官,而是一种回忆了。

他朝梅纳德伸出了手,梅纳德握了握他的手,然后静静地在他旁边坐了下来。克里斯托弗爵士的心因为这种无声的同情而动荡起来;眼泪涌出来,大滴大滴地顺着他的脸颊滚落。他自童年之后流的第一场眼泪就是为安东尼流的。

梅纳德觉得自己的舌头仿佛被粘到了上颚上。他不能先开口，他必须要等到克里斯托弗爵士先说了什么可以引到那些必须说出口的残忍的话为止。

最后，从男爵足够镇定下来了，说道："我很虚弱，梅纳德——上帝保佑我！我没想到有任何事情可以让我像这样失态，可我的一切都是为了那个小子计划的。也许我不原谅我姐姐是不对的。她不久之前也失去了她的一个儿子。我太骄傲、太顽固了。"

"除了受苦之外我们几乎学不到足够的谦逊和温柔，"梅纳德说，"而上帝觉得我们还需要受更多的苦，因为它正越来越多地落到我们头上。我们今天早上又有了新的麻烦。"

"蒂娜？"克里斯托弗爵士边说边担心地扬起了头，"是蒂娜病了吗？"

"我完全不确定她到底怎么了。她昨天非常激动——再加上她本来就弱的体格——我想到那些激动会走向什么样的地方就害怕。"

"她是在说胡话了吗，可怜的亲爱的小东西？"

"只有上帝知道她现在怎么样了。我们找不到她。夏普太太今天早上去她房间的时候，屋子里是空的。她没有在床上睡过觉。她的帽子和斗篷也都不见了。我让人四处都找过她了——在大宅里、花园里、园子里,还有——在水里。自从玛莎昨天晚上七点上去替她生火之后,就再也没人见过她了。"

在吉尔福尔先生说话时,克里斯托弗爵士的眼睛本来是急切地看着他,恢复了一点它们过去的锐利,而某种突然的痛苦,仿佛是因为一个新的念头,飞快在他已经很激动的脸上一闪而过,就像黑云在浪涛上投下的影子。等吉尔福尔停下来时,他把手搭在吉尔福尔先生的胳膊上,然后用更低的声音说:

"梅纳德,那个可怜的东西是不是爱安东尼?"

"她是的。"

梅纳德在说完这几个字之后犹豫了,在他不愿意给克里斯托弗爵士带来更深伤害的迟疑和他不能让任何不公平的事落在蒂娜身上的决心之间挣扎。克里斯托弗爵士的眼睛还带着严肃的询问盯着他,而他自己的眼睛则低垂看向地面,同时他搜寻着那些可以用最不残酷的办法说出真相的话。

"你一定不能对蒂娜有什么不好的想法,"他过了很久说,"为了她,我现在必须告诉你这一切,除此之外,没有什么事情能让我说出口。怀布罗上尉赢得她的爱情靠的是按他的出身不应该对她表露出的关注。在讨论他的婚事之前,他就像恋人一样对待她了。"

克里斯托弗爵士松开了他抓住梅纳德胳膊的手，把目光从他脸上移开。他好几分钟都没有说话，明显是想要控制自己，这样才能冷静地说话。

"我必须要马上去见亨丽埃塔，"他最后说道，带着些他过去的那种敏锐的决绝，"她必须要知道一切，但我们必须尽可能不让其他任何人知道。我亲爱的孩子，"他用更慈爱的语气继续说，"最沉重的担子落在你身上。可我们也许还能找到她，我们不能灰心，还没有足够的时间让我们确定一切。可怜的、亲爱的小家伙！上帝垂怜我吧！我以为我什么都看到了，结果我一直都瞎得跟石头一样。"

第十九章

这个伤心又漫长的一周终于过去了。验尸官的死因审理裁定的结果是猝死。哈特医生很熟悉怀布罗上尉之前的健康状况，他认为因为长期存在的心脏问题，死亡是随时会发生的，不过可能是因为某种不寻常的情绪加速了死亡。阿舍尔小姐是唯一一个确实知道怀布罗上尉前往鸦巢林的动机的人，可她没有提起卡泰丽娜的名字，死因审理的一切细节也都谨慎地瞒着她。

不过吉尔福尔先生和克里斯托弗爵士已经了解得够多了,可以推断那致命的激动是源自和卡泰丽娜约定好的会面。

所有的搜寻都没有结果,也不可能不是这样,因为人们找她时就先预想她已经自杀了。没人注意到她从写字台里拿走的小玩意儿不见了,没人知道那幅微缩肖像,也没人知道她把七先令的金币都存起来了,而她碰巧戴着那对珍珠耳坠也不是什么很特别的事。他们以为她离开大宅时什么都没带;她看起来不可能走多远;她也肯定处在精神激动的状态,这就让人觉得她只可能是从死亡中寻找解脱了。离庄园三四英里范围内的地方都被搜了又搜——附近的每一个池塘,每一条水沟都被查过了。

有时梅纳德想,也许死亡是在她没有刻意追求时就降临了,因为寒冷和疲倦。而没有一天他是不在附近的树林里四处寻找的,翻开一堆堆落叶,仿佛她亲爱的身躯可能被藏在下面一样。然后另一个可怕的念头又不停地冒出来,于是在每天夜色来临之前,他又会再次检查大宅里所有没住人的房间,为了让自己再次确定她不是藏在某个柜子里,或者某扇门、某道窗帘后——确定他不会在那里发现眼中满是疯狂的她,看啊看啊，然而却看不见她。

最后，这漫长的五个日日夜夜终于过去了，葬礼结束了，成队的马车正在穿过园子返回。在他们出发时下着很大的雨，可现在云层散开了，一缕阳光在滴水的树枝间闪烁，人们从树下走过。这道闪光落在了一个骑着马慢慢走的人身上，吉尔福尔先生认出了这个人，尽管他的脸没有过去圆了，他是丹尼尔·诺特，那个十年前娶了脸颊红扑扑的多尔卡丝的马车夫。

每一件新的事情让吉尔福尔先生想到的都是同一个念头，他的视线一落到诺特身上，他就对自己说："难道他是来告诉我们关于卡泰丽娜的什么事的吗？"然后他想起了卡泰丽娜过去非常喜欢多尔卡丝，当诺特偶尔来庄园做客时，她总是会准备好一些礼物要送给她。蒂娜有没有可能是去找多尔卡丝了？可他的心又沉了下去，当他一想到很有可能诺特来只是因为他听说了怀布罗上尉的死讯，想要知道他过去的主人在重创之下过得怎么样。

马车一停到大宅门口，他就上楼去了自己书房里，紧张地来回走动着，期望着但又害怕下楼去找诺特说话，害怕他些微的希望又落空了。任何看到这张平时如此充满平静善意的脸的人，都能看出过去一周的痛苦已经留下了深深的痕迹。白天他不停地骑马或者走路,要么是自己去搜寻卡泰丽娜,要么就是指挥其他人去搜寻。晚上他无法入睡——只能断断续续地打盹儿,在恍惚中他好像发现卡泰丽娜死去了,然后一下子从这个虚幻的痛苦中惊醒,却又要面对他相信自己再也见不到她了这个真正的折磨。他澄澈的灰色眼睛看起来眼窝深陷,神情躁动,他原本无忧无虑的丰满嘴唇四周有种奇怪的紧张,而他的眉头,过去如此光洁舒展,现在仿佛是因为痛苦紧锁在一起。他失去的不是几个月的痴情对象,他失去的是和他爱人的能力密不可分的那个人,就像童年时在它旁边嬉戏的小溪或者采集的花朵会和我们的美感密不可分一样。爱对他来说就意味着爱卡泰丽娜。这么多年来,关于她的念头存在于一切之中,就像空气和光线一样,而现在她不在了,就仿佛所有的快乐都失去了可以依附的东西一样——天空,大地,每天骑马散心,每天的谈话都还在继续,可是它们的可爱和欢乐已经永远消失了。

很快,当他还在来回踱步时,他听到了走廊里传来了脚步声,然后有人敲了他的门。他说话的时候声音在颤抖——"进来",而当他看到沃伦领着丹尼尔·诺特进门时,重新升起的希望涌上心头的感觉几乎和痛苦没有区别了。

"先生，诺特是来送萨尔蒂小姐的消息的。我想最好还是先带他来见您。"

吉尔福尔先生无法抑制地走到前马车夫面前，并攥住了他的手，可他说不出话来，只能抬手示意他找把椅子坐下，同时沃伦从屋里出去了。他紧紧盯着丹尼尔满月般的圆脸，专心听着他细声细气地说话的声音，严肃渴望的期待的神情仿佛是在倾听来自阴间的最令人生畏的信使。

"是多尔卡丝，先生，是她让我来的，可我们一点都不知道庄园里出了事。她担心萨尔蒂小姐担心得都要发疯了，是她要我今天早上给黑鸟备上鞍子，扔下犁地的活来给克里斯托弗爵士和夫人报信。也许您听说了，先生，我们如今不在斯诺普特开'交叉钥匙'酒馆了；我的一个叔叔三年前没了，还给我留了份遗产。他是兰博尔老爷的管事，手头管着好几个大农场，所以我们就在那附近租了个四十英亩的小农场，因为多尔卡丝有了孩子以后就不喜欢人多的地儿了。那是个您见过的最漂亮的小地方，先生，后头还有河方便饮牛。"

"看在上帝的分儿上，"梅纳德说，"告诉我萨尔蒂小姐到底怎么了。现在别站在这里跟我讲别的任何事情。"

"哦,先生,"诺特说,他被牧师的怒火吓了一跳,"她是星期三坐定班马车来我们家的,差不多就在晚上九点钟的时候。多尔卡丝跑出门去迎的,因为她听到了马车停下来的声音,然后萨尔蒂小姐就伸手搂着多尔卡丝的脖子说:'带我进去,多尔卡丝,带我进去。'然后就昏了过去。然后多尔卡丝就喊我——'丹尼尔'她喊的是——然后我就跑出去把小姐抱进去了,过了一会儿她就醒过来了,睁开了眼,多尔卡丝让她喝了一勺兑水朗姆酒——我们有从'交叉钥匙'搬来的顶好的朗姆酒,不过多尔卡丝谁都不让喝,她说她是留着它等有人生病了喝,可叫我说,我觉得你嘴里啥味道都尝不出来的时候喝顶好的朗姆酒太可惜了,你还不如就喝医生给的那玩意儿。不过多尔卡丝让她躺到床上去了,从那之后她就一直睡在床上,跟傻了一样,啥都不说,只有多尔卡丝哄她的时候才能吃点东西喝口汤。我们开始害怕了,也想不出来是因为什么让她从庄园里跑出来了,多尔卡丝也怕是有事不太对。这不今天早上她实在憋不住了,说什么都非要我马上来瞧瞧,所以我就骑着黑鸟跑了二十英里,这马一直觉得它还在犁地呢，每跑三十码就要突然转身，就像它跑到了垄沟头上似的。我这一路和它可费了大劲了，我可跟您说，先生。"

"上帝保佑你，诺特，幸好你来了！"吉尔福尔先生边说边攥住了前马车夫的手，"现在下楼去吃点东西，然后歇歇吧。你今天晚上得在这里过夜，我过一会儿会来问你去你家最近的路。等我告诉了克里斯托弗爵士后，我就立即准备骑马过去。"

一个小时之后，吉尔福尔先生就骑着一匹健壮的母马朝着泥泞的小村卡伦姆飞奔而去，这座村庄就在斯诺普特再过去五英里的地方。再一次，他又在下午的阳光里看到了一点快乐；再一次，看到篱笆树在他两边飞快后退。当黑凯蒂在身下纵跳时意识到自己"坐姿很正"[1]，以及觉察到空气按照马奔跑的节奏从耳边呼啸而过，这一切又是一件乐事了。卡泰丽娜没有死，他找到她了，看来他的爱和柔情还有长久的苦难是如此的强烈，一定是它们把她重新召唤回了生命和幸福之中。在一周的绝望之后，这种反弹是如此突然，以至于它立刻把他的希望推到了它们到达过的最远的

---

[1] 马术术语。此处表示梅纳德又开始恢复自己日常的状态了。

地方。卡泰丽娜最终会爱上他,她会是他的。他们被卷入所有那一切黑暗和低落的旅程是为了让她知道他的爱有多深。他要无比地珍惜她——他那长着害羞的明亮眼睛的小鸣鸟,还有那为爱和音乐而颤动的甜美歌喉!她会倚靠在他身边,而那曾经受伤的小胸膛将会是永远安全的。在勇敢忠诚的人的爱里,总是有那么一丝母性的温柔;他重新散发出了那种怀着保护的爱的目光,这是和他趴在他母亲的膝头时落在他身上的目光一样。

等他进到卡伦姆村时已是薄暮时分,他从一个正在回家的农工那里问到了去丹尼尔·诺特家的路,知道它就在教堂旁边,教堂露出了它立在地势稍高之处长满常春藤的粗短尖顶。这对丹尼尔提供的如何辨认那个令人向往的农舍的方法大有裨益——"你见过的最漂亮的地方"——尽管有一个堆满了上等牛粪的小牛圈,这个牛圈一直通向屋门口,没有花园或者栏杆之类多余的东西阻隔,也许就足够让那个描述变得具体得让人不可能认错了。

吉尔福尔先生刚刚走到通向牛圈的大门口,就被一个长着淡黄色头发的九岁男孩发现了,他已经提前穿上了成人的衣服,也就是大罩衫,他跑上前来,开门让这位稀客进来。片刻之后,多尔卡丝就站在了门口,因为在她身边围成一圈的三张脸颊,还有那个在她怀里瞪着眼看的大胖婴孩——他在安静享受地嘬着一长条面包皮,她脸颊上的玫瑰色明显变得更红了。

"您是吉尔福尔先生吗?"多尔卡丝说,她深深地行了个屈膝礼,同时他刚刚把马拴好,正在踩着潮湿的稻草走过来。

"没错,多尔卡丝,我已经长得你都认不出来了。萨尔蒂小姐怎么样?"

"还是那个老样子,先生,我猜丹尼尔已经告诉过您了,我猜您是从庄园过来的,不过您来得可真快,真的。"

"是的,他大概一点的时候到的庄园,然后我就尽快动身了。她没有变得更糟吧?"

"什么变化都没有,先生,没变好也没变坏。您请进来说吧。她就躺在那儿,什么都看不见的样子,比一个刚一周大的奶娃强不了多少,眼神空荡荡地看着我,就像她不认识我一样。啊,到底出了什么事,吉尔福尔先生?她怎么会从庄园里跑出来了?老爷和夫人怎么样了?"

"有大麻烦,多尔卡丝。怀布罗上尉,克里斯托弗爵士的外甥,你知道的,突然过世了。萨尔蒂小姐发现他躺在地上死了,我想这惊吓刺激了她的脑子。"

"哎呀,天哪!那个要继承家业的挺棒的少爷,丹尼尔跟我说过。我记得在他还是个小孩的时候见过他,他来庄园做客的时候。啊呀呀,这可叫老爷和夫人多难过呀。但那可怜的蒂娜小姐——还是她发现他躺在那儿死了的?天哪,天哪!"

多尔卡丝带路走到了一间最好的厨房里,在那些没有客厅的农舍里,最好的厨房过去常常就是如此迷人的一个房间——炉火映在一排明亮的锡盘和锡碟上;松木板桌子用沙刷得如此干净,你甚至都想抚摸它;烟囱旁的一边放着一个结实的大木箱子,另一边放着一把三脚椅,背后的墙上像漂亮的挂毯一样挂着一片片培根肉,天花板上还装饰着垂下来的火腿。

"您坐吧,先生——请坐下,"多尔卡丝边说边挪动那把三脚椅,"让我给您弄点什么,您跑了这么远。来,贝姬,来把宝宝接过去。"

贝姬,一位手臂通红的少女,从相邻的后厨里出来了,然后把宝宝接了过去,而不知是因他不认生还是浑身胖嘟嘟的肉,这个宝宝在交接过程中不为所动。

"您要吃点什么,先生,只要是我能给您上的都行。我马上给您煎片培根,我还有点茶,还是您多半要喝一杯兑水的朗姆酒。我知道我没有啥您平时吃喝的东西,不过只要我有的,先生,给您端上来都叫我骄傲。"

"谢谢你了,多尔卡丝。我什么也吃不下,什么也喝不下。我不饿也不累。让我们聊聊蒂娜。她开口说过话吗?"

"头一句话之后就再没说过了。'亲爱的多尔卡丝,'她说,'带我进屋。'然后就昏过去了,从那以后就一个字都没说过了。我哄她吃了点东西喝了点汤,可她一副什么都不理会的样子。我有时会带着贝西和我一起上去。"——说到这里,多尔卡丝把一个一头鬈发的三岁小女孩抱到了怀里,她本来在搓着她母亲围裙的一角,睁着圆圆的眼睛看看这位绅士——"就算他们别的什么都注意不到时,人有时还是会注意到孩子。我们还从果园里采了秋水仙,贝西捧在手里给送上了楼,把花放在了床上。我知道蒂娜小姐在她还小的时候有多喜欢花花草草的。可她看贝西还有花时还是老样子,就像她什么都没看到一样。看到她那双眼睛的样子,简直伤透了我的心:我觉得它们比啥时候都要大,它们看起来就像我死去的那个可怜的宝宝一样,那时他多瘦啊——老天,他的小手,你都能从这面看到那一面。可我有很大的希望,要是她能见到您,先生,您是专程从庄园赶来的,这可能让她醒转过来,可能。"

梅纳德也是这样希望的,可他觉得恐惧的冷雾正在他周围聚集起来,自从他第一次听说卡泰丽娜还活着之后,他本来还度过了几个小时充满快乐信心的明亮温暖的时光。有个念头在不可抑制地告诉他,她的头脑和身体可能再也无法从它们承受的压力中恢复过来了——她纤细的生命之线已经几乎要把自己崩断了。

"去吧,多尔卡丝,去看看她怎么样,但不要说任何我在这里的事。也许我等到天亮再去见她更好,可要再这样等一个晚上实在是太难了。"

多尔卡丝放下小贝西上楼去了。其他三个孩子,包括穿着大罩衫的小丹尼尔,都站在吉尔福尔先生对面,现在没有了母亲的保护,他们更加害羞地打量着他。他把小贝西拉近自己,然后把她抱上自己的膝头。她把自己黄色的鬈发从眼前摇晃开,然后边抬头看着他边说:

"里赖看那位吕士吗?里会浪她索法吗?里对她做了什么?亲她?"[1]

---

[1] 即"你来看那位女士吗?你会让她说话吗?你对她做了什么?亲她?"

"你喜欢人亲你吗,贝西?"

"不。"贝西说,她马上把头埋得低低的,预防她觉得会随之而来的行动。

"我们有两只小狗,"小丹尼尔说,看到这位绅士对贝西如此和蔼让他变得胆大了,"要我拿给你看吗?有只身上还有白点。"

"好啊,让我们去看看。"

丹尼尔跑了出去,然后很快就带着两只还没睁眼的小狗出现了,后面紧跟着母狗,尽管是条杂种狗,可仍旧很温驯,一幕喧闹的场面正要开始时,多尔卡丝回来了,她说:

"她几乎没有什么不同。我觉得您不用等了,先生。她就那么静静地躺着,就像她平时那样。我在屋里点了两根蜡烛,这样她能把您看得更清楚。请您别在意屋里的样子,先生,还有她戴的那顶睡帽——那是我的。"

吉尔福尔先生默默地点了点头,然后起身跟着她上了楼。他们转身进了楼上第一个门,脚踩在灰泥地板上,几乎不发出任何声音。床头的红格子亚麻窗帘已经拉上了,多尔卡丝把蜡烛放在了房间的这头,这样光线就不会刺激到卡泰丽娜的眼睛。在她打开了门之后，多尔卡丝低声说："我想我最好留您一个人在这儿，先生？"

吉尔福尔先生点头同意了，然后走到了窗帘那头。卡泰丽娜躺在那里，眼睛朝向另一个方向，似乎没有察觉有人进来了。她的眼睛，就像多尔卡丝说的，看起来比任何时候都要大，也许是因为她的脸更瘦更苍白了，她的头发也完全被多尔卡丝的一顶厚睡帽盖住了。那双小手也是，它们无力地放在被子外面，比任何时候都要瘦。她看起来比她真实的年纪更小，而任何初次见到这张小脸和这双小手的人，都可能以为它们属于一个十二岁的小女孩的，她正在从即将到来的伤心事里而不是过往的恨事中被带走。

等吉尔福尔先生前进几步站在她对面时，烛光照到了他的脸上。一丝微弱的惊愕神情出现在卡泰丽娜的眼中。她认真地看了他好一会儿，然后抬起手来像是要唤他低身靠近她，还小声说道："梅纳德！"

他坐到了床上，弯腰贴近她。她又低声说：

"梅纳德，你看到那把匕首了吗？"

他按照自己最初的冲动回答了她，而那是个明智的回答。

"看到了，"他低声说，"我是在你的口袋里发现它的，然后又把它放回柜子里了。"

他握住了她的手，就那么轻轻地握着，等着她接下来要说的话。因为她认出了他，他的心里涌动着感恩之情，甚至压制不住自己的抽泣。慢慢地，她的目光变得更柔和，没有那么直直地盯着人看了。眼泪开始慢慢地汇集起来，很快大滴大滴滚烫的泪水就顺着她的脸颊滑下了。然后闸门就打开了，能让心放松的水流喷涌而出，深深地抽泣开始了。几乎有一小时，她就躺在那里没有说话。与此同时，将她的痛苦同语言切断的沉重冰冷的压力就这样融化了。这些眼泪对梅纳德来说是多么宝贵啊，他日复一日都在因为一个不停重复的画面而战栗，那就是有着干枯灼热的疯狂眼神的蒂娜！

渐渐地，抽泣停下来了，她开始平缓地呼吸了，安静地躺在那里，闭上了眼睛。梅纳德耐心地坐着，无视时间的流逝，无视在楼梯平台上大声嘀嗒作响的老座钟。可等到将近十点时，多尔卡丝再也忍不住——她着急想知道吉尔福尔先生的出现有什么效果，蹑手蹑脚地走了进来。他不动声色地对她小声耳语，要她给他再拿点蜡烛，要她让管牛的男孩刷刷他的母马，然后要她睡觉去了——他会看着卡泰丽娜的，她已经有了很大的好转。

不久之后，蒂娜的嘴唇开始动了。"梅纳德。"她又低声说道。他朝她俯下身去，于是她继续说：

"你知道我有多坏了，那么，你知道我想拿那把匕首做什么？"

"你是想要自杀吗，蒂娜？"

她慢慢地摇了摇头，然后又沉默了很久。最后用庄严的眼神看着他，她低声说："是杀了他。"

"蒂娜，我亲爱的，你永远都不可能做出来的。上帝看到了你的整颗心，他知道你是永远不会伤害一条生命的。他照顾他的孩子，也不会让他们做出他们全心祈祷自己不要去做的事情。那就是一时愤怒的想法，他会原谅你的。"

她又再次陷入了沉默中，差不多一直到午夜。她疲惫衰弱的精神似乎是在蜿蜒的思想里艰难地跋涉，等她又开始低声说话时，她还在回应梅纳德的话。

"可是我有那么坏的想法已经很久了。我是那么生气，我还那么恨阿舍尔小姐，我毫不关心任何人发生了什么，因为我自己是那么难过。我全都是不好的冲动。从没有人这么坏过。"

"不对，蒂娜，有许多人是同样坏的。我也常常有非常坏的想法，也想要做坏事，只是我的身体比你更强壮,所以我能隐藏我的想法,也能更好地抵抗它们。它们不能这样控制我。你见过那些刚刚开始学飞的还很小的小鸟,见过它们害怕或者生气时,全身的羽毛都乱蓬蓬的样子;它们没有多余的任何力量来控制自己,会仅仅因为受惊就摔进坑里。你就像一只那样的小鸟。你的伤心和痛苦是如此彻底地控制了你,你根本不知道自己做了什么。"

他小心不说太久,以防会让她感到疲倦、让她因为有太多想法而不适。她似乎需要暂停很久才能把自己的想法聚集到短短几句话里。

"可当我想要做的时候,"她接下来是这么低声说的,"那就和我已经这么做了一样坏。"

"不,我的蒂娜,"梅纳德慢慢回答说,每说一句就停一会儿,"我们想要做那些我们从来都做不到的坏事,就像我们想要做那些我们从来都做不到的好事或者聪明的事一样。我们的想法常常比我们要更坏,就像它们常常比我们更好一样。而上帝看我们是看我们整个人,不是一时的情绪或者行为,那是我们的人类同胞看待我们的方式。我们总是不能正确地看待彼此,不是把彼此想得更好就是更坏,因为我们只能听到和看到一时的言行。我们看不到彼此全部的内心。可上帝能看到你不可能犯下那样的罪行。"

卡泰丽娜慢慢地摇了摇头,然后沉默了。过了一会儿,"我不知道,"她说,"我似乎能看到他朝我走来,就像他真正看起来的样子,而我是真的——我真的要动手。"

"可等你见到他的时候——告诉我那是怎么样的,蒂娜?"

"我看到他躺在地上,还以为他是病了。我不知道那时是怎么回事,我忘记了一切。我跪下来和他说话,可——可他完全没有注意我,他的眼睛还那么直直地盯着,我就开始以为他已经死了。"

"你在那之后就再也没觉得愤怒了?"

"啊,没有,没有。我才是那个比谁都要坏的人,一直犯错的那个人是我。"

"不,我的蒂娜,你一点都没有错,错的是他,是他招惹了你。而错误只会生出更多错误。有人不好好对待我们时,我们就是忍不住会对他们有恶意。可第二种错是可以原谅的。我比你的罪孽还要深,蒂娜,我过去常常对怀布罗上尉有非常坏的想法,要是他像招惹你一样招惹我,我也许会做出更坏的事情。"

"啊,他也没有那么多错,他不知道自己是怎么伤害我的。他怎么可能像我爱他那样爱我呢?他又怎么能娶我这样的可怜小东西呢?"

梅纳德没有回应,于是沉默又出现了,直到蒂娜说:

"那我就是在骗人,他们不知道我有多坏。Padroncello不知道,他的好小猴子,他过去老这么叫我,而如果他知道了,啊,他会觉得我多不听话啊!"

"我的蒂娜,我们都有自己秘密的罪孽,而如果我们知道自己是如此,我们就不应该严苛地给别人下判断。自从这场灾难落到他身上以来,克里斯托弗爵士自己已经感觉到了他过去太严苛,太顽固了。"

就这样,在这些断断续续的忏悔和回应的宽慰话语中,时光流逝着,从深沉的黑夜变成黎明前冰冷的晨光,从黎明前的晨光变成了清晨第一道穿过紫色云层的黄色日光。吉尔福尔先生觉得,在这漫漫的长夜中,那个将他的爱永远且独一无二地和卡泰丽娜合为一体的联系似乎获得了新的力量和圣洁。对由回忆和希望滋养的爱来说,每一个新的白昼和黑夜,无论是快乐的还是难过的,都是一片新的土地,一次新的祝圣——对这样的爱来说,永远的重复不是疲倦,而是一种需求,而一时的愉悦则是痛苦的开端。

公鸡开始打鸣了,大门被拉开了,院子里有重重的脚步声,吉尔福尔先生听到了多尔卡丝起身的声音。这些声音似乎也影响了卡泰丽娜,因为她担忧地看着他说:"梅纳德,你要离开了吗?"

"不,我会待在卡伦姆,直到你好起来,然后你也要离开了。"

"再也不要去庄园了,啊,不!我要清贫地生活,要挣自己的面包。"

"好,最亲爱的,你想做什么就做什么。不过我希望你现在能睡一会儿,试着静静地休息,然后慢慢地也许你能坐起来一会儿。尽管有这么多伤心事,可上帝还让你活着,不努力去把他的恩典用到最好将是有罪的。亲爱的蒂娜,你一定会努力的——小贝西曾经给你送过一些秋水仙,你没有注意到那个可怜的小东西,不过等她再来时你就会注意到她了,对不对?"

"我会努力的。"蒂娜听话地低声说,然后闭上眼睛。

等到太阳从地平线上升起,驱散云层,带着惬意的清晨暖意透过小铅框窗户照进来时,蒂娜已经睡着了。梅纳德轻轻地松开她的小手,告诉了多尔卡丝这个让她高兴的好消息,然后去了村里的客栈,对蒂娜到目前为止又恢复了本性心怀感激。很明显，见到他的脸和她脑子里当时正在沉浸的回忆很自然地就结合起来了，由此她就被引导着开始袒露心声，这可能是彻底康复的开始。可她的身体变得那么虚弱，她的灵魂受了如此多的伤害——必须要有极致的温柔和照料。接下来要做的事情是给克里斯托弗爵士和切弗利尔夫人送消息，然后写信要他姐姐过来，他已经决定了把蒂娜交给她照顾。他清楚，庄园，即使她想要回到那里，也会是现在最不适合她的家了：那里的每一个地方、每一件东西，都和还没有缓解的痛苦相关联。如果她在他温柔平和的姐姐家住一段时间，她有一个安宁的家，还有一个说个不停的小男孩，蒂娜也许可以重新把自己与生活相连，至少还可以恢复一部分她的身体所遭受的刺激。等他写完信，匆匆吃过早饭之后，他很快骑上马，走在了去斯诺普特的路上，在那里他可以把信寄出去，还要找一个医生，他也许可以对这位医生坦白蒂娜虚弱状态的道德原因。

第二十章

在那之后不到一周，卡泰丽娜就被劝说着乘坐一辆舒适的马车,在吉尔福尔先生和他的姐姐赫伦夫人的照料下离开了,赫伦夫人温柔的蓝眼睛以及温和的举止抚慰着这个可怜的受伤孩子——还因为她的一切都有种姐妹般的平等,这对她是非常新鲜的,效果越发好了。面对切弗利尔夫人并不宠溺的权威善意,蒂娜一直怀着点压抑和敬畏,而有一位年轻温柔的女性,就像一位长姐一般,关切地俯身照料她,用疼爱的语气低声对她说话,这一切有种她从未尝到过的甜蜜。

梅纳德因为自己感到高兴而有点生自己的气,毕竟蒂娜的头脑和身体还在不可转圜的衰弱边缘徘徊,可作为她的守护天使的崭新的快乐,每天时时刻刻和她在一起的新快乐,为了她设计一切舒适的新快乐,寻找她眼中重现的一道感兴趣的亮光的新快乐,都太让他沉迷其中无暇紧张或者后悔了。

第三天,马车停在了福克斯霍姆村牧师宅邸的门口,亚瑟·赫伦牧师站在那里,急着要问候刚到家的露西,而他牵着的是一个胸膛宽阔、长着黄褐色头发的五岁小男孩,他正在大力地甩着一根小猎鞭。

再没有哪里有比福克斯霍姆村牧师宅邸修剪得更干净的草坪,扫得更平整的步道,或者攀缘植物挂得更漂亮的门廊了。这幢房子舒适地掩映在山毛榉和板栗树之中，位于美丽翠绿的小山的半山腰，山顶就是教堂，俯瞰着一个小村庄，村中的房舍随意四散在牧草地和草场之间，村子四周长满了野生的灌木丛和投下宽阔树荫的大树，改良的耕作方法还没有威胁到这里的风光。

炉火在大客厅里烧得旺旺的，也在一间粉色的小卧室里烧得旺旺的，这将会是卡泰丽娜的卧室，因为它背向教堂墓园，望出去是一个小农场，那里有一小排谷草垛，一群群平静的母牛，还有清晨会传来的令人愉快的健康劳作之声。赫伦夫人出于精细、敏感女士的本能，已经提前给她丈夫写信，让他把这个房间给卡泰丽娜准备好。心满意足的芦花鸡勤劳地在土里翻找很难得的谷粒的样子，有时或许可以比一树林的夜莺更能治愈一颗受伤的心。头上顶着羽冠的半大雏鸡，不是当宠物养的牧羊犬，还有享用浑浊饮水的耐心的高大役马毫不做作的快乐，种种一切，都有种不可抵挡的平静。

牧师宅邸，一个舒适的小巢，没有任何会令人想起切弗利尔庄园的华贵，吉尔福尔先生有理由相信卡泰丽娜可以慢慢摆脱那缠绕着她不放的旧日噩梦，并从无力和虚弱中恢复过来，这种无力和虚弱正是这些旧梦有害的生理表现。接下来要做的是和赫伦先生的副牧师互换工作,这样梅纳德就可以一直留在卡泰丽娜身边,照料她的康复进展。她看起来喜欢他在自己身边,她会不安地等着他回来。虽然她极少和他说话,她最安心的时候就是当他坐在她身边,用他宽大、令人安心的手握住她的小手。不过奥斯瓦德,小名叫奥兹,就是那个胸膛宽阔的男孩,或许才是对她最有益的伙伴。不光外形有点像他舅舅,他也继承了自己舅舅幼年在家里养各种动物的爱好,总是非常迫切地要蒂娜关心他的豚鼠、松鼠还有睡鼠的福祉。和他在一起时,她似乎时不时地会看到自己童年的闪光穿透铅灰色的云幕,而冬天的许多时光都因为是在奥兹的育婴房里度过的而变得更加轻松。

赫伦太太不擅长音乐,也没有乐器。不过吉尔福尔先生的安排之一就是买了一架羽管键琴,然后把它放在起居室里,琴盖一直开着,希望有一天音乐的精灵会在卡泰丽娜心中重新醒来,希望她会被这个乐器吸引。可冬天几乎都快过去了,他却什么都没有等到。卡泰丽娜最大的进步也没有超过被动和顺从——静静地露出感恩的微笑,满足奥斯瓦德的怪主意,还有越来越多地意识到她身边的人在说什么做什么。有时她会做一点针线活,可她似乎太疲倦,没法坚持下去,她的手指很快就垂下来了，然后她重新陷入一动不动的出神中。

最后——那是 2 月末明媚的一天，闪耀的阳光预言着春天的到来。梅纳德之前和她还有奥斯瓦德一起在花园里散了步，看雪花莲，散步之后她躺在沙发上休息。奥兹在房间里四处走动寻找着什么隐藏的宝藏，他走到羽管键琴前，然后用他的猎鞭柄敲出了一个深沉的低音。声音的振动像电击一样穿透了卡泰丽娜：仿佛就在那个瞬间，一个新的灵魂进入了她体内，给她灌注了更深刻、更有意义的生命。她四处看了看，从沙发上站起身来，然后走到了羽管键琴前。很快，她的手指就带着美妙的熟练在琴键间翻飞，而她的灵魂也在它真正熟悉的甜美乐声中浮了起来，就像在地上干枯萎靡的水生植物再次浸泡在它熟悉的水流中，重新伸展成自由美丽的样子。

梅纳德感谢了上帝。一种主动的精神重新醒来了，这也一定是蒂娜恢复过程中的新阶段。

很快传来了低沉的流水般的歌声，与钢琴更尖锐的声音融为一体。渐渐地，纯洁的歌声越来越响，最后占据了主导。小奥兹站在屋子中间，嘴张得大大的，腿分得很开，被"蒂-蒂"的这种新能力惊呆了，他就是这么称呼蒂娜的,他也已经习惯了把她看作一个一点都不聪明,在很多事情上都非常需要他来教导的玩伴。就算一个精灵展开宽大的翅膀从他的牛奶杯里腾空而起也不会让他觉得更惊奇了。

卡泰丽娜唱的正是《奥菲欧》里的咏叹调,那首我们好几个月前在她痛苦开始的时候听她唱过的曲子。那是"Che farò",克里斯托弗爵士最爱的咏叹调,歌声的每一个音符仿佛都在带着她人生中最心爱的回忆高飞,那时切弗利尔庄园还是没有被扰乱的家园。童年和少女时代漫长的快乐时光重新找回了它们理所应当的优势,压倒了那短短的罪孽和痛苦的时光。

她停了下来,泪水夺眶而出——这是她到了福克斯霍姆之后第一次流泪。梅纳德抑制不住自己,几步走到她身边,伸手搂住她,然后弯腰吻了吻她的头发。她依偎在他身旁,仰起她的小嘴让他亲吻。

长着卷须的柔弱植物必须有别的东西来倚靠。为音乐重生的灵魂也因爱重生了。

第二十一章

1790 年 5 月 30 日,聚集在福克斯霍姆教堂门口的村民们见证了一幕非常漂亮的场面。明亮的阳光洒在挂着露水的青草上，空气里满是蜜蜂的嗡嗡声和婉转的鸟鸣，挂着茂密花冠的板栗树还有花开密如白沫的灌木丛仿佛都挤了过来，想知道为什么教堂的钟声会如此欢快地敲响。这时，梅纳德·吉尔福尔的脸上闪着幸福的光，从哥特式的老门廊里走了出来，胳膊上挽着蒂娜。那张小脸还是发白，脸色也还有隐隐的忧郁，就像一个在和朋友吃最后一次晚餐的人，张大了耳朵等着召唤她离开的信号。不过她娇小的手带着满足的爱意紧紧握着梅纳德的手臂，她黑色的双眼用害羞的爱回应着他低头看下来的目光。

后面并没有成排的伴娘，只有美丽的赫伦夫人挽着一个从来没在福克斯霍姆出现过的黑头发年轻人，她的另一只手牵着小奥兹，他对自己的新天鹅绒小帽和短外套并没有那么兴奋，更让他兴奋的是自己当了蒂－蒂的伴郎。

最后出来的是这些村民比看新郎和新娘还要急着打量的一对夫妻：一位一流的老绅士，他环视四周的锐利眼神足以震慑人群里知道自己不像话的人；还有一位尊贵的夫人，她穿着蓝白交错的丝绸裙子，简直就像夏洛特皇后一样。

"对嘛,这才是我说的跟画一样的排场。"福特老头这么说道,他是个货真价实的斯塔福德郡的长者,拄着一根棍,头很明显地歪向一边,给人的感觉是一位对现在这代人不抱什么希望,但仍然无论如何还是要让他们从自己的批评中获益的老者。"现在的年轻人,都是不像样的软壳货——他们看起来还像那么回事,可受不了磋磨,受不了磋磨。再也没有能像那边的克里斯托弗·切弗利尔爵士一样有派头的人了。"

"我敢赌两罐钱,"另外一位老者说道,"和牧师太太一道走的那个年轻人肯定是克里斯托弗爵士的儿子——他看着很喜欢他。"

"才怪,你就算用你自己这么大个的蠢蛋打赌也没用——他就没儿子。照我听说的,他是要继承家业的外甥。住在白马客店的那个马车夫跟我说,早先还有个外甥,那个外甥比这个看起来要精神多了,结果发病死了,一下子就没了,所以现在这个小子才攀上了高枝。"

在教堂门口站着的是穿着一身新衣服的贝茨先生,他准备好了在新郎新娘走近时说点祝福的话。他是专程大老远地从切弗利尔庄园赶来,为了看小小姐又变得幸福起来的。他本可以感到纯粹的快乐,如果不是因为婚礼上的捧花实在比不上他本可以从庄园花园里送来的花束的话。

"全能的上帝保佑你俩,赐你们长寿和健康。"这就是那位善良的园丁头儿多少有点颤抖的话。

"谢谢你,贝茨叔叔;要永远记得蒂娜。"那个甜美低沉的声音如此说道,这也是它最后一次传到贝茨先生的耳朵里。

新婚旅行将绕路前往谢珀顿,吉尔福尔先生已经就职那里的教区牧师好几个月了。这个小职位是通过一位奥尔丁波特家欠他情的老朋友的关系安排给他的,梅纳德和克里斯托弗爵士都很满意,因为一个他可以带着蒂娜在远离切弗利尔庄园的地方定居的家就这么送上门来了。大家都不觉得她重返自己的伤心地是什么安全的事,她的身体依旧是如此娇气,哪怕一点点痛苦、激动的风险都不能冒。也许再过一两年,等到老克里奇利先生——坎伯穆尔的教区长,撒手离开痛风的人间之后,那时卡泰丽娜很有可能已经是一位幸福的母亲了,梅纳德也许可以安全地定居在坎伯穆尔,而蒂娜也只会心满意足地看到一个新的"小黑眼猴子"在庄园的大走廊或者花园里跑来跑去。母亲是不会害怕回忆的——那些阴影都会在婴孩黎明般的微笑中消融。

怀着这样的希望，也享受着蒂娜依偎在身旁的柔情，吉尔福尔先生度过了好几个月完美幸福的时光。她已经完全依赖于他的爱了，也要为了他去发现生活的甜美。她持续的无力和没法提起兴趣是身体虚弱的自然结果，而她要成为母亲这个未来，则是另一件令人生出希望的事。

可这棵娇弱的植物受到的伤害实在太深了，在挣扎着绽放出花蕾的时候，它死了。

蒂娜死了，于是梅纳德·吉尔福尔的爱就永远追随她进入了深深的沉寂中。

尾声

这就是吉尔福尔先生的爱情故事，这件事发生在他一副衰老残朽的样子坐在谢珀顿牧师宅邸孤独的壁炉边很久以前了。浓密的棕色发卷、激动人心的爱，还有过早体会的深沉的忧伤，尽管它们看起来和稀疏的白发，无动于衷的满足，还有老年人不再期望任何事的平静是如此奇怪的不同，它们不过是同一段人生旅途的不同阶段。正如那明亮的意大利平原，那里回响着互相呼唤的少女甜美的 Addio[1]，也不过是那一天之内就能带着我们到阿尔卑斯山的另一边的旅程的一部分，在那边我们会去到森然的石壁之间，四周响起的都是瓦莱州[2]粗哑的喉音。

对那些只熟悉那位头发灰白、轻松地骑着他的栗色老柯柏马[3]四处漫步的教区牧师的人而言，他们也许很难相信他曾经是那个心头满怀热情和柔情，催动他的黑凯蒂在去卡伦姆村的路上尽力狂奔的梅纳德·吉尔福尔。或者说这位说话刻薄、品位粗鄙，还俭省度日的人，曾经尝过全心全意之爱的全部秘密，曾经日日夜夜在爱的痛苦里挣扎过，也曾经在它不可言说的喜悦之下颤抖过。没错，晚年时的吉尔福尔先生在谢珀顿表现出的更多是欠佳的人性长着木节和疙疙瘩瘩的样子，也没有任何清楚的迹象令人想到那个眼神清澈的、深情的梅纳德。可人就和树一样：如果你伐去了树木最好的枝干——那些它们往其中灌注着年轻的生命汁液的枝干，那些伤口就会通过长出粗糙的包块、

---

[1] 意大利语，"再见"。
[2] 瓦莱州是瑞士南部的一个州，与意大利接壤。
[3] 柯柏马是一种体格健壮的短腿马，多用于乘骑和拉车，是非常普通的马种。此处说梅纳德骑柯柏马呼应了前文所说的他生活节俭。

奇怪的分泌物来愈合，而原本可以长成一棵树荫广布的参天大树，最后也只会变成一截奇形怪状的树干。许多恼人的错处、许多惹人烦的古怪，都是源自一次深深的伤心，在天性正要伸展长成丰韵的美时压垮、伤害了它，而我们将自己严苛的指责加诸其上的一事无成、处处犯错的生命，也许只是一个最好的肢干已经凋萎的人的踉踉跄跄的行动而已。

这位亲爱的老教区牧师正是如此，虽然他有点像被削断过的可怜橡树一样，浑身长满了木节，形状也怪异得很，可自然的本意是想让他长成一棵高贵的树。他的心材没有长坏，他的纹理还是最漂亮的，而在这个白发之人身上，他会在口袋里装满给小孩子的果仁糖，他最刻薄的话都是在谴责富人所做的恶事。尽管他会和农夫们一起抽烟斗，说话也不着边际，但他从来没有失去过自己教众们最高的敬意，在他身上还留着那同样勇敢、忠诚、温柔的天性的主干，这一天性曾经把自己生命中最美好、最新鲜的力量倾注到了最初也是唯一的真爱之中——对蒂娜的爱。

杂文

Essays

女作家写的蠢小说
Silly Novels by Lady Novelists

女作家写的蠢小说是一个有很多种的属，由各本小说里占主流的愚蠢特质决定其分类——有轻浮的、有冗长的、有虔诚的，还有学究气的。但正是所有这一切的混合——一种复合的女性愚笨——生产出了这种小说中最大的一类，我们将把这类小说叫作"头脑与帽子小说"。女主角通常是个要继承家产的小姐，或者她自己本身就是有爵位的，多半还有一位恶毒的从男爵、一位和气的公爵以及一位魅力无法挡的侯爵的小儿子作为前景里的诸位追求者，一位牧师和一位诗人在中景里为她歌唱，最后方是聊聊勾勒几笔的一群模糊的仰慕者。她的眼睛和她的头脑一样闪亮；她的鼻子和她的道德一样没有任何歪曲的倾向；她有一副动听的女低音和动人的才智；她衣着无比得体，也无比虔诚；她起舞时像一位仙女，还能读懂《圣经》的原文。或者女主角也可能不是个要继承家产的小姐——地位和财富是她唯一不足的东西，然而她总是会跻身上流社会，她的成功在于她拒绝了许多桩婚事，然后订下了最好的亲事，最后她会把这件或者那件家传首饰戴在身上，仿佛它是正直的冠冕一样。浮浪子弟在她尖厉的反驳面前，要么只能无力地咬着嘴唇，要么就是被她的指责感动得忏悔不迭，而在时机合适的时候，她的指责同样也会飞升成一长串庄严的修辞；其实，她总忍不住要长篇大论，要在回到卧室后激情四射地讲说一番。在她公开的对话里她无比能言善辩，而在她私下的对话里她同样风趣无比。人们深知她拥有深刻的洞察力，可以把哲学家们浅薄的理论看得透透的，而她高人一等的直觉简直就是个日晷，只要男人们照这个日晷对好自己的座钟和手表，一切都不会出错。男人在她身边扮演的都是俯首帖耳的角色。时不时地，你会安心地看到有暗示说他们还有别的事情做，这能提醒你这个世界工作日的营生不管怎样还是在继续的，但明显他们存在的终极原因还是陪伴女主角经历她"熠熠生辉"的人生旅途。

他们在舞会上见到她，他们的目光迷离了；在花展上见到她，他们如痴如醉了；在骑马郊游时见到她，他们被她高贵的马术勾走了魂；在教堂里见到她，他们被她甜美庄重的举止折服了。她是情感、头脑还有衣着各方面都完美的女人。尽管如此，她常常开始时就嫁错了人，还因为那个邪恶从男爵的阴谋诡计饱受折磨；可即便是死神也忍不住会怜惜如此完美的女人，会在最恰当的时机为她纠正所有的错误。那个邪恶的从男爵一定会在决斗中丧命，而她无趣的丈夫会在弥留病榻之际要求自己的妻子，就当帮他解决一桩难事——嫁给她最爱的那个男人，而他在这之前就已经送信给了那位爱人，告诉了他这令人安心的安排。在事情发展到这个喜闻乐见的结局之前，看着这位高贵、可爱又多才的女主角经历诸多的不幸时刻让我们的感情大受折磨，不过我们可以满意地知道她痛苦的眼泪是流在绣花手绢上的，她昏厥的身躯是倚靠在最好的沙发布上的。而且不论她遭遇什么命运的起伏，不管是从马车里被颠了出去还是因为发烧剃光了头，她最后都会带着比过去更加如花的容颜和更加蓬密的发卷从中走出来。

我们还可以顺便提一下，这些女作家写的蠢小说绝少领着我们去到非常上流、非常时髦的社会之外的世界，而这一点为我们打消了一个非常严肃的顾虑。我们原本想象贫穷的女人才会当小说家，就像她们会去当家庭教师一样,因为她们找不到别的"符合女士身份"的挣面包的法子。出于这样的假设,夹缠不清的句法还有不可能的事件在我们眼中就带上了一点悲情色彩,如同那些盲人摆出来售卖的绝对多余的针垫和设计奇怪的睡帽一样。我们觉得这些商品是厌物,但我们会很高兴地想到钱用来救济了贫苦的人,我们还在自己的头脑里想象出孤独女子挣扎求生的场面,要不就是妻子们或者女儿们纯粹出于奉献精神专心想要写出一本"书"——也许是为了还丈夫的赌债,或者为病重的父亲买一点好东西。因为这样的印象,我们总是回避批评一位女士的小说:她的英语也许有问题,可我们对自己说她的动机是无可指摘的;她的想象也许毫无新意,但她的耐心是不知疲倦的。空无一物的写作因为空无一物的肚子被原谅了,而胡说八道的话都能被眼泪给封了圣。可是不对!我们的这个理论就像很多其他美妙的理论一样,必须要在观察面前屈服。女人写的蠢小说,我们现在认定,是在完全不同的情况下写出来的。那些美丽的作家很明显从来没和生意人搭过话,除非是隔着马车的窗户;她们只会把劳工阶级当成"附庸",她们觉得一年收入 500 镑是笔不值一提的小钱;贝尔格拉维亚还有"豪门宅邸"就是她们信奉的首要真理；而她们对任何人都完全提不起兴趣，如果这个人不是首相或者不是位至少广有田产的大业主。显然她们是在高雅的闺房里写作的，用的是紫罗兰色的墨水和嵌红宝石的笔；她们也肯定对出版商的账目毫不在意，除了头脑的贫乏之外，也对任何形式的贫穷都毫无经验。没错，我们总是惊讶于她们把她们似乎生活其间的上流社会描写得有多失真，可她们也没有表现出更熟悉别的生活形式的样子。如果她们笔下的贵人和贵妇令人难以置信，她们笔下的文人、生意人还有农夫简直就是不可能存在的，而她们的头脑似乎有种奇怪的公正，既能重现她们**见过、听过的**，也能重现她们**没见过、没听过的**，两者都同样不真实。

我们猜，很少有女人完全没见过不到五岁的孩子是什么样的，然而在《补偿》这部最近的"头脑与帽子小说"里，它还自称是"真实生活的故事"，我们读到一个四岁半的孩子是用如此的奥西安式的口吻说话的：

> "啊，我是如此欢愉，亲爱的祖母；我见到了——我见到了如此令人愉悦的人；他与一切美丽之物无二——如那甜美的花香，如从洛蒙德山顶眺望所见的美景——不，**比那还要**

好——他就像是当我非常、非常快乐之时会想到和见到的一般;而且他也非常像妈妈,像她唱歌的样子;他的额头就像那远方的海面一般,"她指着蓝色的地中海继续说,"它看起来仿佛是无尽——无尽的;或者就像我在温暖晴朗的夜晚最喜欢看的那一簇簇的群星一般……别做这样的表情……你的额头看起来就像洛蒙德湖了,像当风刮过湖面太阳又不见了时的样子;我最喜欢湖面平静时的阳光了……所以现在——我比什么时候都要喜欢它……因为有黑云掠过让它显得更漂亮了,**当太阳突然照亮森林还有闪亮的紫色岩石的缤纷色彩,一切都倒映在下面的水面上之时。**"

我们会毫不惊讶地发现这位天才儿童——她表现出的症状是如此令人不安,就像那些被杜松子酒蹂躏的少年——她的母亲也是一朵奇葩。这本小说一而再,再而三地向我们保证,她的思想极其有新意,她是个天才,也"清楚自己思想有新意",她还幸运地拥有一位也是天才的爱人,这位男子也有"最有新意的思想"。

我们读到,这位爱人虽然和她"在才干和能力上神奇地相似",却是"在信仰和成长上要无比优于她的",而她在他身上看到的是"'圣爱'——如此难寻的稀罕之物——这个概念的含义是她在她的希腊文福音书里读到并且为之钦慕的;**因为她有绝佳的学习语言的天赋**,她已经用原文阅读过《圣经》了"。当然了!希腊文和希伯来文对一位女主角来说就像玩游戏一样;梵文对她也不过是像英文字母一样简单;她可以绝对正确地使用任何语言,除了英语。她是个会跳波尔卡[1]的精通多门语言的人,一个穿圈环裙的克罗伊策[2]。可怜的男人。就算只是希伯来文你们也没有几个人懂;你还以为它是什么值得吹嘘的事情,就像博林布鲁克[3]一样,你不过"懂得那种学识和关于它人们写了什么",而你或许在仰慕那个可以挨个用所有闪族语在心里看不起你的女人。不过,因为我们几乎总可以

---

[1] 源自捷克的音乐和舞蹈形式,在 19 世纪欧洲是广为流行的社交舞蹈形式之一。
[2] 乔治·弗雷德里克·克罗伊策(1771—1858),德国古典学者和语文学家。克罗伊策以提出《荷马史诗》中的神话源自东方而著名,艾略特在读书笔记里记录了其阐述这一理论的著作。
[3] 此处是指亨利·圣约翰(1678—1751),第一代博林布鲁克子爵。"懂得那种学识和关于它人们写了什么"是亚历山大·蒲柏在嘲讽博林布鲁克不懂希伯来文,出自文学史家约瑟夫·斯宾塞收集的逸闻录。

读到女主角有颗"美丽的小脑袋",而且鉴于她的才智也许因为关心衣裳和仪态早早地就被激发了,我们或许可以总结说她自然能轻松学会东方语言,更不用说它们的某些方言了,轻灵得就和蝴蝶吮吸花蜜一般。再说了,想象女主角的知识有多渊博一点也不难,毕竟女作者自己的知识渊博已是如此明显了。

在这一派的另一本小说《劳拉·盖伊》里,这位女主角似乎对希腊语和希伯来语没有那么熟稔,但她用对拉丁文古典作品相当戏谑的熟练弥补了这一缺陷——熟知"亲爱的老维吉尔""优雅的贺拉斯,慈悲的西塞罗还有可亲的李维"。没错,她引用拉丁文是如此的习惯成自然,以至于她在一次淑女和绅士们混杂的野餐会上也这么来了一回,小说告诉我们,"她完全不知道更高贵的男性会在这件事上生起忌妒之心。没错,"劳拉·盖伊的这位传记作者继续说,"如果那个性别里最明智和最高贵的部分占了在场的大多数,如此的情绪就不会存在了,但因为温德姆小姐和雷德福德先生这样的人太多了,必须要为了他们的存在做出巨大的牺牲。"这样的牺牲,我们推断,指的是暂停引用拉丁文名言,这些名言本身也是令人兴趣缺缺,用处也是极小,何况另一个性别中明智高贵的少数会和愚蠢无知的多数一样很乐意将其弃之不理的。在男女混合的场合引用拉丁文不是有教养男性的习惯，也不是有教养女性的习惯，他们可以控制住自己对"慈悲的西塞罗"的熟悉，而不会让它在日常对话里爆沸而出，就算是引用"可亲的李维"的念头也不是绝对无法抑制的。然而西塞罗式的拉丁文还只是盖伊小姐最不惹眼的谈吐本事。在和一群游客站在巴拉丁诺山之上时，她发表了下面这番精妙的言论：

> 真理只能是客观上纯粹的，因为即使在它占主导地位的信条里，因为这些信条是主观的，并被分割成了若干部分的，每一条都必然染上了古怪的颜色，也就是说，沾染上了或强或弱的迷信；然而在罗马天主教所信奉的信条里，无知、利益，古代偶像崇拜的基础，还有权威的权力，都逐渐地积累在了纯正的真理之上，并最终将它变成了对它大多数的信徒来说都是一团迷信之物；啊呀，世上实在没有几人的热情、勇气和思想能力能够胜任分析这个累积过程，能够发现那颗深深埋藏在这堆垃圾之下的价值万金的珍珠！

我们常常能够见到比劳拉·盖伊的想法更新鲜、更深邃的女性,但极少能遇到一个如此不分场合地滔滔不绝的。一位差点就要爱上她的教会高层被上面刚刚引用的大胆言论震惊,甚至开始怀疑她有自由思想的倾向。但是他错了,当他在难过时委婉地恳求要"提醒她想起,一个遭遇不幸时可以搜寻力量和慰藉的**仓库**,除非我们被生活的考验重重压迫之时,我们太容易忘记这个仓库了",我们发现她的确已经"回想起了那个神圣的**仓库**",同时回想起了茶壶[1]。在《劳拉·盖伊》里,对财富和好马车的炫耀散发着某种正统信仰味,不过它是种被钻研"仁爱的西塞罗"和一种"热衷分析的思想倾向"所冲淡的正统信仰。

《补偿》是一本塞了更多教条的书,不过它也有三倍的势利的世俗和荒谬的事件来迎合虔诚的肤浅口味。女主角琳达要比劳拉·盖伊更爱沉思、更醉心于宗教,但她被"引进宫觐见过",而且还有更多更高贵的爱人。小说还引入非常邪恶又迷人的女性角色——甚至还有头法国**母狮子**,并且不遗余力地编造出了一套比你在最不道德的小说里能找到的故事都不逊色的

---

[1] 原文中"depot"和"teapot"两词读音相近,此处是在讽刺小说女主人热衷炫耀财富,听到"仓库"想到的却是"茶壶"。

情节。实际上，它是由奥尔马克**俱乐部**、苏格兰人的灵视、罗杰斯先生的早餐会、意大利盗匪、临死前的皈依、出色的女作家、意大利情人还有毒死老夫人们的阴谋一起炖成的一盆杂烩，再配上一点关于"信仰和成长"还有"最有新意的思想"的装饰端上来。就连那位出色的女作家苏珊·巴顿小姐，她的笔"在她创作的时候飞快、果决地移动着"，也拒绝了最好的结婚机会；虽然她的年纪足够当琳达的母亲了（因为小说告诉我们她拒绝了琳达的父亲），却也有一位年轻的伯爵来向她求婚，他还是被女主角拒绝的爱人。当然了，天才和品德必须要有合适的婚约来支撑，要不它们看起来就是件相当无聊的事了，而虔诚，就像别的东西一样，要是想有该有的样子，就该进到"社交界"里，还得被介绍到最好的圈子里。

《家世与美貌》是"头脑与帽子小说"中更浮夸且没有那么虔诚的流派。我们读到，女主角"如果继承了她父亲骄傲的出身还有她母亲的美貌，她自己身上也有种热切的情感，也许出身低贱的人在她这个年纪也会有这样的情感，但它只有在家世悠久的人身上才会被提炼成狂野浪漫的崇高精神，她们觉得这才是她们继承的最好遗产"。这位热情的年轻女士因为给自己的父亲读报纸而爱上了**首相**，这位首相通过社论还有"议会辩论**纪要**"变成了一颗特别的星，照亮了她的想象，在生活在乡间的单纯的温德姆小姐眼中，这颗星是永不变动的。但她很快就凭借自己的能力变成了乌姆弗拉维尔女男爵，当她在春园街的大宅闪耀登场时，她的美貌和才智震惊了整个世界。而且，正如你已经预料到的，她马上就遇到了还没有见过面的**钦慕对象**。也许"首相"这个词让你想起的是一位满脸皱纹的肥胖的花甲老人，但请抛开这个形象。鲁伯特·康威勋爵"几乎还是个年轻人的时候就被召唤到这个一介臣民能够在这个**宇宙**中所能担任的首要职位了"，即使社论和辩论**纪要**也没能编制出比现实更美好的梦境。

门又开了，鲁伯特·康威勋爵走了进来。伊芙琳瞥了一眼。这就够了。她没有失望。就仿佛她一直凝望的一幅图画突然拥有了生命，在她面前从画框里走了出来。他高高的身量，他尊贵纯朴的气质——这是一幅活生生的范戴克的画，像一位骑士，他高贵的骑士先祖之一，要不就是她的幻想一直将他描绘成的样子，他在遥远的过去和一位乌姆弗拉维尔家的先祖一起跨海远征与异教徒战斗过。这能是真的吗?

当然不是,这是肯定的。

渐渐地,很明显,首相的心被打动了。一次乌姆弗拉维尔女爵去温莎城堡觐见女王,而——

> 她停留的最后一天晚上,在他们骑马回来时,温德姆先生领着她和一大群人登上了城堡主楼的顶上去欣赏风景。她正倚靠在垛口上,从那个"高贵的高处"凝望着她身下的风景,此时鲁伯特勋爵出现在了她身边。"何等无匹的风景啊!"她赞叹道。
>
> "没错,没有上到这里来就离开会是个错误。您觉得这次到访愉快吗?"
>
> "愉快至极!能够生在并死在一位女王治下,能为了她生活,为了她死去!"
>
> "啊!"他大喊道,突然情绪激动,而且脸上摆出了一副"我发现了"的表情,仿佛**他的确找到了和自己心意相同的一颗心**。

那个"'我发现了'的表情"让你马上明白了是在预言将在第三卷结尾出现的婚姻,可在那个令人如愿的结局之前,还会有非常复杂的误会,主要是由于勒特雷尔·威彻利爵士的复仇阴谋引发的。他是个天才,是一位诗人,而且在各个方面都确实是位令人叹服的人。他不光是个浪漫的诗人,还是一个积年的浪荡子和言辞刻薄的才子,然而他对乌姆弗拉维尔女爵深深的真情是如此地削弱了他口吐金句的天才,以致他在对话里给人留下的是个难看至极的印象。当她拒绝了他时,他冲进了花丛里,在泥地上打滚;而在他恢复正常之后,就决心要投身最恶毒、最复杂的报复计划,在实施报复的过程中,他装扮成了一个庸医,还开始行医看病,预料到了伊芙琳将会生病,并且到时他将被请去为她诊治。最后,当他所有的阴谋都被挫败之后,他写了一封长信跟她告别,正如你将从下面这一段里看到的,完全是用一位顶级文人的风格写成的:

> 啊,女神,在华丽与欢愉中成长起来的女神,你还会将一丝思绪投到这个正在向你倾诉的可悲之人身上吗?当你镀金的兰舟在如平静水面的繁华上顺流漂荡时,当你沉浸

在最甜蜜的乐声中时——音乐赞颂的正是你自己——你还会听见从那个我将前往的世界里传来的遥远叹息吗?

不过总的来说,尽管它如此浮夸,与我们已经提到过的那两种小说相比,我们还是更喜欢"地位与美貌"小说。这种小说里的对话更自然、更有精神,书里有一些坦诚的无知,但并不迂腐,而且它说了女主角才智过人,你就可以相信,不用被要求去阅读她在聊天中是如何反驳怀疑论者和哲学家的,也不用读她如何文辞精妙地解决了宇宙之谜。

"头脑与帽子"派的作家在遣词时惊人的一致。在她们的小说里,通常有位女士或者先生基本上就是棵箭毒木:爱人有阳刚的胸膛;头脑中充溢着各种各样的事;心灵是空虚的;事件是被利用的;朋友是被交送到坟墓之中的;孩提时期是段迷人的时光;太阳是移向它西方躺椅的发光体,要不就是把雨滴收纳进它光耀的胸膛中;生活是忧郁的好事;阿尔比恩[1]和苏格提亚[2]是对话里会用到的称谓。她们道德教诲的特点也令

---

[1] 英格兰旧称。
[2] 苏格兰旧称。

人惊讶的相似,例如"事实不光是真实的,也是令人忧伤的——所有的人,或多或少,不论贫富,都会被坏的例子影响";或者"不论多浅薄的书籍,都包含可以从中获得有用信息的某些主题";或者"邪恶太经常借用美德的言语";或者"价值与高贵天性的存在就是为了必须要为人所接受,因为喧嚣和虚假不能欺瞒那些熟读人性而不会轻易被欺骗的人";还有"为了去原谅,我们必须要先受到伤害"。无疑,对某一类读者而言,这样的言论显得尤其有力,还很深刻——因为我们常常可以看到这些话被他们用铅笔画上了两道甚至三道线,还有纤巧的字迹表达了遵从这些激昂的新鲜言论的决心,清晰地写下了"太对了",后面还跟着许多个感叹号。这些小说对话风格的特色常常是天才的倒装,还有就是小心地规避着那些每天都能听到的廉价措辞。愤怒的年轻绅士吼着:"命运总是如此,在我想来。"而在晚餐前的半个小时,一位小姐告诉她邻座的人,第一天读莎士比亚时,她"蹑足走到了园子里,在绿树的树荫之下,怀着狂喜,狼吞虎咽地读着这位伟大魔法师灵光闪现的书页"。不过,"头脑与帽子"派作家最令人叹服的表现还是她们的哲思。比如说,《劳拉·盖伊》的女作者在让她的男女主角成婚之后,为这一盛事锦上添花地感叹道:"如果那些怀疑论者的眼睛盯着物质看了如此久,以至于他们在人身上什么别的都发现不了。如果他们可以有一次机会全心全意地进入如此至福中,他们就会知道人的灵魂和水蛭的灵魂不是源出同处,或者有相同的质地。"看来,女小说家们是可以在物质之外看到点别的什么东西的。她们的视线并不局限在现象之上,而是可以时不时地瞥到一眼本体来放松一下她们的眼睛,因此也就自然比其他任何人都适合来驳斥怀疑论者,甚至包括那个著名的但我们谁都没听说过的怀疑论派别,这一派坚称人类的灵魂是与水蛭的质地相同。

女作家写的蠢小说里最可悲的就是我们或可称为**"神谕流"**的那种——意在阐述作者的宗教、哲学或者道德理论的小说。女性中似乎有种观点大行其道,就像那个傻子的言行是受天启的迷信一样,这种观点认定最彻底缺乏常识的人就是揭示真理最好的载体。从她们的写作来看,某些女士相信,对科学和人生的异乎寻常的无知是对最难解的道德和思想问题提出看法的最佳资质。很明显,她们用来解决所有如此难题的配方差不多是这样的:备一个女人的脑袋,在里面塞满了剁细的粗浅哲学和文学知识,再用社会的虚假观念封口，烤出硬皮，让它每天在一张书桌上挂上几个小时，然后在没人需要时浇上蹩脚的英语，再热腾腾地端上桌。你绝少会遇到一位神谕流女小说家是对自己裁决神学问题的能力缺乏信心的——她从不怀疑自己不能最精准地分辨出所有教会派别中的善恶——她从不怀疑自己不能透彻地看清到目前为止人究竟是如何走上歧途的——她还可怜天下的哲学家，因为他们没有机会来向她求教。那些单单把自己的经验写进小说里就谦卑地感到满足的伟大的作家，那些以为将人和事物的本真原原本本展示出来就足够了的作家，她为他们叹气，因为他们在使用自己的能力方面远没做到最好。"他们没有解决任何伟大的问题"——于是她就准备好了弥补他们的不足，用一个爱情故事在你眼前呈上一套完整的生活理论和神学律条。在这个故事里，出身良好的女士和先生们经历着得体生活的小风波，为的是彻底打垮自然神论者、普西派教徒还有极端的新教徒，还为了完美地构建起那种特定的基督教观念，这一观念不是浓缩成满是小号大写字母的一句话，就是在第三百三十页绽放成一片璀璨的群星。当然，这些女士和先生可能在你看来会相当不像任何你有幸或者不幸结识的人，那是因为，总体上来说，一位女小说家描述真实生活和她的人类同胞的能力,与她自信地滔滔不绝地讨论上帝和其他世界的能力是成反比的,而她通常选择引领你前往不可见真理的方法是一幅完全虚假的可见世界的图景。

我们可以期望遇到的最典型的神谕流小说就是《谜题:沃尔卓利编年史里的一页》。这部小说要解开的"谜题"的确是一个需要有不亚于一位女小说家的卓越才干方能解答的难题,它不多不少于邪恶的存在这个问题。开篇第一页就提出了这个问题,也隐隐暗示了它的答案。一位长着乌黑的头发的活泼小姐说道:"全部的生活就是一团解不开的混乱。"而那位长着红褐色的头发的谦卑小姐,望着她正在临摹的圣母像,然后——"**那里**似乎就有这个巨大谜题的答案"。这部小说的风格就如它的意图一样崇高;没错,有些我们花了大量耐心研读的段落完全超越了我们的理解能力,尽管有加粗标识的字词说明性的帮助;想要理解它们,我们必须要等待更进一步的"发展"。关于欧内斯特,那个年轻的模范教士,他在任何场合都能让人看清对错,我们读到"在社交的亵渎之后,他不同意那种可以出卖的婚姻"。还有,在一个多事的夜晚,"睡眠没有拜访他不定的心,在那里以不同的形态和组合翻滚着的，正是哀伤和喜悦的混合情感"。再有，"对于那些**可以出卖的**人类商品，他一丝也不能容忍，不管它是什么样的，或者它被认定有什么样的价值，不论是用来崇拜还是为了阶级，他正直的灵魂憎恶它，它的最后通牒，那个欺骗自我的人，在他看来是个**巨大的精神谎言**，'生活在虚荣的阴影中，骗人也被人骗'；因为他并不认为经文护符匣还有衣服上加大的镶边**仅仅**是个社交的把戏"。（这些加粗字体都是作者所加，我们希望它们有助于读者的理解）至于莱昂内尔爵士，那位模范的老绅士，小说告诉我们说"中年简单的理想，除了它的混乱和颓废，当那些将人连接起来的关系是有着英勇的特质时，真真切切地似乎在他身上又复活了。纯粹的信仰和真理初生的色彩镌刻在人类普通的灵魂之上，并融入了兄弟情谊的宽阔拱形，在那里，原初的**秩序**法则成长繁衍，每个都长成自己种类的完美形象，而且还互相依靠着"。你肯定清楚地看到了，颜色是如何先镌刻在灵魂上，然后又混成了一道宽阔的拱形，在这个多彩的拱形上——明显是一道彩虹——秩序的法则成长繁衍着，每个——明显是这个拱形和法则——都长成自己种类的完美形象？如果在读过这一切之后，你还需要有别的帮助来了解莱昂内尔爵士到底是怎样的人，我们可以告诉你，在他的灵魂中"思想的科学组合可以激发出与环绕在它周围氛围中的原初脉动别无二致的善与真的完美和谐"！而且，当他在给一封信封口时，"啊！那位良人的胸膛中反馈的抽动用简单的真相回应了一颗不会谴责他的心的真诚见证，随着他的眼睛因为爱而湿润，还怀着对祖上的骄傲，落在了他家族毫不黯淡的家训之上——'忠诚'"。

正是这种高尚的风格将最为琐碎事件中的俗气都熏蒸赶走了。普通人会说：一本莎士比亚的书放在起居室的桌子上，可《谜题》的女作家，坚持要用有教益的婉转文字，告诉你躺在那张桌子上的是"那个人类思想和情感的宝库，它用一个小名字教育着心灵——'莎士比亚'"。一个更夫看到楼上窗户里的一盏灯亮得比平时要久得多，于是想到明明有机会睡觉却还要熬夜的人简直就是蠢。然而，为了防止这一事实看起来太低下、太普通，它是用如下这样惊人又玄妙的方法呈现给我们的："他想到——正如一个人**总会**用另一个身份来设想他人，于是（虽然不承认它）就用一个虚假的前提来思考——**他**会如何不同地行事，**他**会多欣然地看重屋里的人如此轻视的休憩。"一个男仆——

一个普通的詹姆斯，小腿粗壮，说话时带元音的字节还送气——听到铃声前来应门，结果小说抓住机会告诉你，他就是"那种广大的被宠坏了的下人阶级的典型，他们遵从了该隐的诅咒——'流离飘荡'在地面之上，而且他们对人类阶级的认知只会随刻着金钱和花销刻度的秤盘移动……这样的人，还有类似这样的人，啊，英格兰，就是你病态文明的虚假光明！"我们已经听说过许多"虚假光明"了，从康明博士[1]到罗伯特·欧文[2]，从蒲赛博士[3]到通灵敲桌子的人[4]，但我们还从来没有听说过从绒面布料和发粉上散发出的虚假光明。

用同样的方法，文明生活中极其常见的事件都被升华成了最骇人的危机，而穿着拖地长裙和**中国风长袖衣衫**的女士们行事的方法就仿佛血流满地的戏码中的女主角。珀西夫人，一个浅薄的世俗女子，希望她儿子霍勒斯娶到红褐色头发的格蕾斯，她是个女继承

---

[1] 指约翰·康明（1807—1881），苏格兰长老会的伦敦牧师，以反对天主教和末日论闻名，艾略特对他多有批评。
[2] 罗伯特·欧文（1771—1858），威尔士的纺织工厂主和空想社会主义者。
[3] 指爱德华·蒲赛（1800—1882），英国神学家，牛津运动领导者之一。
[4] 指当时流行的灵媒，这些人据称可以与亡者沟通，让亡者以敲桌子的形式和生者交流。

人,但是他就像儿子们都会做的那样,和头发乌黑的凯特坠入了爱河——那位女继承人不名一文的表亲;此外,格蕾斯本人表现出的也是对霍勒斯全然没有兴趣的样子。在类似的情况下,儿子们常常是闷闷不乐或者暴怒如火,母亲则不是尽心算计就是暴躁愠怒,而那位不名一文的小姐则是夜夜躺在床上无眠,还得哭上好几场。我们现在已经习惯了这些事情,就像我们已经习惯了月食,它再也不会惹得我们一边敲烧水的锡壶一边大喊大叫了。我们从来没有听说过有一位走在时尚"前沿"的女士在类似的情况下会像珀西夫人这般行事。有一天,她碰巧见到霍勒斯在窗口和格蕾斯说话,在丝毫不知他们在聊些什么,或者有一点点理由相信如果她的儿子主动献上自己,格蕾斯——她是这幢房子的女主人,是位有尊严的人——会接受他的情况下,她突然冲上前去,抱住他们两人,"脸上露出红光,一副激动的样子"说道:"这可真的是幸福的事啊。因为,我能这样称呼你了吗,格蕾斯?——我的格蕾斯——我的霍勒斯的格蕾斯!——我亲爱的孩子们!"她儿子告诉她搞错了,和他订婚的是凯特,紧接着我们就有了如下的对话和场景:

她挺起身来摆出从来没有过的高度,(!)眼中喷射出愤怒的火焰:

"忤逆的儿子!"她说,声音沙哑满是嘲讽,还紧紧握着拳头,"那就接受你自己选择的毁灭吧!低下你可恶的头让一位母亲的——"

"不得口出恶言!"一个深沉浑厚的声音从背后传了过来,珀西夫人又惊又惧,仿佛她见到了一位天上来客突然现身,来在她犯下罪孽的时候制止她。

与此同时,霍勒斯已经跪在了地上,就跪在她脚下,双手捂着脸。

她又是谁呢——是谁?!没错,他的"守护天使"挡在了他和那些可怕的话之间,那些话,不论多没有理由,一定会像一团阴影一样笼罩着他将来的人生——一个不能消除的诅咒——一旦说出口就不能收回。

脸上带着尘世的惨白,但也有如死亡那箍着铁条一般的冷静——这里唯一冷静的人——凯特琳——就站在那里;她的话敲在耳朵上,她那慢得吓人又字字清楚的语调仿佛某种冰冷、孤独的丧钟,声声敲击在人心头。

"他本来想要宣布他对我的衷心,可我没有接受;你不能,所以——你**不准**咒骂他。在此,"她继续道,抬起一只手指向天空,她黑色的大眼睛也发出被惩戒的光,抬头看着那里,在她眼中,**痛苦**第一次在这些充满同情的瞳孔里浮现出来,"在此我发誓,不论发生何事,霍勒斯·沃尔卓利和我都永远不会私定终身,除非有他母亲的同意——除非有他母亲的祝福!"

在这里和小说的其他地方,我们都看到了那种女性写的蠢小说混淆的目的。这个故事是关于相当现代的起居室社交圈的——一个演奏着波尔卡、讨论蒲赛的神学观点的社交圈;然而我们读到的角色、事件还有行为方式却都只是最复杂的罗曼斯故事[1]里的碎片。书里有个瞎眼的爱尔兰竖琴手,"古代如画的吟游诗人的残留",他竟然出现在一个英国乡村喝茶吃蛋糕的主日学校节日里;书里还有个疯疯癫癫的吉卜赛人,穿

---

[1] 前文提到小说背景设置于当代,但后面情节和人物通常出现于哥特小说,即罗曼斯或者传奇故事,此类小说背景通常设定为中世纪。

一身大红的斗篷，总是唱着浪漫小调里的片段，还在她临终时透露了一个秘密，而这个秘密再加上一个侏儒般矮小的吝啬商人——他总是用一句咒骂和一阵魔鬼一样的笑声来和陌生人打招呼——的证言，又证明了欧内斯特，那个模范教士，正是凯特的哥哥。书里还有一个品德高洁无匹的爱尔兰人巴尼，他通过比较纸张的年代和上面据说是真实签名的日期，发现一份文件是伪造的，尽管同一份文件已经经过了法庭的验证，还引发了一个要命的裁决。莱昂内尔爵士居住的"大宅"是一个古老家族受人尊敬的乡间宅邸，而正是这点，我们推测，让这位女作家的想象飞到了内堡塔楼或者垛口之上，在那里"听啊！看守吹响了他的号角"。因为，在肯定是普雷斯曼·X[1]还健在时的一个晚上，当宅里的人都在他们的卧室里时，一阵风吹了起来，一开始我们读到的是一阵轻风，然后风把老雪松们的枝干刮得俯向了如茵的草地，这位女作家开始了这样的中世纪风的描写（加粗是我们所加的）："旌旗随着猎猎风声**舒开**，在高处摇曳着它守护者的翅翼，

---

[1] 指英国作家威廉·萨克雷（1811—1863）的流行叙事诗《三个圣诞乐手》的主人公，这首诗首次出版于1848年。此处艾略特的意思是这一小说描绘的明明是当时的生活，却故意使用了古旧的语言和意象。

而受惊的夜枭在常春藤中**振翅**；天穹透过它'阿尔戈斯[1]的百眼'望下来——

天堂无声旋律的信使。

"听呀！看守塔楼里响起了两记钟声，'两点'，塔下的阐释者应和着钟声如此说道。"

诸如《谜题》这样的故事让我们想起聪明的孩子有时会"照他们头脑里所想的"绘成的图画一般，你可以在"图上"看到右边有一座现代的别墅，两个戴着头盔的骑士在前景里打斗，还有一只老虎在左边的丛林里咧嘴笑着，这几样东西被放置在一起是因为这位艺术家觉得每样都很漂亮，或者更是因为他记得在别的画里见过它们。

不过这位女作家的中世纪风美文还是更讨我们喜欢的，尤其是和她的神谕说教相比——当她说起自我还有"主观"和"客观"，而且还制定了基督教真理精确的路线，就在"右手的过度和左手的沉沦"之间。偏离了这条路线的人总是被以一种屈尊的慈悲态度介绍给读者。关于某位因什奎小姐，这位作者是如此告诉我们的——还用着加粗，以便让一切都更清楚——

---

[1] 指希腊神话中的百眼巨人。此处将繁星比作天空的眼。

"**功能,而不是形式**,作为在这个幕帐时代精神不可避免的外在表现,稍稍令她痴迷。"而至于梅嘉小姐,一位有点**过分**喜欢谈论她去慰问的生病女子和她们的灵魂状态的福音派的女士,我们被告知,模范教士"并不会否认在浅表的硬壳之下、在**主体**内里有着向善的潜流,也不会否认这对**客体**的正面益处"。我们只能想象那高雅无匹的口音和翘起的下巴,是这位女士句子里加粗的词语根本无力代替的!我们不再引用她任何神谕说教的段落了,因为它们所涉及的都是我们这篇文章现在无法讨论的严肃问题。

用"蠢"这个说法来形容如《谜题》这样展示出如此广博的阅读和智性活动的小说似乎有失礼貌,但我们用这个说法是有道理的。如果正如这个世界早就同意的那样,再多的教育也造不出一个睿智的男人,那么一点非常平庸的教育更是造不出一个睿智的女人了。最为有害的女人的愚蠢就是这种文学性的愚蠢,因为它证明了女人不该接受更坚实的教育这种常见的歧视。

当男人们看到女孩们浪费时间讨论煤斗帽和礼服裙,在一起咯咯笑或者感伤地交换恋爱密语时,要不就是看到中年女子管不好孩子,还要靠刻薄的八卦来找乐子时,他们总要抑制不住地说:"看在上天的分儿上，让女孩们受点更好的教育吧；让她们想点更好的东西——有点更有用的打发时间的方式。"但是，在和一位神使般的文学女性交谈几小时之后，或者花几个小时读过她的书之后，他们很有可能会说："说到底，看看当一个女人学到点东西之后，她给它们派上了什么用场！她的知识依旧是获得的外物，而不是变成了她自己的修养；了解更多的思想和事实非但没有把她变成更谦逊和纯朴的样子，反倒让她狂热地觉得自己的成就有多惊人。她仿佛带着一面思想的小镜子，一直不停地在镜中打量自己的'智性'；她用玄而又玄的问题坏了你嘴里麦芬蛋糕的味道；在餐桌上用她更高明的见识来'收拾'男人；还抓住晚会的机会来质问我们头脑和物质的关系这一关键问题。然后再看看她的写作！她拿晦涩当深奥，拿浮夸当雄辩，拿做作当有新意；她在这一页端着架子，在下一页翻着白眼，在第三页扮着鬼脸，还在第四页歇斯底里。她也许读过许多伟大男性的作品，还有不少伟大女性的作品，可她就像一个约克郡人分不清自己说的英语和伦敦人的英语有什么差别一样，她也完全分辨不出自己行文的风格和他们的风格之间的区别；她的头脑天生的腔调就是自吹自擂、大话连篇。不——普通女人的天性是一片浅薄又贫瘠的土地，受不起太多的耕耘；它只适合栽种最不耗肥力的作物。"

没错，那些会凭着如此浅薄又有缺憾的观察就得出如此结论的男子可能不是世上最睿智的人之一，不过我们现在不是为了反驳他们的观点——我们只是要指出那许多自愿挺身当女性头脑代表的人是如何无意中滋长了这样的观点。我们不相信在任何时候有哪位男性在和真正有修养的女性打过交道之后还会更加坚持这种观点，这样的女性的头脑吸收了知识而不是被知识吸收了。一位真正有修养的女性，就像一位真正有修养的男士一样，会因为她的见识显得愈加本真，也愈加不显眼；知识会让她对自己和自己的意见有正确的认识；她不会把知识变成一个她错误地觉得自己立于其上就可以彻底洞察人事的基座，而是一个借以观察世界，从而可以正确评判自己的地方。她不会因着最小的由头不停地吟咏诗歌或者引用西塞罗，倒不是因为她觉得自己必须要牺牲一下照顾男人的偏见，而是因为这种炫耀自己的记忆和拉丁文水平的方式在她看来既没有教益也不够优雅。她写书不是为了让哲学家们困惑，或许这是因为她能够写出让他们快乐的书。在聊天时，她是最不会让人畏惧的女性，因为她能理解你而又不会想要让你意识到你不能理解她。她不会给你信息,这只是修养的原料而已——她会给你同情,这才是它微妙的精华。

比神谕流小说(这种小说通常都是受某种高教会派或者超验的基督教信仰所启发的)数量更为可观的一种蠢小说是那种我们可以称之为**白领圈流**[1]的小说,它们体现的是福音派思想和情感的基调。这一派小说是篇幅更大的中等人家的传教小册子,为着给低教会派的年轻女士们提供一点有益身心的"小甜品";它是时髦小说的福音派替代品,就像五月集会是歌剧的替代品一样。人们认为,就算贵格派的孩子,也不能彻底被剥夺玩玩偶的放纵,但它必须是个穿着灰扑扑的裙子戴着小煤斗帽的玩偶——而不是一个裹着轻纱绣着亮片的俗气玩偶。我们猜测,世界上也没有年轻女士是能够放弃爱情故事的——除非她们是协基会的教众,那个教派的人不用求爱就可以结婚了。于是,世上就有了为福音派的年轻女士们写成的福音派爱情故事,在这些故事里,柔情的波澜因为重生和赎罪这样救赎的观念变得神圣起来。这些小说和神谕小说的不

---

[1] 基督教神职人员一般要在颈上围白亚麻领圈,故而白领圈指代的是神职人员。

同之处正如一位低教会派女士和高教会派女士的不同之处：它们要稍微没有那么目空一切，但又要无知得多；句法上要稍微没有那么正确，但又要俗气得多。

福音派文学里的奥兰多[1]是中产阶级们眼中的年轻副牧师，在那个阶层里，麻纱领圈就像肩章在它之上或者之下的阶层里那样，会让年轻女士的心激动不已。在典型的这类小说里，男主角几乎肯定是个年轻的副牧师，也许被世俗的母亲们瞧不起，却俘获了她们女儿的芳心，这些姑娘"永远都忘不了**那次**布道"；柔情的一瞥是偷偷发生在去祭坛的台阶上而不是在歌剧院的包厢里；**私下的单独会面**里满是《圣经》里的引言而不是引自诗人们的话；而对女主角情感状态的问题夹杂着对她灵魂状态的担忧。这位年轻的副牧师置身其中的背景永远是即便不那么时髦也是衣着得体又富裕的社交圈——因为福音派的愚蠢也和其他种类的愚蠢一样势利；而福音派的女小说家，虽然她在这一页忙着给你介绍替罪羊的预表[2]，在下一页却又野心勃勃地

---

[1] 指男主人公，源自文艺复兴史诗《疯狂的罗兰》（Orlando Furioso）的主人公的名字。

[2] 《圣经》的理论术语，认为《旧约》中的人或事预先表征了《新约》中耶稣的事迹。

想再现贵族的言行举止。她笔下的时髦社交界常常是幅奇怪的图画，可以看作福音派努力的结果；不过在某一个方面，白领圈流小说是可圈可点的真实——它们最爱的男主角，那位福音派的年轻副牧师，永远都是个无趣的人士。

碰巧摆在我们眼前的这一流派最新的一本小说是《老格雷教堂》。它是全然的驯良又无趣，这位作者似乎对任意主题的了解都是同样的浅薄，而如果我们想要猜测她的人生经验是在生活的哪个阶层里所获得的，差点就要完全无从下手了，如果不是还有某种风格上的粗鄙充分地证明了她有幸——虽然她没有能够用上——主要和那些举止和性格上的凸起和棱角还没有被高雅习惯磨平的男女来往。一位福音派小说家毫无理由地在头衔和马车之间寻找她的主人公，是比其他小说家更不能让人原谅的。福音主义真正的戏剧冲突——对有足够多天才来发现并将其重现的人来说，它有的是精妙的戏剧冲突——是发生在中下层阶级中的精妙的戏剧冲突。再说了，人所共知，福音派不是应该特别关心世上的弱小，鄙视权势的吗？那为什么我们的福音派女小说家不能为我们展示她们的宗教观在那些（世上真的有许多这样的人）——养不起马车的，那些"连包黄铜的双轮轻便马车都没有"的，那些甚至连一把银餐叉都没有也能把饭吃下去的，那些在他们口中这位女作家可疑的英语严格说来才是合适的——人之间是怎么运行的？为什么我们不能有描绘英国劳工阶层宗教生活的图景，就像斯托夫人笔下的黑人宗教生活一样吸引人？与此相反，虔诚的女士们用小说让我们作呕，这些小说让我们回忆起我们有时在一位最近"皈依"的世俗女子身上会看到的那些东西；——她像过去一样享受一桌精致的食物，不过她请的是牧师而不是情郎了；她还是像过去一样在意衣装，只不过她现在选的是更庄重的颜色和花式了；她的对话依旧像过去一样浅薄，不过现在这种浅薄是用福音而不是八卦来调剂的。在《老格雷教堂》里，我们看到的就是同样的对时髦小说的福音派式拙劣的模仿，当然了，邪恶又阴谋多端的从男爵自然不能少了。这位出身高贵的浪荡子说话的风格值得让大家品鉴一下——这种加粗格式随处可见，还有明显双关的说话风格完全配得上斯奎尔斯小姐。在晚上夜游大斗兽场遗址时，那位年轻的教士尤斯特斯，一直在把女主角拉盛顿小姐从同行的其他人身边引开，以便两人**单独交谈**。那位从男爵因此很忌妒，于是如此发泄了自己的不快：

他们在那里，而拉盛顿小姐，毫无疑问，安全得很；因为她在尤斯特斯一世教皇的神圣指引之下，他肯定是在给她做一场有教益的布道，讲的是旧日异教徒的邪恶，这些异教徒就像历史告诉我们的，正是在这里把疯狂的**野兽**放出来攻击可怜的圣保罗！——啊，不！哦，对了，我相信我弄错了，这就暴露出我缺乏教士指导的问题了，错就错在遭虐的不是圣保罗，也不是在这里。不过没问题，这同样可以作为开始布道的说辞，然后话头可以拐到现今这些堕落的**异教**基督徒上，还有他们所有的不守规矩的举动，于是结尾可以敦促人"从他们中间走出来，与他们分开"——拉盛顿小姐，我确定你今天晚上毫无差错地遵循了这条令谕，因为我们自从到这里之后就没有见过你了。不过人人似乎都同意这是一次**令人愉悦的聚会**，我也敢肯定我们都**非常感谢格雷先生建议**我们出游；鉴于他好像是个顶好的导游，我希望他还会想出别的什么同样让大家**都**快乐的活动。

这种无聊的对话以及同样无聊的叙事——它们就像一幅糟糕的画，什么都再现不了，也几乎表现不出它试图再现的是什么——贯穿了整本书；我们也毫不怀疑那位可亲的女作家还以为这样就组成了一本教人上进的小说，一本值得让基督教母亲们放到她们女儿手上的书。不过一切都是相对的；我们还见过美国素食主义者，他们日常的食物就只有干麦粉，而当他们需要刺激增进自己的食欲时，就往里面撒点**湿**麦粉。因此，我们可以想象世上不定有某个福音派的圈子，《老格雷教堂》在那里被人当作一本感人又有趣的小说，正在被狼吞虎咽地阅读着。

不过也许最让人读不下去的蠢女人写的小说还是"**现代一古代**"流，这些书为我们揭开雅尼和佯庇[1]的家庭生活，西拿基立[2]的隐秘情事，要不就是银匠底米丢的内心挣扎和最终的皈依。从大多数的蠢小说里我们至少能找到可以发笑的。但这些"现代一古代"流小说有种沉重的、如铅般的愚蠢，我们只能在下面呻吟。还有什么比她们经常试图完成一项只有最罕见的技艺与天才相配才能成功的任务更能表明文学女性不

---

1 出自《圣经》，两人是《埃及记》中被摩西斗败的埃及术士。
2 也译为辛那赫里布，是《圣经》中提到的公元前8世纪的亚述国王。

能衡量自己水平的吗？重现过去最精妙的努力也当然只能是靠近过去——也总是或多或少地将现代的精神注入古代形式中——

你说的时代精神，

其实只是学者们本身的精神，

时代在其中得到反映。

我们承认，熟知一段古代历史全部遗迹的天才有时可以凭借它通灵的占卜，重现"人类音乐"中缺失的音符，并把碎片拼贴成一个随时可以把遥远过去带到我们身边的整体，还能把它阐释给理解力更为愚钝的我们——这种形式的想象力肯定永远都是极其罕见的，因为它既要求有精确细致的知识，又要求有同样的创作活力。然而我们却发现女士们总是选择给她们头脑的平庸披上一层古代名字的变装，好让它显得更明显。要不是把她们无力的伤感放到罗马灶神女祭司或者埃及公主嘴里，就是把她们的修辞论证归到犹太大祭司和希腊哲学家身上。这种究极愚蠢最新的例子就是《亚多尼雅，一个犹太人离散的故事》，这本书是一个系列中的一本，该系列"结合了"——我们是这么读到的——"品位、幽默和无可指摘的原则"。我们推测，《亚多尼雅》代表的就是有"无可指摘的原则"

的故事；品位和幽默则要去这个系列其他成员那里找了。这本书的封面告诉我们，这个小说里的事件"充斥着非凡的趣味"，而前言则是如此结尾的："对于那些对以色列和犹太国的离散人群感兴趣之人来说，这些书页也许可以提供关于一个重要问题的信息，同时还可提供消遣。"鉴于这本书要为之提供信息的"重要的问题"并不明确，它可能存在于一种我们完全没有头绪的神秘意义之中，但如果这个问题与以色列和犹太国历史上任何时期出现的离散人群有关系，我们相信一个学得还不错的女学生所了解的就已经远远胜过她在这本"犹太人离散的故事"里所能找到的了。《亚多尼雅》其实就是个最老套的爱情故事，它号称有教育意义，我们猜测是因为男主角是个犹太俘虏，而女主角是个灶神女祭司；是因为他们还有他们的朋友们是依照"促进犹太人改宗协会"批准的最简单、最快捷的方式改信了基督教；还因为它不是用平实的语言写出的，相反，修饰它的是那种特殊的矫饰风格，这种风格被某些女小说家认定可以提供一种古风，也是我们立刻可以从如下的词语里辨认出来的："那无匹的帝王之才，无疑乃正是尼禄皇帝所有的""高贵的枝干上将要仙逝的幼枝""他道德高洁的床榻伴侣""啊，以灶神之名！"还有"待我与你讲来，罗马人"。在这本书封面上既用来教育人又用作装饰的引言中，有一句是辛克莱尔小姐说的，它告诉我们说："源自想象的作品是科学家、智慧的男子和虔诚的男子也会**公开**阅读的。"从这句话里我们猜读者要得出的振奋人心的推论就是多布尼博士、密尔先生或者莫里斯先生会公开地放纵自己阅读《亚多尼雅》，不用被迫把它藏到沙发的靠垫之下或者在饭桌下打开偷偷读上几句。

"要是你的脑袋是黄油做的，就别当面包师"，有句朴实的谚语是这么说的，这个谚语如果稍加阐释，可能意味着别让还没有准备好面对后果的女人急着出书。我们清楚这番言论的语气与书评人截然不同，他们年复一年带着一模一样的情感——唯一和他们的经历类似的，我们想，只有每个月来一次的护士了——告诉一位又一位女性小说家：他们"满怀喜悦"地"赞颂"她的作品。我们清楚，我们所批评的女士们已经习惯了听人说，用的还是最精挑细选的阿谀之词，她们的生活图景很鲜亮，她们的角色很生动，她们的风格很迷人，她们的情感很高尚。不过如果她们要怨恨我们平实的言语，那我们要请她们暂时思考一下，那些给她们唱颂歌的人给予那些即将成为经典的作品犹犹豫豫的表扬和吹毛求疵的批评。一旦一位女性表现出她有天才或者能兑现的才能,她马上就会收到适度的表扬和严肃的批评。仿佛有种奇怪的温度守恒机制,当一位女作家的才能为零时,媒体的赞誉就达到了沸点;当她有中人之才时,媒体的态度就已经比夏日的气温高不了多少了;而如果她有过人的优异,批评家的热情就会直坠到冰点。哈丽雅特·马蒂诺、柯勒·贝尔还有盖斯凯尔夫人都曾被随意地打发了,仿佛她们是男人一样。每一位对女性最终会在文学中占据的份额有很高预期的评论家,都会从原则上避免对文学女性的产出有任何例外的宽宥。因为对每一位公正看待且又广泛阅读女性文学的人而言,问题很清楚,女性文学最大的不足根本就不是因为缺乏思想力量,而是没有那些缔造优异文学的道德品质——耐心的勤奋,对出版的责任感,以及认同写作技艺的神圣。在绝大多数女性的著作里你都能看到那种源自缺乏任何高标准的随意,还有愚蠢的组合和无力的模仿造就的丰富,只要有一点自我批判都可以制止它,并把它削减到一无所有,就像完全是音盲的人会跑着调唱歌,但只要多一点点对韵律的敏感就足以让他们闭上嘴了。那种渴望印刷出版的愚蠢虚荣心,非但没有任何对无用的作者身份所体现的智性或者道德鄙夷的敏感来平衡它，反倒似乎被**只要能写点什么**就能证明一位女性的过人之处这一荒谬至极的印象所鼓舞。因此，我们相信多如牛毛的女性文学根本不能公平地反映女性的平均智力水平，虽然不多的几位写得非常好的女性作家是远远超过她们性别的普通智力水平的，但许多写得很糟糕的女作家是远远低于普通水平的。因此，说到底，严苛的评论家还是在尽绅士的义务，他们剥夺了女性写作本身的任何虚假光荣，这些虚假的光荣可能会给它一种欺骗性的吸引力，他们也建议才具一般的女性——至少是作为她们可以为自己的性别做出的负向贡献——放弃写作。

对于没有任何特别才能的女性去当作家这件事，常备的借口就是社会禁止她们从事其他的职业。社会是非常好怪罪的，它还必须要对许多不良商品的生产负责，从烂腌菜到烂诗歌。但是社会，就像"物质"，还有女王陛下的政府，以及其他伟大的抽象之物一样，不是被责备过了头，就是被表扬过了头。每有一位为生计所迫而写作的女性，我们相信，就对应着三位出于虚荣而写作的女性；此外，在要为了挣面包而工作这一健康的事实里有种杀菌成分，因此那种最垃圾、最糟烂的女性文学不可能是在这种情况下被写出来的。"诸般勤劳，都有益处"，然而女作家的蠢小说，我们认为，与其说是劳动的产物，不如说是瞎忙的懒散的产物。

幸运的是，我们不用靠论证就能证明，小说是一个一代又一代女性可以完全匹敌男性的文学类型。一串伟大的名字，有还健在的，也有已经去世的，涌进我们的头脑，来证明女性不光能写出好的小说，还能写出跻身最好小说之列的作品——这些小说也有种宝贵的特别，因为它们与男性的天才和经验截然不同。没有任何教育上的限制会让女性无法接触到小说的原料，也没有比小说更自由更没有机械要求的艺术门类了。就像水晶的晶簇一样，它可以长成任何形状，但依然是美的；我们只需要往其中倾注正确的成分——真正的观察、幽默还有热情。然而正是缺乏机械要求这一条，构成了写小说对水平不够的女性的致命诱惑。女士们不常会过分错误估计自己弹钢琴的水平；在这里，某些确实存在的演奏困难是必须要去征服的，而水平不够不可避免的是要崩坏的。每一种要求确切**技艺**的艺术，从某种程度上说，都可以免受这种少见的愚蠢的侵扰。但写小说这件事上并没有会绊倒无能的障碍，没有外在的标准来阻止一个作家把愚蠢的随性当成娴熟的技艺。于是我们就只能一次又一次地见到"拉·封丹的驴"这个老故事，这头驴用鼻子拍打着笛子，然后发现自己能弄出声音之后，大喊道："我也会，我会吹笛子！"——在文章的结尾，我们推荐这个寓言故事，供任何身处可能增加"女作家写的蠢小说"数目险境的女性读者思考。

信件
letters

259

267

我是如何开始写小说的
How I Came to Write Fiction

1856年9月开启了我人生的一个新纪元，因为我就是从那时起开始写小说的。我一直有这么一个朦胧的梦想，总想着有一天我可能会写本小说。当然，我对这本小说将会是什么样子的模糊构想，也随着我人生的每个阶段的变化而变化。然而我除了写了一个开篇章节描述斯塔福德郡的一个村庄和附近农舍的生活之外，再也没有朝着真正写出这本小说踏出过一步；而随着时间流逝，我也不再奢望自己能写出一本小说，就像我对自己未来生活的一切都感到绝望一样。我一直认为自己缺乏戏剧能力，既不能建构人物，也写不好对话，但我觉得我应该能轻松写好小说的描写部分。我的"开篇章节"就是纯粹的描写，尽管里面不缺戏剧化表现的好素材。它碰巧是我带到德国的文稿之一，而在柏林的某天晚上，不知什么原因让我把它念给了乔治听。他惊讶地发现这段描写写得还挺形象的,同时它也让他看到了我也许是有能力写出一本小说的,虽然他怀疑——实际上是不相信——我有任何戏剧能力。尽管如此,他开始认为我不如找时间试试看我的小说能写得怎么样,而慢慢地,等我们回到英国之后,等我在其他方面的写作上取得了他意料之外的成功之后,他的这个念头就变得更强了,他认为值得试试看我的思想能力在写小说这条路上能走多远。他开始非常肯定地说:"你必须要试试看,写个故事出来。"而等我们到了滕比的时候,他催促我马上开始。不过,我拖延了,就像我平时对待那些不是绝对不可回避的责任的工作一样。然而有一天早上,当我在想我第一篇故事的内容应该是什么时,我的想法汇集起来,让我小睡一场做了个梦,我想象自己在写一个故事,它的题目是"阿莫斯·巴顿牧师的不幸遭遇"。我很快就醒了过来,并把这件事告诉了 G[1]。他说:"啊,这个题目棒极了!"从那时起,我认定了它会是我的第一个故事。乔治过去常说:"它可能会失败——有可能你就是写不了小说。或者,也许,它可能只是会好到值得让

---

1 指乔治。

你再尝试下去。你也可能马上就写出一篇杰作——这都说不准。"但他整体的印象是,虽然我几乎不可能写出一本糟糕的小说,我的尝试还是会缺乏小说最重要的要素——戏剧化的表现。他过去总说:"你有幽默,会描写,还懂哲学——这些对写小说是很有帮助的。你来尝试写一写是值得的。"

我们决定,如果我的故事最后够好,我们就把它投给布莱克伍德[1],但是 G 认为更可能的结果是我必须把它放在一边,然后再试一次。

可等我们回到了里士满之后,我必须得写我那篇关于"蠢小说"的文章,还有给《威斯敏斯特评论》的当代文学评论,所以我一直拖到 9 月 22 日才开始写我的故事。在我开始写作之后,当我们在公园散步时,我跟 G 提到,我想出了一个计划,准备写一系列的故事,里面都是根据我自己对牧师阶级的观察写成的场景,我准备叫它们"牧师生活图景",用"阿莫斯·巴顿"作为开篇。他马上就认定了这是个好主意——新鲜,也能打动人。在那之后过了大约一周,等我给他念了《阿莫斯》的第一部分之后,他就再也不怀疑我

---

[1] 指苏格兰出版商约翰·布莱克伍德。

有没有实现这个计划的能力了。他说,克罗斯农场的一幕让他放心我其实不缺他一直担心我没有的创作元素——很明显我能写出很好的对话。剩下的问题就是我能不能掌控感染力;这要看我怎么处理米莉之死了。有天晚上G特意去了城里,好让我有一个安静的夜晚来完成它。我把这一章从牧羊人传给哈克特夫人的消息一直写到了阿莫斯被人从床边拖走的一幕,然后等G回家之后,我读给了他听。我们两人都为之落泪了,然后他靠近我,还吻了我,他说:"我觉得你的感染力胜过了你的幽默。"

致约翰·布莱克伍德的信
1857年2月4日

感谢你兑现了你的承诺,让我知道了一些对我的故事的批评。我对"舆论意见"只有非常有限的尊重,但睿智人士的私人意见对我可能是宝贵的。

提到艺术表现,当然了,不少负面的意见都是源自对某一类艺术的厌恶,而不是对完成程度的批判性评价。任何憎恶荷兰画派的人都几乎是不可能公平地欣赏某一幅特定荷兰绘画的优点的。而对于这样的谴责，我们只能尽可能坚强地面对它。但是任何向我指出表达方式上的缺陷或者预想的效果没能实现的反对意见，都将是非常有价值的。例如，我猜我的科学说明肯定是有问题的，因为它们似乎让我的一位读者觉得过于生硬了。可如果同时当一位科学家和小说作者是桩罪孽的话，我可以宣布在这个问题上我是全然清白的，因为我的科学知识和"最有经验的作家们"一样浅薄。我希望再过几天就可以把第二个故事寄给你，但是我现在还欠了很多没有完成，因为有别的事情让我好几周都没办法写作了。

不论我的故事成功与否，我将要非常坚决地保持我的匿名状态。因为我观察到，笔名可以让人获得所有的好处，还不用面对出名令人不快的地方。因此也许是该给你我未来的名字了，当有好奇心的人来询问时，把它当作扔给鲸鱼的浴缸吧[1]。于是我将署名为——致最好的也是最富同情心的编辑，你最真诚的，乔治·艾略特。[2]

---

1 A tub to the whale 是英文中的习语，指用来分散注意之物。传说欧洲水手在遇到鲸鱼时会把空的浴缸扔到水面以引开鲸鱼。
2 她选择这个名字是因为"乔治"是刘易斯的名字，而艾略特是一个不错的、很正经也很好发音的姓氏。

致查尔斯·布雷的信

1859年7月5日

谢谢你的来信。它说了一件让我高兴的事，那就是知道了里金斯先生并不是特别大的罪责——虽然依照布雷斯布里奇先生的说法，那就只是募集了"一小笔钱"，和从其他郡里写给布莱克伍德先生的信里说法不一致。然而，"啊，我受够了！"不要再为我的事费心了——让每个人想相信什么就相信什么吧——尽管有你善意的努力，他们就是会这样做的。我没法告诉你这让我有多忧郁，人们在大多数情况下是极其无法理解这样的状态的，就是那种关心在各种信仰之下的人类本质，并渴望用善意的真实把它展示出来的心境。自由思想者在这个方面没比正统信徒宽广多少——他们都想要看到自己和自己的观点被高举起来当作真理和可爱之物。正是出于同样的原因，一个无所事事的，就知道调情和挑花边的女人才会喜欢读法国小说，因为她可以把自己想象成女主角，那些严肃的人，有意见的人，喜欢让小说里最惹人爱的角色当他们的传声筒。如果艺术不能拓宽人类的同情心，它于道德就没有用。我有过的心痛经验让我知道意见不是黏合人类灵魂的好的黏合剂：我诚挚地想通过自己的写作所取得的唯一成果，就是那些读到它们的人应该能更好地去想象和感受到和自己不同的人的痛苦和快乐，那些人和他们一切都不相同，除了同样是挣扎的、会犯错的人类一员这一基本事实之外。

日记
1857 年 5 月 2 日

接到布莱克伍德来信，信中表达了他对《吉尔福尔先生的爱情故事》第九章的赞许。他信里说得很好，说这个系列被许多人认为是鲍沃尔写的，而且萨克雷对它评价也甚高。这是个让我开心的鼓励，因为我现在是个准备好了为最不起眼的原因难过的人。

更好的阅读

特约监制　潘　良　于　北
产品经理　胡马丽花
特约编辑　张凤涵
营销支持　金　颖　黄筱萌　黑　皮

关注我们

官方微博：@ 文治图书
官方豆瓣：文治图书
联系我们：wenzhibooks@xiron.net.cn

更好的阅读

被抵押的心

[美]卡森·麦卡勒斯/著

杜蕴慈/译

江苏凤凰文艺出版社

图书在版编目（CIP）数据

被抵押的心 /（美）卡森·麦卡勒斯（Carson McCullers）著；杜蕴慈译. -- 南京：江苏凤凰文艺出版社，2023.5
（企鹅女性经典. 第一辑）
ISBN 978-7-5594-7356-1

Ⅰ. ①被… Ⅱ. ①卡… ②杜… Ⅲ. ①文学—作品综合集—美国—现代 Ⅳ. ① I712.15

中国国家版本馆 CIP 数据核字（2023）第 004605 号

本书仅限中国大陆地区发行销售

"企鹅"及其相关标识是企鹅兰登已经注册或尚未注册的商标。未经允许，不得擅用。
凡无企鹅防伪标识者均属未经授权之非法版本。

被抵押的心

[美] 卡森·麦卡勒斯 著　杜蕴慈 译

责任编辑	周颖若
特约编辑	孙佳怡
装帧设计	索　迪
出版发行	江苏凤凰文艺出版社
	南京市中央路 165 号，邮编：210009
网　　址	http://www.jswenyi.com
印　　刷	三河市中晟雅豪印务有限公司
开　　本	700mm×980mm　1/32
印　　张	5.5
字　　数	89 千字
版　　次	2023 年 5 月第 1 版　2023 年 5 月第 1 次印刷
书　　号	ISBN 978-7-5594-7356-1
定　　价	238.00 元（全 8 册）

江苏凤凰文艺版图书凡印刷、装订错误可随时向承印厂调换

目录

关于卡森·麦卡勒斯　　　　　　　　　　I

小说
波蒂　　　　　　　　　　　　　　　　3
过后的时刻　　　　　　　　　　　　　15
异乡人　　　　　　　　　　　　　　　29
赛马骑手　　　　　　　　　　　　　　44
笔友来信　　　　　　　　　　　　　　53
一棵树。一块岩石。一朵云。　　　　　63
家庭问题　　　　　　　　　　　　　　77
缠忧的男孩　　　　　　　　　　　　　94

傻蛋	*116*

杂文

孤寂……一种美国病	*135*

诗歌

被抵押的心	*141*
我们迷失的时候	*143*
爱与时间的表皮	*144*
石头不是石头	*146*
萨拉班德慢步舞曲	*147*

信件

1946 年	*151*
1948 年 4 月 14 日	*153*
1948 年 11 月 24 日	*156*
1948 年 12 月 1 日	*157*
1950 年 9 月 2 日	*159*

关于卡森·麦卡勒斯
About Carson McCullers

*1934
—
1936*

1933年，卡森·麦卡勒斯于哥伦布高中毕业，原计划前往纽约学习音乐。但因在纽约地铁中丢失学费，麦卡勒斯决定开始工作，随后转上夜课学习写作。17岁的卡森·麦卡勒斯创作出其第一部短篇小说《傻蛋》，但该作品直到1963年9月28日才在《星期六晚报》(*The Saturday Evening Post*) 上首次发表。随后几年卡森相继创作出短篇小说《波蒂》《过后的时刻》《异乡人》等，但这些作品直到1971年才被收录在作品合集《被抵押的心》(*The Mortgaged Heart*) 中首次出版。在此期间，因身体和学习，卡森在哥伦布和纽约两地辗转生活。1936年12月，自传体作品《神童》成为麦卡勒斯发表的首部作品，在杂志《故事》(*Story*) 上刊登。再次患风湿热（此次被误诊为肺结核），恢复期间开始创作自己的第一部长篇小说。

《傻蛋》	116
《波蒂》	3
《过后的时刻》	15
《异乡人》	29

1937　与退伍军人里弗斯·麦卡勒斯结婚后搬去北卡罗来纳州生活。丈夫里弗斯也梦想成为一名作家，于是两人约定，彼此轮流写作和工作赚钱养家，共同追求写作梦想。但计划并未如约实施，卡森展现出的非凡文学才华，使得两人一直处于卡森写作，里弗斯赚钱养家的模式中。卡森·麦卡勒斯开始投入自己的长篇小说创作，起初该作品被命名为《哑巴》(The Mute)，后在出版公司的建议下改为《心是孤独的猎手》。

1941　短篇小说《赛马骑手》在杂志《纽约客》(The New Yorker)上刊登。卡森与丈夫于当年离婚，之后与杂志《时尚芭莎》(*Harper's BAZAAR*) 的编辑乔治·戴维斯同居。同年，卡森经历第一次脑中风。

《赛马骑手》 44

1942 2月7日，短篇小说《笔友来信》在杂志《纽约客》上发表。11月，短篇小说《一棵树。一块岩石。一朵云。》在杂志《时尚芭莎》上登出，刊登之后获"欧·亨利奖"，被收入1942年《欧·亨利奖获奖短篇小说作品集》。1942年因健康状况不佳，卡森不得不取消前往墨西哥旅行的计划。而里弗斯也在当年再次入伍。

《笔友来信》 53
《一棵树。一块岩石。一朵云。》 63

1945 完成长篇小说《婚礼的成员》(*The Member of The Wedding*) 的写作。
同年，与里弗斯复婚。

1946 小说《婚礼的成员》出版，同时卡森与美

国剧作家田纳西·威廉斯合作将其改编为剧本。同年，卡森致信给《宪法报》编辑，内容有关黑人使用哥伦布图书馆的申请事宜。卡森对于种族问题十分关注，在其作品中也有诸多体现。此外卡森第二次获得"古根海姆奖"。

1948　　1948年期间，卡森与里弗斯分开又和解，因严重的抑郁症，尝试自杀。在随后与悉尼·艾森伯格医师的通信中，提到自杀后在佩恩·惠特尼医院（Payne Whitney Psychiatric Clinic）的一些经历，或是自己的一些计划等。同时1948年正值美国第41届总统大选，卡森公开支持杜鲁门。

1949　　12月，期刊《本周》（*This Week*）刊登了麦卡勒斯的评论文章《孤寂……一种美国病》。

《孤寂……一种美国病》　　　　　　135

1950　　由卡森的同名小说改编而成的舞台剧《婚

礼的成员》在百老汇开演，获得无数掌声与一些奖项。与此同时，卡森还在继续保持着与悉尼·艾森伯格医师的通信。

1951　　卡森开始创作自己的新作品，命名为《杵》(*The Pestle*)。后来卡森将其中的部分内容拓展成为小说《没有指针的钟》。9月16日，短篇小说《家庭问题》发表在《纽约邮报》上。

《家庭问题》　　　　　　　　　　　　77

1952　　与里弗斯重回欧洲，并在巴黎附近购置房产。卡森将大部分精力都投入电影剧本《终点站》的创作。诗歌《被抵押的心》《我们迷失的时候》于当年发表在诗歌期刊《声音》(*Voices*) 上。12月25日电影版《婚礼的成员》上映。

《被抵押的心》　　　　　　　　　　*141*
《我们迷失的时候》　　　　　　　　*143*

1953　　里弗斯试图说服卡森和自己一起自杀，最

	终里弗斯于巴黎一家旅馆自杀去世,而卡森返回纽约和母亲一起生活。
1955	6月,卡森的母亲突然离世。同年,短篇小说《缠忧的男孩》发表在《小姐》(*Mademoiselle*)等多本杂志上。 **《缠忧的男孩》** 94
1957	6月,杂志《小姐》刊登卡森的诗歌《石头不是石头》。 10月30日,改编自卡森同名小说的剧目《美妙的平方根》在百老汇开演,但仅仅演出45场后便下线,好评寥寥。 **《石头不是石头》** 146
1967	卡森经历其生命中最后一次中风,大范围脑出血,昏迷40余天,于9月29日去世。 10月11日,改编自卡森同名小说的电影《金色眼睛的映像》上映。
1971	卡森·麦卡勒斯去世后,由卡森的妹妹玛

格丽特·G.史密斯整理而成的作品合集《被抵押的心》(包含短篇小说、诗歌、散文、评论等)于1971年出版。

小说

Short stories

波蒂[1]
Poldi

汉斯距离旅馆还有两个街口，一场冷雨开始落下来，百老汇街上刚亮起来的灯都被冲淡了颜色。他的浅色眼睛盯着"柯尔顿纹章"旅馆的招牌，一份乐谱夹在腋下，往前赶路。当他走进铺着大理石的暗淡大堂，呼吸已经变喘，那份乐谱也已经起皱。

他朝着面前的一张脸微微赔笑："到三楼——这次。"

你很容易可以看出来开升降梯的服务生对于那些经常在旅馆里出没的人究竟是何看法。对之毕恭毕敬的那些人走出电梯的时候，他一定会故作殷勤，让电梯门打开的时间长一点。至于汉斯，就得像做贼似的溜出去，以防被自动门夹住脚跟。

---

[1] 1971年，收录在作品合集《被抵押的心》中首次出版。——编者注

波蒂——

他站在昏暗的走廊里,犹豫不决。从走廊尽头传来大提琴的声音,正在演奏的是一串下行音阶的乐句,跌跌撞撞、慌慌张张,仿佛满满一把玻璃弹珠滚下楼梯。他走到传出琴声的房门前,站了好一会儿。门上一颗图钉钉住一张潦草的手写通知:

波蒂·克莱恩

练习时请勿打扰

他还记得,自己第一次看见这张通知的时候,"练习"那个单词多了一个字母 e。

暖气温度似乎非常低;他的大衣领口有点湿答答的味道,还透出丝丝冷气;即使蹲在走廊尽头窗下半冷的暖气片前,也没有任何起色。

波蒂——我已经等了很久了。有很多次,我在门外徘徊,直到你练习结束,一面想着我要告诉你的话。上帝[1]!多美啊——就像一首诗,或者舒曼的歌。就像这样开始。波蒂——

---

[1] 原文为德语。(如无特殊说明,书中脚注均为译者注)

他一只手悄悄放在生锈的金属门把上。温暖,她一直是这样。如果他能拥抱她,肯定会暖得让他忍不住要咬断舌头。

汉斯,你知道,对我来说,其他人根本什么也不是。约瑟夫、尼可莱、哈里——我认识的所有人。至于我上周提过的库尔特……只见过三次,她不可能——嗨!他们什么也不是。

他发现自己两手紧抓着乐谱。他往下瞥了一眼,看见封底刺眼的颜色已经湿了,褪色了,不过里面的乐谱还完好。便宜货。就这样吧——

他在走廊上来回踱步,一面抚摩自己长着粉刺的额头。一阵模糊的琶音呼啸着往上升,这首协奏曲——卡斯泰尔诺沃-泰代斯科[1]的作品——她还打算要练习多久?他再次停下来,朝着门把伸手。不行,上次他进去的时候,她打量着他——她打量着告诉他——

这段音乐在他心中来回华丽摆荡。他的手指不断弹动,试着跟上合奏的钢琴谱。此时她应该是身子稍往前倾,手指在键盘上滑动。

---

[1] Mario Castelnuovo-Tedesco,1895—1968,美籍意大利作曲家。

窗外昏黄色的灯光透进来,走廊里几乎都是朦胧暗淡的。他冷不防在门前跪了下来,一只眼贴着钥匙孔往里看。

只看得到墙与墙角,她肯定是在窗前。他只看到一面墙,还有墙上一排盯着人看的肖像照片——卡萨尔斯[1]、从前她在老家最喜欢的皮亚蒂戈尔斯基[2]、海费茨[3]——夹杂着几张情人节与圣诞节卡片。旁边有一幅画,名为《黎明》,是一个赤足女人高举着一朵玫瑰,边上斜挂着一顶脏兮兮的粉红色派对纸帽,是她在过年的时候拿到的。

琴声随着一阵渐强音提高,接着以很快的几下拉奏作结。哎呀!最后这个音走调了,调子差了四分之一。波蒂——

在练习继续下去之前,他很快站了起来,敲门。

"谁呀?"

"我——汉——汉斯。"

"好吧。你可以进来。"

那扇朝着中庭的窗户,透进来逐渐消逝的天光,

---

[1] Pablo Casals,1876—1973,西班牙大提琴家。
[2] Gregor Piatigorsky,1903—1976,俄裔美籍大提琴家。
[3] Jascha Heifetz,1901—1987,俄裔美籍小提琴家。

她两腿叉开坐着,好夹住大提琴。她挑起眉峰,手中琴弓朝下,以询问的目光看着他。

他的眼睛盯着窗玻璃上的雨痕。"我——我只是来给你看看今天晚上我们要表演的一首流行新歌。你建议的那首。"

之前她的裙摆往上提到丝袜束口上,此时她把裙子往下拉,他注意到了这个动作。她的小腿肌肉隆起,一只丝袜上有一段短短的抽丝。他额头上的粉刺颜色变深了,于是他偷偷移开目光,又开始看着窗上的雨痕。

"你在外头听到我练习了吗?"

"听到了。"

"汉斯,你听我说,它听起来是不是很有灵性?是不是吟唱着把你升华到了一个更高的层面?"

她的脸发红,一滴汗珠慢慢淌下她胸脯之间的小小凹沟,消失在连衣裙的领口下。"是——是的。"

"我也这么想。我相信我的演奏在这一个月里已经深刻了许多。"她用力耸耸肩,"这是我的生活带来的——每次这样的事降临,就会发生这种情况。不过从前都不像这次。人唯有受苦之后,才能够真正地演奏出来。"

"大家都这么说。"

她盯着他看了一会儿,仿佛在寻求更肯定的附和,然后她往下撇了撇嘴角,十分不耐烦。"汉斯,这把走调的琴,把我气得发疯。你知道那首福雷的曲子——e小调的——这把琴一直蹦出来的音简直逼得我要喝酒。我都开始害怕它的 e 调了——实在突兀得可怕。"

"也许你可以换一把别的琴回来?"

"对——可是也许我拿到的还是一样。所以不行,根本没用。况且还得花钱,再说我把琴送走几天,我拿什么练习?拿什么呢,你说说?"

等他挣钱了,她就可以拥有——"我没意识到这么多。"

"在我看,这实在是一件大不幸。有些人拉琴拉得跟鬼叫似的,可是能拥有好琴,而我连一把及格的琴都没有。要我这样将就一把走调的琴,一点道理也没有。它破坏了我的演奏——这一点每个人都看得出来。用这么一个奶酪盒我能有什么好音质?"

最近他还在学的一首奏鸣曲当中有一个乐句,此刻正在他的脑海中穿进穿出。"波蒂——"现在该说什么呢?*我爱你,爱你。*

"不过我费那个事干吗呢——就为了我们这糟透的

活儿？"她站起身，姿态十分戏剧化，然后把大提琴立在墙角。她扭开台灯，明亮的一圈灯光随着她的身体曲线，映出投影。

"你听我说，汉斯，我焦躁不安得要大喊大叫起来了。"

雨水泼在窗上。他摩挲着自己的额头，看着她在房间里来回踱步。忽然她发现了自己丝袜上的那段抽丝，不悦地嘶一声吸口气，接着用手指蘸了一点唾液，弯下身去，把唾液粘在抽丝的下端。

"别人从来不像大提琴手一样，会遇上这种丝袜的麻烦。而我又是为了什么？一个旅馆房间，加上每天晚上演奏三小时垃圾挣来一星期五块钱。每个月我得买两次丝袜，一次一双。就算每天夜里我只把丝袜套脚的部位稍微洗一洗，袜筒也还是会抽丝。"

她把跟胸罩并排挂在窗前的一双丝袜扯下来，再脱下脚上的丝袜，换上这双，往上拉。她的腿很白，带着点深色的汗毛。膝盖附近有青筋。"对不起——你不介意吧？你就像我在老家的小弟弟一样。如果我穿着这种东西去演奏的话，咱俩都会被炒鱿鱼。"

他站在窗前，隔着模糊的雨帘，看着隔壁建筑的外墙。正对着他的那道窗台上，有一个牛奶瓶、一罐蛋黄酱。再下一层楼,有人在外头晾了衣服,可是忘了收,于是衣服在风雨中飘摇,颇为凄凉。小弟弟——老天爷啊!

"还有连衣裙。"她不耐烦地继续往下说,"老是抽丝,因为我得撑开膝盖。不过就这一点来说,现在比从前好了。从前流行每个人都穿短裙那会儿,你跟我已经认识了吗?——我每回拉琴,又得保持端庄又得跟上潮流,那时候你认识我了吗?"

"不认识。"汉斯回答,"两年前,当时的连衣裙跟现在差不多。"

"对,咱俩是两年前认识的,对吧?"

"你当时跟哈里在一块儿,就在演奏会结束——"

"汉斯,你听我说。"她往前靠过来,盯着他,神色急切,她距离很近,香水味儿冲鼻,"我这一整天几乎要疯了。你知道的,是跟他有关。"

"谁——谁啊?"

"你很清楚——他呀——库尔特!汉斯,他可爱我啦,你知道吗?"

"呃——可是,波蒂——你见过他几回呢?你们俩几乎完全不认识。"上回在莱文斯餐厅,她赞美库尔特的演奏,可是库尔特都没理她。

"哎呀，就算我才见过他三次，那也不要紧。是他的眼神，他提到我的演奏的时候说话的那种样子。他拥有如此不凡的灵魂，他的音乐表露无遗。你听过谁弹贝多芬的《葬礼进行曲》像他那天晚上弹得那么好的吗？"

"是很好——"

"他跟莱文斯太太说过，我的演奏充满了性情。"

他无法直视她，他的灰眼睛盯着雨。

"他真是高尚的人，令人如沐春风[1]！可是我该怎么办呢？啊，汉斯，你说呢？"

"我不知道。"

"别这么噘着嘴，一副气哄哄的样子。换你你会怎么做呀？"

他努力挤出微笑。"你——有没有接到他——他给你打过电话，或者写过信吗？"

"没有——可是我相信这是因为他很高雅。他不愿让我感到不自在或者拒绝他。"

"他不是明年春天就要跟莱文斯太太的女儿结婚了吗？"

---

1 原文为德语。

"对，可这根本就是个错误呀。他要一个像她那样的母牛干吗？"

"可是，波蒂——"

她高高将胳膊举到头顶，整理起脑后的头发，她宽厚的胸脯挺了起来，薄丝连衣裙衣袖包裹下的前臂肌肉起伏着。"你知道的，在他的音乐会上，我有一种感觉，那是只为我一人而演奏的。他每次鞠躬都直直地看着我。这就是为什么他没回我的信——他太害怕他会伤害到别人，而且他永远能用自己的音乐对我诉说心声。"

汉斯使劲咽了一下口水，喉结在单薄的咽喉里上下跳动。"你写信给他了？"

"我必须写。艺术家不能压抑那些降临到自己身上的、最了不起的事物。"

"你写了什么？"

"我告诉他，我有多么爱他——那是十天前了——是我在莱文斯餐厅第一次见到他的一星期之后。"

"然后没有回音？"

"没有。可是你看不出来他的感受吗？我知道会这样，所以前天我又写了一封，告诉他别担心——我永远不会变心的。"

汉斯细长的手指来回摸着自己额上的发际线，心不在焉。"可是波蒂——已经有那么多其他的人了——自打我认识你以来。"他站起来，把手指放在卡萨尔斯的照片旁边。

照片里那张脸朝着他微笑。厚唇上是深色的小胡子。脖子上有一个小圆点。两年前，波蒂曾多次指给他看，告诉他，卡萨尔斯的大提琴总是靠在那个位置，于是造成了那个印痕，而且是鲜红色的。她总是用指头轻轻抚摩那个点。还有，她把这个印痕叫作"提琴手的命运"——而这个名称在他俩之间又逐渐变化为他嘴里的"印运"。有好几个月，他盯着照片上这个模糊的斑点，心里怀疑这是照片里本来就有的，或者是因为她经常指给他看而留下的痕迹。

照片里那双盯着他的眼睛，目光锐利，瞳色深黑。汉斯的两腿发软，他又坐了下来。

"汉斯，你说说，他爱——是吧？你认为他真的爱我，但是在等待他觉得最好的时候回复我——是吧？"

似乎有一层薄雾覆盖了房间里的一切。"是的。"他慢慢说道。

她的表情突然变了。"汉斯！"

他往前倾，浑身微颤。

"你——你看起来好奇怪。你的鼻子一直在抽,还有你的嘴唇在发抖,好像要哭。怎么——"

波蒂——

突然她一阵大笑打断了自己的疑问。"你看起来好像我爸爸从前养的一只小猫。"

他往窗前快步走去,好让自己的脸不再朝着她。窗玻璃上,雨水依然蜿蜒流淌,银白的,半透明。隔壁楼房的灯光已经亮起,柔柔地照亮了灰色的薄暮。唉!他咬住嘴唇。在其中一扇窗户里,看起来仿佛是——像是一个女人——波蒂在一个高大的黑发男子的怀抱中。在对面的窗台上,就在那瓶牛奶和蛋黄酱罐子旁边,雨中有一只小黄猫。汉斯瘦骨突兀的指节,慢慢揉了揉眼皮。

过后的时刻[1]

Instant of the Hour After

她的手像影子一样轻,爱抚着他的头,然后静静停了下来;掌心捧住他坚实的头颅,指尖按在两侧太阳穴上,那里正随着他身体里温暖缓慢的心跳,轻轻搏动。

"回音响动的真——空。"他低声说道,一个音节沉重地滚进下一个音节。

她低头看着他那懒洋洋的结实身体,伸展着占了整张长沙发。一只脚——脚踝上袜筒耷拉着——悬在沙发外。她看着他感觉敏锐的手从身旁抬起来,醉醺醺地摸索到嘴边——放在刚才说完话就松松噘着的嘴唇上。"无尽的空虚——"他的嘴在触摸的手指下含糊说道。

---

[1] 1971 年,收录在作品合集《被抵押的心》中首次出版。——编者注

"今天晚上你说得够多了——亲爱的。"她说,"表演结束了。猴子死了。"

他们在一个钟头以前关了暖气,现在公寓里已经开始冷了。她看了看钟,一点过五分。她想,反正这个时候本来就没有多少暖气了。但是也没有通风,缭绕的半透明香烟烟气停滞在天花板下。她若有所思,瞥了一眼威士忌酒瓶、小桌上面容困惑的人形西洋棋子,再到一本摊开的书,朝下搁在地板上——还有一片生菜叶,孤零零地躺在角落里,是马修在给自己做三明治的时候落下的。然后是短短的烟屁股、烧成黑色的火柴,到处都是。

"盖上吧。"她心不在焉地说着,摊开沙发边上一张毯子,"你吹不得风。"

他睁开眼睛,往上愣愣地看着她——蓝绿色的眼睛,和他身上那件毛衣一样的颜色。一只眼角有一丝丝粉红,让他带了点复活节兔子的无辜神情。他看起来永远不到二十岁,比二十岁年轻得多——他仰起头,枕在她的膝盖上,高领里露出拱起的颈项,温和的筋脉线条显得柔弱。还有黑色的头发披散,衬着他苍白的脸。

"空虚的威严——"

他说着,眼皮往下掉,最后眼睛眯成一条缝,仿佛对她投以讥嘲。于是她突然悟过来,其实他并没有表面上显得这么醉。

"你不必再说了,"她说,"菲利普已经回家了,这里只有我。"

"它存在于事物本——本质,这——这种观——观点——"

"他已经走了。"她又说了一次,"你说服他了。"她眼前浮现菲利普弯腰捡起烟头的模样——敏捷瘦小、金发、沉着的双眼——"他把我们弄脏的碗盘都洗了,甚至还要扫地,不过我让他别管了。"

"他是——"马修又开口。

"他看到你这样——而且我这么累——他甚至要拉出沙发床,安置你睡觉。"

"一整套可爱的礼节——"他含糊说道。

"我让他回去了。"她回想了一会儿,在她关上两人之间那扇门的时候,他的脸、他下楼的脚步声,还有那种感觉——半是自怜于这份寂寞,半是温暖——每次她听着别人离开他们家、走进夜色里的脚步声,她都有这种感受。

"听他说话——你会以为他读的书仅限——限于

G.K. 切斯特顿[1]还有乔治·摩尔[2]。"他说话带着醉醺醺的上扬尾音。"下棋谁赢了——我还是他?"

"你。"她说,"不过你在喝得酩酊大醉之前,也算是尽了全力了。"

"醉——"他嘟哝着,懒懒地移动身体,挪了挪头枕着的位置,"老天爷!你的膝盖简直皮包骨。皮——皮包骨!"

"不过你的后兵走那步臭棋的时候,我以为你要输了。"她回想他们两人下棋的情景,手指徘徊在精工雕刻的棋子上方,眉头紧锁,灯光映在一旁的酒瓶上。

他又闭上了眼睛,嘴上的手已经落下来,搭在胸前。"糟透的明喻——"他含混说道,"直接用山比喻。乔伊斯辛苦攀爬——可——可——可是——可是当他抵达山顶——山顶,抵达了——"

"你这样喝会受不了的,亲爱的——"她的双手抚摸着他柔和的下颌线条,然后停了下来。

"他不肯承认大地是平——平的。其他人都这么说。何况那些乡下人,大可以到处走走——那些蠢货

---

[1] Gilbert Keith Chesterton,1874—1936,英国作家、哲学家、神学家、文学与艺术评论家。
[2] George Moore,1852—1933,爱尔兰小说家、诗人、艺术评论家。

可以挪挪屁股到处走走，自己看看是怎么回事。挪挪他们的屁股。"

"嘘。"她说，"你讲这个已经讲了很久了。你一旦开始一个主题，就会一直滔滔不绝，而且天马行空。"

"一个火山口——"他的呼吸粗重，"至少在他爬了这么远之后，他应该期待——美妙的地狱之火腾跃——一些——"

她一手捏紧他的下颌摇晃。"闭嘴。"她说，"在菲利普回去之前，我就已经听过你这段精彩的即兴发言了。以前你就这么下流。我差点就忘了这一点。"

他的脸上微微浮现笑容，那双眼睛，瞳孔里带着蓝丝纹，仰视着她。"下流？你为什么要把自己联系到那些象——象征——"

"如果你对菲利普以外的人说那些话，我就——我就离开你。"

"无尽的真空。"他说着又闭上眼睛。"死寂的空虚。唉，空虚。也许在底下的灰烬里有——"

"闭嘴。"

"一个蠕动的，大腹便便的侏儒。"

她突然明白过来，其实她喝得比自己以为的还多，因为这个房间里的东西似乎都换上了一种正在受苦的奇怪模样。烟蒂看起来被嚼烂了,瘫软无力。几乎全新的地毯,此刻仿佛遭以烟灰蹂躏,花纹杂乱无章。甚至剩下的一点威士忌,在瓶子里也显得苍白而沉默。

"它让你放松一点了没有?"她冷静地慢慢问道,"我希望,像这样的时候——"

她感觉他全身绷了起来,然后突然发出毫无旋律的胡乱哼唱,就像惹人生气的小孩,打断了她的话。

她从他的头底下挪开自己的大腿,站起身。这个房间似乎变小了,更脏乱了,烟味与泼洒出来的威士忌也让它的气味更难闻了。她眼前一道道白光乱晃。"你起来。"她愣愣地说,"我得把这个鬼沙发拉出来,铺好床。"

他双手交叠搁在肚子上,稳稳躺着,一动不动。

"你真可恶。"说着她打开衣柜门,从架子上拿出折叠好的床单与毛毯。

她又走过来,拢在他上方,等着他起来,他的脸显得疲惫惨白,让她感到一阵痛苦。青白的阴影已经往下蔓延到了他的颧骨,每当他醉酒或者疲乏的时候,脖子上的脉搏便会浮动狂跳。

"唉,马修,我们醉成这样实在太不像话了。虽然你明天不用工作,可是前面还有好长的年头——也许有五十年呢。"但是这些话听起来有点假,而且她能想到的也只是明天。

他挣扎着起身,在沙发边上坐起来,两手扶住低垂的头。"没错,波丽安娜。"他嘟囔着,"没错,我亲爱的、哇哇抱怨的波丽。多谢上帝,二十岁真是个美好的年纪。"

他的手指缠在头发里,弱弱地握成拳,她看着,突然充满一阵激烈的爱意。她猛然拉开毛毯,披在他肩上。"你起来。我们不能这样一整夜耗下去。"

"空虚——"他无力地说着,下巴颏儿松垂着没合上嘴。

"这是不是已经让你厌倦了?"

他抓紧身上的毛毯,费力站了起来,朝着小桌勉强走去。"一个人只要开始思考,就免不了被称为下流、病态或者醉酒。不可能。没有对于思想的理解。对于黑暗中深深的思想。对于浓稠的沼泽。沼泽。用他们的屁股。"

她抖开床单,床单在空中翻飞,然后饱满的旋涡摊成了皱褶。她很快掖紧床单四角,在上面铺平毯子。她转过身,看见他躬身坐在棋子前——若有所思地把一个兵放在一个有角塔的城堡上保持平衡。红色格子毛毯从他肩上垂下来，拖在椅子后头。

她想出来一句俏皮话。"你看起来，"她说，"像是一个失败皇室里的忧郁君王。"她坐在已经铺成床的沙发上，哈哈大笑。

他恼怒地两手一扫，几个棋子滚到了地上。"对。"他说，"你就把你的傻脑袋给笑掉吧。反正一直都是这样。"

她笑得浑身打战，仿佛每一丝肌肉都支撑不了。她的笑声停止之后，整个房间陷入了一片死寂。

过了一会儿，他推开身上的毛毯，毛毯落在椅子后头，皱成一团。"他瞎了。"他轻轻说，"几乎瞎了。"

"当心，可能有风——谁瞎了？"

"乔伊斯。"他说。

刚才那阵大笑之后，现在她感到浑身无力，而且整个房间在她眼前显得特别逼仄而清晰，令人难受。"马修，这就是你的毛病了，"她说，"每次你这样，就会一直一直说，最后把别人耗得累坏了。"

他沉着脸看她，说道："我要说，你喝醉的时候真好看。"

"我从来都不喝醉——就算我想也没办法。"她说着，感觉自己的双眼后边一阵疼痛逐渐压来。

"可是，那天晚上，我们——"

"我告诉过你，"她从牙缝里硬邦邦地挤出话来，"那次我没醉。我是病了。你要我出去，然后——"

"那也没有区别，"他打断她，"你这个漂亮东西那次老是下不了桌子。没有区别。一个生病的女人——喝醉的女人——嗐。"

她浑身无力，看着他的眼皮垂下来，最后完全遮住他眼睛里的善意。

"而且是个怀孕的女人，"他说，"对。这种美好时刻就快到了，你的假笑往我的耳朵里钻，说出你那个甜蜜淘气的小秘密。可爱的小马修要来啦。我们是不是很幸福——来看看我们能做些什么。老天，真是乏味。"

"我讨厌你，"她说着，看着自己的手（这肯定不是她身体的一部分吧？）开始颤抖，"半夜里醉醺醺地争吵——"

他微笑起来，他的嘴似乎和他的眼睛一样，带上了那种粉红色的、眯缝的模样。"你可喜欢这样了。"他轻声冷静地说道，"如果我没有每个星期醉一回，你还有什么事可干？这样你就可以从头到脚摆弄我——黏糊糊的。你就可以亲爱的马修这样、马修那样。你那些贪心的小手指就可以在我脸上到处摸——啊,没错。我痛苦的时候,你最爱我。你——你——"

他蹒跚着走到房间另一头,她觉得自己看到他的肩膀在激烈抖动。

"过来,妈妈,"他奚落道,"你干脆来帮我把尿好了。"他轰然一声甩上浴室的门,门把上一些空衣架彼此碰撞,铿锵作响。

"我要离开你——"衣架的声响静了下来之后,她随口喊了这么一句。可是这些字句对她来说毫无意义。她绵软无力地坐在床上,远远盯着地板上那片蔫了的生菜。台灯灯罩被撞歪了,勉强夹在灯泡上——在这个灰暗杂乱的房间里映出一道光,蜇得眼疼。

"离开你。"她对自己说——一面想着在这半夜里围绕在他们四周的一片不堪。

她记起来菲利普下楼的脚步声。像夜一般,而且空洞。她想到外面的黑暗,以及初春里寒冷光秃的树。她想描绘出自己在这种时候离开这座公寓的情景。也许跟菲利普一起走。可是当她想看清他的脸、他瘦小稳重的身体,却是线条模糊,没有任何表情。她只能想起他的手拿着擦碗布,戳着一只玻璃杯底凹凸不平的颗粒——就像今晚他帮她洗碗时那样。她想象自己跟随那空洞的脚步声,它却愈来愈轻,愈来愈轻,直到留下的只有黑色的寂静。

她打了一个战,从沙发上起身,走向桌上那个威士忌瓶。她全身的各个部位都感觉像是讨人厌的附属品,只有双眼后方的疼痛才是属于她的。她犹豫了一下,抓住酒瓶。要不就是酒——要不就是五斗柜顶抽屉里的消化药片。但是,想想白色药片被散发出来的气泡推挤着,在玻璃杯口翻腾,此一景象似乎格外令人沮丧。况且,现在剩下的酒也就只够一杯了。她匆忙倒了酒,却再次发现酒瓶闪亮的凸面总是让她误判分量。

喝下去的酒一路碾开窄窄一道暖意,直达胃底,可是她身上其他地方依然发冷。"啊,该死。"她低声说——一面想着明天早上要捡起那片菜叶,想着外面的冷,同时留意马修在浴室里有没有声音。"啊,该死。我绝不可以醉成那样。"

她盯着空酒瓶,眼前浮现怪诞的景象,这些景象总是在这个时候出现。她看见自己与马修——在威士忌瓶子里。渺小而看似完美地,在瓶子里旋转着。然后在冰冷空白的玻璃上,怒气冲冲、上下翻动,仿佛两个微型猴子。时不时把鼻尖贴在玻璃上,期待地盯着瞧。这样闹过一阵之后，她又看到他们躺在瓶底——苍白无力——像是实验室里肥软的标本。两人之间什么也没说。

酒瓶摔进垃圾桶，滚过橘子皮、废纸团，在金属桶底撞出乒乒乓乓的声响，这声音令她反胃。

"啊——"马修说着，打开浴室门，小心翼翼跨过门槛，"啊——留给人类最纯净的喜悦。最后的、甜美的旨趣——撒尿。"

她靠在衣柜门边上——脸颊抵住冰冷的木质边角。"看看你能不能自己脱衣服。"

"啊——"他又说了一遍，一面在铺好的沙发上坐下。他放开长裤门襟，开始摸索皮带。"只有皮带不行——有皮带扣就睡不着。跟你的膝盖一样。硌——硌得慌。"

她觉得，他会在试着一把抽出皮带的时候失去平衡（她记得发生过）。可是他慢慢把皮带从一个个带扣里拿了出来，取下皮带之后，又把它整整齐齐放在床下。然后他抬起头看她，嘴周围的纹路往下垮，在苍白的脸上显出灰色的线条。他睁大了眼睛看着她，那一瞬间她以为他要哭。"你听——"他说得很慢，很清楚。

她只听见他喉咙里使劲往下咽的声音。

"你听——"他再说了一次。然后他的双手掩住苍白的脸。

他的身体慢慢均匀左右摇摆,却并非因为酩酊。毛衣底下的肩膀在抖动。"上帝啊,"他静静说道,"我——好苦。"

她找出点力气,把自己从玄关拖开,摆好灯罩,关上灯。一片黑里,她眼前摇曳着一抹蓝——这是因为她走路时浑身晃晃悠悠。床那边传来声音,是他的鞋落在地上,接着是他朝着墙转过去,身下的弹簧嘎吱作响。

她在黑里头躺下来,拉上毛毯——毛毯摸起来突然显得又重又冷。她把毯子拉到他肩上,此时她注意到身下的沙发弹簧还在响——他的身体在发抖。

"马修——"她低声说,"你冷吗?"

"这些个寒战。又是这些该死的寒战。"

她模模糊糊想到厨房里的热水瓶没了瓶塞,咖啡包也是空的。"该死——"她随口又说了一次。

一片漆黑中,他的膝盖挨着她,她感觉到他的身体缩成了一小团,微微发抖。她的手指轻轻抚摩他后颈的小凹陷,然后从剃过的硬毛茬慢慢往上,到柔软的头发，再到他的鬓边，在这个位置，她再次感觉到了他的心跳。

"听——"他说着，头往上转过来，她的颈项前边感觉到他的气息。

"好的，马修。"

他的双手握拳，激烈捶打她的肩胛。然后他静止不动躺在那儿，有一瞬间，她感到一股奇异的恐惧。

"就是——"他的声调毫无起伏，"亲爱的，我对你的爱。有时候它似乎——就在这样的时候——似乎会毁了我。"

然后她感觉他的双手放松了，轻轻搭在她后背上；她感觉到，这一整晚笼罩在他身体里的寒冷，令他颤抖、抽搐。"是的。"她悄声说，一面把他坚实的头颅按在自己的胸脯之间。"是啊——"黑暗中的语句、弹簧的嘎吱声、难闻的烟味，都从之前一时退却的角落里，再次蜂拥而至。

异乡人[1]

The Aliens

1935年8月,一名犹太人,孤身坐在一辆开往南方的巴士靠后的座位上。此时是傍晚,早上五点犹太人就上路了。也就是说,他在破晓时离开了纽约,除了途中几次必要的暂停,他一直坐在自己这个座位上,耐心等待抵达目的地的时刻到来。他的身后是那座伟大的城——充满着无穷无尽的奇迹和繁复精致的设计。而这名犹太人,一清早踏上这趟旅程,心里头对于这座城市的最后一点回忆,却是异样的空洞与虚幻。太阳初升的时候,他独自走在无人的街上。目力所及之处,遍是远方的摩天楼群,此时映出粉紫与黄的色调,尖塔破空,清晰醒目。他听着自己静静的脚步声,而且这也是头一回,他在这个城市的街道上能够清楚听

---

[1] 1971年,收录在作品合集《被抵押的心》中首次出版。——编者注

见人的话音。但即使是这样的时刻,他依然可以体会到人群的感觉、一些微妙的警告,仿佛预示着即将到来的喧嚣骚乱、混乱,即将关上的地铁车门周围不断的挣扎,城市白日里的巨大咆哮。被他留在身后的这个地方,给他的最后印象就是这些。而现在,在他的前方,是美国的南方。

这名犹太人五十岁上下,是个有耐心的旅人。他身量中等,体重稍微低于平均。因为下午热了,他已经脱了黑色大衣,仔细挂在自己的椅背上。他穿着蓝条纹衬衫,灰格子长裤。长裤的面料已经磨损得差不多了,所以他的动作小心到了焦虑的地步,每次跷起腿来,都拈起长裤的膝盖部位,并且用手帕轻轻掸去窗外飘进来的尘土。虽然旁边没有乘客,但他依然留意只坐在自己这一边的座位上。他上方的行李架上,有一个硬纸板餐盒、一本字典。

这名犹太人敏锐机警——他已经留心审视过车上的每一位乘客。他特别注意到两个黑人,他们虽然分别在相隔很远的地点上车,但是一整个下午都在后排一起说笑。他也饶有兴致地观察窗外的风景。他有一张安静的脸,额头高且白皙,黑眼睛,戴着角框眼镜,淡色的嘴抿得很紧。这么一个有耐心的旅人,如此安详沉静,却有个恼人的习惯:他不停抽烟,而且一面抽,一面以拇指与食指默默搓揉没有滤嘴的烟嘴,把烟丝拉出来,于是香烟经常皱得不成样子,他只得把烟嘴咬掉一截,再把烟放进嘴里。他的指尖带点薄茧,双手已臻优雅而结实的完美状态——这是一双钢琴家的手。

漫长夏日的薄暮直到七点钟才降临。在经过了一整天炫目的光照与炎热之后,此时天空已经降温,是一片宁静的碧蓝。巴士走在蜿蜒的路上,没铺柏油的路面满是尘土,两旁是广袤的棉花田。就在这里,巴士停下来,上来一名乘客,是个年轻人,带着崭新的廉价白铁行李箱。他为难地犹豫了一会儿,坐在了犹太人旁边的位子上。

"晚上好,先生。"

犹太人面带微笑——因为这位青年有一张晒伤了的、令人愉悦的脸——并且回应了招呼。犹太人的腔调柔和,稍微带点口音。接下来好一阵子,他俩彼此没再说话。犹太人望着窗外,青年羞怯地从眼角打量他。然后犹太人从上方的行李架上拿下餐盒,准备吃晚餐。盒子里是一个黑麦面包三明治、两个柠檬塔。他彬彬有礼地问道:"你要不要来点?"

青年脸红了。"啊,非常感谢。您瞧,刚才我出门的时候得先洗漱,没时间吃晚饭。"他那晒黑的手在两个柠檬塔上头迟疑了一阵,最后选了稍微受潮、撞碎了一点边缘的那个。他的嗓音温暖,犹如音乐般悦耳,元音拖长,尾巴上的辅音没发音。

他们默默吃着,只有知道食物珍贵的人,才能如此慢慢品味。犹太人吃完自己的柠檬塔,用嘴润了润指尖,然后用手帕擦拭。青年仔细观察他,也郑重学样。天色渐暗,远方的松树模糊了,沿路田野深处,寂寞的小屋里有着星星点点的灯火。犹太人一直专心望着窗外,终于他转过来,问那名青年,同时往窗外的田野点了一下头:"那是什么?"

青年眯起眼睛,看见远方的树影上方,有一根烟囱的轮廓。"从这里看不清楚,"他说,"可能是轧棉厂,甚至锯木厂。"

"我是说,外头那些到处都是的——在生长的。"

青年感到困惑。"我不明白你说的是哪个。"

"那些开白花的植物。"

"哦!那个啊!"南方青年放慢了语速说,"那是棉花。"

"棉花。"犹太人重复了一次,"是呀。我应该想到的。"

他沉默了挺长一段时间,其间那青年一直用焦虑和入迷的目光盯着这位犹太人。他舔了几次嘴唇,似乎要开口说话。仔细考虑之后,他对犹太人和气地微笑,并且刻意点点头,以示善意。然后(天晓得这是从哪个小镇的希腊馆子得到的心得),他靠过去,脸盘距离犹太人只有几英寸,费劲模仿着某种口音问道:"你是希腊老乡?"

犹太人摸不着头脑,摇摇头。

可是青年点点头,继续保持着微笑,响亮地又问一遍:"我说你是希腊老乡?"

犹太人退回自己的座位上。"我听得很清楚。我只是不明白你的这个说法。"

夏季的暮色退去。巴士已经离开了那条尘土飞扬的路,现在走在铺了柏油的曲折的公路上。天空是深黑蓝色,月亮是白的。棉花田(可能属于某个大农场)已经被留在后边,现在公路两旁的土地都是未开垦的荒地。地平线上的树林成了一道深黑色镶边,衬出天空的蓝。周遭的暮霭是朦胧的薰衣草紫色。奇妙的是,远近透视因此变得有点费力,远方的物体显得近,而触手可及的东西反而显得远。巴士里已经安静下来,只剩下引擎的搏动声，因为它持续不断，几乎没有人注意到它。

青年叹了口气。犹太人瞥了一眼他的脸。南方青年微笑着，柔和地问道："你家在哪里，先生？"

对于这个问题，犹太人没有立即回答。他从自己的香烟嘴里拉出烟丝，结果香烟变得不成样子，不能继续吸了，他才在地板上踩熄烟头。"我打算在我去的那个城里安家——拉费耶特维尔。"

这个回答谨慎而含糊，已经是犹太人所能给他的最好的答案。因为一听就知道，这不是一个普通的旅人。他不是被自己抛在身后的那座大城的居民。他的旅程并非以小时计，而是以年计——并非以百英里[1]计，而是以千英里计。但即使是这些度量单位，也只有在一种意义上是准确的；这个流亡者的旅程——两年前，他逃离在慕尼黑的家——更近似于一种心理状态，而非以地图与时刻表就能计算的旅行时长。他身后是一道深渊，充满了焦虑的流浪、悬而未决、充满了恐怖与希望。可是他无法对陌生人说起这一切。

"我去的地方就在一百零八英里外。"青年说，"不

---

[1] 1英里约等于1.6千米。

过这已经是我离家最远的一次了。"

犹太人抬高了眉毛,文雅地表示了惊讶。

"我去看我的姐姐,她刚结婚一年。我很想念她,而且现在她——"他踌躇了一下,似乎绞尽脑汁要找出一个既讲究又含蓄的表达方式,"她有下一代了。"他的蓝眼睛怀疑地看着犹太人,仿佛不确定这个从来没见过棉花的人是否能够了解这种自然法则。

犹太人点点头,咬住下唇,克制住自己忍俊不禁的笑容。

"她生产的日子要到了,丈夫又在忙着做烟草。所以我想也许我帮得上忙。"

"我祝她一切顺利。"犹太人说。

此时对话被打断了。天色已经很暗,巴士司机靠路边停下,打开车厢里的灯。突然的光亮吵醒了一个正在睡觉的孩子,于是她开始哭闹。后排的两名黑人本来已经安静了很长一段时间,现在又继续懒洋洋地闲聊。前座一名老人,说话时总是带着聋人那种无谓的坚持,也开始与同伴玩笑。

"你的家人就在你去的那个城里等你吗?"青年问犹太人。

"我的家人?"犹太人取下眼镜,往镜片上呵气,在衬衫袖子上擦拭，"还没有。等我安顿好了，她们就来会合——我妻子，还有我的两个女儿。"

青年弯身向前，胳膊肘撑在膝盖上，双手捧住下颌。电灯下，他的脸显得很圆，红润而温暖。细细的汗珠凝结在他短翘的上唇边。他的蓝眼睛看起来想瞌睡，柔顺的棕色短发潮润地披在额上，有点孩子气。"我打算不久后就结婚。"他说，"我已经在女孩子里挑选了很久，现在终于把目标集中在三个人身上了。"

"三个？"

"是呀，都是很好看的女孩。我跑这趟还有一个原因。您明白的，我回去以后，就可以重新看看她们，这样也许就能下定决心向哪个求婚。"

犹太人笑了——笑声悦耳开怀，让他完全不一样了。他脸上紧张的线条都消失了，头往后仰，双手紧紧交握。虽然这个笑话的主角就是青年自己，然而青年也一起笑了。

犹太人的笑声戛然而止，就像他开始大笑那么突然。笑声的最后他猛吸一口气，再吐出来，袅袅带着一声呻吟。他闭上眼睛好一会儿，仿佛在内心的笑话保留剧目里，给予这欢乐小品一席之地。

两位旅人已经一起吃过，一起笑过，现在他俩已经不再是陌生人了。犹太人将自己在座位上安置得更舒服了些,接着从背心口袋里拿出一根牙签,他剔牙时很得体地一手半遮着嘴。青年取下自己的领带,解开领扣,胸口上的棕色虬毛,从松开的领口里露了出来。不过很明显的是,青年并不像犹太人那么轻松自在。有件事令他左右为难。他似乎正在思考措辞,想把一些痛苦且难以启齿的问题说出口。他揉了揉额前湿漉漉的短发,像吹口哨那样鼓起嘴。最后他说:"你是外国人吧?"

"是的。"

"你从外国来的?"

犹太人向他侧过头去,等他继续说。可是青年似乎没法说下去。就在犹太人等着他说话或者保持沉默不语的时候,巴士停了下来,让一名在路边招手的黑人妇女上了车。这名新乘客的模样令犹太人感到坐立不安。她的年纪难以判别,多亏她穿着一件勉强算是裙装的脏衣服,不然连性别也难以一眼分辨。她的体貌畸形——倒不是肢体有什么残缺,而是身体矮小,整体蜷曲着,发育不全。她戴着一顶东倒西歪的毡帽,穿一件破黑裙,上衣是用饲料袋潦草做成的。一边嘴角有个难看的伤口,还未愈合,下唇与牙龈之间含着一根烟草。她的眼白根本不是白色的,而是泥黄色,满布血丝。

她的整张脸有一种饥饿而茫然环顾的神情。她沿着走道,坐到了后排,犹太人疑惑地转过头来,紧张地悄声问青年:"她是怎么回事?"

青年不明白:"谁?你说那个黑鬼?"

"嘘——"犹太人出声提醒,因为他们俩就在她前边的座位上,那个黑人就坐在他俩后方。

可是青年已经在座位上转过身去往后看,丝毫不加掩饰,这让犹太人皱起了脸。"怎么了,我觉得没什么毛病啊,"青年仔细审视之后又说道,"我没看出什么问题来。"

犹太人困窘得咬住了嘴唇,皱着眉头,眼神不安。他叹了口气,转而望着窗外,不过因为车厢里亮着灯、外头漆黑,所以看不见什么。他没发现青年正在试图引起他的注意,而且嘴唇动了好几次,似乎想开口说话。最后青年终于把自己的问题说了出来:"你去过法国巴黎吗?"

犹太人说去过。

"那是我一直想去的地方。我认识一个人,从前战时就在那边。也不知道怎么回事,我这辈子一直想去法国巴黎。不过请不要弄错我的意思——"青年停了下来,十分真挚地看着犹太人的脸,"请不要弄错我的意思,我不是为了那边的女人,并不是为了你听说的那些法国女孩。"(不知他是受了犹太人清晰发音的影响,还是自认要表现得高雅,所以他说"女人"这个词的时候,刻意加上了后鼻音。)

"那么是为了那些建筑——那些林荫道?"

"不是。"青年摇了一下头,显得很困惑。"都不是。我不明白为什么,每次想到巴黎,我脑海里就是这些东西,"他思索着闭上了眼睛,"我每次都会看见一条小街,两边是很高的房子。天色很暗,很冷,下着雨。没有别人,只有一个法国人站在街角,鸭舌帽拉得很低,压在眼睛上边。"青年急切地看着犹太人的脸。"我怎么会好像对这些犯了思乡病一样呢?怎么会这样——你怎么看呢?"

犹太人摇摇头,最后他说:"也许太阳晒多了。"

不久,青年抵达了自己的目的地,这是一个位于十字路口的小村,看起来仿佛荒废了一般。他慢条斯理,不急着下车,先从行李架上取下箱子,再与犹太人握手。"再见,呃——"他突然发现自己并不知道对方姓名,似乎顿感惊讶。"我姓克尔,"犹太人说,"费利克斯·克尔。"然后年轻人走了。就在这一站,那个失掉常人模样、令犹太人感到不安的黑人妇女,也下了车。犹太人又是独自一人了。

他打开餐盒,吃掉黑麦三明治,然后抽了几根烟。他坐在那里,一度把脸靠近窗上的纱窗,想要看清楚一些外面的风景。天黑之后,天上的云聚在一起,看不见星光。他偶尔看见某栋建筑的黑色轮廓、模糊的一片土地或者距离路边不远的树丛。最后他终于转过头,不再看了。

车厢里,乘客已经安顿好,准备过夜。有几个人睡着了。犹太人带着一种疲顿的好奇,环顾四周。他暗自微笑了一下,这是个疏淡的笑容,让他的嘴角明晰了起来。可是接下来,就在微笑的最后一丝痕迹消失之前,他整个人突然变了。本来他一直看着前座一名穿着背带工装、上了年纪的聋人,此时他突然发现了这名聋人的某个特点,这让他的内心激起了强烈的情感。他的脸上立刻浮现一片痛苦的愁容。然后他垂头坐着,一手拇指按在右边太阳穴上,手指按摩着额头。

这是因为这名犹太人心中正在悲悼。虽然他留神身上这条几乎磨穿了线的格子长裤,虽然他以欣赏的心情吃了东西,虽然他笑了,虽然他对前方那处陌生的新家满怀期待——虽然有了这一切,但他心里依然存在着无际黑暗的哀伤。他的哀痛并非为了自己的好妻子埃达,他俩已结发二十七年,不曾变心;也不是为了可爱的小女儿格丽塞尔。若上帝应允,一旦他为妻子与小女儿做好准备,她们就会来与他团聚。他的哀痛也无关乎他为朋友们忧虑,无关乎他失去了家、失去了安全保障、失去了心中的满足。犹太人的哀痛是为了他的大女儿凯伦,她的下落与祸福完全没有消息。

这样的哀痛并不是恒定不变的,它并不是占据着一块地盘、按照固定的比例对他加以折磨。这样的哀痛(因为这名犹太人是音乐家),像是管弦乐曲里一段次要但纠缠不休的主题、一段没有尽头的母题,强行出现在所有可能的节拍变奏、调性音色、旋律结构之中,刚刚才在弦乐部以跳弓段落紧张地暗示,接着又从英国号角的牧歌式感伤中浮现,不然就是潜伏在铜管部,不时发出尖锐却截断的声音。这个主题虽然在大部分时候巧妙隐藏了起来,但是由于它持续不断,于是与明显而主要的旋律比起来,它对音乐整体造成了更大的影响。而且这段长久受到压抑的母题,有时在一个信号之下,就如同火山爆发,强势占领所有的音乐灵感，命令整个管弦乐团狂暴重现之前迂回潜藏的一切。但是就哀痛本身而言，这又有点不一样。因为它没有一定的信号，比如指挥的手势，来唤醒休眠中的伤痛。它是没有计划的、曲折间接的。所以，这名犹太人能够面不改色地谈起自己的女儿，说出她的名字时没有一丝颤抖。可是现在在巴士上，他看见一位耳聋的老人，朝着一边侧过头去听人说话，他就只能任凭自己的哀痛蔓延，无法抵抗。因为他的女儿在聆听的时候，也习惯稍微别过脸，而且在对方说完的时候，她习惯很快抬起眼睛，朝对方一瞥。那位老人不经意的动作，就是一个信号，在他心中释放出压抑了如此长久的哀痛——他不禁扭曲了脸，垂下了头。

很长一段时间里，犹太人紧绷着坐在自己的座位上，揉搓额头。十一点钟，巴士按着时刻表在一处车站暂停。乘客轮流匆匆使用着狭小难闻的厕所，然后在咖啡馆里灌下些饮品，买点可以带上车、用手就能拿着吃的食物。犹太人喝了杯啤酒，回到车上准备睡觉。他从口袋拿出一块干净手帕，摊开来，然后安顿在自己的角落里，把头靠在车厢墙面与椅背圆角之间，手帕盖在眼睛上边，挡住光。他双腿交叉，两手松弛交握，放在腿上，静静歇息。到了午夜，他已经睡着了。

  黑暗中，巴士稳稳向南驶去。半夜里，厚实的夏季积云时而散开，露出晴朗的星空。他们沿着阿巴拉契亚山脉东边长长的海岸平原南下。这条路蜿蜒在引人愁绪的棉花田与烟叶田间，穿过一片片狭长而孤寂的松林。白色的月光映照出路边那些佃户小屋的暗淡剪影。他们偶尔穿过沉睡在昏暗中的城镇，有时巴士停下来，让旅人上下车。犹太人的睡眠沉甸甸的，只有承受着致命疲惫的人，才有这样的睡眠。巴士的颠簸一度把他晃得头颅低垂在胸前，但并未打扰他的安眠。就在破晓前，巴士抵达一座城，这里似乎比他们一路上经过的城镇都来得大一些。车停了下来，司机把手放在犹太人肩膀上，唤醒他。终于，他的旅程结束了。

赛马骑手[1]

The Jockey

赛马骑手走到餐厅门口,过了片刻,他让到一旁,背对着墙,一动不动地站着。餐厅里人很多,因为今天是赛季第三天,城里所有酒店都客满了。厅里装饰着一束束八月的玫瑰,花瓣落在白色桌布上。相邻的酒吧里,传来暖烘烘的、带着酒气的声浪。骑手背对着墙等待,眯皱着眼皮,往厅里察看。他仔细寻找,最后在和他斜对的角落里看到一张餐桌,有三个男子坐在那里。他观察的同时,抬起了下巴,往一边仰起头;矮小的身体僵直,双手紧握,手指屈起,仿佛灰色的兽爪。他紧紧地抵住餐厅墙壁,等待着。

今天晚上,他穿着一套绿色茧绸西服,剪裁合身,是儿童定制服装的尺寸;黄衬衫,浅柔色条纹领带。

---

[1] 1941年,首次发表于《纽约客》杂志。——编者注

他没戴帽子，头发往前梳，僵硬水亮地聚成一把披在额上。他的脸孔憔悴，看不出年纪，脸色发灰，两侧太阳穴有凹陷的阴影，嘴抿出细如铁丝一般的微笑。过了一会儿，他发现自己监视的三个人里，有一个看见了他。可是骑手没有点头示意，反倒把下巴抬得更高，一手拇指插在西服外套口袋里，肌肉紧绷。

角落桌边那三个人分别是驯马师、赌马庄家、阔佬。驯马师名叫西尔维斯特，是个体格松垮的大个子，鼻头发红，蓝眼迟钝。庄家是西蒙斯。阔佬是赛马"苏打水[1]"的主人，今天下午骑手就是骑着它出赛的。这三人在喝加了苏打的威士忌，一名穿着白外衣的侍者刚送上晚餐主菜。

看见骑手的是西尔维斯特。他很快调开视线，放下威士忌酒杯，紧张地用拇指揉了一下红鼻头。"是小不点巴洛，"他说，"站在对面那边。刚在看我们。"

"哦，那个骑手，"阔佬说，他的位置对着墙，于是他半转过头去看后边，"叫他过来。"

"老天爷，可别了。"西尔维斯特说。

---

[1] 原文是 Seltzer，本是一款早在 1787 年就出口世界的德国气泡矿泉水的名字，后来广泛用来指代只添加了二氧化碳的矿泉水。此处指马的名字。——编者注

"他疯了。"庄家西蒙斯说,声音平板单调。他有一张天生赌徒的脸,表情永远在严密的控制下,锁死在恐惧与贪婪之间。

"我倒不会这么说。"西尔维斯特说,"我认识他很久了。直到六个月前,他都一直还可以。但要是他再这么下去,我看就没法再多撑一年了。我看悬。"

"因为迈阿密那事。"西蒙斯说。

"什么事?"阔佬问。

西尔维斯特瞥了餐厅对面的骑手一眼,然后用肥大发红的舌头舔了一下嘴角。"意外。有个小鬼比赛的时候受伤。折了一条腿和胯骨。他跟小不点的关系特别好。一个爱尔兰小鬼,也骑得不错。"

"可惜了。"阔佬说。

"是啊。他们两个交情特别好。"西尔维斯特说,"老是在小不点的酒店房间里看见他。他们俩要不玩牌,要不就躺在地板上,一起看报纸的运动版面。"

"哦,是有这种事。"阔佬说。

西蒙斯一刀切进牛排,然后把叉齿朝下放在盘子上,用刀刃仔细把蘑菇堆在一起。"他疯了。"他又说了一次,"他让我浑身发毛。"

餐厅里的餐桌都坐满了。中央的宴会桌上,有人正举行派对,八月的青白色飞蛾从外边的夜色里飞进来,绕着明亮的烛火扑飞。两个穿着法兰绒休闲裤与运动夹克的年轻女孩,挎着彼此的胳膊穿过餐厅,走进酒吧。外头的大街上,传来节日狂欢的回响。

"据说八月里的萨拉托加按人均收入是全世界最富有的城镇了。"西尔维斯特转过脸问阔佬,"你怎么看?"

"我也不清楚,"阔佬说,"很有可能。"

西蒙斯用食指尖轻巧地抹了一下油腻的嘴:"那么好莱坞呢?还有华尔街——"

"等一下,"西尔维斯特说,"他决定要过来了。"

骑手已经离开了原来的位置,正朝着角落里这张餐桌走来。他昂首阔步,每一步都高高抬起腿,鞋跟利落地踩进地上的红丝绒地毯。走过来的路上,他轻碰了一下宴会桌上一位身着白缎礼服的胖女人的手肘,立即躬身往后让,漂亮时髦地行了礼,双眼紧闭。当穿过房间走到桌前的时候,他拉开一把椅子,坐在了桌角边、西尔维斯特与阔佬中间,他并没有点头问好,绷起的脸也没有丝毫变化。

"吃饭了吗?"西尔维斯特问他。

"在有些人看来算是吃了吧。"他的话音高昂、酸苦、清亮。

西尔维斯特在餐盘上小心放下刀叉。阔佬挪了挪，在椅子上转了半边，跷起腿。他穿着呢子马裤，马靴没打亮，棕色外套破旧——在赛季里，他日夜都是这一身，虽然从来没见他骑过马。西蒙斯还在吃饭。

"来点苏打水吗？"西尔维斯特问，"或别的什么喝的？"

骑手没搭腔。他从口袋里拿出一个金烟盒，捻开盖。里头有几支香烟、一把金质小刀。他用刀把一支香烟切成两段。点起烟之后，他朝着经过的一名侍者抬起手。"麻烦你，一杯肯塔基威士忌。"

"孩子，听我说。"西维尔斯特说。

"别拿我当孩子耍。"

"你得讲道理。你知道你得讲道理。"

骑手扬起左边嘴角，露出一个僵硬的嘲弄表情。他垂下眼睛，看看铺满一桌的菜，但是马上又抬起视线。阔佬面前是一道焗鱼，浸在鲜奶油酱里烤过，撒了洋香菜。西尔维斯特的是火腿蛋松饼，加了芦笋、奶油玉米，还有一小碟黑橄榄。在桌角，骑手的面前有一盘炸薯条。他没再看那些吃的，而是眯起双眼，盯着桌子中央那束盛开的粉紫色玫瑰。"我想你们应该都不记得某人了,他叫麦奎尔。"

"听我的。"西尔维斯特开口。

侍者送上威士忌。骑手坐在那儿,小而有力的手上有茧子,正摆弄着酒杯。手腕上一条金手链,碰在桌边,发出轻响。他把酒杯握在两手手心里来回转动,突然干脆地两大口喝干了酒。他猛一下放下酒杯:"我看是不记得了,你们的记忆没有这么长、这么多。"

"小不点,我们当然记得。"西尔维斯特说,"你怎么这个样子?今天收到他的消息了?"

"我收到一封信。"骑手说,"我们现在说的这个某人,星期三拆掉石膏了。一条腿比另一条短了两寸。就这样。"

西尔维斯特啧啧咋舌,摇摇头:"我明白你的感受。"

"是吗?"骑手看着桌上的菜肴。他的目光从砂锅鱼移到玉米,最后定在炸薯条上。他绷起脸,很快又抬起双眼。一朵玫瑰散落在桌上,他拈起一片花瓣,用拇指与食指揉搓着,然后放进嘴里。

"嗯,这种事情在所难免。"阔佬说。

驯马师和庄家已经吃好了,可是在他们餐盘前面的大菜盘里还有剩下的菜。阔佬把油腻的手指在水杯里蘸了一下，然后用餐巾擦干。

"那好吧，"骑手说，"有没有人要我递点东西？也许你们还要再来一份。各位，来一大块牛排，或者——"

"拜托，"西尔维斯特说，"讲点理。你干吗不上楼去？"

"是呀，我干吗不呢？"骑手说。

他那自持的话音提高了，隐约带有歇斯底里的高亢哀鸣。

"我干吗不上楼，回到我那间倒霉房间里，一面踱步一面写几封信，然后像个乖宝宝一样上床睡觉？我干吗不干脆——"他往后推开座椅，站了起来，"你们见鬼去吧。我要喝一杯。"

"我只能说，你这是自掘坟墓。"西尔维斯特说，"你知道喝酒会把你变成什么样。你清楚得很。"

骑手穿过餐厅，走进酒吧。他要了一杯曼哈顿。西尔维斯特看他两脚紧紧并拢立正，全身硬挺，像个小锡兵，跷着小指，捏住鸡尾酒杯，慢慢啜饮。

"他疯了，"西蒙斯说，"就跟我说得一样。"

西尔维斯特转脸看着阔佬："要是他吃了一块羊排，过了一小时你还能看见羊排在他肚子里凸着。一点都消化不了。他现在的体重是一百一十二点五磅。从我们离开迈阿密到现在已经胖了三磅了。"

"骑手不该喝酒。"阔佬说。

"吃的已经不像从前那样满足他了,而且他消化不了。要是他吃了一块羊排,你都能看见了它在他肚子里凸着,就是下不去。"

骑手喝完了。他把酒咽下去,用拇指压碎杯底的樱桃,然后把酒杯推开。那两个穿着运动夹克的女孩站在他左边,脸对着脸;吧台另一头,两个兜售赌马内线消息的人在争论世界最高峰是哪座。他们都没落单,今夜别人都没有独自喝酒。骑手用一张崭新的五十元钞票付账,找回来的零钱他没看就收了。

他走回餐厅,回到那三人的位子上,可是没坐下。他说:"我可不奢望你们还记得那么多。"他的身材矮小,桌面几乎和他的腰一样高,所以接下来他不用弯下身去,精瘦的手已经攫住桌角。"你们不会记得的,你们忙着在餐厅里狼吞虎咽。你们实在太——"

"我说真的,"西尔维斯特求他,"你得讲道理才行。"

"讲道理!讲道理!"骑手灰色的脸微微颤抖,接着又稳下来,凝结成冷酷的笑容。他把餐桌摇震得杯盘都乒乓响，看起来似乎要把桌子掀翻。可是他突然停了下来。他朝着离他最近的一只餐盘伸出手，夸张地将几根薯条放进嘴里。他慢慢咀嚼，掀动上唇，然后转身把一嘴碎渣啐在盖住地板的平整红毯上。"堕落。"他的声音微弱，破碎。他在嘴里翻腾这个字眼，仿佛它有滋味、有质地，令他满意。"你们这些堕落的人。"他又说了一次，然后转过身去，迈着他僵直的步伐，走出餐厅。

西尔维斯特耸了耸一边松垮沉重的肩头。阔佬伸手揩去泼在桌布上的一点水。他们谁也没说话，直到侍者来清理干净桌面。

笔友来信[1]

Correspondence

怀特霍尔街113号

达利恩,康涅狄格州

美国

11月3日,1941年

马诺艾尔·加西亚

圣荷赛街120号

里约热内卢

巴西

南美洲

亲爱的马诺艾尔:

我想,你一看见这封信上的美国地址,就已经知

---

[1] 1942年2月7日,首次发表于《纽约客》杂志。——编者注

道这是什么了。你在我们中学教室黑板上的南美学生名单里，我们可以和这些学生通信。选中你的那个人就是我。

也许我该讲一点关于我的事。我是女生，快十四岁了，今年刚上中学。要精确描述我实在很难。我是高个子，体形不是很好，这是因为我最近长得太快了。我的眼睛是蓝色的，我不知道你会怎么形容我的发色，可能说是一种浅褐色。我喜欢打棒球，做科学实验（就那种用化学装置的），读各种书。

我这辈子一直想去旅行，可是到目前为止，我到过离家最远的地方是新罕布什尔州的朴次茅斯。最近我一直在想许多关于南美的事。从名单上选了你的名字之后，我也想了许多关于你的事，想象你是什么样子。我看过里约热内卢港口的照片，我能在脑海中描绘出你在阳光下、走在海滩上的景象。在我的想象中，你有明亮的黑眼睛、棕色皮肤、卷曲的黑发。对于南美人我一直很着迷，不过我并不认识南美人，我一直想要游遍南美洲，尤其是里约热内卢。

既然我们要成为朋友并且通信，我想我们应该先了解一些关于对方的正经事。关于人生，我最近思考了很多。我沉思了许多事物，比如我们为什么来到这世上。

我已经确定，我并不相信上帝存在。但我也不是无神论者，我认为每件事物都各有起因，生命并非枉然。我相信，人死去的时候，灵魂是会发生点什么事的。

我还没有决定我到底要从事什么职业，这一点我很苦恼。有时候我想当北极探险家，有时候我计划当报纸记者，而现在我正在努力成为作家。过去有好几年我想当演员，尤其是悲剧演员，演出哀伤的角色，像葛丽泰·嘉宝那样。可是今年夏天我参加了《茶花女》的演出，我的角色是茶花女，结果糟透了。这个剧是在我家车库上演的，我无法形容到底有多糟。所以现在我主要考虑的是给报纸写报道，尤其是国外消息。

我感觉自己并不像其他的中学一年级新生。我觉得我和他们不一样。当我邀请姑娘们在周五晚上来我家过夜的时候，她们脑子里想的都是在附近的药店里来个什么艳遇。夜里我们躺在床上聊天，如果我提起严肃的主题，她们很可能就要睡了。她们不怎么关心外国事物。倒也不是我不受欢迎什么的，而是我对其他一年级新生并不感冒，他们对我的感觉也平平。

马诺艾尔，我在写这封信之前，花了很长时间思考关于你的事。我有一种强烈的感觉，相信我俩能处得来。你喜欢狗吗？我有一只犬，叫托马斯，它只听我的话。我感觉自己已经认识你很长时间了,而且我们可以一起讨论各种事物。我的西班牙文还不够好,这是当然了,因为这学期我才刚开始学。不过我打算努力学习,这样到了我们见面的时候,就能听懂对方说的话了。

我考虑了许多事。你想要明年夏天过来和我共度暑假吗?我觉得要是能这样就实在太妙了。我也在想其他计划。也许明年我们见面之后,你可以待在我家,在这里上中学,而我跟你交换,住在你家,上南美洲的中学。你觉得这个主意听起来如何?我还没有跟我父母提这件事,因为我还在等你的回复。我非常期待得到你的回信,看看我这种感觉对不对:我们对于人生与其他事物的感受十分相似。你想写什么给我都可以,因为,就像前面我说过的,我觉得自己已经很了解你了。再会[1],在此寄上所有祝福。

深情的,你的朋友
亨琪·伊凡斯

P.S. 我的名字其实是亨利埃塔,不过家人邻居都叫我亨琪,因为亨利埃塔听起来有点装腔作势。

---

[1] 原文为西班牙语。

这封信我寄航空件,这样你就可以早点收到。再次"再会"。

※

怀特霍尔街 113 号
达利恩,康涅狄格州
美国
11 月 25 日,1941 年

马诺艾尔·加西亚
圣荷赛街 120 号
里约热内卢
巴西
南美洲

亲爱的马诺艾尔:

　　三个星期过去了,本来我以为你的回信应该到了。不过信件完全有可能比我想象的更费时,尤其现在有战争。我读了所有报纸,心中一直为世界局势祈祷。我本来没打算在收到回信之前又写信给你,不过就像我前面说的，现在邮件抵达国外肯定要花上很长时间。

今天我没上学。昨天早上我起来的时候，浑身红肿，看起来就像得了天花似的。不过医生来看了之后说这是荨麻疹。我吃了药，然后就一直卧床休息。最近我在学拉丁文，因为快挂科了。等到荨麻疹消了，我会很高兴的。

在我的第一封信里，我忘了写一件事。我认为我们应该交换照片。如果你有自己的照片，请寄给我一张，因为我真的很想确定你是否长得跟我想象的一样。我在此寄上一张快照；角落里挠痒痒的就是我的狗托马斯，背景里的房子是我的家。太阳照在我眼睛里，所以我的脸皱在一起，成了这个模样。

前几天我在读一本很有趣的书，是关于灵魂轮回的。可能你正巧没读过这个主题，灵魂轮回就是你活过许多次人生，在某个世纪是这个人，之后是另一个人。这实在很有意思。我越思考就越觉得这是真的。你有什么看法呢？

有件事我一直觉得很难想象，那就是当这里是冬天时，赤道以南的地方却是夏天。当然我明白它的成因，可是我仍然感到奇异。当然你已经习惯了。我必须一直记着，虽然现在是十一月，但是你那里是春天。这里的树已经光秃，暖气也打开了，而里约热内卢刚入春。

每天下午我都在等邮差。我有一种强烈的感觉或者一种预感,今天或者明天下午我就会收到你的来信。信件显然比我原来估计的更耗时,即使航空信也是如此。

你的亲爱的

亨琪·伊凡斯

怀特霍尔街113号

达利恩,康涅狄格州

美国

12月29日,1941年

马诺艾尔·加西亚

圣荷赛街120号

里约热内卢

巴西

南美洲

亲爱的马诺艾尔·加西亚:

我怎么也想不透为什么还没有收到你的回信。你没收到我的前两封信吗？班上很多人早已经收到南美人的来信了。从我开始写信到现在，都快过去两个月了。

最近我想到，也许你在当地找不到懂英文的人为你翻译我写的东西。可是我觉得你应该找得到人，而且照理来说，名单上的南美人必然都在学英文。

也许那两封信都在路上遗失了。我明白信件有时可能寄丢，尤其因为现在的战争。不过即使一封信遗失了，我觉得另一封也应该能顺利抵达。我真的想不透这件事。

不过可能还有我不知道的原因。也许你生病住院了，或者你家已经搬离这个地址。也许不久以后我就能收到你的来信，那么一切就清楚了。如果是中间出了这类问题，请不要以为我是因为没有早点得到回音而生气。我依然很诚恳地希望我们能成为朋友、继续通信，因为我对外国与南美一直很着迷，而且我觉得仿佛一开始就已经认识你了。

我一切都好，希望你也是。我在公益抽奖活动里得到一盒五磅重的樱桃糖，这个活动是为了募款给需要帮助的人过圣诞节。

请你一收到这封信就马上回复我，告诉我是哪里出了问题,不然我实在不明白到底发生了什么事。我希望自己依然是——

你诚挚的朋友。

亨利埃塔·伊凡斯

⁂

怀特霍尔街 113 号
达利恩,康涅狄格州
美国
1 月 20 日,1942 年

马诺艾尔·加西亚

圣荷赛街 120 号

里约热内卢

巴西

南美洲

亲爱的加西亚先生:

我已经诚心诚意寄给你三封信,并且期待你能履行你的角色,让美国学生与南美学生按照原有计划进行通信。班上其他人几乎都已收到回信，有些甚至收到了代表友谊的礼物，哪怕他们对于外国的向往并不像我这样热切。我每天都在期待得到你的回音，并且排除所有疑虑、无条件地相信你。可是现在我明白了，我犯了一个多大的错误。

现在我只想知道一件事。如果你根本无意履行约定，为什么要把你的名字加在名单上？我只想说，如果当时我就知道现在我才明白的这一切，我肯定会选其他的南美人。

谨启。

亨利埃塔·希尔·伊凡斯小姐

P.S. 我不能再浪费我的宝贵时间写信给你了。

一棵树。一块岩石。一朵云。[1]
A Tree. A Rock. A Cloud.

那天早上下着雨,天还很暗。报童到了那家电车改装的咖啡馆,当时他已经差不多跑完当天的路线了,于是打算进去喝杯咖啡。这是一家通宵营业的咖啡馆,老板名叫莱奥,尖酸刻薄。在湿冷空荡的街道上跑完活儿之后,这地方看起来温馨明亮:吧台前坐着两名士兵、三名棉纺厂工人,角落里坐着一个弓着背的男子,鼻子和半张脸埋在大啤酒杯里。报童戴着一顶类似飞行员头盔的帽子。他走进餐馆,解开下巴上的束带,把右边的耳罩翻上去,露出小小的粉红色耳朵。他在这里喝咖啡的时候,经常有人与他友好闲聊。不过这个早上莱奥并没看他的脸,店里也没有人说话。他付了账正要走时有人叫住了他:

---

[1] 1942年,首次发表于《时尚芭莎》杂志。——编者注

"小伙！喂，小伙！"

他转回来，坐在角落里的那个人正在朝他勾手指、点头。那个人已经把脸从啤酒杯里抬起来了，而且突然显得非常快乐。他身材瘦长，肤色苍白，有大鼻子和暗淡的橘色头发。

"喂，小伙子！"

报童朝他走过去。大约十二岁，矮小单薄的他，因为背着沉重的报纸袋，一边肩膀比另一边抬得更高些。他的轮廓平缓，脸上有雀斑，眼睛圆圆的，是孩子的眼睛。

"先生，有什么事吗？"

那人一手放在男孩肩上，另一手捏住他下巴，慢慢把他的脸从这边转到那边。男孩不自在地往后躲开。

"嘿！你什么意思？"

男孩的声音拔高，餐馆里立刻非常安静。

那人慢慢说道："我爱你。"

吧台前的人都笑了。男孩已经瞪起眼往一旁溜去，此时不知该怎么办。他望望吧台里的莱奥，莱奥看着他，脸上带着乏味冷淡的嘲弄。男孩也试着笑了一笑，可是那个人严肃而哀伤。

"小伙子，我不是要开你玩笑。"他说，"你坐下，跟我喝杯啤酒。有件事我得解释清楚。"

男孩余光瞟着吧台前那些人,小心示意,想知道自己该怎么办。可是他们的注意力已经回到自己的啤酒或早餐上头了,没注意他。莱奥在吧台上放了一杯咖啡、一小罐鲜奶。

"他还未成年。"莱奥说。

报童一踮脚坐上高凳。他那往上翻的帽子耳罩底下露出耳朵,又小又红。那个人朝着他严肃地点点头。"这件事很重要。"然后他从自己的裤兜掏出一件东西,捧在掌心里,送过去给男孩看。

"仔细看。"他说。

男孩定睛一看,可是并没有看到什么值得仔细看的东西。那人脏脏的大手里有一张照片。一个女人的脸,模糊不清,所以显眼的只有她穿戴的帽子和连衣裙。

"看到了吗?"那人问。

男孩点点头,于是那人在手心里又放了一张照片。那个女人穿着泳衣,站在沙滩上。那件泳衣显得她肚子很大,这是唯一引人注意的重点。

"看清楚了吗?"那人靠过来,然后问道,"你有没有见过她?"

男孩一动不动地坐着,斜瞥着他:"据我所知并没有。"

"很好。"他朝着两张照片吹吹气,收进口袋里,"她曾经是我的妻子。"

"她死了吗?"男孩问。

那人慢慢摇了摇头。他像是要吹口哨那样鼓起嘴唇,然后拖长了声音回答:"不——我会解释的。"

吧台上,那男子面前的啤酒装在一个棕色的大马克杯里。他并不是把杯子拿起来喝,而是低下头去,把脸搁在杯缘上,就这么歇了好一会儿。然后他双手扶起杯子倾斜过来,扎进去啜饮着。

"总有一天晚上你会把鼻子放在酒杯里睡着,然后淹死。"莱奥说,"知名流浪汉在啤酒里淹死。这倒是个俏皮的死法。"

报童使劲向莱奥示意,趁那人没看着他的时候,他扭着脸,做出夸张的嘴形问莱奥:"醉了?"可是莱奥只抬了抬眉毛,就转过身去,把几条粉色的腌肉放在烤架上。那人推开啤酒杯,挺起身来,把扭曲松弛的双手交叠在吧台上。他看着男孩,面容哀伤。他没眨眼,可是眼皮不时随着微妙的地心引力下滑,遮住淡绿色的眼睛。差不多破晓的时候,男孩把沉重的报纸袋换到另一边肩头。

"我说的是爱,"那个人说,"于我而言,爱是一门科学。"

男孩半滑下自己的座位。可是那人举起一根食指,他身上有种什么东西,紧紧地吸引着男孩的注意,让他挪不开步子。

"十二年前,我和照片里这个女人结了婚。她是我的妻子,长达一年九个月三天又两个晚上。我爱她,没错——"他收紧模糊散漫的声音,继续说,"我爱她。我以为她也爱我。我是铁路工程师。她拥有一切优裕的家庭环境和奢侈品。我脑子里丝毫没想过她并不满意。结果你知道出了什么事吗?"

"喵——嗷!"莱奥说。

那人的眼睛依然看着男孩的脸。"她离开了我。有一天晚上我回到家,屋里空荡荡的,她走了。她离开了我。"

"跟一个男的?"男孩问。

那人手心朝下,轻轻放在吧台上。"那当然了,小伙子。女人像这样跑掉不会是自己一个人走的。"

餐馆很安静,外头街上,绵绵的落雨,黑沉而无尽。莱奥用长叉压住正在煎熟的腌肉:"于是你就到处找这个浪货,找了十一年。你这个醉昏了头的老流氓!"

那人这才头一回瞥了莱奥一眼。"请不要这么下流。况且刚才我也不是在对你说话。"他转回来,以一种信任而神秘的低声对男孩说,"咱俩就别理他了,好吗?"

报童迟疑着点点头。

"是这样的,"那人接着说,"我这个人能感受到很多事物。我这辈子有一件接一件的事情给我留下了深刻的印象。月光。某个漂亮女孩的腿。一件接一件。不过重要的是,每当我欣赏、享受一件事物,就有一种独特的官能感受仿佛弥漫在我的体内。无论什么都不能使它消失,它也不会和其他事物融合。女人嘛,我认识过一些。也是一样的,认识之后,我体内就弥漫着这种感受。在从前,我是一个从未爱过的人。"

他慢慢合上眼皮,这个动作就像是戏台上每一幕结束时,幕布慢慢落下来。他接着往下说,这次声音是兴奋的,每个字出口都很快——他的耳朵大而松垮,耳垂仿佛随着他说的话颤动着。

"然后我遇见了这个女人。我五十一岁,她总是说自己三十岁。我是在一个加油站遇见她的,三天后我们就结婚了。你知道这是什么感觉吗?可是我没法告诉你。我从前感受到的一切,都集中在这个女人周围。我体内不再有那些弥漫的感受了,都被她扫光了。"

那人突然停了下来,抚摩自己的长鼻梁。他的声音沉了下去,变成平稳而带有责备意味的低语。"我这么解释也不对。事情就是这样。在我体内,有许多美好的感觉、到处分散的小小喜悦。而这个女人对我的灵魂来说,就是一条流水线。我把自己这些小部件在她那边运行一回,于是我就完整出厂了。现在你听懂了吗?"

"她叫什么名字?"男孩问。

"哦,"他说,"我叫她嘟嘟。不过这不重要。"

"你有没有试着找她回来?"

那人似乎没听见:"在那种情况下,你可以想象她离开的时候,我是什么感觉。"

莱奥从烤架上拿起腌肉,往一个圆面包里塞了两条。莱奥的脸灰白,眼睛眯缝,鼻子尖窄,鼻梁两侧各有一片淡淡的青黑色。这时一名棉纺工人示意要再来点咖啡,莱奥给他续上。他这里续杯都是收费的。那个工人每天在这里吃早餐,可是莱奥跟自己的顾客越熟,对他们就越小气。他一点一点啃着那个圆面包,好像给自己吃都舍不得似的。

"你一直没有她的下落吗?"

男孩不知道该怎么看待这个人,孩子样的脸显得迟疑,混合着好奇与怀疑。他刚开始送报不久,于漆黑奇异的一大清早在城里到处跑的场景对他来说还很陌生。

"没错。"那人说,"我试了几个方法把她找回来。我到处打听她的下落。我去过塔尔萨,她有亲戚在那里。然后是莫比尔。她跟我提过的每一座城我都去了,我搜寻了每一个曾经跟她有关的男人。塔尔萨、亚特兰大、芝加哥、奇霍、孟菲斯……两年里我几乎跑遍全国设法找她。"

"可是这两人从地球上消失了!"莱奥说。

"别听他的。"那人充满信心,"也别提那两年了。那不重要。重要的是在第三年年初,我身上开始发生一件奇妙的事。"

"什么事?"男孩问。

那人的身体往前弯下去,翘起自己的杯子,要啜一口啤酒。可是当他拢在杯子上的时候,他的鼻翼微微鼓动;他闻到这啤酒走气了,于是没喝。"爱本身就是一件奇妙的事。一开始我想的全是把她找回来。这是一种狂热。但是随着时间过去,我试着回想她。你知道怎么了吗?"

"不知道。"男孩说。

"我要自己在床上躺下,试着想她,可是我脑中一片空白。我看不到她。我拿出她的照片来细看。不行。没作用。一片空白。你想象得到吗?"

"喂,马克!"莱奥朝着吧台另一头喊,"你想象得到吗,这家伙的脑子里是一片空白!"

那人仿佛在赶苍蝇那样,慢慢摇了摇手。他的绿眼睛全神贯注地凝视着送报童的小扁脸。

"可是人行道上突然出现的一小片玻璃或者点唱机上的一首歌,夜里墙上的一片阴影,就会让我想起她来。这可能在我走在街上的时候突然发生,我就会大哭,或者在路灯杆上砰砰撞头。你懂我的意思吗?"

"一小片玻璃……"男孩说。

"什么都有可能。我可能正走在路上,却完全无法控制如何想起她、何时想起她。你可能以为自己能够准备一些防御措施,但是回忆并不是直接正面攻击——它从旁边绕着来。我只能任凭我看见的、我听见的一切摆布。突然之间,不再是我搜遍穷乡僻壤去找她,而是她根本就在我的灵魂里,不停找我。你要注意,是她在不停追着我!而且是在我的灵魂里。"

最后男孩问道:"那时候你在什么地方?"

"啊,"那人哼哼着,"那时候我是个病了的凡人。这就像天花。小伙子,我承认我喝酒。我寻花问柳。所有罪孽,只要能满足当时的我,我都犯了。我害怕忏悔,可是将来我会忏悔的。每次我回想那时候,一切都在我脑中糊成一团,太可怕了。"

那人垂下头,在吧台上轻碰自己的额头。有几秒钟他就这么弓着头,浅橘色发尾茂密而刺挠,盖在他青筋暴起的后颈上。他的手指扭曲瘦长,此时双手手心合拢,就像是在祈祷。然后他坐直了,微笑着,倏然之间他的脸显得明亮、弱小,而且苍老。

"在第五年,发生了一件事。"他说,"于是我的这门科学由此开始了。"

莱奥撇了撇嘴,显出一个惨淡的冷笑。"我们男人谁也没有愈活愈年轻啊。"他说着,突然怒气冲冲,把手上的擦碗巾攥成一团,甩在地上,"你这个邋里邋遢的大情圣!"

"发生了什么?"男孩问。

老人的声音高亢而清晰:"平静。"

"啊?"

"小伙子,这很难加以系统性的解释。"他说,"我想,合乎逻辑的解释是,我和她已经一个追一个躲的经历了这么长时间,以至于我们现在终究算是缠绕在了一处,躺平,放弃。一切陷入平静。一种奇异而美好的空白。当时波特兰是春天,每天下午都有雨。整个傍晚我就在一片漆黑里,躺在床上。就是在这种情况下,这门科学降临了。"

电车咖啡馆的窗玻璃已经映出灰蓝的天光。两名士兵付了酒钱,打开门——其中一个在走出去之前梳了梳头发,擦干净沾了泥的绑腿。三名工人安静地围拢在自己的早餐旁。莱奥的时钟在墙上嘀嗒作响。

"是这样的。你仔细听。我沉思了爱这件事,然后得出结论。我明白我们是哪里出了问题。男人第一次陷入爱恋,他们爱上的是什么呢?"

男孩柔软的嘴唇半开着,可是没回答。

"一个女人。"老人说,"没有科学、没有任何事物作为依据,于是他们经历了人世间最危险,也最神圣的事。爱上了一个女人。没错吧,小伙子?"

"是呀。"男孩轻轻说。

"其实他们爱的开端本就错了。他们从高潮开始。你不觉得这糟透了吗?你知道男人该怎么爱才对吗?"

老人伸出手,一把抓住男孩的皮夹克领子,轻轻晃了他一下。老人的绿眼睛朝下凝视着他,一眨也不眨,庄严肃穆。

"小伙子,你知道爱应该如何开始吗?"

男孩坐在那儿听着,矮小的身形静静的,不动弹。他慢慢摇头。老人弯下身来,悄声说:

"一棵树。一块岩石。一片云。"

外头街上还在下雨,一场绵绵的、灰色的、无尽的雨。棉纺厂六点钟换班的汽笛响了,于是三名工人付账离开。餐馆里只剩下莱奥、老人、报童。

"波特兰的天气就像这样。"老人说,"就在我的科学创始的时候。我反复沉思,非常谨慎地开始。我从街上捡起一些东西,带回家。我买了一条金鱼,将精力集中在金鱼身上,于是我爱它。我在这件东西上毕业了,再开始下一件。一天一天,我逐渐掌握这门技巧。从波特兰到圣迭戈的路上——"

"啊!你闭嘴!"莱奥突然尖叫,"闭嘴!闭嘴!"

老人手里还抓着男孩的夹克领子;他在颤抖,他的脸真挚明亮且狂野。"到现在六年了,我一直自己一个人到处跑,充实我的科学。现在我是大师了。小伙子,现在我可以爱任何事物了。甚至都不必先沉思。我看见一条人山人海的街道,于是一道美丽的光进入我的体内。我看一只鸟飞在空中。或者我在路上遇见一位旅人。每一件事物，小伙子。还有所有人。陌生人和所有人，都是我所爱的！你明白这么一门科学的意义是什么吗？"

男孩全身僵直，双手紧紧攥住吧台边缘。最后他问："最后你找到那位女士了吗？"

"什么？小伙子，怎么说？"

"我是说，"他怯怯地问道，"你有没有再爱上一个女人？"

老人松开抓住男孩衣领的手。他转回去，至此他的绿眼睛头一回露出呆滞而散漫的神情。他举起吧台上的酒杯，把黄色的啤酒一饮而尽。他的头慢慢左右摇摆。最后他答道："没有。小伙子，你知道，这就是我这门科学的最后一步。我走得很小心。而且我还没有准备好。"

"哎哟！"莱奥说，"哟哟哟！"

老人站在打开的餐馆门前。他说："你要记住。"他被清晨灰蒙蒙的光线包围着，身形看起来似乎缩小了，憔悴而虚弱。可是他的微笑是明亮的。"记住我爱你。"他说着，最后一次点头。然后大门在他身后关上了。

男孩好半天没说话。他把前额的刘海拉下来，脏

兮兮的小小食指在他喝空的杯口上画圈。最后他眼睛没看着莱奥,开口问道:

"他喝醉了吗?"

"没。"莱奥简洁答道。

男孩提高了清亮的嗓音问:"那么他有毒瘾?"

"没。"

男孩抬眼看着莱奥,他那小小的扁脸神色急切,话音紧迫刺耳。"他疯了吗?你觉得他是不是疯子?"他的声音因为怀疑而倏然低了下去,"莱奥?他是不是?"

可是莱奥没回答。莱奥经营通宵咖啡馆已经有十四年,对于疯狂,他自认是鉴定专家。来这里的人有些是本地的人物,也有从夜色里游荡进来的过路客。所有这些人的癫狂,他都很清楚。男孩还在等待答案,可是他不想回答这孩子的疑问。他板起苍白的脸,保持沉默。

于是男孩拉下头盔的右耳罩,转身离开,一面发表了一句评语,在他看来这么说很安全,这是唯一不会遭到取笑的一句话:

"他肯定到过很多地方。"

家庭问题[1]

A Domestic Dilemma

星期四,马丁·梅多斯早早下班,赶第一班快车回家。此时在融雪泥泞的街道上,淡紫色天光逐渐暗去,到了大巴驶出中城总站的时候,辉煌的城市夜晚已经来临。每个星期四,家里的女佣休半天假,马丁都想尽快到家,因为这一年来他的妻子一直——健康欠佳。这个星期四他十分疲累,而且不想被车上的通勤者搭话,所以他把注意力集中在报纸上,直到大巴走过乔治·华盛顿大桥。每次一走上西向九号公路,马丁就觉得这趟路已经过了一半,他深吸几口气,虽然在这样的冷天里,车厢里烟气熏人的空气中只有一丝丝风,但他依然觉得自己呼吸的是乡间空气。从前到了这时候,他就会放松,愉快地想着自己的家。可

---

[1] 1951 年 9 月 16 日,发表于《纽约邮报》。——编者注

是在这一年里,即将到家只会让他感到紧张,他并不期待这趟车程结束。这个傍晚,马丁把脸贴在窗前,看着寸草不生的田地,以及沿路城镇的寂寞灯光。月亮出来了,照在暗色的土地与松软的新雪上,显得苍白;在马丁眼里,今晚的乡间看起来辽阔,而且有点荒凉。他从行李架上拿起自己的帽子,把折叠起来的报纸放进大衣口袋,几分钟后拉铃下车。

他住的独栋房屋距离巴士站牌两条街,靠近河边,不过并非在河岸上;从起居室窗户可以望过对街,看到面的院子以及哈德逊河。这栋房子是现代建筑,矗立在一个狭小的院子里,显得有点太洁白、太崭新。夏天里草地柔软晶莹,马丁会用心侍弄沿边的花坛以及一架玫瑰。在休耕的寒冷月份,院子里是一片萧索,房子也显得光秃秃的。今天晚上,小屋每一个房间的灯都点亮了,马丁急急走上门前小径。在台阶前,他停下来,把一辆玩具拖车移开。

孩子们在起居室里专心游戏,所以一开始没注意到前门打开了。马丁站在那里,看着自己的孩子,他们是这样的平安、可爱。他们俩打开了写字台最下边的抽屉,把圣诞节装饰拿了出来。安迪居然给圣诞树灯串插上了插座,于是在起居室地毯上,红红绿绿灯泡闪耀出一片不合时令的节庆气息。此时安迪正努力把灯串披挂在玛丽安的木马上。玛丽安坐在地板上，正在拉扯一个天使的翅膀。孩子们发出一声欢呼，迎接他回家。马丁把胖嘟嘟的小女儿高举到肩头，安迪扑上来抱住他的腿。

"爸爸，爸爸，爸爸！"

马丁小心放下小女儿，抱起安迪，把他像钟摆似的来回晃悠了几次。然后马丁捡起圣诞树灯串。

"这些东西拿出来要做什么？来，帮我放回抽屉里。你们不可以玩插座。从前我跟你们讲过了，要记住。安迪，这可不是在开玩笑。"

六岁大的孩子点点头，关上抽屉。马丁轻轻抚摩他那柔软的金发，温柔的手最后放在孩子纤小的后颈上。

"小土蛋，吃过晚饭了吗？"

"疼。吐司辣。"

小女儿在地毯上绊了一跤，一开始她吃了一惊，接着哭了。马丁把她扶起来，抱在臂弯里，走进厨房。

"爸爸，你看，"安迪说，"那个吐司——"

艾米莉为孩子们准备的晚饭放在没铺桌布的陶瓷桌上。那是两盘吃剩的麦片粥和鸡蛋，还有两个盛牛奶的金属杯子。还有一个托盘装着肉桂吐司，除了上面有个小小的牙印，动也没动。马丁闻了闻被咬了一口的那一块，又小心翼翼啃了一点。然后他把整块吐司扔进垃圾桶。

"嚯——呸——这到底怎么回事？"

艾米莉误把辣椒粉当成肉桂粉了。

"我好像要起火了，"安迪说，"我喝了水，跑出去，打开嘴巴。玛丽安没有都吃。"

马丁纠正他："一点都没吃。"他不知所措地站着，环顾四周。最后他说："行吧，我想就这样了。妈妈在哪儿？"

"她在楼上你们的房间里。"

马丁把孩子留在厨房里，上楼去看妻子。他在房门外停了一下，压下自己的怒气。他没敲门，而且一进房间就把门关在了身后。

艾米莉坐在窗前的摇椅里，房间很舒适。她正在喝玻璃杯里的东西，马丁进门的时候，她赶紧把杯子放在椅子后头的地板上。她一脸迷惑，夹杂着罪恶感，而且她试图摆出快活的假象，以掩饰罪恶感。

"啊，马蒂[1]！你回来啦？我没注意时间。我正要

---

[1] 指马丁。

下去——"她摇摇晃晃向他走来,吻里满是酒气,是雪利酒。他站着毫无反应,于是她往后退了一步,神经质地咯咯笑。

"你怎么回事?站得直挺挺的像个理发店招牌。你哪里不对劲吗?"

"我不对劲?"马丁朝着摇椅弯下身去,从地上捡起酒杯,"你明白我有多厌恶——你明白这件事对我们一家有多糟吗?"

艾米莉用一种虚假的轻松声调说着话,他对这个声调已经太熟悉了。通常在这种时候,她就会刻意带上一点英国口音,也许是模仿她崇拜的哪个女明星:"我一点都不明白你的意思。还是,你指的是我用来喝那口雪利酒的杯子。我只喝了个杯底,也许再多一点点。可是,请你告诉我,我这样犯了什么法吗?我好得很。好得很。"

"对,大家都看得出来。"

艾米莉谨慎严肃地走进浴室。她打开冷水龙头,双手接了一些水,泼在脸上,然后用浴巾一角拍干。她的五官精致,面庞青春无瑕。

"我正要下楼去做晚饭。"她一阵趔趄,伸手扶住浴室门框才站稳。

"我来弄晚饭。你在这里待着。我会送饭上来。"

"我可不能这样。这算什么呀,有谁听说过这种事啊?"

"拜托。"马丁说。

"别管我。我好得很。我正要下楼——"

"记住我的话。"

"记住你奶奶。"

她朝着房门蹒跚走去,可是马丁拽住她的胳膊:"我不想让孩子看见你这个情况。你理智一点。"

"情况!"艾米莉猛地抽回胳膊。她提高了声音,怒气冲冲,"怎么了,就因为我在下午喝两杯雪利酒,你就恨不得叫我醉鬼。情况!我还没碰威士忌呢。你很清楚,我可没有在酒吧猛灌烈酒,这就比你强得多了。甚至晚饭前我也不喝鸡尾酒。我只是偶尔喝一杯雪利酒。我问你,这有什么见不得人的吗?还情况呢!"

马丁想找出一些话来安抚妻子:"我们就自己待在楼上,一起吃个安静的晚饭。这才是乖女孩。"艾米莉坐在床边,他打开房门,很快钻了出去。

"我马上回来。"

他在楼下忙着晚饭的时候,思索一个熟悉的问题:

这个麻烦到底是怎么降临到他家的？他自己一直很喜欢喝一杯好酒。他们还住在亚拉巴马州的时候，大杯烈酒与鸡尾酒都是理所当然。几年来他们都在晚餐前喝一两杯——也许三杯，睡前也喝一大杯。假日前夕往往喝得晕陶陶的，甚至有点醉。可是对他来说，酒精一直不是麻烦，只是随着孩子出生，变成了一项勉强负担得起的恼人支出。工作单位把他调到纽约之后，他才察觉自己的妻子显然喝得太多了。他发现，她在白天也不停地喝烈酒。

既然发现了问题，他便试着分析起因。从亚拉巴马搬到纽约，可能使她心烦；她习惯了南方小城无所事事的温暖、家人亲族与从小认识的朋友，所以无法适应北方这种比较严谨孤独的社会常态。照料孩子、打理家务，这些职责对她而言也很繁重。她想念家乡帕里斯城，在如今居住的郊区并没有交到新朋友。她的读物只有杂志和侦探小说。要是没有酒精这个人工手段，她的内心世界就无法充实。

妻子无法自我节制的状态，无形中影响了他对她的看法。酒精造成的暴躁有时会引爆不知所以的怒火，这种时候往往充满了无法解释的恶意。他偶然发现艾米莉的性格中隐藏着粗野，与她天生的单纯完全不协调。她为了喝酒的事说谎,并且以意料不到的伎俩欺骗他。

于是一场意外发生了。大约一年前的某个傍晚,马丁下班回家,迎接他的是孩子房间里的尖叫。他发现艾米莉抱着刚洗完澡的玛丽安,还没擦干,宝宝还光着身子。刚才孩子摔了下来,柔嫩的头颅撞上桌沿,此时细发之间有一丝血迹。艾米莉在啜泣,而且已经喝醉了。马丁把受伤的孩子抱过来,在那一刻,她是如此宝贵,而对于未来,他有了可怕的预感。

到了第二天,玛丽安没事了。艾米莉发誓绝不再碰烈酒,接下来几个星期,她清醒、冰冷、心情低落。渐渐地,她故态复萌——不是威士忌和杜松子酒,而是大量啤酒,或者雪利酒,不然就是各种异国口味的利口酒。有一回他偶然发现一个帽盒,里面全是薄荷酒的空瓶。马丁找了一位可靠的女佣,能够胜任全部家务。女佣名叫维吉,也来自亚拉巴马,而马丁一直不敢告诉艾米莉,纽约的薪资水平有多高。现在艾米莉完全在私下里喝酒,总是在他到家之前喝完。通常这些酒精的影响不易察觉,可能只有动作松缓,或是眼皮睁不开。很少出现不对劲的情况,比如做出今天的辣椒粉吐司;有维吉在家,马丁就不必担心。可是焦虑一直存在,他的每一天都潜伏着无以名状的灾难所带来的威胁。

"玛丽安!"马丁突然喊了一声,因为光是回忆那一次意外,就让他明白安全感的必要性。小女孩与哥哥一起走进厨房,她毫发无伤,但是对她父亲而言,她依然一样宝贵。马丁继续准备晚饭。他开了一个汤罐头,在煎锅里放进两块肉排。然后他坐在餐桌旁,把他的玛丽安放在膝头,逗她玩骑马游戏。安迪一面看,一面用手指摇晃自己那颗松动了一整个星期的牙。

"糖果人安迪!"马丁说,"那颗老古董还在你嘴里?过来点,爸爸来看看。"

"我这有一根线,可以用它把牙给扯下来。"这孩子从裤兜掏出一团线头,"维吉说,把它绑在牙齿上,另一边绑在门把上,然后很快关上门。"

马丁拿出干净手帕垫着手,小心摸了摸松动的牙:"今天晚上,这颗牙就会从我的安迪嘴里出来了。不然的话,我实在很担心家里会长出一棵牙齿树。"

"一棵什么?"

"牙齿树。"马丁说,"你吃东西的时候,如果把牙吞下去,这颗牙就在可怜的安迪肚子里生根,长出一棵牙齿树,树上不是叶子,而是很多尖尖的小牙齿。"

"爸爸，我不要。"安迪说，不过他还是用脏兮兮、小小的拇指与食指稳稳捏住那颗牙，"没有这种树。我还没见过。"

"并没有这种我从未见过的树。"

突然，马丁浑身紧绷起来。艾米莉正在走下楼梯。他仔细听着她笨拙迟缓的脚步，忧惧地抱紧了小儿子。艾米莉走进厨房，从她的动作以及阴沉的脸，他看出来她又喝了酒。她一把拉开抽屉，开始准备餐具。

"情况！"她气呼呼说着，"你这样对我说话。别以为我会忘记。我记得你对我说过的每一句谎话。你想都别想我会忘记。"

"艾米莉！"他向她哀求，"孩子在这儿——"

"孩子——没错！别以为我没看透你的下流伎俩。躲在这里想办法，要我的亲生孩子和我作对。你别以为我没看出来。"

"艾米莉！我求求你——请你上楼去吧。"

"然后你就可以教我的孩子——我亲生的孩子——"两滴饱满的泪珠很快流下她的脸颊。"你在教我的小宝贝、我的安迪，和亲生母亲作对。"

醉醺醺的艾米莉猛一下跪在受了惊吓的孩子面前，双手按在他肩膀上保持平衡。"我的安迪，你听我说——你不会听你父亲跟你说的那些谎吧?你不信他说的吧?你告诉我,安迪,刚才我还没下来的时候,你父亲跟你在说什么?"孩子不知该怎么办,于是看着父亲的脸,"你告诉我。妈妈想知道。"

"在说牙齿树。"

"什么?"

孩子又说了一次,而她带着充满怀疑的恐慌,应声重复了一遍。"牙齿树!"她摇摇晃晃,然后重新搂紧孩子的肩头,"我听不懂你在说什么。可是安迪,你听我说,妈妈没事,对不对?"她泪流满面,孩子害怕了,躲开她。艾米莉抓住桌沿,站起来。

"你看到了吗?你已经让我的孩子和我作对了。"

玛丽安哭了起来,马丁把她抱在怀里。

"没问题,你可以带走你的孩子。你从一开始就偏心。我不在乎,你至少能把我的儿子留给我。"

安迪蹭到父亲身边,碰了碰他的腿。"爸爸。"安迪哭喊。

马丁把孩子们带到楼梯口。"安迪,你带玛丽安上楼,爸爸马上就来找你们。"

"妈妈呢?"安迪悄悄问。

"妈妈会没事的。别担心。"

艾米莉趴在厨房餐桌上啜泣，脸藏在臂弯里。马丁盛了一碗汤，放在她前面。她抽抽搭搭的呜咽令马丁身心俱疲。无论她的情绪因何而起，现下如此激烈，还是触动了他内心的一丝温柔。他勉强把手放在她的黑发上。"坐起来喝汤吧。"她抬起头望他，神色看起来饱受磨难，充满了哀求；这是因为小儿子躲开她，也可能因为马丁的抚摸，于是她的情绪基调改变了。

"马——马丁，"她抽抽噎噎地说，"我好惭愧。"

"喝汤吧。"

艾米莉听了他的话，哽咽着喝汤。喝了第二碗之后，她乖乖让马丁带她上楼回房。目前她很温顺，而且比较克制。马丁把她的睡衣放在床上，接着正要离开房间的时候，她又开始伤心，这次则是酒精造成的激动。

"他躲开我。我的安迪看着我，然后躲开我。"

不耐烦与疲惫使得马丁态度生硬了起来，不过他还是赔着小心说："你忘了安迪只是个孩子——他还不理解这种场面是什么意思。"

"我是不是把场面弄得很糟？啊，马丁，我是不是在孩子面前把场面弄糟了？"

她惊恐的脸让他既感动又好笑，不过这样的反应并非他的本意。"别说了。换上睡衣,睡觉吧。"

"我的孩子躲开我。安迪看着妈妈然后逃走了。孩子们——"

她深陷酒精带来的周期性哀伤情绪里。马丁一面从卧室撤退,一面说:"天哪,快去睡觉吧。孩子们明天就忘了。"

他嘴里这么说着,心里却怀疑这话是不是真的。今天这一幕会这么容易从记忆中消失吗?还是扎根在潜意识里,逐渐在往后的年月里溃烂?马丁不知道答案,而后者令他毛骨悚然。他想到艾米莉,并且已经预见明天早上有多么难堪:破碎的记忆;毁灭性的羞惭暗影里,心知肚明的目光在窥探。她会打电话到自己的办公室,两次——可能三次或四次。马丁预料自己将十分尴尬,办公室里的其他人可能起疑。他感觉自己的秘书在很久以前就已经看穿实情,而且觉得他可怜。他放任自己有那么一刻对命运心怀不甘;他痛恨自己的妻子。

他走进孩子们的房间,立刻关上门,今晚直到现在,他才头一回感到安心。玛丽安跌在地上,又站起来,喊着:"爸爸,你看。"接着又跌,又爬起来,如此重复着跌倒再喊爸爸的练习。安迪坐在小椅子上,还在摇晃那颗牙。马丁在浴缸里放水,在洗脸槽里洗了手,然后把儿子叫进浴室。

"再来看看这颗牙吧。"马丁坐在马桶座上,让安迪站在他双膝之间。孩子张大嘴,马丁紧捏住那颗牙,手上摇晃一下,接着很快一扭,带着珠光的乳牙就掉下来了。一开始安迪的表情既害怕,又震惊,又高兴。他含了一口水,吐在水槽里。

"爸爸,你看!有血!玛丽安!"

马丁喜欢为自己的孩子洗澡,他们毫无遮掩地站在水里,他说不出有多么疼爱这稚嫩的、光着的小身体。玛丽安说他偏心,这种说法并不公平。他为儿子的纤小身躯抹上肥皂,心中感到自己的爱已经无法更深。不过他承认,对于自己的两个孩子,他的感受在性质上的确各有不同。他对女儿的爱是比较深沉的,带着一丝忧郁、一种近似痛苦的温柔;他对儿子的昵称是每天兴之所至的各种滑稽字眼,但是他永远以玛丽安称呼自己的小女儿,而且每次他说出这个名字,语气都仿佛有一种抚爱。马丁用毛巾轻轻拍干孩子胖胖的小肚子,以及幼小的私处。孩子们洗干净的脸像花瓣一样柔嫩,也像花朵一样惹人疼爱。

"我要把牙齿放在枕头下面,那样就可以得到两毛五。"

"为什么?"

"爸爸,你知道的吧。约翰尼的牙就换了两毛五。"

"是谁放的钱呢?"马丁问他,"小时候我以为是小仙子在夜里留下的。不过我那个时候是一毛钱。"

"幼儿园里的大家都这么说。"

"是谁放的呢?"

"孩子的爸妈放的,"安迪说,"你放的!"

马丁把玛丽安的被单边缘塞进床垫底下压紧。小女儿已经睡着了。马丁屏住呼吸,弯下去亲吻她的额头,又亲了她的一只小手;她睡熟了,小手轻松地放在脸旁,手心朝上。

"安迪男子汉,晚安。"

传来的回答只是昏昏欲睡的咕哝声。过了一分钟,马丁拿出零钱,往安迪的枕头底下轻轻推进去一枚两毛五分钱的硬币。他在房里留了一盏小灯。

马丁在厨房里悄悄走动,给自己做了一顿迟来的晚饭,他突然想到,孩子们根本没提到母亲、没提到刚才的场面,而这件事对他们来说肯定是理解不了的。他们沉浸在当下:那颗牙、洗澡、两毛五分的硬币;孩子的时间犹如流动的水道,带走这些轻盈的插曲,就像一条浅水小溪，快速的水流冲走了树叶，而成人世界的谜团搁浅在岸上，遭到遗忘。

但是他自己的怒气，压抑着、埋伏着，此时再次浮现。在过去，醉鬼的毒打粉碎了他的童年，连成年期也隐约受到影响。至于他的孩子们，懵懂无知所赋予的免疫力一旦消退——从现在开始大约一年后，会是什么情况呢？他把手肘靠在桌上，狼吞虎咽，食不知味。真相是藏不住的——办公室和镇上很快就会有传言：他的妻子是个自甘堕落的女人。自甘堕落！而他与孩子就注定了面临衰灭的未来，还有逐渐的崩溃。

马丁一推饭桌，站了起来，踱进起居室。他的眼睛盯着书页上的一行行字，但是眼前浮现的是悲惨的景象：他看见自己的孩子淹死在河里，妻子在大街上引人侧目。到了就寝时间，他那阴沉苦涩的愤怒，像是压在胸上的重担，而他走上楼梯的脚步声也很拖沓。

卧室里很暗，只有半开的浴室门后有光透出来。马丁悄悄换掉衣服。说不上是什么缘故，一点一点，他的内心有了变化。艾米莉睡着了，平静的呼吸在房间里听起来很柔和。她的高跟鞋，还有随意丢在地上的丝袜，都在向他默默恳求。她的内衣胡乱搭在椅子上。马丁捡起她的束腰，以及柔软的丝质胸罩，拿在手里，站了好一会儿。今天晚上，这是他第一次端详自己的妻子。他的目光落在她可爱的额头、细巧的眉骨上。她的眉骨，还有秀气的翘鼻尖，都遗传给了玛丽安。至于在儿子脸上，他能看出她的高颧骨与尖下巴。她的胸部丰满，身材苗条玲珑。马丁看着妻子宁静沉睡，残存的怒气消失了。所有关于指责与耻辱的思索，现在都远去了。马丁熄灭浴室的灯，推开窗户。他小心睡下，免得吵醒艾米莉。月光下，他在睡着之前再次凝视自己的妻子，他的手寻觅着近在咫尺的肌肤，于是哀伤与欲望，就在爱的无尽错综里并存。

缠忧的男孩[1]

The Haunted Boy

休走过街角,寻找他的母亲,可她不在院子里。有时候她会在外头侍弄花坛里的春季小花——白蜀葵、石竹、半边莲(这些花的名字是她教给休的)。可是今天,在淡薄的四月午后的阳光下,花坛里开着五颜六色的鲜花,前院绿色的草坪上一片空荡。休沿着人行道跑过来,约翰跟在他后头。他们两步跳上门前台阶,然后在背后甩上大门。

"妈妈!"休喊道。

在无人回应的寂静中,他们站在地板打了蜡的空荡门厅里,就在这个时候,休感觉有什么事不对劲。客厅的壁炉里没有火,他习惯了寒冷的季节里闪烁的壁炉火光,于是在这转暖的第一天,起居室里荒凉阴

---

[1] 1955 年,同时发表于《小姐》等多本刊物。——编者注

郁，显得陌生。他打了个冷战，很庆幸有约翰在这里。花朵图案的地毯上，阳光照着一片红。明亮的红、暗沉的红、死亡的红——"那个时候"的冰冷回忆突然令他一阵心慌。那片红变成了令人眩晕的黑。

"布朗，你怎么了？"约翰问他，"你的脸色看起来好苍白。"

休抖了抖身子，一手扶着额头："没事。我们去厨房吧。"

"我只能待一会儿。"约翰说，"我有责任在身，必须把那些票卖出去。我吃完就得走。"

厨房里挂着崭新的格子抹布、干净的锅盆，此刻这里算是整栋房子里最舒适的地方。搪瓷桌面上摆着一个柠檬派，是她做的。日常的厨房与派饼让休安了心，他又走回门厅，抬起头，往楼上喊。

"妈！哦，妈！"

还是一样无人回应。

他说："是我妈做的这个派。"他很快找出一把刀，切下去——好驱散愈来愈浓的忧惧。

"布朗，你要把它切开吗？"

"那当然了，莱尼。"

这个春天里他俩都以姓氏称呼对方，除非不巧忘了这个茬。休觉得这样很潇洒、很成熟，而且颇为气派。约翰是整个学校里休最欣赏的男同学。约翰比他大两岁，跟约翰比起来，其他男生就像是一群蠢蛋。他是二年级最好的学生，有脑子，不过可不是老师的乖宝宝，他还是最好的运动员。休读一年级，在高中的第一年还没有很多朋友——他与周遭多少保持着距离，因为他害怕。

"我妈都会准备点好东西给我放学后吃。"休把切下的一大块派饼放在碟子上，分给约翰，给莱尼。

"这个派肯定很棒。"

"这个饼皮是用压碎的消化饼干做的，不是一般面团。"休继续说，"因为饼皮面团非常麻烦。我们觉得这种消化饼干做的饼皮也一样好。不过我妈做一般饼皮面团当然也是没问题的。"

休没法安静下来，他在厨房里来回走动，一面吃着捧在手里的一块派饼。紧张的拨搅弄乱了棕发，他和气的金棕色眼睛里满是苦涩的茫然。约翰一直坐在桌前，感觉到了他的不安，约翰跷起腿来，两条瘦长的腿互相别住。

"我确实有事在身，我得去卖合唱团表演的票了。"

"先别走。你有整整一下午时间呢。"休害怕这栋空荡荡的房子。他需要约翰,他需要有人在。他最需要的是听见他母亲的声音,知道她在家,跟他在一起。"也许我妈正在洗澡,"他说,"我再喊一喊。"

回应他这第三次呼喊的依然是一片寂静。

"我想你母亲一定是看电影去了,或者买东西什么的。"

"不会的。"休说,"如果真是这样,她会留张字条。每次我回家时她不在,她都会留字条。"

"我们还没有找找看,"约翰说,"也许她把字条留在门口鞋垫下头,要不就是客厅里的什么地方。"

休听不进安慰的话:"不会的。她会把字条就留在这个派下头。她知道我一回家就跑进厨房。"

"说不定她接了电话,或者突然想起来要去做什么事。"

"也许,"休说,"前两天我听到她跟我爸说,她要去给自己买几件新衣服。"话才说完,希冀的目光却一瞬即逝。休拨开额前的头发,往外冲去:"我觉得我最好上楼看看。我该趁你在的时候上去。"

他站在楼梯口,一手抱着栏杆。楼梯的涂漆味儿,楼上浴室白色的、关着的门,都让"那个时候"活了过来。他抓紧栏杆,双脚没法走上台阶。那一片红再次变成旋涡般的病态暗红。休坐下来。他想起童子军急救法,告诉自己:把头放低,放在两膝之间。

"休,"约翰叫他,"休!"

晕眩感逐渐消失,休又产生了一个新的烦恼:莱尼正在用他平平无奇的名字叫他。莱尼认为他对母亲的事表现得太婆妈了,所以不值得用之前那样气派潇洒的方式称呼他。他回到厨房里,晕眩感已经完全过去了。

约翰对他说:"布朗。"于是新烦恼又烟消云散。"贵处是否有一种与奶牛有关的物体?一种白色液态物,法语叫作'lait',在美国,我们就简简单单管它叫牛奶。"

休一开始愕然摸不着头脑,然后才明白。"哎呀,莱尼,我真笨!请多原谅,我居然忘个精光。"休赶紧从冰箱里拿出牛奶,又找出两只玻璃杯,"我没动脑子。我在想别的事。"

约翰说:"我明白。"过了一会儿,他看着休的眼睛,以一种平静的语气问道:"休,你为什么这么担心你母亲?她病了吗?"

现在休知道了,约翰以名字称呼他并非轻视,而是因为他现在说的话很严肃,不能装潇洒。约翰是他从以前到现在最喜欢的朋友。这样和约翰面对面坐在厨房桌边,他感觉比较自然,也似乎更安全了。当他看着约翰平静的灰眼睛,情谊的慰藉纾解了恐惧。

约翰又问了一次,这次还是一样沉稳:"休,你母亲生病了吗?"

如果是别的男同学问起,休是没法回答的。他对谁都没有提起过自己的母亲,只除了跟他父亲,而且这种亲近的时刻也很少见,都是闪烁其词的。他和父亲只有在手边忙着别的事情的时候,才会提起这个话题,比如做木工活时,还有在树林里打猎那两回——不然就是在做晚饭或者洗碗的时候。

"她并不算是生病,"休说道,"不过我跟我爸一直在担心她,起码是担心了一段时间。"

约翰问:"是心脏的问题?"

休的声音带着勉强:"你知道我跟克莱姆·罗伯茨那个蠢货打架的事吗?我把他的蠢脸按在花岗石路面上磨蹭,差点彻底地宰了他。他脸上还留了疤,贴了几天绷带。我被罚一星期每天放学后留校。可是我差点就宰了他。如果帕克斯顿老师没把我拽走,我早就已经宰了他了。"

"我听说了这件事。"

"你知道我为什么要搞死他吗?"

约翰的眼睛闪躲了一瞬。

休全身紧绷,他那粗糙的、男生的手,紧抓住桌沿;他深吸了一口气,气息粗重:"那个蠢货跟所有人说,我母亲在米利奇维尔。他到处说,我母亲疯了。"

"那个下流……"

接着休的话音清晰,泄了气。"我母亲是在米利奇维尔待过,可是这并不代表她疯了。"他很快加上这句,"那个很大的州立医院,是有给疯人的病房,也有给一般病人的病房。我母亲病了一段时间。我爸跟我商量以后,认为米利奇维尔医院有最好的医生,她可以得到最好的照料。可是,她是全世界最不可能发疯的人。约翰,你知道我母亲是什么样的。"然后他又说了一句:"我该上楼去。"

约翰说:"我一直觉得你母亲是这个城里最和蔼的女士。"

"情况是这样的,我母亲遇上了一件事,在那之后她就心情忧郁。"

这些深深埋藏的话是一场坦白,打开了闷在他心里溃烂的秘密,于是他加快语速,继续往下说,他充满迫切,而且找到了意料之外的宣泄。

"去年,我母亲以为自己要有一个宝宝了。她跟我爸还有我谈了很多,"休很自豪,"我们想要一个女孩。我要帮她起名字。我们开心得不得了。我把旧玩具都翻出来——我的电动火车和轨道……我要给她起名叫作水晶——女孩叫这个名字会让你有什么感觉?我会想到明亮又娇美的东西。"

"宝宝出生时是死胎吗?"

虽然是跟约翰谈起这件事,休的耳朵还是热了起来,他用冰凉的手摸了摸耳朵。"不是的,他们说那其实是肿瘤。这就是我母亲遇上的事。他们只好在这里的医院给她做了手术。"他感到尴尬,声音低低的,"然后她经历了所谓的'人生转变'。"这个词在休听来十分可怕:"之后她就忧郁了。我爸说这件事对她的神经系统来说是一次冲击。这是女性身上会发生的事,她只是忧郁、没有精神罢了。"

这里没有红色,厨房里所有地方都没有红色,但是休愈来愈接近"那个时候"了。

"有一天,她大概是放弃了之类的——去年秋天的时候。"休睁大了眼睛,目不转睛,此刻他又走上了楼梯、打开浴室的门——他抬手遮住双眼,挡开那段记忆,"她要——弄伤自己。我从学校回来的时候发现了她。"

约翰伸出手,小心抚摩他出了汗的手臂。

"你不必担心。很多人因为忧郁、没有精神,得去医院。这种事谁都有可能。"

"我们只好让她住院——最好的医院。"那漫长的几个月的回忆,被单调的寂寞拉得更长,始终无法得到安慰是如此残酷,就像"那个时候"——到底持续了多久呢?妈妈在医院里可以到处走,而且她脚上一直有鞋穿。

约翰谨慎地说:"这个派真的很棒。"

"我妈厨艺很棒。她做肉馅饼和鲑鱼卷——还有牛排和热狗。"

"虽然我不喜欢这样吃了就走。"约翰说。

休怕极了被单独留下,他感觉自己轰隆的心跳里响起了警报。

"你别走,"他急着说,"再聊一会儿。"

"聊什么?"

休无法启齿,甚至对约翰·莱尼也说不出口。空荡荡的家、那段日子的恐怖,他没法告诉别人。"你哭过吗?"他问约翰,"我没有。"

"我偶尔会哭。"约翰承认。

"要是我母亲不在家的那段时间,我跟你熟一点就好了。我爸跟我几乎每个星期六都去打猎。我们就靠鹌鹑和野鸽活着。我保证你会喜欢打猎的,"他又放低了声音说,"我们在星期天去医院。"

约翰说:"卖票这件事,有点难办。有很多人并不喜欢高中合唱团的轻歌剧。除非有他们认识的人在里头表演,不然他们宁愿待在家里看一出好看的电视节目。很多人买票只是出于公益。"

"我家很快就要买电视了。"

"没有电视,我就活不下去。"约翰说。

休的声音听起来充满歉意:"我爸想要先付清医院的账单,大家都明白,生病是要花很多钱的。然后我们就会买电视。"

约翰举起牛奶杯致意。"Skoal,"他说,"这是瑞典人喝酒前说的,祝好运的。"

"你懂得好多外国单词和语言。"

"没那么多,"约翰老实说,"只有 kaput[1]、adios[2]、skoal,还有我们在法语课上学的那些。不算多。"

"很多了。"休用法语说了这个词,他自觉很风趣,

---

[1] 德语,运转不正常,坏掉了。
[2] 西班牙语,再见。

很得意。

积压的紧张突然爆发为身体的活力。休抓起门廊上的篮球,冲进后院。他运了几次球,然后瞄准投篮,那个篮筐是他上次生日时他父亲装上的。球没进,他又传给跟在后头跑进来的约翰。在户外感觉很好,这样日常的玩闹给休带来了一首诗的开头:"我的心像一个篮球。"通常他有了诗的灵感的时候,就趴在客厅的地板上,舌尖在嘴里抵住一边,专心捕捉韵脚。他母亲从他身上跨过去的时候,就叫他"雪莱·坡",有时候还把脚轻轻放在他臀部上。他母亲一直很喜欢他的诗。今天他的第二句来得很快,就像魔法。他高声朝着约翰念了出来:"'我的心像一个篮球,兴高采烈在走廊上蹦。'你觉得拿这个当作诗的开头怎么样?"

"我觉得听起来有点疯,"约翰说,然后他赶紧改口,"我是说听起来有点——不对劲。我的意思是,不对劲。"

休明白为什么约翰改了说法,打球与诗句带给他的振奋心情马上消失无踪。他接起球,抱着它,站住了脚。这个下午一片金黄,门廊上的紫藤开足了花。这些花仿佛淡紫色的瀑布,清新的微风里有阳光暖意的花香。晴朗的天是蓝色的,没有一丝云。今天是这个春天第一个温暖的日子。

"我得溜了。"约翰说。

"别!"休的声音很迫切,"你不要再吃一块派吗?我从来没听说过谁一次只吃一块的。"

他把约翰推进屋里,接着又喊了一声,这次完全是出于习惯,因为他总是在进屋的时候喊一声。"妈!"离开了太阳照耀的明亮户外,此刻他感觉冷。他感觉冷,不光是因为天气,也因为他非常害怕。

"我妈回家已经一个月了,每天下午我放学回家,她都在这里。一直都是这样。"

他们俩站在厨房里,看着那个柠檬派。在休眼里,这个切开的派饼看起来有点不对劲。就像他俩一动不动站在厨房里,这样的寂静也很诡异,而且不对劲。

"你不觉得这屋里静悄悄的?"

"那是因为你家没有电视。我家早上七点打开电视,白天夜里都开着,直到睡觉,不管有人在客厅没有。各种节目,短剧、滑稽节目,一个接一个。"

"不过我们有收音机,还有唱机。"

"可是都比不上一个好电视机。等你有了电视,你根本不会知道你母亲到底在不在家。"

休没搭腔。他俩的脚步在门厅里听起来显得空洞。

他站在楼梯第一阶上,一手抱着栏杆,觉得恶心无力。

"要是你可以上来一会儿——"

约翰的声音突然变得不耐烦,而且提高了音量:"我已经告诉你多少次了,我有责任在身,必须卖掉那些票。关于合唱团这一类的事,你得有公益心才行。"

"就一下——楼上有件很重要的东西我得给你看。"

约翰没问到底是什么,休拼了命想说出个够重要的东西,好让约翰上楼。最后他终于说:"我最近在装一套立体声音响。这个得很懂电子学才行——我父亲在帮我。"

可是,即使在他说这话的时候,他也知道约翰根本不会相信这番谎话。哪个人没有电视机却会买立体声音响?他讨厌约翰,就像你讨厌自己如此迫切需要的人。他必须再多说点什么,于是他挺起了肩膀。

"我只是想让你知道,我十分看重和你的友情。过去几个月,我有点和其他人保持距离。"

"布朗,没事的。你不用这么敏感,就因为你母亲待过——她待过的地方。"

约翰一手放在门把上,休全身发颤:"我刚才想,要是你能上来一下——"

约翰看着他,眼神不安而迷惑。然后他慢慢问:

"楼上是不是有什么让你害怕的东西?"

休想要把一切都告诉他。可是他说不出口,在那个九月下午,他的母亲到底做了什么。那件事太可怕了,而且——不对劲。那就像是一个病人会做的事,一点也不像他母亲。他瞪得溜圆的眼睛里满是恐惧,可是他还是说:"我不怕。"

"那好。回见。很抱歉我得走了——身负责任就得去干。"

约翰带上门,空荡的房子里就只有休一个人了。现在什么也救不了他。就算现在客厅里有一群男生在看电视、冲着滑稽节目大笑,也还是帮不了他。他从约翰说的最后一句话里头寻找勇气,高声复述:"身负责任就得去干。"可是这句话丝毫无法给他带来约翰那种果敢与勇气,在这样的寂静里,听起来诡异而陌生。

他慢慢转身上楼。他的心并不像篮球,而是像急速喧闹的鼓,随着他走上楼梯,愈敲愈快。他的脚步拖沓,仿佛蹚在及膝的深水中,他紧抓扶手。这房子看起来不对劲、疯狂。他往楼下看,看到一楼的桌子,桌上有一瓶春季的鲜花,看起来也很异常。二楼有一面镜子,他被自己的脸吓了一跳,因为看起来真的很疯狂。在镜中的影像里,他身上高中卫衣的校名缩写是反的，他张着嘴，活像疯人院里的白痴。他把嘴紧紧闭上，看起来好点了。可是他眼里的东西——楼下的桌子、楼上的沙发——虽然都是每天熟悉的，此刻看来却都有点扭曲，或者突兀，因为他心里忧惧。他盯着楼梯口右边那扇紧闭的门，于是那急速喧闹的鼓敲得更快了。

他打开浴室门，一时之间，今天下午缠扰着他的忧惧让他看见了"那个时候"的浴室。他的母亲躺在地上，到处是血。他的母亲躺在那儿一动不动，到处是血，血在她割开的手腕上，一大摊血淌进浴缸，堵在里面。休扶着门框，稳住自己。然后浴室清晰了起来，他明白过来，现在并不是"那个时候"。四月的阳光照亮了干净的白瓷砖，这里只有属于浴室的明亮，还有映着阳光的窗户。他走进卧室，看见床上没人，上面铺着玫瑰色床罩。女士用品在梳妆台上。这个房间看起来和以往一样，什么也没发生过……什么也没发生过，他扑在玫瑰色的夹棉床罩上，哭了起来，因为松了一口气，也因为持续了这么久的、紧张而凄苦的倦意。啜泣使得他全身阵阵抽搐，也平息了他那急速而喧闹的心。

在那几个月里，休始终没哭。"那个时候"，他发现母亲一个人在屋子里，到处是血，他没哭。虽然他没哭，可是他搞错了童子军急救法的步骤——他先搬动她浸着血的沉重身子，然后才试着为她缠裹伤口。他打电话给他父亲的时候，他没哭。他们考虑该怎么办的那几天里，他没哭。甚至在医生建议把她送到米利奇维尔的时候，还有他与父亲开车带她去医院的时候，他也没哭——可是他父亲在回家路上哭了。他们俩做饭，他没哭——他们连续一个月每天晚上都吃牛排，直到觉得牛排都从眼睛里、耳朵里流出来了；然后换成热狗，一直吃到热狗从耳朵里、眼睛里流出来了。他们在吃饭这件事上一成不变，而且把厨房弄得一团糟，除了钟点工在星期六来打扫时，始终干净不了。在他跟克莱姆·罗伯茨打架之后，他觉得其他人都在揣测他母亲出了怪事，在那些寂寞的午后，他没哭。午后他待在脏乱的厨房，吃买来的无花果酱饼干或者巧克力棒。不然就去邻居家看电视，邻居是理查德兹小姐，一位老小姐，看的是老小姐节目。在他父亲喝了太多酒、没胃口吃饭，他得自己吃饭的时候，他没哭。甚至在每个漫长的、等待的星期天，他们去米利奇维尔的时候，有两次，他看见一位女士在前廊上，光着脚没穿鞋，一个人自言自语，他也没哭。那位女士是病人,她的恐惧令他震撼,那是他道不明的恐惧。一开始他母亲说:"不要把我留在这里惩罚我。让我回家。"他并没哭。在那些可怕的话缠着他的时候——"人生的转变"——"疯了"——"米利奇维尔"——他并没哭。在那些充满了单调、想望、忧惧的漫长日月里,他不能哭。

他趴在玫瑰色床罩上哭泣,在泪湿的脸颊下,感觉床罩柔软而凉爽。他的哭声很大,所以他没听见前门开了,甚至没听见母亲喊他,也没听见上楼的脚步声。他还在抽泣,这时候他母亲碰了碰他,把他的脸按在床罩上。他甚至蹬直了腿,双脚踢腾。

"怎么了呀,小乖乖,"他母亲用很久以前的儿时爱称叫他,"发生什么事了?"

虽然他母亲要把他的脸扳过去,可是他的哭声更响了。他要让她担心。他一直不转过脸去,最后她终于起身走开,此时他才看着她。她穿着一件和之前不一样的连衣裙,在淡薄的春日光线下,看起来像是蓝色丝绸材质的。

"小心肝,发生什么事了?"

今天下午的恐怖已经过去了,可是他没法把它告诉母亲。他没法告诉她,他曾经恐惧着什么,也没法解释那些如今并不存在的事物有多么可怕——可是这些事曾经是真的。

"你为什么那么做?"

"今天是转暖的第一天,我只是突然决定去给自己买件新衣服。"

可是他说的并不是衣服,他说的是"那个时候",还有随之而来的怨怼,在他看见那些鲜血与恐怖场面的时候,他心里想着,为什么她要对我做这件事。他想到自己对母亲的怨怼,而她是自己在世上最爱的人。在这伤心的几个月里,愤怒与爱互相撞击,中间还掺杂着罪恶感。

"我买了两件连衣裙,两件半身衬裙。你觉得怎么样?"

"我讨厌它们!"休满怀愤怒,"你的内衬露出来了。"

她转了两圈,衬裙实在露得太显眼了:"小傻瓜,这本来就是该露出来的。这是流行。"

"可是我还是不喜欢。"

"我在茶室吃了一个三明治,喝了两杯可可,然后去逛了门德尔商店。那里有好多漂亮东西,我简直走不出来。我买了这两件连衣裙,还有这个,休,你看!这双鞋子!"

他母亲走到床边,打开台灯,好让他看清楚。这是一双平底鞋,忧郁的蓝色,鞋尖上有亮晶晶的钻石。他不知道该如何评论:"看起来比较像晚宴鞋,不是走在街上穿的。"

"我从来没有带颜色的鞋子,这个我实在抗拒不了。"

他母亲跳着舞步,朝着窗边走过去,于是新裙子底下的衬裙就飞旋起来。他已经不哭了,可是依然愤怒。

"我不喜欢这件衣服,它让你看起来好像想装得年轻点,可是我觉得你肯定已经四十岁了。"

他母亲停下了舞步,静止在窗前。她的脸突然肃静而哀伤:"六月我就满四十三岁了。"

他伤害了她,愤怒瞬间消失,只留下了爱:"妈妈,我不该说这种话。"

"我今天买东西的时候想起来,我已经一年多没逛商店了。你想想!"

休无法抗拒这样哀伤的肃静,以及他深爱的母亲。他无法抗拒自己的爱,也无法忍受他母亲这样好看。他抹掉卫衣袖子上的眼泪,从床上起来。"我从来没见过你这么好看,还有这么好看的连衣裙和内衬。"他蹲在他母亲身前,摸了摸那双闪亮的鞋,"这双鞋真棒。"

"我一看到这双鞋,就觉得你们会喜欢。"她把休拉起来,亲了他的脸颊,"我把唇膏蹭在你脸上了。"

休擦掉唇膏印,一面说了一句从前听过的俏皮话:"这只是代表了我广受欢迎罢了。"

"休,刚才我回来的时候,你为什么在哭?学校里有什么事让你不开心吗?"

"我只是到家的时候发现你不在,而且没有字条什么的——"

"我完全忘了留字条。"

"然后一整个下午我都觉得——约翰·莱尼也来了,可是他得去卖合唱表演的票。一整个下午我都觉得——"

"怎么了?出了什么事?"

可是他没法把那样的恐怖与原因告诉自己深爱的母亲。最后他说:"一整个下午我都觉得——不对劲。"

之后,他父亲回来了,他把休叫到后院去。他父亲带着忧心的神色——就像看见他忘了收好哪件昂贵的工具。可是事实上并没有,后廊上的篮球也已经放回了原位。

"儿子,"他父亲说,"有件事我要告诉你。"

"您请说。"

"你母亲说,今天下午你哭了。"他父亲没等他开口解释,"我只是希望你我之间能够密切了解彼此。是不是学校有事——还是跟女孩子有关的——还是其他什么事让你困扰了?你为什么哭?"

休回顾这个下午,发现它已经很远了,像是从望远镜另一头看到的怪异景象那么遥远。

"我也不知道,"他说,"我想大概是有点神经紧张。"

他父亲揽住他的肩膀:"没有人会在十六岁之前就神经紧张的。你要走的路还长。"

"我知道。"

"我从来没见过你母亲的气色这么好。现在她看起来开心、漂亮,比过去几年好多了。你发现没有?"

"那件内衬——衬裙是本来就该露出来的。新流行。"

"夏天快到了,"他父亲说,"咱们去野餐——咱们三口人。"随着这句话,浮现了一幅景象:黄溪上的耀眼波光,长着夏日绿叶、充满冒险气息的树林。他父亲又说:"我把你叫出来,还要告诉你一件事。"

"您说。"

"我要你知道,我很清楚,在那段糟糕的日子里,你表现得很好。非常好,好得要命。"

他父亲就像对成年人说话那样用了一句粗话。随口赞美人并不是他的作风,对于成绩单以及忘了收好的工具,他总是很严格。他从来没有赞美过休,没有对他说过成年人的字眼,什么都没有。休觉得自己的脸热了起来,于是用冰冷的手碰了碰。

"儿子,我只是想告诉你这件事。"父亲拍拍他的肩膀,"要不了一两年,你就要比你老爸还高了。"他父亲很快进屋去了,只留下他,沉浸在受到称赞的余韵里,甜蜜而陌生。

夕阳的色彩逐渐往西边淡去,紫藤花变成了深紫色,休还站在天色渐暗的后院里。厨房里的灯亮了,他看见母亲在准备晚餐。他知道,有一件事已经结束了;恐怖,与爱互相冲撞的愤怒、忧惧、罪恶感,如今已经远远离他而去。虽然他觉得自己不会再哭——至少在十六岁之前都不会,可是安全而灯火通明的厨房,此刻映照在他明亮的泪水里,因为他不再是个受到缠扰的孩子,因为他感到欢欣,不再害怕了。

傻蛋[1]

Sucker

这个房间似乎一向只属于我一个人,因为虽然傻蛋和我同睡一床,但并不碍事。房间是我的,随我怎么用。记得有一回,我在地板上锯出一扇门。去年我还在读中学二年级,我在墙上钉满了杂志上的女人照片,其中一个只穿着内衣。我母亲从来不来烦我,她有更小的孩子要操心,而傻蛋觉得我做的每一件事都很了不起。

不管什么时候我带朋友到房间里,无论傻蛋在忙什么,我只要瞄他一眼,他都会让开,还对我笑一笑,一个字也不说就走出去。他从来没带朋友回来过。他十二岁,比我小四岁,不用我说,他就知道我不喜欢他那样年纪的小鬼乱碰我的东西。

---

[1] 1963年,首次发表于《星期六晚报》。——编者注

从前我经常忘记傻蛋其实不是我的弟弟。他是我的堂弟，可是从我有记忆以来，他就在我家了，他的父母车祸去世的时候，他还是个小婴儿。对我和妹妹们来说，他就像我们的兄弟。

从前我说的每一句话，傻蛋都记得，而且他相信我说的都是真的，所以才有了这个绰号。两三年前的一天，我告诉他，如果他打着伞从我们家车库屋顶跳下来，就跟背着降落伞一样，不会摔在地上。他真这么做了，结果摔了膝盖。这只是其中一例。好玩的是，不管他被捉弄多少次，他还是相信我。在其他方面他倒也不是一直这么笨——他只对我如此，他注意我做的每一件事，然后默默记在心里。

现在我明白了一件事，可是这件事让我有罪恶感，而且很难想清楚。如果有个人非常崇拜你，往往你会看不起他、不在乎他——而你最仰慕的却正好是那些根本没注意到你的人。不过这件事很不容易弄明白。梅碧儿·华茨是我们学校里的一个三年级学生，她的一举一动活像《圣经》里的示巴女王，有时甚至刻意让我出丑。可是只要能让她注意到我，这世上什么事我都愿意做。从早到晚，我想的都是梅碧儿，想得几乎要发疯。我觉得，从傻蛋小时候一直到十二岁，我对他就跟梅碧儿对我一样糟。

现在傻蛋变了很多,要回想他过去的样子有点难。我从来没想过可能突然发生一些事,使得我们两个都变得非常不一样。我也从来没想过,有一天我会回想他过去的样子,拿来和现在比较,并且试着解决问题,只是为了在心里搞清楚发生的这一切。如果当初我能预见这些事,也许我的行为就会不一样了。

从前我一直没怎么注意他,也没怎么思考关于他的事情;我们共用一个房间已经这么多年,我唯一记得的事却少得可笑。从前,他以为房间里只有自己一个人的时候,经常自言自语——都是他孤身打击黑帮、在牧场当牛仔一类的小孩子把戏。他会在浴室里待上一个钟头,而且有时候他的嗓门很高、很兴奋,整栋房子里都听得见。不过通常他非常安静。他在小区里没有什么可以一起混的朋友,于是他脸上常出现的那种神情,就像是个旁观别人打球的孩子,期待着被叫去一起玩。他不介意穿我的旧毛衣和外套,虽然长袖松垮,衬得他的手腕看起来像小女孩一样又细又白。我记得的他,就是这个模样:身体每年长大一点点,可还是一样。直到几个月前,傻蛋一直是这样,然后麻烦开始了。

梅碧儿跟这些事多少有点关系，所以我想我应该从她开始说起。在她之前，我对女孩子没有什么心思。去年秋天上科学概论课的时候，她坐在我旁边，从这个时候起，我开始注意到她。我从来没见过像她的头发那样金黄的头发，偶尔她会用发胶之类的东西，把头发弄成波浪卷。她的手指甲修得尖尖的，很整齐，涂成闪闪发亮的红色。在课堂上，除了我觉得她要往我这边看的时候，还有老师叫我的时候，我一直都在看梅碧儿，几乎看一整节课。单说她的手，我就忍不住盯着看。她的那双手，又小，又白，此外就是指甲上涂的红色。每次翻页之前，她就舔一下食指，然后跷起小指，慢慢翻动。梅碧儿实在让人无法用言语形容。每个男生都迷她迷得发疯，她根本没注意到我。首先，她比我大了几乎整整两岁。课间换教室的时候，在走廊上我总是尽量从她身边走过，可是她对我一个笑容都没有。我能做的就只是上课时坐在那里，看着她——有时候好像整个教室的人都能听见我的心跳，我想大吼，或者冲出去、没命地跑。

夜里躺在床上，我也想梅碧儿，经常想得睡不着，直到夜里一两点。有时候傻蛋醒过来，问我为什么还没睡，我就叫他闭嘴。现在我觉得，我经常对他很刻薄。我猜这是因为我想刻意忽视某个人,就像梅碧儿对我一样。傻蛋感到内心受伤的时候,你从他脸上的表情就看得出来。我的确对他说过难听的话,但是现在想不起来了,因为我说这些话的时候,心上想的还是梅碧儿。

这样大概持续了三个月,然后她似乎有了点变化。她开始在走廊里跟我说话;每天早上,抄我的作业。有一次在午休时间,我们还在体育馆跳了舞。一天下午,我鼓起勇气,带着一盒香烟去她家。我知道她有时候在学校地下室里女生聚集的地方抽烟,有时候也在校外抽——不过我没要她用来交换的糖果,因为我觉得这样就有点过头了。她很亲切,在我看来一切即将开始改变。

就是那天晚上,麻烦开始了。我很晚才回到房间,傻蛋已经睡着了。我太高兴、太激动,怎么躺都不舒服,于是一直醒着想梅碧儿,想了很久。然后我梦到她,好像亲了她。我醒来的时候看见一片黑,吃了一惊,我静静躺了一会儿,才明白过来自己在哪里。屋子里很安静,夜很黑。

"皮特!"傻蛋的声音把我吓了一大跳。

我没搭腔,动也不动。

"皮特，你是真的把我当作亲兄弟那样喜欢我，是吧？"

我太吃惊了，仿佛刚才那个梦并不是梦，现在这个才是。

"你一直喜欢我，就像我是你亲兄弟一样，是吧？"

我说："那当然了。"

然后我起来了几分钟，房间里很冷，我很乐于重新回到床上。傻蛋窝在我背后。我感觉他小小的，很暖和，我的一边肩膀上能感觉到他温暖的呼吸。

"不管你做了什么，我知道你一直是喜欢我的。"

我完全清醒过来了，所有感觉似乎都混到了一起，很奇怪。包括和梅碧儿有关的快乐，还有傻蛋，还有他的声音、那些让我注意到的话。总之，比起发愁的时候，人在快乐的时候更能了解别人。在此之前，我似乎从来没有真正思考过傻蛋的事。而现在，我觉得我一直对他很不好。就在几星期前一个夜里，我听见他在黑暗里哭。他说他弄丢了某个男生的玩具气枪，很害怕别人知道。当时我很困，只想要他安静，可是他安静不下来，我就踢了他一脚。这只是我记得的其中一件事。在我看来，他一直很孤单。我心里很不好受。

漆黑寒冷的夜晚总会让你对同睡一床的人感到更亲近。在一起说话的时候，会觉得自己与对方是城里唯一醒着的人。

"傻蛋，你很棒。"我说。

突然间，我觉得我真的喜欢他，我认识的所有人里，我最喜欢的就是他——超过了其他男生、我的妹妹们，在某些方面甚至超过梅碧儿。我浑身感觉非常好，就像看电影的时候听到那些哀伤的配乐一样。我想要让傻蛋知道，我多么真心地在乎他，而且我要弥补之前那样对待他。

那一夜我们聊了很久。他说得很快，仿佛从前他把这些要告诉我的话都攒了起来。他说他要自己造一条独木舟，他说附近的孩子不让他加入足球队，还有很多我记不清的事。我也讲了一些，而且一想到他把我说的每句话都记在心里，我就感觉很舒服。我甚至提到了梅碧儿，不过我说的是她一直在追我。他问了我一些关于中学之类的问题。他的声音听起来很兴奋，而且一直说得很快，就像赶不及似的。我睡着的时候，他还在说，我的一边肩膀上能感觉到他的呼吸，温暖而且亲近。

接下去两三个星期里，我时常和梅碧儿见面。她的举动似乎表示真的有点在乎我。我经常感觉非常好，简直不知该如何是好。

不过我没有忘记傻蛋。我的柜子抽屉里有很多我收起来的旧物，包括拳击手套、汤姆·斯威夫特系列冒险小说、次等的钓鱼装备。我把这些都给了他。我们聊了很多，那感觉像是头一回认识他。有一天他脸颊上出现一道很长的伤痕，我知道他肯定是乱动了我的第一套全新剃须刀，不过我没吭声。他的脸似乎也不一样了。过去他看起来胆小，就好像害怕脑袋随时会挨打似的。这样的表情如今消失了。他的眼睛睁得大大的，耳朵招风，嘴老是微张着，这让他看起来总是一副惊讶的样子，像是在期待着很了不得的事。

有一次我把他指给梅碧儿看，告诉她这是我的弟弟。那是一个下午，电影院正在上映一部谋杀悬疑片。之前我给我爸干活，挣了一块钱，我给了傻蛋两毛五，让他给自己买点糖什么的。剩下的钱我就用来跟梅碧儿出去玩。我们坐在靠近后排的地方，我看见傻蛋进来了。他从检票员前面走过去，眼睛盯着银幕，跌跌撞撞走下通道，根本没看路。我开始去亲梅碧儿，但还是没法打定主意。傻蛋看起来有点笨——眼睛盯着电影，走路像个醉鬼。他正在用衬衫下摆擦眼镜，身上的短裤往下耷拉着。他就这样走到前面几排,那里是小孩子喜欢坐的地方。结果我没真正亲梅碧儿。不过我倒是觉得,用我赚的钱带他们两个都去看电影,是件好事。

这样大概持续了一个月还是一个半月。我的感觉太好了,没法静下来读书,做什么都无法专心。我想要对每个人都和和气气。有时候我只想找个人说说话,通常这个人就是傻蛋。他也跟我一样感觉良好。有一次他说:"皮特,你就像我的亲兄弟一样,世界上没有什么事比这更让我高兴了。"

然后我跟梅碧儿之间出了点事。我到现在也没想明白到底是怎么回事。像她这样的女孩是很难被搞清楚的。总之她对我的态度又不一样了。起先我不让自己相信这是事实,只是尽量把它当作自己的胡思乱想。她不再表现得很高兴同我见面。她经常跟一个足球队的家伙出去,此人有一辆黄色跑车,车的颜色就跟她的头发一样,放学后她就坐上他的车走了,一面笑着看着他的脸。我想不出该怎么办,从早到晚心里都是她。等到我终于有机会跟她见面,她却很不耐烦,似乎根本没注意到我。这让我觉得自己有什么不对,于是我担心是不是因为我走路的时候鞋跟敲在地板上太吵，还是我的长裤门裆没拉平，不然就是因为我下巴上的粉刺。有时候，当梅碧儿在我附近，我就像被魔鬼钻进了脑子里：板着脸、用姓氏直呼成年人却不加上"先生"，还说一些粗话。到了夜里，我往往纳闷到底是什么让我做出这些事，一直琢磨到我睡着为止。

一开始因为我很发愁，所以根本忘了傻蛋。接着他开始惹我厌烦。他总是待在房间里，直到我放学回家，总是看起来好像有话要对我说或者要我对他说点什么的样子。他在学校的工艺课上做了一个杂志架给我，还有一次他攒了一星期午餐钱，给我买了三包香烟。他似乎没法明白，我心里有事，不想跟他闲扯。于是每天下午他都是这样，待在我的房间里，一脸等待的表情；然后我什么也没说，不然就是粗暴地回答他的问题，最后他就走了。

我没法分清楚时间，没法说清楚哪件事发生在哪天。首先，我整个人混乱了，时间一星期接着一星期溜过去，我感觉糟透了，但也不在乎。其实并没有人说了什么明确的话，或者做了什么明确的事。梅碧儿依然跟那个家伙开着黄色跑车到处转，有时候她朝我微笑，有时候没有。每天下午我都会跑遍每一个我觉得她可能去的地方。有时候她对我可以说是十分体贴，我就觉得事情应该都能解决、她会喜欢我,至于其他时候她对我的态度,如果她不是女人的话,几乎让我想一把抓住她的细白脖子掐死她。我让自己出了洋相,可是我对此越感到丢脸,对她就追得越紧。

傻蛋让我越来越心烦。他会看看我,就好像在为了什么而责怪我,可同时又知道这种情况不会持续太久。这段时间里他长得很快,而且不知道为什么,他开始说话结巴。有时候他会做噩梦,有时候会把早餐吐出来。妈妈买了一瓶鱼肝油给他吃。

然后我跟梅碧儿的结局来临了。我碰见她去冷饮店,于是邀请她跟我约会。她拒绝了,我说了一些挖苦的话。她告诉我,我老是跟着她,已经让她厌烦恶心了,而且她从来就没把我当回事。她把这些都说了出来。我站在那里,没回嘴。最后我慢慢走回家。

接下来几天的下午,我都独自待在房间里,哪里都不想去,不想跟任何人说话。有时候傻蛋进来,莫名其妙地看着我,我就把他吼出去。我不想想起梅碧儿,便坐在书桌前看《大众机械》杂志,不然就是拿小刀削一个还没做完的牙刷架。我觉得我已经顺利把她忘了。

但当夜晚降临,总会发生一些你没办法控制的事情,而这也就导致了现在的局面。

就在梅碧儿对我说了那些话之后几天,我在夜里又梦到她了。这个梦就像从前那次,我紧紧捏住傻蛋的胳膊,于是他醒了。他握住我的手。

"皮特,你怎么了?"

那一瞬间我气极了,说不出话,我气我自己、气那个梦、气梅碧儿、气傻蛋,气我认识的每一个人。我记起来梅碧儿羞辱我的每一次,还有发生的每一件倒霉事。那一刻我觉得,根本没有人喜欢我,只有傻蛋这样的笨瓜喜欢我。

"为什么我们不像从前那样是好兄弟了?为什么——"

"闭上你的臭嘴!"我一把掀开身上的被子,起床开了灯。他坐在床中间眨着眼睛,眼神害怕。

我心里有一种感觉,而且我忍不了。我想人一辈子可能只有一回发这么大的火。这些话冲口而出,我根本不知道自己在说些什么。只有在后来,我才想起自己说的每一句话,才看清楚当时的状况。

"为什么我们不是好兄弟?因为你是我见过最蠢的懒蛋!你的每一件事都没有人在乎!我只是有时候可怜你,对你稍微过得去,你不要以为我在乎你这样的笨蛋胆小鬼！"

如果我只是说话声音大了一点或者打了他，那么事情就不会这么糟。可是当时我说得很慢，看似很冷静。傻蛋半张着嘴，看起来活像撞了麻筋。他脸色发白，前额冒汗，抬手抹掉汗水，然后就那样举着手臂好一会儿，像是在阻挡什么东西，不让它靠近。

"你什么都不懂吗？你不是一直绕着我转吗？你为什么不去找个女朋友？不要再缠着我！你到底要变成什么样的娘娘腔？"

我不知道接下来会发生什么。我控制不了自己，也无法思考。

傻蛋一动也不动。他穿着我的旧睡衣，瘦小的脖子支棱着，额头上的头发汗湿。

"你为什么老是跟着我？你感觉不出来没有人要你吗？"

后来我想起来，当时傻蛋的神情变了。茫然的眼神慢慢消失，嘴闭上了。他眯起眼，握紧拳头。他的脸上从来没有出现过这种表情，他就像是随着每一秒在不断长大。他的眼睛里有一种冷酷的神色，通常你不会在孩子脸上看到这种眼神。一滴汗淌下他的下颌，他并没留意。他只是坐在那里，用那样的眼神看着我，不说话，一张脸冷硬，一动不动。

"没有人要你的时候，你根本没有感觉。你太蠢了。就像你的名字一样，蠢货傻蛋。"

似乎有什么东西在我身体里爆发了。我关掉灯，坐在窗前的椅子上。我双腿打战，感觉累极了，差点大哭出来。房间里又冷又黑。我坐了很久，抽掉一支压扁的香烟，这是我之前存起来的。外面院子里漆黑无声。过了一会儿，我听见傻蛋躺了下去。

我不发火了，只觉得累。对一个只有十二岁的小孩这么说话，我觉得很糟糕。我还没法完全明白过来。我告诉自己，我该走到他身边，试着弥补。可是我只是坐在冷飕飕的房间里，坐了很长一段时间。我打算好第二天早上要如何处理这件事，然后轻轻爬上床，尽量不让弹簧床垫发出声音。

第二天我醒过来，傻蛋已经走了。后来我想照着计划向他道歉，他只是用那种新的冷酷眼神盯着我，我一个字都说不出来。

这已经是两三个月前的事了。从那之后，傻蛋开始长个子，他是我见过长得最快的男生。现在他几乎和我一样高，骨架也更粗壮。接下来他不必再穿我的旧衣服了，而且他已经买了第一条长裤——配着皮背带。这些改变还只是显而易见,而且容易描述的。

我们的房间也不再是我自己的了。他有自己的一帮小鬼,他们有个俱乐部。他们要不在空地上挖壕沟打仗,要不就是待在我房间里。门上用红药水写了一些蠢话,"外人闯入必遭灾",还有秘密缩写签名,加上海盗旗上的骨头。他们拼凑了一架收音机,每天下午都拿它高声播放刺耳的音乐。有一次我走进去,正好其中一个小子在大谈他看见他大哥汽车后座的景象。有些我没听见,但是我猜得到。*她跟我大哥就干这个。我这是真话——在车里乱搞。*傻蛋吃了一惊,当时他的表情差点恢复成从前那样。接下来他又变得冷硬:"那当然了,你这个傻瓜。这种事我们都清楚。"他们没留意我。然后傻蛋开始跟他们说,他计划在两年内去阿拉斯加当猎人。

不过大部分时间里,傻蛋还是自己一个人待着。我们一起在房间里的时候更糟。他四肢大敞地瘫在床上,穿着那条有背带的灯芯绒长裤,用那种冷酷、半带讥嘲的眼神盯着我。就因为他那双眼睛,我在书桌上东摸西弄,没法静下来。问题是我必须念书,因为这学期我已经有三门课不及格了。如果我的语文也搞砸,明年就没法毕业了。我不想变成一个废物,我非得集中精神在这上头不可。我现在一点都不在乎梅碧儿或者什么女生，只有我跟傻蛋之间这件事才是真麻烦。在家人面前，我跟他非必要就不交谈。我甚至不想继续叫他傻蛋了，现在除非我一时没注意，不然我都叫他的名字——理查德。晚上有他在房间里，我也没法念书，只好待在冷饮店，跟那些家伙一起抽烟，啥也做不了。

　　我最希望的是内心恢复轻松平静。我想念过去那段时间里，我和傻蛋以一种可笑而可怜的方式相处，要是在从前，我绝不可能相信这是真的。可是现在每件事都大不相同了，我似乎使不上劲，无法解决。有时候我想，如果我们能狠狠打上一架，可能还有点用。可是我不能跟他打架，因为他比我小四岁。而且还有一个问题——有时候他的眼神简直让我觉得，如果他办得到的话，他会杀了我的。

杂文
Essays

孤寂……一种美国病[1]

Loneliness...an American Malady

纽约——想想这座城里的人，我们有八百万人。曾经有人问我的一位英国朋友为什么住在纽约市，他说他喜欢这里，因为在这里他可以独自一个人。他希望孤独，但是对许多住在城市的美国人来说，孤寂是不得已的、可怕的。人们说，孤寂是美国的大病。这种孤寂的本质是什么呢？本质上似乎是对于身份认同的追溯。

对旁观的业余哲学家来说，在我们如流弹迸飞、错综复杂的欲望与抗拒之中，最强烈的或者最经久的，就是索求着身份认同与归属的个人意志。这二重动因令人类沉迷，从婴儿期直到死亡。在我们人生开头的几个星期，对身份认同的疑问与对于奶水的需要一样

---

[1] 1949年12月，发表于《本周》杂志。——编者注

迫切。婴儿伸手碰触自己的脚趾，然后探索摇篮的围栏；一次又一次，他比对着自己的身体与周遭事物的区别，那双游移的、稚嫩的眼睛里，是纯真的好奇。

自我意识是人类解决的第一个抽象问题。正是因为意识到了自我，于是我们与较低等的动物就有了区别。对于身份的这种基本领悟，在我们往后的一生中，随着不断变换的重点，逐渐加深。也许成熟只不过是人世沉浮的历史，这些事件向个人揭示了自身及其所处的世界之间的关联。

初步建立了身份认同，紧接着就是急于摆脱这种新发现的分离感，需要归属于某种更庞大的、比起弱小孤独的自我更强大的事物。对我们来说，这种精神上的孤立是无法忍受的。

在《婚礼的成员》里，可爱的十二岁女孩法兰琪·亚当斯把这种共同的需要说得很清楚："我的麻烦就是，我一直只是一个'我'。所有人都属于一个'我们'，只有我不是。不属于一个'我们'，太让人寂寞。"

从"我"的感觉通往"我们"，中间那一道桥梁就是爱，此外还有关于个人之爱的矛盾。来自另一个个体的爱，开启了人与世界之间新的联系。如果爱着他人，就会以新的方式向大自然做出回应，甚至可能写下诗歌。爱是肯定，它促动肯定的回答，以及更宽广的交流感。爱驱散恐惧，在这样凝聚一体所带来的安全感里，我们得到了满足，得到了勇气。我们不再恐惧那些萦绕不散的古老疑问："我是谁？""我为什么是我？""我正在往哪里去？"——而且，驱散了恐惧之后，我们就能诚实，心怀慈善。

因为，恐惧是邪恶的主要来源。当"我是谁"这个问题一再浮现却没有答案，恐惧与烦躁便投射出负面的态度。迷惑的灵魂只能答以："因为我并不了解'我是谁'，所以我只知道'哪些事物不是我'。"这种情绪上的怀疑，必然的结果就是势利、不容异己、种族仇恨。仇外的人只知排拒与毁灭，而仇外的国家永远会发动战争。

美国人的孤寂，并非源于仇外；我们是一个外向的民族，总是往外寻求直接的接触、更进一步的体验。但是我们习惯个人向外独自求索。欧洲人身处家庭纽带与严格的阶层认同之中，安全稳固，因此并不曾体会这种精神上的孤寂，而这对我们美国人来说是天生的。欧洲的艺术家经常组成团体或者审美学派，美国的艺术家则是永恒的独行侠——不只是像一切具有创造力的心灵那样疏远了社会，也在他自己的艺术轨道里独自运行。

梭罗搬到森林里，寻求其生命的根本意义。他的信条是简单，他的生活是刻意摆脱物质，只留下斯巴达式的基本必需品，以此让他的内在生命自由生长。以他自己的话来说，他的目标就是把这个世界逼到角落里。借着这个方式，他发现"一个人对自己的看法，就决定了或者该说表明了他的命运"。

在另一个方向，托马斯·沃尔夫则转向城市。他在纽约城里四处飘荡，继续他狂热的终生追索，寻找他失去的兄长，那扇神奇的门。他也把世界逼进了角落，当他与这座城里的数百万人擦肩而过，交换目光时，他体验到了"沉默的交会，这是人的一生中所有交会的总结"。

无论是享受着乡村生活的田园之乐，还是在城市迷宫里，我们美国人始终在追寻。我们飘荡、质疑。但是答案在每一颗单独的心里——回答了我们自己的身份认同，回答了我们如何驯服孤寂，终于感觉自己有所归属。

诗歌
Poems

被抵押的心 [1]

The Mortgaged Heart

死者要求二重视野。更远的视野,
亡魂的约定分配。于是死者能按权利
索取爱人的感官,被抵押的心。

灰色的雨中两次守候果园繁花
为寒冷的玫瑰色天空带来双重惊喜。
承受每一声召唤,一次、再一次;
体验乘二——职责已得到认可。
教导战栗的灵魂、急迫的神经
伺候精神分裂的主人,
否则盲目的爱可能游荡
犹如无家可归的生魂。

死者的抵押借贷已有凭证。
备好珍爱的花冠、悬挂花环的大门。

---

[1] 1952 年,首次发表于诗歌期刊《声音》。——编者注

然而那隔绝的灰烬、谦卑的骸骨——
死者是否认识?

我们迷失的时候[1]

When we are lost

什么景象,能够指明我们迷失的时候?
事物与事物毫不相似。也没有事物
不是空白。那是配置完整的地狱:
冬天午后看到的时钟、不吉利的星象、
必须细心呵护的家具。一切毫不相关,
彼此之间隔着空气。

恐怖,是因为空间,还是时间?
还是这两种概念联手的诡计?
迷失的人,困在自造的废墟,
这里的一切都不是空气(如果这真的不是骗局),
是动弹不得的痛苦。而时间,
是没有尽头的白痴,尖叫着满世界狂奔。

---

[1] 1952 年,首次发表于诗歌期刊《声音》。——编者注

爱与时间的表皮 [1]

Love and the rind of time

人类该留心的时间,究竟是什么东西:
地球的年纪是五百个千万年,
加上百来个千万年,算是允差
人类进化只有半个百万年,充满意识、蒙昧与可怕
只有永恒中的一瞬,把我们与蛮兽区隔。
我们与蕨叶、玫瑰、必要的激荡,到底距离几何?

从禽兽到黄昏的夜星
究竟距离多少亘古的光年?

暂且忽略时间,将目光放在永恒
回顾或展望,并没有区别
莫扎特与快餐厨子,都有缺陷,
只除了灯火的光线变换
只除了我们喜欢当莫扎特,我们要尽量延续、要发光、

---

1 1971年,收录在作品合集《被抵押的心》中。——编者注

要歌唱
虽然在永恒中,并没有两样。

据称,在上帝的宇宙里
没有差错,没有基因丢失
数世纪后也许一阵突变
将来迟早会掌握大权。

感到生活有点苦的人们
也因此生活得更苦一点,
就像挣扎的海洋植物基因
注定自愿的细胞,将进化的顺序
先是给予鱼类,然后是兽类
它们有着倍增的大脑,主宰地球的盛宴。
穿越星辰的边缘,从野草到恐龙
从位于时间表皮、遭了灾的最遥远的星
到人类心中、爱的内核,距离凡几?

石头不是石头 [1]

Stone is not stone

曾经,石头就是石头
街上的脸是完成的脸。
在事物、我自己、与上帝之间
是瞬息的对称。
而你改变我的世界,扭曲了三位一体:

现在石头不是石头
如梦中破碎人物的脸,并不完整
直到在孩童初始的脸上
我认出你遭放逐的双眼。
从你的影子出发,士兵攀登炫目的台阶。
今夜,这个撕裂的房间
在被你弯折的星光下沉睡。

---

1 1957 年 6 月,发表于《小姐》杂志。——编者注

萨拉班德慢步舞曲[1]
Saraband

可以的话,挑选你自己的哀愁,
编辑自己的嘲讽,甚至假意伤心。
适应一个分裂的世界
这里要求你的直率感官折腰于诡计的迷宫
天然的炼金术出借了什么
给蓬头乱发的食品店小伙计
是阿波罗的光辉,还是来自金色的雅辛托斯[2]的神话中的凝视。
如果你得穿越四月的公园,务必走快点。
回避黄昏的韵律,远方的眼睛
以免你被视为有害安全
只为索求黄昏的夜星。

你饥渴的神经融合笑声与灾难

---

[1] 1971年,收录在作品合集《被抵押的心》中。——编者注
[2] Hyacinth,古希腊神话中阿波罗喜爱的少年。在游戏中遭铁饼击中头部而死,流出的鲜血化为风信子花。

此起彼伏的傻笑曾经响起

为众多哀愁做最后的点缀

如此杂乱你无法一一厘清。

世界嘲弄你的温柔

监禁你的渴望。

困惑于你的必然,它们彼此矛盾

从一边地平线转向另一边,从正午到黄昏:

也许只有你能够了解:

蓝与金的午后,在顺驯的海面

天空是温和的蓝,如中国产的瓷碗

哈特·克莱恩[1]的遗骨、水手们,还有那个杂货店的男人

在海底敲打出同一首萨拉班德。

---

[1] Hart Crane,1899—1932,美国现代主义诗人。

信件
letters

卡森·麦卡勒斯致报纸编辑，

论及佐治亚州哥伦布城[1]公立图书馆。

1946年

致《宪法报》[2]编辑：

哥伦布城公立图书馆的发展令我极为关注，而且某些道德议题在我看来至关重要，所以我提笔写下这封信。

我相信，我是受惠于哥伦布城公立图书馆最深的人。在我的童年，以及青少年的铸造时期，这座图书馆就是我心灵上的家园。

我知道最近有些争论，起因于所有公民——无论白人或黑人，都获允使用新建的哥伦布城公立图书馆。关于建筑的讨论我并不清楚，但是我太熟悉那些抽象的议题了。对我来说，黑人无法与白人一样拥有知识

---

1 Columbus，位于美国佐治亚州，卡森的家乡。
2 《亚特兰大宪法报》(*The Atlanta Constitution*)。

上的福利，这是令人无法容忍的遗憾。我是一名作者，我写的书陈列在这座图书馆里，我义不容辞，不但要为自己，也要为受人尊崇的已逝馆藏作家们发声，我从他们的作品中获益无穷。托尔斯泰、契诃夫、亚伯拉罕·林肯、托马斯·潘恩[1]，都令我深深感念。

我要在此公开表明，是这些人（我们文明良心的塑造者）将自由赋予所有公民，无论什么种族，都能得益于他们的智慧，这也是我们所继承的，最珍贵的遗赠。

卡森·麦卡勒斯
奈艾克，纽约

---

[1] Thomas Paine，1737—1809，美国开国元勋之一，在美国独立运动期间完成小册子《常识》(*Common Sense*)，宣传独立运动。

卡森致悉尼·艾森伯格[1]医师

1948年4月14日

南百老汇路131号

奈艾克，纽约州

亲爱的悉尼：

你的有趣来信是及时雨，不过当时愁云惨雾，我没法立即回信，要是当时我写了信，肯定是在哀求拯救。我在佩恩·惠特尼精神病院待了可怕的三个星期。生病的这几个月疲惫不堪，导致我陷入情绪化的错乱状态。一天晚上，我短暂发作了忧郁症候，割了腕。医生认为我需要住院，我只得去了佩恩·惠特尼医院。

我被固定在空无一物的病房里，一切无法自理。我无法自由写作或者阅读，我没有丝毫隐私，就像没有最终救赎希望的卡夫卡的小说。我受了很大折磨，最后终于有一位身为精神科医师的朋友、一位大好人，认为我母亲应该带我出院。

现在我没有自杀倾向，也永远不会再伤害自己。当时我只是在长期病痛之后感到压力与恐惧。之前的

---

[1] Sidney Isenberg, 1921—2011, 卡森的好友。佐治亚州亚特兰大地区著名精神科医师。

血管痉挛[1]使得我现在还半身不遂。我渴望强健、身心健康。我已经经历了太多病痛，几乎失去重获健康的希望。

我在想，身为精神科医师是什么感觉，你们的责任如此繁难巨大。对于这样的权力，你是否曾经感到害怕？我在佩恩·惠特尼认识一位亲切的好医生，可是主任医生是个毫无洞察力的瑞士乡巴佬，我十分排斥与他交谈。我在那里的无助感，是从来不曾有过的。我觉得，我并不相信精神治疗对于拥有创造力的人能有什么效果。内在冲突所产生的成果，就是艺术家的标志。就算我可能受折磨，我也并不想让我的内在作用遭到改变。

我并不相信精神治疗，这句话听来荒唐——但只要我力所能及，我就要把自己的灵魂紧握在自己手中，哪怕我的力量柔弱。

精神病院的主任医师说，我没有"面对"自己的病痛，并且质疑我的抵御方式。我说写作就是我的堡垒，他坚称只有工作是不够的。对他而言，写作是一种神经机能病症（演绎地说）；对我而言，艺术创作是

---

[1] 卡森在1947年8月及11月发生脑中风。

我认可的、健康状态的首要表达方式。

我的那位精神科医师朋友，威廉梅耶，他了解我。而且这十年来他一直是我的守护天使。

我可说是处在一种肉体及精神并行的状态中。可是既然我的情绪化态度不可能改善我的血管问题，我觉得最好还是忘掉自己的病弱，集中在能够有所反应的事物上，也就是工作，它多少给我一些可能的慰藉。

很可惜你无法赴约去波士顿。你在军队得待多久？训练期间你做些什么呢？

真正的艺术家与真正的精神病学家，关心的是同一个主题：处于自身与人间关系之中的人。对于这个主题，精神病学家认为忧惧是一种个人的、精神机能上的问题，而我深信忧惧是人类存在之基本且必要的一部分。我们害怕承认局限。我们永远有一种倾向，想要回归毫无束缚的状态，我们在得到灵魂的那一刻失去了这种状态，那就是动物性的无尽与无限。

你觉得这种说法有没有道理呢？

（本信未曾落款）

卡森致悉尼·艾森伯格医师

1948 年 11 月 24 日

       南百老汇路 131 号
       奈艾克,纽约州

亲爱的悉尼:

  关于这封电报,我真的很抱歉——也非常可惜没办法把握机会跟你见面。可是田纳西[1]和我决定放弃这趟旅行。

  所以我应该会在这里待上一整个冬天。我真希望你能来。你能来看我吗?

  我完全没有好转——而且我痛恨这样活着。

  我经常想到你。等你有几天空闲的时候,务必来此。快回信。

           爱你的,
           卡森

---

1 Tennessee Williams,1911—1983,美国剧作家,著名作品包括《欲望号街车》《热铁皮屋顶上的猫》《玻璃动物园》《去夏骤至》。据威廉斯的《回忆录》,他与卡森结识于 1946 年,友谊甚笃。

卡森致悉尼·艾森伯格医师

1948年12月1日

> （信封以铅笔书写地址）
> 地址同前
> 邮戳1948年12月1日

亲爱的、亲爱的悉尼：

你的来信总是这样令我喜悦、给我支持。要是我们是邻居就好了，这样就可以彼此串门、交换书籍、享受对方的陪伴。我是一个很好的朋友，却是个很差劲的通信对象。

关于临时取消的南方旅行，显然需要再解释清楚一点。我渴望回到自己的老地方——哪怕只有几天——去看看乡间，和南方人聊天。我的工作需要我不时这么做。田纳西和我本来决定去南方待一星期，可是到了最后一刻他十分紧张，不愿意走。而我也不想跟他一起去，因为他在神经紧张的时候是个很糟糕的司机。这整件事令人失望。当时我一直非常想见你，只见一晚都好。

悉尼，你觉得，下次你去亚特兰大的时候，我可以跟你一起去吗？我很希望与你同行。我可以回哥伦布城几天，看看朋友——也许我们可以去看看露易丝与医生[1]。你觉得呢？

经过了好一阵犹豫不决之后，田[2]终于决定去北非。他和保罗·鲍尔斯[3]明天出发。他们要我一起去，于是对流浪的渴望现在正在折磨我。

我的小妹妹如今是《小姐》[4]杂志的全职小说编辑了——我真是为她骄傲。

关于《成员》[5]的仲裁实在麻烦。协会[6]可以拥有一

---

1 Hervey Cleckley 与 Louise Cleckley 夫妇。Hervey Cleckley，1903—1984，精神病学家，心理病态学先驱。此处"医生"(Doc)是卡森与艾森伯格对他的昵称。
2 友人对田纳西·威廉斯的昵称。
3 Paul Bowles，1910—1999，美籍作曲家、作家、翻译家。1947年定居在北非城市丹吉尔，直到去世。
4 *Mademoiselle*，1935—2001，女性时尚刊物，亦刊登当时著名作家的短篇小说。卡森的妹妹玛格丽特·G. 史密斯（Marguerite/Margarita G. Smith，1923—1983），于1943—1960年任该杂志的小说编辑。她编辑的卡森选集《被抵押的心》出版于1972年。
5 《婚礼的成员》，卡森在1946年出版的中篇小说。后由卡森与葛利尔·强森（Greer Johnson）共同改编为剧本，但卡森对该剧本不满意，于是在1946年独自重新改编剧本并公演。强森遂就剧本著作权对卡森提出控告。
6 指位于纽约市的剧院协会（Theater Guild）。

年特许期，但条件是强森必须包括在内。如果协会不要求拥有特许期（我会建议这么做），那么我就可以完全摆脱这个寄生虫了。

我没纸可写了。

> 充满爱意的，
> 卡森

⁓

卡森致悉尼·艾森伯格医师
1950 年 9 月 2 日特快邮件 (21 美分)
布瑞莫尔街 18 号
波士顿，马萨诸塞州
邮戳 1950 年 9 月 2 日

> 南百老汇路 131 号
> 奈艾克，纽约州

亲爱的、亲爱的悉尼：

就在今天早上收到你的信之前，我正想到你。亲爱的朋友,请你原谅我;去年一团混沌,我无法平静下来,无法写信给你。

我真高兴你拿到了波士顿的研究奖助。我非常为你感到骄傲,对于你未来的事业也有极大期望。老天知道我多么希望自己也是精神病学家,这样我就可以远离麻烦了。我的人生似乎就是从一个危机跳进下一个危机。而且一直以来我都病得厉害。之前我待过好几所医院(不是佩恩·惠特尼那种),想要提高我的身体健康水平。现在我的情况依然不好,而且瘸着腿。

今年春天我出院之后,去爱尔兰拜访了伊丽莎白·鲍恩[1],还去看了在巴黎大使馆工作的好友约翰·L.布朗。我在布吕努瓦和巴黎待了几个月,再回到伊丽莎白的鲍恩园。然后我去火岛[2]见了美国朋友,接着到弗吉尼亚州见老朋友。

目前我跟我母亲在奈艾克家里。我厌倦了到处跑,我需要平静,好开始写我的下一本书。

悉尼,咱俩快点见个面吧。你可以尽快来奈艾克看我和妈妈吗?我很想给你看《婚礼的成员》。

---

1 Elizabeth Bowen, 1899—1973,英国作家。鲍恩园(Bowen Court)是其家族祖宅。
2 Fire Island,纽约州长岛南方海岸外的一连串小岛。

非常谢谢你体贴谅解的来信——务必尽快再写信来,并且告诉我你何时能来。

给医生和露易丝带个好。

永远爱你的,

卡森

磨铁图书旗下子品牌

更好的阅读

特约监制　潘　良　于　北
产品经理　胡马丽花
特约编辑　孙佳怡
营销支持　金　颖　黄筱萌　黑　皮

关注我们

官方微博：@ 文治图书
官方豆瓣：文治图书
联系我们：wenzhibooks@xiron.net.cn

文治
© wénzhì books

更好的阅读

如果我是一个男人

[美] 夏洛特·珀金斯·吉尔曼 / 著

陈笑黎 / 译

江苏凤凰文艺出版社

图书在版编目（CIP）数据

如果我是一个男人 /（美）夏洛特·珀金斯·吉尔曼 著；陈笑黎译. —— 南京：江苏凤凰文艺出版社，2023.5
（企鹅女性经典. 第一辑）
ISBN 978-7-5594-7356-1

Ⅰ. ①如… Ⅱ. ①夏… ②陈… Ⅲ. ①文学-作品综合集-美国-现代 Ⅳ. ① I712.15

中国版本图书馆CIP数据核字（2022）第258511号

本书仅限中国大陆地区发行销售

 "企鹅"及其相关标识是企鹅兰登已经注册或尚未注册的商标。未经允许，不得擅用。
凡无企鹅防伪标识者均属未经授权之非法版本。

如果我是一个男人

[美]夏洛特·珀金斯·吉尔曼 著　陈笑黎 译

责任编辑	周颖若
特约编辑	孙佳怡
装帧设计	索 迪
出版发行	江苏凤凰文艺出版社
	南京市中央路165号，邮编：210009
网　　址	http://www.jswenyi.com
印　　刷	三河市中晟雅豪印务有限公司
开　　本	700mm×980mm　1/32
印　　张	5.25
字　　数	84千字
版　　次	2023年5月第1版 2023年5月第1次印刷
书　　号	ISBN 978-7-5594-7356-1
定　　价	238.00元（全8册）

江苏凤凰文艺版图书凡印刷、装订错误可随时向承印厂调换

目录

关于夏洛特·珀金斯·吉尔曼   I

小说
如果我是一个男人   3
乡村小木屋   15
皮布尔斯先生的心   31
黄色墙纸   46
巨大的紫藤   77
男孩和黄油   92

杂文
我为什么要写《黄色墙纸》   109

男性文学	*112*

诗歌

在我们这个世界中	*131*
反选举权	*133*
类似案例	*137*
家园	*144*
母亲的职责	*147*
致年轻的妻子	*149*
这众多女孩中的一个	*152*

关于夏洛特·珀金斯·吉尔曼
About Charlotte Perkins Gilman

1890

夏洛特·珀金斯·吉尔曼于 1888 年搬去加州居住,与丈夫查尔斯·斯特森分居。随后她开始文学创作,将诗歌、短篇小说等投稿给不同的期刊。1890 年,经他人引荐,吉尔曼加入"民族主义俱乐部"(民族主义俱乐部为社会主义政治团体之一,兴起于 19 世纪 80 年代的美国,致力于消除资本主义的剥削和阶级区别,促进和平,实现人类真正进步)。诗歌《类似案例》发表于杂志《民族主义者》(*The Nationalist*),讽刺抵制社会变革的人,吉尔曼也因此得到了批评家的赞赏。同年,吉尔曼积极投身于文学创作中,完成散文、诗歌、小说等共 15 篇,也开始撰写短篇小说《黄色墙纸》。

《类似案例》 137

1891	6月,吉尔曼的短篇小说《巨大的紫藤》在杂志《新英格兰》(*The New England Magazine*)上发表。

《巨大的紫藤》 77

1892	1月,半自传体短篇小说《黄色墙纸》在杂志《新英格兰》上发表。故事灵感来源于吉尔曼的产后抑郁经历,以及她与心理医生塞拉斯·威尔·米切尔之间紧张、充满矛盾的关系。米切尔曾试图利用"休息疗法"来治疗吉尔曼,要求她不许读书、写作,长期卧床休息。但适得其反,吉尔曼在接受治疗三个月后,几近崩溃。

《黄色墙纸》 46

1893	吉尔曼在母亲去世后,决定搬回美国东部居住,并与表亲乔治·吉尔曼联系,两人此前已经有15年没有见过面。随后两人开始交往。同年,出版其第一部诗集《在我们这个世界中》(*In This Our World*),引起大众广泛关注,其中包括《在我们这

个世界中》《反选举权》《家园》《母亲的职责》《致年轻的妻子》《这众多女孩中的一个》等诗歌。

《在我们这个世界中》	**131**
《反选举权》	**133**
《家园》	**144**
《母亲的职责》	**147**
《致年轻的妻子》	**149**
《这众多女孩中的一个》	**152**

1894　　与丈夫斯特森正式离婚。两人离婚后,斯特森与吉尔曼好友格蕾丝·钱宁结婚。同年,吉尔曼开始担任文学周刊《印象》(*The Impress*)的编辑,将全部精力投入周刊的编辑工作。但社会大众认为吉尔曼与丈夫离婚后未尽到做母亲的责任,对其产生极大偏见,周刊仅仅出版了20期便停刊。

1900　　与乔治·吉尔曼结婚,两人在纽约生活。

1909	11月，吉尔曼创办杂志《先锋》(*The Forerunner*)，表达对女性议题与社会改革的看法。之后吉尔曼创作的多部小说在该杂志上发表。
1910	《乡村小木屋》《男孩和黄油》发表于《先锋》杂志。

《乡村小木屋》   *15*
《男孩和黄油》   *92*

1911	书籍《男性建构的世界》出版，《男性文学》为其第五章内容。

《男性文学》   *112*

1913	10月，《我为什么要写〈黄色墙纸〉》发表于《先锋》杂志。

《我为什么要写〈黄色墙纸〉》   *109*

1914	7月，《如果我是一个男人》发表于杂志《体育文化》(*Physical Culture*)。9月，《皮布尔斯先生的心》发表于《先锋》杂志。

《如果我是一个男人》 　　3
《皮布尔斯先生的心》 　　31

1932　吉尔曼被诊断出癌症。

1934　乔治·吉尔曼因突发疾病去世。

1935　吉尔曼病情加重，无法手术，以自杀结束生命。

小说
Short stories

如果我是一个男人
If I were a Man

"如果我是一个男人……"每当杰拉尔德不愿意做她吩咐的事情时,漂亮的小莫莉·马西森总会这么说——尽管杰拉尔德很少不听话。

在这个明媚的早晨,她就是这么说的,边说边用她的小高跟拖鞋跺了一下脚,仅仅是因为他对那张账单大惊小怪,那张写着"结欠明细"的长账单。第一次是她忘记给他了,第二次是她害怕给他——现在他自己从邮递员那里拿走了。

莫莉是一个"典型"。她是一个被尊称为"真正的女人"的美丽典型。"小"女人,当然——没有一个"大"女人能算得上是真正的女人。漂亮,当然——没有一个相貌平平无奇的女人能算得上是真正的女人。古怪、任性、迷人、多变,热爱漂亮衣服,而且总是"衣着得体",这是只有圈中人士才明白个中深意的说法。(这并不是指衣服——穿得好不好在其次——这说的是穿上它们行走时的那种特别的优雅,很显然,只有少数人才做得到。)

她也是一位深情的妻子和尽职的母亲,拥有"社交天赋"和与之相伴的对"社会"的关爱,同时,她对自己的家也充满了喜爱和自豪,操持着这个家就像——哦,就像大多数女人那样。

如果有谁算得上真正的女人,那非莫莉·马西森莫属。不过她一心希望自己是一个男人。

突然间,她就是了!

她成了杰拉尔德,走在路上,身姿挺拔,双肩宽阔,像往常一样着急赶早班火车,而且必须承认,当时还带点儿小脾气。

她自己的话在耳边响起——不仅是"最后常说的那句话",还有之前的几句,她紧闭着嘴唇,不想说一些会让她后悔的话。她并没有默许长廊上那个愤怒的小家伙所采取的立场,而是感到一种高人一等的骄傲,一种对软弱的同情,一种"我得对她温柔"的感觉,尽管当时她的脾气不好。

一个男人!真的是一个男人——仅存的那点儿关于自己潜意识的记忆,就足以使她辨认出其中的不同之处。

起初，她对体态、体重和增厚的身形都感到滑稽，脚和手似乎都大得出奇，而她长直又伸展自如的腿向前摆动的步态，使她感觉好像踩着高跷。

这种情况很快就过去了，取而代之的是，这一天无论她走到哪里，都会有一种新的、令人愉快的大小适中的感觉。

一切都很合适了。她的后背紧贴在椅背上，她的脚舒服地放在地板上。她的脚？……他的脚！她仔细地研究它们。自从上学以来，她从没有感觉到双脚如此自由和舒适——当她走路的时候，脚在地面上踩得那么踏实、迅速、有弹性、安全——就像被一种不可知的冲动驱使着，就算是追车，也能及时追上，跳上车厢。

另一个冲动在她从随身的任意一个口袋里掏出零钱的那一刻得到了满足——她可以快速而本能地掏出五分钱给售票员，还能给报童一分钱。

这些口袋的出现是一个启示。她当然知道它们的存在，数过它们，取笑过它们，修补过它们，甚至羡慕过它们，但她从未想象过拥有这些口袋是什么感觉。

缩在报纸后面，她让自己的意识——那种奇怪的混杂的意识，从一个口袋游荡到另一个口袋；她意识到，所有那些东西在手，给了她随时可以准备应付紧急情况的铠甲般的保证。雪茄盒让她有一种温暖的舒适感——它是满的；除非倒立，否则牢牢套住的钢笔是不会漏水的；钥匙、铅笔、信件、文件、笔记本、支票簿、账单夹——忽然之间，她被一种深沉而汹涌的力量感和自豪感填满，这是她在此前的人生中从未感受过的东西——拥有金钱，拥有她自己挣来的钱——她可以给予或是保留，而不用为了钱去乞求、挑逗或是哄骗——这是她的钱。

那张账单——哎呀，如果到了她手里——就是说，到他手里——他会理所当然地支付掉，而且对她只字不提。

此时作为他，口袋里装着他的钱，如此轻松、坚定地坐在那里，唤起了她对他这一生中对金钱观念的回忆。童年时期——它代表着欲望、梦想和野心。少年时期——为了给她创造一个家，他付出了巨大的努力去挣钱。到了现如今，想着所有忧虑、希望和危机；当下，他对每一分钱都有着特别的规划，而这张账单已经逾期很久了，需要支付，如果一开始就给他的话，就可以省去许多完全不必要的麻烦；还有，男人极其不喜欢"结欠明细"。

"女人没有商业头脑！"她发现自己在说，"所有的钱只是为了帽子——愚蠢的、无用的、丑陋的东西！"

就这样，她开始打量车厢内女人的帽子，仿佛她以前从未见过这些帽子。男人们的帽子看起来很正常，又高贵又合适，种类也足以满足个人品位，而且在风格和年龄上有所区别，这是她以前从未注意到的。但是女人的——

用一双男人的眼睛和一个男人的大脑，用脑海中留存的那种一整辈子都可以随心所欲的惯性思维，戴着这顶紧贴在剪短的头发上，没有任何视野阻碍的帽子，她开始了对女士帽子的观察。

一堆蓬松的头发既扎眼又愚蠢，而就在这样的头发上，栖息着用各种角度，以各种颜色，或歪斜或扭曲，或被弯折成各种形状，用任何可能的物质制成的说不明形状的物体。然后，在这些无法名状的物体之上——粘着坚硬的羽毛，还有形状狂野的丝带，这些摇曳的乱哄哄的羽毛团，不停折磨着旁观者的脸。

她以前从未想过，这种被推崇的女帽在那些为它付钱的人看来，就像是一只疯猴子的装饰品。

然而，当一个小女人走进车厢时——虽然她和其他女人看起来一样愚蠢，但长得可爱又漂亮——杰拉尔德·马西森立刻站起来，给她让了座。再后来，当一个俊美的红脸蛋女孩走进来——戴着比其他任何帽子都更狂野、颜色更猛烈、形状更古怪的帽子——站在他身旁，柔软的卷曲的羽毛一次又一次地扫过他的脸颊时——这种亲密的痒痒的触觉让他感到一种突如其来的快乐——而在内心深处的那个她，感到一股令自己羞耻的浪潮，汹涌得像是被永远淹没在了一千顶帽子的下面。

当他坐上火车，坐在吸烟车厢的座位上时，她又有了新的惊喜。在他身边的都是男人，也都是通勤族，其中很多是他的朋友。

对她来说，他们会被标记为"玛丽·韦德的丈夫""与贝尔·格兰特订婚的男人""那位富有的肖普沃斯先生"或"那位友好的比尔先生"。他们都会向她举起帽子，鞠躬，如果离得够近，甚至还会礼貌地交谈上几句——特别是比尔先生。

现在，她有了一种大开眼界的感觉，真正认识这些男人的感觉——面对他们本来的面目。现在她对这一切所知甚多，多到令她自己惊讶不已——从童年开始的全部谈话过往、理发店和俱乐部里的八卦、火车上早晚的对话、对政治取向的了解、对商业地位和前景的认知，到对性格的掌握——一切都前所未有地曝光在她面前。

他们过来和杰拉尔德聊天，一个接一个。他似乎很受欢迎。对话时，伴随着这种新的记忆和新的理解，一种似乎包括对所有这些人的思想的理解，一个全新的、惊人的知识被注入深藏的潜意识里——男人对女人的真实想法。

正常的美国好男人都在这儿了，大部分是已婚男人，而且家庭幸福——就是那种普遍意义的幸福。在每个人的脑海中，似乎都有一个双层公寓，这里面的想法与其他的想法截然不同，是一个独立的地方，他们在那里保留着自己对女人的所有想法和感受。

公寓的上层是最温柔的情感，最精美的理想，最甜蜜的回忆，所有关于"家"和"母亲"的可爱柔情，所有微妙的欣赏性形容词；一种避难所，在那里，一个蒙着面纱的雕像，被盲目地崇拜，一个共同的场所，充满爱心又日常的体验。

下层——深埋的意识被强烈的痛苦所唤醒——他们保留着另一类想法的大杂烩。在这里，即使是在她这个头脑干净的"丈夫"身上，也残存着男人们在晚宴上讲过的故事的记忆，以及那些在街上或车上听到的，更糟糕的故事的记忆。这其中有卑鄙的传统、粗俗的辱骂以及不快的经历——她了解了，尽管并不是来自他的分享。

所有这些都保存在"女人"那个公寓里，而在头脑的其他部分中——确实都是新的知识。

整个世界在她面前打开。不是她所生长的那个世界——在她原本的世界里，家几乎就覆盖了她所有认知的版图，其余的一切都是"异域的"或"尚未开发的"，而现在这世界正如它本来的面目那样——这是男人的世界，被男人创造、他们生活其中并旁观的那个世界。

它让人眼花缭乱。从建筑商的账单，或对材料和建造方法的一些技术性见解的角度，再去看那些快速掠过车窗的房子。谁"拥有它"以及它的老板是如何在国家政权下发家的，或是那种铺路的方式是如何失败的——开始用这些可悲的知识储备，去看一个路过的村庄。看到商铺，它们不再只是人们单纯地想要购买的物品的展示场所，而是商业投资，它们中的许多只是即将"沉没的船只"，只有一些意味着"有利可图的航行"——这个新世界让她感到困惑。

她——作为杰拉尔德——已经忘记了那个账单,她——作为莫莉——还在家为此哭泣。杰拉尔德与这个男人"谈生意",与那个男人"谈政治",此刻正在同情一个邻居精心遮掩的麻烦事。

莫莉以前一直很同情这位邻居的妻子。

她开始与这种巨大的专横的男性意识进行激烈的斗争。她突然清晰地想起她读过的东西、听过的讲座,并且越来越强烈地厌恶这种对男性观点的男性化沉迷所持有的平静态度。

迈尔斯先生,那个住在街道另一边的挑剔的小男人,现在正在说话。他有一个自鸣得意的大块头妻子,莫莉一直不怎么喜欢她,但一直认为迈尔斯挺好的——他在小的礼节上很守规矩。

而当下,他正在和杰拉尔德谈话——竟是这样的谈话!

"不得不过这边来,"他说,"我把座位让给了一个注定要得到它的夫人。当她们下定决心时,没有什么是她们得不到的——是吧?"

"不怕!"邻座的大男人说,"她们才没有多少决心可下,你知道的——即使她们下定了决心,最后也会改主意的。"

"真正的危险,"新任圣公会神职人员阿尔弗雷德·斯迈思牧师接话道——他是一个瘦弱、神经紧张的大高个,长着一张落后于时代几个世纪的脸——"是她们会超越上帝给她们指定的势力范围。"

"我想,她们与生俱来的局限性应该能困住她们。"开心的琼斯博士说,"我告诉你,你不可能绕过生理学。"

"我本人从来没有见过任何极限,不管怎么说,她们想要的东西是没有极限的。"迈尔斯先生说,"无非是一个有钱的丈夫和一幢漂亮的房子,还有不计其数的帽子和裙子,以及最时新的汽车,还有钻石——凡此种种。这就够我们忙活的了。"

过道对面坐着一个疲惫的花白头发的男人。他有一个非常好的妻子,总是打扮得很漂亮,还有三个未嫁的女儿,也打扮得很漂亮——莫莉认识她们。她知道他也在努力工作,此刻她有点儿焦虑地看着他。

但他开心地笑了。

"这对你有好处,迈尔斯。"他说,"一个男人还能为什么工作呢?一个好女人是地球上最好的东西。"

"可要是坏起来,那也是最坏的,我能肯定。"迈尔斯回应道。

"从我的专业角度来看,她是一个相当软弱的姐妹。"琼斯博士郑重其事地断言道。阿尔弗雷德·斯迈思牧师补充说:"是她把邪恶带到了世界上。"

杰拉尔德·马西森坐直了身体。有什么东西正在他心中涌动,他无法辨别,也无法抗拒。

"在我看来,我们说的话就像挪亚一样,"他不露声色地评论道,"或者像古印度教的经文。女人有她们的局限性,但我们也有啊,上帝知道。我们在中学和大学里不也认识和我们一样聪明的女孩吗?"

"她们可玩不转男人的游戏。"神职人员冷冷地回答。

杰拉尔德用熟练的眼光打量他那单薄的身形。

"我从来就踢不好足球,"他谦虚地承认,"但我认识的女人里,有一些多才多艺的,可以全方位地碾压一个男人。更何况——生活又不是只有体育!"

很遗憾,这的确是事实。他们都低头看着过道,一个脸色不好、穿着寒酸的人独自坐在地上。他曾经占据过版面头条,有大字标题和照片。现在他赚的钱比他们任何人都少。

"我们该醒醒了,"杰拉尔德的内心仍被陌生的谈话内容驱使,他接着说,"在我看来,女人跟我们是一样的人类。我知道她们穿得像个傻瓜——但这又该怪谁呢?我们发明了她们那些愚蠢的帽子,设计了让她们疯狂的时装,而且,如果一个女人有足够的勇气穿上日常的衣服和鞋子——我们有谁愿意和她跳舞?"

"是的,我们责备她们寄生在我们身上,但我们愿意让我们的妻子工作吗?我们不愿意。这伤害了我们的自尊,就是这样。我们总在批评她们的婚姻是唯利是图的,但我们又是怎么称呼一个嫁给穷光蛋的笨女孩的呢?'一个可怜的傻瓜',就是这样。她们也明白这一点。"

"至于众人之母夏娃——我无从得知事实,也无法否认这个故事,但我要说的是,如果她把邪恶带到了这个世界上,那么自那以后邪恶的持续,其实我们男人才应负有更大的责任——这又怎么说?"

列车驶入了城市,在他一天的工作中,杰拉尔德隐约意识到了一些新的观点,并体会到了一些奇怪的感觉,而潜在深处的莫莉则在不停地学了又学。

乡村小木屋
The Cottage

"不是吗?"马修斯先生说,"作为房子来说,它太小了,要说它算个小屋,又太漂亮了,要归到村舍的话——实在是有些不寻常。"

"乡村小木屋,毫无疑问。"洛伊丝说,她在门廊的椅子上坐了下来,"但它比看上去要大,马修斯先生。玛尔达,你觉得它怎么样?"

我喜欢它。不只是喜欢。这个没有油漆的"小木壳"从树下探出头来,除了远处农场上浮现的白色斑点和河边山谷中蜿蜒的小村庄,它是视野内唯一的房子。它就建在草皮上——没有路,甚至没有小路,黑暗的树林遮住了后窗。

"吃饭的地方呢?"洛伊丝问。

"走不了两分钟。"他向她保证说,一边向我们展示了一条树间的小暗道,通往提供膳食的地方。

我们讨论、检查和赞叹——马上决定接受它——洛伊丝拉紧她的茧绸裙——她不需要这么小心，上面没有一点儿灰尘。

在"高等法院"度过那个美好的夏天之前，我从未体会过生活真正的快乐与平静。那是一个山间处所，没多远，到那儿不难。但只要到那里以后，我就总会觉得它出奇地大，平静得很，仿佛远离尘世。

该机构顺利运转的基础来自一个名叫卡斯韦尔的古怪女人，她算得上一位音乐爱好者，开办了一个关于音乐和"高端思想"的暑期学校。心怀恶意的人无法在那地方获得食宿，因此这个地方被大家戏称为"高等法院"。

我非常喜欢音乐，无论高雅的还是低俗的，但没跟别人说过。不过，我对乡村小木屋的爱却是毫不掩饰的。它是那么小，那么新，那么干净，只有新刨的木板的味道——他们甚至还没有给它上色。

在这个小东西里有一个大房间和两个小房间，虽然从外面看很难令人信服，毕竟它看上去真的很小。不过，它虽然小，却藏着一个奇迹——一个真正的浴室，里面的水是用管道输送过来的山泉。我们的窗外就是带着影影绰绰的绿色、柔和的棕色，有花草点缀着，有鸟类栖息的宁静树林。再往前望去——越过一条遥远的河流——整个郡都可以收入视野——直看到另一个州。向远、向下、向前看的那景色——就好像是坐在某个东西——某个非常大的东西的屋顶上看到的。

野草掠过门阶，延伸到了墙上——当然，不仅仅是草，还有一簇簇的野花——我从来没想过可以在一个地方见到这么多。

你必须穿过草地走一段路，在草丛里踩出一条狭窄的不太明显的印迹，才能到达下面连接城镇的道路。不过在树林里有一条清晰而宽阔的小路，从那里可以走到吃饭的地方。

我们和那些有高端思想的音乐家以及有高端音乐造诣的思想家们一起就餐，食堂就在他们附近的中央寄宿公寓里。他们不管那地方叫寄宿公寓，这个称谓既不高端也没有音乐性；他们称其为"蒲包花"，因为这里处处都是那种花。其实只要食物好吃——的确如此，而且价格合理——也的确如此，我才不介意他们怎么称呼。

这些人超级有趣——至少其中一些的确如此，而且他们全都比一般的夏季寄宿者要好。

即使没有任何有趣的人，有福特·马修斯在，就没有问题了。他是一个报业人,或者说是一个前报业人,后来成了杂志的专栏作家,还即将出书。

他在"高等法院"有朋友——他喜欢音乐,他喜欢这个地方,而且他喜欢我们。自然,洛伊丝也喜欢他。我相信我也是。

他经常在晚上过来,坐在门廊上聊天。

他白天来的时候,会和我们一起散很久的步。他在离我们不远的一个极吸引人的小山洞里建了一个工作室——那里的乡野随处可见岩石峭壁和洞穴——他有时还会邀请我们去喝在篝火上煮的下午茶。

洛伊丝比我大很多,但其实也没多大,况且她看起来比实际年龄三十五岁还要年轻十岁。我从来没有责备过她不提及这个问题,何况我自己同样无论如何也不会说。但我觉得,我们一起组建了一个安全而和谐的家庭。她琴弹得很好,我们的大房间里有一架钢琴。其他几间村舍里也有钢琴——但离得都很远,几乎听不到任何声音。顺风的时候,我们偶尔会捕捉到空中飘过来的若有若无的音乐声;大多数时候,我们的身边都是宁静的,一切都以我们为中心的那种怡然的宁静。而且"蒲包花"离我们只有两分钟的路程——我们还有雨衣和橡胶鞋,根本不介意为了吃饭移步去那里。

我们经常见到福特,我对他产生了兴趣,我克制不了。他很高大。不是指体重或身高,他是一个有大视野和大影响力的人——有目标和真正的力量。他要做一些事情。我以为他现在就在做,但他没有——他说,这就像在冰壁上切割台阶。这事必须要做,但前方的路还很漫长。他对我的工作也很感兴趣,这对一个文学家来说可不太寻常。

我的工作微不足道。我刺绣,设计图案。

可它是多么漂亮的工作啊!我喜欢从花和叶子以及我身边的事物中汲取灵感——有时将它们设计成花纹的样式,有时则用柔软的丝线绣出它们的原貌。

这里的一切都是我需要的可爱的小东西,除此以外,还有一些可爱的大东西,一些使人感到强大,并有能力做出美丽作品的东西。

这里有可以一起愉快生活的朋友,有洒满阳光和绿荫葱葱的世外桃源,有自由广阔的视野,有精致舒适的乡村小木屋。我们从来不用思考日常生活的琐碎,除了日本锣鼓的轻柔音乐声悄然穿过树林,我们小跑着去"蒲包花"的时候。

我想洛伊丝比我知道得更早。

我们是老朋友,彼此信任,而且她比我有经验。

"玛尔达，"她说，"让我们面对这件事，理性一点。"洛伊丝如此理性却依旧音乐感十足，这是一件奇怪的事情——但她确实如此，这也是我如此喜欢她的原因之一。

"你爱上福特·马修斯了——你知道吗？"

我说："是的，我想是的。"

"他爱你吗？"

这一点我说不准。"为时尚早，"我告诉她，"他是个成熟的男人，我觉得快三十岁了，他见过更多世面，可能以前也爱过——他可能只把我当朋友。"

"你认为这会是一桩好婚姻吗？"她问我。我们经常谈论爱情和婚姻，我对这些事情的观点也是在她的影响下形成的——她的观点既清晰又强硬。

"哦，是的——如果他爱我的话。"我说，"他给我讲了不少关于他家庭的事情，他们都是优秀的西部农民，真正的美国人。他很强壮，很健康，你可以在他的眼睛和嘴里品出纯净生活的味道。"福特的眼睛像女孩一样清澈，眼白很清楚。大多数男人的眼睛，当你带着挑剔的眼光去观察时，都不是这样的。他们可能会表情丰富地看着你，但当你仔细看着他们时，会发现他们的五官并不禁看。

我喜欢他的长相，但我更喜欢他。

所以我告诉她，就我所知，这将是一桩好的婚姻——如果真的能成的话。

"你有多爱他？"她问。

这一点我说不好——这是一笔好买卖——但我也不认为失去他会要了我的命。

"你是否爱他爱到愿意努力去赢得他呢？——为了实现这个目的而真的全身心地投入努力？"

"哦——是的——我想我会的。如果它是我认可的事情。你想说什么？"

然后洛伊丝展开了她的计划。她曾经结过婚——不愉快的经历，在她年轻时。那是多年前的事了，都已经结束了。她很久以前就告诉过我，她说她并不后悔那些痛苦和损失，因为那给了她经验。她再次拥有了自己的婚前姓氏和自由。她是如此喜欢我，她想把她经验里有用的东西分享给我——当然不包括那些痛苦。

"男人喜欢音乐，"洛伊丝说，"他们喜欢理智的谈话。当然了，他们喜欢美，诸如此类——"

"那么他们就应该喜欢你！"我打断了她的话，事实上，他们确实喜欢她。我认识几个想娶她的人，但她说"一次就够了"。不过，我也不认为他们会是"好的婚姻伴侣"。

"别傻了，孩子，"洛伊丝说，"我没有开玩笑。他们最关心的毕竟是家庭生活。当然，他们会爱上任何人，但他们想娶的是一个家庭主妇。现在我们住在这里，过的是一种田园诗般的生活，相当有利于恋爱，但相对婚姻来说，这种生活毫无诱惑可言。如果我是你——如果我真的爱这个男人并希望嫁给他——我会把这个地方变成一个家。"

"变成一个家？为什么呀，这就是一个家。在我的生活中，我从未在任何地方如此幸福。洛伊丝，你到底是什么意思？"

"我想，一个人在气球里可能会很快乐，"她回答说，"但那里不会是一个家。他来到这里，和我们坐在一起聊天。这里很安静，很有女人味，很有吸引力——然后我们听到'蒲包花'的大锣声，我们就在潮湿的树林里小跑——然后魔咒就被打破了。现在你可以做饭了。"我可以做饭。我可以做得很好。我尊敬的妈妈严格地教过我现在所谓的家政学的每一个分支，我对这项工作没有异议，除非它妨碍我做其他事情。而且，做饭和洗碗的人不会有一双好手——我需要一双好手来做针线活。但如果这是一个关乎取悦福特·马修斯的问题——

洛伊丝继续平静地说:"卡斯韦尔小姐马上就会为我们装一个厨房。她说她会的,你知道,当我们接受这间村舍的时候。有很多人在这里安家——如果我们愿意,我们也可以。"

"但我们不想这样,"我说,"我们从来没有想过要这样做。这个地方的美妙之处就在于,它没有任何家务事要我们做。不过,正如你所说,在某个潮湿的夜晚,我们可以吃美味的夜宵,他待在这里,会很舒适——"

"他告诉我,他从十八岁起就不知道什么是家了。"洛伊丝说。

这就是我们在乡村小木屋里安装厨房的原因。男人们在几天内就把它装好了,仅仅是一个带窗户、水池和两扇门的披屋。我负责做饭。我们有很好的东西,这一点是不可否认的,尤其是好的鲜奶和蔬菜。水果在乡下很难买到,肉也是如此——但我们还是处理得很好。拥有的越少,必须处理的就越多——这需要时间和头脑,就是这样。

洛伊丝喜欢做家务,但做家务会影响她练琴的手,所以她不能做,我心甘情愿去做——这都是为了我自己的心。福特当然很享受。他经常来,吃得津津有味。

我很高兴，尽管它确实对我的工作造成了很大的干扰。我在早上的工作效率总是最高的，家务事当然也要在早上做，最小的厨房也会有多得令人吃惊的工作。你进去一分钟，就会看到这事、那事和另一件要做的事，而你的一分钟不知不觉就变成了一小时。

当我准备坐下来的时候，早晨的清新感觉就莫名地消失了。过去，我醒来时，先闻到的是房子里干净的木头味，然后是令人愉悦的户外空气；现在，我一醒来就总是感到厨房的召唤。油炉总有一点儿味道，不管是在屋里还是在屋外；还有肥皂，还有——你知道如果你在卧室里做饭，会让房间的感觉有多少变化吗？我们的房子以前只有卧室和会客厅。

我们也烤面包——面包房的面包真的很难吃，福特确实很喜欢我的全麦面包和黑面包，特别是热面包卷和松饼。喂养他是件很愉快的事，但确实让房子和我都越发燥热了起来。烘焙的日子里——我做不了什么工作——我是说我自己的工作。而且，就算我开始工作了，也会被带着各样东西的人们打扰——牛奶、肉或蔬菜，以及那些带着浆果的孩子；最让我苦恼的是我们草地上的车轮印。他们很快就压出了一条路——当然，他们必须这样，但我讨厌这样。我失去了那种站在最远的边缘，置身事外眺望远方的可爱感觉——我们的家变得像其他房子一样，只是成串的链子上一颗平平无奇的珠子。但我真的爱这个男人，为了取悦他，我愿意做得比这更多。我们也不能像以前那样自由自在地远足了。准备饭菜时，必须有人在那里，还要在送货的人们来的时候接收东西。有时洛伊丝留在家里，她总是主动要求留下，但大多数时候还得是我。我不能因为自己的原因而毁坏她的夏天。不消说，福特当然很享受他的夏天。

他经常来，以至于洛伊丝说她认为有一个老年人和我们在一起会显得更好，如果我愿意，她的母亲可以来，她可以帮忙干活。这似乎很合理，所以她来了。我不太喜欢洛伊丝的母亲福勒夫人，但显而易见，马修斯先生和我们一起吃饭的次数比他在"蒲包花"的时候多得多。当然还有其他人，很多人都是顺道拜访，我并不鼓励这种行为，因为工作量太大。他们会来吃晚饭，然后我们会有音乐晚会。他们中的一些人会主动提出要帮我洗碗，但作为厨房里的新手，他们帮不上什么忙。我宁愿自己洗，那样我就知道碗碟要放在哪里了。

福特似乎从来不想帮忙擦碗，尽管我经常希望他能那么做。

于是福勒夫人来了。她和洛伊丝住一个房间,她们只能这样——她真的干了很多活儿,她是一个非常务实的老夫人。

然后房子开始变得很吵闹。在厨房里听到另一个人的声音比听到自己的声音还要多——毕竟这墙壁只是木板子做的。她比我们过去打扫得勤快。我认为在这样一个干净的地方不需要这么频繁地打扫,她一直在清理灰尘,但我知道这毫无必要。我还是承担了大部分与烹饪相关的家务,不过我确实可以有更多的时间去画画,去户外散步了。福特时常进进出出,而且在我看来,他真的跟我们越走越近。与一生的真爱相比,一个夏天的工作中断、噪声、污垢和气味以及不断思考下一顿该吃什么的烦恼,又算得了什么呢?更何况——如果他娶了我——我就必须一直这么做下去,不如就先习惯一下吧。

洛伊丝也让我感到满足,她告诉我福特对我厨艺的溢美之词。"他真的很心怀感激。"她说。

有一天,他早早就来了,请我和他一起去爬休峰。那是一次可爱的攀登,要花上一整天的时间。我有点儿不乐意——那天是星期一。福勒夫人认为请一个女人来大扫除可能性价比更高些,我们也确实这么做了,但很显然工作量不减反增。

"不要紧,"他说,"对我们来说,洗衣日或熨衣日或其他老套的愚蠢说法算什么呢?今天就是散步日——这就是今天的意义所在。"天气真的很凉爽、甜美、清新——夜里下过雨——而且晴朗无比。

"走吧!"他说,"我们可以看到最远的帕奇山,我敢肯定。再也没有比这更好的日子了。"

"还有人要去吗?"我问。

"没有别人。只有我们。来吧。"

我很高兴地准备动身,只是建议道:"等等,让我准备一下午餐。"

"我就等你穿上短裤和短裙,"他说,"午餐都在我背上的篮子里。我知道你们女人'准备'三明治和其他东西需要多长时间。"

我们在十分钟内就出发了,脚步轻盈,心情愉快,完美的一天也不过如此了。他还带来了一份完美的午餐,都是他本人做的。我承认它比我做的饭菜味道更好,但这种感觉也许是因为登山。

我们快下山的时候,在泉水边一个宽大的石矶上坐了下来,小口啜饮着泉水,并按照他平常在户外的方式泡起了茶。我们看到圆圆的太阳落在了世界的一端,而圆圆的月亮从另一端升起,平静地相互辉映。

就在那个时刻,他向我求婚了。

我们非常幸福。

"但我有一个条件!"他突然说道,同时坐直了身子,看起来非常凶残,"你不可以做饭!"

"什么?!"我说,"不可以做饭吗?"

"不可以,"他说,"你必须放弃它——为了我。"

我默默地盯着他。

"是的,我全知道了。"他接着说,"洛伊丝告诉我了。我经常见到洛伊丝——毕竟你忙着做饭去了。既然我们会谈论你,自然就知道了很多事情。她告诉我你是怎样被教养长大的,你的家庭本能有多强——但保佑你那艺术家的灵魂,亲爱的女孩,你还有其他的事情要做!"然后他有点儿古怪地笑了,喃喃地说:"在飞鸟眼前张设罗网,是徒劳无功的。"

"我一直在观察你,亲爱的,整个夏天,"他接着说,"这不适合你。

"你做的东西当然好吃——但我做的东西也很好吃!我自己是个好厨师。我的父亲是一名厨师,做了很多很多年厨师——薪水很高。你瞧,我已经习惯了。

"有一年夏天,生活困难的时候,我以做饭为生——不但没有挨饿，还存了钱。"

"哦哦！"我说，"这就解释了茶和午餐的事情！"

"还有很多其他事情。"他说。

"但是，自从你开展这个厨房业务以来，你那可爱的工作进度连以前的一半都赶不上了，而且——恕我直言，亲爱的——你的厨房业务开展得确实也比不上你本来的工作。你本来的工作做得非常好，不能失去；它是一种美丽而独特的艺术，我不希望你放弃它。如果我为了丰厚的收入和轻易就能上手的厨师工作而放弃了辛苦多年的写作，你会怎么看我？！"

我还沉浸在幸福中，一时没缓过神来。我只是坐在那里，看着他。"但你想娶我，对吗？"我说。

"我想娶你，玛尔达——因为我爱你——因为你年轻、强大、美丽——因为你是野性的、甜美的——芬芳的以及——难以捉摸的，就像你爱的那些野花一样。因为你是这样一位真正的艺术家，以你特殊的方式，看见了美，并把它带给了别人。因为这一切的一切，我爱你，你的理性、你的高洁、你交友的能力——让我可以忽略你的厨艺去爱你！"

"但是——你想怎么生活？"

"就像我们在这里这样生活——最开始那样，"他说,"平静,非常寂静。有美——只有美。有干净的木头气味、有花和花香,还有甜美的自然的风。还有你——你那美丽的身影,总是穿着精致的衣服,白皙坚定的手指自信地触摸你真正的作品。那时我爱着你。当你开始做饭的时候,我很不安。我曾经是一名厨师,我要告诉你,我很了解那意味着什么。我讨厌这样——看到我的'木头花'在厨房里待着。但是洛伊丝告诉我,你是为何开始做这件事,并喜欢上了做这件事的,于是我对自己说:'我爱这个女人;我得等着看一看,作为厨师的她,是否仍会让我继续爱下去。'是的,亲爱的:我收回这个条件。我会永远爱你,即使你坚持要做我一辈子的厨师!"

"哦,我不坚持!"我大声说,"我不想做饭——我想画画!但我以为——洛伊丝告诉我——她对你的误解是有多深啊!"

"我亲爱的,那道理并不总是成立,"他说,"通往一个男人心灵的路是通过他的胃,但那肯定不是唯一的一条路。洛伊丝并非无所不知,她还很年轻!那么,或许为了我,你可以放弃那条路,你能吗,亲爱的?"

我能吗?我能吗?真的有这样的男人吗?

皮布尔斯先生的心

Mr.Peebles' Heart

他躺在那张朴素简陋的小客厅里的沙发上——那是一张不舒服的硬沙发,太短了,两端直愣愣地挺着。但无论怎样,那仍然是一张沙发,关键时刻,还是能在上面睡觉的。

在这个炎热寂静的下午,皮布尔斯先生就睡在那里,睡得很不安稳,打着小鼾,时不时地抽搐一下,就像是陷入了某种隐秘的痛苦中。

伴随叽叽嘎嘎的响声,皮布尔斯夫人走下门廊的楼梯,准备去做一些她自己的高级差事——她带着一把优质的棕叶扇——作为武器,一把丝绸伞——用来防御。

"你为什么不一起来呢,琼?"当她穿好衣服准备离开时,她催促她的妹妹。

"我为什么要去呢,艾玛?在家里要舒服得多。亚瑟醒来时，我还能陪着他。"

"哦，亚瑟！他一睡醒就会回店里去的。我相信奥尔德夫人的报纸会非常有趣。我认为，如果你要住在这里，就应该对俱乐部表现出兴趣来。"

"我将作为一名医生生活在这里——而不是作为一名无所事事的女士，艾玛。你去吧，我这样就挺好。"

于是，艾玛·皮布尔斯夫人坐在了埃尔斯沃思女士家庭俱乐部的圈子里，提高着自己的思想境界，琼·巴斯康姆医生则轻轻地走到楼下的客厅，寻找她一直在读的那本书。

皮布尔斯先生还在不安地睡着。她静静地坐在窗边的藤条摇椅上，看了他一会儿——先是从专业的角度，然后是出于更深层次的人类兴趣。

秃头、灰白、微胖的脸上带着对顾客露出的友好微笑，没有客人的时候，他的嘴角严肃而僵硬的线条就会加深；衣着、仪态和外表都非常普通，这就是五十岁的亚瑟·皮布尔斯。他不是阿拉伯神话故事中"爱情的奴隶"，而是责任的奴隶。

如果说有任何一个男人曾履行过自己的职责——他认为应该履行的职责——那一定非皮布尔斯先生莫属，他一向如此。

他的职责——他认为的职责——就是照顾女人们。首先是他的母亲，一个自信能干的人，她在丈夫去世后经营着农场，并通过招收暑期寄宿的人来增加他们的收入，直到亚瑟长大到可以"养活她"。然后她卖掉了老地方，搬到了村庄里，为亚瑟"建了一个家"，还即刻雇用了一个女孩来承担实现这一目标的过程中所需要付出的体力劳动。

他在商店里工作。她坐在门廊上，与邻居们聊天。

他一直照顾他的母亲，直到他快三十岁时，母亲终于离开了他；然后他又找了一个女人给他建一个家——也是在那个雇用女孩的帮助下。他娶了一个漂亮的、马虎的、黏人的小女人，长久以来她都无声地索要着他的力气和细心，而且她直到今天都是个黏人精。

顺便说一句，他还有个黏着他的妹妹。两个女儿都在适当的时候出嫁了，都有健壮的年轻丈夫继续担此重任。现在他的担子上只剩下他的妻子了，比他过去任何时候的负担都要轻——至少从人数上看，的确如此。

然而，要么是他累了，非常累，要么就是皮布尔斯夫人的"藤蔓"随着年龄的增长让人觉得更加难熬、更加窒息，黏得也更紧。他从没有过任何抱怨。这么多年来，他从来没有想过，一个男人除了负担在合法关系范围内的女人们所要求的任何事情以外，还有其他事情可以做。

如果琼医生是——这么说吧——是可以加到他担子上去的人——他会很乐于把她加到那个名单上，因为他非常喜欢她。她与他所认识的所有女人都不一样，跟她姐姐之间的差别更像是白天与黑夜那么大，与埃尔斯沃思的所有女性居民也都不一样。

她很小的时候就背井离乡，违背了母亲的意愿，其实就是离家出走。但当整个乡村都被流言蜚语所震撼，都在寻找那个有罪的人时，她的情况似乎变成只是去上大学了而已。她通过自己的努力，学到了比课程所教授的更多、远远更多的东西，成了一名训练有素的护士；还学习医学，并在她的专业中早早就有所成就。甚至有传言说，她绝对已经到了"非常稳定"，即将"退休"的状态；但也有人认为，她一定是失败了，一败涂地，不然她是不会回老家来定居的。

不管出于什么原因，她在这里，都是一位受欢迎的客人——对她的姐姐来说是真正的骄傲，对她的姐夫来说是难以形容的满足。在她带来的友好氛围中，他感到长期未使用的力量被激发了出来；他想起了那些有趣的故事，以及如何讲述那些故事；他感到自己曾经认为已经过去的兴趣在复苏，那种早年间对这大千世界的兴趣。

"在所有不起眼的、没有吸引力的、善良的小男人中——"她正想着，看到他的一只胳膊从沙发光滑的一侧掉了下来，手砰地撞在地板上，他醒了，急忙坐了起来，一副被抓到开小差的样子。

"不要像那样突然坐起来，亚瑟，这对你的心脏不好。"

"可我的心脏没问题，不是吗？"他带着职业的微笑问道。

"我不知道，还没有检查过。现在——坐着别动——你知道今天下午店里不会有客人的——就算有，杰克也可以招待他们。"

"艾玛呢？"

"哦，艾玛去了她那个'俱乐部'还是什么之类的地方——她还想让我去，但我宁愿和你聊天。"

他看起来很高兴，但又感到难以置信，他对那个俱乐部评价很高，对自己评价很低。

在他从摇摆的冰壶中喝了一杯，又坐在另一把大藤条摇椅上,终于舒舒服服放松下来以后,她忽然追问道:"嘿,如果任何事都可以的话,你最想做什么?"

"旅行!"皮布尔斯先生同样突然地说道。他看出了她的惊愕。"是的,旅行!我一直想去——从我小时候就开始想了。想了也没用!我们从来没能做到,你也看到了。而现在——即使我们可以——艾玛也讨厌旅行。"他无奈地叹了口气。

"你喜欢开店吗?"她尖锐地问。

"喜欢吗?"他欢快地、勇敢地对她微笑着,但潜藏在那微笑下的却是一个古怪的、空洞的、无望的背景。他沉重地摇了摇头。"不,我不喜欢,琼。一点儿也不喜欢。但那又怎样呢?"

他们沉默了一会儿,然后她又问了一个问题:"如果能自由选择,你会选择什么职业?"

他的回答让她有三重吃惊:这个答案的特点,这个回答不假思索的迅速,以及蕴含在这里面的深刻感情。答案只有一个词——"音乐"!

"音乐!"她重复道,"音乐!我怎么都不知道你会演奏——我都不知道你喜欢音乐。"

"当我还是个少年时,"他告诉她,他的眼睛透过葡萄架下的窗户望向远方,"父亲带回家一把吉他——

说是给最先学会弹吉他的人。他当然是指女孩子们。事实上，我首先学会了吉他——但我没有得到它。这就是我所拥有的全部音乐了。"他补充道："而且这里没有什么可听的，除非你算上教堂里的音乐。我有一台手摇留声机——但是——"他有点儿羞愧地笑了："艾玛说如果我带一台进屋，她会把它砸了。她说它们比猫还糟糕。品位不同，你懂的，琼。"

他又一次对她笑了，那是一种滑稽的微笑，嘴角有些收紧。"好了——我要去工作了。"

她让他走了，把注意力转移到自己的事情上，带着些许的严肃。

"艾玛，"一两天后她提议说，"如果我在这里寄宿——住在这里，我是说，一直住着，你能接受吗？"

"我希望你住这里啊，"她姐姐回答，"你在这个镇上行医，要是不跟我一起生活，这样看起来也不好啊——我就你这么一个妹妹。"

"你认为亚瑟会喜欢吗？"

"他当然喜欢！再说——即使他不喜欢——你是我的妹妹——而且这是我的房子。很久以前，他把它转到我的名下了。"

"我知道了。"琼说，"我知道了。"

过了一会儿——"艾玛,你满足吗?"

"满足?为什么不呢,我当然满足了。如果不满足,那就是一种罪过。女儿们都嫁得不错——我为她们俩感到高兴。这是一所真正舒适的房子,它自己就能运转得很好——我的玛蒂尔达是一颗宝石,毫无疑问。她不介意有人陪伴——她喜欢为他们做事。是的,我没什么可担心的。"

"你的健康状况很好,这一点我看出来了。"她的妹妹点评着,对她健康的肤色和明亮的眼睛表示肯定。

"是的——我没有什么可抱怨的——到目前为止。"艾玛承认道。但在她感谢的理由中,她甚至没有提到亚瑟,也似乎没有想到他,直到琼医生认真地询问她对他健康状况的看法。

"他的健康?亚瑟的?哦,他一直都是很健康的。他这辈子从来没有生过病——就是偶尔会崩溃那么一下。"她想了想又补充道。

琼·巴斯康姆医生在这个小镇结识了一些人,有工作上的,也有日常社交层面的。她开始行医,接手她的第一个朋友、退休的老布雷斯韦特医生的工作,她在这个老地方感到非常自在。她姐姐的房子楼下有两个舒适的房间,楼上有一间大卧室。"现在女儿们都走了,有足够的空间。"他们都向她保证。

在安居乐业之后,琼医生开始了一场分离她姐夫的情感的秘密运动。不是为了她自己——哦,不!如果说早些年她曾感到需要依附于某人,那也是很久很久以前的事了。她所寻求的是将他从"藤蔓"中解救出来——不再被重新缠住。

她买了一台华丽的留声机,以及一套一流的唱片,微笑着告诉她姐姐,她不必坐这儿一起听。艾玛会闷闷不乐地坐在房子另一边的里屋,而她的丈夫和妹妹则在一起享受音乐。不过后来她说,随着时间的推移,她逐渐听习惯了,甚至开始慢慢靠近,比如坐在走廊上,而亚瑟却在平静中享受着他那被剥夺已久的快乐。

这似乎不可思议地刺激到了他。他起身,踱步,眼中燃起一团新的火焰,忍耐的嘴角显现出一种新的果敢,琼医生用谈话、书籍和图片,用研究地图、航海清单以及经济旅行的账目来"喂养"这种火焰。

"我真不明白为什么你们两个会觉得关于音乐和那些作曲家的一切都那么有意思,"艾玛会说,"我从来没在意过那些外国货——反正,音乐家都是外国人。"

亚瑟从未与她争吵过,他只是在她谈论这个话题的时候变得沉默,眼中也会失去那种热情的火花。

然后有一天,皮布尔斯夫人又去她的俱乐部了,心满意足又充满向往,琼医生对她姐夫的原则发起猛攻。

"亚瑟,"她说,"你对我这个医生有信心吗?"

"我有,"他立即说,"在我看过的所有医生里,我最愿意咨询你的意见。"

"如果我告诉你你需要吃药,你会让我为你开药吗?"

"我当然会。"

"你会接受处方吗?"

"我当然会接受——不管它的味道如何。"

"很好。我给你的处方是去欧洲待两年。"

他惊呆了,盯着她。

"我是说真的。你的情况比你想象的要严重。我想让你摆脱一切——去旅行,两年时间。"

他仍然盯着她。"但是艾玛——"

"别管艾玛了。她拥有这幢房子。她有足够的钱买衣服穿——而我支付的膳宿费足够维持一切顺利运转。艾玛不需要你。"

"但是商店——"

"卖掉商店。"

"卖掉它?！说起来容易。谁会买它？"

"我会的。是的——我是认真的。你给我优惠的条件，我就把商店从你手里买走。它应该值七八千美元，不是吗——库存和所有？"

他沉默地同意了。

"好吧，我买下它。靠几千元钱，可能是两千五百元钱，你就可以在国外生活两年——以你的生活品位来说。你了解我们读过的那些账目——这很容易做到。然后你可以带着五千左右回家——可以把它投资在比那家店更好的地方。你愿意这样做吗？"

他的内心充满了抗议，充满了办不到的事。

她坚定地一一回应着。"胡说八道！你也可以。她根本不需要你——她以后可能需要你。不——女儿们不需要你——她们以后可能需要你。现在是你的时间——现在。他们说日本人在五十岁后会播种他们的野燕麦——假设你会这样！你不可能花那么多钱去撒野，但你可以在德国待一年——学习语言——看歌剧——在蒂罗尔散步——去瑞士；看看英格兰、苏格兰、爱尔兰、法国、比利时、丹麦[1]——你可以在两年

---

[1] 此处将英格兰、苏格兰等地区与国家并列，为作者写文风格，特此保留。

内做很多事。"

他着迷地盯着她。

"为什么不呢?为什么不在生活中做一次你自己——做你想做的事——而不是别人想让你做的事?"

他喃喃自语地说了一句"职责"之类的话,但她猛地打断他。

"如果说世界上有哪个男人尽了职责,亚瑟·皮布尔斯,那就是你。在你母亲还完全能够照顾自己的时候,你就开始照顾她;在你的姐妹自立的很多年之后,你还在照顾她们;从始至终还在照顾一个完全健全的妻子。目前,她在这个世界上完全不需要你。"

"理由很充分,但是,"他抗议道,"艾玛会想念我——我知道她会想念我——"

巴斯康姆医生深情地看着他。"对艾玛来说——或者对你来说——没有比让她努力想你更好的事情了。"

"我知道她永远不会同意我去。"他惆怅地坚称。

"这就是我干预的好处。"她沉着地回答,"你肯定有权利选择你的医生,而你的医生真诚地关心你的健康问题,要求你去国外旅行——休息——改变——投身音乐。"

"但是艾玛——"

"现在，亚瑟·皮布尔斯，暂时别管艾玛了——我会照顾她的。听我说——让我告诉你另一件事——这样的改变对她有好处。"

他困惑地盯着她。

"我是认真的。你离开，会给她一个站起来的机会。你的信——关于那些地方——会让她感兴趣的。有一天她可能会想去的。试试吧。"

他在这一点上动摇了。那些忍耐力极强的支撑者有时也会低估"藤蔓"的厉害。

"不要和她讨论这个问题——那会带来无尽的麻烦。把我接管商店的文件准备好——我会给你开一张支票，你坐下一班船去英国，然后从那里开始制订你的计划。这里有一个银行地址，可以帮你处理信件和支票——"

这件事就这么搞定了，在艾玛还没来得及抗议之前就搞定了！完成了，她只得气愤地责备起她的妹妹。

琼是个善良、耐心、坚定和执着的人。

"但这看上去，琼——人们会怎么看我？！像这样——被遗弃！"

"人们会根据我们告诉他们的内容和你的行为方式来思考，艾玛·皮布尔斯。如果你只是说亚瑟身体欠佳，我建议他去国外旅行——如果你暂时忘记自己，对他表现出一点儿自然的感情——你就不会遇到任何麻烦。"

这个自私的女人，因为丈夫的无私而变得更加自私，她出于自己的利益接受了这个处境。是的，亚瑟出国是为了他的健康——巴斯康姆医生非常担心他——她说，他有可能完全崩溃。这太突然了吧？是的——医生催促他离开。他在英国——要去做徒步旅行——她不知道他什么时候回来。那家商店？他把它卖了。

巴斯康姆医生聘请了一位称职的经理，成功地经营了那家商店，比没有进取心的皮布尔斯先生在的时候更好。她把它变成了一个收入不错的生意，他最终又把它买了回来，发现它不再是一个负担。

但艾玛才是其中变化最大的。伴随着那些谈话、书籍、亚瑟每到一处寄来的信件，她去看女儿们的旅行，那些不再带来恐惧感的旅行，对房子的照顾，还有一两个寄宿者的"陪伴"，她如此地耕耘着原本那片在艾玛心中长期休耕的土地。慢慢地，它开始显现出丰收的迹象。

亚瑟走了，留下一个粗壮、呆板的女人，她曾紧紧依附于他，仿佛他是必要的交通工具或驮兽——而且极少会意识到他一如既往的照顾。

他回来时更年轻、更强壮、更瘦削，成了一个机敏的有活力的男人，眼界扩大、精神振作、受到激发。他已经找到了自己。

他发现她也发生了令人满意的变化，不仅长出了触角，还长出了自己的脚，可以站立。

当对旅行的渴望再次抓牢他的时候，她想她也会一起去的，甚至令人出乎意料的，她还是个让人愉快的旅伴。

关于对皮布尔斯先生有生命威胁的疾病，他们俩都没能从巴斯康姆医生那里得到任何明确的诊断。她只说了"危险的'心脏'扩大"，而当他否认现在还有这样的问题时，她严肃地摇了摇头，说他只是"对治疗有反应"。

黄色墙纸

The Yellow Wallpaper

像约翰和我这样的普通人居然会租一处祖传老宅来消夏,这是很不寻常的事情。

一幢殖民风格的别墅,一座世袭的房产,我愿称为闹鬼的房子,由此获得一种浪漫主义的至喜体验——然而我又怎能对命运要求太多!

不过,我还是要骄傲地说这幢房子确有古怪之处。

否则,它的租金为何如此便宜?又为何会空置如此之久?

当然,约翰会嘲笑我,这是婚姻中可以预料到的事情。

约翰极其现实。他对信仰毫无耐心,对迷信避之不及,并且公开嘲笑一切看不见、摸不着、没有具体形象的东西。

约翰是一位医生,也许(当然我不会对任何一个活人这么说,但这是一张没有生命的纸,我用它来放松精神)——这就是我无法快速康复的原因之一。

你看,他不相信我病了!

那我又能做什么呢?

当一位权威的医生,同时也是你的丈夫,向亲朋好友保证你并没有什么严重的疾病,只不过是暂时性的精神抑郁——有轻微情绪激动的倾向——你又能怎么做呢?

我的哥哥也是一名医生,同样很权威,他给出了一样的说辞。

所以我服用磷酸盐或亚磷酸盐——管它是哪一种呢——吃补药,进行康复旅行,呼吸新鲜空气,进行适当锻炼,而"工作"在康复之前是被绝对禁止的。

我并不同意他们的理念。

我相信适宜的工作会带来兴奋和变化,将对我有益。

然而我又能做些什么呢?

我确实无视他们的意见,写作过一段时间。可这件事确实极大地消耗了我——我需要精心隐藏,否则就要面对他们的强烈反对。

有时候我会想,像我这种状况如果能少一些反对,多一些社交和激励……可是约翰说,对我来讲最坏的事情就是去琢磨自己的状况,我也承认这总让我心绪不佳。

所以先不去管它,我来聊聊这幢房子吧。

这地方的确漂亮!房子孤零零的,远离大路,离村庄有三英里[1]之遥。它令我想起了曾经读到过的英伦建筑,有篱笆,有高墙,有上锁的大门,还有很多为园丁和其他仆人准备的独栋小屋。

还有个宜人的花园!我从未见过这样的花园——巨大而阴凉,里面处处是树篱环绕的小径,小径两旁是长长的葡萄藤架,架下有一些座椅。

也有几处温室,只是完全毁坏了。

我想,这里可能存在着某种法律纠纷,继承人和共同继承人的问题。总之,出于某种原因,这个地方已经空置多年。

恐怕,这助长了我身上的幽灵之气。我有些害怕,但并不困扰——这幢房子有某种异样,我能感觉到。

一个月光朗照的夜晚,我甚至对约翰也说过这样的话,但他说我感觉到的只不过是一阵气流而已,旋

---

[1] 1英里约等于1.6千米。——编者注

即关上了窗子。

我时而会对约翰产生无名火。我确信自己过去从未如此敏感。我想这是我的精神状况所致。

但是约翰说,如果我放任自己这样感觉,我就疏于恰当的自制。所以我很辛苦地控制自己——至少在他面前。而这让我感到疲惫至极。

我一点儿都不喜欢我们的房间。我想住楼下的那间,它对着走廊,窗户上镶满玫瑰花,还挂着那么美丽的老式印花棉布帘子!可是约翰不愿意。

他说那个房间只有一个窗户,而且放不下两张床;假如他想分屋睡,隔壁也没有房间。

他非常细致体贴,除非有特别的指令,否则他几乎不让我走动。

我有一张精确到小时的日常作息时间表。他照顾好我的一切,如果我不加倍珍惜,真会觉得自己是卑鄙的忘恩负义之人。

约翰说,来这里纯粹是为了我,我应该好好休息,尽力多呼吸新鲜空气。"亲爱的,你的运动量取决于你的体力,"他说,"你的进食量也多多少少取决于你的胃口,而新鲜空气你随时都能呼吸到。"所以我们住进了顶层的那间育婴室。

那是一间通风很好的大房间，几乎占据了整个楼层，四面都是窗子，空气十分清新，阳光十分充沛。我判断，它最初是一间育婴室，后来变成了游戏室和健身房，因为窗户上装有保护小孩的栏杆，墙上还有一些圆环和类似的东西。

看墙漆和墙纸，这里像是办过男童学校。墙纸已经脱落——我床头伸手可及之处的墙纸被撕成一大块一大块的，对面墙脚有一大片也是如此。我此生从未见过比这更糟糕的墙纸了。

那其中蔓生开来的华丽杂乱的纹饰，简直犯了艺术里的每一项大忌。

当你的目光追随它时，它沉闷得足以迷惑你的视线，又鲜明得不断激起你去一探究竟的欲望。当你追随那些蹩脚而飘忽的曲线看上一小段后，却发现它们突然无疾而终、自断前程——从一个极反常的角度跌落，在闻所未闻的矛盾中自我毁灭。

那色彩实在令人不快，几乎令人作呕；一种不洁净的焦黄色，在缓缓变化的日照中褪成了奇怪的颜色。

有些地方，呈现一种乏味而又耀眼的橘黄色，其他地方则是一种惨淡的硫黄色。

难怪孩子们讨厌它！假如我不得不久居此地，我也会嫌弃它。

约翰来了,我要把这张纸放到一边去——我哪怕写下一个字,他都会厌恶。

我们来此地已经两个星期了,自从第一天起,我就没有写作的欲望。

此刻我坐在窗边,就在顶层这间恶劣的育婴室里。只要我愿意,没有什么能够阻止我写作,除非我体力不支。

约翰整个白天都不在,病人病情严重时,他晚上都要出诊。

我很欣慰我的病情并不严重!

可这些精神问题令人极其消沉。

约翰并不知道我有多么痛苦。在他的认知里,我没有痛苦的理由,而这足以让他感到满意。

当然我只是神经质而已。我没有尽到我在任何一方面的职责,这真的令我心情沉重!

我本想对约翰有所帮助,让他安心、感到宽慰,可到了今天这个地步,我已然成了他的累赘。

没有人会相信,我付出了多大的努力,却连最简单的事情——穿衣、招待客人,以及订购物品——都力不从心。

幸亏玛丽很擅长照看宝宝。多可爱的一个宝贝!

但是我不能和他在一起,这也让我非常焦虑。

我想约翰从来没觉得紧张不安过。他狠狠嘲笑了我对墙纸的反应!

他原本想要给这个房间贴上新墙纸,后来却说我是在放纵自己被情绪左右——对一位神经质患者来说,最坏的事情就是让这种幻想肆意生长。

约翰说,墙纸换过之后,便轮到笨重的床架,接着是带栏杆的窗户,然后是楼梯口的那扇门,如此等等。

"你知道这个地方对你的健康有益,"约翰说,"而且说真的,亲爱的,我可不想为了只租三个月的房屋大动干戈。"

"那我们搬到楼下吧,"我说,"楼下有那么漂亮的房间。"

他拥我入怀,唤我为幸运的小可爱,说如果我想的话,他愿搬去地下室,还会请人将它粉刷一新。

关于床、窗户,以及其他,他倒是说对了。

这是一间人人都会喜欢的房间,通风又舒适,当然我也不会傻到为了一时的念头而为难约翰。

我确实喜欢上这个大房间了，除了那可怕的墙纸。

从一扇窗子望出去，我能看见花园，那里有被浓荫遮蔽的神秘的藤架凉亭，有怒放的老气的花朵，还有灌木丛和长满疙瘩的树木。

透过另一扇窗子，我可以看见迷人的海湾，还有一处属于这幢房子的私人小码头。一条美丽的林荫小径从房子向下延伸至码头。我总是幻想路人在这些数不清的小路上和凉亭下散步，但是约翰已经警告我绝对不要沉溺于幻想。他说我的想象力以及虚构故事的习惯，会使得像我这样神经衰弱的病人产生各种活跃的幻想，我应该运用我的意念和理智去遏制这种倾向。于是我听从了他的建议。

有时候我想，要是我可以恢复到能写一点儿东西的状态，我就能放下思想重负，得到休息。

可我发现，只要我一开始尝试，就会感觉非常疲惫。

在没有任何建议和陪伴的情况下写作，是一件十分令人气馁的事。约翰说，当我真正康复后，他愿邀请表亲亨利和朱莉娅前来长住，但随后补充道，以我现在的状况，他宁可在我的枕头里放烟花，也不愿意让这些会令我情绪激动的人环绕在我周围。

我希望自己能快点儿康复。

不过我不能去思考这件事。那墙纸仿佛对自己的恶劣影响全然自知。

墙纸上有一种反复出现的斑点,那图案就像有被拧断的脖子从那里耷拉下来,或者两只凸出的眼睛倒着瞪着你。

我对这图案的粗俗感到愤怒,而它们似乎永无止境。它们上下左右匍匐而行,那些荒诞可笑、死鱼一样的眼睛则到处都是。有一个地方两边的宽度没有对上,竖直的衔接线两侧上上下下都是眼睛的图案,一侧比另一侧略高。

我从未在无生命体上见过如此丰富的表情,现在我们知道它们可以有多么丰富的表情了!小时候我经常睡不着,便躺在床上盯着空白的墙壁和简单的家具看,从中得到的乐趣和恐惧比大多数孩子在玩具店里得到的还要多。

我犹记得我们家那个巨大的老式衣柜,它的球形把手曾多么温和地闪烁着光泽;还有一把椅子,就像是一位坚定有力的朋友。

我曾觉得,如果其他任何一样东西露出狰狞的表情，我一定会跳上那把椅子，寻求安全。

这间房里的家具，虽然和其他部分搭配不甚和谐，但鉴于它们都是临时从楼下搬来的，这一点也可以接受。我猜测当这间房被用作游戏室时，那些育婴用品也不得不搬出去。难怪房间的剩余部分被孩子们野蛮地破坏到面目全非。

正如我之前所说，一处处的墙纸都被撕破了，而它和墙面曾像亲兄弟一样紧紧贴在一起——孩子们一定不乏毅力和怨恨，才能把它们撕下来。

地板被划得沟壑纵横、坑坑洼洼，时不时扎出一根木刺，灰泥也被挖了出来，遍地都是。而这张笨重的大床，是我们在房间里找到的唯一的家具，它看上去似乎经历过战争的浩劫。

但对于这些，我丝毫不在乎——我眼里只有那墙纸。

约翰的妹妹来了。一个如此可爱的姑娘，对我又关心体贴！我绝不能让她发现我在写作。

她是一个完美又热情的管家，对这份工作也心满意足。我确信，她认为正是写作害得我生了病。

她出门后我是能写作的，透过这些窗户，我目送她一路远去。

有一扇窗可以俯瞰那条路,一条林荫遮蔽的可爱的蜿蜒曲径。还有一扇窗正好眺望远处的乡村,那也是一处可爱的乡村,遍布着高大的榆树和丝绒般的草地。

墙纸上还有一种不同色调的隐藏图案,特别令人不适,因为你只有在特定光线下才能看见它,而且还看不清楚。

但是在墙纸没有褪色的地方,在阳光正好的地方,我能看见一个奇怪的、讨厌的、形状不明的图案,仿佛躲在那愚蠢又显眼的表层图案后面,鬼鬼祟祟地走动。

约翰的妹妹上楼来了!

哎呀,7月4日[1]终于过去了!人们都走了,我累极了。约翰认为稍微见一见人,对我或许有益处,所以妈妈、内莉和孩子们刚刚来这里住了一个星期。

我自然一件事也没有做。现在是詹妮负责一切家务。

---

1 7月4日,美国国庆节。(如无特殊说明,本书脚注均为译者注。)

但我还是感到一样的疲劳。

约翰说,如果我不能尽快康复,今年秋天他就要把我送到威尔·米切尔[1]那里。然而我根本不想去。我有一个朋友曾是他的病人,她说米切尔就跟约翰和我哥哥一样,甚至更过分!

况且,去那里路途遥远,也是我难以承受的。

我觉得任何事情都不值得我动一动手指,我变得异常不安,十分易怒。

我无缘无故地哭泣,大多数时候都在哭泣。

当然,约翰或别人在场时,我不会哭,我独自一人时才哭。

最近很多时候我都是一个人,约翰经常因为要照顾重症患者而留在镇上。而当我需要独处时,詹妮总是给我自由。

我会在花园里或是沿着那条可爱的小径散散步,

---

[1] 塞拉斯·威尔·米切尔(1829—1914),美国哈佛大学医学博士、法学博士,提出了著名的"休息疗法",用以治疗神经衰弱。休息疗法包括6—8周的禁闭,在此期间女性被禁止写作和进行社交活动,要求卧床休息,严重时会被进行电击治疗。相反,威尔·米切尔提出的治疗男性神经衰弱的方法则是去西部,进行大量的体力和脑力劳动,例如写作。本书作者夏洛特·珀金斯·吉尔曼曾接受过威尔·米切尔的治疗,但强烈谴责"休息疗法"给女性带来的伤害。

在玫瑰花荫下的门廊里坐一坐，或者在这里躺上一会儿。

我真的喜欢上这个房间了，虽然那墙纸还在。也许正是因为那墙纸。

墙纸就这样占据了我的心！

我躺在这张无法移动的大床上。我确信，它是被钉子牢牢固定在地面上的——视线追随着那个图案，一小时又一小时。我向你保证，这就像做体操一样有益。这样说吧，我从底部开始，视线落在那边角落下面还没有被触碰过的地方。我下了一千次决心，一定要追随那无意义的图案，直到得出某种结论。

我对设计原则略知一二，我知道这图案并非根据辐射、变换、重复或对称等规则（或是任何我听说过的设计逻辑）排布的。

当然，图案在每个幅宽上都是重复的，但在别的方向上并无规律可循。

从一个角度看，每个幅宽都是独立的，臃肿的曲线和花饰——一种蹩脚的罗马花纹——带着癫狂在愚昧的竖列里上下摇摆。

但从另一个角度看，它们又对角式地衔接在一起，蔓生的轮廓线越出边界，形成倾斜的巨大波纹，就像一群舞动的海藻在全力追逐，看起来很恐怖。

整个图案也在水平方向延展，至少表面如此，我费尽心力想辨认出它在那个方向上的排列次序。

他们贴上了一条宽幅的水平腰线，这又加剧了混乱。

在房间一侧，墙纸几乎完好无损。当交错的光线暗淡下来，斜阳直射那里时，我几乎可以幻想到辐射线——漫无止境的怪影仿佛环绕着一个共同的中心而成形，又以同样的离心力向前突然跌落出去。

追随墙纸的图案令我感到疲倦。我想我要小睡片刻。

我不明白为什么我要写这个。

我并不想写。

我觉得很无力。

而且我知道约翰会认为它很可笑。但我必须用某种方式说出我的感觉和想法。它对我真是很大的安慰！

但是要付出的努力比获得的安慰还要大。

我有一半时间慵懒至极，总是躺在床上。

约翰说我不能丧失体力，他让我吃鳕鱼鱼肝油和大量的补品、补药，麦芽酒、葡萄酒和嫩肉则更为常见。

亲爱的约翰！他深爱我，痛恨我生病。几天前，我跟他真诚又理性地聊过一次，我告诉他我多希望他能允许我离开此地，去我的表亲亨利和朱莉娅那儿小住。

他却说我既接受不了离开此地，也无法忍受那边的生活。我也没能为自己据理力争，因为我话还没说完就哭了起来。

对我来说，正常思考变得愈发艰难。我想这正是我的神经衰弱造成的。

亲爱的约翰将我抱起，径直抱到楼上，然后把我放在床上。他坐在我身边念书给我听，直到我困倦。

他说我是他心爱的人，是他的安慰，是他的一切，我必须为了他照顾好我自己，我得保持健康。

他说，除了我自己，没有人能帮我走出困境，我必须依靠自我意志和自控力，不可以再任凭愚蠢的幻想蔓延。

毕竟还有一丝慰藉，那就是我的宝宝健康又快乐，不必住进这间贴着可怖墙纸的育婴室里。

如果不是我们占用了这个房间，我那有福的孩子肯定要住进来！多么幸运地逃过一劫啊！唉，无论如何我都不能让我的孩子，一个柔弱的小东西，住在这样一个房间里。

我之前从未想过这个问题，好在约翰把我留在了这里，你瞧，婴儿可没有我这样的忍耐力。

当然我再也没有对他们提起墙纸的事——我太明智了——但我仍然在观察它。

墙纸上有些东西，除了我，没人知道，以后也不会有人知道。

隐匿在表层图案背后的那些暗淡的图形，一天天地清晰起来了。

它的形状保持不变，只是数量越来越多。

那图形就像是一个女人弯下身子，在表层图案后缓慢地爬行。我一点儿也不喜欢它。我思考——我开始想——我盼望约翰能把我带离此地！

跟约翰谈论我的病情太困难了，因他如此智慧，又因他如此爱我。

但是昨晚我尝试了一次。

那是一个月夜。月色从四周注入房间，和白天的阳光无异。

有时，我讨厌见到月光，它悄无声息地爬行，如此缓慢，总是透过这扇或那扇窗户进入房间。

约翰睡了，我不愿吵醒他，所以静静地注视着月光照在起伏的墙纸上，直到它令我感到害怕。

后面那个模糊的人影仿佛在摇动图案，好像想要挣脱而出。

我轻轻地起身，走过去触摸墙纸，看它是否真的在动。我回到床上时，约翰醒了。

"怎么了，小姑娘？"他说，"别那样起来走动——你会感冒的。"

我想这正是谈话的良机。我告诉他，实情是我在这里并没有好转，希望他能带我离开。

"哎呀，亲爱的！"他说，"我们的租期还有三个星期，我不知道在那之前怎么走。

"家里的维修还没有完工，而且我现在也不太可能离开城镇。如果你有任何危险，我肯定能，当然也会带你走。但你真的好多了，亲爱的，不管你自己是否意识到了。我是医生，亲爱的，我知道。你恢复了些体重，脸上有血色了，胃口也好多了，真的，你让我放心多了。"

"我一点儿都没有长胖，"我说，"体重还轻了一些。晚上你在时我的胃口或许好些，但早上你一离开我的胃口就差了！"

"上帝保佑她的小心脏！"约翰使劲地抱了我一下，"她想生病就生病吧！但现在我们要争分夺秒地睡觉，明天早上再谈！"

"那你不打算走啦？"我郁闷地问道。

"哎呀，亲爱的，我怎么能呢？只有三个星期了，然后趁詹妮收拾房子时，我们走几天，好好享受一次短途旅行。真的，亲爱的，你好多了！"

"或许身体是好多了？"我刚一开口就哽咽了回去，因为约翰坐直了身子，严厉而责备地看着我，我无法再继续。

"亲爱的，"他说，"我请求你，为了我，为了我们孩子，也为你自己，你一刻也不要让那个念头再进入你的头脑！对你这种性情的人来说，没有比这种幻想更危险、更魅惑的了，这是错误和愚蠢的幻想。我作为一名内科医生这样对你说，难道你还不能信任我吗？"

关于此事我便不再提及，很快我们就睡了。他以为我先睡着了，但我没有。我躺在床上有好几个小时，试图确认墙纸的表层和背后的图形是一起移动的，还是分开移动的。

在白天看来，这样的图案缺乏连贯性，毫无规则可言，让正常人都感到愤怒。

墙纸的颜色本就丑陋至极、变化多端，令人恼火，而墙纸的图案更是极大的折磨。

你以为你已经看透了它，但正当你顺利地追随它时，它却向后翻了个筋斗，躲开你的追逐。它打了你一记耳光，把你撞翻在地，然后践踏你。这就像是一场噩梦。

墙纸的表层图案是华丽的阿拉伯式花纹，令人联想到一种菌类。如果你能想象一串串伞菌的样子，无穷无尽的伞菌在发育抽芽，绵延卷绕着——噢，就是那样的东西。

有时候，它就是那样！

墙纸有一个显著的特征，只有我一个人注意到了，那就是它会随着光线变化。

阳光从东边的窗子照进来时，我总是会观察第一束长直的光线——图案在这光线里变化得如此之快，让人难以相信。

所以我总是观察它。

在月光下——如果有月亮的话，房间整晚都会月光朗照——我简直认不出那是同一张墙纸了。

晚上，在任何一种光线下——在暮色下，在烛光下，或是在灯光下，而最可怖的是在月光下，墙纸都变成了栏杆！我是指表层图案，而图案后面的那个女人真是清晰可见。

很长一段时间，我都没有意识到墙纸后面那模糊的图形是什么，而现在我非常确定它是一个女人。

日光下，她温顺、安静。我想，正是那图案使她一动不动。这真令人困惑，也让我长时间地默不作声。

我现在总是躺着。约翰说这对我的身体有好处，而且要我尽量多睡。

他确实形成了一个习惯，每餐过后都让我躺一小时。

我相信这是个很坏的习惯，因为你瞧，我并没有睡着。

而且那是欺骗的温床，因为我没有告诉他们我醒着——噢，不！

事实上我有点儿害怕约翰了。

他有时显得很奇怪，甚至詹妮的神情也令人费解。

偶尔我闪过一个念头，可以说是一种科学假设吧——或许就是因为墙纸！

我曾经在约翰不经意的时候观察过他。我以最若无其事的借口突然走进房间,有好几次发现他正盯着墙纸!詹妮也是如此。有一次我发现詹妮把手放在墙纸上。

她不知道我在房间里,而我极力克制自己,用一种平静得不能再平静的声调问她,她在对墙纸做什么。而她转过身来,好像窃贼被人捉住一样,看上去有点儿恼羞成怒——质问我为什么这样吓唬她!

她说,任何东西碰到墙纸都会沾上污色,她发现我所有的衣物和约翰的衣服上都有黄色污渍,希望我们更小心些!

听起来是不是很合情合理?其实我知道她正在研究那图案,可我坚信除了我没有人能发现它的秘密!

* * *

与以往相比,目前的生活令人兴奋许多。你瞧,我有更多值得期盼和观察的东西。我的胃口确实变好了,人也比从前更安静了。

约翰见我状况改善,高兴极了!前几天,他甚至笑了笑,说我看上去活力四射,尽管房间里的墙纸还在。

我笑着转移了话题。我无意告知他正是因为墙纸——他会取笑我的,甚至有可能把我带走。

在解开墙纸的秘密之前,我还不想离开。租约还剩一个星期,我想时间够用了。

我感觉好多了!晚上我睡眠不多,观察图案的发展实在有趣,但是白天我睡眠充足。

白天,墙纸显得无聊又令人困惑。

伞菌总是吐出新芽,到处都是新的黄色。尽管我认真地数过它们的数量,却永远也数不清。

那墙纸有着最奇怪的黄色!它使我想起见过的所有的黄色东西——不是毛茛那种黄花,而是污秽的、恶劣的黄色东西。

而且那墙纸还有一个特点——它的气味!我们一走进房间我就闻到了,但由于通风和阳光充足,那气味不算难闻。现在一个星期里都是雾雨天气,不管窗户是关还是开,气味总是经久不散。

这气味缓缓地爬满了整幢房子。

我发现这气味盘旋在餐厅里,悄悄潜入起居室,隐藏在大厅,埋伏在楼梯上等待我。

它渗入了我的头发。

甚至我出门骑马时,如果我趁其不备突然回头——也会闻到那个气味!

而且它还是如此奇特的味道!我花了几小时分析它,想弄清它闻起来像什么。

一开始,它并不浓郁,并且非常柔和,却是我遇到过的最微妙和最持久的味道。

现在天气潮湿,它就变得强烈,晚上我醒过来时,发现它正悬在我的上方。

起初,这气味总困扰我。我曾认真地想过烧掉房子——为了捕捉这气味。

不过现在我习惯它了。我能想到的唯一与之相似的就是那墙纸的颜色!一种黄色的气味。

墙上有一道非常滑稽的痕迹,在下面很低的地方,靠近踢脚线。那是一道沿墙延展、环绕整个房间的条纹。它从除了床以外的家具后面绕过,长直而平坦,似乎被摩擦过一次又一次。

我好奇它是如何形成的,又是谁干的,他们为什么这样做。一圈,一圈,又一圈;一圈,一圈,又一圈——看得我头晕目眩!

终于,我还是发现了什么。

通过夜晚的长时间观察,在墙纸图案的诸多变化中,我终于发现了它的秘密。

表层图案果然在动——难怪!是图案后面的女人在摇动它!

有时候我觉得图案后面有很多很多女人,有时候又觉得只有一个,她飞快地来回匍匐而行,动作震动了整个图案。

遇到墙上的明处,她就安静不动;遇到暗处,她就抓住栏杆,使劲地摇动。

她一直努力想爬出来。然而没有人能从那图案里爬出来——图案勒死了她或她们,我想这就是墙纸上有那么多头颅的原因。

她们穿过来了,然而图案扼杀了她们,将她们倒吊起来,勒得她们眼珠上翻!

如果把那些头颅盖住或截掉,图案就远远没有那么可怕了。

我猜,那个女人在白天爬了出去!

我会告诉你为什么——悄悄告诉你——我见过她!

透过我房间的每一扇窗,我都能看见她!

这是同一个女人,我知道,因为她总是爬行,而其他被困住的女人不在白天爬行。

我看见她在那条长长的林荫小径里,来来回回地爬行。我看见她在暗处的葡萄藤架下,环绕整个花园爬行。

我看见她沿着树下那条长道一直爬行,一有马车过来,她就躲入黑莓藤下。

我丝毫不想责怪她。被人发现在大白天爬行,她必定感到非常羞耻!

我在白天爬行时总是锁上门。晚上我不能这样做,因为我知道约翰会立刻起疑心。

约翰最近也很反常,我不想去激怒他。我真希望他能搬到另一个房间!另外,我不想让任何除了我以外的人在晚上把那个女人放出来。

我时常好奇自己能否同时透过所有窗户看见她。

但是无论我转身有多快,只能在一个时刻观察一扇窗户。

而且尽管我总能看见她,她却可能爬得更快,超过我转身的速度!

有时候我看着她爬到空旷的乡间,速度快得像被强风吹动的云影。

要是能把表层的图案同下面的剥离出来,那多好啊!我打算尝试一下,一点点地剥。

我还发现了另一件有趣的事情,但现在我不想说!轻信他人是不好的。

我只有两天时间来剥掉这墙纸了,而且我相信约翰已经有所察觉了。我不喜欢他的眼神。

我听到他问詹妮许多关于我的专业性问题。詹妮也给他做了很详细的汇报。

她说我白天睡得很多。

约翰知道我晚上睡眠很不好,尽管我是那么安静!

他也问了我本人各种各样的问题,还假装充满爱意与柔情。

好像我无法看穿他似的!

不过他这样做我也不奇怪,毕竟在这墙纸下睡了三个月。

尽管只有我对墙纸产生了兴趣,但我确信,不知不觉中约翰和詹妮也被墙纸影响到了。

太好啦!这是最后一天,不过时间够用了。约翰今晚将待在镇上,并且要到晚上才出发。

詹妮想与我一起睡——狡猾的东西！但我告诉她，我独自一人睡肯定会休息得好一些。

这是聪明的借口，因为我根本不是一个人！月夜初始，那可怜的东西就开始匍匐而行、摇动图案，我便立即起来跑过去帮她。

我拉她摇，我摇她拉，天亮之前我们剥掉了好几码[1]墙纸。

一长条墙纸，有我本人那么高，绕房半圈那么长。

太阳升起了，那讨厌的图案开始嘲笑我，我宣布我今天就要把它结束！

我们明天就要离开了，他们正把我房间里所有的家具搬回楼下，恢复到出租前的状态。

詹妮惊讶地看着墙壁，但我欢快地告诉她，我这么做纯粹是出于对那邪恶墙纸的厌恶。

她笑着说她乐意自己来做，而我绝不能累倒。

她那样说是多么违心啊！

但我就在这里，除了我，没有人能触摸这墙纸——任何人都不行！

她想让我离开房间——她的用意太明显了！但我

---

[1] 英美制长度单位。1 码等于 3 英尺，约 0.9 米。——编者注

说现在房间这样安静、空荡和干净,我想要躺下来,尽可能再睡一会儿,晚餐时也不要叫醒我——我醒来后会叫她的。

她只好走了,所有的用人都走了,东西也都搬走了,除了那个被钉住的大床架,以及床架上那张原本就有的帆布床垫。

今晚我们将睡在楼下,明天乘船回家。

我很喜欢这个房间,现在它又空了。

这个床架磨损得很厉害!

想想那些孩子曾在这里怎样嬉闹过!

但是我必须着手工作了。

我锁上门,把钥匙扔到了楼下的门前小路上。

我不想出去,约翰回来之前我也不想让任何人进来。

我要让他大吃一惊。

我拿了一根绳子上楼,詹妮并没有发觉。假如那个女人真的从墙纸里出来了,试图逃离,我可以绑住她!

但是我忘记了,如果不站在什么东西上,我伸手够不到那么高!

这张床动不了!

我试图把床抬起来，推过去，直到累得一瘸一拐，我气急败坏地咬下一小块床角，却弄伤了自己的牙齿。

我站在地板上把够得着的墙纸全撕了下来。墙纸黏得吓人，而图案也享受着这种胶着！那些被勒下的头颅，凸起的眼睛，以及摇摆着滋生的伞菌，正发出嘲讽的尖叫声！

我愤怒得无以复加，要尝试些疯狂的举动。跳窗将是英勇之举，可是栏杆实在太坚固了，根本没必要去尝试。

而我也不会这么做，当然不会。我非常清楚，走出这一步是不恰当的，还可能被人误解。

我甚至都不想往窗外看——外面有那么多女人在爬行，而且她们爬得飞快。

我不知道她们是否像我一样，也是从那墙纸里爬出来的。

但是我现在已经被我悄悄藏匿的那根绳子牢牢地捆住了——你休想把我拉到那条路上！

我觉得到了晚上我应该回到那图案后面去，但这可不容易做到！

从墙纸里走出来，待在这个大房间里，我可以随意爬行，可真是件乐事！

我不想出去。即使詹妮叫我，我也不出去。

出去后你只能在地面上爬行，而且一切都是绿色而不是黄色的。

然而，在这里我可以在地板上顺畅地爬行，环绕墙壁的那条长长的污渍与我齐肩，所以我不会迷失方向。

哎呀，约翰在门口！

没有用的，年轻人，你打不开门！

他嚷叫，砸门，好大声！

他在大叫着让人拿一把斧头来。

砸烂那扇美丽的门将是一件可耻的事！

"约翰，亲爱的！"我用最温柔的声音说，"钥匙在楼下门前的台阶旁，在芭蕉下面！"

这让他沉默了片刻。

然后他轻声细语地说："开门，我亲爱的！"

"我打不开门，"我说，"钥匙在楼下门前的芭蕉下面！"

我又说了一遍，非常温柔和缓地重复了好几遍。我反反复复地说，他只好下楼去看。当然他找到了钥匙，走了进来。他却突然止步在门口。

"怎么回事？"约翰大叫，"天哪，你在干什么？"

我一边不动声色地爬行着,一边扭头去看他。

"我终于出来了。"我说,"不管你和詹妮怎么反对!我已经把大部分墙纸撕下来了,你们无法把我放回去!"

那个男人为什么就昏倒了呢?他确实昏过去了,正好倒在了墙边,挡住了我的爬行之路,所以每次我都只能从他身上爬过去!

巨大的紫藤

The Giant Wistaria

"不要乱动我的新藤蔓,孩子!看看!你已经伤害了嫩芽!你从不做针线活儿,你从不肯安静!"

紧张的手指摇摆不定,攥着挂在她脖子上的一个小红玉髓十字架,然后绝望地落下。

"把我的孩子给我,母亲,然后我就安静了!"

"嘘!嘘!你这个傻瓜——可能有人在附近!你看——你的父亲来了,就在此时!快进来!"

她抬头看着她母亲的脸,疲惫的眼睛在其阴影的深处竟有着闪烁不定的炽热。

"难道你不是一个母亲吗,却不怜悯我这个母亲?把我的孩子给我!"

她的声音以一种奇怪的、低沉的哭腔响起,她父亲捂住她的嘴。

"毫无廉耻!"他咬牙切齿地说,"回你的房间去,今晚不要再让我看到你,否则我就把你绑起来!"

她就这样去了,一个脸色铁青的女佣跟在后面,但很快就回来了,带给她的女主人一把钥匙。

"她一切都好吗——孩子也好吗?"

"她很安静,德维宁夫人,今晚肯定会很好。这孩子一直很烦躁,但除此之外,在我的照顾下她长得很茁壮。"

她的父母留在了有大柱子的高大的方形门廊里,初升的月亮在他们周围茂密的嫩藤蔓叶上投下了微弱的阴影;移动的影子,就像伸展的小手指,照在宽大而沉重的厚橡木地板上。

"你给我的船带来的这棵藤树,长势良好,我的丈夫。"

"是的,"他痛苦地说,"我给你带来的耻辱也是如此!如果我早知道的话,我宁愿让船在我们脚下沉没,看到我们的孩子干净地淹死,也不愿活到现在!"

"你真不容易,塞缪尔,你不担心她失去生命吗?她为孩子伤心,是啊,也为她行走在上面的绿地伤心!"

"不,"他严肃地说,"我不担心。她已经失去了比生命更重要的东西,而且她很快就会有足够的空气。明天船就要出发,我们将返回英国。没有人知道我们在这里的污点，没有人知道，如果镇上有一个无法解释来源的孩子要以体面的方式抚养——那么，即使在这里，他也不是第一个。他一定会得到很好的照顾。我们确实有理由感谢，因为她的表哥还愿意娶她。"

"你告诉他了吗？"

"是啊！你以为我会隐瞒情况把耻辱扔到另一个男人的家里吗？他一直想得到她，但她不愿意接受他，这个顽固的人！她现在没有什么选择了！"

"塞缪尔，他会对她好吗？他能不能——"

"对她好？你想谁会娶她这样的人做妻子？对她好！如果她没有双倍的财富，有多少男人愿意娶她？而且他毕竟已经是这个家族的一员了，他很乐意永远隐藏这个污点。"

"如果她不愿意呢？他就是个粗鲁的家伙，她也一直在逃避他。"

"你疯了吗，女人？在我们明天启航前她就要嫁给他，否则她就得永远待在那个房间里。这女孩没有那么傻！他使她成为一个体面正派的女人，使我们的家免于公开的羞辱。除了用新的生活来掩盖旧的生活，她还有什么别的希望？让她有一个体面的孩子，她是如此渴望一个孩子！"

他重重地走过门廊，松动的木板再次吱吱作响，他抱着双臂来回走动，铁青的嘴角上面，眉头紧皱。

头顶上的阴影里，"嘲弄的"树叶间闪过一张苍白的脸，眼睛里是憔悴的火焰。

* * *

"哦，乔治，多好的房子啊！多可爱的房子啊！我敢肯定它闹鬼了！这个夏天我们到这房子去住吧！当然我们要邀请凯特、杰克、苏西和吉姆，那会是一段美妙的时光！"

年轻的丈夫们很放纵，但他们仍然要承认事实。

"亲爱的，房子可能租不了，也可能不适合居住。"

"里面肯定有人。我要去打听一下！"

正中大门的铰链已经生锈，长长的车道上长满了树，但有一条小路显示出常有人使用的迹象，珍妮夫人走上前去，后面是她听话的乔治。这座老宅的前窗是没有遮挡的，但在后面的耳房，他们发现了白色的窗帘和敞开的门。外面，五月清澈的阳光下，一个女人正在洗衣。她礼貌而友好，显然很高兴这个孤独的地方来了访客。她"猜想它是能出租的——但是她不知道"。继承人在欧洲，但"在纽约有一位律师负责出租事宜"。几年前，那里住过一些人，但在她来的时候没有。她和她的丈夫看管这个地方，不用付租金。"他们也没有怎么看管，只是不让强盗进来。"整幢房子都带家具，确实都是老古董，但状况也都很好；而且"如果他们租下它，她本人还可以为他们工作，她猜想——如果丈夫愿意的话"！

从来没有比这个更容易安排的疯狂计划了。乔治认识纽约的那位律师，租金并不惊人，而且这里离一个正在崛起的海滨度假胜地很近，使它成为一个更怡人的消夏之地。

凯特、杰克、苏西和吉姆愉快地接受了，六月的月光下，可以看见他们都坐在高高的前廊上。

他们从上到下探索了这幢房子：阁楼上的大房间里，除了一个摇摇欲坠的摇篮外什么都没有；通往地窖水井的路上没有一块路边石，只有一条生锈的链条通向下面未知的黑暗。他们探索了院子，这里曾经有美丽的珍稀乔木和灌木，但现在是一片阴森的荒野，树荫杂乱。

古老的丁香、旱金莲、绣线菊和山梅花，对着二楼的窗户摇曳示意。幸存的花园植物是巨大的参差不齐的灌木丛或巨大的无形状的花床。一根庞大的紫藤覆盖了整幢房子的正面。它的树干太大，不能称为茎，爬上高高的台阶旁门廊的角落里，一度曾攀上了门廊的支柱，但现在支柱被拧了下来，被紧紧缠绕和打结的手臂钳制，变得僵硬而无助。

它用茎叶编织的墙围住了门廊的整个上半部分；它沿着屋檐，爬上了曾经支撑它的水沟；它用厚重的绿色遮住了每一扇窗户；低垂的、芬芳的花朵从屋顶到地面，铺成了一片起起伏伏的紫色。

"你见过这样的紫藤吗?!"珍妮夫人欣喜若狂地叫道，"光是坐在这样的藤蔓下，就值得付租金了——旁边的无花果树就是纯粹的多余和邪恶的奢侈了！"

"珍妮对她的紫藤大加赞赏，"乔治说，"因为鬼魂的事让她感到非常失望。她一开始觉得房子里有鬼，可连一个鬼故事都没找到！"

"是啊，"珍妮哀怨地表示同意，"我追问了可怜的佩珀瑞尔夫人三天，但从她那里什么也得不到。但我相信这儿有一个故事，关键是我们能否找到它。你不必告诉我，像这样的房子，像这样的花园，像这样的地窖，是不会闹鬼的！"

"我同意你的看法。"杰克说，他是纽约一家日报的记者，与珍妮夫人漂亮的妹妹订了婚，"如果我们找不到一个真正的鬼魂,你可以完全相信我会制造一个。这可是个不能失去的好机会。"

坐在他旁边的那位漂亮妹妹气愤地说:"你不要做这种事,杰克!这是一个真正会闹鬼的地方。你不能取笑它!看看外面那片长长的草丛中的那些树——它们看起来真像蹲伏的、被猎杀的身影!"

"在我看来,它就像一个采摘越橘的女人。"吉姆说,他是乔治漂亮妹妹的丈夫。

"等等,吉姆!"那个漂亮的年轻女人说,"我和珍妮一样相信她说的鬼魂。这样一个地方!看看这个在台阶上爬行的巨大的紫藤树干吧!它看起来真像一个蠕动的身体——在蜷缩——在哀求!"

"是的,"吉姆压低了声音说,"是的,苏西。请看它的腰部——大约有两码长,而且扭曲成那样!浪费了多好的材料!"

"不要这么吓人,孩子们!不要唱反调了,你们不如去别的地方抽根烟!"

"我们可以!我们会的!我们会如你所愿地成为鬼魂。"他们旋即就仿佛看到了血迹和蹲伏的身影,它们的数量如此之多,以至于最令人愉快的战栗也随之成倍增加,美丽的鬼魂爱好者们准备上床睡觉,宣称她们一夜都不会合眼。

"我们肯定都会做梦的,"珍妮夫人叫道,"我们必须在早上把我们的梦说出来!"

"还有一件事是肯定的,"当苏西被一块松动的木板绊倒时,他抓住了她,边说着,"那就是在我把这个如埃菲尔铁塔般的柱廊修好之前,你们这些蹦蹦跳跳的小家伙必须走侧门,否则我们这里就会有一些新的鬼魂出现了!我们在这里发现了一块像活动门一样的木板——大得足以吞噬你——而且我相信它能一下子通到中国去!"

第二天早上,他们都还活着,吃了丰盛的新英格兰式早餐,门廊上传来锯子和锤子的声音,那里的木匠们正奇迹般地迅速将所有的东西粉碎掉。

"它的大部分都会崩塌,"他们说,"这些木头已经烂穿了,其实不是被这个大藤蔓拉掉的,是支撑物本身的问题。"

他们说得很有道理,焦虑的珍妮夫人告诫他们不要伤害到紫藤后就走开了,留下他们慢慢地拆除和修复。

"鬼魂怎么样了?"杰克在吃完第四个煎饼后问道。

"我吃了一个,它让我反胃!"珍妮夫人发出了一声小小的尖叫，放下了她的刀叉。

"哦，我也是！我做了最可怕的——呃，确切地说，不是做梦，是一种感觉。我已经忘记了这一切！"

"一定很糟糕，"杰克说着，拿起另一个煎饼，"请告诉我们你的感受。我的鬼魂可以等。"

"现在想起来都让我毛骨悚然，"她说，"我一下就醒了，有种可怕的感觉，好像有什么事情要发生，你知道的！我很清醒，我似乎听到了周围几英里内的每一个微小的声音。在这个乡村有很多奇怪的小声音，因为这里是如此寂静。屋外有百万只蟋蟀和其他东西，还有树林里的各种沙沙声！风不大，月光透过我的三扇大窗，在黑色的旧地板上形成三个白色的方块，而我们昨晚谈到的那些手指状的紫藤叶似乎覆盖了整个地板。还有——噢，姑娘们，你们知道地窖里那口可怕的井吗？"

她的话引发了最令人满意的效果，珍妮愉快地接着说：

"好吧，当时静得可怕，而我躺在那里，不想叫醒乔治。我清楚地听到，就像它就在房间里一样，下面那条旧铁链在石头上发出嘎吱嘎吱的声音。"

"好极了！"杰克喊道，"这很好！我会把它写在周日版上!"

"等等!"凯特说,"珍妮,它是什么呢?你真的看到什么了吗?"

"不,我没有看到,抱歉。就在那一刻,我本不想这么做。我叫醒了乔治,我很惊慌,他给了我溴化物镇静剂,他说他会去看看,那之后我就把一切都忘得一干二净了。直到杰克提醒了我,我才想起来这事儿——溴化物的效果真好。"

"来吧,杰克,讲讲你的梦吧,"吉姆说,"也许,它将以某种方式互相印证。我想是渴死鬼,也许那时在这里也有禁酒令!"

杰克叠好他的餐巾,以他最令人印象深刻的姿势向后一靠。

"大厅的钟正敲到十二点——"他开始说。

"没有什么大厅的钟!"

"哦,别说话,吉姆,你破坏了气氛!根据我的老式自鸣钟所报,当时是一点钟。"

"沃特伯里[1]!别管是什么时候了!"

"好吧,说实话,我猛地醒了过来,就像我们亲

---

[1] 指杰克。——编者注

爱的女主人一样,我试图再次入睡,但是失败了。就像珍妮一样,我也体验了那些感觉,月光和蚱蜢,我在想晚餐有什么问题,这时我的鬼魂进来了,我知道这一切都是梦!她是一个女鬼,我想象她年轻又漂亮,但所有那些昨晚蹲伏的、被猎杀的身影在我的脑海中不受控制,而这个可怜的人看起来正像它们那样。她全身裹在披肩里,胳膊下夹着一个大包袱——好家伙,我要把这个故事毁了!她的气质和步态,带着一种疯狂的匆忙和恐惧,这个被裹住的身影滑向一个黝黑的旧衣柜,似乎在从抽屉里拿东西。当她转身时,月光清楚地落在她脖子上的一个小红十字架上,它穿在一根细细的金链子上——我看到它在闪闪发光——就在她无声无息地从房间里爬出来的时候!就这么多。"

"哦,杰克,别这么吓人!你真的看见了吗?就这些!你认为它是什么呢?"

"我天性并不喜欢吓人,只是在职业上如此而已。我真的看见了。这就是全部。而且我完全相信那是一个患有偷窃癖的私奔女仆的真真正正的鬼魂!"

"你太坏了,杰克!"珍妮喊道,"你把所有恐怖的东西都消解了。现在一点儿可怕的感觉都没有了。"

"上午九点半,外面阳光明媚,还有木匠,本来就不是该害怕的时候!不过,如果你等不到黄昏,我想我可以提供一两个毛骨悚然的点子。"乔治说,"我后来去地窖找珍妮的鬼魂了!"

一阵欢快的女声响起,珍妮向她的主人投去了真诚的感激的目光。

"躺在床上看到鬼,或者听到鬼,倒是都无所谓,"他接着说,"但是年轻的房主怀疑是盗贼,尽管作为一个医学家他了解这可能是神经在作祟,在珍妮睡着后,我还是开始了发现之旅。我再也不会这样做了,我向你们保证!"

"哎呀,怎么回事?"

"哦,乔治!"

"我拿着蜡烛——"

"向窃贼致意——"杰克喃喃道。

"我走遍了整幢房子,逐渐下到地窖和井里。"

"然后呢?"杰克问。

"现在你们可以笑了,但那地窖在白天就不是闹着玩的,晚上的蜡烛就像猛犸洞里的萤火虫一样闪烁。我跟着光走去,担心一脚掉进井里,但还是一下就到井里了;我把蜡烛向下照过去,然后我看到,她就在我脚下(我差点儿从她身上摔过去,或者说踩过她身体吧)——一个女人，蜷缩在一条披肩下！她抓着链子，蜡烛照在她的手上——白色的、瘦弱的手——照在她脖子上挂着的一个红色的小十字架上——艾德·杰克！我不相信鬼魂，而且我坚信晚上的房子里并不会有什么九名物体，所以我相当严厉地跟她说话。她似乎没有注意到，我伸手去拉她——然后我回楼上了！"

"回来干吗？"

"发生什么了？"

"是什么情况？"

"嗯，什么都没发生。那里压根就没有人！当然，我可能是消化不良，但作为一名医生，我不建议任何一个消化不良的人在午夜时分一个人在地窖里晃荡！"

"这是我听说过的最有趣、最逍遥、最躲闪的幽灵！"杰克说，"我相信她的井底有无数的大银杯和大量珠宝，我提议我们去看看！"

"直达井底！是不是，杰克？"

"直达神秘根源！来吧！"

大家一致同意，崭新的白亚麻布和漂亮的靴子被绅士们殷勤地护送到下面，他们的笑话如此繁多，以至于许多笑话都有点勉强。

幽深的古窖是如此黑暗，他们不得不带着蜡烛，而井里的黑气是如此阴沉，女士们都退缩了。

"那口井足以让鬼魂都感到害怕。我说你们最好别去打扰它了。"吉姆说。

"真相藏在井里，而且我们必须把她救出来，"乔治说，"帮我拿一下链子？"

吉姆扯开身上的链子，乔治转动着吱吱作响的轱辘，而杰克则在一旁助力。

"这鬼魂拉着跟湿床单一样沉，如果不是下面藏着一片汹涌的大海的话。"他说，"看来想把鬼魂拉起来也是很难的！我想她下去的时候，一定绊到井水桶了！"

随着链子越来越轻、越来越短，他们开始紧张得不再说话。最后，当水桶在黑暗的水中缓缓升起、露出水面时，他们急切地又不是很情愿地注视着，自然地向后退。他们戳了戳水桶里黑暗的东西。

"只有水。"

"除了泥巴什么都没有。"

"某个东西——"

他们把桶里的水倒在黑土地上，女孩们都走到外面，走到屋前明亮温暖的阳光下，那里有锯子和锤子的声音，还有新木材的气味。在男人们加入她们之前，

没有人说话,然后珍妮胆怯地问道:

"你认为它多大了[1],乔治?"

"整整一个世纪了,"他回答,"那水是一种防腐剂——里面有石灰。哦!——你是说——不超过一个月吧,是一个非常小的婴儿!"

这时又是一阵沉默,直到工人们的一声喊叫将其打破。他们已经拆掉了旧门廊的地板和侧墙,阳光倾泻到地窖底部的黑色石头上。在那里,在大紫藤根部的扼杀下,躺着一个女人的骨头,她的脖子上还挂着小小的猩红色的十字架——吊在一条细细的金链上。

---

[1] 原文问句开头用的是 How old,old 一词引起了乔治的误会,他以为珍妮问的是这个水放多久了。但其实 old 在这里指代的是年龄,珍妮想问的是那个婴儿的大小。——编者注

男孩和黄油

The Boys and The Butter

小霍尔德费斯特和 J. 爱德华兹·费尔南多表情严肃地坐在他们父亲的餐桌旁,只见其人不闻其声,他们吃着摆在面前的东西,出于良心而不提问,因为他们就是这样被正确地养育的。但他们在心中,对一位可敬的姨妈,即简·麦科伊小姐,却有着最不仁慈的感情。

凭着童年的敏锐观察力,他们知道,只是出于好客和对亲戚的责任感,才使他们的父母亲对她有礼貌——礼貌,但不亲切。

费尔南多先生是一位虔诚的基督徒,他尽力去爱他妻子的姨妈,但说起来,她应该算得上是他认识的所有人中最接近"敌人"的那一位了。他的妻子马哈拉却没有他那么圣洁,除了体面的礼节,没有做出任何其他的假装。

"我不喜欢她,我也不会假装喜欢她。这不诚实!"当她的丈夫抱怨她缺乏亲情的时候,她向他抗议道,"她是我的姨妈,这我没得选——但是谁也不能命令我非得对姨妈和叔叔报以尊重之情,乔纳森·E。"

费尔南多夫人的诚实有一种铁一般的强硬和不畏艰难的风格。她宁死也不说谎话,并把任何形式的回避、欺骗、隐瞒甚至艺术性的夸张都归为谎言。

她的两个儿子,就这样被刻板地抚养长大,在他们自己之间的秘密交谈中找到了他们唯一被许可的想象力,被一种相互信任的契约神圣地保护着,这种契约比任何外在的强制力都要强大。他们在桌子底下互相踢来踢去,忍受着这种探亲,就他们共同厌恶的对象交换阴郁的目光;在他们应该睡觉的时候,刻薄地评论她的个人特点。

麦科伊小姐不是一个讨人喜欢的老夫人。她身材魁梧,吃东西狼吞虎咽,还总是挑拣着最好的吃食。她的衣服很繁复,但并不漂亮,一靠近就会让人怀疑她拖欠了洗衣费。

在许多不喜欢她姨妈的原因中,费尔南多夫人特别看重这一点。在其中一次不受欢迎的探亲中,她很不情愿地为星期六晚上的沐浴提供热水,这是当时新英格兰人的社会道德所要求的,而老夫人竟然两次都忽视了它。

"看在上帝的分上,简姨!你就不能去洗个澡吗?"

"胡说八道!"她的客人回答说,"我不相信所有这些关于洗澡的事情。《圣经》上说,'凡洗过脚的,全身就都完全洁净了'。"

麦科伊小姐对别人的行为有无数的理论,通常都有精心挑选的文本作为支持,不顾任何人的感受而逼迫他们,甚至父母的权威对她来说也不可怕。

她从茶碟里深深地、重重地吸了几口,那双突出的眼睛盯着两个男孩,他们正在努力地吃面包和黄油。盘子里不能剩下任何东西,这是当时的餐桌礼仪。这顿饭简单到了极点。一个新罕布什尔州的农场提供不了奢侈的食物,而那盘楦桴蜜饯已经被她吃光了。

"马哈拉,"她郑重其事地说,"那些男孩吃太多黄油了。"

费尔南多夫人的脸红到了帽檐。"我想我才是我的孩子们在我的餐桌上吃什么的决策者,简姨。"她的回答不太温和。

费尔南多先生以"柔和的回答"进行了干预。(即使是在长期的反复失败后,他仍然对这种化解愤怒的武器的功效有信心。事实上,对于他妻子的脾性来说,一个柔和的回答,尤其是一个有意为之的柔和回答,是一种新的激怒。)"现在那个传教士称赞了我们的黄油,说他在任的地方,不管是中国还是什么旁的地方,从来没有吃到过任何黄油。"

"他是一个传教士,"麦科伊小姐大声说,"如果说在这个可怜的地球上有什么人值得尊敬,那就是传教士。他们为传播福音所忍受的一切,对我们所有人都是一个启示。当我要走时,我打算把我的一切留给传教会。你们知道我会这么做的。"

他们知道这一点,但什么也没说。他们对她的耐心绝不是功利性的。

"但我说的是孩子,"她继续目标明确地说了回来,丝毫没有被岔开话题,"孩子不应该吃黄油。"

"他们似乎以此为生。"费尔南多夫人讽刺地回答。事实上,尽管两个男孩吃得很"奢侈",他们仍是壮实的小型人类样本。

"这对他们不好,会让他们皮肤过敏,对血液不好。而自我节制对孩子来说是好事。'幼年负轭,受主管束,也是有益的。'"

被质疑的年轻人把黄油涂得更厚,满意地吃了起来,什么也没说。

"听我说,孩子们!"她突袭般地说,"如果你们愿意一年不吃黄油——整整一年,直到我再回来——我就给你们每个人五十美元!"

这是一个压倒性的提议。

黄油就是黄油——这几乎是对主要由面包组成的,枯燥而单调的菜单的唯一缓解。没有黄油的面包!没有黄油的黑面包!土豆上没有黄油!任何东西都不加黄油!年轻的想象力畏缩了。这种无限度的剥夺将持续一整年。对他们来说,这分别是一生中的九分之一或十一分之一。大约是他们能够真正记住的全部的五分之一。无数个日子,每日三餐;几周,几个月,漫长的没有黄油的枯燥景象在他们面前延伸,就像俄罗斯囚犯心中的西伯利亚流放。

但是,另外,那是五十美元。五十美元可以买一匹马、一把枪、工具、刀子——也许一个农场。毫无疑问,它可以存入银行并终身承兑。当时的五十美元就像今天的五百美元,对一个孩子来说,那是一笔财富。

就连他们的母亲在考虑这五十美元时,她的怨恨也动摇了,不过父亲完全没有动摇,倒是认为这是天赐福音。

"让他们选择。"麦科伊小姐说。

严厉是花岗岩州(新罕布什尔州的别名)的血统;自我克制是他们宗教的本质;而节俭(给它一个好听的名字),对他们来说是自然的第一法则。

斗争是短暂的。小霍尔德费斯特放下他那涂了厚厚黄油的切片。J.爱德华兹·费尔南多也放下了他的。"是,夫人,"他们接连说道,"谢谢你,夫人。我们会做到的。"

* * *

那是漫长的一年。牛奶并没有取代它的位置。他们的母亲尽情提供的肉汁和烤油也没有取代它,不常吃的蜜饯也没有取代它。没有什么能满足同样的需求。如果他们的健康因禁食而得到改善,那也是肉眼看不出的。他们很健康,但他们以前也很健康。

至于道德上的作用——这很复杂。一个被勒索的牺牲与一个自愿的牺牲并没有同样的圣洁气味。即使是心甘情愿的,如果这种心甘情愿是买来的,其效果似乎也有些混乱。黄油并没有被放弃,只是被推迟了。

随着时间的推移,年轻的苦行僧们在他们的秘密会议上,沉浸在一旦匮乏期结束便开始大吃黄油的疯狂幻想中。

但是,大多数时候他们都在计划如何花费和储蓄即将到手的来之不易的财富,以此振作灵魂。小霍尔德费斯特将要保存他的财富,并成为一个富人——比布里格斯船长或霍尔布鲁克执事更富有。但有时在 J. 爱德华兹·费尔南多想象力的刺激下,他也会动摇,想象着把那笔神奇的钱投入到无数的欢乐中。

自我克制的习惯也许正在建立,但对未来不屑一顾的习惯也在建立,沉溺于自我满足的疯狂计划的习惯也在建立。

* * *

即使对没有黄油的男孩来说,时间也是会流逝的,无尽的一年终于要结束了。他们数着月,数着周,数着天。与这个即将到来的欢乐和胜利的节日相比,感恩节本身显得很苍白。随着节日越来越近,他们也越来越兴奋,甚至在一个真正的传教士,一个活生生的传教士来访时,他们也不能忘记它。传教士曾去过那些黑暗的土地,在那里,异教徒赤身裸体,崇拜偶像,把他们的孩子扔给鳄鱼。

当然，他们被带去听他讲话，不仅如此，他还到他们家吃晚饭，用他讲的故事赢得了他们年轻的心。这位传道者的头发和胡须都是灰色的，他非常虔诚，但他有一双闪烁的眼睛，他所讲述的神奇故事，有时几乎称得上是滑稽的，总是很有趣。

让他们对那些"不信神的土地"上难以言喻的邪恶行为感到惊恐之后，他说："我年轻的朋友们，不要想象异教徒是完全没有道德的，他们比一些基督徒还要诚实。他们的商业荣誉感给我们所有人以启迪。然而这光靠工作是无法拯救的。"他询问了他们的宗教状况，得到了令人满意的答案。

全镇的人都来听他讲课。他去巡回讲道，劝勉布道，描述传教生活的艰辛和危险，以及拯救灵魂的乐趣，敦促他的听众为向所有生物传福音这一伟大职责做出贡献。他们有了某种复兴布道季，并且安排他回来时举行一次伟大的传教会会议，进行特别募捐。

全镇的人都在传教般地说话，传教般地思考，也许是传教般地做梦。为制作福音盒，阁楼被洗劫一空，送到异教徒那里。但霍尔德费斯特和 J. 爱德华兹的感情是复杂的，他们对那些不幸的野蛮人的兴趣、对黄油的热情和渴望,以及以前从未体验到的对金钱的渴望,全都混杂在一起。

然后麦科伊小姐回来了。

他们知道这一天、这一小时来了。他们看着父亲驾车去迎接命运,他们不停地问母亲,问麦科伊小姐会在晚饭前还是晚饭后把钱给他们。

"我真的不知道!"她最后怒气冲冲地说,"我肯定,当这一切都结束时,我会很感激的!我想,这是一件很愚蠢的事情!"

然后他们看到那辆旧马车转过街角。什么?只有一个人在里面!男孩们冲向大门——还有母亲。

"怎么了,乔纳森?她没来吗?"

"哦,父亲!"

"父亲,她在哪里?"

"她不来了,"费尔南多先生说,"她说她要和莎拉表姐一起,所以要留在城里,去参加所有的传教活动。但她送来了东西。"

他一下马就被三双忙碌的手围住了。他们来到晚餐桌前,上面放着整整两磅美味的黄油,所有人几乎都迫不及待地坐下来。

冗长的祝福语——在年轻人看来,这是一个长达十英里的祝福，然后那个又长又厚的信封从费尔南多先生的口袋里被掏了出来。

"她一定写了很多。"他说着，拿出两张折叠的纸，然后是一封信。

"我亲爱的甥孙们，"这封书信写道，"由于你们的父母向我保证，你们已经遵守了你们的承诺，在一年的时间里不吃黄油，这是我答应给你们每个人的五十美元——明智的投资。"

费尔南多先生打开了文件。给霍尔德费斯特·费尔南多和 J. 爱德华兹·费尔南多的是两份价值五十美元的传教会终身会员资格，已正式出票、开具收据、签字和盖章。

可怜的孩子们！小的那个突然大哭起来。大的那个抓住黄油碟子，把它扔到地上，当然他必须为此受到惩罚，但这种惩罚与他的悲伤和愤怒相比，微不足道。

当他们最后单独在一起，终于能说出话来，而不只是哭哭啼啼时，这两个温和的年轻人交换了他们的情绪——这些情绪的本质是对上帝的亵渎和背叛。他们一下子就学到了人类堕落的可怕教训。人们撒谎——成年人——宗教人士——他们撒谎！你不能相信他们！他们被欺骗了，被背叛了，被抢劫了！他们已经失去了自己放弃的实际快乐，以及承诺和延迟的潜在快乐。他们可能有一天会赚到钱，但天堂本身也无法归还那一年的黄油。而这一切都是以宗教的名义——以传教的名义！起初，狂热的怒火充斥着他们的心，较慢的后果将随之而来。

* * *

这个小镇信神的热情正处于最高点。在加尔文主义简单的替代方案中挨饿的宗教想象力，在这些关于危险、奉献，有时是殉道的光辉故事中找到了丰富的食物。从摇篮到坟墓习惯于节俭的人们，热切地享受了这些高贵的福音传道者的成功，使他们到如此遥远的地方去拯救那些失落的灵魂。

他们从狭窄的财力中进一步搜刮；自己节衣缩食，砍掉一切无用的生活用品。最高的会议，即大型募捐会议，宣布开始，来自亚洲教会的优秀教士再次向他们讲话时，会议厅里的地板和走廊都挤满了人。

心灵是温暖和开放的，灵魂对伟大的工作充满了热情，一波又一波强烈的感情涌过拥挤的房子。

只有费尔南多家的座席上，有一个灵魂走掉了。

费尔南多先生，尽管他是个好人，但他内心还没有原谅。他的妻子也没有尝试原谅。

"不要和我说话！"他敦促和解时，她曾激烈地大声说，"原谅你的敌人吧！是的，她对我没有造成任何伤害！她伤害的是我的男孩们！她伤害的是我的孩子们！我对关于原谅他人敌人的事没什么可说的！"

尽管费尔南多夫人很愤怒，但似乎有一些源于内在的安慰，她拒绝了她的丈夫，那内在的安慰会让她时不时地点点头，又坚决地摇摇头，薄薄的嘴唇紧紧抿着。

复仇的苦闷和无能的愤怒占据了小霍尔德费斯特和J. 爱德华兹·费尔南多的心。

当他们稍晚一点到达会场，发现座席的首位被麦科伊小姐占据时，年轻人和老年人的这种心理状态都没有得到一丝改善。

现在不是示威的时候，这里也不是示威的地方。没有其他空着的座位，费尔南多夫人走了进来，在她身边坐下，直视着讲台。男孩们跟着走了过来，他们心中充满了谋杀的念头。最后是费尔南多先生，在心里祈祷一个更仁慈的灵魂，却没有实现。

小霍尔德费斯特和小爱德华兹不敢在教堂里说话，

也不敢提出任何抗议,但他们闻到了从母亲旁边那位夫人身上飘来的豆蔻种子的味道,她正在大声咀嚼。他们互相投以阴沉的目光,非常秘密地露出底下紧握的拳头。

在激烈的内心反叛中,他们坐着听完了先前的演讲,这个场合的演说时间到了,甚至亚洲教士的低沉声音也没能唤醒他们。他不是一个传教士吗?而传教士和他们所做的工作现在不是都被证明是错误的了吗?

但这是什么?

演说结束了,募捐的现金放在讲坛脚下堆放的盘子里。募捐的物品被一一列出,附有募捐人完整的姓名。

然后,人们看到这个时刻的英雄与其他尊敬的教士们商议,他起身上前,举手示意众人安静。

"亲爱的弟兄姐妹们,"他说,"此刻,我感谢你们精神和世俗的礼物,但我想请你们再耐心等待一会儿,以便我们秉行公正。我听到了一个关于我们最近的一个礼物的故事,我希望你们也能听到,这最终的审判可能要以色列来裁决。

"我们中间有一个人给耶和华的殿带来了一个有污点的祭品——一个沾满了残酷和虚假的祭品。一年前,我们羊群中的两个幼子被收买，放弃了他们生活中有限的乐趣之一，为期一年——一个孩子生命中漫长的一整年。他们是被一个承诺收买的——一个给孩子巨额财富的承诺，每人五十美元。"

会众们深深地吸了一口气。

那些知道费尔南多男孩所做出的努力的人（在那个友好的半径范围内，谁不知道呢？）急切地看着他们；认出麦科伊小姐的人也看着她，这样的人有很多。她坐在那里，用一把直柄的棕榈叶小扇子给自己扇风，假装意识不到这一切。

"当时间到了，"这个清澈的声音继续懊悔地说道，"一年的挣扎和匮乏，童年热盼的心期待着回报，但诺言并没有被遵守，每个孩子得到的只是我们传教会的付费终身会员资格！"

房子里的人再次吸了一口气。难道欲达目的就可以不择手段吗？

他继续说：

"我已经和我的同僚们商议过了，我们一致宣布这份礼物无效。这笔钱不是我们的。它是通过异教徒自己都会蔑视的伎俩获得的。"

人们都震惊地沉默了。麦科伊小姐脸色发紫。她只是保持不动,如果她想逃跑,只会引起更多的注意。

"我没有指名道姓,"演讲者继续说,"我很遗憾必须由我来揭露这笔可能出于善意的交易,但今天晚上的关键不是这笔钱,也不是一个罪人的感情,而是两个孩子的灵魂。我们是否要践踏敏感的年轻人的正义感?他们会像赞美诗作者一样相信所有的人都是骗子吗?他们会对我们为之奉献生命的伟大事业感到愤怒,并且指责它吗?正是以其之名,他们被欺骗和掠夺。不,我的弟兄姐妹们,我们要清除我们耻辱的边界。我将以传教会的名义,把这笔钱归还给它的合法主人。'若有人得罪这些信我的小孩,倒不如把大磨石拴在这人的颈项上,沉到深海里。'"

杂文
Essays

我为什么要写《黄色墙纸》

Why I Wrote *The Yellow Wallpaper*

许许多多的读者都问过这个问题。大约是在1891年[1]，当这个故事第一次出现在《新英格兰》杂志上时，一位波士顿医生在《抄本》杂志上提出了抗议。他说，这样的故事不应该被写出来，它足以让任何读到的人发疯。

另一位医生，我想是在堪萨斯州，他写信说，这是他所见过的对早期精神病的最好描述，而且——请我原谅——我是否亲身经历过？

故事背后的故事是这样的：

许多年来，我一直遭受着严重的、持续的神经衰弱的折磨，有抑郁症的倾向——甚至更严重。遭遇这种困境的第三年，我怀着虔诚的信仰和微弱的希望，

---

1 《黄色墙纸》最早于1892年1月发表，此处为作者记忆错误。

去求助一位著名的神经疾病专家，一位全国最有名的专家。这位聪明人让我躺在床上，采用了"休息疗法"，我仍然健康的体质对此疗法的反应是如此迅速，因此他认为我没有什么大问题，并把我送回家，郑重建议我"尽可能过家庭生活""每天只过两小时的智识生活"，只要我活着，就"永远不要再碰钢笔、画笔或铅笔"。这是在1887年。

我回家后就遵守了这些指示，持续了三个月左右，我已经接近了精神彻底毁灭的边缘，我可以清楚地预见到。

然后，我利用残存的智慧，在一位明智的朋友的帮助下，将这位著名专家的建议抛到九霄云外，重新开始工作——工作，是每个人的正常生活。工作中有快乐、成长和奉献，没有工作，人就是穷光蛋和寄生虫——我最终恢复了一定的力量。

由于这次侥幸的逃脱，我自然而然地感到高兴，于是我写了《黄色墙纸》，加上一些润色和补充，我实现了理想（关于我的墙壁装饰，我从未有过幻觉或反对意见），并给那个差点儿把我逼疯的医生寄了一份副本。他从未告知我是否收到。

这本小书受到了精神病学家的重视，并被认为是一类文学的良好标本。据我所知,它曾把一个女人从类似的命运中解救出来——她的家人感到了恐惧,他们放她出来进行正常的活动,她康复了。

但最好的结果是这样的。许多年后,有人告诉我,那位伟大的专家向他的朋友们承认,自从读了《黄色墙纸》之后,他改变了自己对神经衰弱的治疗方法。

这本书的目的不是把人逼疯,而是把人从被逼疯的状况中解救出来,而且它很有效。

男性文学

Masculine Literature

当我们看到一份"女性"报纸的版面或专栏时,我们发现它充满了所谓吸引女性(作为一个性别或阶级)的内容:作者大谈特谈德国皇帝恺撒·威廉二世的四个 K——蛋糕(Kuchen)、儿童(Kinder)、教会(Kirche)、衣裙(Kleider)。他们无休止地反复讨论新旧式烹饪、儿童的养育、服装等压倒性的话题,以及道德教育。所有这些都被认为是"女性"文学,它必然有一定的吸引力,否则女人就不会去读它。那么在"男性"文学中,我们又有什么类似的内容呢?

"没有!"这是骄傲的回答。"男人是人!女人,作为'那个性别',有她们局限的女性的兴趣,有她们的女性观点,这些都必须得到满足。然而,男人不受限制——世界文学属于他们!"

是的,它是属于他们的——自从它存在以来。他们书写,他们阅读。总体而言,女性只是在最近才被教会阅读的,而她们被允许写作的时间更晚。哈丽雅特·马蒂诺[1]在访客到来时将她的作品隐藏在她的针线活儿下面仅仅是不久以前的事——写作是"男性化的"——缝纫是"女性化的"。

诚然,我们并不曾把男人限制在一个狭义的"男性领域"里,并且开创一个适合它的特殊文学类型。他们对文学的影响要比这广泛得多,他们以特殊的有利方式垄断了这种艺术形式。它比其他一切都更适合自我表达的主导冲动;而且正如我们所看到的那样,在本质上一直是"那个性别"的。他们给这种艺术带来了压倒性的性别印象,他们给世界提供了一个男性化的文学。

我们很难意识到这一点。我们很容易看到,如果总是由女性书写,没有男人书写或阅读,那肯定会使我们的文学"女性化",但我们的头脑中没有这个概念,更没有词来形容过度男性化的影响。

---

[1] 哈丽雅特·马蒂诺(Harriet Martineau, 1802—1876),英国社会学家、翻译家。马蒂诺的著作《美国社会》(*Society in American*)检验了北美新大陆的宗教、政治、儿童养育和移民等议题。她在书中特别提到社会阶级区分以及性别与种族等社会因素。

男人被认为是人类，女人只是附属物。（如果我们接受希伯来人的传说，那它就是字面上的意思！）男人无论做什么或说什么都是人性的——而且不能被批评。在人生的任何层面中，都不可能轻易推翻这种古老的信念——表明男性本身与人类类型有什么不同，以及这种男性特征如何垄断和损坏了一个伟大的社会功能。

人类生活是一个非常大的事件，而文学是它的主要艺术门类。我们只能通过我们的交流能力来实现作为人类的生存。在直接的个人接触中，言语从横向给了我们这种力量。对于永久性的使用来说，语言成为口述传统——一种可怜的依赖。文学不仅在沟通的横向传播中发挥了无限的倍增功能，还增加了垂直的影响。通过它，我们了解过去，管理现在，影响未来。在其服务性的普通形式中，它是我们生活中不可缺少的日常仆人；在其更高尚的飞翔中，作为一种伟大的艺术，没有任何人类交流的手段能走得这么远。

篇幅有限，我们只能轻轻地触及如此伟大的主题的某些方面，并将重点聚焦在对历史和小说这两个领域的绝对男性化处理的影响上。在诗歌和戏剧中，同样的影响也很容易被察觉到，但在前两者中，这种影响是如此显而易见,以至于让人无法反驳。

历史是,或者说应该是,我们种族生活的故事。男人们把它变成了什么?战争和征服的故事。从最源头开始,从埃及的雕刻石像到迦勒底[1]的陶制品,在历史中我们发现了什么?

"我是法老,王中之王!主中之主!(等等)""攻入可悲的库什地,杀了十四万二千名居民!"早期历史留给我们的就是诸如此类的记录。

凯旋的国王的故事,他们杀害和奴役了谁,人数有多少。被奴役者卑躬屈膝的谄媚、胜利者无节制的狂欢,从大多数古代国王的原始状态、罗马的凯旋、女王戴着镣铐行走,一直到我们无所不在的士兵纪念碑:战争和征服的故事——战争和征服——一遍又一遍。有这样的吹嘘和胜利,如同公鸡打鸣和扑打翅膀,最明确地显示了自然的本能。

所有这些一开始会让读者觉得失之偏颇和不公平。"那时候的人就是这样生活的!"读者说。

不——女人不是这样生活的。

"哦,女人!"读者说,"当然不是!女人是不

---

[1] 迦勒底(Chaldea)亦称新巴比伦王国,在今伊拉克南部。公元前1世纪以前是古巴比伦王国的地盘,后被亚述人占领。

同的。"

是的，女人是不同的；男人也是不同的！他们，作为两性，都不同于人类的规范，也就是社会生活和一切的社会发展。在所有那些黑暗、盲目的岁月里，社会在缓慢发展。艺术、科学、贸易与手工艺和行业、宗教、哲学、政府、法律、商业、农业——所有的人类进程都在运行，就像它们在战争期间一样。

雄性自然而然地战斗，自然而然地打鸣，战胜他的对手并获得奖励——因此他被称为雄性。雄性意味着战争。

不仅如此，作为雄性，他只关心雄性的利益。男人是应该做什么、说什么、写什么的唯一仲裁者，他们给我们带来了一个从起始就因为不断的破坏而被挫败得伤痕累累的社会发展，更何况这段历史是一部关于勇气和血腥的残酷，关于胜利和黑色的耻辱的不间断记录。

至于那些真正有意义的事情，劳工世界巨大而缓慢的进步，发现和发明，人类的真正进步——从男性的角度来看，这些都不值得记录。在18世纪，"女性的世纪"，这个伟大的觉醒的世纪，随着对政治、经济和家庭的自由的要求不断提高，我们才开始书写真正的历史,人类的历史,而不仅仅是男性的历史。但那伟大的文学分支——希伯来语、希腊语、罗马语,以及后来所有的语言,毋庸置疑地显示了我们以男性为中心的文化的影响。

文学是艺术中最强大和最必要的,而小说是其最广泛的形式。如果艺术"以自然为镜",那么这种艺术的镜子就是最大的、最常用的。由于我们的生活本身依赖于某些交流,而我们的进步与我们交流的充分性和自由度成正比,且真正的交流需要相互理解,所以在社会意识的成长中,我们从一开始就对其他人的生活投以热情的关注。

赋予人类意识的艺术是最具生命力的艺术。我们最伟大的戏剧家因其掌握的"人性"知识的广度以及对情感和理解力的范围之广而受到赞誉;我们最伟大的诗人是那些最深刻、最广泛地体验和揭示人类心灵感受的人。而小说的力量在于,它可以触及和表达人类生活这一伟大领域,除了作者自身的局限,没有任何限制。

小说一开始就是口述传统的合法产物,是自然的大脑活动的产物,传说是被构建的,而不是被记住的。(流行笑话和故事被重复讲述,又不断变化,可以看出，我们还处在这个阶段。)

今天的小说有更加广阔的范围，但它仍然受到限制，被严重地和最恶毒地限制了。

小说的首选题材是什么？

从《玫瑰传奇》到《紫罗兰》杂志，到处都彰显两个主要的分支——冒险故事和爱情故事。

冒险故事的分支无论如何也不会像另一支那样粗壮，但它仍是一个坚固的分支。史蒂文森和吉卜林已经证明了它巨大的受欢迎程度，再加上所有的侦探故事和我们称为"流浪汉小说"的恶棍传奇，我们最受欢迎的周刊显示了这一类小说的广泛吸引力。

所有这些关于冒险、斗争和困难的故事，关于打猎、捕鱼和战斗的故事，关于抢劫和谋杀、抓捕和惩罚的故事，都是明显的，从本质上说是男性化的。它们不涉及人类进步和社会进步，而是涉及长期以来只属于男人的特殊领域，即一种弱肉强食的亢奋。

这里需要指出的是，即使在产业性的吸引力压倒性增长的今天，当它们被用作故事的基础时，也不得不与小说的这两个主要分支中的一支或两支——冲突（冒险）或爱情保持一致。除非故事中有这些"吸引力"之一，否则就没有故事——编辑是这样认为的。

有句格言说得很直白:"除了冲突和爱情,生活没有吸引力!"

这肯定不只是一个巧合,这些就是男性化的两个基本特征——欲望和战斗——爱情和战争。

事实上,生活的主要吸引力与它的主要进程是一致的,而这些——在我们人类发展的阶段——比我们的小说想要让我们相信的更加多样。我们应该记住,世界的一半由女人组成,她们和男人一样是人类生活的类型,她们的主要生活不是冲突和冒险,她们的爱不仅仅意味着交配。即使是在"女性专栏"所提供的这样一个差强人意的分界上,如果女性要被局限在她们的四个K里,那也应该有一个"男性专栏",所有的"体育新闻"和"钓鱼故事"都应该放在那个专栏里,它们不是世界的兴趣点,它们是男性的兴趣点。

现在说说主要分支——爱情故事。百分之九十的小说都在这条线上,它在很大程度上是生活的主要兴趣——在小说中得到体现。这种艺术所呈现的爱情故事是怎样的?

这是一个关于婚前斗争的故事。这是他追求她的历险记——当他得到她时就停止了!一个又一个的故事,一个又一个的时代,一遍、一遍又一遍,这种前奏永不停歇地反复出现。

这是人类生活。在更大的意义上,在真正的意义上,它是一个个人和群体之间的相互关系的问题,涵盖了所有的情感、所有的过程、所有的经验。从人类生活的这一广阔领域里,小说会任意选择一种情感、一种过程、一种经验,作为它的必要基础。

"啊!但我们首先是人!"读者抗议道,"这是个人经验——它具有普遍的吸引力!"

那么就拿人类的个体生命来说吧。这是一个人,一个涵盖约七十年的生命,涉及许多能力的变化性成长:青年时期不断出现的新奇迹,中年时期的漫长工作时间,老年时期的缓慢成熟。这是人类的灵魂,在人类的身体里,活着。从个人生活的领域里,从所有的情感、过程和经验里,小说任意选择一种情感、一种过程、一种经验,却主要是一种性别的。

我们故事中的"爱"是男人对女人的爱。如果有人敢对此提出异议,说它同样涉及了女人对男人的爱,我会反问:"那为什么故事会止于婚姻呢?"

目前流行一个笑话,揭示了很多,大意如下。

年轻的妻子抱怨丈夫没有像婚前那样侍奉和追求她。对此,丈夫回答道:"我已经上了电车,为什么还要追着它跑呢?"

目前小说中处理的女人对男人的爱在很大程度上是一种反射——这是他想要她感觉到的,期望她感觉到的,而不是对她实际感受的公平表述。如果一定要选择"爱"作为生活中最重要的东西来书写,那么母爱就应该是首要的主题:这就是主流。这是普遍意义上的提升世界的基础力量。如今被如此喋喋不休地谈论的"生命之力",在母性中得到了最充分的表达,而不是在初级阶段的伴侣的情感中。

与这些关于情爱的海量的激情文字相比,关于母爱,甚至是父爱,文学,主要是小说有什么可以提供的内容?为什么探照灯一直聚焦在"周围空白的几英里"中那两三年的生活空间?为什么呢?事实上这有一个明显的原因——在一个毫不掩饰男性化的基础上,这就是他的一个具有压倒性的兴趣和亢奋的时期。

如果蜂箱能产生文学作品,那么蜜蜂的小说将是丰富而广泛的。充满了复杂的蜂巢建设和填充任务,对幼虫的照顾和喂养,蜂王的监护服务。有时将远远超出这个范围,它将扩展到夏季天空的蓝色光辉,清新的风,花海无尽的美丽和芬芳。它将论述母性的巨大繁殖力,集体母亲的教育和选择过程及使蜂群团结起来的热烈的忠诚和社会服务之心。

但是,如果由雄蜂来写小说,除了许多只蜜蜂的盛宴和一只蜜蜂的婚礼飞行外,就没有任何主题了。

对雄性而言,这种交配本能就是生命的主要兴趣,甚至连好战的本能都是次要的。对雌性而言,尽管这种本能具有强度,却只是一种短暂的兴趣。在自然界的经济学中,他的这种本能只是一种暂时的奉献,而她的这种则是生命实现的缓慢过程。

作为人类,很久以来我们就远远超越了这一阶段的感情。在人类的亲子关系中,即使是母亲的关爱也开始变得苍白无力,因为社会的爱和关怀在不断增长,它守护并引导着今天的孩子们。

这种以小说为主要形式的文学艺术太伟大了,不可能完全由一个主导的音符来支配。随着生活的扩大和强化,一位艺术家,如果足够伟大,就超越了性别。在真正的大师的更强大的作品中,我们发现小说在描绘生活——普遍意义上的生活——以及它所有复杂的关系时,不再被过去以男性为中心的僵硬教条所束缚。

这就是巴尔扎克的力量——他涉猎的领域不止这一个;这就是狄更斯的吸引力——他写的是人,各种各样的人,做各种各样的事。当你愉快地回忆起某个你偏爱的流行小说时，你会发现自己正在仔细寻找其中的"爱情故事"。它就在那里——因为它是生活的一部分。但它并没有主宰整个场景——就像它在生活中一样。

世界的思想多半是由我们制造和输出的。书籍的制造者就是为大众提供思想和感情的制造者。小说是最受欢迎的形式，它提供了这种精神世界的食粮。如果它是真实的，它就会轻松、迅速、真实地教会我们生活，不是通过说教，而是通过真实的再现来教会我们。而我们在成长过程中，应该在书中了解到比我们本人所能认识的更广阔的生活。然后在现实中与生活相遇时，我们应该是明智的，而不是失望的。

事实上，我们伟大的小说海洋都只是在一个维度上被浸泡、染色和调味的。一个年轻人面对生活——请记住，是大约七十年的跨度，他读到的是一本又一本的书，书中同一套情感模式被不断地表达和高估。他永远都在阅读爱情，好的爱情和坏的爱情，自然的和非自然的，合法的和不合法的，于是不可避免地推断，没有其他事情发生。

如果他是一个健康的年轻人，他就会从整个事情中挣脱出来，鄙视"爱情故事"，并接受他所发现的生活。但是，他从小说中得到的印象是虚假的，他在不知不觉中遭受痛苦，因为小说未能给他带来更真实、更广阔的人生观。

一个年轻的女人面对生活——请记住，是约七十年的跨度，她们阅读的是同样的书——有局限。请记住拉罗什富科[1]的评论："世界上有三十个好故事，其中有二十九个不能讲给女人听。"有一个广泛的文学领域是如此严重地以男性为中心，男人们试图把它作为自留地，这是非常可耻的。但在一个较温和的形式中，铁锹都被命名为茶匙，或在最坏的情况下变身为小铲刀——年轻的女人读到了同样的小说。爱啊爱啊爱啊——从"一见钟情"到结婚。到此为止——只有宣布婚讯时的飘带，"从此幸福地生活在一起"。

这样的小说能描绘出一个女人的生活吗？在我们以男性为中心的文化下，小说没有对女性的生活给出任何真实的描述，对人类生活的描述也极少，而对男人的生活则有不成比例的书写。

随着男性与女性，每天都变得更人性化，这门高尚的艺术正在以如此快的速度向更好的方向发展，以

---

[1] 弗朗索瓦·德·拉罗什富科（Francois De La Rochefoucauld, 1613—1680），法国贵族和思想家，著名的格言体道德作家。

至于短暂的一生都可以标志着这种成长。新的领域正在打开，新的劳动者正在其中工作。但是，要使人类思想摆脱一千年来所灌输的态度和习惯，并不是一件迅速而容易的事。我们对被喂养了很久的东西已经习以为常，我们喜欢我们习以为常的东西，我们喜欢的东西，我们就认为是好的和合适的。

对更广泛、更真实的小说的更多需求被迟钝的人类思想所阻碍，并被文学的营销者以明显的自我利益以及昏庸的保守主义为由反对。

对男人来说是困难的，迄今为止他们是文学唯一的生产者和消费者；对女人来说是困难的，她们刚进入这个领域，遵循的是男性的准则，因为所有的准则都是男性化的。要想让他们的思想认识到目前我们正在发生的变化，是很困难的。

这一个狭窄的领域长期以来被过度加工，我们的头脑中充满了英雄人物不断重复的独幕剧，以至于当有人写出像《大卫·哈鲁姆》[1]这样的书时，出版商一再拒绝，最后坚持要强行给它注入"心灵兴趣"。

有没有人因为那份"心灵兴趣"而读过《大卫·哈

---

[1] 《大卫·哈鲁姆》(*David Harum*)，关于美国生活的故事，是美国1899年的畅销书。

鲁姆》？有谁记得那心灵的兴趣吗？难道人类除了心灵的兴趣，就没有别的兴趣了吗？

《罗伯特·埃尔斯米尔》是一本受欢迎的书——但不是因为其"心灵的兴趣"。

《汤姆叔叔的小屋》吸引了整个世界，受欢迎的程度比有史以来的任何小说都要广泛，但如果仅仅是有人在书中恋爱和结婚，他们其实已经被遗忘了。这本书中有丰富的爱——家庭之爱、朋友之爱、主人对仆人的爱、仆人对主人的爱、母亲对孩子的爱、夫妻之间的爱、对人类的爱、对上帝的爱。

它极受欢迎。有人说它不是文学。这种观点将继续存在，就像恩培多克勒[1]的名字一样。

小说的艺术在这些日子里正在重生。人们发现，生活比这些单调的"一个六月"演奏家让我们所相信的要长、要宽、要深、要丰富。

---

[1] 恩培多克勒（Empedocles，约公元前495—约公元前435），古希腊哲学家，但他在青年时代曾毫不犹豫地投身于政治。他是故乡阿克拉加斯（今阿格里根斯）推翻暴君斗争的策动者，感激他的公民愿把暴君的王位留给他以示报答，但恩培多克勒以当时希腊人中罕有的自我克制拒绝了。他宁把时间花在哲学研究上。恩培多克勒的思想在很大程度上受到毕达哥拉斯教的影响。这体现在他教义中强烈的神秘主义。他并不反对被人视为预言家和创造奇迹的人，有人甚至认为他可以使人起死回生。

女性的人性化本身为小说开辟了五个崭新的领域。第一，年轻女子的立场，她被要求为婚姻而放弃她的"事业"，她的人性——她反对。第二，是中年女性，最后发现她的不满是社会的匮乏——她想要的不是更多的爱，而是更多的生意。第三，女性与女性之间的相互关系，这是我们以前从未写过的事情，因为我们以前从未有过——除了在后宫和修道院。第四，母亲和孩子之间的相互作用：这里不是指永恒的"母亲与孩子"，其中孩子永远是个婴儿，如同个体关系的漫长戏剧；爱和希望，耐心和力量，持久的欢乐和胜利，一个活着的灵魂永远不愿承认的缓慢、噬人的失望——因此，这样的小说会有无数母亲和无数孩子渴望阅读。第五，成年女性的新态度，她们以自觉的母亲的高标准来面对爱的需求。

还有其他领域，广泛而有辉煌的前景，但本章只是为了说明：我们的片面文化在这种艺术中，最不成比例地高估了男性的主导本能——爱情与战争——它是对艺术和真理的冒犯，是对生命的伤害。

我们男性中心的文化，或，男人制造的世界。

诗歌
Poems

在我们这个世界中

In This Our World

房屋的结合和诞生,
不断地生长,
已给我造了一座城——
已为我生出一个国——
我在那里的生活丰富多彩,
众多的声音,众多的心情,
永不灭亡,永不疲倦,
噢!永不分离!
人类的生命,
如此微妙——如此伟大!
主啊,我出生了!
从最深处到最远端
所有的道路都是开放的,
从你在我灵魂里的声音
到我在众人中的喜乐——
一切都在自由地流动,
哦,上帝啊,我感谢您,

为这具您所赐予的身躯,
它包裹着大地——
也包裹于您的怀里!

反选举权

The Anti-Suffragists

豪华住宅中的时尚女郎，
男人来给她们的吃穿付账，
鞠躬、脱帽、递手帕；
无论是对待女主人还是女客人，他们都是如此
彬彬有礼，尊重有加；
在仆人、马匹和狗的簇拥下——
这一切的一切都在告诉我们，
她们已经拥有了想要的所有权利。

那些赢得了自己一席之地的成功女性
独自一人，用她们独立的手臂所拥有的力量，
或是在朋友的帮助下，抑或借助所谓"女性影响力"
的甜蜜援助，
轻柔地向上攀爬，
无论如何终将赢得成功，而且毫不在意
任何其他女人的失败——
这一切的一切都在告诉我们，她们已经拥有了想要的

所有权利。

那些缺乏决心却信教的女性——
所信奉的宗教并不属于这个正义的世界,
这个自由的、开明的、向上延伸的世界,
她们皈依于将生命视为
一种退路的信仰!——其理想
就是放弃、服从和牺牲,
她们总指望着被人拍拍头,
并期待在到达天堂的时候就已拥有一把高脚椅——
这一切的一切都在告诉我们,她们已经拥有了想要的
所有权利。

无知的女人——有时甚至是大学培养出来的,
但她们对现实生活
和正义政府的原则一无所知,
包括她们所享有的特权是如何
由前人用鲜血和泪水赢得的——
那些她们谴责的前人,所用的方法是她们现在反对的;
她们说:"为什么不顺其自然呢?
我们原本的世界就很美好。"——

这一切的一切都在告诉我们,她们已经拥有了想要的所有权利。

还有自私的女人——那些身穿衬裙的猪——
富有的,贫穷的,聪明的,愚蠢的,丰乳的,肥臀的,
所有的脑袋都是空空如也的,
毫无野心可言,仅有一个
深深的、无声的渴望——被喂养!
这些女人对权利和责任都毫无用处。
当下的责任已经超过了她们的能力,
法律保证她们有权获得衣服和食物——
这一切的一切都在告诉我们,她们已经拥有了想要的所有权利。

而且,更令人遗憾的是,有一些好女人;
一些认真负责、有想法的女人;
也同样认为——或认为她们认为——女人的事业
得以促进,最好的方法便是顺其发展;
就好像她在某种程度上并不是人类,
所以不应该用人类的手段来帮助她,
只是增加了些许人性——补上一个"L"——

一只翅膀,一个分支,一个额外的,非人的——
这一切的一切都在告诉我们,她们已经拥有了想要的所有权利。

因由这一切,从中产生了一桩可怕的事情,
一个奇怪的、向下吸吮的羞耻的旋涡,
女人们联合起来反对女性,
以那伟大的名义来遮掩她们的罪行!
她们的话语虚妄得就像那个老国王的命令
他让自己的意志与上涨的浪潮对立。
但谁能度量这历史的耻辱呢?
这些可怜的叛徒——她们都是这样的叛徒——
背叛着伟大的民主和女性!

类似案例
Similar Cases

从前有一只小动物,
个头还没有狐狸大,
他用五个脚趾跳跃在
第三纪的岩石上。
他们叫他始祖马,
他们说他非常小,
他们认为他没有价值——
这就是他们偶尔想起他时的说法;
因为那些笨重的老恐角兽
以及行动缓慢的冠齿兽
才是远古时代
重量级的贵胄。

小始祖马说:
"我将成为一匹良驹!
让这尘世
在我的中指指端飞驰!

我将会有一条飘逸的尾巴!
我将会长出鬃发!
我将站在十四个手掌高的地方
就在那灵生代的平原上!"

冠齿兽被吓坏了,
恐角兽也很震惊;
他们追赶着小始祖马,
但他却嘲笑着,蹦跳着走开了。
然后他们大笑,那笑声巨大,
他们呻吟,那呻吟声震天。
他们命令小始祖马
去看他父亲的尸骨。
他们说:"你总是那么小
那么卑微,如同我们现在所见。
而这正是你将永远如此的确凿证据。"
什么!成为一只了不起的、高大英俊的野兽,
有蹄子可以驰骋?
"哎呀!那你必须要改变你的本性!"
斜脊齿兽说。
他们认为他已被处理妥当,

步态平静地退去了。
那就是他们争论的方式
在那"始新世的早期"。

从前有一只类人猿,
比其他同类聪明得多,
他们所能做的一切
他总是做得最好的那一个;
所以他们自然不喜欢他
还故意冷落。
当他们不得不提到他时
他是个傻瓜,他们如是说。

有一天,这只自命不凡的猿猴大叫:
"我将成为一个人!
挺直腰杆,去打猎,去战斗。
征服我所能征服的一切!
我要去砍伐森林里的树木,
建造更高大的房屋!
我要杀死乳齿象!
我要生起一堆火!"

类人猿们大声尖叫
伴着狂野的嘲笑;
他们试图抓住那个夸夸其谈的家伙,
但他总是跑掉。
于是他们齐声对他大喊,
他却一点儿也不在乎。
他们还向他丢椰子,
却似乎并没有击中。
然后他们又给他讲道理
他们认为这很有用处,
以此来证明他是那样荒谬
这都是终将失败的企图。
圣贤说:"首先,
这事根本做不到!
其次,即使能做到,
也毫无乐趣可言!
最后,也是最具决定性的,
不容任何辩驳,
你必须要改变你的本性!
我们倒要看看你能怎么做!"
他们得意地窃笑,

这些瘦小而多毛的身影,
这样的争论就这样代代相传,
在类人猿中。

从前有一个新石器时代的人,
一个有进取心的人,
他制作的砍伐工具
异常明亮。
异常聪明的他,
异常勇敢,
他在他的洞穴边上
画了令人愉快的猛犸。
他新石器时代的邻居们,
受到了惊吓,
他对他们说:"我的朋友们,总有一天,
我们将拥有文明!
我们将生活在城市里!
我们将在战争中战斗!
我们将享有一日三餐
不再受到自然的影响!
为了一样叫黄金的东西,

我们要把生活搞得天翻地覆!
我们想要获得土地,
想拿多少就拿多少!
我们要在本来的皮肤之外,
穿上一大堆东西!
我们还将患有疾病!
获取成就!! 造就罪孽!!!"

然后他们都怒气冲冲地站起来
反对着他们夸夸其谈的朋友。
这远古时代的耐心
很快就要结束了。
一个人说:"这是空想!
荒谬!乌托邦!"
另一个人说:"多么愚蠢的生活啊!
我发誓,这太乏味了!"
所有的人都大声喊道,在这样的事情发生之前。
"你这个愚蠢的孩子,
你必须改变人类的本性!"
他们都坐回原处,面带微笑。
他们想,"最后一个问题的答案

将很难找到!"
这是一场势均力敌的辩论,
用这些新石器时代的头脑!

家园

Homes

一首六节诗

我们是欢快舒适的家园
幸福的家庭在此占据首席,
婴儿的灵魂被带到这里与世界熟悉,
女人则在这里结束了她们的责任与预期,
因为男人们的劳作才是新的人生目标,
它将上帝取代,成了人们的崇拜。

我们难道不再教孩子敬拜上帝了吗?——
他年轻灵魂的视线被家庭所局限,
他从所爱之人的身上,学会了生活的真谛,
知道所有这一切都是为了提供满足,
家庭需要的满足和个人欲望的满足——
这些都是他早期世界里的局限。

我们难道不是女人眼中的完美世界吗?
符合自然的规律,接受上帝的主宰,

除此之外，她还能有什么名正言顺的欲望？
除了待在家中，她还能提供什么服务？
难道她不是在那里养育她的孩子吗？
难道抚养孩子不是生命的目的吗？

男人呢？他一生中还有什么别的需要？
除了在世间劳作、苦苦挣扎，
并与其他男人争斗。
不是为了侍奉别人，也不是为了侍奉他的神，
而是为了维持这些舒适的家园——
这才应该是一个正常男人所有欲望的终点。

难道灵魂最无限的欲望
不应该是了解到生命的花和果实
都是在舒适的家园中成熟的？
生命的目的就是点缀世界
坐在那里吃喝玩乐，
就是完成上帝的最大旨意。

是的，在这一切发挥效用的过程中——
满足我们最天然的欲望——

人类当然可以找到强大上帝存在的证明
为了维持和繁衍他的生命
创造了他,并把他安置在这个世界上;
而这一切崇高的目标只能在家园中得到最好的实现。

我们不是家园吗?一切不都包含其中了吗?
榨干这世界,以满足我们广泛的欲望!
我们给所有生命加冕! 我们才是上帝的目标!

母亲的职责

The Mother's Charge

她抬起了头。那双灼热而闪烁的眼睛。
"我知道,"她说,"我即将死去。
过来,我的女儿,趁着我的头脑还算清醒。
让我向你说明你在这里要负责的事情;
我曾经的职责——我从来没有放弃尝试——
但由于某种原因,我将会死去。"
她抬起了头,在眼珠子乱转的同时,
向这喘息的孩子灌输着这些指示:

"这一切马上都要着手——熨烫的时候不要坐着——
好好清洗你的土豆,如果厚的地方也变成了褐色——
星期一,除非下雨——及时完成秋季的缝纫
总是有益的——
地毯、扫把和小笤帚——
收好餐具——用苏打水
清洁夏季的餐厅——让孩子们待在户外——
淀粉用完了——所有地板都需要上蜡——

如果女孩被你当作朋友对待,她们就会留下来——

如果她们留下来,就会像对待她们的朋友一样——把你对待

让家庭幸福的方式,就是护好那个罐子——

将最漂亮的装饰

留给中间的星星——蓝色太暗了——丝绸面料就是最好的——

别忘了清扫角落——装饰妥当

放在冰上——箱子一天擦三遍,

窗户的清洗每周也要找一天——

我们需要更多的面粉——卧室的天花板漏水——

这可比洋葱好得多——让男孩们待在家中——

园艺目前还不错——一担、三担土壤——

便可保证春天花香满屋——还有微笑,永远微笑,我亲爱的——

要勇敢,走下去——我希望我已经将一切交代得足够清楚。"

她死了,就像在她之前死去的所有母亲那样。
她的女儿也将会步她后尘,并留下另一个接班人。

致年轻的妻子

To the Young Wife

你还满意吗,这位妻子?婚后三年,依旧拥有漂亮容颜,
你是否满足于现状,满意这生活?
靠着你亲爱的丈夫甘愿奉献于你的这一切,
你可愿意将生命托付于他?

你是否满足于你的工作——独自劳作,
将脏东西清理干净,将干净的东西用脏?
做一名烧饭女郎,在厨房中成为女王——
灶台上的女王?

你是否满足于在那狭小的空间里统治——
一座木制的宫殿和一块有篱笆的土地——
四周伴有很多其他的女王,
每个都被固定在自己的位置上?

你是否满足于这样抚养你的孩子?

未受教育,未经训练,在困惑与痛苦中深陷,
你确信你的方法永远是最好的吗?
你确定你总是无所不知吗?

你是否忘记了你曾经多么渴望
在你热烈的少女时代,渴望成为伟大的人,
帮助受苦的世界,为国家服务,
变得那样智慧——那样强大?

你确信这才是你正确的选择?
女人的职责就仅剩下这一样——
明了所有的女人都这样闭上了双眼?
对当今的世界视而不见?

没有梦想过更富足的生活?
或许能超越现在的自己,你可曾想过?
明明做你擅长的事情,会做得更好,
但却要做其他的事——还得做得更多?

没有失去爱,在成长过程中还发现
更高贵的生活

让你成为一个更富有、更甜美的妻子，
也成为一名更聪明的母亲？

是什么支撑着你？啊，亲爱的，是你的王位，
你在那狭小之地可怜的女王身份，
你年深日久未变更的劳作，你有限的空间，
你自始至终孤独的工作！

不要上当受骗！不是你妻子身份的桎梏
牵制着你，也不是身为母亲的皇权，
而是每时每刻自私的、奴性的服务——
毫无超越的一种生活！

这众多女孩中的一个

One Girl of Many

1

这众多女孩中的一个。从出生起就很饿
食不果腹,衣不蔽体。女性的价值也没人与她提起。
郁郁寡欢的少女时代,为了面包,工作从不敢倦怠。
每一次小小的悲伤,都让她想到死亡,
可她也沉醉于那些微小的快乐。阳光似乎
在最难出现的地方最温暖、最明亮。

2

这众多女孩中的一个。艳俗廉价的裙子,老气横秋;
而且下身还没有足够的衣物御寒。
虽然只是一点点,但依旧花了冤枉钱。
全是因为对自然规律的一无所知。
在无知下,她认为最好的办法就是
穿上自认为时髦的衣服,然后——承受其余的匮乏。

3

这众多女孩中的一个。拥有一颗人类的心。
也有一颗女人的心;她那敏感的神经
与你感同身受,每一次,新的痛苦都会给她带来刺痛。
经过长时间的使用,原本的那颗心,已经变得柔和
许多。
尽管如此,她仍然时常想象
去获取应得的快乐,也许是她想得太多。

4

这众多女孩中的一个。但错误也在这儿
虽然她与其他所有人都是如此接近;
但就这一点不同,就让一切发生了变动。
当然,没有错误的举动。但结果却最为奇特!
出生时是一样的。人生崎岖的道路也是一样的。
她,未曾历经丑恶,所以享受的公平比她们更多。

5

于是有人提议说:"让这个故事就此打住
否则你劳苦一生,直到老去,都要忍饥挨饿。
来吧! 我将给你休憩、食物和火,
还有你渴望得到的美丽衣衫。
庇护所。保护。仁慈。爱与和平。
你还有什么理由不放手现在的生活?"

6

可她没有打算放手。在她每天的视野里
并没有闪耀白色的痕迹。
在她狭窄的生活中,没有看见任何东西
使她对"妻子"这个头衔充满敬意。
她不明白这件事不对劲的原因;
不过本能在漫长的岁月中也渐渐衰弱。

7

她曾经渴望过的所有东西

她饥饿的少女心所燃起的所有梦想
生命中所有未知的快乐
在她的无知中,都带着明亮的色彩闪烁。
闪烁着,那么触手可及,那么笃定。如果她早点知晓!
但她那时年少无知。她孤立无援,形单影只。

8

于是她——就有了罪。我想我们称之为罪。
于是,我们发现她在其中所走的每一步
都会使罪孽更加深重,良心却愈发脆弱。
从来没有一个人愿意
说一句话,来引导和警告她。即使有的话
我恐怕这样的帮助也并没有作用于她。

9

这众多女孩中,只有那么一个。在街头巷尾,
以最浅显的方式。这传播开来的故事越来越不符合
有教养的耳朵。悲伤、罪恶和耻辱
一遍又一遍,直到把那名字玷污。

直到她消失在人们的视线中,无人可以伸出援手。
罪恶、羞耻和悲哀。疾病以及坟墓。

10

这众多女孩中,只有那么一个。重复这样的行为,成了人类生存的必要。

社会的需要。如果没有这些不光彩的人给予付出,男人将无法生活。

黑色的耻辱,蒙羞,苦难与罪恶。

男人在其中找到所需的健康和生机勃勃。

磨铁图书旗下子品牌

更好的阅读

特约监制　潘　良　于　北
产品经理　胡马丽花
特约编辑　孙佳怡
营销支持　金　颖　黄筱萌　黑　皮

关注我们

官方微博：@文治图书
官方豆瓣：文治图书
联系我们：wenzhibooks@xiron.net.cn

文治
© wénzhì books

更好的阅读

我讨厌上班

［美］多萝西·帕克 / 著

兰莹　何雨珈 / 译

江苏凤凰文艺出版社

图书在版编目（CIP）数据

我讨厌上班 /（美）多萝西·帕克（Dorothy Parker）著；兰莹，何雨珈译. -- 南京：江苏凤凰文艺出版社，2023.5
（企鹅女性经典. 第一辑）
ISBN 978-7-5594-7356-1

Ⅰ. ①我… Ⅱ. ①多… ②兰… ③何… Ⅲ. ①文学－作品综合集－美国－现代 Ⅳ. ① I712.15

中国版本图书馆CIP数据核字（2022）第258510号

本书仅限中国大陆地区发行销售

® "企鹅"及其相关标识是企鹅兰登已经注册或尚未注册的商标。未经允许，不得擅用。
凡无企鹅防伪标识者均属未经授权之非法版本。

我讨厌上班

[美] 多萝西·帕克 著　兰莹 何雨珈 译

责任编辑	周颖若
特约编辑	张凤涵
装帧设计	索 迪
出版发行	江苏凤凰文艺出版社
	南京市中央路165号，邮编：210009
网　　址	http://www.jswenyi.com
印　　刷	三河市中晟雅豪印务有限公司
开　　本	700mm×980mm　1/32
印　　张	4.875
字　　数	70千字
版　　次	2023年5月第1版 2023年5月第1次印刷
书　　号	ISBN 978-7-5594-7356-1
定　　价	238.00元（全8册）

江苏凤凰文艺版图书凡印刷、装订错误可随时向承印厂调换

目录

关于多萝西·帕克   *I*

小说
高个儿金发女郎   *3*
台下人生   *42*

杂文
那些我没嫁的男人   *69*

诗歌
假意虚情   *89*

短歌一首	90
生平	91
但不会忘记	92
午后	93
不幸的巧合	94
绝笔	95
文学歪评	96
星光中的墓碑	101
我讨厌女人	104
我讨厌男人	108
我讨厌亲戚	112
我讨厌上班	116
哦,看哪——我也能做到	120

评论

奥斯卡·王尔德:《理想丈夫》	127
伟大的短篇小说集	130
杰克·凯鲁亚克:《地下人》	136
杜鲁门·卡波特:《蒂凡尼的早餐》	139
约翰·厄普代克:《济贫院集市》	142

关于多萝西·帕克
About Dorothy Parker

1914   多萝西·帕克将自己创作的第一首诗歌投稿给杂志《名利场》(*Vanity Fair*)。

1915   在弗兰克·克劳宁希尔德的帮助下,作为编辑助理加入杂志 *Vogue*。与此同时,帕克仍继续创作诗歌,投稿给报纸和杂志。

1916   8月,多萝西·帕克的诗歌《我讨厌女人》发表于《名利场》,该首诗歌是"讨厌诗歌"(Hate Songs)系列中的第一首。因此首诗歌,大众开始关注多萝西·帕克。

《我讨厌女人》   104

1917   以特约撰稿人身份加入《名利场》。分别于2月、8月、12月在《名利场》上发表诗歌《我讨厌男人》《我讨厌亲戚》《我讨厌

逃避兵役的人》。同年,与股票经纪人埃德温·庞德·帕克二世结婚。

《我讨厌男人》 108
《我讨厌亲戚》 112

1918 开始接手撰写戏剧评论的工作。11月,发表戏剧评论《奥斯卡·王尔德:〈理想丈夫〉》;12月,发表诗歌《哦,看哪——我也能做到》。在《名利场》工作期间,帕克结识了许多志趣相投的文学界朋友。

《奥斯卡·王尔德:〈理想丈夫〉》 127
《哦,看哪——我也能做到》 120

1919 5月,发表诗歌《我讨厌上班》。同年6月,与多位作家、剧作家、诗人、演员共同创建文学团体"阿尔冈昆圆桌会议"(Algonquin Round Table),随后该团体在纽约文学圈名声大噪。

《我讨厌上班》 116

1920 因多次批评讽刺当时十分有权势的制片人

	而被《名利场》开除。
1922	多萝西·帕克创作的《那些我没嫁的男人》与同是"阿尔冈昆圆桌会议"成员的富兰克林·P. 亚当斯创作的《那些我没娶的女人》一起出版。后来,这两本书多以单行本发行。

《那些我没嫁的男人》 69

1925	杂志《纽约客》(*The New Yorker*) 创刊,多萝西·帕克为编辑委员会成员之一。她也开始为《纽约客》供稿,创作短篇小说,撰写诗歌评论、书籍评论、戏剧评论等。
1926	出版第一部诗集《足够长的绳索》(*Enough Rope*),包括《假意虚情》《短歌一首》《生平》《不幸的巧合》等68首诗歌,诗集畅销,售出4万余册,获得赞赏无数。

《假意虚情》 89
《短歌一首》 90
《生平》 91

	《不幸的巧合》	94

1927	10月,书评《伟大的短篇小说集》发表于《纽约客》。在20世纪20年代,帕克曾几次前往欧洲旅行,并与海明威、菲茨杰拉德等人成为朋友。因机智幽默的语言风格,其在事业上获得巨大成功,但同时也遭受抑郁症和酗酒的折磨,曾试图自杀。	
	《伟大的短篇小说集》	130

1928	出版第二本诗集《日落枪》(Sunset Gun),包括《但不会忘记》《午后》《绝笔》《文学歪评》等。同年,与丈夫离婚。	
	《但不会忘记》	92
	《午后》	93
	《绝笔》	95
	《文学歪评》	96

1929	5月,于《纽约客》发表诗歌《星光中的墓碑》。同年,自传体短篇小说《高个儿金发女郎》于杂志《书商》(The Bookman)发	

表,并赢得当年的"欧·亨利最佳短篇小说奖"。

《星光中的墓碑》 101
《高个儿金发女郎》 3

1933　短篇小说《台下人生》发表。

《台下人生》 42

1934　与剧作家、演员艾伦·坎贝尔结婚,随后这对夫妇搬至洛杉矶。两人成为高薪的编剧组合,为米高梅、派拉蒙等电影公司创作了大量质量绝佳的作品。

1937　与坎贝尔、罗伯特·卡森共同担任电影《一个明星的诞生》的编剧,并凭借此部电影获得奥斯卡最佳编剧提名。

1947　因帕克酗酒情况加重,以及第二次世界大战期间坎贝尔与一名已婚女士长期保持婚外情关系,两人离婚。

1950	被美国当局出版的反共产主义文件《红色频道》列为共产主义者,因此,电影制片厂将多萝西·帕克列进好莱坞黑名单。同年,与坎贝尔复婚。
1958	5月,于杂志《时尚先生》(*Esquire*) 发表有关杰克·凯鲁亚克作品《地下人》的评论。

《杰克·凯鲁亚克:〈地下人〉》   *136*

1959	于杂志《时尚先生》发表两篇书评。

《杜鲁门·卡波特:
〈蒂凡尼的早餐〉》   *139*
《约翰·厄普代克:
〈济贫院集市〉》   *142*

小说 Short stories

高个儿金发女郎
Big Blonde

一

黑兹尔·莫尔斯个头高大,相貌俊俏,是那种能让男人在说出"金发女郎"这个词时一边咋舌,一边调皮地摇头晃脑的女人。她为自己纤小的双足而自豪,出于虚荣心总是穿小号尖头高跟鞋,为此吃了不少苦头。顺着她皮肉松弛、遍布暗淡棕褐色晒斑的双臂看下去,会发现一双手指纤长微颤、指甲厚实圆润的手,与手臂很不相称,显得很怪。她爱在手上戴些小珠宝饰品,但却使双手减色不少。

她并不爱回忆往事。三十五岁左右时,旧时光在她脑海里就已变成一组摇曳不定的模糊镜头,仿佛一部未拍完的电影,讲的都是陌生人的故事。

她二十多岁时,头脑已不甚清楚的孀居母亲终于去世，随后她在女装批发公司找到份模特的工作——直到现在，那一天仍值得这位高个儿女子自豪。从那以后她就涂脂抹粉，站得笔直，酥胸高高耸起，光彩照人。工作不累，而且她能见到许多男人，并与他们一起消磨夜晚，男人们的笑话总会逗得她大笑，她也会夸他们的领带好看。男人们喜欢她，她也觉得这是件好事。在她看来，为讨人喜欢所做的努力都是值得的。你使人快乐，男人就会喜欢你；他们喜欢你，就会带你出去，这就可以了。所以她成功地变成一位讨人喜欢的女人。她开朗大方，不轻易生气。而男人们喜欢这样的女人。

没有别的消遣能转移她的注意力，无论是更简单还是更复杂的都不能。她从没想过是否有更好的方法消磨时间。她的想法，或者更准确地说，她接受的想法与其他外貌类似的金发女郎相当合拍，而她与她们也交上了朋友。

在这家女装公司工作了几年后，她遇到了赫比·莫尔斯。此人身材瘦削，行动敏捷，颇有魅力。他棕色的眼睛闪亮，眼角有狡黠的皱纹，爱拼命啃咬指甲周围的皮肤。他爱喝酒，而她觉得这个爱好很有趣。她有个习惯：同他打招呼时，总是用他昨晚醉酒的样子作为开场白。

"噢！你真可爱，"她忍不住要笑，"你总是想请那个侍者一起跳舞。那样子要笑死我啦。"

她对他一见倾心。他飞快的语速、含混的发音以及对滑稽剧或连环画中的贴切短语的引用，逗得她特别开心。他把精瘦的胳膊使劲塞进她外套的袖管里，紧紧贴着她的胳膊，这使她非常兴奋。她想要摸摸他潮湿平整的头发。他也马上被她吸引住了。认识六周后，他们结婚了。

一想到要当新娘她就开心，与人半真半假地打情骂俏时也常把这事挂在嘴边。之前也有不少人向她求婚，但求婚者都是服装公司的顾客，一些无趣的矮胖男人，还有来自梅因、休斯敦、芝加哥和——用她的话说——更好笑的地方的人。一想到要离开纽约住在别处，她就有种滑稽的感觉。与人在美国西部同居，她无法把这样的事情当作认真的求婚。

她盼着有人能娶她。她现在快三十岁了，日子过得并不好。她日渐懈怠松散，失去了锐气，而且她的金发逐渐暗淡，她只好笨拙地用双氧水漂洗。对于自己会失去工作的恐惧偶尔会掠过心头。过去的千百个夜晚，她与相识的男士在一起时，大家认为她"讨人喜欢"。但现在如果不去有意识地表现自己，想自然而然地得到这个评价已经不太可能了。

赫比收入尚可，他们能在远离市中心的地方租个小公寓。餐厅布置得像修道院的餐厅，天花板中央挂着一只红褐色的球形玻璃灯罩。起居室里放着一套带有加厚软垫的沙发，还有一株波士顿蕨和一张亨纳[1]创作的《抹大拉》的复制品，画里的红发女人在腰间裹着块蓝布。卧室漆成灰色和陈旧的玫瑰色，赫比的照片放在她的梳妆台上，而她的照片放在赫比的五屉柜上。

她会做饭，而且做得很好；她去市场采购、与送货的男孩和黑人洗衣女工聊天。她爱这间公寓。她爱自己的生活。她爱赫比。在新婚的头几个月，她把所有的热情都倾注在他身上。

她之前没有意识到自己有多累。对她来说，不再做个"讨人喜欢的人"是开心事、新游戏和休假。如果她头疼，或是足弓抽搐疼痛，她就会孩子气地、可怜巴巴地诉苦。如果情绪平静，她就沉默不言。如果眼中有泪，她就让它流下来。

---

[1] 让-雅克·亨纳（1829—1905），法国画家，以女性裸体的晕涂法和明暗法而知名，长于宗教题材和肖像画。（以下若无特殊说明，均为译者注）

结婚第一年,她很容易就养成了动不动就哭的习惯。当年她还是个"讨人喜欢的人"时,人们也都知道她时不时会毫无来由地泪如泉涌。她在剧院里的表现常被大家当成笑柄。她会为剧中的任何事情而哭泣,比如说剧中的小衣服、不求回报的深爱、诱惑、纯洁、忠仆、婚姻和三角恋。

"黑兹尔哭了,"她的朋友们会看着她说,"她又控制不住了。"

嫁人后她就松了口气,从此自由自在地倾泻眼泪。对她这样笑口常开的人来说,哭泣反倒成了享受。她可以与所有悲惨之事共情。她很敏感。每当看到报纸上关于拐卖婴儿、遗弃妻子、失业的男人、走失的猫和英勇的狗的报道时,她总会轻声哭上很长时间。甚至报纸不在眼前时,这些事情还在她的脑子里转来转去,同时泪珠会有节奏地滑过她的丰颊。

"说真的,"她会告诉赫比,"只要停下来想这事,就发现全世界都充满了悲伤。"

"是吧。"赫比会说。

她谁也不想念。那些把她和赫比撮合到一起的老朋友起先还在他们的生活中逗留,后来就彻底退场了。她想到这一切时,只会觉得合适。这就是婚姻。这就是静好的岁月。

但问题是,赫比并不觉得这样的日子有趣。

有一段时间,他喜欢和她单独待在一起。他发现主动与外界隔绝是新奇而甜蜜的体验。然而它突然失去了魅力。就像某个晚上他还和她一起坐在热烘烘的起居室里,简直别无所求;而第二天晚上他就受够了这一切。

她那种捉摸不定的忧郁情绪使他心烦意乱。起先,如果他回到家,发现她略显倦态、郁郁寡欢的话,他会吻她的脖子,拍她的肩膀,求她告诉她的赫比发生了什么事。她喜欢这样。但时间一长,他就发现她从来都没有要紧的事。

"啊,看在上帝的分儿上,"他会说,"又来这套了,是吗?好吧,你就坐在那儿抱怨个够吧。我要出去了。"

他会走出公寓,把门"砰"地带上。他会喝得醉醺醺的,很晚才回来。

她完全搞不清婚姻出了什么问题。他们起初浓情蜜意,随后就成了敌人,中间似乎没有任何过渡。她从来也没弄明白这是为什么。

他花在下班路上的时间越来越长。她极度痛苦地想象汽车从他身上轧过,他流着血死去,尸体被盖上白床单。然后他安全回来,她就不再害怕,而是闷闷不乐,觉得受到了伤害。如果某人想和另一个人待在一起,他会尽快赶回来。她特别希望他也愿意和自己待在一起。有他在,她的时间才过得有意义。他通常将近九点才回家吃晚饭。回来时他总是喝了很多酒,酒劲慢慢消退时,他会大声发牢骚,稍不如意就吹胡子瞪眼。

他说自己太紧张,没法坐在那儿一晚上什么也不做。他吹嘘说他这辈子从未读过一本书——也许这话有很大水分。

"你想让我做什么呢——整晚都坐在这个垃圾堆上?"他会反问,然后再次摔门而出。

她不知道该怎么办。她管不住他,她连他的面都见不到。

她与他激烈地争吵。她曾拥有那种美妙的家庭生活,她会用尽手段来捍卫它。她想要那种"温馨的家"。她想要一个清醒、温柔的丈夫,能按时回家吃饭,按时去上班。她想要甜蜜舒适的夜晚。出轨其他男人的想法对她来说非常可怕;而一想到赫比可能在别的女人那里找乐子,她就会发疯。

似乎所有她读过的东西,包括从杂货店租书处借阅的小说、杂志故事、报纸的妇女版,都在讲述失去丈夫欢心的妻子的故事。而比起关于整洁温馨的婚姻生活的描写和"从此幸福地生活在一起"的故事，前者她更能看进去。

她担惊受怕。有几次赫比晚上回家，发现她已下定决心，穿好衣服——她只能把旧衣改得更贴身——还抹了胭脂。

"我们今晚一起去——你怎么说的——找乐子吧，怎么样？"她会向他喊，"死人才无所事事呢。"

于是他们就一起出门，去小餐馆或消费水平没那么高的卡巴莱[1]歌舞厅，但效果并不好。看赫比喝酒再也不能使她快活起来。她也不会再为他的古怪念头哈哈大笑。她紧张地细数他的放纵行为。她总是忍不住劝他："啊，行了，赫比，你已经喝得够多了，是吧？你早上会难受的。"

他会立刻勃然大怒。好吧，她只会嘀嘀咕咕、嘀嘀咕咕地发牢骚。她真是个讨厌的家伙！接着就是争吵，然后两人中的某一个会起身，怒气冲冲地大步离开。

她已经想不起自己究竟是哪天开始喝酒的了。她

---

[1] 卡巴莱（Cabaret）是一种娱乐表演，包含歌舞、喜剧等元素，起源于19世纪的法国，现多在设有舞台的餐厅演出，观众可以一边享用美食，一边观看表演。——编者注

的日子连在一起，中间没有明显分界。它们就像敲在窗玻璃上的雨点一样，汇聚成细流，慢慢流走。她已经结婚六个月了，然后是一年、三年。

以前她从不用喝酒。当其他人都在认真地喝酒时，她在桌旁坐上大半个夜晚也不会神情萎靡、无精打采，她也不讨厌其他人喝酒。如果她喝杯鸡尾酒，那就算是很不寻常的事了。接下来的二十分钟内大家都会以此来打趣她。但现在痛苦在啃噬她的心。争吵过后，赫比就会夜不归宿，而她无从知晓他在哪里过夜。她的心在胸腔里缩成一团，隐隐作痛，各种念头会在她脑子里如电扇一样飞快转动。

她讨厌酒味。杜松子酒——无论是纯的还是混合在别的饮料里——都会马上让她恶心。尝试过几次后，她发现苏格兰威士忌最适合自己。她喝时不加水，因为这样可以最快让酒精发挥效果。

赫比逼她喝酒。他很高兴看她喝酒。两人都觉得这样可以使她重新兴高采烈，他们在一起度过的美好时光也可能会重现。

"真是个好女孩，"他会称赞她，"躁起来吧，宝贝。"

但这并没弥合他们之间的裂痕。她和他一起喝酒时，只有那么一会儿是快乐的，然后不知道谁起个头，他们就会莫名其妙地大吵一架。第二天早上醒来时，他们想不起发生过什么事，也记不清自己说过什么话、做过什么事。但两人都觉得自己深受伤害，咬牙切齿地痛恨对方。随后几天是报复性的沉默。

曾经有段时间，他们吵架后会和好，而且通常是"床头吵架床尾和"。他们互相亲吻，用各种昵称来称呼对方，同时保证会改过自新……"哦，以后会好的，赫比。我们会过上幸福的生活。我脾气不好。我猜之前我一定是累了。但一切都会好起来。你会看到的。"

现在已经没有温情的和解了。酒精使他们暂时通情达理，他们只能在这段短暂时间内保持友好关系；而再接着喝下去，新的战争又会爆发。先是吵，再是动手。他们会高声互相谩骂、推推搡搡，有时还会狠狠地互掴耳光。有一次她的眼睛被打伤了，赫比第二天被她的乌青的眼睛吓了一跳。他没去上班；她走到哪里，他就跟到哪里，提出种种补救措施，用各种可怕的词责骂自己。但后来他们又喝了几杯——"好让我们关系融洽。"她一再伤感地提到自己的伤，于是他又开始对她大喊大叫，然后冲出家门，两天未归。

他每次愤怒离家时，都威胁说不会再回来。她不信，也没考虑过分开。她的潜意识里总有怠惰而模糊的希望,认为现状会改变,而她和赫比会突然安定下来,过上平和的婚姻生活。这里有她的家、家具、丈夫和社会地位。她别无选择。

她不再忙来忙去,只是闲散度日。她也不再因同情别人而落泪,现在她的热泪只为自己而流。她不停地在房间里踱步,思绪机械地绕着赫比打转。在那些日子里,她开始痛恨独处,之后也永远没能战胜这种痛恨。一切顺心时,独处倒没什么;但心情忧郁时,她会恐惧得要命。

她开始独酌:整天都在喝,但每次喝得不多,持续时间也不长。只有和赫比在一起时,酒精才会使她神经紧张,动不动就发火。独自饮酒时,酒精使她感觉迟钝。她活在酒精制造的迷雾中。她的生活呈现出梦幻般的色彩。没什么会令她吃惊了。

有位马丁太太搬进大厅对面的那间公寓。她是位大块头金发女人,年近不惑,长得活脱儿是莫尔斯太太未来的样子。相识后,她们马上就成为形影不离的密友。莫尔斯太太几乎"长在"对面的公寓里。她们一起喝酒,第二天早上再互相鼓励着从宿醉中振作起来。

她从不向马丁太太倾诉关于赫比的烦恼。这个话题让人心绪烦乱,她无法从谈话中找到安慰。她在外人面前说丈夫是因为工作太忙了才顾不上家里。没人把这当回事,因为在马丁太太的圈子里,这样的丈夫不过是个影子角色。

谁也没见过马丁太太的丈夫,您可随意认定此人身故与否。她有位名叫乔的追求者,几乎每晚都过来看她。他经常带几位朋友,即所谓的"小伙子们"一起来。"小伙子们"都是大个子、皮肤红润、好脾气的男人,年纪在四十五岁至五十岁。莫尔斯太太很高兴被他们邀请去聚会,因为赫比现在晚上很少在家。如果他回家,她就不去马丁太太那里。晚上两人在一起就会吵架,但她还是会和他在一起。她总是怀着个小小的、未曾宣之于口的念头:也许从今晚开始,一切都会好转。

"小伙子们"每次到马丁太太家都会带来不少酒。莫尔斯太太跟他们一起喝酒,变得活泼、和善且大胆。很快她就在这群人中大受欢迎。当酒劲模糊了与赫比最近一次大吵的记忆后,她会因为他们的奉承而兴奋不已。她脾气坏吗?她招人厌吗?算了吧,有人可不这么想。

"小伙子们"中有个名叫艾德的人。他住在尤蒂卡[1],大家以敬畏的口气说他在那里有"自己的生意"。但他几乎每周都来纽约。他已婚。他给莫尔斯太太看过自己儿女的近照,而她则对此真诚地大加赞美。很快大家都接受了艾德是她的"特殊朋友"这一事实。

打扑克时他押她赢,还坐在她身边,不时用膝盖蹭她的膝盖。她很幸运。她经常带着张二十美元或十美元的钞票,或是一把皱巴巴的钞票回家。金钱使她开心。用她的话说,现在赫比在钱的方面"走背运"。如果问他要钱的话,两人就会马上吵起来。

"你他妈要钱干什么?"他会说,"都花在苏格兰威士忌上吗?"

"我要试着让这房间多少体面点。"她会反驳。

"别想那些了,听到没?噢,不,大爷我可不想操心这些。"

就像她记不起具体是哪天开始喝酒的一样,她也想不起与艾德确定关系是哪一天。他习惯进门时亲她的嘴,告别时再来一个吻。此外在整个晚上,他会蜻蜓点水般亲她,以表示对她的赞许。与其说她讨厌这样,不如说她喜欢。她不跟他在一起时,从来想不到

---

[1] 纽约州中部城市。

他的吻。

他会恋恋不舍地抚摩她的肩背。

"轻浮的金发女郎,嗯?"他会说,"像个洋娃娃。"

一天下午她从马丁太太家回来时,发现赫比在卧室里。他已经有好几晚没回过家了,显然是一直在喝酒。他脸色灰白,双手好像触电一样颤抖。床上有两个打开的旧手提箱,里面的东西堆得高高的。他的衣柜上只剩下她的照片。柜门大敞,能看到里面除了衣架空空如也。

"我要搬出去。我已经受够这一切了。我在底特律找了份工作。"

她坐在床边。她头天晚上喝得太多了。跟马丁太太一起喝的那四瓶苏格兰威士忌让她更晕。

"新工作好吗?"她问。

"哦,是的,"他说,"看起来不错。"

他艰难地合上其中一只手提箱,低声咒骂它。"银行里还有点钱,"他说,"存折在最顶上那个抽屉里。家具什么的都是你的了。"

他看着她,额头青筋暴起。

"该死的,我受够了,听着,"他喊道,"我受够了。"

"好的,好的,"她说,"我能听见你说话,不是吗?"

她看着他,两人就像分坐在一架大炮的两端。她的头开始痛,仿佛正有锤子一下下敲着它。她干巴巴的声音使人厌烦。她之前不该提高声音讲话的。"走前不喝 杯吗?"她问。

他又看看她,一边嘴角猛地挑起。"又想吵架来换换心情吗?是不是?"他说,"好主意。行啊,来几杯吧,怎么样?"

她去食品储藏室,为他调了杯掺苏打水的威士忌,给自己的杯中倒了几英寸[1]高的威士忌,然后喝光。随后她又为自己准备了一份,把两只杯子端回卧室。他已经把两只手提箱都捆好,还戴上了帽子,穿上了外套。

他接过自己的苏打水威士忌。

"那么,"他突然迟疑地笑了一声,"祝你好运。"

"祝你好运。"她说。

他们喝了酒。他放下玻璃杯,拎起沉重的行李箱。

"我得去赶六点左右的火车。"他说。

她跟着他下楼走到大厅。马丁太太曾固执地在留

---

[1] 1英寸约等于3厘米。

声机上反复播放同一首歌,现在它在她脑海里回荡。她从来就不喜欢这首歌。

> 夜以继日,
>
> 夜以继日,
>
> 通宵玩乐。
>
> 我们难道不开心吗?

他把行李放在门边,转身面对着她。

"嗯,照顾好你自己。你会好好的,对吧?"

"哦,当然会的。"她说。

他打开门,然后又走回她身边,伸出手来。

"再见,黑兹尔,祝你好运。"

她抓住他的手握了握。

"对不起,我的手套是湿的。"她说。

他带上门,她回到食品储藏室。

那天晚上她走进马丁太太家时红光满面,精神抖擞。"小伙子们"都在,艾德也在其中。他很高兴能进城,快活地高声说笑,不停地开玩笑。但她悄悄跟他说了一分钟话。

"赫比今天走了,"她说,"去西边生活了。"

"是吗?"他说。他看着她,同时玩弄别在胸前口袋里的自来水笔。

"你觉得他不会回来了,是不是?"他问。

"是的。我知道他不会回头了。我知道。是的。"

"你还会继续住在大厅对面吗?"他说,"接下来你有什么计划?"

"哎呀,我不知道。我才不在乎呢。"

"哦,算了,话不能这么说,"他告诉她,"你需要什么——你需要来一杯。这个怎么样?"

"是的,"她说,"干脆利落。"

她玩扑克牌赢了四十三美元。牌局结束后,艾德送她回公寓。

"亲我一下,行吗?"他问。

他用粗壮的手臂将她拥入怀中,狠狠吻她。她完全无动于衷。他把她推远点,盯着她看。

"抱得太紧了是吗,宝贝?"他不安地问,"没有不舒服吧,是不是?"

"我吗?"她说,"我开心极了。"

二

艾德早上走时带上了她的照片。他说自己想要她的照片,好在尤蒂卡时看。"你把衣柜上那张拿走吧。"她说。

她把赫比的照片放在抽屉里,免得再看见它。她看到它就想把它撕碎。她强迫自己不再去想他,而且相当成功。威士忌使她的思维变慢。醉乡中她几乎得到了安宁。

她接受了与艾德的关系,顺顺当当却不动感情。他不在时她很少想到他。他对她很好,经常送她礼物,还定期给她零花钱。她甚至还能有余钱存起来。她过日子从不计划,但她想要的东西很少。与其把钱随手乱放,不如存进银行。

公寓租约快到期时,艾德建议她搬家。他跟马丁太太和乔在打牌时起了争执,因而关系紧张。纷争迫在眉睫。

"你搬出这见鬼的地方吧,"艾德说,"我想让你住在纽约中央火车站附近。这样我来看你也方便些。"

于是她在火车站附近租下间小公寓。有个黑人女佣每天都来为她打扫房间、煮咖啡,因为她说自己已经"干够了家务"。而艾德跟一位热情的家庭妇女结婚二十年之久，很赞赏这种富有浪漫气息的一无是处，并因为支持和赞赏这种一无是处而感到自己是个十足的上流人士。

出去吃饭之前她只喝咖啡，但酒精使她变胖。她认为禁酒令[1]只是大家用来开玩笑的。只要你想要，就总是能得到。她不会大醉，但也很少接近清醒。要想一直保持晕乎乎的状态，她每天就需要更多零花钱。如果喝得太少，她就会郁郁寡欢。

艾德带她去"吉米家"餐厅。他虽短暂客居在此，却常会被大家错认为本地人，于是他感到骄傲。他很得意，因为他知道几家新开的小餐馆，位于简陋赤褐色砂石房子的底楼。只要报出某位常客朋友的名字，就经常会得到少见的威士忌和新鲜的杜松子酒。"吉米家"是他的熟人最喜欢的地方。

莫尔斯太太在那里通过艾德结识了不少男女，很快就成了朋友。艾德在尤蒂卡时，新结识的男人们经常带她出去。他为她如此受欢迎而自豪。

---

[1] 指美国宪法第 18 号修正案——禁酒法案（又称"伏尔斯泰得法案"），其于 1920 年正式生效。根据这项法律规定，凡是制造、售卖、运输酒精含量超过 0.5% 的饮料皆属违法。

她养成了没有约会时就独自去"吉米家"的习惯。她肯定会在那儿碰到熟人,跟他们一起待着。这是她的朋友——无论男女的俱乐部。

"吉米家"里的女人看起来都很像。这很怪,因为这个小圈子里的人时常变化:有的吵了架,有的搬走了,有的攀上更有钱的金主。然而新人总是同她们所取代的旧人颇为相似。她们都是高大的女人,身材粗壮,双肩宽阔,胸部丰满,宽宽的脸庞肌肤柔软,光彩照人。她们常常大笑,露出不透明的、没有光泽的牙齿,看上去像方形陶片。她们看上去高大健康,但却有丝丝迹象透露出,难以戒掉的小习惯正影响着她们的健康。她们的年纪可能是三十六岁或四十五岁,或者介于两者之间。

她们的全名由自己的名字和丈夫的姓氏组成:弗洛伦斯·米勒太太、维拉·莱利太太、莉莲·布洛克太太。这同时体现了婚姻之稳固,以及自由之魅力。只有一两位确实离婚了。大多数人从来没有提到过自己面目模糊的配偶。有些分居时间较短的女人描述丈夫时,所用的措辞仅停留在生物学层面。有几位是母亲,每人只有一个孩子——在某地上学的男孩,或是由外婆照顾的女孩。快到早上时,她们会流着泪把孩子们的柯达照片给别人看。

她们都让人觉得很舒服,热情友好,而且不可避免有些发福。她们过得很安逸,同时镇定自若、相信宿命——尤其相信财运。每当资产减少到要触及红线时,就会出现一位新的供养人。而这种情况经常出现。每个人的目标都是要找张永久饭票,为她们付清所有账单,而她们也会以马上甩掉其他追求者作为回报,而且可能还会爱此人爱到极点。因为到目前为止,她们所有人的感情都不确定、平静而且随遇而安。然而随着时间推移,这一理想归宿也越来越难得到。她们认为莫尔斯太太很幸运。

艾德那年生意不错。他提高了她的零花钱额度,还给她买了件海豹皮外套。但她和他在一起时,必须当心自己的情绪。他坚持要她快快乐乐的。他不愿听她说起疼痛或疲倦。

"嗨,听着,"他会说,"我也有烦心事,而且还不少。没人想听别人的麻烦,甜心。你得做个讨人喜欢的人,同时把它忘掉。明白吗?好啦,那就对我笑一笑。这才是我的宝贝。"

她从来提不起兴趣同他像之前同赫比那样吵架,但她想享有偶尔倾吐悲伤的特权。很奇怪。她见过的女人都不必控制情绪。弗洛伦斯·米勒太太经常会大哭一阵,而男人们只想鼓励并安慰她。其他人整个晚上都在悲痛欲绝地抱怨烦恼和病痛,而陪同者会深表同情。但当她自己情绪低落时,大家马上就不再欢迎她。有一次在"吉米家",她无法打起精神,艾德就走出去,把她独自留在那儿。

"你怎么不待在家里,非得出来把大家的晚上都毁了?"他曾咆哮道。

如果她不能显得轻松愉快,甚至她的点头之交也要发脾气。

"你到底怎么了?"他们会说,"做点你这个年纪该做的事,行吗?喝点酒,振作起来。"

她和艾德的关系维持了近三年后,他搬到佛罗里达州生活。他不愿离开她。他给了她一张大额支票,还有某只优质股票。告别时,他淡色的眼睛湿润了。她不想念他。他一年来纽约两三次,下了火车就径直赶来看她。他来时她总是很高兴,但他离开时她也不会遗憾。

艾德的某位熟人查理已经爱慕她很久了,他们也是在"吉米家"遇见的。他总是找机会抚摩她,凑近她说话。他再三问他们所有的朋友:有没有人听过她那么悦耳的笑声。艾德离开后，查理成为她生活的主角。她将其归为"不算太差"的那一类，提到他时也这么说。她跟查理在一起有近一年时间，然后就在他和西德尼之间周旋——后者也是"吉米家"的常客。接着查理彻底从她的生活中溜走了。

西德尼是个衣着光鲜、聪明伶俐的小个子犹太人，也许最能令她满意。他总是逗她开心，她的笑是真心的。

他全心全意地爱慕她。她柔软的身段和大块头让他快乐。他觉得她棒极了，也丝毫不吝惜对她的夸奖，因为她饮酒后兴高采烈、精力充沛。

"我曾经有个女朋友，"他说，"每次她喝了酒都要试着从窗户上跳出去。耶稣啊！！！"他充满感情地加了一句。

后来西德尼娶了位富有但警惕的新娘，然后比利来到她身边。不对——西德尼后面是菲德，然后才是比利。她记忆模糊，总是想不起来男人们是如何走进了自己的生活，又是如何离开的。没有惊喜。他们来时她并不激动，离开时她也不觉得悲伤。她似乎总能吸引男人。后来再也没有哪个男人像艾德那样富有，但他们都以自己的方式慷慨解囊。

曾有一次她听到赫比的消息。她和马丁太太约在"吉米家"吃饭,旧日友谊重新焕发勃勃生机。那位仍爱慕马丁太太的乔出差时见到了赫比。他已经在芝加哥定居,看起来过得不错。他正和某个女人住在一起,似乎对她很着迷。莫尔斯太太那天喝得很多。她对这消息略有兴趣,就像是听人讲了许多关于某君的风流韵事后,思索了一会儿,发现此人的名字还很熟悉。

"见鬼,我应该有近七年没见过他了,"她评论道,"哎呀,七年哪。"

她渐渐分不清日子,因为它们是那么相似。她从来记不得日期,也不知道某天是星期几。

"我的天哪,那是一年前的事了!"与别人谈话重新提及某事时,她会惊叫起来。

她大部分时间都很疲惫。疲惫而忧郁。几乎事事都会使她忧郁。她在第六大道上看到那些挣扎前行的老马走在车辙上一步一滑,或是站在路边,头垂到饱受摧残的膝盖前。她穿着尖头香槟色高跟鞋,拖着疼痛的脚蹒跚走过,这时忍了很久的眼泪会涌出来。

死亡的念头萦绕在她心间,使她昏昏欲睡。死亡也会很好吧,可以平静地安息。

第一次想到自杀时,她并不觉得这是结束,也不感到震惊,似乎这个念头一直在伴随着她。她突然开始关心报纸上所有关于自杀的报道。当时自杀很流行,但或许是因为她如此急切地寻找自杀者的报道,才会看到这么多相关消息。一读到这些消息,她心里就踏实了。有这么多自愿放弃生命的同道者,让她有了种亲密无间的团结之感。

她在威士忌的帮助下入睡,一直睡到下午才醒。她躺在床上,手里拿着酒瓶和酒杯,直到该穿好衣服出去吃饭的时间才下床。她开始对酒精产生茫然的不信任感,觉得它像某个拒绝帮自己小忙的老朋友。大部分时间里,威士忌仍能使她平静下来,但那团酒精带来的云雾有时会突然毫无来由地抛弃她,于是所有生灵的悲伤、困惑和烦扰都来折磨她。纵情享乐时,她也总会想到凉爽僻静的长眠之处。她从未被宗教信仰困扰,对死后生活的想象也吓不倒她。白天,她梦想着永远不必再穿紧窄的鞋子,不必再大笑、倾听和爱慕别人,也永远不必再做讨人喜欢的人。永远不。

但你该怎么结束生命呢?一想到从高处跳下去,她就觉得头晕恶心。她也接受不了枪。在剧院里,如果有演员拔出左轮手枪,她就会把手指塞进耳朵眼儿里,直到枪响后才敢再次看向舞台。她的公寓里没有汽油。她久久地盯着自己纤细手腕上的浅蓝色血管——用剃须刀片割一下，就万事大吉。但那会疼的，会非常痛的，还要见血。毒药——这种东西无味、起效快而且没有痛苦，正是她想要的东西。但药店不会卖给你，因为这是违法的。

她几乎想不出别的办法了。

现在又有个新的男人阿特出现。他又矮又胖，要求苛刻，喝醉时很能折磨她的耐心。但在遇到他之前的那段时间里，她只偶尔有过几次露水情缘，因此能稍微稳定下来使她颇为开心。还有，阿特必须连续离开几个星期去推销丝绸制品，这段时间她能惬意地休息。她和他在一起时尽力讨他喜欢，虽说这种努力让她自己也感到烦恼。

"你是世上最讨人喜欢的，"他会把脸埋在她的脖颈处喃喃，"世上最讨人喜欢的。"

一天晚上，他带她去"吉米家"，她和弗洛伦斯·米勒太太一起去洗手间。两人一边用口红描画出弯曲的唇线，一边交流失眠的经历。

"老实说，"莫尔斯太太说，"如果上床前不喝足威士忌，我连眼睛都闭不上。我躺在床上翻来覆去。忧郁啊！就这样躺着失眠，能不忧郁吗？！"

"听我说,黑兹尔,"米勒太太摆出夸张的样子,"告诉你吧,如果我不吃佛罗拿[1],一年到头都睡不着。那东西能让你睡得像头猪。"

"那是毒药吗,还是什么东西?"莫尔斯太太问。

"哦,你要是吃太多了就会完蛋,"米勒太太说,"我只吃五粒——是片剂。我不敢多吃。但五粒就足够让你呼呼大睡。"

"在哪儿能买到这种药?"莫尔斯太太觉得自己相当狡猾。

"在新泽西,你想买多少就买多少。在这儿,如果没有医生的处方,他们不会卖给你的。完事了吗?我们最好回去看看小伙子们在干什么。"

那天晚上,阿特和莫尔斯太太在她的公寓门口告别,因为他的母亲在城里。莫尔斯太太仍然清醒,碰巧她的碗橱里没有威士忌剩下。她躺在床上,看着上方黑色的天花板。

她比平时早起床,去了新泽西。她从未坐过地铁,也搞不清楚它是怎么回事。于是她去宾夕法尼亚车站,买了一张去纽瓦克市[2]的火车票。一路上她并未特别思

---

[1] 一种安眠药。

[2] 新泽西州港口城市。

考过什么。她看着周围女人们无精打采的帽子,透过污迹斑斑的窗户凝视着外面单调粗糙的风景。

在纽瓦克市她走进的第一家药店里,她提出要买爽身粉、指甲刷和一盒佛罗拿药片。她买粉末和刷子,是为了让安眠药看起来也像是自己的日常用品。店员对此毫不在意。"我们这里只有瓶装的。"他说,然后用一个小玻璃瓶给她装了十粒白色药片,然后包起来。药片在瓶子里摞在一起。

她去了另一家药店,买了面巾、橙木棒[1]和一瓶佛罗拿药片。这里的店员对此也不感兴趣。

"行了,我想这些够药死一头牛了。"她想,然后回到了火车站。

回到家里,她把那些小药瓶放在梳妆台的抽屉里,站在那儿,带着如在梦幻中的温柔神情看着它们。

"它们就在这儿,上帝保佑它们。"她吻了自己的指尖,把每个小瓶都碰了一下。

那个黑人女仆正在起居室里忙碌。

"嗨,内蒂,"莫尔斯太太喊道,"帮个忙好吗?跑步去'吉米家',给我买一夸脱苏格兰威士忌。"

---

[1] 美甲工具。

她哼着歌，等那女孩回来。

在接下来的几天里，威士忌像她第一次求助于它时那样温柔地满足她。独处时酒精使她心情平静、头脑茫然。在"吉米家"，她是所有人中最快乐的。阿特对她很满意。

然后，某个晚上她约阿特去"吉米家"吃晚餐，这个用餐时间算是比较早。之后他要去出差，要离开一个星期。莫尔斯太太下午一直在喝酒。当她打扮好出门时，她觉得自己愉快地甩掉了困意，精神抖擞。但当她走到大街上时，威士忌的酒劲儿完全退去，有种缓慢而折磨人的痛苦揉搓着她，这种感觉是如此可怕，使她站在人行道上，摇摇晃晃，一时无法再向前走。那是个灰蒙蒙的夜晚，下着一阵阵肮脏的小雪，深色的冰面在街道上闪亮。她慢慢穿过第六大道，故意拖着脚走。一匹伤痕累累的高头大马拖着辆快散架的运货车走过，在她面前卧倒，膝盖跪在地上。赶车人尖叫着咒骂，疯狂地鞭打这头畜生，每抽一下都要从肩膀上方把鞭子抡过来。而那匹马挣扎着，想在湿滑的柏油路上站稳。一群人聚过来，兴致勃勃地围观。

当莫尔斯太太到达"吉米家"时，阿特正等着她。

"看在上帝的分儿上，你怎么了？"一见面他就问她。

"我看到一匹马。唉,我——作为人类,对马儿们觉得抱歉。我——不光是马,一切都很糟糕,不是吗?我无法自拔。"

"啊,无法自拔,亲爱的,这些念头是什么意思?你有什么无法自拔的?"

"我就是没有办法。"她说。

"啊,想想办法吧,亲爱的,振作起来行吗?快点来坐下,别摆出这副面孔。"

她努力喝酒,尽力尝试,但还是无法克服忧郁。其他人也过来一起吃饭,对她的沮丧评头论足。她拿他们没办法,只能强作欢容。她看准时机用手帕轻轻拭眼睛,免得被人注意到,但有几次被阿特发现了。他皱起眉头,不耐烦地在椅子上动来动去。

他要去赶火车的时候,她说自己也要回家了。

"这主意也不错,"他说,"看你能不能睡一觉起来就把它忘掉。星期四见。看在上帝的分儿上,到时候试着精神点,好吗?"

"是的,"她说,"我会的。"

在卧室里,她紧张而迅速地脱衣服,完全不像平时那样动作慢吞吞、犹豫不决。她穿上睡衣,摘下发网,飞快地梳着干枯的杂色头发。然后她从抽屉里拿出那两个小瓶,把它们拿进浴室。她已感觉不到那种撕裂般的痛苦,眨眼间她就激动起来,就像马上要收到意料之中的礼物一样。

她打开瓶塞,在杯子里倒满水,站在镜前,指间拈着一片药。突然她对镜中人优雅地躬身,将杯子向对方举起。

"那么,祝你好运。"她说。

药片难以下咽,干涩的粉末顽固地粘在食道上。她花了很长时间才把所有药片都吃下去。她站在那儿,以毫无人情味的浓厚兴趣研究自己在镜中的影子和吞咽时喉结的起伏。她又一次大声说:

"看在上帝的分儿上,周四试着精神点,成吗?"她说,"唉,你知道他能做什么。他和所有那帮男人。"

她不知道佛罗拿能有多快起效。咽下最后一片药后,她犹豫不决地站在那儿无所适从,仍然还带着那种需要从他人那里获得经验的礼貌态度,想着死神会不会当场取了自己的性命。除了努力吞下药片时有点恶心,她没有感到任何异样,镜中人的脸看起来也没什么不同。那就是说这药不会马上起效,甚至可能需要一小时左右。

她把双臂伸展过头顶,打了个大哈欠。

"我想我该去睡觉了,"她说,"哎呀,我快死了。"这让她觉得很滑稽,于是她关掉浴室的灯,走进卧室躺到床上,同时轻声咯咯笑个不停。

"哎呀,我快死了,"她又重复一遍,"那真是个大新闻!"

三

次日下午晚些时候,黑人女佣内蒂来打扫房间,发现莫尔斯太太还没起床。不过这并不少见。尽管打扫卫生的声音一般会把她吵醒,她也不愿起床。内蒂是个和蔼可亲的姑娘,已经学会了轻手轻脚地干活。

但是,当她把客厅收拾好,悄悄走进来收拾方形小卧室、整理梳妆台时,不可避免地发出轻轻的"咔嗒"声。她本能地回头瞥了眼睡觉的人,心头毫无来由地涌上一种令人恶心的不安感。她走到床边,低头盯着躺着的女人。

莫尔斯太太仰面躺着,一只松弛白皙的手臂高高举起,手腕抵着前额。她僵直的头发不自然地披在脸上。床单被掀开,露出粉红色的睡衣和方形深领口中的柔软脖颈。睡衣曾被洗过多次,布料已被磨得不再平滑。她的乳房挣脱胸罩的束缚,耷拉在腋窝下。她发出时断时续的呼噜声,干涸的口水痕迹从张开的嘴角连到看不分明的下颌关节处。

"莫尔斯台台(太太)[1],"内蒂叫道,"哦,莫尔斯台台(太太)!已经很晚了。"

莫尔斯太太一动不动。

"莫尔斯台台(太太),"内蒂说,"看,莫尔斯台台(太太)。我改(该)怎么整理床铺呢?"

恐惧向这姑娘袭来。她摇着那女人热乎乎的肩膀。

"啊,醒醒吧,豪不豪(好不好)?"她哭着嚷道,"啊,醒醒吧,求您了。"突然,女孩转身跑到大厅里的电梯门前,用拇指使劲按那黑色闪亮的按钮,直到那台老爷车般的电梯载着黑人侍者来到她面前。她语无伦次地向那小伙子诉说,又把他带回公寓。他踮着脚,咯吱咯吱地走到床边。他先轻手轻脚,后来又用力戳那个失去知觉的女人,在她柔软的肌肤上留下了印痕。

"嘿,醒醒!"他大喊,然后聚精会神地倾听,就

---

[1] 此为内蒂的口音问题,下同。

像会有回应一样。

"呀！她昏过去了。"他评论道。

看到他对这个场面感兴趣，内蒂也不再害怕了。他们两个都感到自己非常重要。他们急促地低声交谈。那小伙子建议去找住在底层的年轻医生。内蒂和他一起匆忙赶去。他们期待着成为众人焦点的那一刻，要把这个不幸的消息，这个令人愉快的不幸消息带给大家。莫尔斯太太已成为这一戏剧性事件的载体。他们对她没有恶意，但也希望她现在的情况很严重，希望她不会让他们失望，可别让他们回来时发现她已经清醒并恢复正常。由于担心这一点，他们决定尽量向医生说明她目前的情况。内蒂读过的书不多，她从自己可怜的词汇储备里翻出"生死攸关"这个词，打算用它来吓唬医生。

医生在家，但被人打扰时显得很不高兴。他穿着黄蓝条纹相间的晨衣，躺在沙发上，正和一个坐在沙发扶手上、脸上因廉价香粉而起皮的黑人女孩一起大笑。他们身边放着酒杯，杯中的苏打水威士忌喝了一半。她的外套和帽子整齐地挂在那里，暗示着她是舒舒服服地长住在这里的。总是有事，医生嘟囔着抱怨，忙完一天还不让人清闲。但他还是把几个瓶子和器械放进箱子里，换上外套和内蒂他们一起走了。

"赶紧的，大人物，"那姑娘在他身后喊，"可别一忙就是一晚上。"

医生迈着大步走进莫尔斯太太的公寓，发出很大的声响。他进了卧室，内蒂和那小伙子紧随其后。莫尔斯太太一直没有动，她现在睡得很沉，但没发出任何声音。医生急切地看了她一眼，然后把拇指按在她眼睛上方眼皮凹陷处，把全身重量压在上面。内蒂觉得恶心，突然高声惊叫起来。

"看着好像他在实（试）着把她压在床上。"那小伙子轻声窃笑。

莫尔斯太太在这样的压力下也没有任何反应。医生突然放弃，迅速把被子一把掀到床脚，又一把掀开她的睡衣，把她粗壮的腿抬起来。她的腿上有一团团细小的、鸢尾花颜色的血管纵横交错。他反复猛掐膝盖后面的血管，每次持续很长时间。她还是没醒。

"她喝过什么？"他扭头问内蒂。

内蒂以那种知道该到什么地方找东西的敏捷动作进了浴室，直奔莫尔斯太太放威士忌的碗柜。但她一看到镜前放着的那两个贴有红白标签的瓶子就停了下来。她把它们拿给医生看。

"哦,看在全能慈悲的主的分儿上!"他说。他放下莫尔斯太太的腿,不耐烦地把它们推到床的另一边。"她为什么要去吃那玩意儿?这些狗屁药,怪不得会这样。现在我们得给她洗胃了。这事麻烦了。乔治,到这儿来,用电梯载我下去。你在这儿等着,姑娘。她什么也不会做的。"

"她不会死在我眼前,是吗?"内蒂喊。

"不会,"医生说,"天哪,不会。你又不会用斧头砍死她。"

四

两天后,莫尔斯太太醒了过来。开始她感到茫然,后来才逐渐清醒,悲哀慢慢浸透她的心。

"哦,上帝。哦,上帝。"她呻吟着,泪水从她的脸上滑过。她为自己,也为生活而哭泣。

内蒂听到声音就进来了。这两天她一直在护理这个失去知觉的人,一直不停地做着这令人厌恶的工作。这两个晚上她都睡在起居室的沙发上,夜里时不时还要起身,觉都睡不好。她冷冷地看着床上那气喘吁吁的大块头女人。"您达(打)算干什么,莫尔斯台台

（太太）？"她说，"那是做甚（什）么，把梭（所）有那些药吃下去？"

"哦，上帝。"莫尔斯太太又呻吟了一声，她试图用胳膊遮住眼睛，但感到关节又僵又脆，疼得她喊了出来。

"吃了药，不可能再疼了，"内蒂说，"您真该感谢上帝，自己还健康地火（活）着。您现在感觉怎么样？"

"哦，我感觉挺好的，"莫尔斯太太说，"棒极了，我觉得。"

痛苦的热泪流下来，仿佛永远不会流干。

"悠（有）什么好哭的，"内蒂说，"您做的这些事。那医生，他说他该让人把你逮捕，左（做）这种事。他在这里大发雷霆。"

"他为什么要救我呢？"莫尔斯太太哀叹，"见鬼，他当时怎么就不能走开呢？"

"莫尔斯台台（太太），您这么骂人真可怕，"内蒂说，"大家都是为了您好。我在这儿待了亮（两）晚，根本没睡，也不能棒（帮）别的女士干活！"

"哦，抱歉，内蒂，"她说，"你真是个善良的人。给你带来这么多麻烦，我很抱歉。我没办法。我只是无法自拔。当你觉得一切都很糟糕的时候，你有想过这么做吗?"

"我妹(没)想过这些,"内蒂说,"您该精神点。这样才堆(对)。家家有本难念的经。"

"是的,"莫尔斯太太说,"我知道。"

"这儿有张寄给您的漂亮画片,"内蒂说,"也许它会让您打起精神来。"

她递给莫尔斯太太一张明信片。莫尔斯太太必须用手捂住一只眼睛才能认清上面的字,因为她的瞳孔还不能正常聚焦。

那是阿特先生寄来的。明信片上是底特律体育俱乐部,他在背面写道:"你好啊!希望你已不再失落。打起精神来,别垂头丧气了。星期四见。"

她把卡片扔在地板上。痛苦像石磨盘一样碾碎了她。过去的日子在她面前缓缓回放,仿佛一场漫长的游行。她看到自己白天躺在公寓里,晚上则在"吉米家"消磨,做个"讨人喜欢的人",在阿特和其他类似的男人面前强颜欢笑、卖力表现。她看到了一长队疲乏的马、颤抖的乞丐,以及所有被殴打驱赶、跌跌撞撞前进的生灵。她的脚抽痛,好像被塞进尖头香槟色高跟鞋里一样。她的心似乎在膨胀、变硬。

"内蒂,"她喊道,"看在上帝的分儿上,给我倒杯酒行吗?"

女佣看上去有点怀疑。

"现在您要知道,莫尔斯台台(太太),您之前差点丝(死)了。我不知道医生能不能让您再河(喝)酒。"

"哦,别理他,你给我倒一杯,把瓶子拿进来。你自己也喝一杯。"

"好吧。"内蒂说。

她倒了两杯酒,谦恭地把自己那杯留在浴室里,打算过会儿再喝。然后她把莫尔斯太太的杯子拿过来。

莫尔斯太太看着酒液,闻到酒味就打了个哆嗦。也许它能帮助她。也许,当你患感冒几天后,喝下的第一杯酒可以让你精神一振。也许威士忌会再次成为她的朋友。她祈祷,但不是向上帝,就像不知道上帝一样。哦,求您了,求您了,让她能喝醉,她只愿长醉不愿醒。

她举起杯子。

"谢谢,内蒂。祝你好运。"

女仆咯咯地笑了。"就是遮(这)样,莫尔斯台台(太太),你现在打起精神来了。"

"是的,"莫尔斯太太说,"当然了。"

台下人生

Glory in the Daytime

默多克先生对戏剧和戏剧演员兴致缺缺,这太糟糕了,因为他们对小默多克太太有举足轻重的意义。她总是对那些为戏剧服务的自由、热情、光彩照人的天选之人怀有虔诚而激动的心情。她总是和众人一起在巨大的公共祭坛上,满怀渴望地完成敬神仪式。说真的,她还是个小丫头时,有次受爱驱使给莫德·亚当斯小姐写了封信,信的开头是"最亲爱的彼得"。她还收到过亚当斯小姐寄来的小顶针,上面刻着"来自彼得·潘的吻"。(多么幸福的一天!)还有一次,母亲在假期带她去购物,一辆豪华轿车的门打开,有个由紫貂、紫罗兰和红色发卷组成的奇迹从她身边掠过,她仿佛能听到空中有铃声叮当作响。从那以后,她一直确信自己当时离比利·伯克小姐不到一英尺[1]远。但

---

[1] 1英尺约等于30厘米。

直到她结婚大约三年后,这仍然只是她单方面与闪亮荣耀之人的接触。

诺伊斯小姐是小默多克太太桥牌俱乐部的新成员,她认识一位女演员。她确实认识某位女演员,就像你我认识菜谱收藏家、花园俱乐部成员和针绣业余爱好者一样。

这位女演员的名字叫莉莉·温顿,她很有名。她身材高挑,举止舒缓,声音如银铃般悦耳,常常扮演公爵夫人、帕姆夫人或某位"莫伊拉阁下"。批评家们经常称她为"我们舞台上的那位伟大女士"。多年来,小默多克太太一直去看温顿的日场演出。她想不到有一天自己有机会能和莉莉·温顿见面,甚至比想象中更好——哎呀,就像她没想过自己能飞起来一样!

然而,诺伊斯小姐能在这富有魅力的人群中从容行走并不令人吃惊。诺伊斯小姐深不可测,是个神秘的人。她能叼着香烟说话。她总是做些费力的事情,比如设计自己的睡衣、读法国文学家普鲁斯特的书,或者用黏土塑半身像。她打得一手好桥牌。她喜欢小默多克太太,叫她"小家伙"。

"明天来喝茶怎么样,小家伙?莉莉·温顿会顺道来看看,"她在桥牌俱乐部一次难忘的会面上说,"你可能想见她。"

她轻而易举地说出这些话,却没有意识到它们的分量。莉莉·温顿要来喝茶。小默多克太太可能想见见她。小默多克太太在薄暮中走回家,天上的星星在歌唱。

她到家时,默多克先生已经回来了。只要看一眼就知道,那天晚上他头顶没有星星在唱歌。他坐在那里对着报纸的财经版,心里充满愁苦。现在不是向他高兴地大叫,告诉他诺伊斯小姐即将殷勤款待自己的好时机,也不太可能得到感同身受的赞叹。默多克先生不喜欢诺伊斯小姐。追问之下,他回答说自己就是不喜欢她。偶尔他会用某种可能会博得赞赏的口气加上一句,说那类女人让他恶心。通常小默多克太太跟他谈起桥牌俱乐部有节制的活动时,总会留心避开诺伊斯小姐的名字。她发现这会使夜晚过得更愉快。可是现在,她被激情的旋涡搅昏了头脑。她顾不上吻他,就开始讲自己的故事。

"哦,吉姆,"她喊道,"噢,你觉得怎么样?哈莉·诺伊斯约我明天去喝茶,去见莉莉·温顿!"

"莉莉·温顿是谁?"他说。

"啊,吉姆,"她说,"啊,真是的,吉姆。谁是莉莉·温顿！我想你还不如问葛丽泰·嘉宝是谁。"

"她是演员还是做什么的？"他说。

小默多克太太的肩膀耷拉下来。"是的，吉姆，"她说，"是的。莉莉·温顿是个演员。"

她拿起手提袋，慢慢向门口走去。但还没走三步，她又被卷入欣喜的旋涡。她转向他，眼睛闪闪发亮。

"老实说，这会是你这辈子听到的最有趣的事。我们刚打完最后一圈牌——哦，我忘了告诉你，我赢了三美元，是不是件好事？——哈莉·诺伊斯对我说：'明天来喝茶吧。莉莉·温顿顺便要来。'她就是这么说的。就像说到的是随便什么人一样。"

"要顺便过来？"他说，"一个人怎么能顺便过来呢？"

"说实话，我忘了她问我的时候我是怎么说的。"小默多克太太说，"我想我说的是很乐意——也可能说的是我必须来。我就是这么坦白——嗯，你知道我一定是这么说的。我就是这么坦白——哎呀，你知道莉莉·温顿在我心里的地位。哎呀，当我还是个小女孩的时候，我就经常收集她的照片。我看过她演的，哦，她演过的所有戏。我还读过关于她的每一篇文章还有采访。真的，真的，当我想到就要见到她时——哦，我真的会死的。我到底该对她说什么呢?"

"你可以问问她想不想顺便离开。"默多克先生说。

"好吧,吉姆,"小默多克太太说,"随你吧。"

她疲惫不堪地走向门口,这次她走到门口才转身朝向他。她的眼睛里不再有光。

"这——这可真的不太好,"她说,"这样扫别人的兴。因为这事我很高兴。你不知我与莉莉·温顿见面意味着什么。认识这样的人,看看她们是什么样的,听听她们说什么,也许还能跟她们变得更熟悉——好吧,这样的人对我来说意味着截然不同的生活。她们和我不是同路人。她们不像我。我曾见过谁?我曾听过什么故事?我这辈子都盼着知道——我之前几乎要祈祷哪天能见到——唉。算了,吉姆。"

她走出去,回到自己的卧室。

默多克先生只好与报纸和对公司的怨恨为伍。

"'顺便要来'!"他说,"'顺便要来',看在上帝的分儿上!"

默多克夫妇一同吃晚餐时,并不是无言,而是寂静。默多克先生的安静中有窘迫的成分,而小默多克太太则是那种置身于梦境中的甜蜜安静。她已经忘记了自己对丈夫讲的那些厌倦的话。她已经度过了激动和失望的阶段。她美美地徜徉在天真无邪的幻想中，幻想着之后的一切。她听到了未来某天自己正同人聊天……

几天前我在哈莉家见到了莉莉·温顿，她告诉我关于新剧本的一切——不，我，非常抱歉，这是个秘密，我答应过她，不把剧本的名字告诉任何人……莉莉·温顿昨天顺便来喝茶，我们刚开始聊天，她就跟我分享了她生活中最有趣的事情，还说从未想过要把它们告诉别人……哎呀，我很想去，但我答应和莉莉·温顿一起吃午饭……我收到一封莉莉·温顿的长信……莉莉·温顿今天早上打电话给我……每当我感到沮丧的时候，我就去和莉莉·温顿谈谈，然后我就又好起来了……莉莉·温顿告诉我……莉莉·温顿和我……我对莉莉说……

第二天早上，默多克先生在小默多克太太起床之前就去了办公室。这种事以前有过几次，但不常发生。小默多克太太觉得有点奇怪。然后她对自己说，这样也好。随后她就把这事抛到脑后，一心只想挑选一件配得上下午那个大场合的衣服。她深深地感到她的小衣橱里没有哪件衣服适合这种场合，当然，这也是因为她以前从没遇到过这种场合。最后她选了件深蓝色哔叽连衣裙，裙子颈口和手腕处都镶着白色平纹细布。这是她的风格，她对它的评价最多如此，蓝色哔叽和白色小褶边——那就是她。

这件衣服与她十分相配，这让她情绪十分低落。一个无名小卒穿着平平无奇的连衣裙。她回想起头天晚上编织的梦，回想起与莉莉·温顿亲密平等相处的疯狂幻想。她的脸涨得通红，浑身发热。羞怯使她的心化成了水，她想给诺伊斯小姐打个电话，说自己得了重感冒，不能去了。但琢磨下午茶时间该如何表现时，她逐渐镇定下来。她什么也不想说。如果她保持沉默，就不会显得愚蠢。她会倾听、观察、崇拜，然后回家，她一生都会以这一小时为傲，她要在这一小时里表现得更强大、更勇敢、更优秀。

诺伊斯小姐的起居室是早期现代风格，有许多斜线和锐角。铝制尖锐锯齿形线条和水平延伸的镜面。锯屑和钢铁的颜色为主。没有一个座位高出地面超过十二英寸，没有一张桌子是木头做的。正如人们所说，如果地方再大一点，十分值得去参观一下。

小默多克太太是第一个到的。她为此感到很高兴。不，也许在莉莉·温顿之后到会更好。不，也许这样才是对的。女仆带她到客厅去，诺伊斯小姐以特有的冷静声调和温暖话语向她打招呼。

她穿着黑丝绒裤子和白丝绸衬衫，系着红腰带，领口敞开。一根香烟粘在她的下唇上。她习惯性地眯着眼睛避开烟雾。

"进来，快进来，小家伙，"她说，"上帝保佑。脱掉小外套。天哪，你穿这件衣服看上去才十一岁。坐吧，坐在我旁边。马上就能喝茶了。"

小默多克太太坐在那张巨大低矮的长沙发上。她一直不知道该如何倚在靠垫中，所以把背挺得笔直。她和女主人之间的距离还能容纳六个身材跟她差不多的人。诺伊斯小姐躺下来望着她，脚踝搁在另一条腿的膝盖上。

"我累惨了，"诺伊斯小姐说道，"我整晚都在疯狂地做雕塑。它夺走了我的一切。我就像是被妖法迷住了一样。"

"哦，做的是什么？"小默多克太太问道。

"哦，是夏娃，"诺伊斯小姐说，"我总是做夏娃。还能做什么？有空你得过来当模特摆个姿势，小家伙。你当模特一定很棒。是——的，你会很棒的。我的小家伙。"

"哎呀，我——"小默多克太太停了下来，"不过还是非常感谢你。"

"我想知道莉莉在哪儿,"诺伊斯小姐说,"她说会早点来的——好吧,她总是这么说。你会喜欢她的,小家伙。她真的很少见。她是个真实的人。她经历过地狱般的痛苦。天哪,那段时间可真够她受的!"

"啊,出什么事了?"小默多克太太说。

"男人呗,"诺伊斯小姐说,"男人。她的男人都是卑鄙的家伙。"她沮丧地盯着那双漆皮平跟轻便鞋的鞋尖。"一群卑鄙之徒,总是如此。所有人都是。遇到一个小荡妇就跟着跑,把莉莉甩掉。"

"可是——"小默多克太太说。不,她想必是听错了。怎么可能?莉莉·温顿是伟大的女演员。伟大的女演员意味着浪漫。浪漫意味着鬓角花白的大公[1]、王储和外交官,还有他们瘦削劲健、皮肤晒成古铜色的年轻鲁莽的子侄;意味着珍珠、绿宝石、青紫兰兔毛和红宝石——红得像人们为它们而流的血;意味着脸色阴沉的男孩独坐在可怕的印度午夜,在印度布屏风扇沉闷的呼呼声中,给只见过一次的女士写信倾吐可怜的心声,随后转头去看桌上放在手边的那支佩枪;

---

[1] 独立君主的称号。

意味着有位受贵族赏识的诗人,他的尸体脸朝下漂浮在海中,口袋里装着写给那位如象牙雕像般美丽的女士的最后一首伟大的十四行诗;它还意味着勇敢帅气的男人,为这位苍白的艺术之新娘而生,也为她而死。这位新娘只是因为同情他们才会心软,才会目光柔和。

一群卑鄙之徒。跟在小荡妇后面谄媚奉承。小默多克太太马上对这群人有了朦胧的印象:不过是一群蚂蚁。

"可是——"小默多克太太说。

"她把所有的钱都给了他们,"诺伊斯小姐说,"她总是这样。就算她不给,他们也会把钱拿走的。一分钱都不会给她留下,然后还会朝她脸上啐一口。唉,也许我现在该教她聪明些。噢,门铃响了——莉莉来了。不,坐吧,小家伙。就坐那儿。"

诺伊斯小姐站起身来,走向隔开客厅和门厅的那道拱门。她经过小默多克太太身边时突然弯下身子,捧起她的圆下巴,蜻蜓点水般吻了她的嘴。

"别告诉莉莉。"她低声说。

小默多克太太糊涂了。别告诉莉莉什么?哈莉·诺伊斯该不会认为自己会把莉莉·温顿这些奇怪私事说漏嘴吧?或者她的意思是——但是她没时间去思考了。莉莉·温顿就站在拱门前。她站在那里,一只手搭在墙裙上,身体靠过去,就像站在上场口,马上要出演她最新戏剧的第三幕一样。她这样站了有半分钟之久。

无论在哪里,你都会认出她的,小默多克太太想。哦,是的,任何地方。或者至少你会惊呼:"那个女人长得有点像莉莉·温顿。"因为在自然光线中,她多少同在舞台上有些不一样。她的身材看上去更粗重,而且她的脸——她脸上的肉从强壮精美的骨骼上耷拉下来。还有她的眼睛,那著名的清澈黑眼睛。是的,它们是黑色的,而且很清澈。但它们嵌在层叠的眼袋中,看上去像被固定住了,但实际上周围的空间很宽松,因此转动起来毫无阻碍。虹膜周围能看见眼白上细小的猩红色静脉。

"我想舞台上的脚灯对她们的眼睛是可怕的折磨。"小默多克太太想。

莉莉·温顿果然穿着黑缎子和貂皮大衣,长长的白手套在手腕处随意皱起来。不过手套褶里有一道道细细的尘垢,华丽长袍上有形状不规则的、仿佛补丁的污迹。食物或饮品的残渣——或者两者兼而有之——想必曾从袍子上滑下,在途中找到了临时避难所。她的帽子——哦,她的帽子是浪漫和神秘的化身,是奇怪而甜蜜的悲伤。它是莉莉·温顿的帽子,除了她世上没人敢戴。它是黑色的，斜在一边，一根柔软的大羽毛从上面垂下来拂过她的面颊，蜷曲着横过喉咙。帽子下面的头发疏于打理，呈现深浅不一的黄铜色。但是，哦，她的帽子。

"亲爱的！"诺伊斯小姐叫道。

"天使，"莉莉·温顿说，"我的甜心。"

就是那个声音。就是那个深沉、柔和、洪亮的声音——"就像紫色天鹅绒"，有人曾如此写道。小默多克太太的心怦怦直跳。

莉莉·温顿扑到女主人高耸的胸脯上喃喃低语。她越过诺伊斯小姐的肩膀看见了小默多克太太。

"这是谁？"她挣脱出来问道。

"那是我的小家伙，"诺伊斯小姐说，"小默多克太太。"

"多聪明的一张小脸啊，"莉莉·温顿说，"聪明、聪明的小脸。她是做什么的，亲爱的哈莉？我敢说她是作家，对吗？是的，我能感觉到。她能写出非常优秀、出色的文章。不是吗，孩子？"

"哦，不，真的，我——"小默多克太太说。

"你必须给我写个剧本，"莉莉·温顿说，"一出精彩的好戏。我会在里面表演，一遍又一遍地表演，直到我变成非常非常老的女人，直到我死去。但我永远不会被忘记，因为我在你精彩的好戏里表演了很多年。"

她穿过房间，脚步犹疑，似乎有点心神不定。她要坐到椅子上时，她的身体好像往右边歪了两英寸。但是她及时恢复平衡，保持了仪态。

"写作，"她对小默多克太太苦笑着说，"写作，这么小的一件事，却换来这么大的礼物。哦，它带来光荣，也带来了痛苦。痛苦。"

"可是您瞧，我——"小默多克太太说。

"小家伙不会写文章，莉莉，"诺伊斯小姐倒在长沙发上，"她是博物馆的镇馆之宝，一位忠诚的太太。"

"太太！"莉莉·温顿说，"太太。你没离过婚吗，孩子？"

"哦，没有。"小默多克太太说。

"真甜蜜，"莉莉·温顿说，"真甜蜜、甜蜜、甜蜜。告诉我，孩子，你非常非常爱他吗？"

"哎呀，我——"小默多克太太红着脸说，"我结婚很多年了。"

"你爱他，"莉莉·温顿说，"你爱他。和他上床睡觉也很甜蜜吗？"

"哦——"小默多克太太的脸越来越红，直到疼起来。

"第一次婚姻,"莉莉·温顿说,"青春,青春。是的,我像你这么大的时候也结过婚。噢,珍惜你的爱吧,孩子,保护它,生活在爱中吧。在你爱人的爱里欢笑跳跃。直到你发现他的真实面目。"

她似乎突然受到重重一击,肩膀猛地前倾、鼓起双颊、眼珠差点瞪出眼眶。她这样坐了一会儿,然后慢慢地平静下来,靠回椅背,轻轻地拍着胸口。她伤心地摇了摇头,用悲伤的眼神看着小默多克太太。

"胃病,"莉莉·温顿用那著名的声音说,"是胃病。没人知道它给我造成多大痛苦。"

"哦,对不起,"小默多克太太说,"有什么——"

"没什么,"莉莉·温顿说,"没什么。我们对此无能为力。能看的医生我都看过了。"

"喝杯茶怎么样?"诺伊斯小姐说,"你可能会好些。"她把脸转向拱门,提高嗓门:"玛丽!怎么还不上茶!"

"你不知道,"莉莉·温顿说,悲伤的眼睛盯着小默多克太太,"你不知道什么是胃病。除非你自己也患有胃病,否则你永远也不会知道。我已经得胃病很多年了。年复一年,年复一年。"

"我很遗憾。"小默多克太太说。

"没人知道这种痛苦,"莉莉·温顿说,"痛苦。"

女仆端着个三角形的托盘出现了。托盘上放着明亮的六角形白瓷茶具,尺寸大得夸张。她把托盘放在诺伊斯小姐伸手可及的桌子上,就像来时一样害羞地退了出去。

"可爱的哈莉,"莉莉·温顿说,"我的甜心。茶——我喜欢茶。我很爱它。但我的胃病,喝下它,它在我的身体里就变成了苦艾。苦艾草,一连好几小时我都会不得安宁。我把茶换成你那可爱的、可爱的白兰地吧。"

"你真的觉得能喝吗,亲爱的?"诺伊斯小姐说,"你知道——"

"我的天使,"莉莉·温顿说,"这是唯一能治疗胃酸过多的东西。"

"好吧,"诺伊斯小姐说,"但别忘了你今晚还有场演出。"她又朝拱门大喊:"玛丽!拿白兰地来,再多拿点苏打水、冰和其他东西。"

"哦,不,我的圣人,"莉莉·温顿说,"不,不,亲爱的哈莉。苏打水和冰对我来说是毒药。你想把我可怜虚弱的胃冻起来吗?你想杀死可怜的莉莉吗?"

"玛丽!"诺伊斯小姐吼道,"拿白兰地和一只杯子来就好。"她转向小默多克太太:"你的茶里要加什么,小家伙,奶油?柠檬?"

"奶油,劳驾,"小默多克太太说,"如果可以的话,请给我来两块糖。"

"哦,青春,青春,"莉莉·温顿说,"青春和爱。"

女仆端着个八角形托盘回来了,托盘上放着瓶白兰地和一只矮且重的大玻璃杯。她因一时缺乏自信而把头扭过去。

"给我倒酒吧,好吗,亲爱的?"莉莉·温顿说,"谢谢。把漂亮的、漂亮的酒瓶放在这张迷人的小桌子上。谢谢你!你对我真好。"

女仆匆匆退下。莉莉·温顿靠在椅背上,戴着手套,手里拿着那只装满酒的大而矮的玻璃杯。小默多克太太垂下眼睛看着茶杯,小心翼翼地把它凑到嘴边,抿了一口,又把茶杯放到茶碟上。她抬起眼睛时,看到莉莉·温顿靠在椅背上,戴着手套,手里拿着那只装满酒的透明玻璃杯。

"我的生活,"莉莉·温顿慢慢地说,"一团糟。十分糟糕。过去一直如此,将来也会如此。直到我变得非常、非常老。啊,聪明的小脸,你们这些作家不知道什么是苦苦挣扎。"

"可我真的不是——"小默多克太太说。

"写作,"莉莉·温顿说,"写作。以美好的方式把某个词放在另一个词旁边。它有特权。那个受到祝福的词,被以美好的方式放在另一个词旁边。那是它的特权。它的安宁受到上帝祝福。哦,为了安静,为了休息。但你认为那些卑鄙的浑蛋会在这部剧还能挣到五分钱时就停止它上演吗?哦,不。虽然我很累,还生了病,但我必须坚持下去。哦,孩子,孩子,保护好你珍贵的礼物。感谢它。这是最伟大的事情,也是唯一的事情。写作。"

"亲爱的,我告诉过你,小家伙不会写作,"诺伊斯小姐说,"说点更有意义的话吧。她是位妻子。"

"啊,是的,她告诉过我。她告诉过我,说她拥有一段充满激情的完美爱情,"莉莉·温顿说,"年轻人的爱。这是最伟大的事。除了这个没有别的。"她抓住了酒瓶。那只矮胖的玻璃杯又一次全身变成棕色。

"你今天什么时候开始喝酒的,亲爱的?"诺伊斯小姐说。

"哦,别责备我了,亲爱的,"莉莉·温顿说,"莉莉没淘气。她一点也不淘气。我一直到很晚才起床,很晚很晚。虽然我很渴,虽然我很热,但我直到早餐后才喝了一杯。'敬哈莉。'我当时说。"

她把杯子举到嘴边，倾斜一下又拿开——杯子又变成透明的了。

"天哪，莉莉，"诺伊斯小姐说，"注意点。今晚你得上台，我的姑娘。"

"这世界就是舞台，"莉莉·温顿说，"所有的男女不过是演员。他们上场又下场，每个人在台上都要扮演许多角色，他的表演分为七个阶段。首先是婴儿，哭叫着，还要呕吐——"

"这部戏演得怎么样？"诺伊斯小姐说。

"噢，讨厌，"莉莉·温顿说，"讨厌、讨厌、讨厌。但什么不讨厌呢？在这个可怕的世界上，什么不讨厌呢？回答我的问题。在这个可怕、可怕的世界上，有什么不讨厌呢？回答我。"她伸手去拿酒瓶。

"莉莉，听着，"诺伊斯小姐说，"别喝了。你听到了吗？"

"求求你，亲爱的哈莉，"莉莉·温顿说，"求你了。可怜的、可怜的莉莉。"

"你想让我再来一回吗？上次我就只能那么做，"诺伊斯小姐说，"你想让我就在这个小家伙面前给你一下吗？"

莉莉·温顿挺直身体。"你不知道,"她冷冰冰地说,"胃酸是什么。"她斟满杯子拿在手里,透过它看出去,仿佛它是一副夹鼻眼镜。她突然改变态度,抬起头来朝小默多克太太微笑。

"你一定得让我读它,"她说,"你不必这么谦虚。"

"读?"小默多克太太说。

"你的剧本,"莉莉·温顿说,"你的剧本真美、真美。别以为我很忙。我总是有时间。我有时间做所有事。噢,天哪,我明天得去看牙医。噢,我的牙齿让我受的罪啊。看!"她放下杯子,把戴着手套的食指塞进嘴里,把嘴角扯到一边。"啊——"她坚持说,"啊——"

小默多克太太害羞地抻长脖子,瞥见闪光的金牙。

"哦,真遗憾。"她说。

"这酒丝杭次卡阿呃的耶哥。"莉莉·温顿说。她收回食指,让嘴恢复原形。"这就是上次看牙医的结果,"她重复道,"这很痛苦。痛苦啊。你的牙齿疼吗,聪明的小脸蛋?"

"哎呀,恐怕我太幸运了,"小默多克太太说,"我——"

"你不知道,"莉莉·温顿说,"没人知道什么是痛苦。你们这些作家——你不知道。"她拿起杯子，叹口气，把酒喝光了。

"唉，"诺伊斯小姐说，"继续吧，昏倒吧，然后，亲爱的，你在开演前还有时间睡一会儿。"

"睡觉，"莉莉·温顿说，"睡觉，偶然入梦。是它的特权。噢，哈莉，亲爱的、亲爱的哈莉，可怜的莉莉感觉糟透了，帮我揉揉头，小天使，帮帮我。"

"我去拿古龙水。"诺伊斯小姐说。她离开房间，从小默多克太太身边走过时轻轻拍拍她的膝盖。莉莉·温顿坐在椅子上，闭上那双著名的眼睛。

"睡觉，"她说，"睡觉，偶然入梦。"

"我恐怕，"小默多克太太开口说，"我恐怕真的得回家了。我没意识到已经这么晚了。"

"是的，去吧，孩子，"莉莉·温顿没有睁开眼睛，"去找他吧。去找他吧，住在他心里，爱他。永远和他在一起。可当他把她们带回家时——走吧。"

"我恐怕——我恐怕不太明白。"小默多克太太说。

"当他开始带漂亮女人回家时，"莉莉·温顿说，"你一定要保持骄傲。你必须离开。我总是这样。但总是走得太晚。他们得到了我所有的钱。不管你嫁不嫁给他们，他们只想要钱。他们说这是爱，但事实并非如此。爱是唯一的东西。珍惜你的爱,孩子。回到他身边吧。跟他上床。这是唯一的事。还有你出色、优美的剧本。"

"哦,亲爱的,"小默多克太太说,"我——恐怕真的太晚了。"

莉莉·温顿躺在椅子上,只能听见她有节奏的呼吸声。紫色天鹅绒般的声音不再在空中飘荡。

小默多克太太蹑手蹑脚地走到放大衣的椅子那儿。她小心翼翼地抚平白色细布褶边,这样穿上外套时它们就不会被压皱。看着自己的连衣裙,她心中涌起一股柔情。她想保护它。蓝哔叽布和小褶边——它们是她的。

她在诺伊斯小姐公寓的外门停了一会儿,她的教养敦促她勇敢地朝诺伊斯小姐的卧室走去。

"再见,诺伊斯小姐,"她说,"我得赶快回去了。我没想到已经这么晚了。我玩得很开心——非常感谢。"

"哦,再见,小家伙,"诺伊斯小姐叫道,"对不起,莉莉就是那样。别介意——她是个真性情的人。我会给你打电话,小家伙。我想见你。那该死的古龙水在哪儿?"

"非常感谢。"小默多克太太说。她离开了公寓。

小默多克太太穿过凝聚成一团的黑暗走回家。她脑子里乱成一团，但没想着莉莉·温顿。她想着吉姆。早上她还没起床吉姆就去上班了。吉姆，那天早上她还没起床。吉姆，她还没跟他吻别呢。亲爱的吉姆。他生来就是最独特的人，没有人跟他一样。有趣的吉姆，僵硬、暴躁、沉默，但这只是因为他是那么见多识广。只是因为他知道，在远方寻找魅力、美丽和浪漫无异于缘木求鱼。当他们一直待在家里时，就像那只青鸟[1]的故事，亲爱的吉姆。小默多克太太想。

小默多克太太转身走进一家大商店，那里以昂贵的价格出售最精美稀有的食品。吉姆喜欢红鱼子酱。小默多克太太买了一罐又亮又黏的鱼子酱。那天晚上他们会喝鸡尾酒，虽说没有客人来访，但红鱼子酱将成为他们的惊喜。这将是一次小型秘密派对，庆祝吉姆重新使她心满意足。它也将纪念她快乐地与世上一切光荣一刀两断。她还买了一大块进口奶酪。她需要它给晚餐带来某种情趣。那天早晨，小默多克太太曾心不在焉地吩咐晚餐。"噢，吃什么都行，西格娜。"当

---

[1] 西方文化里幸福的象征，旨在说明幸福就在自己身边。

时她对女仆说。她不愿去想这事。她带着包裹回家了。

她到家时,默多克先生已经回来了。他坐在那里,把报纸翻到财经版。小默多克太太跑向他,双眼发光。糟糕的是:眼睛里的光不过是光,你不能看一下就明白光源何在——是看见他时的兴奋,还是别的什么东西。头天晚上,小默多克太太就曾这样双眼放光地跑到默多克先生面前。

"哦,你好,"他又去看报纸,眼睛一直盯着它,"今天做什么了?有没有顺便去汉克·诺伊斯家?"

小默多克太太停在原地。

"你很清楚的,吉姆,"她说,"哈莉·诺伊斯,是哈莉。"

"对我来说是汉克,"他说,"汉克或比尔。不管她叫什么名字,她出现了吗?我指的是'顺便'来访了吗?不好意思。"

"你指的是谁?"小默多克太太的态度堪称完美。

"就那个——叫什么来着?"默多克先生说,"那个电影明星。"

"如果你是说莉莉·温顿,"小默多克太太说,"她不是电影明星。她是个演员。她是个伟大的演员。"

"她'顺便'来了吗?"他说。

小默多克太太的肩膀耷拉下来。"是的,"她说,"是的,她来了,吉姆。"

"我想你现在要当演员了。"他说。

"啊,吉姆,"小默多克太太说,"啊,吉姆,拜托。我今天去了哈莉·诺伊斯家,一点儿也不遗憾。见到莉莉·温顿真是——真是值得纪念的经历。这事我一辈子都忘不了。"

"她做了什么?"默多克说,"把自己倒吊起来吗?"

"她没做过这种事!"小默多克太太说,"如果你想知道的话,她背诵了莎士比亚的作品。"

"哦,天哪,"默多克先生说,"那一定很棒。"

"好吧,吉姆,"小默多克太太说,"随你说吧。"

她疲倦地离开房间,下楼到大厅里,在食品储藏室门前停下推开门,对那个可爱的小女佣说话。

"哦,西格娜,"她说,"哦,晚上好,西格娜。给这些东西找个地方放,好吗?我在回家的路上买的。我想可能会有机会吃吧。"

小默多克太太疲倦地沿着走廊向卧室走去。

(兰莹 译)

杂文
Essays

67

86

那些我没嫁的男人
Men I'm Not Married To

无论我去向何方,
无论我返回何处,
简言之——无论怎样,无论为何
无论何时,那些男人都在。
小路与斜街,街道与广场,
巷子里,窄径上,大道旁,
似乎处处都会冒出来——
那些我没嫁的男人。

看着他们经过我身边;
每一个我都牢牢盯着,默默惊叹,
"哎呀,老天爷行行好吧,"我在哭喊,
"这走过的男人,我本该把他的姓来冠!"
他们倒不是什么珍稀物种,

走姿谈吐,十分普通;
长相看着还行——但也就是还行——
那些我没嫁的男人。

我敢肯定在一位母亲眼中
每一个都是乖乖的小熊。
然而尽管他们在家中备受尊崇,
却也无法让我心动。
秀发变银丝,他们也不担忧;
人生的字典里绝无"悔恨"。
他们如此不在意,真叫我心中一愣——
那些我没嫁的男人。

跋[1]

其实呀,若他们抓住机会
与我共享人生,
无疑将是一段温柔旅程——
那些我没嫁的男人。

---

1 原文是 L'Envoi,多用在诗歌段落后面用以致敬某人,或额外的解释说明。——编者注

弗雷迪

"哎呀,老天爷啊!"人们一提起弗雷迪,总会这么说,"你一定得找机会见见他呀!他太有趣啦,实在是太有趣啦——比山羊还要时正时谐[1]!"

还有些人,想象力更丰富一些,尽情地发挥创意,说弗雷迪的有趣,简直超过了"满桶的猴子"[2]。更有甚者,角度清奇,说他"像拐杖一样有趣"[3]。不过嘛,就我个人而言,总觉得这句是偷了弗雷迪本人的台词,说起讽刺,还要数他最在行。

对了,说真的,这正是弗雷迪沉重的负担之一。常有人把他的妙语东借点西偷点的。比如某年某月某日他说了点什么话,很快就传得全城皆知。也不知道有多少次,我跑去找他,跟他说我听到好多人在舞台上插科打诨,用的都是他说的趣话;结果他呢,总是做出一副最

---

[1] 原文是"more fun than a goat",此俚语曾用来形容美国前总统西奥多·罗斯福。1900年,他希望得到共和党副总统提名,却并不明说,而是辗转使用了很多伎俩;于是他的一位朋友这样形容他。山羊本身在西方文化中也是亦正亦邪的双面形象。
[2] 原文是"more fun than a barrel of monkeys",英语俚语,意为非常有趣,滑稽的。——编者注
[3] 原文是"as funny as a crutch",英语俚语,指完全无趣。

大惊小怪的表情，以他特有的方式告诉我："哎呀，你可别这么说啊！"唉，当然了，他这表情说这样的话，自然是弄得我哈哈大笑，我也再没什么好说的了。

弗雷迪总是这样。即使听说自己的那些妙语连珠被人到处借用，说都不说一句原创是弗雷迪，他也总是打着哈哈，一笑了之。我从没听过谁夸奖别人时说，"有些人就是天生心太好啦"，但我觉得弗雷迪就是这样一个人。

在派对上，你从来没见过像弗雷迪一样的人。派对在晚上开始，进程一切如常，来得早的人们三三两两地坐着，彼此寒暄，询问最近有没有看到什么好戏，或是随着天气变化出现越来越多的疾病有无蹊跷，等等。眼看着派对气氛越来越冷，大家都意兴阑珊，但从弗雷迪翩翩而来的那一刻起，派对就好似刮起来一阵"小旋风"，我常常听说他的到来会让一个派对"起死回生"，而我也确实总觉得这样说并没有任何夸张之处。

我可真眼热弗雷迪的风度翩翩。即便面对一屋子陌生人，他也能镇定自若，仿佛这些人都是文法学校的老同学。一旦被介绍给别的客人，他就会假装听错对方的名字，喊出完全不同的称呼，而且一直面色紧绷，不苟言笑，一副没感觉有什么不妥的样子；如此一来，就跟初次见面的人完全破了冰。很多人都说他这样子叫人想起巴斯特·基顿[1]。

要说叫人捧腹的玩笑，他可从来都是胸有成竹。要是主持人请他在椅子上就座，弗雷迪会马上回敬："不了，谢谢，我们家有椅子。"如果主持人给他雪茄，他会立刻问："这东西有啥毛病？"如果有人跟他讨支烟抽再顺便借个火，弗雷迪会用他特有的干巴巴的声音说："你还想不想要点优惠券呀？"他这些急智可以说颇为刻薄，但好像没人因此而生气。我猜一切都要归功于他说话的方式吧。

说真的，他自己就是个自成一体的综艺秀。他从来不缺新的故事，什么走在路上帕特对迈克说了什么啦，或是什么埃比怎么欺骗艾基啦，还有老姨妈杰迈玛被问到为什么五婚的时候是怎么回答的啦，等等。弗雷迪会用方言来讲这些故事；我常觉得，大家竟然没有笑到岔气，也真是奇迹。而且，他选的故事，从来都是老少咸宜"合家欢"——有趣又健康。

他还储备了不少保留曲目，演唱的时候都是无

---

[1] 巴斯特·基顿（Buster Keaton, 1895—1966），美国演员、喜剧演员、电影导演、制片人、编剧和特技演员，以不苟言笑的戏剧表演风格闻名，被称为"大石脸"。

伴奏的；每首歌的主歌部分简直无穷无尽，唱完主歌他还会尽心尽力地唱副歌。有首歌特别机灵讨喜，也是他特别爱唱的一首，每次副歌的呈现方式都不一样——在过去奶奶还是个少女的时代，大家是如何演唱的；在如今的享乐之都巴黎又是怎么被演绎的；卡巴莱歌舞演员又会如何表演。还有一些风格类似于《凯西·琼斯》[1]；其中的两三首是关于擅长演奏班卓琴的黑人的；有几首歌的副歌部分由"哈，哈，哈"的音节组成，目的就是要让听者跟着歌手一起哈哈大笑。

要是房间里有架钢琴，那弗雷迪的施展余地又会扩大不少。才华名声高于他的音乐家可能不在少数，但要论表演之积极大方，无人能望其项背。他从来不会畏畏缩缩，不会等着人们连哄带骗才上台表演，更不会假惺惺抗议说自己已经数月未碰琴键。他会毫不犹豫地坐下，为你呈现自己所有的拿手曲目。他有一项独门绝技，就是一只手弹奏《迪克西》[2]，另一只手同时弹奏《甜蜜的家》[3]。弗雷迪还善于用琴键拟声，可以

---

[1] *Casey Jones*，美国乡村音乐创作歌手约翰尼·卡什的一首歌曲。——编者注

[2] *Dixie*，美国南北战争时期南方邦联的军歌。

[3] *Home, Sweet Home*，苏格兰民歌。

模仿鼓笛队[1]由远及近地走来又逐渐消失在远处的过程，要说到这种表演，就算是大名鼎鼎的钢琴演奏家约瑟夫·霍夫曼[2]本人，也不能比肩弗雷迪。

但这都不算什么，弗雷迪最高光的时刻，是在上点心的时候。他总是执意要帮忙端盘子递酒杯，然后在抱满怀后立马做一个跟跄的假动作。这时候派对女主人脸上的表情可真精彩好看。接着他会把餐巾塞进衣领，一本正经地端坐着，仿佛他认为就该这么做；他也有可能根据情况把餐巾叠成小小的方块儿，小心地放进口袋里，仿佛他认为那就是一块儿手帕。你还应该亲眼看看他让人们误以为他吞下橄榄核的那出大戏。还有他对食物做出的评论——真希望我还记得那些评论是怎么说的。不过嘛，在我看来，弗雷迪最好玩儿的行为，是假装喝柠檬汁喝醉了，而且让他特别上头。只要你目睹了弗雷迪的这场表演，就不会特别惊讶于各类社交活动有多欢迎他了。

但弗雷迪这个大幽默家与众不同，他绝不是只

---

[1] "Fife and drum corps"，美国军队中，专门由横笛和鼓组成的音乐演奏团。——编者注
[2] 约瑟夫·霍夫曼（Josef Hofmann，1876—1957），波兰裔美国钢琴家，作曲家。

在公开的社交场合才进行表演。每天从早到晚，他都有趣到冒泡。最美妙的是，他的玩笑不只是"纸上谈兵"，弗雷迪是个不折不扣的幽默实践者。

他会给朋友们发冗长的电报，要求接收方付费；要么就是寄给他们一包又一包毫无用处的杂货；他在对方付费的电话中获得了无尽快乐。弗雷迪常常给朋友打电话，叫他们猜猜自己是谁，个中乐趣之无穷，我想不是当事人是绝对体会不到的。当他想要挑战自己的时候，会在半夜打电话，自称是线路检测员。不过，这个恶作剧只在特殊场合使用。要是变成日常，实在有点儿过于隆重了。

但是，即便是寻常日子，弗雷迪也必能耍些叫人捧腹大笑的恶作剧。道具包括隐藏小孔的玻璃"滴水杯"[1]，会爆炸的雪茄，或者是用橡皮做笔头的铅笔；你就放一百二十个心吧，不管弗雷迪在哪里，不管你是多么出其不意地杀他个措手不及，他绝对能立刻想出一句诙谐的妙语，或者张口就给你来个还算新鲜的故事。这正是大家对他惊叹不已的一点——他总是可以一直保持这样，从不掉链子。

---

1 滴水杯（dribble glass）是专门用于恶作剧的水杯，四周有隐藏的小孔，倾斜杯子喝水时，水会从小孔中洒出来，弄湿衣服。

说实在的,他们也恰恰认为,这正是弗雷迪最大的问题所在。

不过嘛,你一定得找机会见见弗雷迪呀!他太让人捉摸不透啦,太有趣儿啦——比马戏团还要好玩儿。

莫蒂默

莫蒂默总要穿着礼服拍照。

雷蒙德

只要把雷蒙德牢牢地留在内陆腹地,他就绝不会惹什么麻烦。但一到滨海地区,他总会穿上一套配有小长袖的泳装。当"游弋"到大海齐踝深的地方时,他便会弯下身子,小心翼翼地捧起海水,沾湿自己的手腕和脑门儿。

查理

说来也奇怪,但似乎没人能回想起在全国颁布那什么……哦,引起轰动的禁酒令之前,查理都在谈论些什么。当然啦,就算在那种好时候,也肯定是有很多不尽如人意的天气做谈资;我也绝不怀疑,当人们谈到当时流行的女装风格有多疯狂时,他也会发表那么一两句意见。不过,我对此事的态度十分严肃认真,还特地在他的朋友中仔细打听了一圈,但好像除了偶尔发表意见,他也没在谈话中再过多说些什么。其实啊,那时候他可以说是一个沉默而坚强的男人。

数年没见的老朋友跟查理重逢,若是发现他竟然变成了个随时随地张口就来的话匣子,绝对会惊得目瞪口呆。要找人谈对禁酒令的看法,还有谁比查理更合适呢?但凡认识查理的人,都不得不承认,一说到这个话题,他就能侃侃而谈,滔滔不绝。

他从不要求围观听众为他做铺垫。不用费尽心思把话头引到相关的主题上,不用问什么巧妙的问题,不用抓住时机打什么言语机锋,查理无论怎样都能打开他的话匣子。你只需要跟他说句晚上好,问候一下他的家里人,再给他一把椅子——最后这一点倒也不是必要条件——查理那三寸不烂之舌便能给你一讲就是三个小时,什么禁酒令让他在哪里受到了惩罚啦,付出了什么代价啦,他在下周周中左右能逮住什么机会喝几杯纯正的苏格兰威士忌啦……仅就我所知,他曾经独自一人滔滔不绝，占据了整场晚宴，从开宴上鸡尾酒说到最后上洗手钵[1]，把所有人都听得无比入神。

说起来，你可千万别因为我的上述文字，就误会查理是"全美酗酒队"中的一员。他的话题总是离不开氤氲的酒气，但真到了喝酒时，他只不过是小饮辄止，酒品很好，也很负责任；按照实际的情况，能喝就喝一点，不能喝就作罢。我不是说他离开酒就活不下去，也不是说他不能成为酒桌上的魅力之王。我觉得吧，要论和朋友分析"第18号修正案"[2]并从中得到乐趣，在我的见识中，查理就是其中之最了。

从他的言语之中，你可以产生一种代入感，获得浪漫的感觉，这正是他的魅力所在。听他讲话，你就知道他常常会接触到一些奇男子。他讲过自己的一个朋友，只剩下最后三瓶没有开封的苦艾酒了，为此只能来到乡下；还有他认识的一名律师，一位客户对其感激涕零，支付律师费之余还附送了六箱香槟；还有他遇到的一个男人，搬到乡下，只是为了有地方存放苏格兰威士忌。

---

[1] 指在晚宴的最后，给客人用来冲洗手指的一碗水。——编者注
[2] 即通常所称的"禁酒令"；是1919年通过的美国宪法修正案，主要内容是禁止致醉酒类的酿造和销售。后来被"第21号修正案"取消。

说起自己遇到过的奇女子，查理也有数不清的奇闻逸事。有位他常常挂在嘴边的姑娘，你只要肯给点时间，她就能给你搞到小瓶的查特酒[1]，每瓶口味不同。他还有个朋友，也是个天赋异禀的年轻姑娘，发明了一种鸡尾酒，里面混了一勺橙皮橘子酱。这还不算，他还有位女性朋友，拥有一只她引以为傲的宠物小狨猴，要是给它喂上几小勺杜松子酒，这小猴子就会变得无比活泼逗趣，摇身成为"绝佳派对酒友"。

如果你不能亲自认识这些人，那么听查理讲述他们，就是最好的选择了。他言语之中把这些朋友描述得活灵活现，如在眼前。

过去两年来，查理的交际圈急速扩张，这可真是美妙；没有什么比禁酒令更能让人拓展交际了。他历数自己交到的新朋友：有个列车员，他的那列火车从蒙特利尔发车；有个拥有自己的卡车的小伙子；还有一群在药店打工的家伙；以及在上流社会的房子的地下室经营舒适家庭小餐馆的业主们。查理认识的这类人物我可真是数也数不清。

不幸的是，其中一些到头来是只能"同甘"的酒

---

[1] 查特酒（Chartreuse）是法国修道士于18世纪发明的一种酒。——编者注

肉朋友。有个小伙子，查理几乎已经将他视为亲兄弟，后来两人交恶，关系最糟糕。好像是他曾相当庄严地起誓，说出于友情，要为查理提供一箱货真价实的高登杜松子酒[1]。他声称自己在"上头"有人，定能搞到。查理支付了一笔年轻人所谓的"象征性的"定金之后，收到一箱酒，酒瓶里装的都是说不出名头的酒水；后来查理请来一些朋友，经过仔细地品尝，大家公允地给出提议，建议命名这个酒为"暴风国王"。从那天起至今，查理就再也没见过那小伙子。现在他说起此事，还会气到颤抖破音。正如他所说——而且，他说得也很对——这是触及原则的问题。

不过，他交的这些新朋友，大部分还是最最真挚忠诚的，正所谓"夫"复何求。查理会不厌其烦地花上很多时间——让你仿佛与这些人并肩同行——简略地补充一下他们的情况：过得如何啊，正在做什么呀，上一次和他见面都说了些什么呀，凡此种种。

但查理也能做最棒的倾听者。只要你给他讲的是家常调酒的小配方，就会收获一个最认真、最惺惺相惜的听众。他甚至还会把你的话认真记下来，叫你受

---

[1] 高登杜松子酒（Gordon's gin），一种以发明人 Alexander Gordon 命名的杜松子酒，广受欢迎但配方极其保密，至今知道的人也很少。

宠若惊。你也可以给他讲，听说在某某不寻常之地能够找到杯中物，或者别人跟你说要用天价去交换的美酒，他会把你说的每个字都听进心里去，不断引导你说出更多详情，还会适时地问一些闪烁着智慧火花的好问题，鼓励你参考对照一下他自己的类似经历。

但是，在这种情形下，你可别让成功冲昏了头脑，妄图把话题扩展到其他领域。但凡你话锋稍微一转，查理就会瞬间失去兴趣。

不过嘛，我转念一想，说不定这恰恰就是你想要的呢。

劳埃德

劳埃德戴的领带，都能水洗[1]。

亨利

对于一些事情，亨利也就是比别人略懂那么一丁点；但他"略懂"的东西，数量之多，能让你大吃一

---

1 高档领带的材质通常不能水洗。

惊。自然，他对这一点也是十分自知，但你可千万别认为他就借着这个自视甚高，态度傲慢。恰恰相反，就像能言善辩的法国人一样，他对待别人的耐心可谓无穷无尽，也总是愿意看看他们正在做什么，帮忙做做监督，给点建议啥的。说到为别人奉献自己的时间和精力，没人会不承认，亨利实在是无比慷慨。我甚至还听到有人大胆地评价说，他慷慨得有点过分了。

举个例子。要是亨利有四个朋友正在玩桥牌，局势胶着；而他恰好在牌局中间赶来，他不会打断牌局，自己参与进来，借机炫一把自己超越朋友们的牌技。亨利是不会这么做的，他只会搬来一把凳子，面带和善的微笑，坐在那里观牌不语。当然了，时不时地，听到朋友们叫的牌，他也会情难自禁，露出痛苦的表情，或发出惊叹，甚至爆发出一阵大笑，但从不真正插手。很多时候，他都是在别人出牌之后，斜过身子，以开玩笑的方式，告诉那位仁兄，要是他刚才能如此这般、这般如此就好了，或者倒不如当时就放弃，别跟牌了。但他总是拒绝更积极地参与到游戏之中。我还见过某种情况，就是偶尔有人打了特别臭的一手牌，亨利会起身把自己的凳子拽到一边去，激动而无语地来回踱步；不过嘛，大多数时候他还是冷静得叫人钦佩。走的时候他总会给打牌的朋友们留下几句鼓励的妙语，请他们继续好好地打牌，不要泄气。

这基本上是亨利在所有场合的态度与做法。他会闲庭信步地来到一个网球场，站在边界线上，不歇气地喊出一连串的意见和建议，我敢肯定，他这样做会把自己弄得很累很辛苦。我还知道一件事，他曾经跟着自己的朋友们满高尔夫球场跑，随时对他们的击球姿势提出建设性的批评意见。我敢言之凿凿地告诉你，在当今时代，再没有多少人像亨利一样，能如此全心全意地为朋友们好了。给出这种高度评价的，也不止我一个。

我常常想，要让这世界变成更美好的人间，亨利一定是抱有这种想法的男人。但他却从不会中途插手朋友们的事情。只会在木已成舟之后，好心指出你本该如何如何，这样事情的结果能好上那么一点。比如你签完一套新公寓的租约之后，亨利会告诉你，另外有套公寓，租金更便宜，采光更好；等你跟新公司签完聘任合同，完成"卖身"，亨利会语重心长地跟你详谈，告诉你离开老东家是个多么错误的决策。

我常常听说，又有人告诉亨利，他是他们这辈子见过的懂得最多的人。哎呀，这对我来说已经不算新闻啦。

我怎么努力，也想不起来亨利对此评价有过什么意见和争论,连听都没听说过。

乔

两杯鸡尾酒下肚,乔就闹着要上台助鼓手一臂之力了。酒过三杯,他就开始话中夹枪带棒,看不惯邻桌陌生男人的领带,说什么色调不讨喜。

奥利弗

奥利弗有个很古怪的行为,他会把一根食指伸进嘴里,把嘴巴硬生生往一边拨开,一边把他的后槽牙大方地展示给你,一边用这种情况下必定含糊不清的语调向你解释说明他的牙医近期达成了多大的成就。

阿尔伯特

阿尔伯特会往番茄片上撒糖粉。

(何雨珈　译)

诗歌
Poems

87

124

假意虚情
The False Friends

他们轻抚我的头,
还有脸颊、前额;
时间可以治愈伤痛,他们说,
誓言会在岁月中消磨。

他们满怀同情,和蔼可亲,
在我耳边低声轻吟:
"孩子,四月里破碎的心,
五月时就会复原如新。"
哦,他们见惯世事,睿智博闻,
见过那么多碎裂的心修复无痕。
几乎不必有意做什么,
就能骗过我这样的人!

跟我说四月五月蠢话的那个家伙,
会看到我仍然饱受焦灼;
因为六月已走到末尾,
而我的心仍四分五裂。

短歌一首

A Very Short Song

我年轻而赤诚时,
有人伤害了我——
使我脆弱的心碎成两半。
这一手真是邪恶。

不幸之人才会坠入爱河,
爱情除了诅咒还能是什么。
我也曾亲手摔碎过别人的心,
那比自己心碎还要令我自责。

生平
Resume

剃刀锋锐切肤痛；
河水荡漾湿衣重；
酸液蚀人肤；
药剂绞人腹。
枪弹非法；
投缳易断；
煤气刺鼻端；
罢了罢了，不如活着。

但不会忘记
But Not Forgotten

无论你在哪里徘徊,
我都要在你身边相伴。
虽然你可能会漫步于更美好的天地间,
但你不会很快忘记我的手、
我抬起头的样子,
还有我颤抖的语言。
你仍然会看到我,娇小洁白
微笑着,在秘密的夜晚,
感觉我的手臂抱着你,
于是旧时光振翅回还。
我想,无论你在哪里,
你都会记得我
我不在时,仍记得我的样子,
倾吐迟来的爱意绵绵。

午后
Afternoon

当我年事已高,生活无忧,
无欲无求,
伴着回忆入睡,
在炉火旁静静独守。

我用饰带扎起头发
戴上洗熨过的帽子。
看着冰冷脆弱的手放在膝上
轻巧温柔。

我会穿一件碎花长袍
蕾丝镶在领口;
我会拉起窗帘,把整个城市挡在帘后,
轻声哼一支小调悠悠。

我会忘记如何流泪、
如何搅茶,如何飞扬舞袖。
但是,哦,我希望幸福的岁月
能持续得更久。

不幸的巧合

Unfortunate Coincidence

你颤抖着叹息,
发誓说为他心醉神迷;
他赌咒说对你的爱恋
天长地久无绝期——
女士,请您注意:
你们两人中有人在乱说一气。

绝笔

Swan Song

人们先是竞相追捧，
然后又离你远去；
你最好的收获
不过就是芳华已逝。
操劳如牛马，囤积似仓鼠，
惴惴不安，男婚女嫁，
最大的奖赏
就是能寿终正寝。
辛苦一生，
激情难久；
以上即所得——
最近的河在哪里？

文学歪评

A Pig's-Eye View of Literature

约翰·济慈、
珀西·比希·雪莱
和乔治·戈登·诺埃尔·拜伦勋爵的
生平和时代

拜伦、雪莱和济慈
是抒情仙乐三重唱。
雪莱前额覆满鬈发,
济慈不是伯爵儿郎,
拜伦如蝴蝶采花忙。
但这又何妨?
拜伦和雪莱,
拜伦和雪莱,
拜伦、雪莱和济慈
诗坛成就万古流芳。

奥斯卡·王尔德

如果我被迫在学者面前
挤出一句隽语,
我也从不敢居功;
因为我们都觉得这是在拾王尔德的唾余。

哈丽雅特·比彻·斯托

纯洁可敬的斯托夫人
我们都知道
她是母亲、妻子和文豪——
感谢上帝,我哪敢与她试比高!

但丁·加布里埃尔·罗塞蒂

但丁·加布里埃尔·罗塞蒂
埋葬了他所有的歌剧脚本,
三思后
又去掘墓刨坟。

托马斯·卡莱尔

卡莱尔过着文人的生活
用茶杯砸自己的老婆,
还相当烦躁地说:
"哦,卡莱尔太太,你别躲!"

查尔斯·狄更斯

敢说他欺世盗名的人,
除非踏着我的尸体过去。
有哪个长舌者
敢站出来多说一句!

大仲马和他的儿子

虽然我孜孜不倦地
研究大小仲马,哎呀,我还是没能
把他们放在心上。

阿尔弗雷德·丁尼生勋爵[1]

如果上天赐给我一个儿子,
我希望他可别像丁尼生。
我宁愿叫他拉小提琴
也不愿他读完叙事诗
还要站起来鞠躬。

乔治·吉辛

当我承认忽视了吉辛,
他们说我不知道自己错过了什么,
直到他们的论点变得微妙,
我才觉得该忠于塞缪尔·勃特勒。

沃尔特·萨维奇·兰多

关于沃尔特·兰多的作品
没人赞同我的唠叨。

---

[1] 阿尔弗雷德·丁尼生(Alfredlord Tennyson,1809—1892),英国桂冠诗人,代表作包括《国王的叙事诗》等。——编者注

如果你能读懂它们，也好，
但我永远也做不到。

乔治·桑

这位天才女士花了工夫
才远离纸、笔和书。
她爱与人打情骂俏。
（法国人在这方面做得很好。）

星光中的墓碑

Tombstones in the Starlight

I. 二流诗人

莫谈夜莺的天籁,
他只会轻声哼唧。
但他也挺起胸膛
让荆棘的刺扎进去。

Ⅱ. 美丽的女士

她讨厌凄凉和寒冷。
一切都是那么温暖和迅速,她爱得太深——
一束光,一团火焰,一颗反抗自己的心;
地狱里永远冰寒刺骨。

Ⅲ. 富可敌国的男人

他已经得到最好的东西,

但他并不放在眼里。

他言出必行,

所有障碍不值一提。

他躺在地下,得体地待在柏树林中,

引来的食客也是最高档的专属蠕虫。

Ⅳ. 渔妇

她的丈夫善良又干净,

实属平凡生活好选择;

但是,哎呀,亲爱的朋友们,

你们应该看看

脱钩的那条鱼!

Ⅴ. 斗士

在人世间的日子走到尽头,他升入天堂,

抓过羽毛笔,坐下来奋笔疾书。

告诉当地媒体:该采取某些措施对付加百利,

那个吵闹的讨厌天使。

Ⅵ. 女演员

她的名字清晰地刻在大理石十字架上,
闪闪发光,就像她仍在人世;
然而有轻纱般的苔藓善解人意,
温柔地遮去了她的出生日期。

我讨厌女人

Women : A Hate Song

我讨厌女人。

她们让我心烦。

家庭妇女最差劲。

每时每刻幸福满满。

她们永远喘着粗气,

大步流星地匆匆赶回家

下厨做饭。

她们善解人意,

温柔地微笑说:"钱不是万能的。"

她们总是在我面前将衣裙抖开,

说:"这是我自己做的。"

她们阅读妇女版面,看到食谱就试着做。

我真讨厌这种女人。

还有那种人形含羞草;

动不动就紧张不安。

她们和所有人都不一样,还坦白告诉你这点。

总有人在践踏她们的感情。

样样事物都在伤害她们——而且伤得很深。

她们永远热泪盈眶。

她们总是想和我谈"真实的东西",

那些真正重要的事物。

是的,她们知道自己可以写作。

但屈服于传统惯例。

她们总是渴望远离——远离一切!

——我向上帝祈祷,希望她们能做到。

还有些女人总是陷入困境。

总是这样。

通常给她们带来麻烦的都是"丈夫"。

她们含怨受气。

她们是那种没人了解的女人。

她们扯出冷淡的、伤感的笑容。

但一有人同她们讲话,她们就打开话匣子。

她们用"我必须默默受苦"作为开篇,

没有人会知道——

于是她们开始讲述细节。

还有那些女"万事通"。
她们就是讨厌鬼。
人世间的一切都逃不过她们的眼睛
她们还会津津乐道地告诉你。
她们以纠正错误观感为己任。
她们知道各种日期,知道所有人的中间名。
她们评点时事,不容人置喙。
哦,她们让我烦透了。

有些女人根本无法理解
为什么所有男人都为她们疯狂。
她们说自己试了又试。
她们讲某位已婚男士的闲话;
他说过什么
以及他说这话时的样子。
然后她们叹口气问:
"亲爱的,我到底有什么好?"
——你不讨厌这种女人吗?

还有那些永远快乐的女人。
她们通常待字闺中。

总是忙着做小礼物，
设计些小惊喜。
她们叫我同她们一样，凡事总往好处想。
还问我，如果失去幽默感，她们该怎么办？
我有时真想消灭她们。
任何陪审团都无话可说。

我讨厌女人。
她们让我心烦。

我讨厌男人

Men: A Hate Song

* 我讨厌男人。

他们让我恼火。*

I

有的男人是严肃的思想家——

应该立法禁止他们。

他们阴郁地看待生活,就像透过贝壳框的眼镜一样。

他们总是用疲惫的手

捂住苍白的额头。

他们谈论人性

好像他们刚刚发明了它;

他们必须继续帮助它。

他们热衷罢工

他们永远都在请愿。

他们为底层民众做了件好事——

他们就生活在他们中间。

他们迫不及待地等着
《大众》[1]出现在报摊上,
而且他们读过所有的——
有性爱描写的俄罗斯畅销小说。

II

有些男人像住在洞穴的原始人——
典型血气方刚的男子汉。
他们吃的都是半生不熟的东西,
他们总是洗冷水澡,
他们想让所有人来摸摸自己的肌肉。
他们粗声大气地说话,
使用盎格鲁-撒克逊式[2]的短词。
他们每到一处就打开窗户,
他们会一掌拍在别人背上,
告诉对方需要锻炼身体了。

---

[1] 《大众》(*The Masses*),美国激进派杂志。1911年至1917年,每月出版一本。因其反战和反政府的观点而被政府压制。——编者注
[2] 指西日耳曼语支中移居不列颠群岛的一支,其语言通常被称为古英语。——编者注

他们总是说马上就要步行去旧金山，
或者乘帆船横渡大洋，
或者乘雪橇穿越俄罗斯——
上帝，求您了，让他们赶紧去吧！

III

有些男人爱伤春悲秋，
用种种艺术品装饰室内。
他们身上总是有淡淡的香草味，
会往香烟上滴檀香精油。
他们老是去参加化装舞会，
因为这样就能扮作
《一千零一夜》里角色的样子
他们在工作室举办茶会，
人们坐在垫子上围成一圈，
心里为参加而满是后悔。
他们双眼半闭，没精打采地看着某个女人，
用低沉、情意绵绵的声调告诉她，
她应该穿什么。
色彩是他们的一切——一切；

紫色深浅不合适
就能让他们精神崩溃。

IV

还有些男人
一心离经叛道。
他们会说自己
连续四个晚上没睡觉。
他们常去看戏,
所看之戏的好台词
都在副歌里。
他们摇摇晃晃,从某个卡巴莱歌舞厅走进另一个,
他们会准确说出欠了多少赌债。
他们隐晦暗示
酒精在他们生活中起的可怕作用。
然后摇摇头,
说把一切都交给上天——
我真希望我就是上天!

我讨厌男人。
他们让我恼火。

我讨厌亲戚

Relatives: A Hate Song

* 我讨厌亲戚,
他们总是对我指手画脚。*

即使是我们中最优秀的人也有
姨妈、姑姑和婶娘。
她们总是来短暂拜访我,
若你请她们住几天,
她们还就真的住下。
她们总是说你看起来有多糟糕——次次不落;
她们开始讲
倒霉朋友的八卦。
她们的谈话只有知道内情的人才能听懂;
她们的健康永远处于危急状态。
她们随时准备着拍摄 X 光片,
要检查的身体部位的名字就像是豪华客车一般。
她们说医生讲
她们有百分之一的可能查出问题——

我希望这机会再大点。

然后就是那些姻亲,
他们是婚姻必然会带来的弊害。
若他们没有议论你的某件事,
肯定是因为他们不会读那些字。
不管你做什么,
他们都知道更好的方法。
他们永远在你的房子里搜寻灰尘;
如果他们找不到,
这一天就白过了。
他们的感情总是受到伤害
这样他们就可以带着殉道者的表情来拜访,
说他们走后你会感激他们的——
你当然会的。

外甥和侄子
是动物生命的最低形式。
他们总是在说些好听的话
没有任何已知力量可以阻止他们
背诵关于我们国旗的小诗。

他们懂得真正幽默感的精髓——
他们总是在你耳边点燃东西让它们爆炸,
或者在你要坐下时偷偷把椅子拉开。
每当你努力给别人留下深刻印象时,
他们总是出现,
试一下他们从赌徒那里学到的新单词——
我希望政府能征募所有 10 岁以下的男性入伍!

接下来是丈夫;
他们是白人妇女的负担。
当你穿新衣服时,他们永远不会注意到——
你必须明白指出来。
他们告诉你做成的生意,
或者他们的交谈,
他们认为你应该把一切都准备好。
他们总是在你门外转,
不停地看手表,
然后说:"你还没打扮好吗?"
从没人认为他们出了错,
一切都是你的错。
每当你出去开心玩乐的时候,

你总是遇到他们——
但愿有人能治好他们的毛病。

* 我讨厌亲戚,
他们总是对我指手画脚。*

我讨厌上班

Our Office: A Hate Song

《名利场》的亲密一瞥——来自家庭内部

我讨厌上班,

它影响了我的社交生活。

我讨厌美工部门;

那些封面猎手。

他们总是在解释摄影机如何工作。

他们总是站在摄影机的绿灯周围,

脸色看起来好像是被发现的溺水者。

他们永远在发现伟大的天才;

他们总是能在 25 岁以下的女性艺术家中

找到优秀的人才。

只要插图迟了

总是要怪编辑部门。

他们总是四处奔波寻找素描,

在照片背面写上神秘的数字,

剪下图片粘贴到剪贴簿上,

然后他们说没人能意识到他们工作有多辛苦——
他们说了些什么。

我讨厌编辑部门；
那些文学之光。
他们只是比其他人稍微圣洁一点，
因为他们可以写出经典：
"这件小睡衣自言自语道：'简洁是内衣的灵魂。'"
"以下是百老汇戏剧成功的五个原因。"
他们都相当有个性，
总有人惹他们发脾气。
他们经常精神崩溃，
然后离开几星期。
而且他们只在周六早上来办公室，
来享受编辑特权。
他们会告诉你如何培训优秀编辑。
但他们并不想待在编辑部。
总有一天他们会成为自由职业者
写下他们心中涌动的伟大思想。
他们说他们只希望能离开办公室——
这说法大家都同意。

然后是时尚部门;

"时尚摄影之父"迈耶男爵的救命稻草。

如果哪件衣服的价格低于485美元,

他们就说你该把它交给比利时人。

他们会看你穿的每件衣服,

然后宽容地微笑,说:

"西尔斯·罗巴克公司[1]的生意确实很好,不是吗?"

他们一直在给名声大噪的狂野女人拍照——

她打扮成新娘,跪在财产祭坛前。

他们写的文章是《收入有限者的时尚》——

他们的限度是天空。

我讨厌老板;

伟大的白人酋长。

是他造就了今天的我们——

我希望他能满意。

关于他的员工

在早上九点来上班——

就好像他们是群送奶工,

---

[1] 一家以向农民邮购起家的零售公司,曾是美国最大的私人零售企业。——编者注

他有些奇怪的想法。
如果你九点不到就在,
他肯定看不到;
但你若是十点一刻才来,
他就会与你同乘电梯上楼。
他稍被挑拨就会去巴黎,
没人知道他为什么要在那里待那么久。
哦,好吧,
你总不能指望他待在农场里。

我讨厌上班
它影响了我的社交生活。

哦,看哪——我也能做到
Oh Look—I Can Do It

让大家看看,任何人都能写现代主义诗歌

纵酒狂欢

手牵着手,我们跑过秋天的森林;
我们的笑声驾着狂风展翅高飞;
进进出出,追寻着一条奇妙的道路,
穿过热情如火的山茱萸,
还有那纤细纯洁的白桦树。
我们的四肢在缤纷的背景下闪烁着白色的光芒。
我用葡萄藤编成花环,轻轻放在你的头发上,
我们一边跑,你一边高唱狂热的歌——
那是异教徒对冥神的赞美诗。
我们冲过去,被秋天的烈酒冲昏了头脑……
我想知道你是不是也结婚了。

星期日

废弃报纸
高高堆积,令人窒息。
增刊厚颜无耻地摊开,
把耸人听闻的内容广而告之:
"离了七次婚,将重娶发妻;"
"宠妃讲述如何逃离后宫。"
"求助"广告页没有展开;
社论版被无聊的手攥出褶皱;
社会版,满是谎言的照片。
无始无终的报纸堆……
外面下着灰蒙蒙的细雨,
绝望地落着,落着,
伴随着毫无意义的单调声音,
就像牧师在主持结婚仪式。

画廊

我的生活就像画廊,
观众走在狭窄的过道上。

找到最佳方式悬挂作品,

好让观众注意到那些漂亮的画。

有时我们会巧妙布置某一幅,

虽然位置不显眼,

但光线最迷人。

就连拙劣的画也被展示得如此巧妙,

阴影使它们柔和美丽。

我的生活就像画廊,

有几幅画被谨慎地扣在墙上。

碎片

我们在人群中面对面;

周围的人挤来挤去,

一想到要回家吃饭就抓狂。

我们周围弥漫着人身上散发出的各种气味,

他们用各种语言咒骂,声音震动我们的耳朵。

但人群很友善,他们把你推到我怀里,

你在我怀里,那一刻无与伦比,

你那纤弱的身体因极度胆怯而颤抖。

我们站在那里,就我们两个人,站在狂喜的顶点,我们的灵魂一起悸动。
然后我们被强行分开。
但希望在我心中跳跃,
因为在你离开我之前,
你小声说了几个害羞的音节——
作为对我极度狂热问题的回复……
你为什么给错了电话号码?

(兰莹 译)

评论
Reviews

125

143

奥斯卡·王尔德:《理想丈夫》[1]
Oscar Wilde: *An Ideal Husband*

为纪念演出季而排的喜剧中,约翰·威廉姆斯重排了奥斯卡·王尔德的喜剧《理想丈夫》。爱把《玩偶之家》说成"玩偶的家"的那拨文化人,还常把这部作品说成是"理想的丈夫"。此次演员阵容相当豪华(见宣传广告),包括康斯坦丝·科利尔、比特丽斯·贝克利、诺曼·特雷弗、朱利安·莱斯特兰奇、西里尔·哈考特等。许多评论家称,让康斯坦丝·科利尔扮演切弗利太太真是选错了角,但她的诠释同我脑海中想象的角色一模一样,这令我心满意足。比特丽斯·贝克利演绎的奇尔顿夫人可谓吃力不讨好。这个角色是王尔德笔下那种淑女美德典范,即使要发表最简单的言论,也要扯上"我们唯有"[2]这种安息日式的表达。诺曼·特雷弗似乎用了某种新技巧来诠释罗伯特·奇尔

---

[1] 节选自文章 *The New Plays: The Attacks and Counter-Attacks of Our Autumn and Winter Dramas*。1918 年 11 月,发表于杂志《名利场》。——编者注

[2] 指奇尔顿夫人的台词 "We needs must love the highest when we see it",该句话引用自诗人丁尼生的《国王叙事诗》。——编者注

顿爵士这个角色，目的是想看看念台词究竟能有多快。在第二幕关于女人爱情的长篇大论中，他的速度打破了之前所有的世界纪录。我认为朱利安·莱斯特兰奇的演出可谓是整部作品中的高潮。显然，他扮演戈林勋爵毫不费力，全程相当从容，说出角色的隽语时，就仿佛话语是在那一刻恰巧从脑海中涌现一样。

不知何故，不管奥斯卡·王尔德的戏剧如何出彩，我总是更喜欢观察台下观众，而不是戏剧本身。他们身上总有些东西让我着迷。他们故作优雅，陶醉于自身的艺术修养。他们散发出《新共和》[1]周刊的气息，那种"比赫伯特·克罗利[2]还要赫伯特·克罗利"的感觉。"看看我们，"他们像是在说，"我们才是行家。我们来这里是因为懂得欣赏艺术，不像你，可怜的笨蛋，你来这里是因为买不到冬季花园剧院[3]的门票。"他们慢慢沿着过道走来，优雅地落座，相信所有人都注意到了自己的出场，因为出现在这里就是自身博学的证

---

1 美国自由主义刊物，1914年11月7日创刊，以政治、当代文化和艺术评论为主题。——编者注

2 赫伯特·克罗利 (Herbert Croly, 1869—1930)，《新共和》周刊的共同创始人。——编者注

3 一家百老汇剧院，于1911年开始营业，1982年至2013年，只制作了两部作品，分别是《猫》和《妈妈咪呀》。——编者注

明。从幕布升起的那一刻起,他们就不断发出赞许的声音,来表达他们的支持和理解。"哦,听听,听听那台词!"他们彼此感叹,就好像他们才是第一批发现奥斯卡·王尔德这个前途无量的年轻作家的伯乐。他们充满自豪感地多次使用"妙趣横生"这个词语,仿佛这是他们刚刚创造出来的一样。然而,他们的享受却不那么自在,倒是显得故作姿态,盼以符合大家对文化人的期待。这享受不是闲坐倾听,他们好像觉得必须不断表达欣赏之情,才能显示出没有哪句隽语是他们理解不了的,才能让人们相信他们的聪明以及他们在戏剧方面无可挑剔的品位。

伟大的短篇小说集[1]
A Book of Great Short Stories

欧内斯特·海明威创作了小说《太阳照常升起》。小说甫一出版,海明威就声名鹊起。在他的头顶上,星条旗庄严地升起,八百四十七名书评家排排站好,拼出"欢迎"这个词,乐队同时用三个调子演奏了《向统帅致敬》[2]。我想,所有这些都让欧内斯特·海明威相当厌恶。

在《太阳照常升起》出版前一年左右,他出版了短篇小说集《我们的时代》。这本书在文学界引起的轰动不亚于曼哈顿河滨大道一场未遂的混战。诚然,少数人对这种简单而激动人心的散文风格赞不绝口,但大多数评论家都对这本书不屑一顾,都带着宽容的微笑吐出"粗鄙"这个词。门肯先生用"《多摩咖啡馆》[3]那样大胆拙劣的素描"这一评价,重重掴了一耳光过

---

[1] 1927年10月22日,该文刊于《纽约客》杂志。——编者注

[2] 《向统帅致敬》(*Hail to the Chief*),为美国总统官方歌曲,常演奏于美国总统出现于公众场合之时。

[3] 《多摩咖啡馆》(*Café du Dome*),是印象派艺术家西奥多·帕拉迪的风俗画。

来，而那些地位稍逊的评论家也以他们的方式做出了类似的抨击评论。哎呀，你知道的，欧内斯特·海明威是个年轻的美国人，住在法国巴黎塞纳河左岸，有人之前在多摩咖啡馆[1]、圆亭咖啡馆[2]、菁英咖啡馆[3]和丁杳园咖啡馆[4]见过他。他认识庞德[5]、乔伊斯[6]和格特鲁德·斯泰因[7]。所有这些地方都有点——嗯，你知道的。你不会在那种地方看到布鲁斯·巴顿[8]或玛丽·罗伯茨·莱因哈特[9]。肯定不会的，先生。

---

1 位于法国巴黎蒙帕纳斯大道，著名的知识分子聚集地。——编者注

2 位于法国巴黎蒙帕纳斯大道，著名的知识分子聚集地，海明威、萨特、波伏娃都曾是这里的常客。

3 位于法国巴黎蒙帕纳斯大道，艺术家和知识分子聚集地，菲兹杰拉德、海明威、毕加索都曾是这里的常客。——编者注

4 位于法国巴黎蒙帕纳斯大道，是巴黎重要的文化和艺术地标。海明威在这里完成了小说《太阳照常升起》。——编者注

5 埃兹拉·庞德（Ezra Pound, 1885—1972），美国著名诗人。——编者注

6 詹姆斯·乔伊斯（James Joyce, 1882—1941），爱尔兰作家、诗人，代表作有《尤利西斯》等。——编者注

7 格特鲁德·斯泰因（Gertrude Stein, 1874—1946），美国先锋派女作家、诗人、艺术收藏家。——编者注

8 布鲁斯·巴顿（Bruce Barton, 1886—1967），美国作家、广告公司BBDO创始人、共和党政治家。

9 玛丽·罗伯茨·莱因哈特（Mary Roberts Rinehart, 1876—1958），美国作家，被誉为"美国的阿加莎·克里斯蒂"。

此外,《我们的时代》是本短篇小说集。选择创作短篇小说本身就不是一个好的开始。人们不喜欢短篇,他们会觉得被骗了。随便哪个书商都会开心地用有趣的行话告诉你:"短篇小说不怎么样。"人们拿起本短篇小说嘀咕:"哦,这是什么?就是一堆短故事吗?"然后又把它放下。就在昨天下午四点整,我还看到有个女人就是这样,拿起欧内斯特·海明威的新书《没有女人的男人们》后又放下,说了同样一番话。而她曾是对他的小说最感兴趣的人之一。

看来,文学价值取决于作品篇幅的长度。《太阳照常升起》一问世,欧内斯特·海明威就大受欢迎。在波士顿,他被赞扬,被追捧,被分析,成为畅销作家,却又争议不断,作品遭禁,一切都围着他转。人们为他的作品是否名副其实而争吵不休。(你看到子弹在我头发下面留下的银色伤疤了吗?有天晚上我说任何讲得好的故事都值得一讲,结果头上就留下了这道疤。离太阳穴只差几毫米,再近一点我就不会坐在这里说这种废话了。)人们满怀激情地肯定,这本小说中,属于"迷惘的一代"的道德沦丧的侨民不值得费心,紧接着却又花了大把时间讨论他们。这种情况一度持续了好几个星期,无论去哪里,你都能听到有人在讨论

《太阳照常升起》。有些人认为它名不副实；有些人则十分冷静——高高的额头里藏着不少的智慧——他们认为这本书是美国最伟大的小说，同时漫不经心地把《哈克贝利·费恩历险记》和《红字》扔出窗外。有人讨厌它，有人崇敬它。我可以怀着对海明威先生的崇敬说，我一生中从未如此厌恶过哪本书。

现在《太阳照常升起》同海明威先生的短篇小说一样"粗鄙"。以"令人不快"的方式处理题材。为什么《太阳照常升起》会被公众追捧，而（在我看来）卓越的《我们的时代》却被忽视，这对我来说永远是个谜。在我看来——我知道我早晚得来回答这个讨论，不如尽早解释——海明威先生的风格，剥去粉饰，只有初期坚实结构的散文体，而这样的风格较之长篇，在短篇小说中反而更能发挥作用，也更加感人。我认为，他是在世最伟大的短篇小说家，而不是在世最伟大的小说家。

在《太阳照常升起》引来一片尖叫声之后，我很担心海明威先生下一本书的命运。你知道的，当大家都开始盛赞某个作家时，那个作家就要走下坡路了。评论家们就像只在病狮上方盘桓的文学秃鹰。

因此，当发现海明威的新书《没有女人的男人们》是部真正伟大的作品时,我感到莫大的欣慰。这部作品由十三篇短篇小说组成,其中大部分短篇此前已经出版过,都是悲伤而骇人的故事。作者对生活的巨大欲望似乎得到了某种程度的安抚。在这里,你几乎看不到《太阳照常升起》中露营之旅体现的平静的狂喜,也看不到《大双心河》(收录于《我们的时代》)中孤独渔夫度过的岁月。新书中收录的短篇小说《杀手》,在我看来,是美国四大名短篇小说之一。(您先接受这点,我再告诉您我内心中其他三部是什么。它们分别是威尔伯·丹尼尔·斯蒂尔[1]的《蓝色谋杀》、舍伍德·安德森[2]的《我是个傻瓜》和林·拉德纳[3]的《有人喜欢冷冰冰》,在我看来,《有人喜欢冷冰冰》有时像契诃夫的《宝贝儿》一样,精准地刻画出了每个女人的形象。那么,你最喜欢哪本呢?)《没有女人的男人们》中还收录了《五万美元》《在异乡》和精致而惨烈的《白象似的群山》。我不知道哪儿还能找到比这更好

---

[1] 威尔伯·丹尼尔·斯蒂尔(Wilbur Daniel Steele, 1886—1970),美国作家、剧作家。——编者注

[2] 舍伍德·安德森(Sherwood Anderson, 1876—1941),美国小说家,代表作包括《小城畸人》等。——编者注

[3] 林·拉德纳(Ring Lardner, 1885—1933),美国记者、作家。——编者注

的短篇小说集。

福特·马多克斯·福特[1]在谈到这位作家时曾说："海明威落笔如神。"我不同意（没有什么比反对某观点更能缓解早晨的头痛了）。海明威写作时仍是凡人。我认为他不可能写出任何没经历过的事件；因此，他像辛克莱·刘易斯[2]一样在报告文学方面也极有才华。但刘易斯仍是新闻报道式的作家，而海明威是天才——至少我是这样认为的。因为海明威在选择方面从不犯错。他删繁就简，语言直截了当。任何读者都知道，他的影响是危险的。他做这种事，看起来轻而易举，但那些试图模仿他的家伙却做不到。

---

[1] 福特·马多克斯·福特（Ford Madox Ford, 1873—1939），英国小说家、诗人、评论家。——编者注
[2] 辛克莱·刘易斯（Sinclair Lewis, 1885—1951），美国小说家、剧作家。——编者注

杰克·凯鲁亚克:《地下人》[1]

Jack Kerouac: *The Subterraneans*

凯鲁亚克先生可能是"垮掉的一代"一词的发明者,但毫无疑问他一定是"垮掉的一代"的研究者与记录者。他将自己的最新作品命名为《地下人》。"时髦而不圆滑,聪明而不迂腐,理智得要命,对庞德了如指掌,却不会因此自命不凡或滔滔不绝,他们沉默寡言,效法基督。"这就是"地下人"。这番总结中我唯一同意的是:他们很时髦,或者就像奶奶那辈常说的"新潮"。

毫无疑问,我对凯鲁亚克先生笔下的人物毫无兴趣,是因为我自身的一大缺失——就是我不喜欢波普爵士乐,对此我感到遗憾。我听到波普爵士乐时,并不会激动;读到相关文章时,更不会为之入迷。对此我真的很抱歉,谁不想可以时不时地颅内高潮一下呢?我羡慕这一代人以音乐为乐,但我的羡慕也就仅此而已。

---

[1] 1958 年 5 月,该文发表于杂志《时尚先生》。——编者注

《地下人》的防尘封面上写着:"垮掉的年轻人"相信生活方式比生活目的更重要。(我不知道他们为何对此大肆夸耀。如果我没记错的话,多少代人大多都这样认为。)可事实上,垮掉的男男女女们的生活方式惊人地单调。夜以继日,他们沉迷于音乐,喝得酩酊大醉(我觉得一个人可能只有在未成年时才会这样做);他们大打出手,却能马上抛之脑后;他们总是挤在要散架的汽车里,疯狂地开很远的路到狐朋狗友家里,一住就是好几天。"垮掉的一代"中的一些人物你可能曾有所耳闻,我承认,他们对上述那些操作并不陌生,但这并不是他们全部的生活方式。"迷惘的一代"中,有人为他们所处的时代贡献甚巨。"垮掉的一代"则不需要去任何地方,他们也不想去任何地方,除非是为了换个环境。他们之间没有笑声,说话的主要目的是想告诉对方自己有多伟大。在日夜的时间疯狂旋转中,或者可以说,他们总有时间,像日本金龟子一样不断地实行爱之行为。《地下人》中的男主人公爱上一位年轻漂亮的黑人女孩,多次描述自己与她的亲密时刻——他自己说那是爱。他详细讲述这些情节。这些新晋作家到底在做什么?这是什么积分游戏吗?

我想也许您已经注意到了,如果凯鲁亚克先生和他的追随者们不觉得自己那么光荣、聪明得要命,不觉得自己简直在效法基督,我的心情还不至于这么坏。

不过,我必须说,格罗夫出版社[1]的装帧设计再宜人不过。虽然没有用布面工艺,但仍是一本印刷精美、纸张上佳的精装书。我希望他们能多印些。

---

[1] 格罗夫出版社(Grove Press),1947 年成立于美国。——编者注

杜鲁门·卡波特:《蒂凡尼的早餐》[1]
Truman Capote: *Breakfast at Tiffany's*

人类身躯承受残酷而不人道的惩罚已经太久,太久了——但终有一天,必然且注定会有这么一天,耐力耗尽,这人类身躯会在双腿的支撑下站起来。这种独创性的观察来自这样一个事实:那一天,那光辉的一天,终于来到了我的面前。这是旅途中沉闷枯燥的一段路,但我终究还是要走完它。因此,我想发表一个简短审慎的声明,内容如下——如果认为有必要的话,还可请人来公证——有些小说总是在描写年轻女士赤身裸体站在长镜子前,并对她们的裸体给予正面评价,我已经看够了。此外,我再不会看各种角色讲述他们梦想的书了,就是那种事无巨细、极尽记忆之能事地讲述梦想,那些梦想不像你我的梦想,出现仅仅是为了推动情节。最后,我要与那些叙事中总要穿插描写自然的作品分道扬镳,永不回头。在阅读作者描述的狂野年轻、饱含激情的场景时,我不想看到他

---

[1] 1959 年 2 月,该文发表于杂志《时尚先生》。——编者注

紧接着就温柔描述麦芒随风而偃，或形容蕨类植物的复杂美味，更受不了他讲述野生水仙今年生长得最为茂盛这样的事实。是的，我再不想看有关树叶在阵雨来临时翻转的描写。我意识到这会大大减少我的阅读量，虽然如此——就这样吧！

所以去阅读杜鲁门·卡波特的作品很不错，安全有保障。作为作家，卡波特先生覆盖了三个领域，我认为他在每个领域都表现得相当出色。他是小说家、短篇故事作家和报道精确得要命的记者——如果你读过他的文章就会知道。在一篇长文中，卡波特叙述了与《波吉和贝丝》[1]的歌剧团同赴俄罗斯的旅行，文章也涉及了与他们同行的人，还有他对马龙·白兰度一小时的轻松采访。卡波特"杀人"时，不会使用诸如左轮手枪枪托或缠着胶带的烟斗这样笨拙的辅助工具。他只需用手刀在头骨底部砍一下即可。这种方法令人钦佩，干净、不流血、快到看不清。唯一的问题是你必须是这种技巧的专家。卡波特先生就是。

他的最新著作《蒂凡尼的早餐》中收录了一篇短篇小说——或者如果你愿意，也可以称它为长短篇小

---

[1] 美国歌剧，于1935年在美国进行首演。——编者注

说（我向母亲保证过永远不用"中篇小说"这个讨厌的词）——和几个小故事。该书就是以其中较长的那篇命名的。这部小说讲的是位挥霍无度、不循规蹈矩的年轻女士，作品读起来当然很有趣。虽说作者和故事中众多角色都相当欣赏这位女士，但读者却总是觉得，如果了解这个年轻女人，就会发现她真的极其讨厌。当然这不是批评，和哈姆莱特每天待在一起也不见得就十分有意思。

恐怕卡波特先生的高写作水平未能保持，是因为书中其他相对次要的故事并不是特别令人难忘，直到最后的《圣诞忆旧集》才有所好转。这个故事是今年，或者说今后几年中你能读到的最温柔、最优美的作品。我讨厌那些略过卡波特先生的作品却花时间阅读"垮掉的家伙"的人。他们忽略了一件对我来说最重要的事情：杜鲁门·卡波特真的会写作。

约翰·厄普代克:《济贫院集市》[1]
John Updike: *The Poorhouse Fair*

要想研究如何写出好作品,就得先看约翰·厄普代克的《济贫院集市》——我想这是他的第一部小说,在此之前我只知道他的诗歌和韵文。也许纯粹是出于个人原因,描写济贫院的书总是会吸引我——毕竟我只是出于正常的好奇心,想知道我未来的住所会是什么样子。厄普代克的书既不轻松,也不易读,但会吸引你一直读下去。关于济贫院里的这些灵魂,你感受至深的是他们那糟糕透顶的、令人困惑的、日——复——一——日——的无聊。因此,突如其来的雨,幼稚、愚蠢地反抗那个试图体面地管理济贫院的人,对他们来说都像是在过圣诞节。厄普代克笔下的人物经得起时间的考验。我认为最令人难忘的是那个优雅美丽的盲女,她说天堂里不看外表,在那里所有人都将失明……"别害怕,我知道,而你们都不知道"……这部小说讲的是济贫院里每年都要举办集市,人们从

---

[1] 1959年,该文发表于《时尚先生》。——编者注

四面八方赶来"看怪胎"。他们不是怪胎。这不是怪胎展览,也不是有趣的书。但我想——不,我肯定——这是本很好的书。

(兰莹 译)

更 好 的 阅 读

特约监制　潘　良　于　北
产品经理　胡马丽花
特约编辑　张凤涵
营销支持　金　颖　黄筱萌　黑　皮

关注我们

官方微博：@文治图书
官方豆瓣：文治图书
联系我们：wenzhibooks@xiron.net.cn